RUTH SABERTON

DER LIEBESBRIEF

AF177057

atb aufbau taschenbuch

RUTH SABERTON wurde in London geboren und lebt heute mit ihrer Familie in Cornwall. Obwohl sie weit gereist ist, gibt es für sie keinen Ort, der sich mit der rauen Schönheit dieser Küstenlandschaft messen kann. Hier findet sie immer wieder neue Inspiration für ihre Romane. In England gilt sie als absolute Bestsellerautorin.

UTA HEGE lebt mit ihrem Mann und ihrer Tochter in Saarbrücken. Mit dem Übersetzen englischer Titel hat sie ihre Reiseleidenschaft und ihre Liebe zu Büchern perfekt miteinander verbunden und ihren Traumberuf gefunden.

Die junge Künstlerin Chloe hat ihren Mann verloren – viel zu früh. Sie flieht vor den schmerzlichen Erinnerungen aus London und zieht nach Cornwall in ein altes Pfarrhaus direkt an den Klippen, wo sie hofft, die Kraft zu malen wiederzufinden. Chloe ist fasziniert von der rauen Landschaft und wird herzlich in dem kleinen Ort Rosecraddick aufgenommen. Dort ist das Leben der Menschen noch immer geprägt vom tragischen Schicksal eines jungen Dichters, der hier einst lebte. Doch Chloe bemerkt bald, dass etwas an der Geschichte, die man sich über ihn erzählt, nicht stimmen kann. Zusammen mit dem Historiker Matt begibt sie sich auf Spurensuche und stößt auf das alte Tagebuch der jungen Daisy. Chloe verliert sich in deren Erinnerungen an einen unvergesslichen Sommer vor hundert Jahren – und in einer tragischen Liebesgeschichte, die das Leben der Menschen in Rosecraddick ebenso wie Chloes für immer verändern könnte.

RUTH SABERTON

DER
LIEBESBRIEF

ROMAN

Aus dem Englischen
von Uta Hege

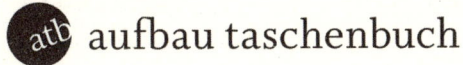 aufbau taschenbuch

Die Originalausgabe unter dem Titel
The Letter
erschien 2018 bei Millington.

ISBN 978-3-7466-3792-1

Aufbau Taschenbuch ist eine Marke
der Aufbau Verlag GmbH & Co. KG

1. Auflage 2021
© Aufbau Verlag GmbH & Co. KG, Berlin 2021
© Ruth Saberton, 2021
Umschlaggestaltung www.buerosued.de, München
unter Verwendung mehrerer Motive von
mauritius images / Andrew Ray / Alamy, mauritius images /
Juergen Schwarz / Alamy, mauritius images / Chris Robbins /
Alamy und mauritius images / Trevor Chriss / Alamy
Gesetzt aus der Minion Pro durch die LVD GmbH, Berlin
Druck und Binden CPI books GmbH, Leck, Germany
Printed in Germany

www.aufbau-verlag.de

Hymne für die verdammte Jugend

Welch Grabgeläute denen, die wie Schlachtvieh sterben?
Die ungeheure Wut nur der Kanonen.
Das schnelle Schnacken nur von stotternden Gewehren
kann ihre Stoßgebete übertönen.
Jetzt weder Glocken noch Gebete, die sie verhöhnen,
noch Stimmen sonst der Klage ihnen, nur Gesänge, –
die schrillen Warngesänge der Granaten, ihr Stöhnen
und, fern aus trauervollen Gauen rufend, Hörnerklänge.
Wird Beistand ihnen und von welcher Kerzen Schein?
Nicht in den Händen von Knaben, in ihren Augen immer
soll glänzen allen Abschieds heiliger Schimmer;
Blässe von Mädchenstirnen soll ihr Bahrtuch sein,
die Zärtlichkeit geduldiger Seelen ihr Blumenflor.
Und jede müde Dämmerung zieht abends die Läden vor.

WILFRED OWEN, 1917

In Erinnerung an meine Großtante Ella
und ihren Verlobten Arthur Sidney Bacon.
Die von ihnen und einer ganzen Generation
erbrachten Opfer werden
für immer unvergessen sein.

PROLOG

MAI 1914

In ihrer ersten Nacht im Pfarrhaus hatte sie wieder diesen Traum. Es begann mit den Schatten, die das Mondlicht auf die Decke ihres Bettes warf, und einer kühlen Brise, die sie aufstehen und in ihrem weißen Nachthemd erst ans Fenster und dann weiter in die dunkle Landschaft hinaus schweben ließ.

Im Traum gelangte sie schließlich in eine stille Bucht, in der die Wellen all ihre Geheimnisse zu kennen schienen. Die Wellen brachen sich, als das Wasser aus den Vertiefungen in den Felsen strömte und die Steine, die die Zeit geglättet hatte, mit sich in die Tiefe zog. Der Sand war nass und kühl, doch ihre nackten Füße hinterließen keine Abdrücke darin.

Sie nahm die Bucht kaum wahr, weil sie wie jedes Mal verzweifelt Ausschau nach ihm hielt. Sie wusste nur, dass sie ihn finden und beschützen musste. Nur das zählte. Manchmal meinte sie, ihn zu sehen, wie er sich mit mondsilbernem Haar und bleichen Gliedern durch das flache Wasser schleppte, doch wie schnell sie auch zu ihm rannte, sie erreichte ihn nie, und wenn sie nach ihm rufen wollte, war ihre Kehle wie zugeschnürt. Der Abstand zwischen ihnen wurde nur immer größer, bis er am Ende verschwand.

Sie spürte im Traum deutlich die unbestimmte Gefahr, die ihnen drohte. Das beklemmende Gefühl zwang sie in die Knie, und ihr Nachthemd hing nass von den Wellen, die sie umspülten, an ihr.

Wie jedes Mal in ihrem Traum schob sich in diesem Augenblick eine Wand aus seltsam violetten Wolken vor den Mond und ließ kein Licht hindurch. Das Wasser wurde grau, die Wälder oben auf dem Hügel verschwanden in der Dunkelheit, und plötzlich betrachtete sie die Szenerie aus der Luft, nahm den Klippenpfad nur noch als fahles Band zwischen Ginster und Heide wahr. Während ihr der Gestank verbrannter Erde in die Nase stieg, zerrissen gleißend helle Blitze und Flammen den Nachthimmel. Das Tosen der Wellen wurde von Geschrei und lautem Heulen übertönt. Ein süßlicher Geruch hing in der Luft, und sie hatte das Gefühl, im schlammigen Boden zu versinken. Plötzlich war ihr, als dränge ihr nasse Erde in Mund und Nase, an der sie zu ersticken drohte.

Im Traum war sie wie gelähmt. Verbrannte Bäume ragten wie verkohlte Skelette in den Himmel. Da sah sie ihn wieder vor sich, und mit einem erstickten Schluchzen streckte sie ihre Hände nach ihm aus. Aber sie konnte auch dieses Mal nur hilflos zusehen, wie er in einer Rauchwolke verschwand.

Eine kalte Windbö peitschte sie weiter, bis sie unter sich am Fuße eines Hügels ein Dorf und hoch oben auf der Anhöhe ein großes Herrenhaus mit Efeuranken vor den Fenstern sah. Die einst gepflegten Gärten waren von Unkraut überwuchert.

Dann fand sie sich plötzlich oben auf den Klippen wieder, wo das gefrorene Gras ihr in die nackten Füße pikste. Möwen segelten am Himmel, und alles war in ein helles Licht getaucht. Sie ging über den kalten Boden zu einem Pfad, dem sie schon Hunderte Male gefolgt war. Er zog sie magisch an. Jede Biegung war ihr vertraut, und sie kannte jeden Fels und jede Wurzel. Ihre Füße trugen sie vorwärts, auch als eine seltsame Angst sie erfasste. Vor ihr ragte ein Granitkreuz in den Himmel und warf einen langen Schatten auf den Weg. Sie wollte kehrtmachen und fliehen, aber etwas zwang sie, auch das letzte Stück des Weges zu gehen.

In das Granitkreuz waren Namen gemeißelt. Irgendwo stand auch sein Name. Sie streckte ihre Hände aus, aber der raue Stein löste sich unter der Berührung ihrer Fingerspitzen auf wie Nebel, der über dem Wasser aufgezogen war. Dann verdichteten die Schwaden sich, hüllten sie ein und nahmen ihr die Sicht.

Aufgeschreckt von ihren eigenen Schreien, fuhr sie keuchend aus dem Schlaf. Verwirrt und ängstlich setzte sie sich auf, legte sich die Decke um die Schultern und zog ihre Knie an die Brust. Sie wusste nicht, was dieser Traum ihr sagen wollte, und wie jedes Mal bei Tagesanbruch lösten sich die Bilder auf, bis nur noch ein beklemmendes Gefühl zurückblieb. Sie hatte ihn nicht gefunden. Jetzt war er für alle Zeit verloren.

Sie zitterte, denn sie war sicher, dass dieser Traum, der sie seit Jahren wieder und wieder heimsuchte, eine Warnung war.

TEIL 1

1

CHLOE

Es ist seltsam, dass man vom alten Pfarrhaus direkt auf den Friedhof sehen kann. Natürlich standen die Grabsteine auch schon hier, als ich mir das Haus im Sommer zum ersten Mal angesehen habe. Es hätte mich also nicht überraschen sollen, sie jetzt beim Aufziehen der Vorhänge zu sehen. Ich hatte wohl einfach verdrängt, wie nah das alte Pfarrhaus von Rosecraddick am Friedhof steht. Bei meiner Besichtigung im Hochsommer mit all den bunt blühenden Blumen im Garten und dem blauen Meer, das sich am Fuß der Klippen brach, störten mich die Grabsteine jedenfalls deutlich weniger als jetzt, an diesem neblig grauen Novembertag. Damals war ich vor allem begeistert von der wunderbaren Aussicht auf das Wasser und die Klippen. Ich konnte vom Wohnzimmer aus bis auf die Landzunge, das Kriegerdenkmal und die Segelboote sehen, die am Horizont wie Perlen aufgefädelt waren, und durch das offene Fenster drangen der Gesang der Vögel und der süße Duft von Geißblatt herein. Ich habe mich sofort in diesen Ort verliebt, der völlig anders war als London mit seinen dicht befahrenen Straßen und den laut rumpelnden Lastwagen. Dies ist genau der richtige Ort für mich, ein Zufluchtsort, an dem ich vielleicht endlich Frieden finden kann.

Selbst an diesem düsteren Novembermorgen überträgt sich die

tiefe Ruhe dieses Ortes auf mich. Ich hoffe nur, dass die Grabsteine mich nicht ständig daran erinnern werden, welchen Verlust ich erlitten habe.

Ich atme durch und versuche, es positiv zu sehen, wozu mir meine Therapeutin Pippa immer rät. *Alles, was geschieht, hat auch sein Gutes, Chloe.* Doch es fällt mir schwer, das zu glauben. Was soll gut daran sein, seinen Ehemann zu verlieren? Der Anblick von Neils Sachen oder der Gedanke, dass er den Riegel unseres Küchenfensters noch reparieren wollte, sind noch immer kaum auszuhalten. Auch mein Leben endete, als Neil starb.

Es sind vor allem die alltäglichen Dinge, die es mir so schwermachen. Wenn ich im Supermarkt stehe und erstarre, weil mir plötzlich klar wird, dass ich nie wieder eine Geburtstagskarte für ihn kaufen werde. Oder wenn ich staubsauge und eine verloren geglaubte Socke von Neil unter unserem Bett hervorziehe. Ich weiß nicht mehr, wie lange ich, die Socke an die Brust gedrückt, neben dem Bett saß und hemmungslos weinte. Irgendwann muss es Abend geworden sein, denn ich sah an der Wand die Lichter der Autos vorbeiziehen.

Wie konnte etwas so Reales wie die Liebe, die uns zwei verband, von einem auf den anderen Tag verschwinden? Das kann ich einfach nicht begreifen.

Vielleicht empfinden manche Menschen die Vertrautheit ihres Zuhauses als tröstlich, doch ich musste weg aus unserer gemeinsamen Wohnung. Alles dort erinnert mich an Neil. Die limettengrüne Wandfarbe unseres Flurs, die er ausgesucht und die ich von Anfang an verabscheut hatte. Das Gästezimmer, von dem wir hofften, wir würden es eines Tages zu einem Kinderzimmer umgestalten. In jedem Winkel dieser Wohnung lauerten Erinnerungen und Träume von einer Zukunft, die mir zusammen mit Neil genommen worden war. Ich konnte dort nicht mehr klar denken, nicht einmal mehr malen. Und da wurde mir klar, dass ich verschwinden musste.

Ich sehe den Leuten ihre Angst an, sie könnten etwas Falsches sagen und ich würde dann zusammenbrechen. Sie fühlen sich in meiner Gegenwart unwohl, hin und her gerissen zwischen Mitgefühl und der Erleichterung darüber, dass ihnen so ein Schicksalsschlag erspart blieb.

Neil und ich hatten einen großen Freundeskreis und haben viel zusammen unternommen, aber in den letzten zwei Jahren haben sich die meisten von ihnen zurückgezogen. Und wenn ich ehrlich bin, kann ich es den Leuten nicht einmal verdenken, denn ihr Leben geht einfach weiter seinen gewohnten Gang. Inzwischen haben sie Babys oder Kindergartenkinder. Ich passe seit Neils Tod einfach nicht mehr hinein.

Irgendwann fragte niemand mehr, wie es mir ging, oder klingelte spontan an meiner Haustür. Die Leute nahmen an, ich käme irgendwie zurecht. Und das tat ich auch, zumindest versuchte ich es in den ersten Monaten. Insgeheim aber haderte ich immer stärker mit dem Schicksal, ich konnte nicht mehr schlafen, nicht mehr essen, und sobald ich einen Skizzenblock zur Hand nahm, fühlten sich meine Finger schlaff wie Gummi an. Ein knappes Jahr hielt ich mich mühsam auf den Beinen, aber dann brach ich zusammen, und mein Hausarzt schrieb mich erst einmal krank.

Witwe. Wenn ich an eine Witwe denke, stelle ich mir eine alte Frau vor, die ihre Enkelkinder mit Süßigkeiten verwöhnt. Sie blickt auf ein glückliches Leben an der Seite ihres Ehemannes zurück, mit dem sie sich alle Träume erfüllte. Eine Witwe sollte, wenn sie nachts wach liegt, einen unerschöpflichen Vorrat glücklicher Erinnerungen haben. Eine Witwe sollte nicht erst zweiunddreißig Jahre alt sein und ihren Mann nach nur drei gemeinsamen Jahren verloren haben, die einfach nicht ausreichen, um sich der Leere, die sich nun vor ihr ausbreitet, zu stellen.

Mir wurde klar, ich brauche einen Neuanfang. An einem Ort, an dem ich mich noch einmal neu erfinden kann und an dem niemand meine Vergangenheit kennt.

»Ist mit dem Haus alles in Ordnung?«

Die Maklerin steht in der Tür und sieht mich verunsichert an.

Ich lächele entschuldigend. »Tut mir leid, ich war in Gedanken. Irgendwie hatte ich das Haus etwas anders in Erinnerung.«

Sie beißt sich auf die Lippe und sagt verlegen: »Natürlich ist es nicht in allerbestem Zustand, es ist schon seit einer ganzen Weile unbewohnt. Und hier in Cornwall tut es den Häusern nicht gut, wenn sie länger leer stehen.«

Ihre Strumpfhose hat eine Laufmasche, und ihr Kostüm sieht ein wenig abgetragen aus. Das Clipboard mit den Unterlagen zittert leicht in ihren Händen. Wahrscheinlich ist sie eine Angestellte des Büros in Truro und soll dafür sorgen, dass ich unterschreibe, bevor mein gesunder Menschenverstand mir rät, die Beine in die Hand zu nehmen, weil man hier unmöglich den Winter verbringen kann. Aber meine Wohnung ist verkauft, und wenn ich dieses Haus nicht nehme, müsste ich zu meinen Eltern ziehen.

Es ist kein Wunder, dass das alte Pfarrhaus noch zu haben ist. Die Lage und die Aussicht sind phantastisch, doch der betagte Herr, dem es gehört, lebt im Pflegeheim und hat anscheinend in den letzten vierzig Jahren keinen Penny in die Renovierung investiert. Als Feriendomizil für Urlauber ist es nicht hübsch genug, doch es würde sich bestimmt ein Yuppie aus der Großstadt finden, der es kauft, um dann der Haustür einen salbeigrünen Anstrich zu geben und in den Räumen kitschige Segelboote und Skulpturen aus Treibholz zu verteilen. Aber trotz des halb verfallenen Zustands und des nahen Friedhofs hat das alte Pfarrhaus einen ganz besonderen Charme. Und ich weiß, ich will dort leben. Immer noch.

»Es ist wunderschön«, erkläre ich und bemerke die Erleichterung im Gesicht der Maklerin. Wenn mir etwas an Komfort, einer Zentralheizung und einer funktionierenden Dusche läge, hätte ich meine Wohnung nicht verkauft. Aber ich tausche meine schmerzlichen Erinnerungen gerne gegen Badezimmerfliesen in der Farbe überreifer Avocados und Velourstapeten.

»Ich weiß, dass Mr Sargent in den letzten Jahren die Dinge etwas hat schleifen lassen, aber die Aussicht ist phantastisch, finden Sie nicht auch?« Inzwischen sieht die Maklerin zufrieden aus. »Das neue Pfarrhaus ist nicht halb so schön wie dieses hier. Sie wussten früher einfach, wie man Häuser baut, nicht wahr?«

»Auf jeden Fall. Und diese Aussicht ist genau das, was ich wollte«, pflichte ich ihr bei und überlege, ob ich noch was sagen soll.

»Sobald Sie Ihre eigenen Sachen haben, finden Sie es hier bestimmt gemütlich«, fährt die junge Frau optimistisch fort. »Die Kamine sind gefegt, und wenn der Holzofen erst in Betrieb ist, wird es hier richtig behaglich.«

Behaglich ist es in dem Haus bisher beim besten Willen nicht. Es riecht abgestanden, nach allzu lang verschlossenen Räumen. In dunklen Ecken schlummern unter staubigen Tüchern längst vergessene Möbel, die Vorhänge an den Fenstern sind bis auf einen geschlossen, und im Zimmer ist es kalt.

Es ist so still im Haus, dass ich hören kann, wie sich in der Bucht unterhalb des Grundstücks die Wellen an den Felsen brechen, und die wehmütigen Klagerufe einer Möwe, die einsam am Himmel schwebt. Bei der Besichtigung im Sommer drang eine milde Brise durch die aufgerissenen Fenster und trug den frischen Salzgeruch des Meers herein. Die Sonne malte honiggelbe Flecken auf den Holzboden. Ich hatte mir gar keine Gedanken darüber gemacht, wie es hier wohl im Winter sein würde.

»Ist es okay, wenn ich ein paar Möbel verrücke und ein bisschen ausmiste?«, erkundige ich mich. Das Haus ist voll mit altem Plunder.

»Sie können hier tun und lassen, was Sie wollen. Mr Sargent hat alles, was ihm wichtig war, mit ins Pflegeheim genommen und uns eine Genehmigung erteilt, zu entrümpeln und wegzuwerfen, was nicht mehr gebraucht wird. Ehrlich gesagt, sind leere Häuser viel leichter zu vermieten, aber um dieses hier auszuräumen, bräuchten wir ein ganzes Team. Mr Sargent weiß, dass er nicht mehr hierher zurückkehren wird.« Die junge Frau macht eine Pause und runzelt die Stirn. »Das muss sehr traurig für ihn sein, denken Sie nicht auch?«

»Sehr«, stimme ich ihr zu, während mein Herz sich für den unbekannten alten Mann zusammenzieht, der in dem Wissen von hier fortgegangen ist, dass er nie mehr nach Hause kommen wird.

»Allmählich wird es kalt. Am besten erledigen wir den Papierkram im Pub und wärmen uns dort ein bisschen auf. Das heißt, wenn Sie Ihre Meinung nicht geändert haben und das Pfarrhaus noch immer mieten wollen …«

Ich zögere. Soll ich es tatsächlich wagen? Bin ich wirklich mutig genug, um allein in dieses Haus zu ziehen?

Es ist erst früher Nachmittag, und trotzdem zieht bereits die Dunkelheit herauf. Aber gleichzeitig scheint die Luft zu vibrieren vor lauter Möglichkeiten eines neuen Lebens, das sich plötzlich vor mir ausbreitet. Und genau dafür bin ich doch hierhergekommen.

Ich atme tief durch und wende mich der jungen Frau zu.

»Ich nehme es auf jeden Fall.«

2

CHLOE

»Nein, Mum, wirklich nicht. Du musst dir keine Sorgen machen. Ich bin ganz begeistert von der Gegend, und das Haus ist wundervoll. Es ist genau das, was ich brauche.«

In der Hoffnung, wegen meiner Schwindelei in einem alten Pfarrhaus nicht vom Blitz getroffen zu werden, klemme ich mein Handy zwischen Kinn und Schulter und kreuze vorsorglich meine Finger vor der Brust. Meine Mutter hat aus London angerufen und ist offenbar der Überzeugung, dass ich den Kampf gegen die Trauer aufgegeben habe und jetzt endgültig ein hoffnungsloser Fall bin. Sie kann jedenfalls beim besten Willen nicht verstehen, wie mir ausgerechnet die Einsamkeit im winterlichen Cornwall helfen soll.

Und zugegeben, ich frage mich das auch. Obwohl ich erst am Vortag eingezogen bin, habe ich jetzt schon erste Zweifel daran, ob die Entscheidung richtig war. Jetzt, da ich allein hier bin, kommt mir das alte Pfarrhaus noch riesiger vor. Gestern nach der Rückkehr aus dem Pub schob ich den Messingschlüssel ins Schloss und blieb einen Moment zögernd auf der Schwelle stehen. Ich schüttelte das Unbehagen ab und trat ein und stellte mein Gepäck am Fuß der imposanten Treppe ab. Während ich durch das alte Pfarrhaus streifte, kam ich mir etwas verloren vor. Ich öffnete die Türen und Vorhänge und redete mir ein, dass ich mich schon viel mehr zu

Hause fühlen werde, wenn hier erst meine eigenen Sachen stehen. Es gibt ein Arbeits- und ein Esszimmer. Von dort gelangt man weiter in den Flur, dessen dunkle Holzpaneele in sehr gutem Zustand sind. Das Wohnzimmer ist überraschend hell und luftig. Ich werde bestimmt die meiste Zeit auf der bequemen Bank am Fenster verbringen, um aufs Meer zu schauen und dem Spiel der Wellen zuzusehen, wie es wahrscheinlich schon viele Menschen vor mir gemacht haben. Der Gedanke ist irgendwie tröstlich.

»Und was ist mit der Küche?«, sorgt sich meine Mutter und befürchtet wohl, dass mir ohne einen Supermarkt um die Ecke oder ihre wöchentlichen Fresspakete der Hungertod droht. Wir wissen beide, dass die meisten Sachen, die sie mir ungefragt vorbeigebracht hat, wochenlang im Kühlschrank vor sich hin geschimmelt haben. Seit Neil gestorben ist, schmeckt für mich alles gleich, und meistens esse ich einfach Toast mit irgendwas.

»Hast du zumindest einen anständigen Herd?«, fährt meine Mutter fort. »Ich kenne jede Menge furchtbarer Geschichten aus dem Internet. Man muss sich wirklich vorsehen, wenn man irgendwo zur Miete wohnt.«

Ich lächele. Meine Eltern leben schon seit fünfunddreißig Jahren in ihrem Haus in Enfield und haben vom Mieten so viel Ahnung wie ich von Atomphysik. Offenbar hat meine Mutter im Netz nach Horrormeldungen von Kurzschlüssen und ansteckenden Krankheiten gesucht, die man in Mietshäusern bekommt.

»Entsprechen die Geräte auch modernen Standards?«, fragt sie jetzt.

»Geht's hier um Wasserkocher oder Kraftwerke?«, versuche ich, zu scherzen, aber sie ist alles andere als amüsiert.

»Es ist mein Ernst, Chloe! Es gibt doch sicher einen Grund, warum das Haus so billig ist. Wahrscheinlich ist es eine Todesfalle, und sobald du eine Steckdose benutzt, trifft dich der Schlag.«

»Das wäre sicher nicht so schlimm, wie langsam an Krebs zu sterben«, rutscht es mir heraus, und meine Mutter holt geräuschvoll Luft. O Gott, das hätte ich nicht sagen sollen. Schließlich sorgt sie sich nur um mich. Wie sagt Pippa stets? Ich solle Geduld haben und aufhören, ständig über die Vergangenheit zu sprechen. Aufhören, bittere Kommentare abzugeben, und nach vorn sehen.

»Der Herd wird mit Holz befeuert, du musst dir wirklich keine Sorgen machen.«

Ich kneife mir verzweifelt in die Nase und atme, so gut es geht, gegen mein wildes Herzklopfen an. Die Vergangenheit holt mich mal wieder ein. Es ist über zwei Jahre her, seit ich an Neils Bett im Krankenhaus gesessen und seine schwache Hand gehalten habe, aber mir kommt es wie gestern vor.

»Wie dem auch sei, die Maklerin hätte das Haus nicht vermietet, wenn es nicht sicher wäre.«

»Das sollte man zumindest meinen«, pflichtet Mum mir schnaubend bei und erzählt ein paar weitere Horrorgeschichten, auf die sie im Internet gestoßen ist. währenddessen schweifen meine Gedanken ab, und ich gehe durch die Räume des Pfarrhauses.

Der riesige Herd, der mit Holz angefeuert wird, sieht wie ein gusseiserner Drache aus. Daneben steht ein Spülstein, in dem eine ganze Fußballmannschaft baden könnte, und es gibt eine Speisekammer, halb so groß wie meine alte Wohnung und mit deckenhohen Regalen ausgestattet. In den großen Kühlschrank passt deutlich mehr als ein Glas Marmite und ein Päckchen Toastbrot.

Während meine Mutter immer noch weiterredet, sehe ich meine Kartons immer noch am Fuß der Treppe stehen und beschließe, sie gleich nach dem Telefonat auszupacken. Ich habe nur wenig mitgebracht. Die Angst davor, Gegenstände in die Hand zu nehmen, die mich an mein altes Leben erinnern, ließ mich gestern Abend nach dem Pub auf direktem Weg die knarzende Treppe hochgehen und ins Bett fallen. Das klamme Bettzeug und die durchgelegene Matratze waren mir egal. Ich wollte nur noch meine Augen schließen und einschlafen.

Aber meine erste Nacht im alten Pfarrhaus hätte besser verlaufen können. Ich lag in dem riesigen Messingbett, zog mir die Decke bis zum Kinn und kniff die Augen zu, während ich versuchte, mir den sanft schnarchenden Neil neben mir vorzustellen. Aber es gelang mir nicht. Stattdessen lag ich zitternd in der Dunkelheit, lauschte dem Knarzen des Gebälks und schlief erst in den frühen Morgenstunden zum Geschrei der ersten Möwen ein.

Heute früh brennen meine Augen, und ich bin völlig übermüdet. Ich habe plötzlich Angst, dass der Verkauf unserer Wohnung und der Umzug ein riesiger Fehler waren. Seit ich hier bin, steigen immer wieder solche Zweifel in mir auf, als hätte ich damit Neil und unser gemeinsames Leben verraten.

»Chloe? Hörst du mir überhaupt noch zu? Du fühlst dich doch nicht wieder unwohl?«

Mit Unwohlsein meint sie meine psychischen Probleme in den letzten beiden Jahren. Es fällt ihr schwer, mit mir darüber zu sprechen, und ich weiß, dass ein Teil von ihr sich dafür schämt, dass ihre Tochter eine Therapeutin hat und Antidepressiva brauchte, um zurechtzukommen. Aber die schwerste Zeit liegt hinter mir, und dieser Umzug ist der erste Schritt auf meinem neuen Weg.

»Es geht mir gut«, erwidere ich.

»Und du bist dir sicher, dass es in diesem Haus nicht doch zu einsam für dich ist? Warum hast du dir nichts gesucht, was etwas näher ist? Ich weiß, dass Neil es dort geliebt hat, aber …«

Sie bricht ab. Zu den schwierigsten Erfahrungen, seit ich Neil verloren habe, gehört, dass es plötzlich niemand mehr wagt, von ihm zu sprechen.

»Du kommst zurecht, mein Schatz?«

Die Frage hat man mir nach Neils Erkrankung permanent gestellt. Im Grunde aber will niemand die Wahrheit hören, und dieses Spiel beherrsche ich inzwischen perfekt.

»Ich bin ein bisschen müde, aber sonst geht es mir gut.«

Damit gibt sie sich zufrieden und stellt betont fröhlich fest: »Mit Cornwall hast du dir natürlich eine wirklich hübsche Gegend ausgesucht, das muss ich zugeben. Dad und ich sind immer hin und weg von der schönen Landschaft, wenn wir sie mal in einem Film sehen.«

Ich verkneife mir die Feststellung, dass diese Filme immer im Sommer spielen, wenn der Himmel strahlend blau ist und die Temperaturen erheblich milder sind als um diese Jahreszeit. Ich erzähle auch nicht, dass mir die raue Küstengegend im Moment eher dramatisch und im Winter ziemlich düster vorkommt.

»Es würde dir hier gefallen, Mum«, behaupte ich stattdessen. »Das alte Pfarrhaus ist sehr geräumig und der Ausblick wunderbar. Ich hoffe, dass ich hier auch wieder malen kann.«

Ich sehne mich danach, die wilde Landschaft mit dem Himmel, dessen Licht sich ständig ändert, und den grasbewachsenen Klippen einzufangen, auch wenn ich Angst davor habe, zu meinem Skizzenblock zu greifen.

Ich habe plötzlich das Gefühl, als könnte ich Neil vor mir sehen, wie er es sich auf der Fensterbank bequem macht mit seinem selbstbewussten Grinsen im Gesicht. Seine blauen Augen blitzen, die nackten Füße sind gebräunt, und er wirkt fast so jugendlich wie bei unserer ersten Begegnung. *Vertrau deinem Instinkt, es ist gut, dass du hierhergekommen bist*, scheint er mir sagen zu wollen. Ich blinzele, und schon ist sein Bild verschwunden.

»Na, das höre ich gern!«, sagt Mum gerade und klingt so erleichtert, dass mir bewusst wird, wie besorgt sie um mich sein muss. Ich male, seit ich einen Pinsel halten kann, und neben meinem Job als Lehrerin habe ich dank meiner tollen Agentin schon einige Arbeiten verkauft. Aber nach Neils Tod habe ich gänzlich mit dem Malen aufgehört. Als hätte ich mit Neil auch meine Kreativität verloren.

Aber vielleicht ist jetzt der Augenblick gekommen, um herauszufinden, ob ich überhaupt noch malen kann. Mit einem Mal fühlt sich das alte Pfarrhaus weniger kalt und höhlenartig an. Ich fühle mich Neil hier näher als in unserer alten Wohnung, und ich bin mir plötzlich sicher, dass es die richtige Entscheidung war, nach Cornwall zu kommen.

Während die Umzugsleute ihren Lkw entluden, habe ich mein neues Heim erforscht, gedanklich einen Grundriss erstellt und Türen zu Räumen geöffnet, die ich niemals nutzen werde. Im ersten Stock habe ich von den fünf Schlafzimmern das ausgewählt, das die beste Aussicht auf das Meer und die Klippen bietet. Der Ausblick macht die alten, verblichenen Tapeten mit dem altmodischen Blümchenmuster auf jeden Fall wett. Nach einem kurzen Blick ins Bad bin ich dann über eine zweite Treppe – oder vielmehr eine Art Leiter – auf den Dachboden hinaufgeklettert. Es dämmerte schon, doch ich wusste noch von meinem Aufenthalt im Sommer, dass der Raum hier oben als Atelier hervorragend geeignet wäre. Vielleicht also …

»Was hast du heute vor?«, fragte meine Mum mich vorhin in dem aufmunternden Ton, in dem man mit Kranken spricht. »Einen schönen Spaziergang auf den Klippen und danach zum Mittagessen in den Pub?«

Ich lächele, weil das im Vergleich zu meinen wirklichen Plänen nach echtem Luxus klingt.

»Vielleicht mache ich das morgen. Heute muss ich erst mal Holz besorgen, um den Ofen anzuheizen, denn es ist hier ziemlich kalt.«

Was reichlich untertrieben ist. Es würde mich nicht überraschen, wenn sich im nächsten Augenblick ein Gletscher durch den Raum schöbe. Es ist ein frostiger, bitterkalter Tag, und wenn ich spreche, kann ich meinen Atem in kleinen Wölkchen vor mir sehen. Zum Glück hat meine Mutter FaceTime noch nicht für sich entdeckt und sieht mich nicht in Schal und Mantel hier im Flur stehen.

Ich sehe Eisblumen an der Fensterscheibe und habe das ungute Gefühl, dass sich das Haus, wenn ich nicht sofort etwas unternehme, in einen Eispalast verwandeln wird.

Nachdem ich endlich aufgelegt habe, zieht mich das helle Sonnenlicht nach draußen. Ich will mein Gesicht in die warmen Strahlen halten und herausfinden, womit ich mein Zuhause am besten auftauen kann.

3

CHLOE

Es fühlt sich draußen wärmer an als im Haus. Die dicken Mauern speichern Kälte sicher ebenso wie Wärme. Ich stapfe durch den Garten, halte mein Gesicht ins Sonnenlicht und genieße die Wärme auf der Haut. Langsam finde ich sogar Gefallen an diesem klaren Wintertag. Die Wellen glitzern in der Bucht, die Möwen führen Kunststücke am Himmel auf, und eine Reihe eifriger Spaziergänger marschiert bereits den Klippenpfad herauf. Ich mache mich auf die Suche nach Holzvorräten.

Es tut mir gut, draußen an der frischen Luft zu sein. Das Gespräch mit meiner Mutter hat mich ein bisschen aus dem Gleichgewicht gebracht, denn unsere Unterhaltungen bauen auf alten Ängsten, und meine Mutter erinnert mich mit ihren sorgenvollen Fragen immer an all das, was ich am liebsten vergessen will.

Am Tag meines Umzugs fiel mir mit jeder Meile, die mein kleines rotes Auto mich von London Richtung Westen trug, das Atmen leichter, weil ich hoffte, auch die Rolle der armen Chloe, der bedauernswerten jungen Witwe abzustreifen, über die die Leute hinter vorgehaltener Hand sprechen. In Rosecraddick wollte ich einen Neuanfang wagen, ohne dass mich die Vergangenheit und das verdammte Mitgefühl der Leute runterziehen.

Das heißt nicht, dass ich Neil weniger liebe oder gar vergessen will. Im Gegenteil. Ich habe mir Rosecraddick, diesen kleinen Ort am Meer, ausgesucht, weil Neil hier als kleiner Junge immer seine Ferien verbrachte. Hier hat er Segeln, Kajakfahren, Klettern gelernt. Ein Zweig seiner Familie stammt von hier, und irgendwie scheint mir der Ort sehr stark mit Neil verbunden zu sein. Die Erinnerung an ihn scheint mir hier in Cornwall eher ein Trost als eine Last zu sein.

Wie dem auch sei. Ich brauche erst mal dringend Holz und schaue mich auf dem Grundstück um. Ein schmaler Weg schlängelt sich an den Grabsteinen und den Engelsstatuen vorbei zum Rand der Landzunge in Richtung Küstenweg. Ich kann mir nicht vorstellen, dass der Holzschuppen dort steht. Links vom Haus träumt die kleine Kirche in der Sonne vor sich hin, und gleich dahinter führt der Weg ins Dorf. Rosecraddick liegt in einem Tal, das rundherum von baumbestandenen Erhebungen umgeben ist. Im Sommer hat mich das dichte grüne Laub beeindruckt, aber heute kann man zwischen all den lichten, in den Himmel gereckten Ästen hindurch aus dem Schlafzimmer des Hauses bis zum großen Herrenhaus hinübersehen.

»Hallo! Kann ich Ihnen helfen?«

Erschrocken fahre ich herum und sehe eine rothaarige Frau am Friedhofseingang stehen. Sie ist etwa Ende dreißig und ihrem weißen Kragen zufolge Vikarin.

»Tut mir leid, ich wollte Sie nicht erschrecken. Ich bin Sue Perry, die Vikarin von St. Nonna – und von einer Reihe anderer Kirchen der Gemeinde, was bestimmt die Strafe für begangene Sünden ist. Sie sehen etwas verloren aus.«

»Nein, nein. Es geht mir gut. Trotzdem vielen Dank.« Ich strecke meine Hand aus, um nicht unhöflich zu sein. »Ich bin Chloe Pencarrow und gestern in das alte Pfarrhaus eingezogen.«

Plötzlich überkommen mich Schuldgefühle. Eigentlich hätte diese Frau mit den blitzenden Augen und den wilden kastanienbraunen Haaren, die ihre vollen Wangen umrahmen, hier wohnen sollen. Wenn ich mich recht entsinne, erzählte die Maklerin, das neue Pfarrhaus stehe etwas abgelegen auf der anderen Seite von Rosecraddick, während mein Haus zwar an einer ziemlich exponierten Stelle, dafür aber sehr romantisch liegt.

Sue Perry aber scheint sich nicht im Mindesten daran zu stören, dass ich hier eingezogen bin. Ihr Lächeln wird sogar noch wärmer, und sie schüttelt mir kraftvoll die Hand.

»Aha! Über den Buschfunk habe ich schon erfahren, dass hier eine glamouröse Künstlerin aus London eingezogen ist.«

»Woher wissen die Leute, was ich beruflich mache?«, wundere ich mich. Und die Bezeichnung »glamourös« trifft ganz bestimmt nicht auf mich zu. Irgendwann habe ich ganz aufgehört, mich zu schminken, und meine Haare habe ich zuletzt kurzerhand mit einer Küchenschere abgesäbelt, als sie mir ständig in die Augen fielen. Und ich muss sagen, dass ich erheblich besser malen kann als Haare schneiden.

Sue Perry lacht. »Tja nun, das Spionagenetzwerk hier im Dorf ist besser als der MI5 – obwohl es eigentlich ganz einfach ist. Der Sohn der Frau, die hier die Post betreibt, arbeitet bei Ihrem Umzugsunternehmen und hat die Staffelei gesehen. Den Rest haben sich die Leute dann im Pub oder im Supermarkt zusammengereimt. Wahrscheinlich heißt es bis zum Nachmittag, dass Sie am liebsten Akte malen und sich ein Ohr abschneiden, wenn ein Bild nichts wird.«

»Dann wird es sie enttäuschen, dass ich vor allem Landschaften und Gebäude male.«

Sue Perry grinst. »Die Wahrheit sollte einer spannenden Erzählung niemals Abbruch tun. Willkommen in Rosecraddick! Falls Sie etwas brauchen oder wissen wollen, fragen Sie mich einfach. Ich bin meist drüben in der Kirche anzutreffen und freue mich über Besuch.«

»Danke«, sage ich, obwohl ich mir nicht vorstellen kann, zum Gottesdienst zu gehen. Was haben mir all die Gebete gebracht, als Neil so krank geworden war?

»Haben Sie sich schon im alten Pfarrhaus eingelebt?«, wechselt die Vikarin das Thema. »Brauchen Sie irgendwas?«

»Tatsächlich, ja. Ich bin auf der Suche nach Feuerholz. Ich muss irgendwie den Kamin anbekommen, wenn ich nicht erfrieren will.«

Mit einem mitfühlenden Nicken antwortet sie: »Ich wette, dass es in dem alten Haus zurzeit so kalt ist wie in der Arktis. Zum Glück besaß meine Kirche die Vernunft, ein modernes, neues Pfarrhaus mit Zentralheizung zu bauen. Es ist schon schwer genug, die Kirche warm zu kriegen. Für gewöhnlich liegt das Holz hinter dem Haus, aber machen Sie sich besser keine allzu großen Hoffnungen, dort noch etwas zu finden. Die letzten Mieter waren im Frühjahr hier, und ich kann mir nicht vorstellen, dass irgendwer daran gedacht hat, anschließend den Holzvorrat noch einmal aufzufüllen.«

Oje. Dann werde ich die Nacht bestimmt nicht ohne Frostbeulen überstehen. Oder vielleicht muss ich anfangen, Möbel zu verbrennen, wenn ich nicht erfrieren will.

»Am besten sehen wir mal zusammen nach«, schlägt Sue mir vor. »Ich zeige Ihnen, wo das Holz gelagert wird.«

Ich nicke dankbar und folge ihr durch ein Tor auf einen Weg am Haus vorbei zu einer Hütte, die am Grundstücksende steht. Ich muss das Holz jedes Mal von dort bis zum Pfarrhaus schleppen?

Ohne Witz? Dann werde ich im Frühjahr Arme haben wie Dwayne Johnson alias The Rock.

»Ich fürchte, es ist nichts mehr da«, sagt Sue nach einem kurzen Blick in die Hütte. »Das tut mir leid für Sie. Am besten rufen Sie gleich heute früh bei Larry an.«

»Bei Larry?«

»Larry ist der Holzhändler im Dorf. Das heißt, lassen Sie besser mich anrufen, denn wenn ihn die Vikarin freundlich bittet, liefert er das Holz möglicherweise noch heute an.« Sie greift sich an den weißen Kragen und stellt augenzwinkernd fest: »Als Vikarin hat man durchaus gewisse Vorteile.«

»Das wäre wirklich nett«, sage ich dankbar. »Ich glaube, ohne Heizung halte ich nicht lange durch.«

»Mit Ihren blauen Lippen sehen Sie jetzt schon aus, als könnten Sie etwas Wärme und einen heißen Kaffee vertragen. Ich habe einen Heizlüfter und einen Wasserkocher in der Sakristei. Dort liegt auch mein Handy, also trinken wir am besten erst mal einen Kaffee zusammen, und ich rufe gleich bei Larry an.«

Ich würde alles für einen Kaffee geben und folge Sue durch den Garten und dann quer über den Friedhof in die Kirche, während sie mir fröhlich Klatschgeschichten über die Bewohner des Dorfs erzählt.

Mit einem Becher Kaffee in den Händen sitze ich vor einem Teller voller Schokoladenplätzchen und sehe mich unauffällig um, während Sue die Holzbestellung aufgibt.

Eine Soutane hängt an einem Haken an der Tür, auf dem Schreibtisch stapeln sich Bücher und Papiere, und der von Sue erwähnte Heizlüfter bläst hustend Heißluft in den Raum. Die Sakristei ist klein und ausnehmend gemütlich. An einer Pinnwand hängen ein paar bunte Schnappschüsse von Sue mit einem freundlich dreinblickenden Mann mit Brille, einem pausbäckigen kleinen Jungen und einem süßen Hund mit wild gelocktem Fell. Die Bilder lassen auf ein durch und durch glückliches Familienleben schließen.

Und wieder wogt die altbekannte Trauer in mir auf. Von mir und Neil wird es niemals solche Bilder geben. Niemals wird es einen süßen kleinen Jungen oder ein süßes kleines Mädchen mit Neils Grübchen und mit meinen wilden Locken geben oder ein Familienfoto, auf dem wir mit unserem Hund spazieren gehen. Es wird niemals einen ersten Schultag für uns geben, keinen Studienabschluss, keine Hochzeit, keine Taufe unseres ersten Enkelkinds. All diese Träume sind mit ihm begraben.

»So«, meint Sue, als sie aufgelegt hat, und sieht zufrieden aus. »Das hätten wir geklärt. Larry liefert heute Nachmittag das Holz. Ist das für Sie okay?«

Ich versuche, die Erinnerung an Neil abzuschütteln, und kann nur stumm nicken. Noch immer starre ich gedankenverloren auf die Pinnwand.

»Das ist mein Mann Tim, und dieser kleine Frechdachs ist Caspar, unser Sohn«, erklärt mir Sue mit stolzer Stimme, als sie meinem Blick folgt. »Der Hund heißt Molly, und ich kann Ihnen versichern, dass sie deutlich besser erzogen ist als meine beiden Männer. Sie müssen unbedingt mal zum Abendessen vorbeikommen und sie kennenlernen.«

»Danke«, sage ich. »Das wäre schön.«

»Wobei ich nicht mal kochen könnte, wenn mein Leben davon abhinge«, warnt sie mich. »Wir werden also Pizza bestellen müssen.

Aber das ist zurzeit sowieso das Einzige, was Caspar isst. Sie wissen ja, wie Kinder sind.«

Ich habe zwar zehn Jahre an einer Schule unterrichtet, aber meine Schülerinnen und Schüler waren deutlich älter. Ich kenne mich mit Kleinkindern nicht aus und befürchte, dass das auch so bleiben wird. Mir steigen Tränen in die Augen, und ich bin froh, dass Sue an ihrem Schreibtisch steht und ihren Terminkalender studiert.

»Verflixt. Ich bin bereits die ganze Woche ausgebucht. Kann ich mich bei Ihnen melden, wenn ich einen freien Abend finde?«

»Natürlich.« Insgeheim bin ich erleichtert. Ich weiß nicht, ob ich einem Abend mit Sues Familie schon gewachsen bin.

»Dann speichere ich am besten Ihre Nummer in meinem Handy ein.« Sie zieht es schwungvoll aus der Tasche, tippt etwas ein und runzelt missmutig die Stirn. »Das Ding ist furchtbar kompliziert! Ich komme kaum damit zurecht. Also, wie ist Ihre Nummer?«

Ich sage ihr meine Telefonnummer.

»Chloe …« Sue sieht kurz auf. »Entschuldigung, mein Hirn ist heute wie ein Sieb. Wie war noch mal Ihr Nachname?«

»Pencarrow.«

»Diesen Namen gibt's hier ziemlich oft.« Sie tippt ihn in ihr Handy ein. »Stammen Sie aus der Gegend?«

»Die Familie meines Mannes hat vor langer Zeit hier gelebt. Vielleicht sind die Pencarrows, die Sie kennen, ja entfernt mit ihm verwandt.«

Falls Sue sich wundert, weil ich ohne Mann hierhergezogen bin, lässt sie es sich nicht anmerken. Sie wirft nicht mal einen Blick auf meine linke Hand, an der noch immer mein Verlobungs- und mein Ehering stecken.

»Wir sind hier alle auf die eine oder andere Art verwandt. Pencarrows gab's hier mal ziemlich viele, der Name steht auf dem Kriegerdenkmal, und ich glaube, auch im Buntglasfenster im südlichen Querschiff unserer Kirche. Viele Männer der Familie sind nicht mehr aus den beiden Weltkriegen heimgekehrt. Die Pencarrows hatten wirklich kein Glück mit ihren Söhnen.«

Das haben sie bis heute nicht. Neil war der Letzte seiner Familie.

»Das ist sehr traurig«, gebe ich zurück.

»Sie sollten sich einmal das Kriegerdenkmal ansehen. Wegen der Familiengeschichte und auch so«, meint Sue. »Der Weg dorthin ist wirklich schön, und man hat einen wunderbaren Ausblick.«

»Sie meinen das Denkmal auf der Landzunge?« Ich kann das graue Kreuz von meinem Haus aus sehen. Es wirkt auf mich so, als wäre es bereits Teil der Landschaft geworden, als wären die Verluste all der Menschen, die aufs Meer geschaut und dafür gebetet haben, dass sie ihre Lieben wohlbehalten wieder in die Arme schließen dürfen, mit dem Regen und den Jahren in den Boden eingedrungen.

»Genau. Wir legen dort an diesem Wochenende einen Kranz nieder und erinnern damit an den Waffenstillstand. Im Anschluss halten wir noch einen Gottesdienst zu Ehren der Gefallenen ab. Der ist immer sehr bewegend.« Sue trinkt ihren Kaffee aus und stellt den Becher vorsichtig auf dem Papierberg auf dem Schreibtisch ab. »Wollen Sie sich das Buntglasfenster in der Kirche ansehen? Ich meine mich zu erinnern, dass Ihr Name irgendwo dort steht.«

St. Nonna ist eine kleine Kirche, in der eine friedliche Atmosphäre herrscht. Ich bin etwas überrascht, als sich die Ruhe des Ortes sofort auf mich überträgt. Die Gebete vieler Jahrhunderte scheinen im Raum zu hängen, und das Licht, das durch die Buntglasfenster strömt, fällt auf die großen Steinplatten auf dem Boden.

»Da wären wir.« Am Ende des südlichen Querschiffs bleibt Sue stehen.

In dem wunderschönen Fenster über uns ist eine von Mohnblumen gesäumte Schriftrolle zu sehen. Über den schlichten weißen Holzkreuzen, die darauf abgebildet sind, erhellt Sonnenschein einen leuchtend blauen Himmel. Auf jedem goldenen Strahl steht der Name eines Mannes aus dem Ort mit einer liebevollen Einlegearbeit aus schwarzem Glas.

»Zur Ehre Gottes und im Gedenken an die Männer von Rosecraddick, die ihr Leben im Großen Krieg 1914 bis 1918 hingegeben haben«, lese ich laut vor.

Mein Gott, es müssen über dreißig Namen sein. Erschreckend viele für so ein kleines Dorf. Sie waren Söhne, Ehemänner, Brüder und Geliebte, haben gelacht, geweint, gezittert und gelebt, wurden geliebt und betrauert, auch wenn sie heute nur noch Namen in einem hübschen Fenster einer unbekannten kleinen Kirche sind.

Ich lasse meinen Blick über die Namen wandern, bis ich an einem hangenbleibe. Auf einem der Sonnenstrahlen in der Mitte steht: Gem Pencarrow.

Er war fast noch ein Teenager, als er starb, kaum älter als die Schüler, die ich unterrichtet habe. Ich bin plötzlich so bewegt, dass mir die Worte fehlen. Ich hatte nicht damit gerechnet, den Namen meines Mannes hier zu entdecken.

»Es bringt einen zum Nachdenken, nicht wahr?«, stellt Sue mit ruhiger Stimme fest. »Ich weiß, das Ende dieses Krieges ist inzwischen hundert Jahre her, und alle diese jungen Männer wären sowieso nicht mehr am Leben, aber trotzdem sind sie alle viel zu früh gestorben.«

»Das stimmt.«

»Und hier haben wir noch das Gedenkfenster für Kit«, meint Sue und wendet sich dem nächsten Fenster zu. »Mitunter seinetwegen kommen die Touristen hierher. Sie werden in den Sommermonaten erleben, dass viele Menschen mit ihren Gedichtbänden zu diesem Fenster pilgern.«

Ich sehe mir das Buntglasfenster an, das einem jungen Mann in Uniform gewidmet ist. Er steht mit einem Kranz aus goldenem Haar inmitten eines Mohnblumenfeldes, auf dem weiße Lämmer abgebildet sind. Er hält eine aufgeschlagene Bibel in der Hand. Sein Blick geht Richtung Himmel, und die Flammen eines rötlich-goldenen Sonnenuntergangs umrahmen sein Gesicht. Engel strecken ihre Arme nach ihm aus, um ihn in den Himmel zu erheben, an dem – wie ein Fremdkörper – ein verlorenes weißes Gänseblümchen schwebt.

»Beeindruckend«, stelle ich fest, und die Vikarin sieht zufrieden aus.

»Nicht wahr? Obwohl es aus der Sicht mancher vielleicht etwas schwülstig ist«, gibt sie zu, macht einen Schritt zurück und unterzieht das Bild einer erneuten Musterung. »Aber genau so wollte es die Familie haben. Ich bin nicht wirklich überzeugt, dass es den echten Kit wiedergibt. Die wenigsten jungen Männer, die ich kenne, denken so intensiv über Engel und den Himmel nach.«

Mir fällt die Überladenheit des Bildes auf. Der Aufstieg in den Himmel, die Lämmer, der blutrote Mohn und die christusähnliche Gestalt sind stimmig für ein Gedenkbild, aber das Gänseblümchen ergibt aus meiner Sicht nicht den geringsten Sinn. Davon abgesehen sieht die Arbeit ziemlich unbeholfen aus, als hätte man das Blümchen nachträglich in aller Eile eingefügt. Aber warum? Was soll es bedeuten?

Ich bin sofort fasziniert von dem Fenster. Die Symbolik und die Botschaften von Kunstwerken haben mich schon immer interessiert.

»Sollte ich schon mal von ihm gehört haben?«, erkundige ich mich. Das aufwendige, reich verzierte Fenster ist so groß wie das erste, obwohl es nur einem Mann allein gewidmet ist: Hauptmann Christopher Rivers, der der Inschrift nach seit 1916 als verschollen gilt. Ich zermartere mir das Hirn, komme aber nicht darauf, wer Rivers war und weshalb sich so viele Menschen für das Fenster interessieren.

»Kommt drauf an, wie gut Sie in englischer Literatur bewandert sind«, meint Sue. »Kit Rivers war ein Dichter und der berühmteste Einwohner unseres Dorfs. Aber Sie brauchen sich nicht zu schämen, wenn Sie bisher nie etwas von ihm gehört haben. Ich glaube nicht, dass sich sein Werk mit dem von Wilfred Owen und vergleichbaren Größen messen kann. Ich selbst habe ebenfalls das erste Mal von Kit gehört, als ich hier angekommen bin – aber ich kann auch nicht gerade behaupten, dass ich sonderlich belesen bin.«

Ich wühle in meinen Erinnerungen an den Englischunterricht, aber der Name Rivers ist mir noch nie begegnet.

»*Tod durch Ersticken? Trommelfeuer?*«, versucht Sue, mir auf die Sprünge zu helfen. »Ich glaube, das sind seine bekanntesten Gedichte. Ich habe zu Hause irgendwo ein Buch und grabe es gerne für Sie aus. Bestimmt finden Sie auch im Internet Informationen zu ihm, und der Dorfladen verkauft eine Broschüre über Kit. Wir sind hier nämlich ziemlich stolz auf ihn.«

Ich sehe mir das Fenster genauer an. Im Licht der Wintersonne sehen Kits Haare aus, als wären sie aus purem Gold.

»Dieses Fenster war doch sicher furchtbar teuer«, sage ich.

Sue nickt. »Ich schätze schon. Aber die Familie Rivers war reich. Sie lebten im Herrenhaus und waren die wohlhabendsten Landbesitzer. Es ging bei ihnen zu wie in *Downton Abbey.* Jede Menge Angestellte, Pferde und der ganze Kram. Kit war ein Einzelkind, ihre Linie ist also mit ihm ausgestorben.«

Entschlossen schiebe ich die Gedanken an Neil beiseite und wende mich abermals dem Fenster zu. Es ist zwar ein bemerkenswertes Kunstwerk, aber irgendwie kommt es mir ziemlich unpersönlich und in übertriebenem Maße idealisierend vor. Kit Rivers ist wie ein Heiliger dargestellt, nicht wie ein normaler junger Mann.

»Hat seine Familie das Fenster in Auftrag gegeben?«

»Ich glaube, dass seine Mutter in den zwanziger Jahren gestorben ist, aber es gibt hier einen Verein, der sich Kits Andenken verschrieben hat. Wenn es Sie interessiert, gehen Sie doch zum Herrenhaus und sprechen mit Matt Enys. Er ist Mitglied der Stiftung Cornwallscher Kulturbesitz, die das Haus vor ein paar Monaten erworben hat, und kennt sich ziemlich gut mit der Familiengeschichte der Rivers aus. Sie planen eine Ausstellung über den Ersten Weltkrieg, in der es auch um Kit gehen wird, und Matt ist der Geschichtsexperte des Vereins. Man hofft natürlich, dass die Touristen scharenweise nach Rosecraddick strömen.«

»Interessieren sich die Touristen denn für Poesie?« Ich hatte angenommen, die Leute kämen vor allem, um an den Strand, ins Café oder in die Eisdiele zu gehen.

Sue zuckt mit den Schultern. »Keine Ahnung. Wie es aussieht, will die Stiftung einen Teesalon eröffnen, Führungen durchs Haus anbieten und das Ganze mit dem Ersten Weltkrieg und dem *Downton Abbey*-Hype verknüpfen. Alles, was den Tourismus fördert, kann nur gut für die Gemeinde sein. Sie sehen selbst, wie ausgestorben es hier im Winter ist, und je mehr Geld die Leute in den Sommermonaten verdienen, umso besser kommen sie durch die anderen Jahreszeiten.«

Da hat sie recht. Als ich im Sommer hier war, kam ich mit dem Auto in den schmalen Gassen nur im Schritttempo voran. Heerscharen von Urlaubern bevölkerten die Straße Richtung Strand, bummelten an den Schaufenstern entlang und drängten sich vor den Bäckereien, um eine der berühmten leckeren Pasteten zu erstehen. Die Geschäfte waren den ganzen Tag geöffnet, in den Cafés fand man nur mit Mühe einen Platz, und vor den Pubs saßen die Gäste gut gelaunt im Sonnenschein und stießen fröhlich miteinander an.

Bei meiner Ankunft gestern aber waren die Straßen menschenleer, und die meisten Läden haben bis zum Frühjahr dichtgemacht. Es ist bestimmt nicht leicht, in ein paar Monaten genügend Geld zu verdienen, um damit durch das ganze Jahr zu kommen.

»Was hat es mit dem Gänseblümchen auf sich?«, frage ich und zeige auf die kleine weiße Blume, die zwischen den Flammen und den Engeln schwebt. »Es wirkt ein bisschen fehl am Platz, finden Sie nicht auch?«

Sue runzelt überrascht die Stirn. »Das sehe ich zum ersten Mal. Unglaublich, dass es mir nicht schon früher aufgefallen ist. Wenn man es einmal wahrgenommen hat, sticht es geradezu aus dem Bild hervor.«

»Sieht aus, als hätte man es nachträglich eingefügt«, sage ich nachdenklich. »Der Stil ist anders, fast ein bisschen grob. Es hebt sich wirklich deutlich vom übrigen Farbschema und von den Bildelementen ab. Und warum schwebt es am Himmel?«

»Da spricht die Künstlerin. Sie haben einen Blick für Details«, sagt Sue und klingt derart bewundernd, dass es mir ein bisschen peinlich ist. Schließlich spalte ich kein Atom, sondern sehe mir nur ein Fenster an. Ich zucke mit den Achseln.

»Es ist einfach etwas rätselhaft, und so etwas hat mich schon immer fasziniert.«

»Dann sollten Sie auf alle Fälle die Historiker der Stiftung befragen«, schlägt sie mir grinsend vor.

Als ich Sue durch das Kirchenschiff zurück zum Ausgang folge, geht mir das Rätsel dieses Gänseblümchens nicht mehr aus dem Kopf. Egal, wie ich es drehe und wende, es ergibt einfach keinen Sinn. Am besten stelle ich tatsächlich ein paar Nachforschungen an – oder lese zumindest einige Gedichte des jungen Rivers.

Als ich aus der Kirche trete, blendet mich die Sonne, und ich blinzele. Ein kleines Lächeln breitet sich auf meinem Gesicht aus. Es fühlt sich auf einmal richtig an, dass ich nach Rosecraddick gekommen bin. Ich will unbedingt herausfinden, was es mit dem Gänseblümchen auf sich hat.

Zum ersten Mal seit langer Zeit habe ich wieder ein Ziel.

4

CHLOE

Obwohl bei meiner Rückkehr ins alte Pfarrhaus die Morgensonne durch die Fenster hereinströmt, ist es noch immer kalt, und ich bin dankbar für die Holzbestellung, die die hilfsbereite Sue für mich aufgegeben hat. In einer kleinen Wohnung hätte mein altgedienter Heizlüfter vollkommen ausgereicht, aber ein Haus dieser Größe kriegt er niemals warm. Daran, dass das Haus nur schlecht zu heizen sein könnte, habe ich im Sommer nicht gedacht. Im Grunde habe ich auch sonst nicht wirklich weit gedacht, muss ich mir eingestehen. Damals habe ich noch die Minuten, Stunden, Tage seit Neils Tod gezählt. Ich wollte vergessen und am liebsten die ganze Zeit nur schlafen, hatte aber gleichzeitig riesige Angst vor dem Aufwachen, weil mich nach der Schlaftrunkenheit jedes Mal die Erkenntnis traf, dass er nicht mehr lebte. Ich zog mich während dieser langen, dunklen Tagen immer wieder in mein Schlafzimmer zurück, vergrub mich unter meiner Decke und beschloss, erst wieder aufzutauchen, wenn es nicht anders ging.

Inzwischen ist das Bedürfnis, den Tag im Bett zu verbringen, komplett verschwunden. Im Gegenteil, ich muss mich bewegen, muss etwas unternehmen, brauche irgendwas zu tun.

Inzwischen ist es früher Mittag, die Holzlieferung ist erst für den Nachmittag angekündigt. Ich gehe in die Küche, aber da der Herd nicht funktioniert, kann ich auch kein Wasser erhitzen. Ich hätte den Wasserkocher mitbringen sollen. Wenn Neil jetzt hier wäre, säße er längst mit einem dick belegten Käse-Gurken-Sandwich an dem alten Küchentisch und würde genüsslich kauend die Tischplatte vollkrümeln. Ich habe mich darüber immer furchtbar aufgeregt. Tränen steigen mir in die Augen, und wieder einmal denke ich, wie seltsam es doch ist, dass derartige Kleinigkeiten so schmerzhaft sein können.

Um mich abzulenken, setze ich mich an den Tisch, fische mein Handy aus der Tasche und suche nach Kit Rivers.

Ein kurzer Wikipedia-Eintrag enthält kaum neue Informationen, die Sue mir nicht bereits verraten hätte. Ich vergleiche ihn mit den Artikeln über Brooke und Owen, und es macht mich traurig, dass es über Kit offenbar nicht mehr zu sagen gab. Ein junger Mann aus einer Militärfamilie aus der Oberschicht kämpft im Krieg in Frankreich und kommt dort in den Gefechten um. Ohne seine Verse würde er sich kaum von Tausenden anderen unterscheiden, die in diesem Krieg gefallen sind. Seufzend lege ich mein Handy zur Seite. Kit und all die anderen Gefallenen muss so viel mehr ausgemacht haben, aber das ist jetzt für alle Zeit verloren. Lauter Kleinigkeiten, die für immer vergessen sind. Was war Kits Lieblingsessen? War er gern Soldat, oder ist er nur aus Pflichtgefühl oder auf Druck seiner Familie eingerückt? War er eher fröhlich oder ernst? Wollte er ein berühmter Dichter werden? Wer waren seine Freunde? Hatte er eine Freundin? Hatte er Angst vor dem Krieg? Ich könnte endlos weiterfragen, aber abgesehen von ein paar Zeilen und seinen Gedichten, den Hinterlassenschaften eines allzu kurzen Lebens, finde ich keine Antworten.

Wer wird sich später einmal an mich oder Neil erinnern? Das Kinderzimmer ist leer geblieben, und Gedichte haben wir – abgesehen von dem ziemlich unzüchtigen Gedicht zum Valentinstag, das mir Neil einmal gewidmet hat und das ganz sicher niemand anderes lesen wird – nicht verfasst.

Ich reibe mir die Augen und kehre in Gedanken wieder zu der traurigen Geschichte des jungen Dichters zurück, der sein Leben viel zu früh verloren hat. Weil ich weiß, dass es mir nicht guttut, über solche Dinge nachzudenken, wende ich mich lieber dem Rätsel um das Gänseblümchen zu. Meine Internetrecherche zu diesem Thema ergibt nichts, doch ich kann nicht glauben, dass jemand die Blume grundlos dorthin gemalt hat. Sie muss irgendetwas zu bedeuten haben. Aber was?

Ich gehe in den Flur, schnappe mir meine Tasche und ziehe die Gummistiefel an. Ein flotter Spaziergang ist jetzt genau das Richtige. Durch die Bewegung wird mir warm werden, und an der frischen Luft bekomme ich bestimmt auch wieder einen klaren Kopf. Ich schlage den Weg hinauf zum Kriegerdenkmal ein und will von dort weiter querfeldein ins Dorf marschieren. Der Weg führt über die Klippen und die Landzunge, vorbei am Herrenhaus und schließlich nach Rosecraddick.

Es ist ein wunderbarer Tag. Die Wellen glitzern unter den hellen Sonnenstrahlen, und der Himmel erstrahlt in einem klaren Blau. Beim Losgehen war mir noch etwas kalt, aber als ich die Landzunge erreiche, bleibe ich stehen, um mir die Jacke auszuziehen und sie um meine Hüfte zu binden. Der Weg zum Denkmal ist erheblich steiler, als er aussieht, doch der Aufstieg lohnt sich. Von oben betrachtet dehnt das Meer sich schier endlos unter einem grenzenlosen Himmel aus. Ein Gefühl von Unendlichkeit und Freiheit überkommt mich, und als ich die letzte Biegung nehme, ist mir klar, warum das Denkmal ausgerechnet hier errichtet wurde. Zeit spielt hier oben keine Rolle, und die über den Himmel ziehenden Wolken und das Meer, das sich unermüdlich an den Klippen bricht, führen einem die eigene Bedeutungslosigkeit vor Augen. Was uns im Hier und Jetzt so wichtig ist, ist nichts verglichen mit dem Meer, den Felsen und den immer wiederkehrenden Gezeiten. Diese Überlegung löst ein friedliches Gefühl in mir aus.

Ich setze mich auf eine schlichte Bank gegenüber dem Denkmal, um wieder zu Atem zu kommen und den Ausblick auf das Meer zu genießen. Ich lese all die aufgelisteten Namen am Denkmal. Auch der Name Pencarrow taucht mehrfach auf. Gem steht dort sowie drei weitere Pencarrows, die im Zweiten Weltkrieg gefallen sind.

Nach einer Weile stehe ich auf, wende mich kurzerhand landeinwärts und folge dem ausgetretenen Pfad ins Dorf. Bei gutem Wetter scheint der Klippenpfad beliebt zu sein, und ich begegne ein paar Joggern, mehreren Familien mit Hunden und Kindern, die in roten Gummistiefeln umherhüpfen, und Wanderern, die mit Gamaschen und Stöcken ausgerüstet sind. Bis ich den Wald erreiche, bin ich wieder allein und lausche meinem eigenen, schneller gehenden Atem.

Unter den Bäumen ist es dunkler und die Erde feucht. Ob Kit Rivers jemals diesen Weg genommen hat? Ein seltsamer Gedanke, dass er vielleicht hier entlanggelaufen ist und alles schon so ausgesehen hat wie jetzt. Abgesehen von den Stufen, die die Organisation für Denkmalpflege und Naturschutz angelegt hat, und den Bäumen, die im Laufe der Jahrzehnte gewachsen sind.

Der Pfad schlängelt sich durch den Wald, durchschneidet ein paar Felder und endet abrupt an einem Zauntritt, der zu einem Hohlweg auf der anderen Seite führt. Selbst um diese Jahreszeit tauchen die kahlen Bäume, deren Äste sich hoch über meinem Kopf umarmen, die Umgebung in ein fahles Dämmerlicht, und ich gehe langsam durch den Tunnel aus Zweigen und Baumwurzeln. Abgesehen von ein paar Reitern scheint der Weg kaum genutzt zu werden. Es ist, als wäre dieser Ort aus der Zeit gefallen. Als ich die Straße Richtung Dorf erreiche, bin ich richtiggehend überrascht, als mir ein Pkw entgegenkommt. Ich lache laut auf. Was habe ich erwartet? Eine Pferdekutsche? Doch ein Teil von mir wünscht sich, ich könnte hier doch einem Dorfbewohner von vor hundert Jahren begegnen oder gar Kit Rivers selbst. Dann würde ich ihn nach dem Gänseblümchen in dem Fenster fragen. Er könnte mir bestimmt sagen, was es damit auf sich hat. Der Gedanke lässt mir einfach keine Ruhe. Ich würde allzu gerne wissen, weshalb dieses Fenster nachträglich verändert worden ist.

Als ich um die nächste Ecke biege, ragt vor mir Rosecraddick Manor auf. Ich bin auf dem Weg zum Treffen mit der Maklerin schon an dem alten Herrenhaus vorbeigefahren, habe mir aber nicht die Zeit genommen anzuhalten. Jetzt aber weiß ich, dass Kit Rivers hinter diesen Mauern aufgewachsen ist. Ich bleibe stehen, um mir das Haus genauer anzusehen.

Zwei von Steinkugeln gekrönte und mit samtig weichem Moos bedeckte Säulen flankieren das reich verzierte schmiedeeiserne Tor. Wahrscheinlich glänzte es früher einmal und wirkte imposant, inzwischen aber hängen die beiden Flügel windschief in den Angeln und sind nur noch mit einer verrosteten Kette verbunden.

Ich trete direkt vor das Tor und berühre das schon lange nicht mehr gestrichene Metall. Bei meiner Berührung rieseln Flocken alter Farbe auf die ungleichmäßig gekieste Einfahrt. Sogar in vernachlässigtem Zustand ist das Haus inmitten all der alten Bäume und der ausgedehnten Rasenfläche wunderschön. Es steht am Ende einer kurzen Einfahrt hinter einem grün bewachsenen Wendekreis, und ein paar halb verfallene Stufen führen zu der breiten Eingangstür. Mit den geschlossenen Läden sieht es aus, als hielte das Gebäude Winterschlaf.

Ich spähe durch das Tor und stelle mir vor, wie in mondhellen Nächten schöne junge Frauen in schulterfreien Ballkleidern aus eleganten Kutschen steigen, sich ihre Hände in Glacéhandschuhen auf die Arme attraktiver Anzugträger legen, die im Fackellicht dorthin schreiten, wo ein Streichquartett zum Tanz aufspielt.

Bilder einer längst vergangenen Zeit. Die Phantasie geht mit mir durch, und plötzlich will ich all die Eindrücke sofort nachzeichnen und in meinem Skizzenbuch festhalten. Kehrt mein Verlangen zu malen, das früher mal so wichtig für mich war, vielleicht zurück?

Ich würde gerne den mit Unkraut übersäten Weg hinunterwandern, um mich genauer umzuschauen, aber das Tor ist abgesperrt. Sue Perry hat erwähnt, die Stiftung Cornwallscher Kulturbesitz habe das Herrenhaus gekauft, und vielleicht bieten sie ja an den Wochenenden Führungen an. Ich muss Sue beim nächsten Mal danach fragen.

Mit einem letzten Blick über die Schulter mache ich mich auf den Heimweg. Die Sonne steht inzwischen merklich tiefer, und ich will im Pfarrhaus sein, bevor es dunkel ist. Das Holz müsste inzwischen angeliefert worden sein. Jetzt muss ich nur noch rausfinden, wie man den Ofen in Betrieb nimmt.

Die Hauptstraße im Dorf ist menschenleer, und durch die Fenster der gemütlichen alten Cottages fällt Licht auf die Straße.

Bis ich beim Pfarrhaus bin, sind am Himmel schon die ersten Sterne zu sehen, und ich bin überrascht, wie dunkel doch die Welt auf dem Land abseits von Straßenlampen und erleuchteter Bürogebäude ist. Der Friedhof, die umherhuschenden Fledermäuse und die Schwärze, die mich umgibt, rufen diffuse Ängste in mir wach. Warum hielt ich es noch mal für eine gute Idee, ein Haus direkt am Friedhof zu kaufen?

Ich wühle in der Jackentasche nach den Schlüsseln, die ich zwischen Taschentüchern und Labello nicht gleich finde, als plötzlich eine riesige Gestalt vor mir erscheint. Ich ringe nach Luft und lasse den Schlüsselbund fallen.

»Entschuldigung! Ich wollte Sie nicht erschrecken.«

Zum Glück reißt die Wolkendecke vor dem Mond genau in diesem Augenblick auf. Vor mir steht ein großer Mann mit schulterlangem schwarzem Haar und einem freundlichen Gesicht, in Overall und Stiefeln. Auf den Armen trägt er Holzscheite.

Ich presse meine Hand gegen mein wild klopfendes Herz und komme mir wie eine Idiotin vor. Der Holzhändler. Na klar. Ich habe seinen Lkw neben dem Tor gar nicht bemerkt.

»Sie müssen Larry sein.«

Er lächelt, und im Licht des Mondes sehe ich seine gleichmäßigen Zähne.

»Ich bin leider nur die Aushilfe. Larry ist mein Onkel, und er stapelt das Holz viel besser als ich, aber die Vikarin sagte, dass dies ein Notfall ist, deswegen bin ich eingesprungen. Die Scheite hier wollte ich Ihnen vor die Haustür legen, damit Sie nicht bis zur Hütte gehen müssen.«

»Sie haben das ganze Holz dorthin geschleppt und dann auch noch gestapelt?«

Ich hatte schon befürchtet, dass ich die nächsten Stunden mit dem Holzholen beschäftigt wäre und den Rest des Abends die Splitter aus den Händen ziehen müsste.

Der Fremde reißt überrascht die Augen auf.

»Na klar! Sie haben doch wohl nicht gedacht, Sie müssten das alleine machen?«

»Girlpower«, erkläre ich, und er stellt lachend und wenig charmant fest: »Dafür sind Sie ja wohl etwas zu alt! Genau wie ich.«

Ich sehe ihn mir etwas genauer an und schätze ihn auf Mitte oder vielleicht Ende dreißig. Seine vollen Lippen, die hohen Wangenknochen und dunkelgrauen Augen schreien regelrecht danach, porträtiert zu werden. Schon zum zweiten Mal an diesem Tag würde ich gerne auf der Stelle mit dem Malen beginnen.

»Also, könnte ich die Scheite vielleicht ablegen?«, fragt er, als keine Antwort von mir kommt. »Meine Arme tun allmählich weh, und ich muss langsam wieder los.«

Ich bin nur froh, dass er im Dunkeln nicht erkennen kann, dass ich rot werde. In Gedanken ganz bei meinem Porträt von ihm, habe ich ihn unverhohlen angestarrt und möchte gar nicht wissen, was er denkt. Wahrscheinlich, dass er mir gefällt, als wäre ich ein wandelndes Klischee. Die junge Witwe, die in einem Haus in Cornwall trauern will und ihr gebrochenes Herz von einem Handwerker aus der Umgebung flicken lässt. So wie man es aus den Büchern von Rosamunde Pilcher kennt.

»Verzeihung, ja, natürlich«, antworte ich eilig, trete einen Schritt zurück und lasse den armen Kerl mit seinen Holzscheiten vorbei. Da ich keine Ahnung habe, was ich sonst noch sagen könnte, sehe ich ihm schweigend bei der Arbeit zu. Inzwischen bin ich das Alleinsein so sehr gewohnt, dass ich mich mit fremden Menschen manchmal etwas unbeholfen fühle. Es ist, als wären meine Stimmbänder eingerostet. Vielleicht sollte ich mir eine Katze zulegen, mit der ich regelmäßig sprechen kann.

Früher sind mir Gespräche leichtgefallen. Ich berühre meinen Ehering und atme durch. Ich kann es schaffen. Ich kann lernen, wieder ein normales Leben zu führen. Und bis die vermaledeiten Scheite neben meiner Haustür liegen, habe ich mich auch wieder im Griff.

»Was bin ich Ihnen schuldig?«, frage ich.

Der Holzmann lächelt, und um seine Augen zeigen sich feine Fältchen. »Das ist ein Geschenk zu Ihrem Einzug. Willkommen in Rosecraddick.«

»Auf keinen Fall! Ich möchte unbedingt dafür bezahlen.«

»Dann müssen Sie mit meinem Onkel und der Vikarin sprechen, aber vielleicht tragen Sie jetzt erst mal etwas von dem Holz ins Haus und machen Ihren Ofen an? Es wird allmählich kalt.«

Er hat recht. Ich kann beim Sprechen unseren Atem sehen.

Um ihn nicht länger aufzuhalten, nicke ich und sage: »Das mache ich. Vielen Dank, dass Sie so kurzfristig vorbeigekommen sind.«

»Kein Problem«, erklärt er nonchalant. »Ich hätte mein Gewissen nicht damit belasten wollen, dass Sie mir hier erfrieren. Das wäre schließlich kein besonders guter Start in unserem Dorf gewesen.«

Ich öffne meinen Mund, um zu erwidern, dass es für mich nicht unbedingt die schlimmste Vorstellung wäre, zu erfrieren, lasse es dann aber sein. Inzwischen habe ich gelernt, dass ich Leute mit meinen mitunter düsteren Bemerkungen überfordere und vor den Kopf stoße. Meistens lachen sie etwas unbehaglich, während sie sich fragen, ob es mir womöglich ernst ist, aber das weiß ich häufig selbst nicht so genau.

Wie dem auch sei. Ich muss jetzt endlich damit aufhören. Am besten konzentriere ich mich erst mal darauf, es im Pfarrhaus warm zu kriegen, und packe dann weiter meine Sachen aus.

»Danke«, sage ich noch einmal, und mit einem Lächeln stapft er zurück zu seinem Truck. Als der Motor hustend anspringt, erhellen Scheinwerfer kurz die Dunkelheit. Dann aber biegt der Laster um die Ecke, und nur noch der volle Mond wirft sein Licht auf die Veranda, wo ich neben meinen Scheiten stehe. In der Nähe höre ich eine Eule rufen. Der Holzmann war sehr nett, und jetzt fühlt sich die Stille auf einmal noch durchdringender und einsamer an als vorher.

Seufzend nehme ich ein paar Scheite auf den Arm. Ich habe Einsamkeit gesucht und sollte mich besser daran gewöhnen, dass ich sie hier gefunden habe.

Als das Feuer brennt und ich den ersten Tee seit meiner Ankunft koche, fällt mir auf, dass ich vergessen habe, ihn nach seinem Namen zu fragen.

5

CHLOE

Ich war nie religiös und ging auch vor Neils Tod schon kaum zur Kirche. Aber als ich vergeblich darum betete, er möge die Krankheit überstehen, fühlte ich mich von jeder höheren Instanz im Stich gelassen. Ich kam zu der ernüchternden Erkenntnis, dass wir Menschen wirklich ganz auf uns gestellt sind. Ich habe in den letzten Jahren gelernt, mich damit abzufinden, aber dennoch schmerzt mich in seltenen Momenten der verlorene Glaube daran, es könnte doch noch etwas Größeres geben als das, was wir mit unseren Augen erfassen. An solchen Tagen fühlt sich alles ganz besonders düster an, dann verlasse ich nicht das Haus und schaffe es manchmal nicht einmal aufzustehen. Wenn nichts eine größere Bedeutung hat, was hat unser Leben dann für einen Sinn?

Seit meiner Ankunft in Rosecraddick aber hat sich irgendwas verändert. Ganz egal, wie sehr ich auch versuche, meinen neuen Glauben an das Nichts aufrechtzuerhalten, löst sich diese Überzeugung allmählich wieder auf. Vielleicht hat es etwas damit zu tun, dass ich jetzt neben einer alten Kirche lebe. Vielleicht übertragen sich von dort der Frieden und der Glaube von Generationen auf mich. Vielleicht ist es auch einfach das Geräusch der Wellen, die sich unablässig an den Felsen brechen, wie sie es bereits seit Tausenden von Jahren tun. Oder vielleicht sind es die Namen der Männer in dem

Buntglasfenster, die, auch wenn die Erinnerung an sie verblasst ist, längst nicht vergessen sind.

Am nächsten Tag wache ich in einem aufgewärmten Haus auf, und als ich in der Küche an meinem Kaffee nippe, habe ich das seltsame Gefühl, dass vielleicht doch alles irgendeinen Sinn im Leben ergibt. Womöglich wusste ich bisher nur nicht, wo ich nach dieser höheren Bedeutung suchen soll. Tausend Fragen zu dem Gänseblümchen im Fenster schwirren mir im Kopf herum, und ich will es mir noch mal genauer ansehen und vielleicht sogar skizzieren.

Kurz scheint mir, als stünde Neil im Türrahmen und sähe mich aufmunternd an. Ich blinzle. Das Sonnenlicht strömt durch das Flurfenster, und flirrend löst sein Bild sich wieder auf. Es baut mich auf, dass ich ihn jetzt in manchen Momenten wieder derart deutlich vor mir sehe. In den Monaten vor meinem Umzug ist es mir nicht mehr gelungen, ihn mir bildlich vorzustellen, und das hat mir eine Heidenangst gemacht. Ich habe meine Augen zugekniffen und versucht, mir seine leuchtend blauen Augen vorzustellen, die kleine Narbe, die seine linke Augenbraue teilte, die Windpockennarbe auf dem rechten Wangenknochen und die Strähne blonder Haare, die ihm immer ins Gesicht fiel und die schneller nachwuchs, als er sie abschneiden konnte. Ich hatte die unbestimmte Hoffnung, dass ich ihn wiederfinden könnte, wenn ich nach Rosecraddick käme, an den Ort seiner Kindheit, und wie es aussieht, hatte ich mit dieser Vermutung recht.

Während ich noch etwas verschlafen meinen Kaffee trinke, erinnere ich mich lächelnd daran, dass Neil ein Frühaufsteher war. Ich weiß nicht mehr, wie oft ich mir die Decke bis zum Kinn gezogen habe und mit einem Tee und einem Buch noch liegen bleiben wollte, während er mich zu einem morgendlichen Spaziergang oder einem spontanen Ausflug an die Küste zu überreden versuchte. Auch wenn ich darüber fürchterlich gejammert habe, bin ich heute froh, dass wir die kurze Zeit, die wir zusammen hatten, bewusst genossen haben.

Ich wasche meinen Becher in der Spüle aus, schiebe noch ein paar Scheite in den Ofen und gehe nach oben, um mich anzuziehen.

Als ich in meiner warmen Jacke aus dem Pfarrhaus trete und dunkelgrüne Abdrücke auf der von Raureif überzogenen Wiese hinterlasse, lässt die Sonne den nächtlichen Frost glitzern. Vereiste Spinnennetze funkeln in den Büschen, der Boden knirscht unter meinen bunt getupften Städterinnen-Gummistiefeln, und in einem der Bäume stößt ein Vogel – vielleicht eine Amsel – einen lauten Warnruf aus, der mich zusammenfahren lässt.

Es ist noch ziemlich früh, doch als ich durch die Tür der Kirche trete, verrät mir der warme Luftzug, dass die Heizung schon seit einer ganzen Weile läuft. Ich sehe die ordentlich gestapelten Gesangbücher und die flackernden Kerzen und vermute, dass bald ein Gottesdienst stattfindet. Die Leuchter, die unter den alten Deckenbalken hängen, werfen helle Kreise in das Dämmerlicht, und auf den Fensterbrettern heben sich die Blütenblätter leuchtend roter Mohnblumen vom dunklen Steingemäuer ab.

Ich trete vor Kits Fenster, um es mir noch mal genauer anzuschauen. Der Künstler, der das komplizierte Bild entworfen hat, muss wirklich talentiert gewesen sein. Je länger ich das kunstvoll gestaltete Bild betrachte, desto deplatzierter wirkt das Gänseblümchen. Der Stil ist anders, es muss später als der Rest des Fensters angefertigt worden sein. Aber aus welchem Grund?

Es ist mir noch immer ein Rätsel, und egal, wie lange ich dort stehe und das Bild betrachte, ergibt dieses Blümchen einfach keinen Sinn. Ich bin ganz benommen von dem Kaleidoskop aus Jade, Gold und Zinnoberrot und den vielen Fragen, die mir durch den Kopf schwirren.

»Was für eine schöne Überraschung, Sie hier anzutreffen, Chloe!« Sue kommt lächelnd auf mich zu, und das Fenster bildet einen bunten Strahlenkranz um ihren Kopf. Für einen Augenblick kommt es mir vor, als spräche ich mit einem Engel mit gefärbtem Wuschelkopf.

»Sind Sie wegen des Gottesdienstes hier?«, fragt Sue. Bevor ich verneinen kann, drückt sie mir bereits ein Gesangbuch in die Hände und führt mich zu einer Bank. Ich werfe einen Blick auf meine Uhr. Schon fast halb elf! Inzwischen kommen auch andere Leute in die Kirche, und die Orgel beginnt im Hintergrund zu spielen.

Ich will schon sagen, dass ich lieber wieder gehe, als mein Blick noch einmal auf das andere Fenster und die Liste der Namen der gefallenen Helden fällt. Was spielt es denn für eine Rolle, was ich von der Kirche halte? Heute geht es darum, derer zu gedenken, die unaussprechliches Leid erlitten haben, damit uns die Freiheit nicht verloren geht. Ich habe am Vorabend einige von Kits Gedichten gelesen, und selbst an diesem sonnigen Wintertag lassen mich die Düsterkeit der Verse über die grauenhaften Erlebnisse an der Westfront nicht los. Das Mindeste, was ich für ihn und all die anderen jungen Männer tun kann, ist, eine Stunde lang mit dem Rest des Dorfes ihrer zu gedenken.

»Ich hoffe, das Holz wurde noch geliefert?«, fragt Sue, als ich mich in die Kirchenbank setze. »Aber sonst wären Sie bestimmt mit Unterkühlung in der Klinik und nicht hier.«

»Da haben Sie recht. Nochmals vielen Dank, dass Sie die prompte Lieferung für mich organisiert haben. Ich weiß ja nicht, was Sie gesagt haben, aber der Mann, der es brachte, hat es sogar noch für mich gestapelt«, erzähle ich.

»Vielleicht habe ich angedeutet, dass mein Boss es ihm vergelten wird«, erklärt sie gut gelaunt. »Das entspricht sicher nicht ganz den Vorschriften, aber man tut eben, was nötig ist. Auf alle Fälle bin ich froh, dass Sie jetzt nicht mehr frieren müssen und heute Morgen in der Kirche sind. Wegen des Pizzaessens sprechen wir uns noch, okay?«

Dann wendet sie sich ab, läuft mit wehender Soutane weiter und nimmt ihre Schäfchen in Empfang.

Dass die Kirche so gut besucht ist, zeugt von Sues Beliebtheit und von dem Respekt, den man hier in Rosecraddick den Gefallenen entgegenbringt. Ich bin von der Predigt ebenso bewegt wie von den Kränzen, die man unterhalb der Fenster niederlegt.

Ein älterer Mann liest Laurence Binyons *Für die Gefallenen*. Seine Stimme zittert, und ich frage mich, wen er in diesem Augenblick mit seinen trüben Augen sieht. Seinen Vater? Einen Bruder? Einen Kameraden? Ich sehe bei seinen Worten Neil, der für immer einunddreißig bleiben wird. Ich will ihn so jung und voller Energie und Leben in Erinnerung behalten, jederzeit bereit, mich über seine Schulter zu legen und rauf ins Bett zu schleppen. Das ist der Neil, den ich für alle Zeiten sehen werde, nicht, wie er erschöpft am Tropf hängt und schwach meine Hand umfasst, als wäre sie das Einzige, was ihn am Leben hält. Er ging in einem Augenblick, in dem ich nicht an seinem Bett saß, um seine Hand zu halten und ihm zu sagen, dass ich ihn für alle Zeiten lieben werde, um ihm zu versichern, dass er gehen darf. Ich hatte mir in dem Moment einen Kaffee geholt. Einen verdammten Kaffee. Ich glaube nicht, dass ich mir je verzeihen werde, dass ich während seines letzten Atemzugs nicht bei ihm war. Es ist egal, wie viele Schwestern mir gesagt haben, dass Menschen, die wir lieben, häufig warten, bis wir sie alleine lassen, oder dass er keine Schmerzen hatte und wahrscheinlich gar nichts mitbekommen hat. Das macht für mich nicht den geringsten Unterschied.

Ich weiß nur, dass ich nicht bei ihm war.

Ich habe ihn im Stich gelassen, und wie soll ich mir das je vergeben? Vor meinen Augen verschwimmt mir die Sicht. Es tut mir alles so schrecklich leid.

»Wir werden sie niemals vergessen«, schließt der alte Mann in dem Moment.

Eine Träne tropft auf den Umschlag meines Gesangbuchs. Ich habe schon seit Monaten nicht mehr geweint. Es kam mir so vor, als hätte ich all meine Tränen in den ersten Tagen nach Neils Tod verbraucht. Aber die Worte des alten Mannes, dazu die friedvolle Atmosphäre in der Kirche und das warme Licht in bunten Farben, das durch die Fenster hereinfällt, haben den Damm in meinem Inneren gebrochen. Ich schlucke und bohre mir meine Fingernägel in die Handballen.

Die Zeit heilt selbst die schlimmsten Wunden, sagt man.

Nur weiß niemand, wie viel Zeit es braucht. Zehn Jahre? Hundert? Oder vielleicht eine Ewigkeit?

Wir schweigen zwei Minuten im Gedenken an die Toten, und ich blicke wieder auf Kits Fenster, blinzele gegen meine Tränen an und lenke mich mit dem Gedanken an die Geschichte dieses jungen Mannes ab. Was würde er von diesem Fenster halten? Würde er es mögen? Oder würde er darüber lachen und behaupten, dass er ganz bestimmt kein Engel gewesen sei? Hatte er Spaß an Mädchen? An Alkohol? An schnellen Pferden? An neumodischen Automobilen? Das werden wir wohl nie erfahren. Der wahre Kit ist ein für alle Mal verloren, und alles, was von ihm noch bleibt, ist im Auftrag seiner Mutter hier in Glas verewigt. Könnte er mir erklären, weshalb jemand das Gänseblümchen in das Bild einfügen ließ? Hat es ihm irgendwas bedeutet? Die Toten nehmen ihre Geheimnisse mit ins Grab.

Von den vielen Fragen, auf die ich wohl niemals eine Antwort bekommen werde, dröhnt mein Kopf. Die Stille lastet schwer auf mir. Es kommt mir vor, als hielten die Besucher des Gottesdienstes und die Kirche den Atem an, und sogar die Möwen draußen sind verstummt. Es ist so still inmitten dieser alten Mauern und der stummen Gebete um mich herum, als hielte selbst die Natur in ihrer Trauer inne. Staubkörner tanzen im Licht. Ich senke meinen Blick und starre auf mein Gesangbuch, das ungeöffnet auf dem schmalen Holzbrett der Kirchenbank liegt. Im Laufe der Jahrhunderte haben so viele Hände dieses Holz berührt, dass es inzwischen glatt geschmirgelt ist. Ich strecke die Hand aus, streiche über die kühle Oberfläche – und halte verwundert inne. An einer Stelle ertaste ich eine winzige Vertiefung im Holz. Ich runzele die Stirn. Seltsam. Was ist das?

Meine Finger wandern weiter und nehmen noch andere Kerben wahr. Ich sehe mir das Brett genauer an. Irgendjemand hat ein kleines Gänseblümchen in die Rückseite der Vorderbank geschnitzt.

6

CHLOE

In der Kirche wird es ruhig, als die Gemeinde durch die Bogentür ins Freie tritt. Die Stimmen und die Schritte auf den Steinplatten verhallen, und der Organist sammelt die Notenblätter ein und tritt dann ebenfalls den Heimweg an.

Jetzt ist es völlig still.

Ich sitze in der Bank und ziehe ein ums andere Mal die grobe Schnitzerei mit meinem Zeigefinger nach. Verglichen mit dem glatten Holz sind die Ränder dieses kleinen Kunstwerks überraschend rau. Bestimmt hat irgendwer das Blümchen mit einem kleinen Taschenmesser in die Bank geritzt.

Bei einem unserer ersten Dates hat mein Mann mit einem Taschenmesser unsere Initialen in die Rinde eines Baums geschnitten.

»Jetzt ist es festgeschrieben, also komm am besten nicht auf die Idee, mich jemals wieder zu verlassen, Chloe Hughes«, hat er mir zugeflüstert.

»Ich werde niemals gehen«, habe ich gesagt.

Manchmal frage ich mich, was aus unseren Initialen geworden ist. Ob der Baum noch steht, ob die Rinde wieder zugewachsen ist oder ob man noch eine schwache Narbe sehen kann als Beweis für das Versprechen, das wir uns vor langer Zeit gaben.

»Chloe? Geht es Ihnen gut? Fühlen Sie sich nicht wohl?«

Sue steht mir gegenüber, und ihr freundliches Gesicht drückt ehrliche Besorgnis aus. Wahrscheinlich kommt es ihr seltsam vor, dass ich allein hier sitze, während alle anderen längst gegangen sind.

»Sehen Sie sich das mal an«, bitte ich sie und zeige auf das geschnitzte Gänseblümchen im Holz.

Sie beugt sich etwas vor.

»Ich hoffe, das haben nicht Sie geschnitzt, weil Ihnen während meiner Predigt langweilig geworden ist?«

Ich lache. »Nein, ganz sicher nicht!«

»Etwas anderes können Sie ja nun auch kaum sagen.« Seufzend setzt sich die Vikarin zu mir in die Bank und zieht mit ihrem Finger die Konturen der kleinen Blume nach.

»Wie seltsam. Auch das Gänseblümchen im Fenster sah ich zum ersten Mal, als Sie mich darauf hingewiesen haben. Und jetzt das hier. Sie haben ein wirklich gutes Auge, Chloe.«

»Sie haben diese Schnitzerei noch nie gesehen?«

»O nein, ganz sicher nicht. Wie auch? Ich stehe ja für gewöhnlich vorne und versuche, die Leute so zu unterhalten, dass sie gerne wiederkommen. Aber es sieht so aus, als wäre diese Schnitzerei schon älter. Vielleicht waren die Predigten meiner Vorgänger nicht ganz so amüsant wie meine.«

»Vielleicht. Aber vielleicht hat ja auch jemand diese Blume ins Holz geschnitzt, weil sie eine besondere Bedeutung für ihn hatte?«

Die Vikarin wirkt nicht überzeugt. »Vielleicht war es auch nur ein Teenager, der sich gelangweilt hat.«

Möglich, aber ich glaube nicht so recht daran. Die kleine Schnitzerei ist alles andere als neu. Das Alter hat sie nachgedunkelt, und die Kerben sind inzwischen leicht staubig. Vielleicht gibt es sie schon so lange wie die Blume im Fenster?

»Das Gänseblümchen muss jemandem etwas bedeutet haben«, stelle ich entschieden fest.

»Auf jeden Fall ist es ein Rätsel«, pflichtet Sue mir bei. »Es ist mir etwas unangenehm, dass ich Ihnen nichts über das Gänseblümchen in dem Fenster sagen kann, obwohl ich doch so viel Zeit hier verbringe. Ich muss wirklich dringend meine Geschichtskenntnisse aufpolieren. Das nehme ich in Angriff, sobald ich halbwegs kochen oder gärtnern gelernt habe. Apropos, wegen unseres Abendessens rufe ich Sie an.«

Mit wirbelnder Soutane steht sie auf und scheint in Gedanken schon bei Roastbeef und Bratensoße in ihrer Küche zu stehen. Ich stelle mir vor, wie ihr kleiner Sohn sie auf dem Arm seines Vaters mit einem Kuss begrüßt. Sue wird ihren weißen Kragen ablegen und die paar Stunden mit ihrer Familie genießen, bevor sie für den Abendgottesdienst hierher zurückkehrt.

Ich bin so neidisch, dass mir kurz der Atem stockt. Neil hat immer sonntags gekocht. Er hat seine Ärmel hochgekrempelt und sich mit mir unterhalten, während er in den verschiedenen Töpfen rührte und ich über der Sonntagszeitung saß. Rückblickend betrachtet, waren diese entspannten Sonntage mit ihm die schönsten meines Lebens, und ich wünschte, ich hätte sie schon damals mehr zu schätzen gewusst.

»Sie sind übrigens herzlich eingeladen, bei uns mitzuessen«, bietet mir Sue an, die offenbar meine Traurigkeit bemerkt. »Wir kochen immer viel zu viel. Dazu gibt es eine Flasche feinen Rotwein.«

Ich würde gern mit Sue und Tim und ihrem Sohn zusammensitzen, Caspar auf dem Schoß, ein Gläschen Rotwein in der Hand. Eines Tages …

»Das ist wirklich nett, aber ich kann leider nicht.« Jetzt erhebe ich mich ebenfalls und hänge mir meine Tasche über die Schulter, ehe sie versucht, mich zu überreden.

»Sind Sie sicher? Wir würden uns wirklich freuen, und Tim möchte Sie gern kennenlernen.«

»Ein andermal. Ich wollte heute nach Rosecraddick Manor laufen und herausfinden, ob man mir dort etwas über Kit erzählen kann. Ich war gestern schon mal dort, habe aber niemanden angetroffen.«

»Ich nehme an, dass Matt bei seinen Kindern war.« Sue seufzt. »Der arme Kerl. Ich habe keine Ahnung, wie er alles unter einen Hut bekommt. Er gibt sich wirklich alle Mühe, im Familienunternehmen auszuhelfen, gleichzeitig seinen Zwillingen ein guter Dad zu sein und dabei noch für die Stiftung zu arbeiten.«

»Glauben Sie, dass er heute dort ist?«

»Ich denke schon. Er war heute früh bei der Gedenkfeier am Kriegerdenkmal, aber danach ist er sicherlich zum Herrenhaus gefahren. Er ist Historiker und stammt noch dazu aus dem Ort – es ware also durchaus möglich, dass er etwas Licht ins Dunkel bringen kann. Lassen Sie mich wissen, wenn Sie etwas über die Schnitzerei herausfinden. Und jetzt muss ich mich wirklich beeilen, wenn ich zu Hause keinen Ärger kriegen will.«

Während sie die Sakristei betritt, um sich umzuziehen, verlasse ich die Kirche und trete in den sonnigen Nachmittag hinaus. Inzwischen peitscht ein ziemlich frischer Wind die Wellen auf, und trotz der Sonne fröstele ich. Ich ziehe die Jacke fester um mich, schlage den Weg zum Dorf ein und drücke mich in eine Hecke, als Sues altersschwacher Focus flott an mir vorüberschießt. Sie winkt und hupt, und ich winke zurück und lächele, denn ihre Energie und die Begeisterung, die sie ausstrahlt, sind ebenso erfrischend wie der kühle Wind. Sie erinnert mich an die Person, die ich mal war. Die

Chloe, die noch vor dem morgendlichen Unterricht joggen ging, die Kunst studierte und Galerien besuchte, eine aufstrebende Künstlerin und Ehefrau eines tollen Mannes.

Unterwegs zum Herrenhaus begleitet mich nur das Geschrei der Möwen am Himmel. Auf halbem Weg verzieht die Sonne sich plötzlich hinter einer Wolkenwand, und es fängt an zu regnen. Anfangs leicht, doch schließlich immer stärker, und in meiner schicken Jacke ohne Kapuze bin ich schon nach kurzer Zeit bis auf die Haut durchnässt. Zum Glück stehen die Tore von Rosecraddick Manor heute offen, und hinter dem Efeu vor den Fenstern in der unteren Etage brennt warmes Licht.

Ich weiche den tiefen Pfützen in der mit Schlaglöchern übersäten Einfahrt aus. Was für ein Guss! Nichts erinnert mehr an den weiß glitzernden Frost und Sonnenschein vom Vormittag. Jetzt sieht es aus, als wäre das gesamte Dorf in einen grauen Spüllappen gehüllt.

So trist das Wetter auch ist, so prachtvoll ist das Haus. Ich sprinte über die geborstenen Stufen Richtung Tür und klopfe, während Wasser durch das Vordach auf die Fliesen der Veranda tropft. Durch eine Spalte schiebt sich Efeu, und ich habe das Gefühl, als schleiche die Natur sich gleichzeitig von allen Sciten an mich an. Als brauchte ich ihr nur einen kurzen Augenblick den Rücken zuzukehren, und schon würde sie mich umschlingen. Der Gedanke lässt mich schaudern, und ich atme auf, als ich gegen die Tür drücke und sie nicht abgeschlossen ist. Ich schiebe sie vorsichtig auf und sehe ein Paar schlammverkrusteter Stiefel auf der Matte stehen.

»Hallo?«, rufe ich in die dunkle Eingangshalle, und die beiden Hirschköpfe, die über dem Kamin hängen, starren mir entgegen. »Hallo?«

Meine Stimme klingt zögerlich. Als niemand reagiert, steige ich über die dreckigen Stiefel und versuche es noch mal.

»Hallo? Ist hier jemand?«

Immer noch kommt keine Antwort, und ich habe das Gefühl, als hielte das verfallene Haus den Atem an. Das riesige Foyer ist menschenleer, unter meinen Füßen knarzt uraltes Parkett. Die Luft riecht etwas muffig, und die einzigen Geräusche, die ich höre, kommen von den Wassertropfen, die in extra dafür aufgestellte Eimer fallen, und dem Trommeln des Regens auf dem Dach.

Unsicher sehe ich mich um, und dort, wo früher sicher einmal die Porträts verschiedener Rivers auf mich herabgesehen hätten, befindet sich jetzt nur noch eine Reihe heller Flecken an den Wänden. Durch den Efeu vor den Fenstern dringt nur spärliches Licht, und es kommt mir so vor, als wäre ich seit einer Ewigkeit der erste Mensch, der dieses Haus betritt.

»Es tut mir furchtbar leid, ich habe Sie nicht klopfen hören. Moment.«

Im Halbdunkel erscheint eine Gestalt und drückt auf einen Lichtschalter. Ich bemerke Spinnweben, bröckelnden Putz und trügerische Löcher im Parkett. Vor mir steht der Mann, der mir das Holz geliefert hat.

7

CHLOE

»So sieht man sich wieder«, stellt er fest und wirkt nicht im Geringsten überrascht, mich tropfnass in der Eingangshalle stehen zu sehen. »Ich hoffe, gestern Abend hatten Sie es etwas wärmer.«

Ich bin immer noch derart verblüfft, dass ich ihn nur mit großen
Augen anstarren kann.

»Das Holz für Ihren Ofen?«, erinnert er mich, als keine Antwort
von mir kommt. »Sie haben es doch wohl geschafft, ihn anzufeuern?
Bitte sagen Sie Ja. Sonst kriege ich noch Gewissensbisse, weil ich
Ihnen nicht angeboten habe, das zu übernehmen.«

»Ja. Ja, danke. Ich habe den Ofen anbekommen und hatte es
schön warm«, sage ich benommen. »Das Holz ist wunderbar, und
es hat alles geklappt.«

»Puh. Da fällt mir ein Stein vom Herzen. Mein Onkel wird sich
freuen, dass Sie mit seinem Holz zufrieden sind. Aber jetzt müssen
Sie sich erst mal dringend abtrocknen«, fährt er fort.

Inzwischen hat sich rund um meine Füße eine Pfütze auf dem
Boden gebildet, und ich bin vollkommen durchweicht. Als wäre das
noch nicht genug, läuft auch noch meine Nase. Ich sehe sicher
furchtbar aus. Aber eigentlich interessieren mich solche Dinge
schon seit einer halben Ewigkeit nicht mehr.

»Es geht mir gut«, erkläre ich. »So nass bin ich gar nicht.«

Wir wissen beide, dass das eine Lüge ist. Ich sehe aus, als hätte ich ein Bad genommen, und um wieder trocken zu werden, reicht ein Handtuch sicherlich nicht aus.

Der Holzmann hebt die Brauen. »Ich weiß, ich klinge wie meine Oma, aber wenn Sie sich nicht abtrocknen, holen Sie sich den Tod. Und da ich Ihnen schon nicht dabei geholfen habe, Ihren Ofen anzuschmeißen, lasse ich bestimmt nicht zu, dass Sie sich eine Lungenentzündung holen.«

Bevor ich protestieren kann, hebt er die Arme und zieht seinen Kapuzenpulli aus. Während er ihn über seinen Kopf zerrt, fällt mein Blick auf einen trainierten Körper und den Pfeil aus dunklen Haaren, der in seinem Hosenbund verschwindet, und mir steigt eine verlegene Röte ins Gesicht. Seit Neil ist dies das erste Mal, dass ich den nackten Oberkörper eines Mannes sehe, und es fühlt sich … seltsam und irgendwie nicht richtig an.

Vor lauter Schuldgefühlen bekomme ich eine Gänsehaut. Ich habe mich schon gestern Nachmittag bei dem Gedanken ertappt, dass er ziemlich gut aussieht – und zwar auf eine irgendwie verwegene Art. Wie der Held in einem historischen Film. Verlegen senke ich den Blick auf meine Gummistiefel.

Doch glücklicherweise kann der Holzmann keine Gedanken lesen und drückt mir ganz unbekümmert den Kapuzenpulli in die Hand. Er zieht sich sein weißes T-Shirt zurecht, das er darunter trägt.

»Bitte. Trocknen Sie sich damit ab.«

Ich starre auf das Kleidungsstück, das noch warm von seinem Körper ist und nach Weichspüler und einem zitronigen Rasierwasser riecht. Allein es in der Hand zu halten, fühlt sich wie Verrat an.

»Ist schon okay«, beruhigt der Holzmann mich und versteht mein Zögern wohl falsch. »Der Pulli ist uralt, ich habe oben eine Jacke. Außerdem ist mir ziemlich warm, ich habe nämlich ewig Möbel hin und her geschleppt. Anstrengend, aber schließlich muss ich auch in meinem Alter noch mit meinen Kindern mithalten können. Sie denken sowieso schon, ich sei ein alter Mann.«

Im grellen Licht der Deckenlampe erkenne ich, dass er älter sein muss, als ich dachte. Vielleicht Anfang vierzig? An den Schläfen hat er ein paar erste graue Strähnen in den schwarzen Haaren, um seine Mundwinkel herum haben sich Falten in die Haut gegraben, und er sieht ziemlich müde aus. Dann aber lächelt er, und mit dem jungenhaften Blitzen, das dabei in seine Augen tritt, fallen die Jahre von ihm ab.

»Ich habe ihn erst heute Morgen angezogen. Er ist sauber«, fügt er noch hinzu.

Jetzt fühle ich mich undankbar und komme mir ein bisschen dämlich vor.

»Danke«, sage ich und trockne mir mit dem Kleidungsstück erst das Gesicht und dann das Haar.

»Dann sind Sie also nicht gekommen, weil Sie sich beschweren wollen«, sagt der Holzmann währenddessen. »Da bin ich froh. Ich hätte wirklich keine große Lust gehabt, das Holz wieder abzuholen.«

Er lächelt, und wie schon am Vortag fallen mir seine makellosen Zähne und die Fältchen rund um seine Augen auf. Ich mag seinen trockenen Humor.

»O nein, die Scheite haben die Qualitätskontrolle eindeutig bestanden.«

Er wischt sich unsichtbare Schweißperlen von der Stirn. »Dann lässt mich Onkel Larry sicher weiter Holz ausfahren.«

Ich bin zumindest ein bisschen trockener, reiche ihm den durchweichten Pulli und stecke mir das Haar hinter den Ohren fest.

»Ich bin hier, weil ich Matt Enys suche. Die Vikarin meinte, er sei vielleicht hier.«

Der Holzmann reicht mir seine Hand. »Und die Vikarin irrt sich nie. Wir haben uns noch gar nicht richtig vorgestellt, aber wie's aussieht, wollen Sie zu mir.«

»Sie sind Matt Enys von der Stiftung Cornwallscher Kulturbesitz?«

Ich kann meine Überraschung nicht verbergen. Ich hatte einen deutlich älteren Mann erwartet, einen Akademiker mit grauem Haar und einem altmodischen Tweedanzug statt eines Kerls, der offenbar in seiner Freizeit Holzscheite schleppt und einen Iron-Maiden-Hoodie trägt. Mit seinem dunklen, beinah schulterlangen Haar, dem Ohrring, einem Dreitagebart und dem trainierten Körper sieht er eher wie ein Rockstar aus. Warum hat Sue mir nicht erzählt, wie heiß er ist? Hitze schießt mir ins Gesicht.

Er hängt den Pulli zum Trocknen über einen großen gusseisernen Heizkörper und sagt im Plauderton: »Ich bin Matt Enys, und wenn ich nicht gerade Holz für meinen Onkel ausfahre, bin ich bei der Stiftung Cornwallscher Kulturbesitz.«

»Es tut mir wirklich leid. Meine Frage klang wahrscheinlich furchtbar unhöflich«, erwidere ich.

Doch Matt wirkt alles andere als gekränkt.

»Ich nehme an, auf diesem Posten hatten Sie jemanden erwartet, der aussieht wie Professor Dumbledore. Und wenn sie den Etat für unsere Arbeit noch mal kürzen, kriege ich wahrscheinlich wirklich so weißes Haar wie er. Ich bin Historiker und organisiere Ausstellungen, was bei dem knapp bemessenen Budget, das wir dafür haben, alles andere als einfach ist. Aber genug davon. Ich schätze, Sie sind hier, weil Sie sich für Kit Rivers interessieren?«

Ich nicke. »Sue hat mir von ihm erzählt, aber ich muss zugeben, dass ich vorher noch nie von ihm gehört habe.«

»Das muss Ihnen nicht peinlich sein. Im Grunde ist er ziemlich unbekannt, auch wenn ich hoffe, dass sich das bald ändern wird. Unglücklicherweise ist bei seinem Tod der Großteil seiner Werke und damit auch seiner Biographie verloren gegangen, und die Welt durfte nie erfahren, was für ein talentierter Dichter Rivers war. Er ist einfach viel zu jung gestorben.«

Ein Ausdruck echter Trauer huscht bei diesen Worten über sein Gesicht. Ich habe das Gefühl, dass seine offenen Züge nichts verbergen können, und da ich ihm instinktiv vertraue, hätte ich ihm fast erzählt, dass auch mein Mann viel zu früh gestorben ist. Dann aber lasse ich es sein. Ich bin in Cornwall, weil ich noch mal ganz von vorn beginnen möchte, und das Letzte, was ich hier brauche, ist Mitleid, das mir in London überall begegnet ist.

»Sue sagt, das Haus soll renoviert werden?«

Matt nickt. »Das stimmt. Wir haben schon ein bisschen Geld zusammen – zum Teil von der EU, zum Teil geerbt, zum Teil aus dem Verkauf von Losen –, aber das ist nur ein Tropfen auf den heißen Stein. Trotzdem hoffen wir, dass wir Rosecraddick Manor wieder so herrichten können, wie es 1914 aussah, als Kit hier lebte. Es ist ein umfangreiches Projekt, wie Sie sich bestimmt vorstellen können, auch wenn Sie noch nicht weiter als bis in die Vorhalle gekommen sind.«

Ich schaue mich kurz um. Vor den Fenstern hängen verstaubte Gardinen schlaff an heruntergekommenen Stangen, und es fällt mir schwer, mir vorzustellen, wie die Eingangshalle ausgesehen haben mag, als das Haus vor hundert Jahren noch bewohnt war. Bestimmt prasselte ein heimeliges Feuer im riesigen Kamin, und die Holzpaneele an den Wänden glänzten warm und einladend. Riesige Familienporträts musterten jeden Neuankömmling streng, und ein blonder, lebenshungriger Kit marschierte entweder in Reitkleidung durch das Foyer oder setzte sich, einen Gedichtband in der Hand, an den Kamin. War er gerne an der frischen Luft oder verbrachte er die meiste Zeit in der hauseigenen Bibliothek? Das hätte ich gern gewusst.

»Aber am Schluss wird sich die Mühe lohnen«, fährt Matt fort. »Natürlich wird es das normale Zeug wie einen Teesalon und Führungen durch Haus und Garten geben, doch die größte Attraktion soll Kits Geschichte sein. Ich hoffe, sie lockt irgendwann Schulklassen hierher und trägt dazu bei, dass sich ein größeres Publikum für seine Arbeit interessiert. Er war sehr talentiert und hat die Anerkennung unbedingt verdient. Deshalb werde ich alles dafür tun, dass er sie auch bekommt.«

Jetzt fangen seine Augen an zu leuchten. Das hier ist seine Leidenschaft, und plötzlich komme ich mir lächerlich vor. Was habe ich mir bloß dabei gedacht, hier ohne jegliches Vorwissen reinzuplatzen, nur weil mich ein kleines Gänseblümchen, das jemand in eine Kirchenbank geschnitzt hat, interessiert?

»Dann haben Sie anscheinend alle Hände voll zu tun und können bestimmt keine spontanen Besucher gebrauchen, die Sie von Ihrer Arbeit abhalten.«

»Im Gegenteil. Ich freue mich, wenn ich Ihnen erzählen kann, was ich über Kit weiß. Ich interessiere mich für ihn und seine Poesie, seit ich als Teenager zum ersten Mal auf ein Gedicht von ihm gestoßen bin. Er hat meine Liebe zur Geschichte erst geweckt, und hier zu arbeiten, ist die Erfüllung eines Traums, vor allem für jemanden wie mich, der aus der Gegend stammt. Also, wie kann ich Ihnen helfen?«

»Ich weiß gar nicht, wo ich anfangen soll«, setze ich zögernd an. »Ich bin geradezu erschreckend ahnungslos. Ich habe Kit gegoogelt, und seine Gedichte haben mir keine Ruhe mehr gelassen.«

»Mir auch nicht«, stimmt Matt mir zu. »Er redet darin ganz bestimmt nicht um den heißen Brei herum. Als ich zum ersten Mal *Und Gott verhüllte sein Gesicht* las, hatte ich danach noch ewig Alpträume.«

Ich nicke. »So ging es mir gestern auch. Ich konnte einfach an nichts anderes mehr denken, und es dauerte eine halbe Ewigkeit, bis ich nach der Lektüre eingeschlafen bin.«

Die Bilder von Bomben und Feuer haben mich bis in den Schlaf verfolgt. Ab jetzt werde ich Kits Verse nur noch tagsüber im Hellen lesen statt nachts im Bett.

»Und wie fanden Sie sie?«, fragt mich Matt, und der durchdringende Blick aus seinen dunkelgrauen Augen zeigt mir, dass ihm meine Antwort wichtig ist.

»Seine Gedichte sind im wahrsten Sinne des Wortes grauenhaft. Schwer und furchteinflößend, und nachdem ich sie gelesen hatte, war ich regelrecht verzweifelt und irgendwie erschöpft. Es war nicht leicht, dieses Gefühl abzuschütteln.«

»Ich weiß genau, was Sie meinen«, stimmt Matt mir zu. »Also, was kann ich für Sie tun? Gibt es irgendwas, das Sie besonders interessiert?«

Ich überlege kurz. Ob er mich für seltsam hält, wenn ich ihn aus heiterem Himmel nach diesem Gänseblümchen frage?

»Tja nun.«

»Tja nun?«

»Ich würde wirklich gerne alles erfahren, was es über Kit zu wissen gibt.«

Wieder bilden sich Fältchen rund um seine Augen. »Das höre ich natürlich gern. Was interessiert Sie denn am meisten? Seine Poesie? Sein Leben? Seine Zeit im Krieg?«

Ich atme durch. Ich will ihm von meiner Entdeckung erzählen, finde aber einfach nicht die rechten Worte.

Matt sieht mich neugierig an, als wüsste er, dass ich etwas sagen will. Doch als ich weiter schweige, nickt er einfach und fragt lächelnd: »Also wollen Sie alles hören?«

Ich lache leise auf. »Das ist wahrscheinlich ziemlich viel verlangt, aber ja, ich würde gerne alles hören, denn ich bin fasziniert von Kit Rivers.«

»Dann machen wir am besten erst mal eine Führung durch das Haus. Allerdings herrscht hier im Augenblick noch ein ziemliches Chaos. Das Haus hat mal als Schule, dann als Hotel, während des Zweiten Weltkriegs als Kaserne und in den sechziger Jahren vorü bergehend als Kommune gedient, und der Dachboden ist derart vollgestopft, dass ich bestimmt noch eine Weile brauchen werde, um die ganzen Sachen durchzugehen. Deshalb verzichte ich selbst sonntags auf mein Privatleben und miste stattdessen hier weiter aus.«

»Wie gesagt, bisher weiß ich im Grunde kaum etwas über Kit, und ich würde gerne einen Eindruck von dem Haus bekommen, in dem er aufgewachsen ist.«

Und schauen, ob es hier Gänseblümchen gibt, füge ich stumm hinzu. Das ist vielleicht etwas weit hergeholt, aber nicht ausgeschlossen …

Matt scheint mich wirklich gern durchs Haus zu führen, und wir nehmen das Gebäude eine gute Stunde lang in Augenschein. Es ist nicht unbedingt der Prachtbau, auf den Rosecraddick Manor von außen schließen lässt. Es wirkt, als wäre es irgendwann einfach aus dem Boden gewachsen und hätte sich organisch in die Landschaft Cornwalls eingefügt. Wir besichtigen die lange Galerie, die noch aus der Zeit von Elizabeth I. stammt, den Salon, die Küche und die Bibliothek, und obwohl die Räume leer stehen und durch Brandschutztüren und Wandtafeln verunziert sind, erzählt Matt so lebendig, dass ich das Gebäude vor mir sehen kann, wie es zu Kits Zeit ausgesehen haben muss. Wir erklimmen die breite Treppe, bleiben auf dem Absatz stehen und schauen durch eines der großen Fenster auf das Dorf. Noch immer klatschen dicke Regentropfen an die Scheibe, und das graue Meer umspült die Landzunge, die als verschwommener grüner Fleck erkennbar ist. Trotz des schlechten Wetters kann ich von hier aus die Zeder vor dem alten Pfarrhaus und das Dach meines Zuhauses sehen.

»Eine wunderbare Aussicht, finden Sie nicht auch?« Matt legt seine Hände auf das hölzerne Geländer. »Der Familie gehörte das ganze Land, das man von hier aus sehen kann, und sie haben damals sogar den Vikar ernannt. Es ist heute nicht leicht zu ermessen, wie mächtig diese Leute damals waren. Die meisten Dorfbewohner waren von ihnen abhängig. Sie haben für sie gearbeitet und in den Cottages der Familie gelebt.«

»Das ist wirklich wie in *Downton Abbey*«, stelle ich verwundert fest und kann das Personal, die Pferde und die eleganten Abendessen förmlich vor mir sehen.

»Die Rivers waren sehr einflussreich. Ihnen gehörten die meisten Höfe in der Gegend und der Park rund um das Haus. Der Großteil wurde in der Zwischenzeit verkauft, und es entstand die neue Siedlung, in der auch Sue wohnt, aber zu Kits Zeit konnte man dort ausreiten oder spazieren gehen. Während der beiden Kriege wurde jedoch alles umgepflügt, und ich glaube, die Amerikaner haben hier auch mal Manöver durchgeführt. Auf jeden Fall ist die Geschichte von Rosecraddick überaus vielschichtig.«

Den Eindruck gewinne ich auch allmählich, als könnte man wie bei einer Zwiebel Schicht für Schicht ins Herz des Ortes vordringen.

»Nach Kits Tod verfiel das Haus.« Wir sehen noch immer hinaus auf die regnerische Landschaft Cornwalls, und am liebsten hätte ich die dunklen Wolken, die tief über dem Meer hängen, die schwache goldene Linie am Horizont und den wilden Zorn des Sturms auf Papier festgehalten, mit Acrylfarben und in kühnem Schwung.

Es macht mich glücklich, dass ich schon wieder ans Malen denke. Vielleicht könnte ich Matt ja fragen, ob ich eines Tages meine Utensilien mitbringen kann. Um mit dem Malen wieder anzufangen, wäre dieser Ausblick genau das passende Motiv,

»Kits Vater hat ihn nur um ein paar Jahre überlebt. Und seine Mutter starb Anfang der dreißiger Jahre. Da sie keinen Erben hatten, ging das Anwesen an einen entfernten Vetter, und der hat das Haus vermietet und Teile des Lands sowie alle Wertsachen verkauft. Aber die Zeiten hatten sich sowieso geändert, und große Güter wie dieses hatten ihre besten Tage hinter sich. Danach verfiel das Haus, und wir haben es letztes Jahr gekauft.«

»Und wenn Sie es nicht erworben hätten?«

Er schüttelt den Kopf. »Dann wären Kits Geschichte und seine Werke wohl vollends in Vergessenheit geraten. Wobei seine Familie hier eine Gedenkstätte für ihn errichtet hat. Einen kleinen, ummauerten Garten, den ich Ihnen gerne zeige, falls der Regen jemals wieder aufhört. Er liegt mir mehr als alles andere hier am Herzen.«

Wir gehen weiter, und ich denke kurz über die Zeit und all die Dinge nach, die sie unweigerlich auslöscht. Rosecraddick Manor ist inzwischen halb verfallen und nicht mehr zu vergleichen mit dem Prachtbau, der er sicher früher einmal war. Der Teppich auf der Treppe ist ausgebleicht und abgewetzt, die Kronleuchter sind wohl längst verkauft, und das Geländer ist abgegriffen von unzähligen Händen, die im Laufe der Zeit darüberglitten. Trotzdem ist die Würde dieses Hauses noch spürbar, als schlummere in den Schatten des Gebäudes auch nach all den Jahren noch die verlorene Welt voller Eleganz und Reichtum.

»Was halten Sie davon?« Er zeigt auf das Gemälde eines Gentleman mit grauem Backenbart und bestimmendem Kinn, der mich durch sein Monokel derart kritisch und durchdringend ansieht, dass ich schlucken muss. Der Uniformrock ist mit Orden übersät.

»Dieses Gemälde lag im Keller«, erklärt Matt. »Es ist eines der wenigen Familienporträts, die wir gefunden haben, und zeigt Colonel Rivers, Kits Vater. Er war ein dekorierter Held des Burenkriegs und den Berichten nach ein ziemlich strenger Mensch.«

»Das kann ich mir vorstellen.« Colonel Rivers sieht nicht gerade aus, als hätte er in seinem Leben allzu oft gelacht. Ich frage mich, wie es wohl war, als Dichter mit solch einem Vater aufzuwachsen. Ist Kit bei Kriegsbeginn freiwillig zur Armee gegangen, weil er in die Fußstapfen des Vaters treten wollte, oder gab es Streit zwischen ihnen? Waren die beiden sich ähnlich?

»Vermutlich war es für den jungen Kit mit einem Vater wie dem Colonel alles andere als einfach«, sagt Matt. »Die Rivers waren eine alte Militärfamilie, aber Kit hat sich dem anscheinend widersetzt und wurde zu Hause unterrichtet, statt aufs Internat zu gehen. Nach allem, was wir von der Familie wissen, wollte seine Mutter ihn in ihrer Nähe haben, auch wenn er zu Kriegsbeginn nach Oxford gehen wollte. Womöglich wäre er dort aufgeblüht und berühmt geworden, hätte er die Chance dazu gehabt. Wer weiß.«

»Das Leben kann sich von einem auf den anderen Tag grundlegend ändern«, rutscht es mir heraus.

Matt sieht mich fragend an, wendet sich dann aber wieder der Führung zu.

»Ich zeige Ihnen gern noch den Speicher, wenn Sie wollen. Dort liegen jede Menge interessanter Sachen rum.«

Er führt mich durch das Dachgeschoss, in dem vor hundert Jahren die Bediensteten ihre bescheidenen Räumlichkeiten hatten, und dann kehren wir in den ersten Stock zurück. Die Holzläden sind geschlossen, aber Matt erzählt so lebendig, dass ich mir sogar im trüben Dämmerlicht bildlich vorstellen kann, wie Kit mit einem aufgeschlagenen Buch am Fenster sitzt. Vielleicht mit Keats? Oder hatte es ihm eher die revolutionäre Prosa eines Byron oder Shelley angetan?

»Welches war Kits Zimmer? Das hier?«, frage ich in einem großen Raum, durch dessen Fenster man, wenn die Läden geöffnet wären, auf den Park und die waldige Hügellandschaft sehen könnte.

Matt seufzt. »Ich habe keine Ahnung, und ich weiß auch nicht, ob wir das je rausfinden. Aber es lag bestimmt in diesem Stock. Hier hat man nämlich eine wunderbare Aussicht auf den Garten, und vor allem sind hier auch die Badezimmer. Also wohnte wahrscheinlich die Familie hier.«

»In Kits Geschichte gibt es jede Menge Lücken, und er konnte der

Welt nie mehr von sich preisgeben, weil er viel zu jung gestorben ist.«

»Macht Sie das nicht traurig?«

»Was? Dass wir nicht alles über ihn wissen? Oder dass nichts von Dauer ist?«

»Ich schätze, beides«, sage ich und stelle achselzuckend fest: »Ich hasse den Gedanken, dass die Zeit uns einfach ausradiert.«

Er runzelt die Stirn und antwortet: »Ich glaube nicht, dass es so ist. Wir hinterlassen alle irgendwelche Spuren. Okay, nicht jeder landet auf dem Mond oder schafft große Kunstwerke, aber wir alle tragen etwas dazu bei. Woher wollen wir wissen, dass ein nettes Wort oder ein Lächeln keinen nachhaltigen Einfluss auf das Leben eines anderen Menschen hat? Auch wenn uns selbst irgendetwas unbedeutend erscheint, kann es für jemand anderen furchtbar wichtig sein. Was ich an meinem Beruf am meisten liebe, ist die Suche nach den winzigen Details, die zusammengenommen dann ein größeres Bild ergeben. Ich weiß nicht, ob ich Ihnen jemals mehr über Kit Rivers werde sagen können als das, was ich bislang herausgefunden habe, aber trotzdem werde ich mir alle Mühe geben, die Geschichte dieses jungen Mannes zu erzählen.«

Ich will ihm unbedingt von der Schnitzerei berichten. Ich weiß inzwischen, er wird es nicht für ein Hirngespinst halten. Vielleicht ist dieses kleine Gänseblümchen das Detail, das ihm noch fehlt? Doch zunächst höre ich ihm weiter zu, wie er mir ausführlich von seinen Plänen für das Haus erzählt.

»Also werden wir am Ende eines der Schlafzimmer so einrichten, als hätte Kit vor hundert Jahren dort gewohnt, und eine kleine Ausstellung arrangieren. Vielleicht mit einer Kiste, die er für den Krieg gepackt hat, einer Gala-Uniform und ein paar Aufnahmen von der

Westfront, während man sich gleichzeitig seine Gedichte anhören kann. Was halten Sie davon?«

Ich will ihm nicht sagen, dass das trostlos und unerträglich traurig klingt. Nach allem, was ich bislang erfahren habe, glaube ich nicht, dass man Kit Rivers damit gerecht wird.

»Das könnte interessant sein«, behaupte ich ausweichend, wobei der Zweifel mir wahrscheinlich deutlich anzuhören ist.

»Aber bis dahin ist es noch ein langer Weg«, fügt Matt hinzu und seufzt. »Natürlich wird das alles eine Heidenarbeit, aber ich habe ein wirklich tolles Team. Und meine Kinder lieben dieses Haus und spielen gerne hier.«

Inzwischen hat er seine Kinder schon so oft erwähnt, dass ich aus Höflichkeit nach ihnen frage. Sofort breitet sich ein Lächeln auf seinem Gesicht aus.

»Ich habe achtjährige Zwillingstöchter, Merryl und Lowenna. Sie sind wunderbar. Ihre Mutter ist mit ihnen nach Exeter gezogen, aber an den Wochenenden und in den Ferien sind sie öfter bei mir. Sie finden es hier einfach toll.«

»Das glaube ich. Mein Mann verbrachte seine Ferien als Junge hier und schwärmte sogar Jahre später noch davon«, platzt es aus mir heraus. Ich bereue es sofort, denn Matt wird jetzt wahrscheinlich wissen wollen, wo Neil ist. Und mir dann mit Mitgefühl begegnen, wenn er die Wahrheit kennt. Dann werde ich auch in Rosecraddick einfach nur die bemitleidenswerte, viel zu junge Witwe sein.

Unsicher schaue ich Matt an. Würde es mir gelingen, von Neil zu sprechen, ohne dabei in Tränen auszubrechen? Ich weiß gar nicht, was ich sagen soll. Doch erstaunlicherweise fragt Matt nicht nach.

»Cornwall ist das reinste Paradies für Kinder«, pflichtet er mir bei. »Strände, Krabbenfischen, Eiscreme und Pommes frites. Und auch für uns Erwachsene ist es gar nicht übel hier, sobald man sich daran gewöhnt hat, dass der nächste Supermarkt zehn Meilen weit entfernt ist und man in den engen Gassen viel zu oft rückwärtsfahren muss, weil es keinen Platz zum Wenden gibt. Und von dem wechselhaften Wetter fange ich am besten gar nicht erst an. Obwohl es jetzt so aussieht, als hätten wir den Schauer hinter uns.«

Er tritt ans Fenster, öffnet vorsichtig den Laden, und ein Streifen bleichen Sonnenlichts fällt in den Raum. Jetzt bemerke ich, dass das Trommeln auf dem Dach und das Prasseln der Tropfen gegen die Scheiben aufgehört haben.

»Am besten sehen wir uns den Garten an, bevor es den nächsten Schauer gibt.«

Wir treten in den Flur, gehen dort nach links und ducken uns, um durch einen niedrigen Türrahmen hindurch zu einer schmalen Treppe zu gelangen. Hierhin haben die Bediensteten das heiße Wasser, Feuerholz und die Nachttöpfe für ihre Herrschaften geschleppt. Die Stufen sind aus Stein und ziemlich abgetreten.

Am Fuß der Treppe liegt die Küche. Der Kamin ist riesig und vom Rauch geschwärzt, der über die Jahrhunderte durch ihn hindurchgezogen ist, aber statt irgendwelcher Küchenmöbel stehen hier nur stapelweise alte Schreibtische herum.

»Die stammen noch aus den fünfziger Jahren, als dieses Haus ein Internat war«, klärt mich Matt auf. »Weiß Gott, warum sie hier gelandet sind.«

»Wie es aussieht, haben Sie hier wirklich noch viel zu tun.«

»Ich habe glücklicherweise ein phantastisches Expertenteam, das mich bei meiner Arbeit unterstützt. Kommen Sie, wir gehen raus, damit ich Ihnen die Gärten zeigen kann.«

Matt klappt die beiden schweren Eisenriegel an der Bogentür am Küchenende auf und führt mich in den Hof.

»Das hier war früher mal der Kräutergarten, und die Stiftung will ihn wiederherrichten, aber das ist nicht gerade mein Fachbereich. Wenn es um Pflanzen geht, bin ich ein hoffnungsloser Fall. Wie steht's mit Ihnen?«

Wenn ich ehrlich bin, weiß ich es nicht. Neil und ich wohnten im zweiten Stock eines modernisierten Altbaus an einer viel befahrenen Straße. Das einzige Grün, das es dort gab, war der Stellplatz für die Mülltonnen. Die Disteln und der Löwenzahn, die dort wuchsen, kamen auch problemlos ohne mich zurecht. Irgendwann aber hätten wir ein kleines Haus mit Garten irgendwo in einem Vorort haben wollen. Wahrscheinlich hätte Neil dann sonnabends den Rasenmäher rausgeholt, und ich hätte mein Glück mit Blumen versucht.

Ich blinzele die Erinnerung weg und antworte: »Ich hatte bisher nie Gelegenheit, es herauszufinden.«

»Dann kommen Sie einfach her und schauen, ob Sie einen grünen Daumen haben«, bietet Matt mir grinsend an. »Wenn Sie wollen, fangen Sie schon mal hier drinnen an.«

Damit meint er einen kleinen Garten hinter einer Tür in einer halb verfallenen Steinmauer. Matt tritt einen Schritt zurück und lässt mich vorbei. Ich schiebe die Efeuranken zur Seite, um das Geheimnis des versteckten Gärtchens mit den wild wuchernden Hecken und den Blumenbeeten voller längst verwelkter Blüten zu lüften.

Der Garten ist als Viereck angelegt, aus dessen Ecken je ein schmaler Weg direkt in die Mitte führt. Die Pfade sind links und rechts von wucherndem Rosmarin gesäumt.

»Alle Wege führen zu der in den Boden eingelassenen Gedenkplatte für Kit. Für seine Eltern war er offenbar der Mittelpunkt der Welt«, klärt Matt mich auf.

»Steht in dem Buntglasfenster nicht, dass er im Krieg verschollen ist?«

»Sie haben recht. Das hier ist nur ein Gedenkstein, den seine Familie errichtet hat. Ich schätze, seine Eltern wollten einen ungestörten Ort, an dem sie um ihn trauern konnten. Manche Menschen brauchen so etwas.«

Das stimmt. Aber ich gehöre nicht zu dieser Art von Mensch. Neils Mutter hat mich in einer Diskussion sogar als kaltherzig bezeichnet. Sie wollte eine riesige Beerdigung für ihren Sohn, aber das hätte Neil gehasst. In diesem Wissen ließ ich die Asche meines Liebsten auf dem See verstreuen, auf dem er oft segelte. Genau das hätte er gewollt. Das Gefühl von Freiheit, das ihn überkam, wenn er auf dem Wasser war, liebte er.

Matt wirft einen Blick auf die vernachlässigten Pflanzen. »Unsere Gartenfachfrau Janet sagt, Rosmarin stehe für das Erinnern. Eine schöne Idee, finden Sie nicht auch?«

Ich nicke, aber statt ihn anzuschauen, stelle ich mir vor, wie Lady Rivers über einen dieser Wege in die Mitte des kleinen Gartens geht. Sie hat sich das graue Haar zu einem ordentlichen Knoten aufgesteckt, hält den Kopf gesenkt, streicht mit den Fingerspitzen durch den Rosmarin, der die Luft mit seinem durchdringenden Duft erfüllt. Wahrscheinlich verband sie diesen Duft für alle Zeit mit Kit, und schon ein Hauch genügte, um die Erinnerung an ihn zu wecken.

Dort, wo sich die Pfade in dem kleinen Garten treffen, haben Kits Eltern eine Steinbank aufgestellt. Ihr gegenüber ist eine schlichte Marmorplatte in den Boden eingelassen.

Hauptmann Christopher »Kit« Rivers
Unser geliebter Sohn
1896–1916
»Ihr Name bleibt ewig.«

Es ist ein schlichtes Mahnmal, aber seine Schlichtheit rührt mich mehr als ein mit weinenden Engeln überladenes Grab.

»Bestimmt saßen Kits Eltern hier und dachten an ihn. Ich hoffe, dass der Frieden dieses Orts den beiden Trost spendete«, stelle ich leise fest.

»Der Verlust eines Kindes muss unerträglich sein. Man sagt, dass Lady Rivers über den Tod ihres Sohnes niemals hinweggekommen ist.«

»Aber was hat man für eine Wahl, als sein Bestes zu geben und irgendwann wieder nach vorne zu blicken?«

»Das stimmt. Ich hatte immer das Gefühl, dass dies hier ein Ort des Heilens ist. Vielleicht hat er ihr ja geholfen, einen Weg zu finden, mit der Trauer umzugehen«, meint Matt. »Egal, wie oft ich hier schon war, rührt mich der Garten jedes Mal aufs Neue. Das klingt vielleicht verrückt, aber ich habe das Gefühl, Kit hier nah zu sein.«

Dies ist tatsächlich ein besonderer Ort. Wir stehen vor der Platte, die im fahlen Licht der Sonne liegt, und ich beschließe, Matt endlich von dem geschnitzten Gänseblümchen zu erzählen. Vielleicht ist es ein Teil des Rätsels, das er lösen will, und schließlich war die

Schnitzerei überhaupt erst der Grund, aus dem ich hierhergekommen bin.

»Matt«, setze ich an. »In Kits Fenster in der Kirche ist ein Gänseblümchen eingelassen. Wissen Sie, warum? Ich habe es mir heute früh genauer angesehen, und mir kommt es so vor, als hätte man es später als die anderen Motive eingefügt.«

»Ja, ich kenne dieses Blümchen, und es sieht tatsächlich aus, als hätte man es nachträglich dort angebracht«, stimmt er mir zu. »Es passt überhaupt nicht zu den anderen Motiven, aber ich habe leider keine Ahnung, was es zu bedeuten hat. Ob es überhaupt etwas zu bedeuten hat. Vielleicht ist es auch nur eine unbeholfene Reparaturarbeit. Das ist eines der vielen Rätsel um Kit Rivers.«

Ich nicke. »Der Gedanke ging mir auch schon durch den Kopf, aber als ich heute früh im Gottesdienst saß, fiel mir noch etwas anderes auf. Wahrscheinlich ist es nur ein Zufall, aber in das Holz vor der ersten Bank hat jemand ebenfalls ein Gänseblümchen geritzt.«

»Was?«

»Wahrscheinlich ist es Zufall, in Schulbänken findet man so was ja auch oft.«

»In St. Nonna?«

»Ja. Ich saß in der ersten Reihe auf der rechten Seite, und da fiel mir plötzlich dieses Blümchen auf.«

»Interessant. Die Bank war früher für die Rivers reserviert. Damals hatten die einflussreichen Familien eine eigene Bank, und die Rivers saßen als die größten Landbesitzer dieser Gegend immer vorne rechts direkt vor dem Altar.«

»Dann kann es also sein, dass Kit dort saß?«

»Das ist sogar sehr wahrscheinlich.«

»Dann hat das Gänseblümchen in dem Fenster vielleicht doch etwas mit der Schnitzerei zu tun.«

»Vermutlich. Bisher konnte mir leider niemand sagen, was es mit dem Symbol überhaupt auf sich hat. Aber was Sie mir da erzählen, klingt auf alle Fälle faszinierend. Also kommen Sie.«

»Wohin?«

»In die Kirche«, sagt er lächelnd. »Ich würde dieses zweite Blümchen nämlich gern mit eigenen Augen sehen.«

8

CHLOE

Matt und ich gehen durch die leere Kirche, und das Echo unserer Schritte hallt laut in meinen Ohren. Wir setzen uns in die erste Bank, ich zeige auf die Schnitzerei, und er zieht mit den Fingern die Konturen nach.

»Wie seltsam«, murmelt er.

»Glauben Sie, dass dieses Blümchen etwas zu bedeuten hat?«

»Ehrlich gesagt, ich weiß es nicht. Kit muss jeden Sonntag hier gesessen haben, bis er in den Krieg zog. Aber ob diese Schnitzerei etwas mit ihm zu tun hat, weiß ich nicht. Das Gänseblümchen in dem Fenster ist mir schon vor Jahren aufgefallen, aber ich nahm bisher immer an, dass es eine unbeholfene Reparaturarbeit ist. Zu Kits Zeiten war es auf alle Fälle noch nicht da.« Er zieht das Gänseblümchen im Holz noch mal mit den Fingern nach.

»Es ist also ein großes Rätsel.«

»So sieht's aus. Das Gedenkfenster für Kit wurde erst zehn Jahre nach seinem Tod dort angebracht, und die Motive darauf haben nichts mit ihm zu tun.«

»Glauben Sie, Sie können irgendwie rausfinden, ob die Blume mit Kit Rivers in Verbindung steht?«

»Ich werde es auf jeden Fall versuchen, das ist schließlich mein Beruf. Vielleicht finde ich ja irgendwas im Haus, was mir bisher nicht aufgefallen ist. Ein Foto in einer Schublade oder eine bestimmte Zeile in einem Gedicht. Es gibt Hunderte von Möglichkeiten, aber es braucht Zeit, um ihnen nachzugehen. Sie haben ja das Haus gesehen und wissen, wie vollgestopft es ist.«

»Die Nadel im Heuhaufen«, sage ich, und er lacht auf.

»Ich wünschte mir, ich wüsste wenigstens, in welchem Haufen ich mit meiner Suche anfangen soll.«

Versunken in nachdenkliches Schweigen sehen wir uns noch mal die beiden Fenster an. Sie glänzen bunt im Sonnenlicht. Ich denke über Kit Rivers' Gedichte nach und über die Schnitzerei. Das Gänseblümchen ist versteckt, man kann mit den Fingerspitzen unbemerkt die Konturen nachziehen, während man der Predigt lauscht. Mir geht ein flüchtiger Gedanke durch den Kopf, aber noch während ich versuche, ihn zu fassen, wendet Matt sich mir wieder zu.

»Sie könnten mir helfen. Wenn Sie wollen.«

»Ich? Ich kenne mich nicht gut mit Geschichte aus.«

»Das müssen Sie auch nicht. Ich brauche jemanden mit scharfem Auge, der sich für die Sache interessiert. Sie sehen die Dinge anders als die meisten Menschen, Chloe. Sie haben einen Blick für Muster und Details. Ohne Sie wüsste ich nichts von dieser Schnitzerei. Sie müssen sich ja nicht sofort entscheiden, aber wir sind immer auf der Suche nach Freiwilligen, die unsere Arbeit unterstützen, und Sie wären auf jeden Fall eine Bereicherung für unser Team.«

Dieses Lob kommt völlig unerwartet und wärmt mich innerlich. Ich kann mich nicht erinnern, wann zum letzten Mal jemand der Meinung war, man könnte mich um Hilfe bei etwas bitten. Meine Mutter hat meinetwegen inzwischen dauerhafte Sorgenfalten auf der Stirn, und als ich letztes Mal bei meiner Schwester zu Besuch war, hat sie ihre Steakmesser versteckt. Steph war schon immer eine Dramaqueen.

»Tut mir leid, wahrscheinlich haben Sie auch so bereits genug zu tun«, sagt Matt, als keine Antwort von mir kommt. Er lächelt entschuldigend und fährt sich mit der Hand durchs Haar. »Sie können ruhig sagen, wenn ich meine Klappe halten soll. Beim Thema Kit Rivers gehen manchmal die Pferde mit mir durch. Meine Exfrau behauptete einmal, ich sei richtiggehend besessen von ihm, und vielleicht hat sie recht. Sie haben sicher Besseres zu tun, als irgendwelchen alten Krempel durchzusehen.«

O nein, ganz sicher nicht. Mein großartiger Plan, aufs Land zu ziehen, umfasste bisher nur den Umzug und die Ankunft hier. Darüber, was ich mit mir anstellen soll, wenn ich erst hier bin, habe ich nicht weiter nachgedacht. Natürlich will ich hier wieder anfangen zu malen, doch ich habe nicht bedacht, dass sich hier die Zeit genauso endlos in die Länge ziehen könnte wie in London und ich mich in dem viel zu großen alten Pfarrhaus vielleicht doch etwas verloren fühlen könnte. Möglicherweise lindert es ja meine Trauer tatsächlich etwas, wenn ich ein wenig freiwillige Arbeit für die Stiftung leiste.

»In Ordnung. Warum nicht?«

»Wirklich?«

»Klar. Ich habe jede Menge Zeit und würde wirklich gerne wissen, was es mit dem Blümchen auf sich hat.«

»Toll! Willkommen im Team!«

Er greift nach meiner Hand und schüttelt sie. Anders als erwartet, fühlt sich die Berührung unserer Finger fast vertraut an, und so schnell wie möglich entziehe ich ihm meine Hand wieder.

»Wann soll ich anfangen?«

Matt grinst. »So schnell es geht. Und um ins Thema reinzukommen, lesen Sie am besten erst mal all die Bücher, die es dazu gibt.«

»Matt denkt, das Gänseblümchen in dem Holzbrett habe etwas mit dem Fensterbild zu tun?«, fragt Sue, oder zumindest denke ich, dass sie das fragt. Ganz sicher bin ich nicht, weil sie den Mund voll Pizza hat.

Es ist Montagabend, und in Sues Terminkalender hat sich wegen einer ausgefallenen Besprechung plötzlich eine Lücke aufgetan. Also stand sie plötzlich bei mir vor der Tür, und als sie mich spontan zum Abendessen eingeladen hat, war ich von der stundenlangen Lektüre über die Geschichte von Rosecraddick und den Ersten Weltkrieg so erschöpft, dass ich fast dankbar für die Unterbrechung war.

»Viel Spaß beim Lesen«, hatte Matt mir gewünscht, als er am Vormittag, die Arme voller Bücher und Papiere, bei mir vor der Haustür gestanden hatte. »Das hier ist ein guter Einstieg ins Thema. Owen, Robert Graves, Sassoon, ein bisschen Militär- sowie Sozialgeschichte und dazu alles, was mir zu Kit Rivers eingefallen ist. Am besten lassen Sie sich etwas Zeit beim Lesen, denn es ist ziemlich schwere Kost.«

»Sie wissen, dass ich Kunst und nicht englische Literatur unterrichte?«

»Tja, auch die freiwilligen Helfer müssen informiert sein, bevor ich sie engagieren kann. Melden Sie sich einfach, wenn Sie für den Test bereit sind.«

»Für den Test?«

»Natürlich werden die Bewerber erst einmal geprüft. Aber der Test ist nicht schwer. Multiple-Choice und ein paar kurze Aufsätze. Das kriegen Sie problemlos hin.«

Ich starrte ihn entgeistert an, und als er lachte, schnaubte ich nur. Ich war insgeheim froh über die Aufgabe, so groß sie mir in dem Moment auch erscheinen mochte. Mehrmals war ich kurz davor gewesen, wieder zu malen, hatte einen Skizzenblock geholt und meine Wasserfarben sortiert, dann aber hatte mich die Angst gepackt, und eilig hatte ich die Sachen wieder weggeräumt. Es sah so aus, als wäre ich von einer Art Blockade befallen.

Matt verabschiedete sich und ließ mich mit dem Bücherstapel in den Armen stehen. Also schleppte ich das Zeug ins Wohnzimmer, machte Feuer im Kamin und setzte mich mit dem ersten Buch auf die hölzerne Fensterbank. Ich las mir noch einmal Kits Gedichte durch und wandte mich am Ende Matts eigenen Aufzeichnungen zu.

Mein Kaffee wurde kalt, ich vergaß das Mittagessen, und erst als ein Klopfen an der Haustür mich unterbrach, bemerkte ich, dass es schon dunkel war.

»Ich habe Sie auf Ihrem Handy nicht erreicht«, sagte Sue, als ich ihr öffnete. »Und da wollte ich sehen, ob hier alles in Ordnung ist.«

»Wahrscheinlich liegt mein Handy in der Küche, wo ich es nicht höre.«

»Bei Ihnen ist es ja schweinekalt! Sie haben doch gesagt, dass Sie das Holz bekommen haben.« Die Vikarin stand im Flur und rieb sich über die Arme. »Das kann doch wohl nicht sein! Funktioniert der Ofen etwa nicht?«

»O doch, aber anscheinend ist das Feuer ausgegangen, während ich gelesen habe.«

Ihre Brauen verschwanden unter ihrem wild gelockten Haaransatz. »Und wie lange lesen Sie jetzt schon?«

»Fünf, sechs Stunden?«

»Danke, Gott, für unsere Zentralheizung«, murmelte Sue, marschierte in die Küche, stopfte neue Scheite in den Ofen, stocherte in der Glut, bis die ersten Flammen zu sehen waren, und knallte die Tür des Ofens zu. Sie stemmte die Hände in die Hüften und reckte das Kinn.

»Okay. Das hätten wir, doch es wird eine Weile dauern, bis die Wärme auch die anderen Heizkörper erreicht. Bis dahin kommen Sie mit zu uns und tauen erst mal auf. Keine Widerrede!«

Noch bevor ich protestieren konnte, hatte sie schon meine Jacke und meine Tasche von den Haken an der Tür genommen und mich aus dem Haus zu ihrem Wagen geschoben. Eingehüllt in warme Luft, die die altersschwache Heizung unter lautem Pfeifen in den Innenraum des Wagens blies, durchquerten wir Rosecraddick bis zu ihrem Haus, in dem es herrlich warm war. Ihr Mann wartete schon mit einem Stapel Pizzaschachteln in der Küche. Als würden wir uns schon ewig kennen, küsste er mich zur Begrüßung auf die Wange und sagte: »Schön, dass wir uns kennenlernen.« Dann schenkte er uns Rotwein ein.

Jetzt sitze ich angenehm ermattet auf der breiten Couch im überheizten Wohnzimmer der Perrys und esse Pizza, während sich Hündin Molly mit Salami füttern lässt.

»Du sollst ihr nicht immer was von unserem Essen geben«, tadelt Tim.

»Das mache ich doch gar nicht«, wehrt sich Sue und hält das Stück Salami so, dass er es nicht sehen kann.

Er lacht. »Es gehört sich nicht, dass du als Vikarin deinen eigenen Mann belügst.«

»Na gut, kann sein, dass Molly ab und zu ein kleines Stückchen Wurst von mir bekommt«, gesteht sie widerstrebend. »Aber sie liebt Salami.«

»Sie vielleicht, aber ihr Magen nicht, und wer macht ihre Hinterlassenschaften weg, wenn du arbeitest? Als Hausmann hat man es echt nicht leicht.«

»Ohne dich wäre ich völlig aufgeschmissen, Schatz«, meint Sue. An mich gewandt fügt sie hinzu: »Im Ernst, er macht das einfach toll. Ich kann selbst kaum glauben, wie problemlos Caspar sich von ihm ins Bett bringen lässt. Wenn ich das mache, muss ich mindestens noch drei Geschichten lesen und komme frühestens nach einer Stunde wieder aus seinem Zimmer.«

»Jetzt übertreib mal nicht.« Tim nimmt sich das nächste Stück Pizza aus dem Karton. Ich finde ihn sympathisch, er gibt mir das Gefühl dazuzugehören. Außerdem scheinen er und Sue unsterblich ineinander verliebt zu sein. Seltsamerweise versetzt es mir keinen Stich, die beiden so glücklich miteinander zu sehen.

»Chloe? Geht es Ihnen gut?«

Ich fahre leicht zusammen, als mich Sue am Arm berührt.

»Tut mir leid, ich war in Gedanken gerade meilenweit entfernt.« Ich muss mir endlich abgewöhnen, derart abzuschweifen, wenn ich in Gesellschaft bin.

»Das ist auch das Beste, wenn sie anfängt, einen zu verhören«, sagt Tim belustigt, und seine Frau verpasst ihm einen spielerischen Klaps.

»Ich verhöre sie doch gar nicht!«

»Wenn du meinst«, stellt er mit leisem Zweifel in der Stimme fest und steht auf. »Ich sehe noch mal nach Cas. Ihr dürft euch gern über mich unterhalten, während ich im Kinderzimmer bin.«

Sue scheucht ihn lachend aus dem Raum und füllt unsere Rotweingläser noch mal auf.

»Sprechen wir doch lieber über Matt und diese Gänseblümchen. Glaubt er wirklich, es hat etwas mit Kit zu tun?«

»Er hält es für möglich. Auch wenn offenbar niemand weiß, was uns die Blume in dem Fenster sagen soll. Er überlegt, ob vielleicht im Kirchenarchiv etwas darüber steht.«

Die Vikarin verzieht das Gesicht. »Ich werde nachsehen, würde mir aber keine allzu große Hoffnung machen. Die Aufzeichnungen waren bis zum Zweiten Weltkrieg ziemlich lückenhaft, aber im Staatsarchiv von Cornwall gibt es noch einige Dokumente. Vielleicht lohnt es sich ja, sich dort mal umzusehen.«

»Vielleicht«, stimme ich zu.

»Auf alle Fälle klingt es vielversprechend, dass er der Spur des Blümchens nachgehen will. Schließlich kennt sich niemand so gut mit Kit Rivers aus wie er.«

Ich nicke zustimmend. »Er denkt, dass es in dem alten Herrenhaus noch andere Hinweise gibt, die man nur noch finden muss.«

»Da wünsche ich ihm viel Glück. Rosecraddick Manor ist in einem fürchterlichen Zustand, und die Renovierung wird wohl Jahre dauern. Vor allem braucht die Stiftung dafür wesentlich mehr Geld, als sie bisher gesammelt hat.«

»Er hat gefragt, ob ich dort ehrenamtlich helfen will, und mir schon jede Menge Lesestoff vorbeigebracht.«

»Er nimmt seine Arbeit jedenfalls wirklich ernst«, stellt Sue bewundernd fest. »Es ist eine Schande, dass er dafür nur so wenig Geld bekommt, aber ich nehme an, dass das in der Natur der Sache liegt, wenn man für eine Stiftung tätig ist. Im Grunde ist er viel zu gut für diesen Job. Er hat es Ihnen sicher nicht erzählt, weil er viel zu bescheiden ist, aber er hat einen Doktortitel und war vor seiner Scheidung Dozent in Oxford. Dann aber wollte seine Exfrau wieder in die Nähe ihrer Eltern ziehen, und er ist ihr gefolgt, um weiterhin in der Nähe seiner Töchter zu sein. Die Scheidung ist schon eine ganze Weile her, und Matt ist der Frauenschwarm des ganzen Orts«, erklärt mir Sue. »Die Hälfte aller Frauen hat bereits ihr Glück bei ihm versucht, und die andere Hälfte hat es noch vor. Hätte ich selbst nicht meinen Tim, wäre ich vielleicht ebenfalls versucht. Er sieht phantastisch aus, nicht wahr?«

Ich habe wirklich keine Lust auf dieses Thema. Natürlich ist Matt attraktiv, aber mein Herz zieht sich bei dem Gedanken zusammen. Dass Sue mich möglicherweise mit ihm verkuppeln will, hat mir gerade noch gefehlt. Die Aussicht auf die Arbeit in der Stiftung tut mir gut und wird mich von meiner ständigen Grübelei ablenken. Ich werde die Sache zwischen uns nicht verkomplizieren und kann mir auch nicht vorstellen, dass er das will. Es scheint ihm völlig zu genügen, sich in seiner Arbeit zu vergraben und so oft wie möglich seine Töchter zu sehen.

»Und noch dazu ist er wirklich nett«, fährt Sue mit unschuldiger Stimme fort, bevor sie sich das nächste Stück Pizza auf den Teller legt. »Möchten Sie auch noch was?«

»Nein, danke. Ich hatte genug.«

Ich habe in letzter Zeit viel zu wenig gegessen, und nach zwei schmalen Stücken bin ich bereits satt.

»Kein Wunder, dass Sie derart schlank sind, während ich ein solcher Moppel bin«, seufzt Sue, macht sich dann aber fröhlich über ihre Pizza her. »Aber ich esse einfach gerne, und vor allem seit meiner Hochzeit habe ich etwas zugelegt. Was ist Ihr Geheimnis? Liegt es daran, dass Sie Single sind?«

Trauer? Jedenfalls nichts, worüber ich sprechen möchte, aber wenn ich in Rosecraddick in Ruhe leben und wohlmeinende Kuppeleiversuche im Keim ersticken möchte, muss ich möglichst offen sein.

»Ich habe meinen Mann vor zweieinhalb Jahren verloren«, sage ich ruhig. »Seitdem habe ich kaum noch Appetit.«

Sue sieht mich an, die Hand mit dem Pizzastück auf halbem Weg zum Mund erstarrt.

»Das tut mir furchtbar leid, Chloe. Das war nicht gerade einfühlsam von mir. Ich hatte einfach angenommen, dass Sie auch geschieden wären. Ich hatte keine Ahnung, dass Sie …«

»Ich dachte, dass sich das in so einem kleinen Ort längst herumgesprochen hätte.«

Ich höre selbst, dass meine Stimme plötzlich belegt klingt.

»Von mir erfahren die Tratschtanten sicher nichts.« Anscheinend ist auch Sue der Appetit vergangen, denn sie legt die Pizza wieder auf den Teller und schiebt ihn ein Stückchen von sich fort. »Ich weiß nicht, was ich sagen soll. Ich fühle mich entsetzlich.«

»Woher hätten Sie das wissen sollen? Es ist in Ordnung. Wirklich.«

Aber uns ist beiden klar, dass das nicht ganz die Wahrheit ist. Verlegene Stille breitet sich im Zimmer aus und wird nur durch Tims Schritte im Kinderzimmer unterbrochen. Das Licht des Babyfons fängt an zu flackern, als der Kleine leise quengelt und der Vater ihn beruhigt.

Ich weiß, dass Sue darauf wartet, dass ich etwas sage. Also suche ich nach Worten, die ich tief in meinem Inneren vergraben habe, weil ich es noch immer nicht ertrage, sie auszusprechen.

»Das heißt, eigentlich ist nichts okay, doch das will niemand hören. Aus Sicht der Leute sollte ich allmählich wieder nach vorn schauen, denn inzwischen ist es lange genug her.«

»Ich glaube nicht, dass es für so etwas Regeln gibt«, erwidert Sue sanft. »Trauer, weil man jemanden verloren hat, hält sich doch an keinen Zeitplan.«

Ich denke an das Buntglasfenster in der Kirche und an das Granitkreuz auf den Klippen, die an einen Verlust erinnern, den die Zeit nie völlig heilen wird.

»Wahrscheinlich nicht, aber ich dachte, dass der Umzug nach Rosecraddick mir womöglich hilft. Neil hat als Junge seine Ferien hier verbracht, und irgendwie fühlt es sich an, als wäre dies das letzte Bindeglied, das uns noch bleibt. Hier bin ich ihm zwar nahe, aber die Erinnerungen an unser gemeinsames Leben und was wir noch zusammen vorhatten, sind woanders, falls das irgendeinen Sinn ergibt.«

»Auf jeden Fall«, stimmt Sue mir zu. »Sie wollen Ihre Trauer überwinden, aber ihm auch weiter nahe sein.«

»Genau. Ich bin noch nicht bereit, ihn richtig loszulassen. Jetzt noch nicht. Und vielleicht nie.« Mein Hals ist zugeschnürt, und wieder steigt die alte Panik in mir auf.

»Ich glaube, dass wir Menschen, die wir lieben, niemals völlig gehen lassen«, pflichtet sie mir bei. »Wir tragen sie die ganze Zeit in unseren Herzen, und auch wenn ich glaube, dass die Zeit den Schmerz auf Dauer lindert, verlassen sie uns nie ganz. Dafür sind die Erinnerungen da. Auch reden hilft, Chloe, und falls Sie je darüber sprechen möchten, bin ich für Sie da.«

Ich trinke einen großen Schluck von meinem Wein. Erinnerungen tun weh und Reden noch viel mehr. Auch Pippa wollte ständig reden, und es fühlte sich an, als hätte sie mit ihren Worten tief in meiner Wunde gebohrt.

Ich muss das Thema wechseln. Jetzt sofort.

»Danke, Sue. Auf gewisse Art bringt uns das wieder zurück zu Kit Rivers. Auch ihn konnte jemand offenbar nicht vergessen, stimmt's? Ich glaube, dass es bei dem Gänseblümchen genau darum geht.«

Sue versteht, dass ich das Thema wechseln will, und bis ihr Mann zurückkommt, unterhalten wir uns schon wieder über den aktuellen Tratsch aus Rosecraddick.

Zumindest äußerlich ist alles ruhig. Doch innerlich? Innerlich bin ich noch immer aufgewühlt. Die Klippen sind viel näher, als ich dachte, und noch immer stehe ich nur einen Schritt vom Rand entfernt.

9

CHLOE

Der November geht in den Dezember über, und der frische Frost und der Sonnenschein meiner ersten Tage in Rosecraddick weichen Dauerregen und grauen Nebelschwaden, die vom Meer heraufziehen. Ich lerne, wie ich meine feuchten Kleider, um sie trocken zu bekommen, auf das Holzgestell über dem Ofen hängen und die Holzscheite übereinandertürmen muss, damit die Heizung halbwegs funktioniert und es zumindest ansatzweise heißes Wasser in dem alten Pfarrhaus gibt. Inzwischen habe ich mich daran gewöhnt, am Morgen nach dem Aufstehen erst mal zum Holzschuppen zu gehen, um neues Feuerholz zu holen.

Mittlerweile habe ich so etwas wie Routine. Das Pfarrhaus ist tatsächlich zu groß für mich, deswegen habe ich die meisten Räume zugesperrt und halte mich vor allem im Wohnzimmer, meinem Schlafzimmer und in der Küche auf. Die meiste Zeit verbringe ich auf meiner Bank am Fenster, weil ich einfach nicht genug davon bekommen kann, dem wilden Spiel der Wellen und dem Tanz der Wolken zuzusehen. Mein Skizzenblock liegt auf dem Tisch, und auch die Wasserfarben und Bleistifte sind immer griffbereit, bisher aber fehlt mir der Mut, mich der Frage zu stellen, ob ich überhaupt noch malen oder zeichnen kann. Wenn das Wetter es erlaubt, spaziere ich über die Klippen oder nehme den verschlungenen, schmalen Pfad hinunter in die Bucht, setze mich dort auf einen Stein und lasse mich von dem Gedanken trösten, dass die Wellen schon seit Jahrhunderten gegen diese Felsen rollen und auch noch an ihnen nagen werden, wenn ich längst schon nicht mehr bin.

Die Dunkelheit bricht immer früher herein. Sie senkt sich von den waldbestandenen Hügeln oberhalb des Herrenhauses auf den Ort, und bereits nachmittags gegen halb fünf fühlt es sich an, als liege die gesamte Welt in einem tiefen Schlaf. Dann werfe ich ein zusätzliches Holzscheit in den Kamin im Wohnzimmer und lege mich mit einem meiner vielen Bücher auf die Couch. Ich arbeite mich langsam durch den Stapel, den mir Matt geliehen hat, und dringe immer tiefer in die Welt des jungen Kit ein. Es ist erstaunlich, wie schnell die Zeit an diesen ruhigen Abenden vergeht. Bis ich mich nach oben ins Bett schleppe, sind meine Lider schwer, und von den vielen Bildern und Gedichten schwirrt mir regelrecht der Kopf.

Manchmal stelle ich mir vor, wie Neil mir gegenübersitzt und ungeduldig mit den Fingern auf die Sessellehne trommelt, weil er endlich etwas unternehmen will. Er las nicht gern und saß vor allem nicht gerne tatenlos herum, deswegen überrascht es mich nicht, dass er sich an diesen kurzen Tagen immer seltener blicken lässt. In meinen Träumen aber taucht er weiter regelmäßig auf. Ich strecke die Arme nach ihm aus, doch er bleibt unerreichbar, und am nächsten Morgen wache ich mit tränennassen Wangen und einem Ziehen im Herzen auf. Dann zwinge ich mich aufzustehen, setze meine Füße auf den eisigen Boden und spüre den kalten Wind, der mir auf dem Weg zum Holzschuppen entgegenbläst. Selbst etwas so Mächtiges wie die Trauer können das raue Wetter, Wind und Regen für kurze Zeit wegpusten.

Das Leben in dem alten Pfarrhaus ist nicht einfach, doch die körperliche Arbeit tut mir gut, und die Umgebung fühlt sich genau richtig an. Die raue Landschaft berührt meine Seele, und falls ich jemals wieder male, werde ich die Leinwände mit ungestümen Wolkenbergen, wilden Wellen und dem Regen füllen, der die dunkle Erde aufpeitscht.

Ich unternehme viele Spaziergänge, vertiefe mich in meine Lektüre und engagiere mich inzwischen ehrenamtlich in Rosecraddick Manor. Wir freiwilligen Helfer sind ein bunter Haufen, darunter eine pensionierte Schulrektorin, ein Dichter und zwei ältere Schwestern, die in jungen Jahren begeistert Rennboot fuhren. Aber so unterschiedlich wir auch sind, liegt uns doch allen am Herzen, die alte Pracht des Herrenhauses wiederherzustellen.

Es ist kein glamouröser Job – die meiste Zeit durchwühle ich den Müll, der auf dem Speicher liegt, und trage jedes Stück in eine Liste ein –, doch es bedeutet eine willkommene Ablenkung für mich. Da Matt sich oft mit irgendwelchen Denkmalschutzbeauftragten des Landes trifft oder nach London fährt, um Spenden einzutreiben, sehen wir uns kaum. Aber nach dem Gespräch mit Sue bin ich darüber ganz froh. Ich möchte nicht, dass irgendjemand denkt, ich sei eine der Frauen, die ihn sich angeln wollen, und würde nur deshalb bei dem Projekt mitmachen.

Wenn Matt und ich uns sehen, stellen wir meistens irgendwelche Theorien zu dem Gänseblümchen auf, wobei bisher nicht viel dabei herausgekommen ist. Er durchsucht das Kirchenarchiv nach Hinweisen, bislang vergeblich, und ich sortiere die Sachen auf dem Dachboden und hoffe, dort etwas zu finden, was uns vielleicht weiterbringt.

Eines Morgens fand ich einen Stapel Notizhefte aus den fünfziger

Jahren. Die Seiten waren vergilbt, und die Tinte war braun wie trockenes Blut. Ein gewisser Tommy Waken hatte die Hefte mit seiner runden Kinderschrift gefüllt. Er war damals in der vierten Klasse und schrieb über seinen Schulalltag, seinen Hund namens Dash und seine Mutter, die anscheinend immer traurig war. Sein Vater war im Krieg gefallen. Entschlossen sammelte ich alle Hefte ein, kroch durch den Unrat auf dem Speicher bis zu einem Fenster und las lange in den Tagebüchern des Jungen, bis ich Tommys Leben in Rosecraddick fast bildlich vor Augen hatte. Ich wüsste gern, was aus ihm geworden ist.

An einem stürmischen Tag im Dezember mache ich mich, eingehüllt in meine Winterjacke und wieder einmal in Gummistiefeln, auf den Weg zum Herrenhaus. Am dunkelvioletten Himmel türmen sich die Wolken, und eine Regenwand kommt rasch näher. Ich entscheide mich, nicht wie gewohnt zu Fuß zu gehen, sondern mein kleines rotes Cabrio zu nehmen. Es steht seit meiner Ankunft in Rosecraddick nur herum, und eine kurze Fahrt tut ihm wahrscheinlich gut.

Während ich im Autoradio nach einem netten Sender suche, klingelt mein Handy. Es ist eine unbekannte Nummer. Normalerweise gehe ich, wenn ich nicht weiß, wer anruft, gar nicht ran. Aus irgendeinem Grund jedoch mache ich heute eine Ausnahme.

»Hallo?«

»Sind Sie das, Chloe? Gott sei Dank. Was ist bei Ihnen los? Ich habe Ihnen eine E-Mail geschickt, auf die ich dringend eine Antwort brauche. Wo zum Teufel stecken Sie?«

Es ist meine Agentin Moira Olsen, und sie hat recht. Seit meinem Umzug nach Rosecraddick habe ich tatsächlich keine E-Mails mehr gelesen. Ehrlich gesagt gehe ich ihr seit geraumer Zeit aus guten Gründen aus dem Weg. Aber woher hat sie bloß meine Handynummer?

»Hi, Moira. Alles klar bei Ihnen?«

Ich bemühe mich, erfreut zu klingen, aber es gelingt mir offenbar nicht.

»Ich bin, ehrlich gesagt, so genervt, wie Sie gerade klingen.«

Moira redet niemals lange um den heißen Brei herum. Sie ist temperamentvoll und direkt und eine hervorragende Agentin. Ich konnte es damals kaum glauben, als sie zusagte, mich zu vertreten. Neil und ich haben mit Champagner darauf angestoßen, den wir uns im Grunde gar nicht leisten konnten. Ich dachte, nach den vielen Jahren des Unterrichtens werde endlich mein Traum von einer Karriere als Künstlerin in Erfüllung gehen. Tatsächlich vermittelte Moira erfolgreich einige meiner Entwürfe für Karten oder Drucke, doch dann erkrankte Neil, und für das Malen blieb mir neben meiner Arbeit an der Schule, all den Arztbesuchen und der Chemo kaum noch Zeit.

Nach Neils Tod hatte Moira zunächst Verständnis für mich. Ihr war aber offenbar nicht klar, wie viel Zeit ich tatsächlich brauchen würde.

»Aber es geht hier nicht um mich, sondern um Sie. Ihre Mutter sagte, Sie seien überstürzt nach Cornwall abgehauen.«

Ach ja? Ich muss ein ernstes Wort mit meiner Mutter reden und ihr sagen, dass sie meine Nummer nicht so einfach weitergeben kann. Was nützt es mir, mich in die Einöde zu flüchten, wenn mein altes Leben mir hierher folgt?

»Ich nehme eine Auszeit«, kläre ich sie auf. »Cornwall ist ein sehr friedlicher Ort, und das tut mir gerade gut.«

»Wunderbar«, sagt Moira. »Das ist natürlich schön für Sie. Ich selbst ertrage diese Gegend nicht. Für mich ist sie einfach zu weit von London weg. Aber sie gilt als echtes Künstlermekka, und die Landschaft und das Licht geben phantastische Motive ab. Ich war vor Kurzem erst in der Galerie *Beside the Wave*. Wenn ich gewusst hätte, dass Sie ganz in der Nähe sind, hätte ich einen kurzen Abstecher gemacht. Waren Sie schon mal dort?«

Ich habe mich bisher nicht weiter als bis zum neuen Pfarrhaus vorgewagt, doch davon wird sie sicher nicht beeindruckt sein, und ich belasse es bei einem knappen »Nein, noch nicht.«

»Falls Sie je wieder nach einem Pinsel greifen, sehe ich zu, dass ich dort was für Sie erreichen kann. Aber deshalb rufe ich nicht an. Ich habe einen Auftrag für Sie an Land gezogen, bei dem es um eine Menge Kohle geht.« Mit verschwörerischer Flüsterstimme nennt sie eine Summe, die mich ungläubig blinzeln lässt.

»Im Ernst?«

»Im Ernst. Die Bilder sind für einen Verlag, aber Sie haben freie Hand und kassieren obendrein noch die Lizenzgebühren. Was meinen Sie?«

Früher hätte ich bei diesen Sätzen einen Freudensprung gemacht. Ich habe immer schon davon geträumt, mir meinen Lebensunterhalt mit Malen zu verdienen, jetzt fühlt sich dieser Traum aber eher wie ein Alptraum an.

»Für wen sollen die Bilder sein?«

»Am besten setzen Sie sich erst mal hin. Sie sind für Regal Press.«

Ich kann es kaum glauben. »Den großen Londoner Verlag?«

»Den riesigen Londoner Verlag«, verbessert Moira mich. »Die wollen sechs Umschlagbilder für eine Romanreihe, die irgendwo in einem Herrenhaus zu Beginn des vergangenen Jahrhunderts spielt.

Sie wissen schon, seit *Downton Abbey* fährt das Publikum auf so was ab. Sie haben zufällig die Burgskizze gesehen, die Sie vor Jahren mal verkauft haben. Das Bild auf den Geschirrtüchern und Keksdosen.«

Es ist ein bisschen mehr als eine Skizze, denn ich hatte sämtliche Details der Burg auf meiner Leinwand festgehalten und bin immer noch stolz auf dieses Bild. Ich hatte es in einem Schottlandurlaub angefertigt, als wir zufällig zu dieser wunderschönen Burg gelangt waren. Dem Eigentümer gefiel mein Bild so gut, dass er es mir abkaufte und das Motiv auf Karten und verschiedene Souvenirs im Museumsshop druckte. Von dem Geld, das ich dafür bekam, verbrachten Neil und ich ein lang ersehntes Wochenende in Paris. Der Verkauf war ein großer Erfolg für mich. Aber für Moira zählen nur Geschäfte, wie man sie mit Künstlern wie Damien Hirst oder Tracey Emin machen kann. Mit Kleinkram gibt sie sich nicht ab.

Und leider weiß sie noch nicht, dass ich nicht mehr in der Lage bin zu malen …

»Moira, ich –«

Bevor ich meinen Satz beenden kann, herrscht sie mich ungehalten an: »Wagen Sie es ja nicht, Nein zu sagen! Oder dass Sie das nicht können oder es noch zu früh sei. Ich war sehr geduldig mit Ihnen und habe Ihre Trauer und den Wunsch, allein zu sein, respektiert, aber so kann es nicht weitergehen. Sie können sich nicht noch länger verkriechen, denn Sie haben ein besonderes Talent, und wenn Sie das einfach vergeuden …« Sie bricht ab, wohl um nichts zu sagen, was sie später bereuen würde. Dann aber setzt sie voller Nachdruck hinzu: »Das ist einfach nicht richtig, und das hätte Neil sicher nicht gewollt.«

Mein Herz beginnt bei diesen Worten zu rasen, doch ungerührt fährt Moira fort: »Es tut mir leid, wenn Sie das aus der Fassung bringt. Aber verdammt, so ist es nun mal. Ich kannte Neil vielleicht nur kurz, aber nach allem, was ich über ihn weiß, war er nicht der Typ, der Däumchen gedreht und sich in seinem Elend gesuhlt hätte. Er hat alle Möglichkeiten, die sich ihm boten, genutzt. Wir beide wissen, dass ich Sie nur deshalb überhaupt unter Vertrag genommen habe, weil er so beharrlich war. Er hat mich so lange mit E-Mails bombardiert und mir Ihre Mappen zugeschickt, bis mir im Grunde nichts anderes mehr übrig blieb. Was dann ja auch glücklicherweise zu unser aller Vorteil war.«

Trotz ihrer schonungslosen Worte muss ich einfach lachen. Nachdem Neil damals herausgefunden hatte, dass eine gewisse Moira Olsen als eine der Besten der Branche galt, hat er sie so lange genervt, bis sie mich genommen hat. Denn Neil gab niemals auf. Einzig seinen letzten Kampf hat er verloren …

»Ich mochte ihn, Chloe«, fährt sie mit ruhiger Stimme fort. »Er war ein wunderbarer Mensch. Entschlossen und ein Sturkopf, der nicht mehr lockerließ, wenn er etwas wollte. Ich werde nie vergessen, wie ich eines Tages ins Büro kam, er dort mit Ihren Arbeiten auf mich wartete und sagte, er werde erst wieder gehen, wenn ich mir Ihre Bilder angesehen habe. Ich war kurz davor, die Polizei zu rufen!«

»Das hat er mir nie erzählt«, gestehe ich.

Ähnlich hartnäckig war er, als es um unsere Hochzeit ging. Ich wollte nicht unbedingt heiraten, war zufrieden, so wie es zwischen uns war. Immerhin waren wir schon seit einer Ewigkeit zusammen, und alles lief super. Doch am Schluss hat er mich weichgekocht. Wie er mich auch zu unserem allerersten Date überredet hat, weil er einfach nicht lockerlassen wollte. Und nach diesem ersten Abend waren wir nie wieder getrennt. Wahrscheinlich wirkten wir nach außen voller Gegensätze, während wir uns im Grunde perfekt ergänzten.

»Neil glaubte ohne jede Einschränkung an Sie. Sie hatten wirklich Riesenglück mit Ihrem Mann.«

Ich beiße mir auf die Lippe, um nicht in Tränen auszubrechen. Ich habe oft das Gefühl, als hätte es das Leben in den ersten dreißig Jahren zu gut mit mir gemeint, als hätte ich die Portion an Glück, die einem im Leben zusteht, zu schnell aufgebraucht.

»Ich kann mir gar nicht vorstellen, wie schlimm sein Verlust für Sie war. Es tut mir wirklich leid, Chloe.«

Üblicherweise vermeiden die Menschen das Thema Neil, und umso mehr rühren mich Moiras direkte Worte. Meine Augen füllen sich mit Tränen, weil ich ihn plötzlich wieder so deutlich vor mir sehen kann. Sie kullern lautlos über meine Wangen und fallen auf meine Jeans. Was würde Neil wohl davon halten, dass ich mich hier auf dem Land verstecke?

Dass ich zu malen aufgehört habe?

Er hat im Gegensatz zu mir bis zuletzt gegen sein Schicksal aufbegehrt und niemals aufgegeben. Nicht einmal, als er sich die letzten Haare abrasiert hat und irgendwann kaum noch einen Löffel halten konnte. Er hat bis zum letzten Atemzug gekämpft.

Ich lege verzweifelt die Stirn aufs Lenkrad und kneife die Augen zu. Mir ist, als hätte ich einen Wendepunkt in meinem Leben erreicht und müsse nun entscheiden, welche Richtung ich einschlagen will.

Am Telefon stößt Moira einen müden Seufzer aus.

»Hören Sie, auch wenn Sie das vielleicht nicht interessiert, aber ich bin der Meinung, dass Sie diesen Auftrag annehmen sollten, Chloe. Vielleicht macht er Ihnen ja sogar Spaß. Die Einzelheiten finden Sie in Ihrem Postfach, also lesen Sie zumindest Ihre E-Mails, okay?«

Der ungewohnte Anflug von Verzweiflung in ihrer Stimme versetzt mich in Alarmbereitschaft, und misstrauisch frage ich: »Sie haben bereits zugesagt, nicht wahr?«

Die kurze Pause sagt alles. Was soll ich jetzt nur tun?

»Es tut mir leid, Chloe, aber ich konnte sie nicht länger hinhalten. Ich wollte nicht, dass Ihnen dieser Job entgeht, weil er eine Riesenchance für Sie ist und … ja okay, auch für mich. Es ist ein sehr prestigeträchtiger Auftrag, und hatte gehofft, dass Sie sich auch darüber freuen.«

Normalerweise würde ich das auch. Neil und ich hätten in unserer Wohnung einen Freudentanz vollführt, und dann hätte er im Internet unser Traumhaus auf dem Land gesucht, und wir hätten uns unsere gemeinsame Zukunft ausgemalt. Kein Wunder, dass sich ein Gefühl der Leere in mir breitmacht, denn was nützt mir der Erfolg, wenn ich ihn nicht mehr teilen kann?

»Ich sehe mir die Sache an, aber –« Ich will ihr sagen, dass ich seit Neils Tod keinen Pinselstrich mehr gemacht habe, aber Moira hört mir nicht mehr zu.

»Dann ist ja alles klar. Ich verspreche Ihnen, dass Sie das nicht bereuen werden. Schicken Sie mir einfach ein paar erste Skizzen, wenn Sie so weit sind, und dann sehen wir weiter, ja? Ich kriege gerade einen Anruf auf der anderen Leitung rein. Bis bald!«

Bevor ich es mir noch mal überlegen kann, legt Moira auf, und ich sitze mit klopfendem Herzen allein in meinem Auto und starre aus dem Fenster.

Das ist der größte Auftrag, den ich jemals hatte, und ich habe keinen blassen Schimmer, wie ich das schaffen soll.

Nur eine Sache ist mir klar: Ich werde wieder malen müssen. Daran führt kein Weg vorbei.

10

CHLOE

Immer noch benommen fahre ich zum Herrenhaus. Ein Teil von mir ist stolz darauf, dass ein so großer Kunde auf mich aufmerksam geworden ist, aber vor allem habe ich Angst davor, jemanden zu enttäuschen. In mir steigt Panik auf, und als mir schwindlig wird, atme ich so ruhig wie möglich ein und aus. Ich kenne das Gefühl und weiß, dass ich es kontrollieren muss, bevor es mich an den finsteren Ort verschlägt. Atmen. Ein. Aus. Ganz langsam.

Ich brauche dringend frische Luft und fahre an den Straßenrand, steige aus, lehne mich an die Tür und atme gierig die frische salzige Luft ein. Dichter Nieselregen legt sich auf meine Winterjacke.

Ich brauche einen ruhigen Ort zum Nachdenken.

Obwohl es früh am Morgen ist, stehen bereits einige Wagen auf dem Parkplatz vor dem Herrenhaus. Ich sehe auch Matts Range Rover, und plötzlich wird mir leicht ums Herz. Egal, wie kurz unsere Gespräche manchmal sind, mir kommt es immer so vor, als würde ich etwas Neues dabei lernen. Ich habe Kits Gedichte sowie Wilfred Owens Werk gelesen und vor Kurzem Isaac Rosenberg entdeckt. Ihre Verse und die Bilder von den Gräben, dem Stacheldraht und all dem Schlamm gehen mir nicht mehr aus dem Kopf.

Inzwischen geht mein Atem wieder gleichmäßiger, und mein

Puls verlangsamt sich. Mein letzter Panikanfall liegt Monate zurück, und ich hatte fast vergessen, wie verschlagen dieser alte Gegner ist.

Immer noch ein bisschen zittrig schließe ich den Wagen ab und gehe Richtung Haus. Ich bin noch nicht bereit, hineinzugehen und in der Eingangshalle Small Talk mit den anderen zu machen. Seit Matt den Kamin kehren und dort einen Wasserkocher aufstellen und eine kleine Tee-Ecke einrichten ließ, versammeln sich die freiwilligen Helfer gerne im Foyer, um sich zu unterhalten und aufzutauen. Normalerweise stoße ich gern dazu und plaudere mit den Leuten, aber heute muss ich mich erst mal sammeln und gehe am Haus vorbei zu dem kleinen Garten, in den sich Kits Mutter oft zurückgezogen hat. Das nasse Gras verströmt den etwas fauligen Geruch welker Blätter, und als ich die verwitterte Bogentür erreiche, fühlt sich der dahinterliegende Garten wie ein Versteck an, in dem ich der Welt für einen Augenblick entfliehen kann. Heute singen keine Vögel, und das einzige Geräusch, das ich höre, ist das Knirschen meiner Sohlen auf dem Weg. Die Regentropfen auf den Büschen erinnern mich an Tränen, und über mir ziehen tief hängende Wolken über den Himmel. In diesem Garten lebt die Vergangenheit fort.

Als ich einen der Büsche streife, füllt die Luft sich mit dem schweren Duft des Rosmarins, und gegen meinen Willen steigen Erinnerungen in mir auf. An Sonntagsessen. Rotwein. Fröhliches Gelächter. Daran, wie ich angenehm gesättigt neben meinem Liebsten auf dem Sofa liege, um mit ihm einen Film zu schauen. An ein Gefühl von Leichtigkeit, die einfach nicht mehr zu mir passen will. Die Trauer schneidet mir ins Herz.

Ich denke wieder über den Auftrag nach. Falls ich mich bereit erkläre, wieder nach vorne zu blicken, bedeutet das dann nicht, dass die Erinnerung an Neil verblasst? Kann ich damit leben? Es erscheint mir wie Verrat.

Ich wollte mich eigentlich auf die Bank setzen und in Ruhe nachdenken, aber jemand anderes ist mir zuvorgekommen. Matt hat den Kopf in die Hände gelegt, sieht aber auf, als er mich näher kommen hört.

»Oh, hallo«, sage ich verlegen, denn ich habe ihn offensichtlich in einem privaten Augenblick gestört. Sein Blick ist leer, und er sieht aus, als habe er sich ebenfalls zum Nachdenken hierher zurückgezogen.

Er gibt sich alle Mühe, so zu tun, als freute er sich, mich zu sehen, aber sein Lächeln erreicht seine Augen nicht, und seine Stimme klingt erschöpft.

»Hallo Chloe. Ich hätte längst anfangen sollen zu katalogisieren, und jetzt haben Sie mich beim Faulenzen erwischt. Verpfeifen Sie mich bitte nicht bei Jill.«

Jill ist die pensionierte Schulrektorin und sieht offenbar die anderen Ehrenamtlichen als ihre Schüler an. Erst gestern dachte ich für einen Moment, sie würde mich zum Nachsitzen verdonnern, weil ich erst um kurz nach neun erschienen bin.

»Bestimmt nicht«, verspreche ich ihm lachend. »Wollen wir uns nach der Schule noch am Fahrradständer treffen und dort eine rauchen?«

»Unbedingt«, geht er eher lustlos auf mein Geplänkel ein. Es stimmt mich selbst etwas traurig, sein sonst so fröhliches Gesicht so unglücklich zu sehen.

»Tut mir leid. Ich wollte Sie nicht stören«, sage ich.

»Nein, wirklich, bleiben Sie ruhig hier. Setzen Sie sich doch und nutzen Sie den Moment der Stille.« Er klopft einladend auf die Bank.

Schweigend setze ich mich neben ihn. Inzwischen hat es zu regnen aufgehört, doch vom Meer her zieht leichter Nebel auf, und mir kommt es so vor, als wären wir hier von allem abgeschnitten und völlig alleine auf der Welt. Es ist ein seltsam friedliches Gefühl, und plötzlich wirkt die Aufgabe, die dank Moira vor mir liegt, deutlich weniger bedrohlich.

»Sie sehen aus, als hätten Sie einen Entschluss gefasst. Hat der Garten seinen Zauber entfaltet?« Matt wendet sich mir zu, und sein Gesicht drückt ehrliches Interesse aus.

»Ich glaube, ja.«

»Das freut mich.«

»Und wie steht's mit Ihnen?«, frage ich ihn unverblümt und wundere mich selbst über meine Direktheit. Die Stimmung im Garten lädt einen einfach zur Vertraulichkeit ein.

»Ich glaube, er hat auch bei mir gewirkt«, setzt er bedächtig an. »Der Garten rückt die Dinge oft ins rechte Licht. Ich habe erfahren, dass ich die Kinder über Weihnachten nicht zu mir holen darf. Aber inzwischen freue ich mich einfach darauf, dass es noch andere Weihnachtsfeste geben wird, die ich mit meinen Töchtern verbringen kann.«

Obwohl Matt so gut wie nie über seine Scheidung spricht, tauschen die anderen freiwilligen Helfer sich immer wieder darüber aus, und im Verlauf der Wochen habe ich dadurch erfahren, dass seine Exfrau ziemlich schwierig sein kann und er seine Töchter fürchterlich vermisst. Ich habe immer versucht, wegzuhören, und mich nicht am Tratsch beteiligt, denn ich will mir gar nicht ausmalen, was sie über mich erzählen, wenn ich nicht zugegen bin.

»Trotzdem ist es hart«, sage ich ruhig.

»Ja. Mir entgeht ein besonderer Tag, der niemals wiederkommen wird. Die Zeit, in der Kinder klein sind, ist so flüchtig, und das Weihnachtsfest wird schon bald etwas von seinem Zauber verlieren, wenn sie erst mal älter sind. Ich liebe es, zusammen mit ihnen in die Kirche zu gehen und zu sehen, wie ihre Augen leuchten, wenn sie früh am Weihnachtsmorgen runterkommen und die Geschenke sehen.«

Für viele Menschen ist die Weihnachtszeit nicht leicht. Ich habe die Feiertage letztes Jahr in meinem dunklen Schlafzimmer verbracht und nicht einmal die Augen aufgemacht.

»Ich schätze, dass Weihnachten auch für Sie nicht einfach ist«, sagt Matt mit sanfter Stimme, als hätte er meine Gedanken gelesen. »Es tut mir leid, Chloe.«

Dann weiß er also, dass ich Witwe bin. Es überrascht mich nicht. Inzwischen bin ich schon seit über einem Monat hier, und sicher weiß längst ganz Rosecraddick über mich Bescheid. Ich starre auf die beiden Ringe an meinem Finger und gestehe seufzend: »Es ist schon fast drei Jahre her, aber es geht mir immer noch nicht wirklich gut.«

»Und an Weihnachten ist es bestimmt besonders hart«, sagt er voller Mitgefühl.

Ich nicke, weil mir tatsächlich vor den Feiertagen graut. Meine Mutter droht damit, mich abzuholen, und obwohl ich ihr versichert habe, dass es mir hier gut geht und ich einfach ein paar ruhige Tage verbringen möchte, ist es für sie unvorstellbar, dass ein Mensch das Fest allein verbringen will. Dabei kann ich mir gerade nichts Schlimmeres vorstellen, als Weihnachten in meinem Kinderzimmer zu verbringen und auf den alten Plastikbaum zu starren, der seit den neunziger Jahren mit denselben Kugeln und derselben Lichterkette geschmückt wird.

Auch Sue und Tim haben mich zum Weihnachtsessen eingeladen – offenbar scharen sie an diesem Tag immer die armen Seelen des Ortes um ihren Tisch –, aber ich würde lieber auf der Couch liegen und mich weiter durch die dicken Wälzer lesen, die mir Matt geliehen hat.

»Das Leben hat die fiese Angewohnheit, einem immer wieder mal ein Bein zu stellen.« Matt blickt auf Kits Ehrenmal und runzelt unmerklich die Stirn. »Die Frage ist nur, wie wir damit umgehen. Wenn ich mich besonders elend fühle, hilft es mir, mich in die Arbeit zu stürzen, aber das haben Sie wahrscheinlich schon bemerkt. Warum hätte ich mich hier sonst engagieren sollen, obwohl es praktisch keine finanziellen Mittel für die Renovierung von Rosecraddick Manor gibt?«

»Weil Ihnen Kit und seine Poesie am Herzen liegen«, sage ich, und er nickt.

»Natürlich, auch wenn das außer Ihnen kaum jemand verstehen kann.«

Vielleicht sind wir einander deshalb so sympathisch, weil auch ich die ganze Zeit an Kit denke und das Gefühl habe, dass wir noch längst nicht alles herausgefunden haben, was es über ihn zu wissen gibt.

»Auf jeden Fall hat ihm das Leben mehr als nur ein Bein gestellt«, fährt er mit rauer Stimme fort. »Ein Träumer, ein Poet und offenbar ein nachdenklicher junger Mann, der, statt in Oxford zu studieren, in das Grauen des Grabenkriegs musste. Wahrscheinlich hat er dort die Hölle durchgemacht, bis er irgendwann verschollen war. Selbst nach seinem letzten Heimaturlaub ist er trotz der grauenhaften Angst, die er in dem Gedicht *Weit weg* beschreibt, wieder an die Front zurückgekehrt.« Matt schüttelt den Kopf, und aus den dichten

Locken fallen kleine Wassertropfen. »Tut mir leid. Jetzt halte ich schon wieder einen Vortrag, stimmt's?«

»Stimmt, aber das Thema interessiert mich schließlich auch. Es hilft mir, mich auf Kit statt auf mich selbst zu konzentrieren.« Da ich mit Matt offen reden kann, beschließe ich, ihm zu erzählen, was mir auf der Seele brennt. »Die Sache ist die: Das Leben hat mir heute abermals ein Bein gestellt, und jetzt habe ich keine Ahnung, was ich machen soll. Deshalb bin ich hierhergekommen. Um hier vielleicht eine Antwort zu finden.«

»Dann ist heute offenbar der Tag der Entscheidungen.«

»Kann sein. Man hat mir einen Auftrag angeboten. Eine wirklich große Sache, für die ich vor ein paar Jahren wahrscheinlich einen Mord begangen hätte.«

»Die berühmte einmalige Chance?«

Ich nicke. »So sieht's aus. Ich soll für einen großen Londoner Verlag die Cover für eine wichtige Buchreihe gestalten.«

Matt stößt einen leisen Pfiff aus. »Ist das keine gute Nachricht?«

Die aufsteigende Panik schnürt mir abermals die Kehle zu. »Eigentlich schon.«

»Gibt's irgendwas, wobei ich Ihnen helfen kann?«

»Ich habe seit Neils Tod nicht mehr gemalt, nicht mal irgendwelche Skizzen angefertigt«, gebe ich zu. »Ich weiß nicht, ob ich es überhaupt noch kann.«

An dem Punkt sagen die Leute meistens, das sei völliger Unsinn, man könne so ein Talent nicht verlieren. Sie haben alle keine Ahnung, dass Trauer mehr als nur das Herz brechen und jedes Glücksgefühl einfrieren kann.

Doch Matt sagt etwas anderes. »Das muss schrecklich sein.«

»Das ist es.«

Ich betrachte meine Gummistiefel, deren bunte Tupfen unter all dem Schlamm kaum noch zu sehen sind. Meine Ersparnisse und der Erlös aus dem Verkauf der Wohnung werden nicht ausreichen, also muss ich irgendwie Geld verdienen. Das kann ich nicht einfach ignorieren.

»Also, was werden Sie tun?«

Das ist die große Frage.

»Ich würde gerne wieder malen, und manchmal bin ich kurz davor, es zu versuchen, aber bisher hält mich irgendwas zurück. Aus lauter Angst zu versagen traue ich mich gar nicht erst, es zu probieren, falls das einen Sinn ergibt. So ein Schlamassel. Ich weiß nicht, wie ich da je wieder rauskommen soll.«

»Könnten Sie den Auftrag ablehnen?« Er verzieht nachdenklich das Gesicht. »Vielleicht kann es auch nach hinten losgehen, wenn man sich zu irgendetwas zwingt, wozu man noch nicht bereit ist.«

»Tja, meine Agentin hat schon zugesagt, und ich will sie nicht im Stich lassen.«

Matt nickt. »Verstehe. Und was sollen Sie für diese Buchumschläge malen?«

»Das weiß ich ehrlich gesagt nicht. Meine Agentin hat mir eine E-Mail mit den Details geschickt, aber ich habe mich noch nicht getraut nachzuschauen.«

»Vielleicht sagt Ihnen ja Ihr Gefühl, ob Sie den Auftrag annehmen sollen oder nicht, wenn Sie genauer wissen, worum es geht. Sie sagen, dass ein Teil von Ihnen sich danach sehnt, wieder mit dem Malen anzufangen, und vielleicht inspiriert Sie dieser Auftrag ja. Ich bin der festen Überzeugung, dass man immer seinem Herzen folgen soll.«

Er sieht mich unter seinen dunklen Wimpern an, und plötzlich habe ich das seltsame Gefühl, als ob mein Herz sich etwas öffne.

Und zum ersten Mal seit Jahren keimt so was wie … Hoffnung in mir auf.

»Das kann wohl nicht schaden«, sage ich hastig.

»Sie können meinen Laptop benutzen, wenn Sie wollen«, bietet Matt mir an. »Er ist zwar praktisch noch dampfbetrieben, was die Kinder in den Wahnsinn treibt, aber mit ein paar E-Mails kommt er klar. Wollen wir uns erst mal einen Kaffee holen? Ich weiß nicht, wie es Ihnen geht, aber mir wird hier draußen langsam kalt.«

Er hat recht. Die Kälte der Steinbank dringt mir in die Knochen, und der feuchte Nebel, der vom Meer heraufzieht, sickert verstohlen in meine Kleider. Der Gedanke an eine heiße Tasse Kaffee und die Plaudereien der anderen erscheint mir auf einmal verlockend.

Zusammen gehen wir zurück zum Haus. Durch die Bleiglasfenster fällt das trübe morgendliche Licht, und im Kamin prasselt ein Feuer und erfüllt das Foyer mit Wärme und einem heimeligen Geruch. Die anderen stehen um den Kamin und begrüßen uns gut gelaunt.

»Ich stelle mir gern vor, dass es zu Kits Zeit auch so gerochen hat«, sagt Matt, als wir weiter durch den schmalen Korridor zum rückwärtigen Teil des Hauses gehen. Früher muss dies zum Labyrinth aus Küchen, Vorratsräumen und Spülküchen gehört haben. Die Steinfliesen sind ausgetreten, und die Küchendecke ist heute noch von dem vielen längst verwehten Rauch geschwärzt. Am Ende des Flurs windet sich neben einem kleinen Fenster auf den Garten hinaus eine steinerne Wendeltreppe nach oben.

Ich überlege, welche Farben ich nehmen würde, um das Zwielicht und diese Atmosphäre alter Zeiten einzufangen. Jemand hat einen Weihnachtsstern auf das Fensterbrett gestellt, und mein Blick bleibt an den leuchtend roten Blüten hängen, die sich von den grauen

Steinen und dem dunkelgrünen Efeu vor dem Fenster abheben. Ich weiß genau, wie ich diese Szene malen würde, und hoffe, dass ich später dazu in der Lage bin.

In einem luftig-hellen Raum auf der Rückseite des Hauses liegt Matts provisorisches Büro. Früher einmal war dies der Destillierraum, in dem Schnaps gebrannt und unter Anleitung der Hausherrin Medikamente und Tinkturen gemischt wurden. Der Raum liegt weitab vom allgemeinen Treiben, und Matt wird hier wohl nicht oft gestört.

Auf seinem Schreibtisch und den beiden Holzstühlen türmen sich dicke Ordner, schwere Bücher und Papiere, und in der Ecke gibt sich ein kleiner Heizlüfter alle Mühe, die Kälte zu vertreiben. Außerdem hat Matt zwei alte Aktenschränke aus der früheren Remise und einen verbeulten Koffer hergeschafft, und an den Wänden hängen verschiedene verblichene Sepia-Aufnahmen von Kit in Uniform. Ich finde den Raum behaglich und einladend, einfach weil Matt ihn eingerichtet hat und hier arbeitet. Er hat die besondere Gabe, einem jede Befangenheit zu nehmen. Sonst hätte ich ihm nicht mein Dilemma anvertraut.

»Er muss hier irgendwo vergraben sein«, sagt Matt und schiebt die Bücher und Papiere auf dem Schreibtisch hin und her, bis er auf seinen Laptop stößt. »Bitte ignorieren Sie das Durcheinander, das hier herrscht. Ich weiß zwar, wo die meisten Sachen sind, aber mir ist schon klar, dass ich total chaotisch bin. Das hat Gina wahnsinnig gemacht. Aber am Ende hat sie praktisch alles wahnsinnig gemacht.«

Neil war ein Ordnungsfreak, und meine Nachlässigkeit war oft nicht einfach für ihn. Wie oft hat er den Geschirrspüler noch mal neu eingeräumt, wenn ich ihn falsch beladen hatte, oder die Besteckschublade sortiert?

Matt fährt den Laptop hoch und räumt einen der beiden Stühle für mich frei. Behutsam nehme ich an seinem Schreibtisch Platz, weil ich keine Papierlawine auslösen oder einen Bücherstapel auf den Boden fegen will. Dann rufe ich die unzähligen neuen E-Mails auf, während er über meine Schulter späht und mir einen Becher Kaffee hinstellt. Natürlich schwappt etwas über, und so ziert den Umschlag, auf dem er die Tasse abgestellt hat, ein weiterer brauner Ring.

»Noch eine schlechte Angewohnheit«, räumt er grinsend ein.

»Sie scheinen ja einige schlechte Angewohnheiten zu haben.«

»Viel zu viele. Aber jetzt lasse ich Sie besser in Ruhe. Schließlich haben Sie jede Menge E-Mails gekriegt.«

Da hat er recht, aber die sehe ich mir bestimmt nicht alle heute an. Stattdessen scrolle ich mich bis zu Moiras E-Mail durch, die sie als wichtig markiert hat. Ich überfliege den Vertrag im Anhang und spüre plötzlich ein aufgeregtes Flattern in der Magengrube. Ich lese mir die Einzelheiten noch einmal durch für den Fall, dass ich mich irre. Doch ich habe alles richtig gelesen, das Angebot ist wie maßgeschneidert für mich. Eines muss ich Moira lassen: Sie ist wirklich gut.

»Alles in Ordnung?«, fragt mich Matt, und mir wird klar, dass ich seit geraumer Zeit auf den Bildschirm starre.

»O ja. Mehr als das. Ich denke, das bekomme ich wahrscheinlich hin – und ich habe sogar Lust, es zu probieren.«

»Wirklich? Das ist ja phantastisch! Und was sollen Sie jetzt malen?«

»Sechs Bilder von einem alten Herrenhaus. Bogenfenster, Wendeltreppen, einen Hof mit Steinpflaster, einen ummauerten Garten …«

Strahlend drehe ich mich zu ihm um und sehe, wie sich meine eigene Begeisterung in seinen glänzenden Augen spiegelt. »Können Sie sich das vorstellen? Was für ein Zufall!«

»Es sollte wohl so sein. Vorsehung und so.«

Genau so kommt es mir vor. Ich bin schon halb in dieses alte Herrenhaus verliebt und stelle mir die Szenen vor, die ich darstellen möchte, und die Farben und Schattierungen, um ihnen Leben einzuhauchen. Das erste Bild wird ein Sprossenfenster zeigen, durch das man den Garten und im Hintergrund das Meer und den gedrungenen Turm von St. Nonna sieht. Ich werde das Motiv aber im Frühling zeigen, mit bunten Blumenbeeten und einem golden in der Sonne glitzernden Meer.

»Das hier wollen sie für das erste Bild«, erkläre ich, und Matt liest über meine Schulter mit. »Haben Sie eine Idee, wo ich damit beginnen kann?«

»Ich weiß den perfekten Ort für Sie. Soll ich Ihnen zeigen, wo ich meine? Es ist ein bisschen staubig, und wahrscheinlich hängen dort auch jede Menge Spinnweben, aber das sind Sie von der Arbeit hier ja hinlänglich gewöhnt.«

Ich drucke die Details zum ersten Bild aus, schicke Moira eine schnelle Antwort und folge Matt über die breite Treppe hinauf in den ersten Stock. In diesem Teil des Hauses gehen die Zimmer ineinander über, und wir gehen bis zum letzten Raum, wo Matt eine Tür öffnet, die mir vorher gar nicht aufgefallen war, weil sie in den Holzpaneelen an der Wand verborgen ist.

»Ein Geheimzimmer!«, rufe ich begeistert aus. »Ich hätte nie gedacht, dass es hier so was gibt.«

»Man muss nur wissen, wo man zu suchen hat«, stellt Matt mit einem verschmitzten Lächeln fest. »Kommen Sie mit.«

Hinter der Tür liegt eine schmale Holztreppe, deren Stufen furchtbar knarzen, sobald man sie betritt. Matt muss den Kopf einziehen, doch ich bin klein genug, um aufrecht gehen zu können.

Am Kopf der Treppe gelangen wir in einen kleinen Raum, von dem aus man in den Garten blicken kann. Matt schiebt die schweren Fensterläden auf, und durch den Efeu sehe ich das alte Pfarrhaus und die graue Kirche.

»Wer hat in diesem Raum gewohnt?«

»Wir haben keine Ahnung. Das hier ist der Turm des ältesten Teils des Hauses, und hier war vermutlich mal ein Schlafraum, aber Kits Familie hat ihn sicherlich nicht mehr genutzt«, erklärt mir Matt. »Ich nehme an, zu seiner Zeit hat die Familie im neuen Trakt gewohnt, was wesentlich bequemer war. Der alte Teil des Hauses ist nicht gerade komfortabel und ziemlich abgelegen, und bisher konnten wir uns noch kaum darum kümmern. Wahrscheinlich hat man dieses Turmzimmer als Lagerraum genutzt. Es gibt hier keinen Strom, und der Weg zum nächsten Badezimmer ist ziemlich weit.«

Ich trete vor die Fensterbank und spüre unter meinen Fingern das von Holzwürmern zerfressene Holz. Das Zimmer in diesem alten Turm ist ein geheimer, gut versteckter Ort und der perfekte Platz, um ungestört zu schreiben oder seinen Träumen nachzuhängen, geht es mir durch den Kopf.

Hierher hat sich Kit zum Schreiben zurückgezogen, davon bin ich überzeugt. Und als ich die Fensterbank genauer betrachte, weiß ich, dass ich recht habe.

So versteckt, dass man es leicht übersieht, sind die Konturen eines Gänseblümchens in das Holz geritzt.

11

CHLOE

»Ich kann nicht glauben, dass mir das bisher nicht aufgefallen ist.«

Matt starrt auf die Schnitzerei. Es handelt sich um das gleiche Gänseblümchen wie in der Kirchenbank. Das kann nur bedeuten, dass jemand aus dem Herrenhaus die beiden Blümchen geschnitzt hat.

»Ist es möglich, dass es doch eine Verbindung zwischen diesen Schnitzereien und dem Gänseblümchen in dem Fenster gibt?«, erkundige ich mich.

»Es sieht auf alle Fälle danach aus. Obwohl das Blümchen in dem Glasfenster deutlich neuer ist.« Matt schiebt sich seine dunklen Haare aus der Stirn, um sich die Schnitzerei in der Fensterbank genauer anzusehen. »Aber das hier sieht aus wie das Gänseblümchen in dem Holzbrett in der Kirche.«

»Glauben Sie, Kit hat es geschnitzt?«

Matt breitet hilflos seine Arme aus. »Ich habe keine Ahnung.«

»Und in seinen Gedichten findet sich kein Hinweis?«

»Nicht der allerkleinste. Ich bin jedes einzelne Gedicht noch einmal durchgegangen und habe jede Zeile eingehend studiert. Ich habe stundenlang nach Eselsbrücken und einem versteckten Sinn gesucht, aber ich fürchte, dass wir vielleicht nie erfahren werden, was die Blume für Kit bedeutet hat.«

Kit selbst hat dieses Gänseblümchen in die Fensterbank geritzt. Das weiß ich ganz genau. Selbst an einem trüben Wintertag wie diesem bietet das Zimmer eine wundervolle Aussicht, und ich kann mir vorstellen, dass ihn die Stille und die friedliche Stimmung angezogen haben. Ich kann von hier aus selbst die Dachfenster meines Pfarrhauses und die geschwungene Bucht sehen, in der ich so gern sitze, und ich bin mir sicher, dass der junge Kit sich oft hierher zurückgezogen und geschrieben hat. In diesem Raum herrscht eine kreative Atmosphäre, und ich habe das untrügliche Gefühl, dass ich hier auch wieder malen könnte.

Ich fühle mich wohl hier und weiß, dass es vor mir auch anderen so ergangen sein muss.

»Er hat weder ein Tagebuch noch irgendwelche Briefe hinterlassen, außer wir haben sie bisher noch nicht entdeckt«, erklärt mir Matt. »Wahrscheinlich hat seine Familie alle seine Sachen fortgeräumt, oder sie wurden weggeworfen, als das Haus in andere Hände überging. Wir haben nur die Gedichte, weil die Mutter sie veröffentlichen wollte. Und jetzt gehören sie und alle Rechte daran der Gesellschaft, die sich seinem Andenken verschrieben hat.«

»Warum denn das?«

»Kits letzte lebende Verwandte, Eunice Rivers-Elliot, starb Anfang der sechziger Jahre und vermachte dem Verein Kits Werk und alle Rechte an seinen bisher bekannten und an allen weiteren Gedichten, die sich womöglich in einem Nachlass noch finden werden. Leider sind bis heute keine weiteren Gedichte aufgetaucht, und ich kann mir nicht vorstellen, dass es da noch irgendwas zu finden gibt, aber die Hoffnung stirbt zuletzt. Ich kann Ihnen die Originale gerne irgendwann mal zeigen, wenn Sie wollen.«

»Das wäre wunderbar. Aber Kit hat sicher Briefe von der Front geschrieben, die seine Mutter doch wahrscheinlich aufgehoben hat, oder?«

Ich habe solche Briefe in verblasster Tinte bereits in verschiedenen Ausstellungen gesehen, in gläsernen Vitrinen neben scharlachroten Mohnblumen aus Papier und Aufnahmen junger Männer. Sie tragen Uniform, und ihre jugendlichen, strahlenden Gesichter drücken Zuversicht und Hoffnung aus.

»Falls er geschrieben hat, bewahrte Lady Rivers seine Briefe nicht auf. Es existiert nicht einmal mehr das Telegramm mit der Nachricht, dass er verschollen ist.«

Das irritiert mich etwas, denn ich habe alle möglichen Gegenstände meines Mannes aufbewahrt, von denen ich mich niemals trennen könnte.

»Ist das nicht seltsam? Man sollte meinen, dass ihr alles, was mit Kit zusammenhing, am Herzen lag.«

»Der Colonel hat Kit nur um ein paar Jahre überlebt, und Lady Rivers starb zehn Jahre später in den dreißiger Jahren«, ruft Matt mir achselzuckend in Erinnerung. »Die Leute, die das Haus dann erbten, waren nur entfernt mit ihr verwandt und haben es vermietet und dann irgendwann verkauft. Die Menschen hingen damals nicht so an der Vergangenheit wie wir und haben viele Dinge einfach weggeworfen. Es fällt mir auch schwer, zu glauben, dass Kit insgesamt nur acht Gedichte hinterlassen haben soll, aber ich nehme an, dass niemand mehr Interesse an seinen Sachen oder den persönlichen Gegenständen seiner Mutter hatte. Ich befürchte, dass Kits weitere Gedichte und vor allem seine frühen Werke für alle Zeit verloren sind.«

»Aber der Dachboden des Hauses ist noch immer voller Zeug«, erkläre ich, denn schließlich habe ich tagelang dort oben Möbelstü-

123

cke hin- und hergerückt und in all dem ausrangierten Kram neben Tommys Tagebüchern diverse Blechdosen mit Zigarettenbildchen, ein Buch voller verblichener Rezepte, die aus irgendwelchen Zeitungen ausgeschnitten wurden, und einen wunderschönen Hut mit wild wippenden violetten Federn entdeckt. Die Bewohner von Rosecraddick Manor scheinen, statt zu entrümpeln, einfach alles auf den Dachboden geschleppt zu haben, wo es dann in Vergessenheit geraten ist.

»Vielleicht entdecken wir dort ja irgendetwas, was uns weiterhilft«, meint Matt und drückt mir aufmunternd die Schulter. »Deshalb gehen wir die Sachen schließlich durch und holen die Meinung von Experten ein. Wer weiß, was wir dort noch für Schätze finden.«

Ich betrachte abermals die schlichte, in die Fensterbank geschnitzte Blume und finde es traurig, dass ihre Bedeutung womöglich endgültig verloren gegangen ist, obwohl sie für einen Menschen früher einmal sehr wichtig war.

»Hoffentlich finden wir raus, was sie bedeutet hat.«

»Auf jeden Fall werden wir weitersuchen«, sagt Matt. »Das ist wirklich aufregend, Chloe. Diese Schnitzerei ist ein weiteres Puzzleteil. Das heißt, wir kommen voran, auch wenn es langsam geht.«

Wir gehen zurück ins Erdgeschoss, und während Matt mit seiner Arbeit fortfährt, schrubbe ich auf Jills Geheiß die Küche und lenke mich mit den Plänen für die vorläufigen Skizzen meines ersten Bildes von den vielen ungelösten Fragen ab, die mir durch den Kopf gehen. Ich werde mit dem Fenster in dem Raum beginnen, den ich für mich Kits Zimmer nenne. Und dann vielleicht ein Blick durch das Tor aufs Herrenhaus? Das sähe sicher faszinierend und romantisch aus. Und auch der Blick durch die halb offene Tür des kleinen, ummauerten Gartens könnte funktionieren.

»Okay. Ich mache erst mal Mittagspause.« Stöhnend richtet Jill sich auf und nimmt ihr Kopftuch ab. »Kommen Sie mit auf einen Happen und auf eine Tasse Tee?«

»Später«, sage ich. Ich habe keine Lust, mir anzuhören, wer was zu wem im Dorfladen gesagt hat oder wie es ihren Enkelkindern geht. Da ziehe ich mich lieber wieder in das ruhige Turmzimmer zurück. Am liebsten würde ich gleich meinen Skizzenblock und einen Bleistift holen und mich in weichen Linien verlieren. Es juckt mir in den Fingern, mit der Arbeit anzufangen. Vielleicht bekomme ich von Matt ja Bleistift und Papier?

Entschlossen kippe ich das Schmutzwasser aus meinem Eimer in die Spüle, an der die Küchenmädchen zu Kits Zeit Töpfe und Pfannen schrubbten.

Während die anderen Helfer Tee trinken und ihre Brote essen, kehre ich noch mal in Matts Büro zurück. Vor lauter Aufregung klopft mir das Herz, dabei will ich nur eine simple Skizze anfertigen.

Matt ist nicht da. Ich stehe zögernd in der Tür. Soll ich, statt ohne seine Erlaubnis in seinem Büro Papier zu suchen, vielleicht lieber meine Arbeit auf dem Speicher weitermachen? Deshalb bin ich schließlich hier.

Du versuchst nur, Zeit zu schinden, würde Neil jetzt mit mir schimpfen. Ich kann mir genau vorstellen, wie er mit verschränkten Armen und strenger Miene neben einem der beiden Aktenschränke stehen und mich erwartungsvoll ansehen würde. Er konnte manchmal ziemlich bestimmt sein.

Kopfschüttelnd überwinde ich die Scheu, das Zimmer zu betreten, suche einen kleinen Stapel unbeschriebenen Papiers, nehme mir ein Buch als Unterlage und einen Stift. Das ist alles, was ich für den Anfang brauche – das und jede Menge Mut. Ehe ich es mir noch einmal anders überlege, nehme ich die Treppe in den ersten Stock, durchquere die Zimmerflucht und kehre über die versteckte Treppe in das Turmzimmer zurück.

Inzwischen hat der Regen merklich nachgelassen, und durch ein paar feine Nebelschwaden hindurch schaue ich aus dem Fenster über die Landschaft. Die Efeuranken schimmern wie Smaragde, und ein goldener Sonnenstrahl erhellt das zinnfarbene Meer. Mir stockt der Atem. Ich weiß einfach, dass sich Kit von dieser Aussicht inspirieren ließ, und habe das Gefühl, dass mir das ebenfalls gelingen könnte.

Ein Lächeln auf den Lippen, setze ich mich gegenüber dem Fenster mit dem Rücken zur Wand und nehme meinen Stift in die Hand. Er fühlt sich zwischen meinen Fingern wie ein dicker Baumstamm an, und mir wird schwindelig. Ich mache einen tiefen Atemzug und warte darauf, dass sich die seltsame Verbindung zwischen meinen Augen und der Bleistiftspitze wie sonst beim Zeichnen einstellt. Langsam und zunächst zögernd zeichnen sich die ersten federleichten Linien und Schraffuren auf der Seite ab, gewinnen an Textur und werfen erste Schatten auf das weiße Blatt.

Zum ersten Mal seit Jahren fertige ich eine Skizze an.

Wie von selbst gleitet der Bleistift über das Papier. Ich zeichne, zeichne, zeichne, bis die Finger schmerzen und kein leeres Blatt mehr übrig ist. Es ist, als ob ein Damm gebrochen wäre. Ich kann und will nie wieder aufhören! Ich habe mein Talent nicht verloren.

»Da sind Sie ja! Wir haben uns schon Sorgen um Sie gemacht.«

Ich bin derart in meine Zeichnungen vertieft, dass ich vor Schreck zusammenfahre, als plötzlich Matt vor mir steht. Ich habe nichts mehr wahrgenommen außer meinem Verlangen zu zeichnen, was für mich schon immer wie die Luft zum Atmen war.

Wie lange sitze ich schon hier? Inzwischen ist es draußen dämmrig, und die Ecken meines Raums liegen in Dunkelheit. Es kommt mir vor, als wären nur Minuten vergangen, aber es müssen Stunden sein. Ich blinzele verwirrt und desorientiert.

»Sie müssen ja halb erfroren sein.« Matt hockt sich neben mich, nimmt meine Hände, und ich sehe die weißen Atemwölkchen, die er ausstößt. Erst jetzt fällt mir auf, wie kalt es ist, immerhin gibt es hier keine Heizung. Ich zittere, und meine Finger fühlen sich taub an.

»Es geht mir gut«, behaupte ich.

»Sicher nicht. Na, kommen Sie, wir tauen Sie erst mal auf.«

Er löst meine Finger sanft vom Stift und zieht mich hoch. Meine Beine kribbeln, ich lehne mich benommen an ihn an, während der Raum sich um mich dreht.

»Schon gut, Chloe. Am besten atmen Sie erst mal tief durch.«

Ich atme mehrmals ein und aus, und plötzlich ist die Welt wieder im Gleichgewicht. Es ist das erste Mal seit Monaten, dass ich völlig in etwas anderem als Trauer oder Schmerz versunken bin – irgendwie ein seltsames Gefühl, jetzt wieder in die Wirklichkeit zurückzukehren.

»Ich habe erste Skizzen angefertigt.«

Die Erklärung hätte ich mir sparen können, denn Matt sammelt bereits die Blätter auf, die wie Herbstlaub auf dem Fußboden verstreut sind.

»Das sehe ich, offensichtlich haben Sie Ihr Talent zum Zeichnen nicht verloren. Und jetzt kommen Sie mit. Wir machen Ihnen erst mal einen heißen Tee.«

Die Hand auf meinem Rücken, schiebt mich Matt sachte aus dem

Raum und die Treppe hinunter. Im Foyer drückt er mir erst einen Becher Tee und ein paar Plätzchen in die Hand.

Als ich protestiere, schüttelt er den Kopf. »Sie brauchen dringend etwas Zucker. Keine Widerrede. Es ist niemandem damit gedient, wenn Sie in Ohnmacht fallen.«

Mir ist tatsächlich immer noch ein bisschen schwindelig, aber als die Wärme des Tees sich in mir ausbreitet, hört der Raum allmählich auf, sich zu drehen. Kurz darauf kommt Matt zurück und hält mir eine Klarsichthülle hin.

»Hier. Wir können doch nicht zulassen, dass Ihre Werke nass werden oder verknittern.«

Der Regen hat mittlerweile wieder eingesetzt. Der Wind peitscht ihn gegen die Fenster und lässt die Scheiben klirren. Inzwischen ist es Abend geworden, und die anderen freiwilligen Helfer hüllen sich bereits in ihre Jacken, klappen ihre Regenschirme auf und rennen in der Hoffnung los, ihre Autos halbwegs trockenen Fußes zu erreichen.

Ich sollte ebenfalls nach Hause fahren, aber heute Abend schreckt mich der Gedanke an das große, leere Pfarrhaus. Bei meiner Ankunft wird das Haus im Dunkeln liegen und mich daran erinnern, dass ich ganz alleine bin. Dagegen fühlt sich das heimelige Prasseln des Kaminfeuers hier in der Eingangshalle richtig behaglich an.

Auch Matt will langsam gehen. Er dreht die Heizlüfter herunter, löscht das Feuer und das Licht und wird als Nächstes die Alarmanlage anstellen, sobald ich mich auf den Heimweg mache.

»Ich sollte langsam los«, sage ich und strecke meine Hand nach meiner Jacke aus.

»Es ist erst fünf. Müssen Sie wirklich schon nach Hause? Warum gehen wir nicht noch in den Pub?«

»Was? Warum?« Ich starre ihn verwundert an.

»Um was zu trinken? Was man in einem Pub eben so macht. Ich dachte, dass wir Ihre Rückkehr in die Kunstwelt feiern sollten. Ein Glas Wein ist da doch sicher angebracht. Wir könnten auch etwas essen, denn mein Kühlschrank ist mal wieder leer.«

Ich denke an die Dose Bohnen in der Speisekammer meines Hauses und das trocken gewordene Brot, das im Kühlschrank liegt.

»Ich wäre Ihnen wirklich dankbar, wenn Sie etwas mit mir essen würden, denn ich kriege einfach keine weitere Fertigsuppe aus der Mikrowelle herunter, und wenn ich nicht bald mal wieder Gemüse esse, bekomme ich bestimmt Skorbut.«

Seinem Humor kann ich nicht widerstehen.

»Wenn ich das zuließe, könnte ich mir das nie verzeihen. Vor allem, nachdem ich von Ihnen zum wiederholten Mal vor dem Erfrierungstod gerettet wurde.«

»Das stimmt. Ich sperre also nur noch schnell hier ab und treffe Sie dann dort. Holen Sie sich doch schon mal auf meine Kosten einen Drink und bringen Sie mir ein Guinness mit.«

Ich lasse Matt im Haus zurück, laufe gesenkten Hauptes den Weg hinab und weiche den knorrigen Rhododendronästen aus, die wie die Hände eines Skeletts nach mir greifen. Ich bin klitschnass, bis ich in meinem Wagen sitze, aber meine Skizzen, die ich in der Plastikhülle unter meiner Jacke trage, sind noch trocken – und das ist das Einzige, was zählt. Ich weiß, dass sie dieses gewisse Etwas haben, das schließlich zu einem ganz besonderen Bild führen wird.

Die Scheibenwischer meines Autos kämpfen wacker gegen die Sintflut an, und ich folge im Schritttempo dem fahlen Licht der Scheinwerfer, das auf die dunkle Straße fällt. Nach wenigen Minuten parke ich den Wagen vor dem Pub, sprinte zur Tür und bin umge-

hend in den Geruch von warmen Körpern und Holzrauch eingehüllt.

Die Kneipe befindet sich in einem hübschen Raum mit einer tiefen Balkendecke, dunkelroten Samtvorhängen vor den Fenstern
sowie einem offenen Kamin, in dem ein gemütliches Feuer brennt.
Ein halbes Dutzend Gäste lehnt an der Bar und unterhält sich, den
besten Tisch haben die einheimischen Würfelspieler in Beschlag
genommen, und an den anderen Tischen kämpfen Paare sich durch
Berge goldener Pommes frites und Fleischpasteten, deren Ränder
aus goldbraunem Blätterteig luftig wie weiche Wolken aussehen. Ich
habe selbst wochenlang von Tütensuppen und Toast gelebt, und
plötzlich läuft mir das Wasser im Mund zusammen.

Ich bestelle das Guinness für Matt sowie einen Weißwein für mich
und setze mich mit den Gläsern an den kleinen Tisch, der unter dem
Fenster ganz hinten im Raum steht. Es ist ein guter Platz, um Leute
zu beobachten, und während ich an meinem Weißwein nippe, schaue
ich mich interessiert um. Ein paar Gäste habe ich schon mal im Dorfladen gesehen, während andere ihren Barbour-Outfits nach wahrscheinlich Städter mit einem Ferienhaus hier in der Gegend sind.
Wie wirke ich wohl selbst auf die Einheimischen? Ich stamme weder
aus dem Ort, noch mache ich hier Urlaub. Wie in London passe ich
auch in Rosecraddick nirgendwo so recht dazu.

»Da sind Sie ja! Tut mir leid, dass ich Sie habe warten lassen. Ich
hatte gehofft, der Regen würde etwas nachlassen. Das Wetter ist
echt widerlich.«

Matt wickelt sich aus seinem Schal und schüttelt seine Jacke aus.
In seinen dunklen Haaren schimmern Regentropfen, und als er
sich über die Speisekarte beugt, tropfen ein paar davon auf den
Tisch.

»Im Grunde brauche ich die Karte gar nicht, denn ich nehme jedes Mal die Fleischpastete mit Pommes frites«, klärt er mich grinsend auf.

»Haben Sie nicht gesagt, dass Sie Gemüse essen wollen?«

»Kartoffeln sind ja wohl Gemüse, oder nicht?«

»Wahrscheinlich«, stimme ich mit leisem Zweifel in der Stimme zu.

»Da haben Sie's. Problem gelöst. Was möchten Sie?«

Die einfache Frage bringt mich aus dem Konzept. Ich habe mir in den letzten Monaten im Grunde gar keine Gedanken über Essen gemacht.

»Die Fleischpastete ist echt lecker«, meint er, und ich nicke knapp. Warum nicht?

Er geht zum Tresen, um die Bestellung aufzugeben, und kommt erst nach zehn Minuten wieder, weil ihm viele Leute winken oder ihn in ein Gespräch verwickeln. Als er zurück an meinen Tisch kommt, sehen ihm einige Frauen hinterher. Oje. Wenn stimmt, was Sue behauptet, fragen sich jetzt sicher alle, wer ich bin und was ich von Matt will.

»Tut mir leid. Jim Pendennys Sohn muss in Geschichte eine Arbeit über alte Priesterlöcher schreiben, deshalb hat mich Jim danach gefragt. Wir armen Eltern plagen uns wahrscheinlich mehr als unsere Kinder mit den Hausaufgaben ab.« Er nimmt mir gegenüber Platz und greift nach seinem Glas. »Das kann ich jetzt brauchen!«

»In Priesterlöchern hat man früher katholische Geistliche versteckt, oder?«

»Genau. Ich schätze, dass es in Rosecraddick Manor auch so ein Versteck gab. Die Familie de Mainault, die zur Zeit Elizabeths I.

dort lebte, war katholisch, und da in diesen unruhigen Zeiten Katholiken verfolgt wurden, brauchten sie ein Versteck, in dem der Priester sicher war.«

»Faszinierend. Und wo ist dieses Versteck?«

»Vermutlich ist es entweder verschlossen oder zugeschüttet. Wie das Rätsel um das Gänseblümchen habe ich auch dieses bisher nicht gelöst. Vielleicht hat der geheime Raum im Turm als Unterschlupf gedient. Wobei man beim Zählen der Fenster drauf gekommen wäre, dass da noch ein Zimmer sein muss. Aber jetzt reicht es erst mal mit der Arbeit. Auf geheimnisvolle Blumen, Poesie und Malerei!«

Ich stoße mit ihm an, trinke einen Schluck, und meine Anspannung verfliegt. Ich nehme undeutlich die Stimmen und das Gelächter all der anderen Gäste wahr.

»Sind Sie zufrieden mit den Skizzen?«, fragt mich Matt.

Ich denke über seine Frage nach. »Ich denke schon.«

Er wartet darauf, dass ich weiterspreche.

»Ich bin erleichtert, weil ich es noch kann. Es klingt bestimmt verrückt, aber ich habe schon seit einer Ewigkeit nicht mehr gemalt und hatte wirklich Angst, ich hätte es verlernt. Und jetzt …« Ich schüttele ungläubig den Kopf. »Jetzt würde ich am liebsten gar nicht mehr aufhören, als würde ich von einem Tsunami an Ideen überrollt. Wahrscheinlich werden Sie bald Schwierigkeiten haben, mich für irgendwelche Arbeiten im Herrenhaus zu rekrutieren.«

Er sieht mich ruhig aus seinen grauen Augen an. »Das freut mich sehr für Sie, Chloe. Skizzieren und malen Sie dort, so viel Sie wollen. Es sind genügend Helfer für alles andere da.«

»Ich darf mich also einfach vor der Arbeit drücken, ohne dass Sie mich zum Nachsitzen verdonnern?«

Matt lacht. »Ich jedenfalls nicht, aber vielleicht ja Jill. Sie hat die Rolle der Rektorin niemals ganz abgelegt, und es würde mich nicht überraschen, wenn ich irgendwann mal von ihr ins Gebet genommen würde wegen irgendwelcher Vergehen.«

Ich lache ebenfalls.

»Sie sehen verändert aus«, stellt er mit leiser Stimme fest.

»Ach ja?«

»Als würden Sie nicht mehr die ganze Zeit von irgendwelchen Geistern oder Zukunftsängsten heimgesucht.«

Bei diesen Worten denke ich an Neil. Ich weiß, ich bilde mir aus lauter Sehnsucht ein, dass er in meiner Nähe ist, doch Matt hat recht. Die Angst vor dem Versagen hat mich seit dem Tod meines Mannes wie ein Gespenst heimgesucht, und diese dunkle Furcht ist endlich von mir abgefallen.

Ich schwenke nachdenklich mein Weinglas.

»Ich bin bereit, wieder zu malen, und vielleicht räume ich sogar den Dachboden im alten Pfarrhaus aus und richte mir da oben ein Atelier ein. Die Maklerin meinte, ich könne mit dem Zeug dort machen, was ich will.«

»Haben Sie nicht langsam genug davon, in altem Kram zu wühlen? Oder fahren Sie vielleicht auf den Staub und die Spinnen auf meinem Dachboden ab und wollen in Wahrheit gar nicht mit mir befreundet sein?«, zieht er mich auf.

Matt will mit mir befreundet sein. Ich denke kurz darüber nach und stelle fest, dass sich das gut anfühlt. Er ist intelligent und lustig, er bringt mich zum Lächeln und ist die Art Mensch, die mir auch früher schon sympathisch war. Ich nehme an, auch Neil hätte ihn nett gefunden, denn bei allen Unterschieden sind sie beide ehrlich, offen und humorvoll.

»Erwischt. Ich liebe Spinnweben und Dreck.« Ich lache. »Aber im Ernst, das Licht dort oben ist phantastisch. Es ist der perfekte Ort zum Malen.«

»Dann lassen Sie sich doch trotzdem gerne weiter in Rosecraddick Manor inspirieren. Wenn die Bücher rauskommen, ist das eine gute Werbung, und ich nehme jede Hilfe, die ich kriegen kann.«

»Hervorragend. Dann werde ich wie eine Wilde Skizzen und dazu noch jede Menge Fotos machen.«

Ich habe bereits Pläne für den zweiten Buchumschlag, und morgen fahre ich vielleicht nach Truro und kaufe neue Farben ein.

»Die Bauarbeiten fangen nicht vor Januar an, Sie haben also jede Menge Zeit für Ihre Skizzen«, sagt Matt. »Ich hoffe nur, sie finden keine Fäulnis oder Holzwürmer oder was anderes Schreckliches bei der Renovierung.«

In diesem Augenblick kommt unser Essen, und wir unterhalten uns über die wirklich leckeren Gerichte. Der Blätterteig und das Fleisch zergehen auf der Zunge, und die außen krossen, innen fluffig-weichen Pommes sind hervorragend dafür geeignet, um mit ihnen noch den letzten Rest der sämigen, hervorragend gewürzten Soße aufzutunken, die ich keinesfalls zurückgehen lassen will.

Ich esse alles auf, was das nächste Wunder dieses Tages ist. Es stimmt, was Matt behauptet hat. Ich habe mich verändert, denn ich male, und ich esse wieder und verbringe einen wunderbaren Abend in Gesellschaft eines attraktiven Mannes, der nicht Neil ist.

Plötzlich liegt das feine Essen schwer in meinem Magen, und mir läuft ein Schauer über den Rücken.

Neil ist tot.

Was habe ich mir nur dabei gedacht, in einen Pub zu gehen und mich dort in Gesellschaft eines anderen Mannes zu amüsieren? Mir wird übel, und ich springe eilig auf.

»Ich muss jetzt gehen.«

Ich zerre mein Portemonnaie aus der Tasche, um zu bezahlen, und Matt starrt mich entgeistert an.

»Jetzt? Aber es ist noch früh.«

»Nein. Ich muss nach Hause.«

Hektisch werfe ich die Scheine auf den Tisch und stoße, als ich eilig meine Jacke überstreife, mein inzwischen leeres Weinglas um. Doch es ist mir egal. Ich muss hier weg, so schnell es geht.

»Okay. Dann danke für das gemeinsame Abendessen. Es war wirklich nett«, sagt Matt.

Das stimmt. Und da liegt das Problem. Es hat mir Spaß gemacht. Doch welche Frau hat Spaß mit einem anderen, nachdem ihr Ehemann nicht mehr lebt? Was bin ich für ein schlechter Mensch …

»Bitte, lassen Sie mich zahlen. Damit ich mich zumindest ansatzweise für die viele Arbeit, die Sie in der letzten Zeit geleistet haben, revanchieren kann«, fügt er noch hinzu, als ich nach meinem Schal und meiner Tasche greife, aber das ist ausgeschlossen, denn dann würde sich der Abend noch mehr nach einem Date anfühlen. Hektisch schüttele ich den Kopf.

»Nein, nein. Schon gut.«

Ich muss so schnell wie möglich raus aus dem verdammten Pub und am besten auch gleich aus meiner eigenen Haut, um den erdrückenden Schuldgefühlen zu entkommen.

»Geht es Ihnen gut? Sie sind doch wohl nicht plötzlich krank geworden?«

»Es geht mir gut. Ich muss einfach nach Hause. Danke.«

Als ich mich zum Gehen wende, hält er mich am Arm fest.

»Aber wir sehen uns morgen früh im Herrenhaus?«, fragt er besorgt, doch ich antworte ihm nicht.

Ich kann nur noch nicken, dann entziehe ich ihm meinen Arm und stürze zur Tür und durch den Regen bis zu meinem Wagen. Vor lauter Entsetzen darüber, dass ich meinen toten Mann für einen Augenblick vergessen habe, wird mir übel. Zitternd lehne ich mich an mein Auto.

12

CHLOE

Es ist das Licht, das mich aus meinen ruhelosen Träumen reißt. Seit Tagen waren die einzigen Geräusche, die ich im Pfarrhaus hörte, die prasselnden Regentropfen an den Scheiben und der Wind, der an den Fensterläden rüttelte. Aber nun mischen sich das Geschrei der Möwen und das Meeresrauschen aus der Bucht darunter.

Mühsam setze ich mich auf und reibe mir, irritiert vom hellen Sonnenschein, der statt des trüben Dämmerlichts der letzten Tage durchs Fenster fällt, die Augen, die vom stundenlangen Weinen brennen und total verquollen sind. Als ich gestern Abend nach Hause kam, nahm ich mir nicht einmal die Zeit, die Haustür abzuschließen, Holz im Ofen nachzulegen, die Vorhänge zu schließen oder meinen Pyjama anzuziehen. In Jeans und Pulli habe ich mir meine Decke bis zum Kinn gezogen und geweint, bis ich kaum noch Luft bekam. Ich habe um all das geweint, was ich verloren habe und was niemals wiederkommen wird, wegen der Ungerechtigkeit von Neils frühem Tod und meiner Schuldgefühle. Zurück im Pfarrhaus habe ich mich einsamer gefühlt als je zuvor.

Heute Morgen glitzern Eiskristalle an den Innenseiten meiner Fenster, und ich stoße weiße Atemwölkchen aus. In Strümpfen tappe ich ins Bad, um mich zu waschen, aber bei dem kalten Wasser muss es reichen, mir mit einem Waschlappen durchs Gesicht und mit der Bürste durch mein wirres Haar zu fahren. Ich wage nicht einmal, die alten Kleider aus- und frische Sachen anzuziehen, bevor die Heizung läuft.

Feuer zu machen, fällt mir inzwischen leicht, und wenn es mir auch mal gelänge, die Glut nicht erlöschen zu lassen, könnte ich den Winter vielleicht überstehen, ohne zu erfrieren. Ich hole frische Scheite, schichte sie im Ofen auf, und als das Feuer endlich brennt, setze ich Kaffeewasser auf.

Während es im Haus langsam warm wird und die Sonne höher steigt, schnappe ich mir meine Jacke und meine bewährten Pünktchen-Gummistiefel und marschiere los. Etwas Bewegung wird mir guttun und gegen die Kälte helfen. Meine Schuhe hinterlassen dunkelgrüne Abdrücke im Gras, als ich den Friedhof überquere, um dann wie meistens über den Klippenweg bis zu der Bank gegenüber vom Kriegerdenkmal zu spazieren. Während ich von dort aufs Meer schaue, senkt sich ein Gefühl der Ruhe über mich, und ich bin in Gedanken bei all jenen, die vor mir schon hier standen und die Aussicht genossen, bis sie in den Krieg zogen. Wahrscheinlich sehnten sie sich in der Ferne schmerzlich nach dem Silberglanz der Meeresoberfläche und dem Sonnenlicht, das schimmernd auf die Wellen fällt. Haben sie, als sie zitternd in den Gräben ausharrten, von diesem Ort geträumt? Wussten sie, dass sie auch nach hundert Jahren nicht vergessen sein würden?

Da ich es nicht ertrage, weiter über all die verlorenen jungen Leben nachzudenken, wähle ich den schmalen Pfad hinter der Kirche, der zum Wasser führt. Der Weg ist steil und wird deshalb von kaum jemandem benutzt. Sogar im Winter ist er zugewachsen. Steine und Vertiefungen im Boden bringen mich mehrmals aus dem Gleichgewicht, meine Jacke bleibt an Ginsterbüschen hängen, aber schlitternd bahne ich mir meinen Weg zum Ufer, wo sich Algen an die Felsen klammern und das Wasser mit den Kieselsteinen spielt. Das Plätschern und das Seufzen, mit dem die Wellen auf das Ufer treffen, wirken beruhigend, und ich schlendere gemächlich weiter, lasse Steine auf dem Wasser hüpfen und sehe zu, wie sie unter der Oberfläche verschwinden.

Am Rand der Bucht ragen Felsen auf, die normalerweise fast vollständig unter Wasser, jetzt bei Ebbe aber deutlich zu erkennen sind. Dahinter liegt eine Reihe kleinerer, abgeschiedener Buchten, die man nur bei Niedrigwasser oder mit dem Boot erreichen kann – perfekte Orte für ein Picknick oder Rendezvous, weil sie nicht einmal vom Klippenpfad aus zu sehen sind. Man hat dort nur das Meer vor sich, und sicher nutzten in der Vergangenheit Schmuggler gern diese gut versteckten Buchten. Am liebsten würde ich über die Felsen klettern, um sie mir genauer anzusehen, aber ich weiß nicht, wie schnell das Wasser kommt. Ich mag erst seit Kurzem in der Gegend leben, aber ich weiß genau, dass man mit dem Meer keine Spielchen spielt.

Der Rückweg ist harte Arbeit, und als ich wieder beim Pfarrhaus bin, keuche ich wie eine alte Dampflok, und mir stehen Schweißperlen auf der Stirn. Zumindest ist mir nicht mehr kalt. Dank der frischen Luft habe ich wieder einen klaren Kopf, und meine Schuldgefühle haben sich an den verhassten dunklen Ort in mir zurückgezogen, an dem auch die anderen Dinge lauern, die ich seit Neils Tod verdrängen will.

Ich stelle mir vor, wie Neil am Gartentor lehnt und auf mich wartet. Was würde er mir sagen? *Ich komme nicht zurück, Chloe. Das musst du akzeptieren.*

»Aber das kann ich nicht«, erwidere ich, doch meine Worte werden vom Wind davongetragen.

Natürlich stimmt es, er kommt nicht mehr zurück. Nur ist mir immer noch nicht klar, wie ich damit weiterleben soll.

Ich trete durch die Tür ins Pfarrhaus, wo es mittlerweile warm und gemütlich ist, und mir wird klar, dass ich mich gestern Abend Matt gegenüber unmöglich verhalten habe. Mit dem überstürzten Aufbruch aus dem Pub habe ich völlig überreagiert, und ich schulde ihm eine Entschuldigung. Er ist ein Freund und hat es einfach gut mit mir gemeint. Ich muss ihm erklären, warum ich ihn nach einem netten Abend einfach habe sitzen lassen, und kann nur hoffen, dass er es versteht.

Der Herd hat seinen Job erledigt, und es gibt genügend heißes Wasser für ein Bad. Der Wasserdruck ist niedrig, und die Rohre sind uralt, weshalb es ewig dauert, bis das Wasser, das zischend aus dem Hahn strömt, die große Zinkwanne auch nur zur Hälfte füllt. Während ich warte, hole ich die Klarsichthülle mit den Skizzen, blättere sie kritisch durch und stelle erleichtert fest, dass sie entgegen meiner Angst, sie könnten bei genauerer Betrachtung einfach nur entsetzlich sein, alles andere als übel sind.

Okay. Das ist stark untertrieben. Sie sind wirklich gut und taugen wunderbar als Grundlage für eines der Bilder für die Buchreihe. Tatsächlich ist das Herrenhaus genau der richtige Ort für diese Serie. Ich kann es kaum erwarten, mich dort an die nächsten Skizzen zu machen. Aber vorher muss ich mich bei Matt entschuldigen.

Ich werfe einen Blick auf meine Uhr. Es ist erst kurz nach neun. Ich werde nach dem Bad rüber nach Rosecraddick Manor fahren. Dann kann ich mit ihm sprechen, ein paar Fotos in der Sonne machen, die mir bei den Bildern helfen werden, und mir überlegen, was es noch für andere Motive für die Umschlagsreihe gibt.

Ich weiß nicht genau, was ich Matt sagen soll. Während meines

Bads versuche ich, mir die richtigen Worte zurechtzulegen. Und als ich endlich wieder aus dem warmen Wasser steige, ist meine Haut ganz verschrumpelt.

»Hat Matt Ihnen denn nicht gesagt, dass er sich heute freigenommen hat?«, fragt Jill in einem Ton, als freute sie sich, dass sie mehr über ihn weiß als ich. Wahrscheinlich ist das auch der Fall, weil sie ziemlich besitzergreifend ist und jedes Mal, wenn sich die Chance bietet, mit ihm über die Historie von Rosecraddick Manor diskutiert oder erwähnt, dass sie an ihrer Schule jahrelang Geschichte unterrichtet hat.

»Nein, das hat er nicht gesagt.«

Das Blitzen in ihren Augen zeigt mir, dass ich recht hatte.

»Oh. Das überrascht mich aber, so vertraut, wie Sie inzwischen mit ihm sind. Schließlich gehen Sie nach der Arbeit sogar zusammen in den Pub.«

Ich hätte es mir denken sollen. Der Pub-Besuch mit einem Mann, für den die meisten Frauen in der Gegend schwärmen, hat meine Beliebtheit in Rosecraddick sicher nicht gesteigert.

»Und wo ist er?«, frage ich.

Jill würde mich natürlich gerne noch ein bisschen auf die Folter spannen, aber dann gewinnt der Spaß an Klatsch und Tratsch die Oberhand, und sie erklärt: »Im Krankenhaus, weil seine Tochter sich ein Bein gebrochen hat. Sie musste operiert werden, und als er davon hörte, ist er sofort losgerast.«

Der arme Matt. Obwohl er selten über seine Kinder spricht, weiß ich, wie viel sie ihm bedeuten. Er hätte gestern Abend sicher selber ein paar aufmunternde Worte brauchen können, aber wieder einmal habe ich mich einzig auf mein eigenes Elend konzentriert und keinen Augenblick daran gedacht, dass Matt vielleicht auch Kummer hat.

Inzwischen geht Jill die To-do-Liste des Tages durch, aber ich blende ihre Stimme aus. Ich werde heute keinen Keller schrubben, keine Fenster putzen und auch keine andere Drecksarbeit übernehmen, die sie für mich vorgesehen hat. Ich werde Matt anrufen, ihn um Verzeihung bitten, weil ich ihn nach unserem netten Essen einfach habe sitzen lassen, und Material für meine Bilder suchen. Für die Arbeiten im Haus ist schließlich später auch noch Zeit.

»Ich wollte mit ihm sprechen, weil ich ein paar Skizzen machen möchte. Im Salon und auf der langen Galerie«, erkläre ich, als Jill kurz Luft holen muss.

»Die ist geschlossen.«

»Ja, ich weiß, aber –«

»Ich fürchte, das wird warten müssen, bis er zurück ist, meine Liebe.« Damit wendet sie sich wieder ihrem Bücherstapel zu, den sie gerade abstaubt. Ihre Hände in den weißen Handschuhen sind flink und so entschlossen am Werk, dass sicher nicht einmal das kleinste Staubkorn übrig bleiben wird.

»Aber in der Küche sind wir lange noch nicht fertig, also finden Sie dort sicher was zu tun.«

Damit ist das Gespräch beendet. Ich sage ihr, ich hätte heute leider keine Zeit, um ihr zur Hand zu gehen. Was nicht einmal gelogen ist. Ich habe Moira zugesagt und alle Hände voll zu tun. Matt würde das verstehen.

Ich lasse Jill mit missbilligender Miene im Foyer stehen und fahre erst mal wieder heim. Ich versuche mehrmals, Matt auf seinem Handy zu erreichen, und als er nicht drangeht, hinterlasse ich ihm eine kurze Nachricht, bitte ihn für meinen abrupten Abgang um

Verzeihung, wünsche seiner Tochter gute Besserung und lege wieder auf. Er wird mich sicher nicht zurückrufen, schließlich hat er gerade anderes im Kopf.

Tagsüber fühlt sich das Pfarrhaus noch leerer an als abends, wenn es dunkel ist. Ich streife ziellos durch die Räume und erkenne, dass ich in den letzten Wochen wohl häufiger in Rosecraddick Manor war als zu Hause. Ich werfe ein paar zusätzliche Scheite in den Ofen in der Küche, überprüfe den Kamin im Wohnzimmer und rufe sogar meine Mutter an, um ihr noch einmal zu erklären, dass ich über Weihnachten auf keinen Fall nach Hause kommen werde. Dann aber bleibt nichts mehr zu tun, und ich beschließe, endlich auf den Speicher zu gehen und mir dort ein Atelier einzurichten. Ich brauche einen anständigen Raum, in dem ich malen kann.

In einer Hand den Heizlüfter und in der anderen einen Becher Kaffee, steige ich eine schmale Treppe bis unters Dach hinauf, öffne vorsichtig eine in den Angeln quietschende Tür und stehe plötzlich in einem lichtdurchfluteten Raum. Ich hatte recht. Sogar an einem trüben Tag wird es hier oben hell genug sein, um zu malen. Die Tage werden kürzer, und bereits am Mittag wirft die Zeder einen langen Schatten auf die Rasenfläche vor dem Haus, aber hier oben auf dem Speicher bleibt auch dann noch genügend Licht. Genau wie gestern, als ich im Turmzimmer die ersten Skizzen angefertigt habe, spüre ich in meinem Bauch ein aufgeregtes Kribbeln.

Ich weiß, hier kann ich arbeiten. Vielleicht wird ja jetzt endlich alles gut?

Durch das Geäst der kahlen Bäume habe ich einen nahezu freien Blick bis zum Dach des Herrenhauses. Eines der Fenster, deren Scheiben hell zwischen den Ästen glitzern, gehört sicher zu dem Raum, in dem ich gestern saß: dem Raum, in dem der junge Kit ein

Gänseblümchen in die Fensterbank geritzt hat und von dem aus er genau das Fenster sehen konnte, durch das ich jetzt blicke. Auf meinen Armen bildet sich eine Gänsehaut.

Ich nehme den Heizlüfter in Betrieb und fange mit der Arbeit an. Hier oben waren wohl mal ein oder vielleicht auch mehrere Schlafzimmer, und überall stehen irgendwelche alten Kisten, Stühle mit zerschlissenen Polstern und verschiedene andere ramponierte Möbelstücke herum, die ich erst einmal in eine Ecke räumen muss. Der Staub von mehreren Jahrzehnten lässt mich immer wieder niesen, doch davon lasse ich mich genauso wenig stören wie von den aufgeschreckten Spinnen, die vor mir in die Ecken fliehen. Inzwischen bin ich wirklich gut als Möbelpackerin. Wenn's mit dem Malen doch nichts wird, suche ich mir eben einen Job als Umzugshelferin.

Ich finde einen alten Tisch mit einem schiefen Bein und schiebe ihn entschlossen mitten in den Raum, weil dorthin von allen Seiten Licht durch die Fenster fällt. Am besten stelle ich auch meine Staffelei hier auf und spanne Schnüre zwischen die Deckenbalken, an die ich dann meine Skizzen und Fotos hängen kann.

Da es hier oben keinen Wasseranschluss gibt, muss ich das Wasser aus der Küche holen, doch zumindest gibt es einen alten Waschtisch, um die Pinsel auszuwaschen, falls ich Aquarellfarben benutzen will. Schließlich stoße ich auch noch auf einen alten Ohrensessel mit verblichenem Blümchenstoff, in dem ich es mir gemütlich machen kann.

Ich trete einen Schritt zurück und begutachte mein Werk. Der Raum gefällt mir schon jetzt. Zwar sind die Wände mit einer grässlichen Velourstapete aus den achtziger Jahren beklebt, und ich bekomme Kopfschmerzen, wenn ich den alten braun-orange Teppichboden sehe, aber trotzdem fühle ich mich hier wohler als in den anderen Räumen des Hauses.

Ich mache eine Toast-und-Kaffee-Pause, lege abermals Holz im Ofen nach und kehre dann wieder auf den Dachboden zurück. Obwohl die Sonne bereits deutlich tiefer steht, erfüllt sie den Raum mit einem warmen goldenen Licht. Die Wände haben einen weichen Pfirsichton, und die Staubpartikel drehen sich in der Luft, als tanzten sie. Es ist warm und still hier oben.

Jetzt muss nur noch der widerliche Teppich raus, dann hab ich es geschafft. Eine Ecke hat sich bereits angehoben, und unter dem Ungetüm lugt ein wunderschöner Holzboden hervor.

Das ist mein Plan, doch einen fünfzig Jahre alten Teppichboden rauszureißen, ist bei Weitem nicht so einfach, wie es klingt. Die Schaumstoffunterlage klebt zum Teil so fest am Boden, dass sie nur mit wildem Zerren und unter lauten Flüchen abzukriegen ist. Nachdem ich nicht einmal ein Drittel des verdammten Teppichs losbekommen habe, setze ich mich auf die Fersen und streiche mir mein Haar mit dreckigen Fingern hinters Ohr. In diesem Tempo werde ich Stunden brauchen. Der viele Staub in der Luft macht das Atmen schwer, ich schwitze, bin verdreckt und überlege, ob ich doch einfach morgen weitermachen soll.

Dann fällt mein Blick auf eine halb freigelegte Diele, die ein bisschen höher liegt als die anderen. Sie schließt nicht bündig mit den anderen Dielen ab. Neugierig krabbele ich auf allen vieren darauf zu und schiebe den vermaledeiten Teppichboden weit genug zurück, um das ganze Brett zu sehen. Sofort muss ich an mein geheimes Versteck hinter dem Waschbecken in meinem Jugendzimmer denken. Voller Neugierde schiebe ich die Finger in den kleinen Spalt. Splitter bohren sich mir in die Fingerspitzen, ohne dass sich

die Diele bewegt. Erst, als ich einen Spachtel, der bei meinen Mal-
utensilien liegt, hole, um sie aufzuhebeln, hebt sie sich ein Stück
weit an.

Ich schiebe erst einen dünnen und dann eine Reihe dicker Pin-
selstiele in den Spalt, bis meine Finger darunter passen und ich das
Brett nach oben ziehen kann. Natürlich kommen erst mal ein paar
Spinnen und Silberfische aus dem Loch gehuscht, dann aber fällt
mein Blick auf den rostigen Deckel einer Büchse. Ich stehe auf und
mache Licht, kehre zu dem Loch im Fußboden zurück und spähe
abermals hinein. Tatsächlich hat jemand in diesem selbst gebastel-
ten Versteck zwischen den Balken eine verbeulte alte Keksdose ver-
wahrt.

Ich strecke schon meine Hände danach aus, doch dann kommt
mir der Gedanke, dass in der Dose vielleicht die privaten Gegenstände eines anderen Menschen sind, die niemand jemals hätte
sehen sollen. Soll ich sie trotzdem öffnen?

Die Atmosphäre auf dem Speicher fühlt sich elektrisch aufgela-
den an, und mir stockt der Atem, aber ich kann unmöglich so tun,
als hätte ich die Dose nicht entdeckt. Sie hat einmal einem Menschen etwas bedeutet, und sie ist Bestandteil der Geschichte dieses
Orts und Zeugnis einer längst vergangenen Zeit. Was auch immer
sie enthält, könnte uns etwas über die Vergangenheit verraten. So
würde Matt es sicher sehen. Und macht es denn einen Unterschied,
ob ich den Inhalt dieser Dose nun ansehe, wenn ich auch schon in
Tommys Tagebüchern gelesen oder mir einen alten Hut aufgesetzt
habe, den vor vielen Jahren eine andere Frau trug?

Von diesen Überlegungen ermuntert, hebe ich die Dose aus dem
Loch und wische ihren Deckel mit dem Ärmel ab.

Wie bereits vermutet, ist es eine Keksdose aus kupferrotem Blech mit bunten Vögeln zwischen rosafarbenen Blüten. Wessen Finger haben diese Dose wohl zum letzten Mal berührt? Wer hat den Deckel zugeklappt, sie in dem Loch versteckt und dann die Holzdiele darübergelegt? Wusste die Person, dass sie die Dose niemals wiedersehen würde?

Sie sieht sehr alt aus, und als ich sie aufmache, habe ich das seltsame Gefühl, in der Zeit zu dem Moment zurückzureisen, in dem sie zum letzten Mal geöffnet wurde.

In der Dose liegen ein Notizbuch mit rissigem Ledereinband, ein längst verblasstes rotes Band, das eine blonde Haarsträhne zusammenhält, ein Korken, ein paar Muscheln, ein in einer elegant geschwungenen Handschrift adressierter Briefumschlag und ein Kränzchen aus Gänseblümchen, die schon fast zu Staub zerfallen, aber trotzdem noch erkennbar sind.

Eine Gänseblümchenkette.

Die Erkenntnis trifft mich völlig unvermittelt, und noch bevor ich mir den Rest genauer ansehe oder auch nur eine Seite des Notizbuchs lese, weiß ich, dass ich hier auf etwas ganz Besonderes gestoßen bin.

Behutsam lege ich die trockenen Blüten wieder in die Dose, denn ich bin mir sicher, dass diese Kette vor langer Zeit jemandem die Welt bedeutet hat.

Eilig setze ich mich mit der Dose in den Sessel und klappe den Deckel des Notizbuchs auf.

Daisy Alice Hills
1914
Tagebuch

Als Lehrerin erkenne ich sofort, dass diese runden, schnörkeligen Buchstaben von einem jungen Menschen geschrieben wurden. Die Tinte ist inzwischen stark verblasst, doch ein Mädchen hat die Feder fest auf das Papier gedrückt und den weißen Seiten mit seiner sauberen, ordentlichen Handschrift Leben eingehaucht.

Nicht irgendein Mädchen, sondern Daisy Hills.

Daisy.

Ja natürlich! Warum ist mir der Gedanke nicht bereits viel eher gekommen? Es ging niemals um eine Blume, sondern immer um ein Mädchen, dessen Name Daisy, also Gänseblümchen, lautete.

Ob sie Kit Rivers' Freundin war? Gut möglich. Ohne auch nur einen Satz aus ihrem Tagebuch gelesen zu haben, bin ich sicher, dass sie es war, der er die Schnitzereien gewidmet hat.

Dieses unbekannte Mädchen, Daisy, deren Tagebuch in meinem Schoß liegt, stand Kit zu seinen Lebzeiten und, dem Fenster in der Kirche nach zu urteilen, auch nach seinem Tod noch nah. Es ging die ganze Zeit um sie.

Daisy Hills kommt zwar in Kits offizieller Geschichte nicht mehr vor, doch jemand hat dafür gesorgt, dass sie bis heute mit ihr verknüpft ist. Und die von ihr versteckte Dose hat die ganze Zeit darauf gewartet, dass wir sie entdecken und herausfinden, was Daisys und Kits gemeinsame Geschichte ist.

In dem Bewusstsein, dass ich eine große Kostbarkeit in meinen Händen halte, schlage ich behutsam die erste Seite auf und beginne zu lesen …

TEIL 2

1

DAISY

Der Zug war nur noch als grauer Fleck erkennbar, der hinter einer dichten Rauchfahne verschwand. Daisy Hills stand auf dem Bahnsteig und hoffte, dass sich irgendwer daran erinnert hatte, dass sie heute ankam. Die anderen Passagiere, die mit ihr zusammen in Rosecraddick ausgestiegen waren, waren längst auf Erntewagen oder in offenen, zweirädrigen Einspännern verschwunden. Als Letztes war eine elegante Droschke mit einem Kutscher in grün-goldener Livree an ihr vorbeigefahren. Derart prunkvoll würde sie nicht abgeholt werden. Vikare wie ihr Patenonkel konnten sich so einen Luxus nicht leisten, und vor allem nicht, um die Tochter eines einfachen Arztes abzuholen.

Sie hatte Reverend Cutwell von seinen seltenen Besuchen bei ihrer Familie als recht streng in Erinnerung. Mit seiner schwarzen Soutane, den Koteletten und den buschig-grauen Brauen hatte er immer wie ein ehrenwerter Gentleman zu Zeiten Queen Victorias gewirkt. Vor seinem letzten Aufenthalt in Fulham vor vier Jahren hatte ihr Vater ihre Mutter ausdrücklich gebeten, nicht das Thema Frauenwahlrecht anzuschneiden, um den Reverend als Mann der alten Schule damit nicht vor den Kopf zu stoßen, und obwohl sich Daisys Mutter für gewöhnlich nicht den Mund verbieten ließ, hatte sie sich um des lieben Friedens willen zurückgehalten.

Und das muss ich jetzt auch, sagte sich Daisy, als sie auf dem Bahnsteig stand. Es war sehr freundlich von Reverend Cutwell, sie zu sich nach Cornwall einzuladen. Ihn zu verärgern, wäre undankbar und alles andere als nett.

Ihr Vater und ihr Patenonkel hatten sich während ihrer Studienzeit in Oxford eine Unterkunft geteilt, dann aber hatte man dem Reverend die Gemeinde in Cornwall angedient, während Charles Hills in London eine Arztpraxis eröffnet hatte. Seither sahen die beiden sich nur noch selten. Trotzdem dachte Papa immer voller Zuneigung an seinen alten Freund, der in der Tat ein treusorgender Patenonkel war und Daisy in den Briefen, die er regelmäßig schrieb, geistlichen Beistand anbot. Dennoch beneidete sie ihren Bruder um dessen Patenonkel. Die Eiscreme und Penny-Münzen sicherten ihm vielleicht nicht den Zutritt in den Himmel, machten dafür aber deutlich mehr Spaß als die Bibelverse, die Daisy lernen sollte, und die ständigen Ermahnungen, ein braves Mädchen zu sein.

Daisy war zum ersten Mal in Cornwall. Ihr Vater hatte ihr erklärt, es sei eine ruhige Gegend voller traditionell denkender Menschen, in deren Augen die modernen Ideen der Menschen aus der Großstadt brandgefährlich waren. Inzwischen war Daisy sechzehn und meinte zu wissen, was ihr Vater damit hatte sagen wollen. Die Köchin hatte Daisys Mutter mal als »Blaustrumpf« bezeichnet, was sie sehr verwundert hatte, weil die Mutter immer schwarze wollene Strümpfe trug. Ihre Mutter hatte ihr erklärt: »So nennen altmodische Menschen Frauen wie uns. Es ist eben deutlich leichter, über kluge Frauen herzuziehen, die sich mit intellektuellen Fragen auseinandersetzen, als zuzugeben, dass sie Männern geistig ebenbürtig sind. Nicht jeder denkt so fortschrittlich wie dein lieber Papa, mein Schatz.«

Daisy hatte sich gefreut, weil Mama sie in die Reihe kluger Frauen einbezog. Sie war unglaublich stolz auf ihre Mutter, die ein abgeschlossenes Oxford-Studium aufzuweisen hatte, ausnehmend belesen und vor allem eine glühende Verfechterin des Frauenwahlrechts war. Auch Daisy las für ihr Leben gern und war entschlossen, ihrer Mutter nachzueifern. Insgeheim träumte sie davon, Schriftstellerin zu werden, denn sie liebte es zu schreiben und führte, seit sie denken konnte, Tagebuch.

Nun stand sie, an einem wunderschönen Nachmittag im Mai und mit dem Gurren der Ringeltauben im Ohr, auf dem menschenleeren Bahnsteig und überlegte, ob wohl wenigstens der Bahnhofsvorsteher noch einmal wiederkäme.

Daisy biss sich auf die Lippe. Sie wollte nicht schon wieder darüber nachgrübeln, dass ihre Mutter nicht mehr lebte, Eddie seit Kurzem ein Internat besuchte, ihr Vater immer müde und niedergeschlagen und sie selbst nur noch durch Glück am Leben war. Sie sollte dankbar sein für alles, was sie hatte. Sie hatte die Polio überlebt und wie durch ein Wunder nur ein schwaches Bein davongetragen. Die meisten anderen Patienten in ihrem Sanatorium hatten es bei Weitem nicht so gut getroffen. Außerdem hatten die anderen keinen Patenonkel in Cornwall, der sie vorübergehend bei sich aufnahm, weil die frische Luft dort und die Bäder in salzhaltigem Wasser der Gesundheit zuträglich waren.

Blinzelnd und beeindruckt von der Weite und dem freien Blick, ganz anders als der Ausblick auf die Hausdächer und Schornsteine in London, sah Daisy in die Ferne. Sie hatte bei dem Gedanken daran, ihr Zuhause und die Erinnerungen, die sie dort mit ihrer Mutter verband, zu verlassen, furchtbar geweint, aber ihr war klar, dass ihr Vater als Mediziner wusste, was für sie das Beste war.

Sie hatte wirklich Glück, dass sie an diesem Ort wieder zu Kräften kommen konnte, und kleinere Arbeiten im Haus und in der Kirche sowie Zurückhaltung bei Themen wie der Gleichberechtigung von Frauen wären dafür ein geringer Preis. Und vielleicht konnte sie sich ja sogar ein Fahrrad leihen, um die Umgebung zu erkunden und ihr Bein zu trainieren. Dieser Gedanke munterte sie etwas auf, und plötzlich fand sie es schon nicht mehr ganz so schlimm, hier allein in der Einöde gestrandet zu sein.

Ihr Kindermädchen hatte recht damit, dass es helfe, sich all das Gute in Erinnerung zu rufen, statt über die Dinge nachzugrübeln, die verloren und nicht mehr zu ändern waren.

Mühsam zerrte sie ihr Gepäck hinter sich her. Der abgewetzte braune Koffer, der bei jedem ihrer Schritte gegen ihre Wade schlug, verschlimmerte die Schmerzen in ihrem Bein nur noch. Daisy biss die Zähne zusammen und zählte gedanklich all die schönen Dinge auf, die sie mit nach Cornwall hatte nehmen dürfen. Zwei neue Kleider, eins aus dunkelgrüner Serge für den Abend und ein anderes aus geblümter Baumwolle, einen hübschen Strohhut und ein Paar brandneuer Stiefel für den sonntäglichen Kirchgang, ein knielanges, wollenes Kostüm zum Baden und die neuen Haarbänder, die Meggie ihr zugesteckt hatte, als die Droschke schon vorgefahren war. Meggie wusste, dass Daisy ihre wilde Mähne roter Locken am liebsten über die Schultern bis hinunter auf die Hüfte fallen ließe, wenn sie sich nicht selbst um eine ordentliche Frisur kümmerte.

Und auf dem Boden ihres Koffers, in braunes Packpapier gewickelt, lag etwas, worüber Daisy sich am meisten freute. Es war ein neues Tagebuch, das kostbarste Geschenk, das sie von Papa je bekommen hatte, mit geprägtem Einband und noch unbeschriebenen Blättern schweren cremefarbenen Papiers. Am liebsten hätte Daisy bereits während ihrer langen Reise Richtung Westen einen ersten Eintrag geschrieben, aber der Zug war auf den Gleisen hin und her geschwankt, und durch die offenen Fenster war Rauch hereingeweht. So ein schönes Buch hatte keine Flecken oder eine wackelige Schrift verdient. Also hatte Daisy stattdessen durchs Fenster auf die vorbeiziehenden grünen Felder und den strahlend blauen Maihimmel geschaut.

Jetzt aber stand sie auf dem menschenleeren Bahnsteig, sah sich um und überlegte, was sie machen sollte, falls niemand sie abholte. Sie hatte keine Ahnung, wo das Haus des Patenonkels lag. Sie hatte das Gefühl, als stünde sie bereits seit Stunden mutterseelenallein auf diesem fremden Bahnsteig.

Daisy runzelte die Stirn. Nach allem, was sie über ihren Patenonkel wusste, legte er extremen Wert auf Pünktlichkeit. Sie erinnerte sich daran, dass er ständig seine große Taschenuhr aus der Rocktasche gezogen und missbilligend den Kopf geschüttelt hatte, wenn jemand nur einen Augenblick zu spät zum Essen gekommen war. Abgesehen von solchen Kleinigkeiten aber wusste sie im Grunde kaum etwas über ihn. Mama war während seiner Besuche oft gereizt gewesen und hatte dem armen Eddie sogar einmal den Mund mit Seife ausgewaschen, als er aufsässig gewesen war. So streng war sie sonst nie gewesen. Daisy hatte ihre beste Schürze tragen müssen, deren frisch gestärkte Rüschen wie Brombeerranken in ihre Haut gestochen hatten. Bei seiner Abreise hatte der ganze Haushalt aufgeatmet, die Familie hatte ihr normales Leben wiederaufgenommen.

Ungeachtet Meggies Warnungen vor Sommersprossen und gebräunter Haut wandte Daisy ihr Gesicht der warmen Frühlingssonne zu. Dank der wohltuenden Wärme wurde ihr gleich leichter ums Herz. Bald würde bestimmt jemand kommen, um sie abzuholen, also setzte sie sich erst einmal auf ihren Koffer, zerrte einen ramponierten Band von Keats hervor und schlug ihn auf.

»Entschuldigung, sind Sie Miss Hills?«

Sie fuhr herum. Ein junger, braun gebrannter Bursche sah sie neugierig aus leuchtend blauen Augen an. Eine Locke rötlich-brauner Haare lugte unter seiner Stoffmütze hervor, und ungeduldig schob er sie sich aus der Stirn.

»Die bin ich«, sagte sie. »Ich bin Daisy Hills.«

»Puh. Da bin ich aber froh, dass ich Sie noch erwische, Miss«, erklärte er. »Ich bin Gem Pencarrow und soll Sie vom Zug abholen.«

Verlegen stand sie wieder auf. Ihr war bewusst, dass sie mit ihrem schief sitzenden Hut, dem wirren Haar und vielleicht einem Rußfleck auf der Nase alles andere als adrett aussah. Sie hatte angenommen, dass ein älterer Mann sie abholen würde, und es war ihr peinlich, mit ihrem alten Schultertuch, dem verblichenen Popelinemantel und abgenutzten Stiefeln einem jungen Mann in ihrem Alter gegenüberzustehen.

Er trug Breeches, blank polierte Stiefel und ein Leinenhemd mit hochgerollten Ärmeln, unter denen Daisy muskulöse, sonnengebräunte Unterarme sah.

Sie schob das Buch nervös zurück in ihre Tasche und bedachte ihn mit einem strengen Blick. »Sie kommen sehr spät. Ich dachte schon, man hätte mich vergessen.«

Gem lachte unbekümmert, der Tadel schien ihn nicht im Mindesten zu stören.

»Nie im Leben, Miss Daisy«, entgegnete er fröhlich. »Der Reverend vergisst niemals etwas. Er kann zwar nicht mehr richtig sehen, doch sein Verstand ist wach wie eh und je, und wenn er wüsste, dass ich Sie hier habe warten lassen, würde er mir garantiert die Ohren langziehen. Es tut mir leid, Miss, aber Merlin hat ein Hufeisen verloren, ich musste also auf dem Weg hierher noch kurz beim Schmied halten.«

Anscheinend sprach er von einem Pferd.

»Schon gut.« Sie richtete sich kerzengerade auf, damit sie trotz des schwachen Beins die Haltung wahrte, die nach Ansicht ihres Kindermädchens einer jungen Dame würdig war. »Zum Glück hatte ich meinen Keats, und wenn man liest, bemerkt man gar nicht, wie die Zeit vergeht, nicht wahr?«

Nach dem Tod ihrer Mutter hatten ihr die Bücher Trost gespendet, und auch im Krankenhaus hatte sie gelesen und gelesen und gelesen, bis sie dachte, in ihr Hirn passe nicht eine Silbe mehr hinein. Austen, die Brontës, Shelley, Byron, Wollstonecraft … all deren Figuren waren ihr zu Freundinnen und Freunden geworden und hatten sie von ihren Schmerzen abgelenkt und sie in den langen Stunden, in denen sie ans Bett gefesselt war, an einen anderen Ort entführt. Es gab für sie nichts Schöneres, als zu lesen und zu schreiben, und sie hoffte, dass sie eines Tages selbst etwas verfassen würde, das jemand anderem eine ihm bis dahin fremde Welt eröffnete.

Gem griff nach ihrem Koffer, schwang ihn mühelos auf seine Schulter und gab lachend zu: »Ich brauche schon den ganzen Tag, um einen Satz zu lesen, Miss! Ich fürchte, als Gelehrter wäre ich ein hoffnungsloser Fall.«

»Aber Bücher sind etwas Wunderbares«, begann Daisy voller Eifer, doch der Junge nahm ihr einfach lächelnd auch noch ihre Tasche ab.

»Da haben Sie sicher recht.«

Damit war das Gespräch beendet, und entschlossen wandte sich der junge Mann zum Gehen. Schon während ihrer langen Reise hatte Daisy sich allein gefühlt, denn abgesehen von einer älteren Dame, die ihr auf dem Weg von Paddington bis Reading gegenübergesessen und pausenlos von ihrer Tochter gesprochen hatte, hatte sich niemand für sie interessiert. Normalerweise unterhielt sie sich stundenlang mit ihrem Vater über Literatur und Kunst und Politik, und sie hoffte, dass sie auch hier in Cornwall jemanden fände, mit dem sie sich austauschen konnte.

Daisy betrachtete das hin und her schwankende Hinterteil des Pferdes, das das leichte Fuhrwerk über den von Bäumen gesäumten Weg zog. Es ging ein paar steile Anhöhen hinauf und dann wieder hinab, und während Gem den braven Merlin mit der Zunge schnalzend antrieb, sah sich Daisy um.

Anders als die Straßen Londons, in denen sich Pferdeomnibusse, Droschken und Automobile drängten, war die Landschaft Cornwalls rau und menschenleer. Die Felder links und rechts der Wege sahen wie ein durch dunkle Hecken unterteilter Flickenteppich aus, und wenn sie ab und zu durch kleine Weiler kamen oder an einem abgelegenen Hof vorüberfuhren, wo die Katzen auf den Fensterbrettern dösten und die Hühner in der Erde scharrten, wünschte Gem den Leuten fröhlich einen guten Tag. Die einzigen anderen Geräusche waren Merlins Hufgeklapper und ein leises Knarzen, wenn der Junge an den Zügeln zog. Die Welt um sie herum schien stillzustehen. Das Sonnenlicht drang mit Mühe durch das dichte Blätterdach der Bäume, und die leuchtend gelben Felder entlang des Wegs versprachen eine gute Ernte.

Je näher sie dem Pfarrhaus kamen, desto nervöser wurde Daisy, doch der Anblick all der hübschen Hecken voller Lichtnelken und wilden Kerbels munterte sie auf. Coleridge und Wordsworth hätten sicher in den höchsten Tönen von einem solchen Ort geschwärmt.

Auf Gems erneutes Schnalzen hin verfiel das Pferd in einen flotten Trab. Sie bogen nach links ab und fuhren bald darauf an einem imposanten, schmiedeeisernen und von eleganten Steinsäulen flankierten Tor vorbei. Dahinter führte eine ordentlich gekieste Einfahrt zu einem großen Haus, vor dem die elegante Droschke stand, die Daisy schon am Bahnhof aufgefallen war.

»Was ist das für ein Haus?«, fragte sie Gem fasziniert.

»Das ist Rosecraddick Manor, Miss. Der Familie, die hier lebt, gehört das meiste Land in der Gegend«, klärte er sie auf und folgte ihrem Blick.

»Was für ein schönes Haus.« Sie blickte auf den Turm über der elegant geschwungenen Eingangstür. Ein zauberhafter Ort, wie geschaffen für ein echtes Märchen. Die Aussicht aus den dunklen, irgendwie geheimnisvollen Fenstern war sicher wunderbar.

Sie fuhren an Reihen kleiner Cottages vorbei, vor denen Hummerkörbe aufgestapelt und gerissene Fischernetze ausgebreitet waren. Die Straße war belebter als der Weg, dem sie bisher gefolgt waren. Frauen mit Tüchern um die Schultern und Körben in den Armen gingen ihrer Arbeit nach, und ein paar Kinder, die mit einem Reifen spielten, handelten sich einen Rüffel von Gem ein, als der Reifen auf das Fuhrwerk zurollte. Männer in gestopften Wollpullovern unter grauen Kitteln saßen vor der Schenke, rauchten, unterhielten sich und tranken Bier aus dicken Zinnkrügen. Die Luft roch scharf nach Salz, und als die Kutsche um die Ecke bog, schnappte Daisy überrascht nach Luft und riss die Augen auf.

Natürlich kannte sie Kanäle und die ausgedehnten Sumpfgebiete links und rechts der Themse, doch ihr war nicht bewusst gewesen, dass das Meer tatsächlich endlos war. Unterhalb der Klippen dehnte sich die grenzenlose, leuchtend blaue Wasserfläche aus und glitzerte im Sonnenlicht. Hoch am Himmel schwebten Meeresvögel, und in Daisys Ohren hallten ihre lauten Schreie und das Rauschen nach, mit dem sich die Wellen an den Felsen brachen.

Sie hielt gebannt den Atem an, als Gem plötzlich sagte: »Das Pfarrhaus von Rosecraddick, Miss.«

Sie bogen in eine kurze Einfahrt und rumpelten an einer sorgfältig gestutzten Rasenfläche und tadellos gepflegten Blumenbeeten vorbei bis zu einem efeuumrankten Haus im georgianischen Stil. Mitten auf der Rasenfläche ragte eine ausladende Zeder majestätisch in den Himmel, und Daisys Herz schlug ihr bis zum Hals. Sie kannte diesen Baum, auch wenn das eigentlich nicht möglich war. Eine Erinnerung stieg in ihr auf, doch bevor sie sich die Bilder ins Gedächtnis rufen konnte, lösten sie sich wieder auf. Die warme Luft fing an zu flirren, und für einen Augenblick roch es nach Feuer, und der Baum erinnerte sie plötzlich an ein verkohltes Skelett.

»Alles in Ordnung, Miss?«, erkundigte sich Gem. »Sie sind plötzlich ganz bleich.«

Daisy konnte keine Antwort geben. Sie hatte diesen Traum seit Jahren nicht mehr gehabt und ihn inzwischen fast vergessen, aber jetzt begann ihr Herz zu rasen, so wie früher, als sie als Kind im grauen Licht der Dämmerung mit durchgeschwitztem Nachthemd und am ganzen Körper zitternd aus dem Schlaf gefahren war. Dann hatte Meggie oder ihre Mutter eine heiße Milch für sie gemacht und sie im Arm gehalten, bis der Schreck über den Traum vergangen war.

Daisy schüttelte die Erinnerung ab. Das war einfach lächerlich. Es war nichts weiter als ein Traum, ein dummer Traum, den sie längst hinter sich gelassen hatte.

Gem hielt vor der frisch gestrichenen Eingangstür und schaute sie besorgt aus seinen blauen Augen an.

»Ist es die Hitze, Miss? Sie kippen mir doch wohl nicht um?«

Sie atmete tief durch und setzte ein gezwungenes Lächeln auf.

»Wahrscheinlich haben Sie recht. Es muss an der Hitze liegen«, erklärte sie, als Gem ihr aus der Kutsche half, und war froh, dass Gem der Zweifel in ihrer Stimme nicht aufzufallen schien.

Natürlich war es ausgeschlossen, und dennoch war sie sich sicher, dass sie – wenn auch nur im Traum – schon einmal hier gewesen war.

Sie kannte diesen Ort, und plötzlich fragte sie sich, ob all die grauenhaften Bilder, die sie früher regelmäßig aus dem Schlaf gerissen hatten, sie vor irgendeinem fürchterlichen Unglück hatten warnen sollen.

2

DAISY
Mai 1914

»Sie müssen Daisy sein. Willkommen in Rosecraddick!«

Die Tür des Pfarrhauses schwang auf, und eine dralle Frau trat auf sie zu. Das schwarze Kleid und das zu einem Knoten aufgesteckte weiße Haar wirkten streng, aber sie nahm Daisy mit einem warmen Lächeln in Empfang.

Immer noch etwas benommen ließ sie sich in die Eingangshalle führen. Die Luft hier war kühl, die Wände waren mit dunklem Holz verkleidet, und vom Fuß der Treppe drang das laute Ticken einer Standuhr an ihr Ohr.

»Was stehst du da herum und glotzt?«, wandte sich die Frau an Gem. »Hol den Koffer von Miss Hills und bring ihn rauf. Am besten diese Woche noch. Und untersteh dich, auf dem Weg nach oben irgendetwas aus der Speisekammer zu stibitzen!«

»Auf keinen Fall, Mrs Polmartin«, antwortete Gem, doch als er sich nach Daisys Koffer bückte, lag der Anflug eines Lächelns auf seinem Gesicht. Auch Daisys Lippen zuckten, denn obwohl es sich wahrscheinlich nicht gehörte, mochte sie die kameradschaftliche Verbundenheit, die plötzlich zwischen ihnen herrschte, und Gem erinnerte sie mit seinem offenen Wesen an ihren Bruder. Daisy vermisste Eddie fürchterlich, seit er aufs Internat gegangen war. Womöglich würde ihr der Patenonkel ja erlauben, ihn in den Ferien einzuladen? Der Gedanke munterte sie auf. Zusammen hätten sie hier sicher jede Menge Spaß.

Dann machte Gem sich mit dem Koffer auf den Weg, und die ältere Frau wandte sich wieder Daisy zu.

»Ich bin Mrs Polmartin, die Haushälterin des Reverend. Sie hatten einen langen Tag und sind bestimmt müde und durstig. Kann ich Ihnen eine Erfrischung anbieten?«

Tatsächlich hatte Daisy bisher nur ein hart gekochtes Frühstücksei gegessen, aber das war Stunden her. Wahrscheinlich waren also keine dunklen Vorahnungen schuld an ihrem Schwindel, sondern nur ihr leerer Magen. Sie hätte während ihrer Zeit im Krankenhaus vielleicht nicht so viele Schauerromane lesen sollen.

Erleichtert folgte sie der Haushälterin durch den Flur in eine große Küche, in der eine junge Frau an einem großen Holztisch Möhren schälte. Aus einem laut pfeifenden Kessel auf dem Herd entwich eine enorme Wolke heißen Wasserdampfs. Das Küchenmädchen hatte hübsche Rundungen, einen seidig weichen Teint wie aus der Seifenwerbung und ein weißes Häubchen auf dem aufgesteckten, sanft gelockten, goldenen Haar. Ihrer träumerischen Miene und den langsamen Bewegungen ihrer Hände nach zu urteilen, war sie in Gedanken bei völlig anderen Dingen als der Küchenarbeit.

»Nancy Trehunnist!«, bellte Mrs Polmartin so laut, dass das träumende Mädchen zusammenfuhr. »Du solltest das Gemüse schneiden und das Zimmer für Miss Daisy lüften. Hast du das getan?«

Das Mädchen wirkte so verwirrt, als hätte man es auf Französisch angesprochen, dann stieß es ein nervöses Kichern aus. Die Haushälterin war alles andere als amüsiert.

»Gem hat Miss Daisys Koffer raufgebracht. Also geh jetzt auch nach oben, pack ihn aus und mach ein Feuer im Kamin, an den

Abenden wird es noch kalt. Oh, und füll auch noch den Krug, der auf dem Waschtisch steht. Nun? Worauf wartest du?«

Seit ihrem langen Krankenhausaufenthalt verfügte Daisy über eine ziemlich gute Menschenkenntnis, denn es hatte dort nur wenig Abwechslung gegeben, und wenn ihre Kräfte nicht gereicht hatten, um ein Buch zu lesen, hatte sie Stunden damit verbracht, die anderen Patienten und das Personal zu studieren. Eine hochgezogene Braue oder das Flattern eines Lides konnten viel bedeuten, und natürlich war ihr nicht entgangen, dass der Kopf des Küchenmädchens bei Gems Erwähnung von den halb geschnittenen Karotten hochgefahren war.

»Ja, Mrs Polmartin. Wird sofort erledigt.«

Nancy machte einen Knicks und stürzte hastig los. Daisy lächelte verstohlen. Anscheinend hatte Nancy es auf Gem Pencarrow abgesehen. Was durchaus verständlich war.

»Und jetzt setzen Sie sich erst mal hin. Sie müssen müde von der langen Reise sein.« Die Haushälterin zog einen Stuhl für sie heran.

»Das bin ich. Vielen Dank.«

Sie setzte sich und sah sich, während Mrs Polmartin den Tee aufsetzte, in der Küche um. An einem Ende gab es einen großen Spülstein, hinter dem man in die Spülküche und die Vorratskammer gelangte. Vom Herd her zog der Duft von Roastbeef durch den Raum, und als die Haushälterin den Magen ihres jungen Gastes knurren hörte, stellte sie Daisy eine dicke Scheibe Früchtekuchen hin.

»Reverend Cutwell nimmt sein Abendessen für gewöhnlich um halb sieben ein«, erklärte sie. »Ich vermute, dass Sie ihm dabei Gesellschaft leisten werden, aber heute Abend speist er in Rosecraddick Manor, deshalb essen Sie am besten hier mit uns. Es sei denn,

Sie ziehen es vor, das Abendessen im Esszimmer einzunehmen. Wie Sie es für angemessen halten, Miss.«

Daisy hatte sich bereits gefragt, wann sie wohl ihren Patenonkel zu Gesicht bekommen würde, und war froh, dass sie eine kurze Gnadenfrist hatte. Sie fühlte sich noch zu nervös und müde von der Reise, um ein angeregtes Gespräch mit ihm zu führen.

»Ich esse gerne hier«, sagte sie. »Ich möchte Ihnen schließlich keine zusätzliche Mühe machen.«

Mrs Polmartin sah hochzufrieden aus. »Ich werde Ihnen nach dem Tee erst einmal Ihr Zimmer zeigen, dann können Sie sich in aller Ruhe einrichten.«

Nachdem sie ihren Tee getrunken und den Kuchen aufgegessen hatte, folgte Daisy ihr durchs Haus. An einem Nachmittag wie diesem wäre eigentlich helles Sonnenlicht in die Räume gefallen, aber vor den Fenstern hingen schwere Netzgardinen, und die Türen, die zu den Zimmern führten, waren geschlossen, als ob hinter ihnen düstere Geheimnisse gewahrt würden. In den Ecken schienen dunkle Schatten zu lauern, und ein muffiger Geruch hing in der Luft. Der Reverend hatte sich nach dem Tod seiner Frau und seines Sohnes, so sagte Daisys Vater, vollkommen zurückgezogen.

»Der Reverend will nicht, dass diese Räume betreten werden«, meinte Mrs Polmartin im Vorbeigehen. »Die gnädige Frau hat sie genutzt, und nachdem der Herr sie zu sich heimgerufen hat, haben wir die Räume so gelassen, wie sie waren. Es hat sich irgendwie nicht richtig angefühlt, sie anderweitig zu nutzen.«

Daisy wusste, dass die Frau des Reverend bereits vor vielen Jahren im Kindbett verstorben war. Auch das Baby hatte nicht lange überlebt.

Die Schatten in den Ecken schienen sich zu bewegen, und mit

einem Schauer registrierte Daisy den Geruch von alter Trauer, der in diesem Teil des Hauses hing.

»Dahinten ist das Bad.« Mrs Polmartin zeigte auf die Tür des letzten Raums. »Im Haus wurde ein Wasserklosett installiert.«

Das freute Daisy, denn ein Plumpsklo auf dem Friedhof oder einen Nachttopf hätte sie nicht gern benutzt. Als sie gerade fragen wollte, welches Zimmer sie bekäme, wies die Haushälterin auf eine schmale Treppe, die auf den Speicher führte.

»Wir haben Ihnen die Dachkammer gemütlich hergerichtet, Miss. Das heißt, ich habe Nancy raufgeschickt, weil diese steile Treppe nichts für meine Knie ist.«

Daisy hatte eher den Eindruck, dass Mrs Polmartin aufgrund ihrer Leibesfülle Schwierigkeiten hatte, die enge Treppe zu benutzen, doch sie nickte einfach höflich und bedankte sich.

»Ich hoffe, dass es Ihnen dort gefällt.«

Das hoffte Daisy auch, obgleich es sie ein wenig überraschte, dass sie eine Dachkammer beziehen sollte, denn normalerweise lebte dort das Personal. War dies vielleicht ein Hinweis darauf, dass sie sich den Aufenthalt verdienen sollte? Was für eine Stellung hatte sie in diesem Haus? War sie Mitglied der Familie, ein Gast, eine Dienstmagd oder irgendwas dazwischen? Vielleicht würde sie ja nirgendwo so recht dazugehören.

Sie blickte auf die steile Treppe, und bereits bei dem Gedanken, dort hinaufklettern zu müssen, pochte ihr geschwächtes, von der Anstrengung der Reise bereits müdes Bein.

Du musst bald im Meer baden, um es zu kräftigen, rief sie sich in Erinnerung. Deswegen bist du schließlich hier.

»Ich werde mich dort bestimmt wohlfühlen«, sagte sie.

Der Aufstieg erschöpfte sie, aber oben angekommen, war die Anstrengung sofort vergessen. Mit einem überraschten Freudenschrei schlug Daisy sich die Hände vor den Mund. Es war, als wäre sie in diesem Teil des Hauses in eine völlig andere, viel schönere Welt gelangt! Anders als die übrigen Räume war das Zimmer auf dem Speicher lichtdurchflutet, weil von zwei Seiten die Sonne durch die Fenster fiel. Die Bodendielen schimmerten im warmen Licht, und zu ihrer Freude konnte sie durch eines der Fenster das glitzernde Meer und einen grenzenlosen, strahlend blauen Himmel sehen. Das andere Fenster bot eine genauso wunderbare Aussicht auf Rosecraddick Manor, und als Daisy sich ein wenig streckte, sah sie sogar den märchenhaften Turm, den sie im Vorbeifahren bewundert hatte. Jetzt fühlte sie sich selbst wie eine Prinzessin, die aus ihrem Turm zum Herrenhaus hinübersah.

Das Zimmer war nicht elegant eingerichtet, aber mit dem bunten Flickenteppich, der Blumentapete und der farbenfrohen Patchworkdecke auf dem großen Messingbett sehr gemütlich. Es gab einen Ankleide- und einen Waschtisch, einen bequemen Sessel, auf dem jede Menge Kissen lagen, eine große Truhe, eine Kleiderstange, und der alte Spiegel voller blinder Flecken über dem Kamin, in dem ein heimeliges Feuer brannte, ließ den Raum größer wirken.

Sie trat vor ihren Koffer, der am Fußende des Bettes stand, packte die restlichen Sachen aus, und Stück für Stück fühlte der Raum sich mehr nach Zuhause an.

Wesentlich beschwingter als noch vorhin nach ihrer Ankunft griff sie nach ihrem neuen Tagebuch. Sie hatte viel aufzuschreiben, über die Reise und die Wellen, die in der Sonne glitzerten. Sie ging zum Fenster, von dem aus das Meer zu sehen war, und überlegte, wie sie am besten anfangen sollte. Die vielen leeren Seiten boten unzählige Möglichkeiten, und sie konnte kaum erwarten, sie zu füllen.

In diesem hübschen Raum also begann ihr Leben auf dem Land.

Behutsam legte sie das Buch aufs Fensterbrett, klappte es auf und strich mit ihrem Handballen die erste Seite glatt. Dann nahm sie ihren Federhalter, zog die Kappe ab und schrieb mit fester und entschlossener Hand:

Daisy Alice Hills

1914

Tagebuch

Die Feder hing für einen Augenblick über dem Papier, dann machte Daisy einen tiefen Atemzug und fing zu schreiben an.

3

DAISY
Mai 1914

»Ich gehe davon aus, dass du eine erbauliche Beschäftigung für dich finden wirst?«

Wie eine bebrillte Schildkröte, die vorsichtig aus ihrem Panzer lugte, sah der Reverend über den Rand seiner Zeitung und brachte Daisy, die versucht hatte, die Rückseite des Blattes zu lesen, statt ihr weich gekochtes Ei zu essen, durcheinander. Während sie nach einer passenden Antwort suchte, drückte das Gesicht des Patenonkels kaum verhohlenen Ärger aus. Wie Daisy schon am Tag nach ihrer Ankunft hatte feststellen müssen, war der Reverend kein Morgenmensch.

»Ja, danke«, sagte sie.

»Und wärst du vielleicht so freundlich, mir zu erzählen, wie du den Tag verbringen willst?«

Er war ein altmodischer Mensch, ein Knurrhahn und Gewohnheitstier, und hatte sich nicht unbedingt über das Wiedersehen mit seinem Patenkind gefreut. Bisher hatten sie sich praktisch nur am Frühstückstisch getroffen und zwei anstrengende Abendessen hinter sich gebracht, bei denen er ihre schüchternen Versuche, sich zu unterhalten, immer schon nach ein paar Sätzen unterbunden hatte. Deshalb verzichtete sie meist auf das Dinner im Esszimmer mit den weinroten Samttapeten und Vorhängen aus goldenem Brokat und aß lieber zusammen mit den Angestellten in der Küche, wo sie nicht ständig befürchten musste, etwas Falsches zu sagen.

Aufgrund der frischen Seeluft hatte sie zum ersten Mal seit Monaten tatsächlich Appetit. Dank der lebhaften Gespräche, die sie mit Nancy trotz der strengen Aufsicht durch die Haushälterin führte, hatte Daisy sich inzwischen etwas eingelebt.

Die Mahlzeiten mit ihrem Patenonkel dagegen waren eine nervenaufreibende Angelegenheit. Er legte übertrieben großen Wert auf Tischmanieren und angemessenes Benehmen, und die prüfenden Blicke, denen er sie immer wieder unterzog, machten sie so nervös, dass alles, was sie aß, wie Pappe schmeckte.

»Nun?«, fragte er jetzt ungeduldig, faltete die Zeitung sorgfältig zusammen und blickte Daisy an. »Müßiggang ist aller Laster Anfang.«

Daisy schaffte es mit Mühe, sich ein Augenrollen zu verkneifen, während sie in süßlichem Ton erwiderte: »Ich werde schwimmen gehen.«

Ihr Patenonkel machte ein Geräusch, das wie eine Mischung aus Bellen und Schnauben klang. Aus seiner Sicht gehörte es sich nicht, dass eine junge Dame schwimmen ging. Dabei hatte ihr Vater es als Arzt verordnet, und der Reverend konnte ihr die Bäder kaum verbieten, weil sie schließlich extra deswegen hergekommen war. Während sie sich zwang, ihr Ei zu essen, setzte er zu einem neuerlichen Vortrag über Schicklichkeit und Anstand an.

Daisy dachte an den wundervollen Morgen, den sie am Tag zuvor bereits draußen verbracht hatte. Sie war dem Klippenpfad gefolgt und hatte mit den Händen dichte Büschel wilden Knoblauchs und violetter Grasnelken gestreift, bevor sie über einen steilen Weg in eine kleine Bucht hinabgestiegen war. Das hell glitzernde Wasser in der Bucht zog sie magisch an, und mit wild klopfendem Herzen bahnte sich Daisy halb rutschend, halb hüpfend ihren Weg hinunter. Mit den Stiefeln trat sie Erde und Geröll los, der Korb an ihrem Arm schwang hin und her, der Hut rutschte ihr vom Kopf und wippte an seinem Band fröhlich auf dem Rücken ihres Kleids.

Unten angekommen, ignorierte sie den Schmerz in ihrem Bein und schaute erst einmal zum Klippenpfad hinauf, um sich zu vergewissern, dass sie in der Bucht vor neugierigen Blicken geschützt war. Hinter ein paar großen Felsen fand sie den perfekten Platz zum Umziehen. Nur am Horizont sah sie ein Segelboot, die Fischer waren bestimmt nicht weit entfernt, aber die Bucht selbst war menschenleer.

Daisy war noch nie zuvor völlig allein gewesen. Selbst wenn sie in Fulham auf dem Bett gelegen und gelesen hatte, war ihr Vater oder Meggie stets im Haus gewesen – und vor allem konnte man in London sowieso nie vollkommen alleine sein. Es wimmelte dort überall vor Menschen. Dieser Morgen in der einsamen Bucht war für Daisy etwas Besonderes. Was für ein herrliches Gefühl!

Nach einer Weile gelang es ihr, die unzähligen Bänder des Korsetts zu öffnen und das Badekostüm anzuziehen. Die Wolle kratzte fürchterlich auf der Haut, doch tapfer setzte sie auch noch die Haube auf, faltete ihre Kleider ordentlich in ihrem Korb und breitete ihr Handtuch über einem Felsen aus, um es in der Sonne vorzuwärmen. Dann wagte sie den ersten Schritt ins Meer und kreischte laut, als sich der Schaum der anrollenden Wellen um ihre Knöchel legte und das kalte Wasser durch die Wolle drang. Trotzdem zwang sie sich weiterzugehen, denn sie wollte schließlich schwimmen. Die Kälte ließ sie nach Luft ringen, doch nach kurzer Zeit gewöhnte sich ihr Körper an die Wassertemperatur, und Daisy verbrachte rundum zufrieden eine Weile im Meer, schwimmend oder auf dem Rücken treibend, den Blick in Richtung Wolken gerichtet. Erst als ihre Zähne zu klappern anfingen, kehrte sie zum Ufer zurück. Das nasse Badekostüm hing schwer an ihrem Körper. Sie merkte, wie sehr das lange Schwimmen sie angestrengt hatte, und schaffte es nur unter Mühen in die Bucht. Ihr krankes Bein hatte nach der Anstrengung mehr als sonst geschmerzt.

Sie dachte daran, wie sie den Tränen nah gewesen war, während sie sich abgetrocknet hatte. Schicklichkeit war manchmal wirklich eine Qual! Da kam ihr eine verwegene Idee. Wer würde sie schon an diesem menschenleeren Strand sehen? Ein paar Möwen? Ein, zwei Krebse? Neugierige Stachelrücken, die in einem der Felsenbecken schwammen?

Es war genauso warm und sonnig wie am Vortag, als Daisy durchs Tor des Grundstücks trat, um gleich hinter der Kirche den Klippenpfad einzuschlagen. Seit sie hier in Cornwall war, ging es ihr wirklich deutlich besser. Die saubere Landluft und das Meer bewirkten wahre Wunder, und wenn ihre Mahlzeiten mit dem Patenonkel nicht so anstrengend wären, hätte sie bestimmt schon ein paar Pfunde zugelegt. Sie hatte in letzter Zeit immer Appetit und brauchte nur an die mit golden glänzender Farmbutter bestrichenen dicken Scheiben Vollkornbrot und den kalten Lammbraten zu denken, und ihr lief das Wasser im Mund zusammen. Vielleicht sollte sie Mrs Polmartin am nächsten Tag bitten, ihr ein Picknick einzupacken. Nach dem Baden könnte sie ganz in Ruhe essen und dabei in ihrem Keats-Band lesen, bis es Zeit war, wieder heimzukehren.

Lächelnd folgte Daisy dem steilen Pfad hinunter in die Bucht, und als sie sicher war, dass man sie von oben nicht mehr sehen konnte, nahm sie ihren Hut ab, zog die Nadeln aus dem aufgesteckten Haar und schüttelte ihre wilden roten Locken. Sie fühlte sich auf wunderbare Art lebendig, und nachdem der Schmerz in ihrem Bein inzwischen nachgelassen hatte, konnte sie es kaum erwarten, wieder in das leuchtend grüne Wasser einzutauchen und sich von den Wellen auf dem Rücken tragen zu lassen, während sie versonnen in den Himmel sah. Und diesmal würde keine schwere Wolle sie nach unten ziehen.

Sie kehrte zu der geschützten Stelle hinter den hohen Felsen zurück, um sich umzuziehen, und vergewisserte sich wie am Vortag, dass sie allein war, ehe sie aus ihren Stiefeln und den wollenen Strümpfen stieg. Dann kämpfte sie sich aus dem Kleid und dem Korsett und atmete tief durch. Eine weitere Ungerechtigkeit, die Frauen aufgebürdet wurde. Warum war es ihnen nicht wie Männern vergönnt, sich ungehindert zu bewegen?

Nur noch in Hemd und Unterhose sah sich Daisy abermals nach allen Seiten um. Ihr Plan war so schockierend, dass ihr Herz zu rasen begann und ihre Hände zitterten. Sie bemerkte, dass die Nachbarbucht noch abgeschiedener und perfekt geeignet war für ihren gewagten Plan.

Daisy Hills war nun mal nicht die Art von Mädchen, die blindlings befolgte, was man von ihr erwartete, und der wunderbare Spaß, sich frei im Wasser zu bewegen, statt mit jedem Schwimmzug gegen das Ertrinken anzukämpfen, war ihr wichtiger als Schicklichkeit, die hier ja ohnehin niemand mitbekam.

Sie ließ ihre Kleider in der Bucht zurück und kletterte über die Felsen an den nächsten Strand. Sie rutschte mehrmals auf den feuchten Algen aus und schrammte sich die Knie an den rauen Seepocken auf den Felsen auf, am Ende aber schaffte sie es und landete in einer

Bucht, die so klein war, als hätte das Wasser nur ein Stückchen aus dem Fels herausgerissen.

Mit einem Freudenschrei stürzte Daisy sich ins Wasser und rang, als die kalten Wellen ihre Brust umspülten, laut nach Luft. Ohne das Gewicht des wollenen Kostüms bewegte sie sich mühelos, und unter ihrem Beinschlag stoben salzhaltige Diamanten durch die Luft. Wie leicht es sich anfühlte und was für ein Vergnügen es doch war, vollkommen ungehindert durch das Wasser zu gleiten! Prustend tauchte Daisy aus den Wellen auf, ließ sich gemächlich auf dem Rücken treiben, und während ihr Hemd sich fächerartig auf das Wasser legte und ihr Haar wie ein Strahlenkranz aus leuchtend rotem Seegras ihren Kopf umwogte, fühlte sie sich wie eine der tragischen Heldinnen aus ihren Büchern. Vielleicht wie Tennysons Lady of Shalott? Oder Shakespeares Ophelia?

Sie schloss ihre Augen, lauschte nur dem Rauschen des Blutes in ihren Ohren und genoss das Sonnenlicht, das bunte Flammen hinter ihren Augen tanzen ließ. Eingehüllt in vollkommene Stille trieb sie auf dem Wasser – bis plötzlich zwei starke Hände sich um ihre Hüfte legten und sie wenig sanft aus ihren Träumen gerissen wurde.

O Gott!

Daisy schlug die Augen auf. Salzwasser schwappte in ihr Gesicht, drang ihr in die Nase und den Mund, sie ging kurz unter, tauchte wieder auf und rang nach Luft.

Jemand zerrte sie hinter sich her durchs Wasser, und sie ruderte verzweifelt mit den Armen und trat mit den Beinen.

Die fremden Hände aber ließen sie nicht los. Sie brachte keinen Ton heraus. Wer auch immer sie gefangen hatte, war ein guter Schwimmer, und egal, wie sehr sie auch versuchte, sich aus seinen

Händen zu befreien, zog er sie nur weiter durchs Wasser, bis es flach genug war, um zu stehen. Sie spürte Kieselsteine unter ihren Zehen, und als sich eine große Welle über ihr brach, fiel sie vornüber, landete auf allen vieren und rang nach Luft.

Was war passiert?

»Sind Sie in Ordnung, Miss? Können Sie atmen?«, fragte ein Mann. Er hatte eine sanfte wohlklingende Stimme. Er nahm ihren Arm und zog sie hoch, bis sie auf ihren Füßen stand. »Jetzt sind Sie sicher. Sie sind Gott sei Dank nicht ertrunken.«

»Ich war nicht am Ertrinken! Ich war schwimmen«, echauffierte Daisy sich. Sie zitterte vor Kälte oder vielleicht auch vor Zorn. Warum, verflixt noch mal, konnte ein Mädchen nicht einmal in einer abgelegenen Bucht in Ruhe schwimmen?

»Schwimmen?«, wiederholte er. »Allein? Sind Sie verrückt? Beim Gezeitenwechsel sind die Strömungen hier todlich. Niemand geht zu dieser Zeit ins Wasser. Außer wenn er unbedingt ertrinken will.«

»Das war mir nicht bekannt«, fuhr sie ihn an. Sie war noch immer böse, doch vor allem kam sie sich jetzt ziemlich dämlich vor.

»In Ordnung, jetzt wissen Sie es. Aber wie dem auch sei, trägt man beim Schwimmen neuerdings Unterwäsche?«

Daisy schob sich ihre nassen Haare aus der Stirn und blinzelte die Wassertropfen fort, die ihr in den Wimpern hingen.

Augen, so grün und tief wie das Meer, musterten sie sorgenvoll, doch gleichzeitig auch amüsiert. Der junge Mann war höchstens ein paar Jahre älter als sie und hatte dichtes, goldenes Haar, das nass aus einer von der Sonne gebräunten Stirn gestrichen war. Sein Leinenhemd und seine helle Hose klebten an der Haut, und durch den durchsichtigen, nassen Stoff konnte sie die Konturen seiner muskulösen Arme und starken Schultern sehen. Er erinnerte sie an die

Marmorstatuen im British Museum und war der erste Mann, den sie praktisch unbekleidet sah.

»Zum Schwimmen ist das Wasser wunderbar, aber für Schicklichkeit ist es nicht unbedingt geeignet«, sagte er grinsend.

Erst jetzt wurde ihr klar, dass ihre eigene Kleidung ähnlich aussehen musste wie die des Fremden. Sie sah an sich herunter, und natürlich zeichneten ihre Beine und sogar ihre Brüste sich unter dem nassen, dünnen weißen Baumwollhemd ab. Wenn ihr Patenonkel sie in diesem Zustand sähe, würde ihn bestimmt der Schlag treffen. Sie hätte dem Fremden auch gleich völlig nackt gegenüberstehen können.

Mit einem Aufschrei des Entsetzens verschränkte sie eilig ihre Hände vor der Brust.

Eine feine Röte überzog das Gesicht des jungen Mannes, und mit einem Ausdruck in den grünen Augen, den sie nicht deuten konnte, kehrte er ihr den Rücken zu. Sein rätselhafter Blick ließ ihr Herz noch schneller schlagen.

»Meine Jacke liegt da drüben. Wickeln Sie sich darin ein – ich meine, wärmen Sie sich damit auf«, schlug er ihr vor.

Sie protestierte nicht. Ihr ursprünglicher Plan, sich in der Sonne aufzuwärmen, war vergessen, und sie rannte los, ohne zu bemerken, dass die spitzen Steine sich in ihre nackten Fußsohlen bohrten. Erleichtert schnappte sie sich die Tweedjacke, die ein Stück weiter über einem Felsen ausgebreitet war. Der Stoff war schwer, und als sie ihn sich um die Schultern legte, hüllte sie der Geruch von Zigaretten und Rasierwasser ein. Wieder fing sie an zu zittern, doch der Grund dafür war nicht das kalte Wasser.

»Darf ich mich wieder umdrehen?«, fragte er.

»Ja.«

In seiner Jacke hockte sie, die Arme um die angezogenen Knie geschlungen, auf einem Stein. Wer immer dieser junge Mann war, sie hoffte nur, er käme nicht auf die Idee, dem Reverend etwas von diesem Vorfall zu erzählen. Dann säße sie, ehe sie sich versah, im Zug zurück nach London.

Der Fremde schlenderte über den Strand zu ihr herüber, bis er direkt vor ihr stand. Er hatte bläuliche Lippen, und sie fühlte sich schlecht, weil sie seine warme Jacke trug.

»Hinter den Felsen steht mein Korb mit meinem Handtuch, das Sie gern benutzen dürfen«, bot sie an.

Er lächelte, und sie konnte den Blick nicht von den zwei Grübchen abwenden, die dabei auf seinen Wangen erschienen. Während er in ihrem Flechtkorb wühlte, richtete Daisy den Blick Richtung Horizont. Sie fühlte sich irgendwie seltsam und etwas schwindelig. Was sicherlich dem kalten Wasser und der ganzen Anstrengung geschuldet war.

»Hey!«, rief er ihr über die Schulter zu. »Sie lesen Keats?«

»O ja. Ich liebe seine Gedichte.«

»Ich auch!«, pflichtete er ihr voller Nachdruck bei. »Ich finde seine Sprache einfach wunderschön, und *Ode an eine Nachtigall* ist meiner Meinung nach ein echtes Meisterwerk. Falls ich jemals halb so gute Verse hinbekommen sollte, kann ich als glücklicher Mann sterben.«

»Dann sind Sie also Dichter?«

»So weit würde ich nicht gehen. Es ist eher eine Spielerei, die sich mit derartigen Versen sicher nicht vergleichen lässt.«

»Ich wünschte mir, ich könnte auch Gedichte schreiben«, sagte Daisy und seufzte, denn sie hatte es schon oft versucht und schnell erkannt, dass sie dafür kein Talent besaß.

»Ich auch«, stimmte er lachend zu. »Aber so schnell gebe ich nicht auf!«

Momente später war er wieder bei ihr. Inzwischen stand die Sonne hoch genug am Himmel, um sie schnell zu trocknen, und sobald der junge Mann gegangen wäre, könnte sie aus ihrem Hemd und ihrer Hose steigen, um ihre zweite Garnitur Unterwäsche anzuziehen.

Erst einmal aber hielt er ihr das Handtuch hin.

»Hier. Anscheinend brauchen Sie es dringender als ich. Sie sehen nämlich aus, als würden Sie noch immer frieren.«

Das Handtuch war ein wenig feucht, und als er es ihr reichte, dachte sie erschaudernd, dass er mit dem Stoff durch sein Gesicht und an seiner Brust, den Armen und den Beinen herabgefahren war. Wenn sie es jetzt benutzte, wäre es beinah, als berühre sie ihn selbst, was ein berauschender und irgendwie erregender Gedanke war.

»Danke.« Lächelnd trocknete sie ihre wilden Locken ab, die um ihre Stirn und ihre Wangen fielen.

»Ich bin übrigens Kit«, stellte der junge Mann sich vor und reichte ihr die Hand mit einer Förmlichkeit, als wären sie auf einem Gartenfest. »Kit Rivers. Angenehm.«

»Daisy Hills.«

Als sie die angebotene Hand ergriff, glitten ihre Finger ineinander, als hätten sie das bereits tausendmal gemacht.

Sie hatte das Gefühl, als ob sie sich schon ewig kennen würden, und das überraschte Blitzen in Kits Augen, die sie längst in ihren Bann gezogen hatten, zeigte ihr, dass es ihm genauso ging.

»›Der Heil'gen Rechte darf Berührung dulden‹«, zitierte er mit sanfter Stimme, während er die Hand um ihre Finger schloss.

Romeo und Julia. Natürlich kannte Daisy auch die nächste Zeile, brachte aber keinen Ton heraus. Mit wild klopfendem Herzen zog sie die Hand zurück, und falls es diesen magischen Moment tatsächlich je gegeben hatte, war er jetzt vorbei.

Noch immer spürte sie ein ungewohntes Flattern in der Magengrube, doch entschlossen wechselte sie das Thema.

»Ich war übrigens wirklich schwimmen«, klärte sie ihn auf. »Mein Vater hat mich aus gesundheitlichen Gründen nach Cornwall geschickt, wo ich jeden Tag im Meer baden soll. Er ist Arzt und sagt, dass ich mein schwaches Bein dadurch stärken kann.«

Sie wartete darauf, dass Kit sie wie die meisten Leute fragte, was mit ihrem Bein nicht stimme, doch er nickte nur knapp.

»Ein Bad im Meer tut auch der Seele gut. Ich schwimme deshalb ebenfalls, sooft sich die Gelegenheit dazu ergibt. Segeln ist auch großartig, denn das Wasser ist mein Element. Segeln Sie auch, Miss?«

»In Fulham wird nicht allzu viel gesegelt«, klärte Daisy ihn lachend auf. »Ich war noch nie auf einem Boot, und wenn ich ehrlich bin, habe ich auch das Meer zum ersten Mal gesehen, als ich vor ein paar Tagen in Rosecraddick angekommen bin.«

Kit Rivers riss schockiert die Augen auf. »Das ist ja grauenhaft! Dann müssen Sie auf alle Fälle mal mit mir in meinem kleinen Segelboot hinausfahren«, lud er sie ein und fügte grinsend an: »Aber Sie sollten dabei vielleicht vollständig bekleidet sein.«

Sie wurde rot, obwohl ihr seine Neckerei durchaus gefiel. Mit dem kleinen Scherz nahm er ihr jegliche Befangenheit.

»Ich habe ein Badekostüm, aber es ist so anstrengend, darin zu schwimmen, denn die Wolle zieht mich nach unten. Also habe ich es heute einmal gewagt, auf meinen Badeanzug zu verzichten. Ich dachte, hier in dieser kleinen abgelegenen Bucht würde mich niemand sehen.«

»Das stimmt auch. Ich bin auf dem Weg zurück ins Dorf nur in die Bucht gekommen, weil ich …«

Er brach ab und wirkte plötzlich furchtbar unglücklich. Schließlich atmete er langsam aus und fuhr mit leiser Stimme fort:

»Ich hatte einen Streit mit meinem Vater und musste einfach weg. Ich komme oft in diese Bucht, wenn ich in Ruhe über irgendetwas nachdenken oder für mich sein will. Normalerweise ist man hier vollkommen ungestört.«

Daisy wagte nicht zu fragen, was der Grund für den Streit gewesen war. Sie atmete tief durch.

»Sie werden doch für sich behalten, was ich getan habe? Ich bitte Sie.«

Er schüttelte den Kopf. »Ich werde niemandem etwas verraten. Das verspreche ich. Vor allem bin ich ebenfalls der Ansicht, dass es nicht schön ist, beim Schwimmen derart viele Kleider zu tragen. Ich hasse es genau wie Sie, in voller Badekluft ins Meer zu gehen, und vermeide es, sofern es geht.«

»Und was tragen Sie stattdessen?«, fragte Daisy und wäre vor Scham am liebsten im Sand versunken, als er nur belustigt grinste, weil die Antwort offensichtlich war. Jetzt hielt er sie wahrscheinlich entweder für völlig ungeniert oder für hoffnungslos naiv.

Verlegen wickelte sich Daisy eine ihrer Locken um den Zeigefinger, ließ sie wieder springen und sagte: »Mein Patenonkel hat nicht den geringsten Sinn für irgendwelchen Spaß. Wenn er etwas von dieser Sache wüsste, würde er mich in den nächsten Zug nach Hause setzen, so viel steht fest.«

»Dann wohnen Sie also bei Ihrem Patenonkel?«

»Ja. Er ist hier der Vikar.«

»Griesgram Cutwell ist Ihr Patenonkel?«, fragte Kit entsetzt. »Verzeihung, das war ausnehmend respektlos, Miss Hills. Es tut mir leid, ich wollte Ihnen nicht zu nahe treten.«

Doch Daisy kicherte vergnügt. Griesgram Cutwell! Dieser Name passte ausgezeichnet zu dem alten Sauertopf.

»Keine Angst, das sind Sie nicht. Er ist ein alter Miesepeter, aber gleichzeitig ein langjähriger Freund meiner Familie. Kennen Sie ihn?«

Der junge Mann verzog unglücklich das Gesicht.

»Allerdings. Er hat so gut wie jeden hier getauft und konfirmiert, vor allem jedoch versetzt er mich und alle anderen in Angst und Schrecken mit seinen Predigten von Feuer, Schwefel und Verdammnis, die er sonntags immer hält.«

»Das kann ich mir vorstellen«, stimmte Daisy ihm aus tiefstem Herzen zu. »Ich bin mir sicher, er geht davon aus, dass ich einmal in der Hölle landen werde.«

»Da sind Sie nicht allein. Aus seiner Sicht werden wir alle in der Hölle landen, auch wenn ich mich frage, wer dann überhaupt noch in den Himmel kommen soll.«

»Patentöchter, die in ihrer Unterwäsche schwimmen, werden sicher früher als die anderen in der Hölle landen.«

Daisy seufzte, denn ihr Vater würde sich bestimmt nicht freuen, wenn sie bereits nach weniger als einer Woche wieder heimgeschickt würde. Ihre Mutter dagegen hätte sie bestimmt verstanden.

»Von mir wird er ganz sicher nichts erfahren, Miss Hills. Hand aufs Herz und dreimal drauf gespuckt«, versprach Kit Rivers ihr.

»Hand aufs Herz und dreimal drauf gespuckt?«, erkundigte sich Daisy lachend. »Wie alt sind Sie?«

»Achtzehn«, sagte er ihr nicht ohne Stolz. »Aber auf keinen Fall zu alt, um meine Hand aufs Herz zu legen und noch dreimal drauf zu spucken. Und wie sieht's mit Ihnen aus?«

»Ob ich zu alt bin, um die Hand aufs Herz zu legen und noch dreimal drauf zu spucken? Allerdings.«

Er stieß sie mit dem Ellenbogen an.

»Wetten, das sind Sie nicht?«

»Wetten, das bin ich doch?«

Er stieß sie nochmals an. Und noch einmal. Und noch einmal. Sein Ellenbogen war spitz, und bald gab Daisy sich geschlagen, weil er sich ihr in die Rippen bohrte und es sie kitzelte.

»Schon gut! Schon gut. Ich bin fast siebzehn.«

»Also sind Sie sechzehn.«

»Ja«, gestand sie widerstrebend.

Sie zählte schon die Tage bis zu ihrem Geburtstag im September, und plötzlich konnte sie es noch viel weniger erwarten, bis es endlich so weit war.

Siebzehn klang erwachsener als sechzehn, und vor allem wäre sie dann bald schon achtzehn. Sie wusste nicht genau, warum das plötzlich eine Rolle spielte, aber sicher waren die leuchtend grünen Augen von Kit nicht ganz unschuldig daran. Auch die Gänsehaut auf ihren Armen hatte nicht länger etwas mit der Kälte zu tun, sondern mit seiner Nähe, das spürte sie genau. Es war seltsam. Unerklärlich. Doch vor allem war es schön.

Sie wärmten sich noch etwas in der Sonne auf und unterhielten sich. Kit erklärte Daisy, wo es sicher war zu schwimmen, und tischte ihr ein paar Schwänke aus dem Dorf auf, und sie erzählte ihm von ihrer Polio und den langen Monaten im Sanatorium, während derer sie sich in der Literatur verloren hatte, um der Langeweile zu entfliehen. Kit war ebenfalls ein großer Leser, und die angeregten Diskussionen über Byron oder Shelley waren Daisy eine ebensolche Freude wie die Tatsache, dass er selbst Gedichte schrieb.

Bis sie vollends trocken waren, hatten sie einander viel über sich erzählt und stellten zu ihrer Überraschung fest, dass die Möwen im nassen Sand und in den glitzernden Felsenbecken pickten, weil inzwischen Ebbe war.

Kit meinte, jetzt sei der Weg über die Felsen in die nächste Bucht und dann weiter an der Küste entlang frei.

»Aber den darf man nur bei einer Springtide wie dieser nehmen. Sonst ist es sehr gefährlich«, warnte er und fügte eindringlich hinzu: »Sie müssen wirklich aufpassen.«

Daisy wäre nicht einmal im Traum darauf gekommen, dass das Leben hier in Cornwall so gefährlich war.

Dann verabschiedete sich Kit, und während sie ihm hinterhersah, wusste sie in ihrem tiefsten Inneren, dass die größte der hier lauernden Gefahren die Begegnung zwischen ihr und diesem jungen Mann war.

»›Und Hand in Hand ist frommer Waller Kuss‹«, vollendete sie flüsternd sein Zitat aus *Romeo und Julia* und sah auf ihre Hand. Sie fühlte sich ganz anders an, obwohl sich nichts verändert hatte. Die Haut war noch genauso hell, und ihre Nägel hatten noch dasselbe blasse Rosa wie zuvor, aber es kam ihr vor, als gehörte diese Hand einer neuen Daisy Hills. Mit einem Mal ergaben all die Stücke und Gedichte, die sie je gelesen hatte, einen Sinn. Und sie kannte auch den Grund dafür.

Beim ersten Blick in seine leuchtend grünen Augen und der flüchtigen Berührung seiner Hand hatte sich Daisy kopfüber und hoffnungslos in Kit verliebt.

4

DAISY
Mai 1914

Der nächste Tag brach wild und stürmisch an. Kein Wetter, um sich in die Bucht zu wagen, aber selbst bei strahlend blauem Himmel und wenn das Meer sanft und glatt gewesen wäre, hätte Daisy nicht schwimmen gehen können, weil sie völlig übermüdet war. Sie hatte ihren alten, schlimmen Traum gehabt, und wie schon früher hatte er sie um den Schlaf gebracht.

Wie immer hatte sich der Traum verflüchtigt, kaum hatte sie die Augen aufgeschlagen, doch das Unbehagen war geblieben. Sie hatte sich im Bett gewälzt, bis irgendwann die ersten Lichtstrahlen durch die dünnen Vorhänge gefallen waren.

Es war doch nur ein dummer Traum, sagte sie sich streng, doch die Vorahnung einer drohenden Gefahr warf einen Schatten auf den Vormittag, und das graue, bedrückende Wetter verstärkte ihre trübe Stimmung noch.

Sie hatte im Licht der Morgendämmerung in ihrem großen Messingbett gelegen und den Geräuschen im Haus gelauscht. Dabei waren ihre Gedanken schnell und unausweichlich zurück zu Kit gerast. Seit der Begegnung in der Bucht hatte sie kaum an etwas anderes gedacht.

Auf ihrem Heimweg war sie noch einmal jeden Augenblick ihres Zusammenseins durchgegangen und hatte sich an jede Einzelheit erinnert; seine Augen, die so tief waren wie der Ozean, seinen attraktiven Körper und das sanft gewellte, blonde Haar.

So hatte sie den steilen Anstieg und den brennenden Schmerz in ihrem Bein fast nicht wahrgenommen. Vielmehr hatte sie das Gefühl gehabt zu schweben, und zurück im Pfarrhaus, hatte sie kaum einen Bissen von dem abendlichen Hammeleintopf angerührt. Nancy, die genau wie sie ihr Essen auf dem Teller hin und her schob, sah sie mit hochgezogenen Brauen an, als ob sie etwas ahnte.

Nach dem Abendessen sollte Daisy Blumen für das Pfarrhaus schneiden. Mrs Polmartin behauptete, sie würden länger halten, wenn man sie erst abends pflückte und es draußen kühler war. Also schnitt Daisy Blumen, während sie gedanklich wieder zu Kit zurückkehrte. Die Haushälterin schüttelte missbilligend den Kopf, weil die Sträuße zerrupft wirkten. Daisy überlegte, ob Kits Zitat aus *Romeo und Julia* zu bedeuten hatte, dass auch ihm die besondere Verbindung zwischen ihnen aufgefallen war. Es konnte doch gar nicht anders sein.

Daisy legte sich in ihrer Dachkammer aufs Bett und notierte alles über die Begegnung in ihrem neuen Tagebuch. Damit die leeren Seiten ihres neuen Buches zu füllen, fühlte sich auf seltsame Art richtig an, weil die Begegnung mit Kit ihrem Leben einen neuen Sinn zu verleihen schien. Sie würde niemals mehr dieselbe sein. Wenn sie die Augen schloss, sah sie Kits sanftes Lächeln, hörte seine warme, ruhige Stimme, spürte seine Finger, als er ihre Hand ergriff.

Sie war verliebt. Das war unabänderlich.

Sie hatte ihren Federhalter wieder zugeschraubt und durch das Fenster in den Nachthimmel geschaut, an dem die Mondsichel hinter der Wolkenwand zu erahnen war.

Das also war Liebe. So fühlte sie sich an. Daisy hatte nie zuvor erlebt, dass ihr Puls raste und sich ein Flattern in ihrem Bauch ausbreitete. Natürlich kannte sie dieses besondere Gefühl aus Büchern, und jetzt wünschte Daisy sich, sie hätte noch mehr darüber gelesen.

Als sie ihr Tagebuch schloss, fühlte sie sich lächerlich. Vielleicht bekam sie ja Fieber von dem Bad im kalten Meer. Vielleicht war das der Grund dafür, dass sie nichts essen konnte, für die wackeligen Beine und das wild rasende Herz. Aber warum war das Einzige, was Daisy sah, wenn sie die Augen schloss, Kit – und warum zog ihr Herz sich sehnsüchtig zusammen, sobald sie an ihn dachte?

Schließlich war sie eingedöst, aber nach dem Traum war an richtigen Schlaf nicht mehr zu denken gewesen. Sie hatte unter schweren Lidern zugesehen, wie der Tag in tausend Grautönen angebrochen war. Auf den Wellen hatten weiße Schaumkronen getanzt, und die Wolken hatten die Sonne wie ein dickes Tuch eingehüllt.

Sie würde heute also nicht schwimmen gehen und hatte keine Chance, Kit wiederzusehen. Vor Enttäuschung war ihr Herz so düster wie die Welt an diesem grauen Vormittag.

Den Morgen brachte Daisy damit zu, so lange das Silberbesteck zu putzen, bis sie wunde Finger hatte und ihr Kopf vom Geruch der Politur zu bersten schien. Als Nächstes hätte sie dem Reverend beim Katalogisieren seiner Predigten zur Hand gehen sollen, aber der Gedanke, den gesamten Nachmittag im Arbeitszimmer ihres Patenonkels eingesperrt zu sein, war unerträglich. Beim Mittagessen wusste Daisy, dass sie an dem Kohlgeruch, der in den dunklen Räumen hing, ersticken würde, käme sie nicht sofort an die frische Luft.

Sie gab das Essen – knorpeliges Hackfleisch, mehlige Kartoffeln und besagter Kohl – nach ein paar Bissen auf, legte das Besteck zur Seite und wandte sich Nancy zu.

»Darf ich dich um einen Gefallen bitten?«

Sie interpretierte Nancys Schulterzucken als ein Ja. Im Gegensatz zu Gem, der sich durchaus gern mit Daisy unterhielt, sprach Nancy kaum ein Wort mit ihr.

»Würdest du mir heute Nachmittag dein Fahrrad leihen?«

Nancy kam täglich mit dem Rad zur Arbeit und wirkte von der Frage überrascht.

»Wo müssen Sie denn hin, Miss?«

Daisy hob ausweichend die Schultern. »Im Grunde nirgends. Ich soll einfach versuchen, mein Bein zu kräftigen. Am besten ist das Schwimmen in Salzwasser, aber bei dieser rauen See riskiere ich das heute besser nicht. Deswegen dachte ich, dass Fahrradfahren sicher auch ein bisschen hilft.«

»An einem solchen Tag würden Sie sich den Tod im Wasser holen«, mischte sich die Haushälterin erschaudernd ein. »Ich frage mich, was sich die Ärzte heutzutage denken.«

Daisy öffnete den Mund, um ihr die Vorzüge der Hydrotherapie in ein paar kurzen Sätzen zu erläutern, hielt sich dann aber zurück. Sie hatte schließlich längst erfahren, dass man hier in der Gegend alles, was modern war, als das reinste Hexenwerk ansah.

»Ich brauche es um sechs zurück«, meinte Nancy. »Und passen Sie bitte auf, dass es nicht schmutzig wird. Sonst bringt mein Pa mich um.«

»Bestimmt nicht! Danke.« Daisy strahlte und wäre ihr am liebsten um den Hals gefallen, doch Nancy verzog das Gesicht und warnte sie: »Ich fürchte, das Lachen wird Ihnen gleich vergehen. Die Hügel sind die Hölle, und von hier aus geht's in alle Richtungen bergauf.«

Das aber interessierte Daisy nicht. Sie würde mit dem Rad den höchsten Berg hinauffahren, um zu spüren, wie der Wind ihr um die Nase wehte, und um zu sehen, wie die Landschaft, an der sie vorüberflog, zu einem grünlich-goldenen Fleck verschwamm.

Wenig später radelte sie mit vom Kopf gerutschtem Hut und wild wehendem Rock den Weg hinauf. Natürlich hatte Nancy mit ihrer Warnung recht gehabt, und bis Daisy durch Rosecraddick und am Herrenhaus vorbei in Richtung Wald fuhr, keuchte sie, und ihre Beine schrien vor Schmerz. Sie würde auf dem nächsten Hügel eine Pause machen und sich darauf freuen, den gesamten Rückweg wieder hinunterrollen zu können. Vor allem lenkte die Anstrengung sie von Kit Rivers und dem lauten Pochen ihres Herzens ab.

Eine halbe Meile unterhalb der Hügelkuppe aber gab sie sich geschlagen, schob ihr Rad den Rest der Anhöhe hinauf und schaute sich bewundernd in der fremden Landschaft um. Anders als in London, wo man überall auf unzählige Häuser blickte, sah man hier in einer Richtung auf die sanft wogende, baumbestandene Hügellandschaft, die sich endlos auszudehnen schien, und in der anderen auf Rosecraddick und die See. Der zinnfarben umwölkte Himmel schien die Landschaft zu umarmen, und während sich Daisys schwerer Atem langsam legte, stellte sich auch ihre gute Laune wieder ein. Dass Meer und Himmel so offen und grenzenlos waren, schien ihr Möglichkeiten zu bieten, die es in der Stadt einfach nicht gab. Die Luft schmeckte nach Salz und roch nach Erde, Laub und einer Freiheit, wie sie einem nur diese wilde Natur verheißen konnte. Ihr Patenonkel und die gezwungenen Gespräche bei den Mahlzeiten, die stets verschlossenen Türen und die vorwurfsvolle Atmosphäre im Pfarrhaus wirkten ebenso weit weg wie die langen Monate der Krankheit.

»Ich fühle mich phantastisch!«, rief sie voller Überschwang den Wolken zu, die der Wind über den Himmel jagte. Sie würde eine wunderbare Zeit in Cornwall haben, darauf deuteten das grüne Laub der Bäume und die jungen goldenen Halme auf den Feldern hin. Um sie herum war alles voller Leben, reich und üppig, und mit ihren hoffnungsvollen sechzehn Jahren fühlte sie sich selbst als Teil davon. Sogar ihr krankes Bein machte ihr weniger Probleme als gewöhnlich, und sie schwang sich entschlossen wieder auf den Sattel, denn jetzt ging es den Berg hinunter.

Sie wurde immer schneller, und nach wenigen Minuten hatte sie den Strohhut und die Haarnadeln verloren, und ihre roten Locken wirbelten in der Luft. Der Wind trieb ihr die Tränen in die Augen, und sie ließ die Füße von den Pedalen rutschen, während sie den Berg hinunterschoss. So musste es sich anfühlen zu fliegen. Das hier war viel aufregender als die langweiligen Fahrten durch die flachen Straßen in der Stadt!

Sie nahm die Felder links und rechts des Wegs nur noch als undeutliche Flecken wahr. Erst als das Gefälle etwas abnahm, sah sie wieder scharf, das Fahrrad aber trug sie immer noch, fast ohne dass sie treten musste, und vor Lebensfreude lachte sie laut.

Auf ihrem Weg zurück zum Dorf beschloss sie, dass sie ihrem Vater sofort von dem Abenteuer berichten wollte und dass es keinen besseren Weg gab, die Umgebung zu erkunden und …

Weil der Weg von vielen Fuhrwerken benutzt wurde, hatte er inzwischen tiefe Furchen, doch Daisy war noch immer so berauscht von der Geschwindigkeit und ihrem Glücksgefühl, dass sie darauf zu achten vergaß. Prompt geriet sie mit dem Vorderrad in eine der Vertiefungen und flog in hohem Bogen durch die Luft. Sie landete rücklings auf dem Boden, sah durch ein Wirrwarr aus Unkraut den hinter einer Wolkendecke verborgenen Himmel, und die Welt um sie herum schien sich zu drehen.

Ihr Schädel dröhnte, und sie spürte, wie ihr etwas Klebriges ins Auge tropfte … Blut, ging es ihr durch den Kopf. Kein Grund zur Sorge, denn wie ihr Vater ihr erläutert hatte, bluteten vor allem Kopfwunden ziemlich stark. Doch wie stand es um Nancys Rad? War es etwa kaputt? Entsetzt versuchte sie, sich aufzurichten, aber wieder fing die Welt an sich zu drehen, und stöhnend sank sie zurück. Oje. Anscheinend war sie wirklich ziemlich schwer gestürzt.

»Mein Gott. Geht's Ihnen gut?«

Kit blickte mit sorgenvollem Blick auf sie herunter. Wahrscheinlich hatte sie sich den Kopf doch schwerer gestoßen als gedacht.

»Sie sind nicht wirklich hier, oder?«, entfuhr es ihr.

»Natürlich bin ich wirklich hier«, gab er zurück und schob behutsam seinen Arm hinter ihren Kopf. »Schaffen Sie es, sich aufzusetzen?«

Daisy nickte leicht, und es kam ihr vor, als kullerte ihr Hirn in ihrem Schädel hin und her. Doch eine schwere Kopfverletzung oder Knochenbrüche hatte sie anscheinend nicht. Wie aber sah es mit –

»Was ist mit dem Fahrrad?«

»Das Fahrrad kümmert mich erst einmal nicht. Sie bluten!« Kit drückte ihr etwas Weiches, vermutlich sein Taschentuch, gegen die Stirn und tupfte vorsichtig das Blut weg. »Das ist eine ziemlich böse Platzwunde. Sie muss gesäubert werden, und danach benötigen Sie etwas Arnika. Ist Ihnen schwindelig? Glauben Sie, Sie haben eine Gehirnerschütterung?«

Das interessierte Daisy nicht. Sie blickte auf das Rad, das neben ihr im Graben lag.

»Ist es kaputt?«

Kit seufzte. »Also gut, wenn Sie darauf bestehen. Es sieht so aus, als hätte es nichts abbekommen. Die Kette ist noch dran, und auch die Reifen scheinen in Ordnung zu sein.« Er strich ihr sanft das Haar aus dem Gesicht, um sich die Platzwunde genauer anzusehen, und Daisy hielt den Atem an, als er mit seinen Fingerspitzen über ihre Wange glitt. Seine Nähe und die zärtliche Berührung machten sie noch schwindliger als der verflixte Sturz. Sie hatte sich ihre Gefühle also nicht eingebildet – und so, wie seine Hände zitterten, schien es ihm ebenso zu gehen.

»Ihr Rad ist unversehrt«, versicherte er ihr.

»Das Rad gehört mir nicht. Ich habe es mir nur geliehen und versprochen, vorsichtig damit umzugehen.«

Kits Lachen gab ihr das Gefühl, als würde sie in warmen Sonnenschein gehüllt.

»Ich kenne Sie zwar nicht sehr gut, Miss Hills, aber ich glaube nicht, dass Vorsicht eine Ihrer hervorstechendsten Eigenschaften ist. Ohne Rücksicht auf Strömungen im Meer zu schwimmen und in halsbrecherischem Tempo einen Berg herabzuschießen, ist wohl vielmehr das Gegenteil von Vorsicht. Was kommt als Nächstes? Wollen Sie vielleicht noch lernen, wie man ein Flugzeug fliegt?«

»Als Nächstes werde ich dem Reverend erklären müssen, was geschehen ist«, antwortete sie mit Grabesstimme, hob eine Hand an ihre Stirn und fuhr zusammen. Ihr Patenonkel würde ihr jetzt nie wieder gestatten, irgendwohin mit dem Rad zu fahren. Am liebsten hätte sie sich selbst eine Ohrfeige verpasst. Mit zornbebender Stimme stieß sie aus: »So dämlich kann man doch gar nicht sein!«

»Sie haben mit Ihrem Vorderrad eine der Furchen hier im Weg erwischt«, rief Kit ihr freundlich in Erinnerung. »Das hätte jeden umgehauen.« Mit einem amüsierten Blitzen in den grünen Augen fügte er hinzu: »Obwohl ich sagen muss, dass sicher kaum jemand in einem derartigen Tempo den Berg heruntergerast wäre.«

»Sie haben mich gesehen?«

»Das hab ich. Sie sind an mir vorbeigeflogen, während ich über den Zauntritt dort am Waldrand gestiegen bin. Tatsächlich hätten Sie mich beinah umgefahren.«

»Das tut mir leid. Ich habe Sie gar nicht gesehen.«

Er lachte auf. »Das überrascht mich nicht. Sie sahen aus, als amüsierten Sie sich prächtig. Natürlich nur bis zu dem Sturz.«

»Ich habe mich tatsächlich amüsiert«, stimmte ihm Daisy zu. »Und war wie Fliegen, und ich habe mich vollkommen frei gefühlt. Und immerhin bin ich nicht einfach so vom Fahrrad gefallen. Die Furche ist schuld an meinem Sturz. Das ist was anderes.«

»Auf jeden Fall«, meinte auch Kit und bemühte sich, ein Lächeln zu unterdrücken. »Und es klingt wirklich wunderbar, auf einem Rad den Berg hinabzufliegen. Vielleicht sollte ich das auch mal ausprobieren. Das ist bestimmt noch spannender, als auf die Jagd zu gehen. Können Sie aufstehen?«

Sie nickte vorsichtig. »Ich denke schon.«

Behutsam zog er sie auf die Füße, und auch wenn der Boden etwas schwankte und der Himmel sich noch einmal drehte, wurde ihr nicht wieder schwindelig, und wie es aussah, hatte Kit die Blutung ihrer Platzwunde mit seinem Taschentuch gestillt.

»Glauben Sie, Sie können laufen?«, fragte er, und wieder nickte sie.

»Bestimmt. Ich werde einfach langsam gehen. Vielen Dank für Ihre Hilfe. Ich komme ab jetzt allein zurecht.«

Kit sah gekränkt aus, und als er seinen Griff um ihre Hand verstärkte, genoss Daisy das Gefühl der Sicherheit, das ihr der feste Druck seiner Finger vermittelte.

»Sie glauben doch wohl nicht, ich lasse Sie jetzt im Stich und gehe wieder meiner Wege? Das wäre nicht besonders ritterlich. Ich werde Sie noch bis zum Pfarrhaus bringen, falls Sie das schaffen. Ansonsten kann ich nach einer Kutsche schicken.«

»Ich kann laufen!«, entgegnete sie mit empörter Stimme, obwohl sich ihre Beine anfühlten wie das Gemüse, das Mrs Polmartin stets verkochen ließ.

»Dann schiebe ich das Rad, und Sie können sich auf mich stützen«, bot Kit ihr an. »Falls Sie sich unwohl fühlen, geben Sie Bescheid, und wir halten an.«

Daisy wäre eher auf allen vieren zurückgekrochen, als das Pferdefuhrwerk ihres Patenonkels zu bestellen. Sie hoffte, dass sie Gem bitten konnte, das geborgte Rad zu säubern und zurückzugeben, während sie sich in ihr Zimmer schlich, um sich zu waschen und umzuziehen, ohne dass jemand den Riss in ihrem Kleid und ihre Stirnwunde zu sehen bekam. Und wenn sie ihre Haare vor dem Abendessen sorgfältig vor die Verletzung kämmte, fiele dem kurzsichtigen Patenonkel sicherlich nichts auf.

Nachdem Kit das Fahrrad aufgehoben und sich vergewissert hatte, dass die Kette noch intakt war, stützte Daisy sich auf seinen Arm, und langsam machten sie sich auf den Weg. Sie schaute ihn verstohlen von der Seite an, und selbst in seiner schlichten Cordhose und seiner abgewetzten Tweedjacke war er äußerst attraktiv. Er hatte eine Kappe auf sein dickes, blondes Haar gedrückt, und seine Wangen waren mit goldenen Stoppeln übersät. Er trug abgenutzte Stiefel, als wäre er spazieren gewesen, hatte aber ein Notizbuch eingesteckt. Hatte er sich wie Wordsworth von der Schönheit der Umgebung inspirieren lassen wollen? Daisy hätte gern danach gefragt, doch es kam ihr zu persönlich vor. Falls Kit Rivers über seine Gedichte sprechen wollte, würde er das früher oder später sicher tun.

Als sie durch das Dorf kamen, setzten die Männer ehrerbietig ihre Kappen ab und sahen ihnen verstohlen hinterher. Statt den Weg zur Vordertür des Pfarrhauses nahmen sie den rückwärtigen Pfad am Holzschuppen vorbei. Der Hof war menschenleer, und Daisy atmete erleichtert auf, denn offenbar war ihr Patenonkel unterwegs und würde vielleicht nichts von ihrem Missgeschick erfahren. Sie musste Kit schon wieder bitten, Stillschweigen zu bewahren. Allmählich kam es ihr so vor, als liefen ihre Treffen nach demselben Muster ab.

»Ich habe Sie tatsächlich wohlbehalten heimgebracht.« Lächelnd lehnte Kit das Fahrrad an die Scheunenwand.

»Ich danke Ihnen.«

»Gern geschehen – obwohl ich sagen muss, dass es anscheinend langsam zur Gewohnheit wird, dass ich Sie retten muss, Miss Hills.«

Sie tat, als wäre sie empört. »Darf ich Sie daran erinnern, dass die Rettung gestern in der Bucht im Grunde gar nicht nötig war? Ich hätte es locker geschafft, zurück an Land zu schwimmen.«

»In Ihrem Unterhemd«, rief Kit ihr grinsend in Erinnerung.

»Pst.« Beschämt sah Daisy sich nach allen Seiten um, zum Glück aber war niemand in der Nähe. »Sie haben versprochen, dass das ein Geheimnis bleibt.«

»Natürlich bleibt es das, aber nicht zwischen uns«, stellte er fest. »Wir beide wissen ganz genau, was gestern in der Bucht geschehen ist, und da ich glaube, dass wir seither an kaum etwas anderes denken, kann von einem Geheimnis zwischen uns ja wohl nicht die Rede sein.«

Auch er hatte an die Begegnung in der Bucht gedacht? Plötzlich bekam Daisy eine Gänsehaut.

»Nein«, stimmte sie leise zu. »Wahrscheinlich nicht.«

Dann standen sie einander gegenüber, und da sie nicht wussten, was sie sagen sollten, lächelten sie einfach scheu. Ob Kit sich wohl daran erinnerte, dass er, wenn auch nur flüchtig, ihre Hand gehalten hatte? Daisy hätte gern danach gefragt, doch nicht hier, wo jemand etwas von ihrer Unterhaltung hören könnte.

Als könnte er Gedanken lesen, sagte er leise: »Das Wetter soll ab morgen wieder schöner werden. Werden Sie dann wieder schwimmen gehen? Bei Ebbe? Unten in der Bucht?«

Daisy schluckte. Wollte Kit ein Treffen arrangieren? Wollte er sie wiedersehen?

»Ja. O ja, das werde ich.«

»Sehr schön. Dann sehen wir uns ja vielleicht aus Zufall morgen wieder.«

Daisy nickte, aber ehe sie noch etwas erwidern konnte, klapperten Merlins Hufe auf den Pflastersteinen, und Gem, das Pferd am Halfter, bog um die Ecke.

»Mr Kit.« Er nahm verblüfft die Mütze ab.

»Guten Tag, Gem«, erwiderte Kit freundlich den Gruß. »Vielleicht sind Sie so gut, Miss Daisys Rad zu säubern und zu ölen? Das wäre wirklich nett.«

Gem blickte überrascht auf Daisy und dann abermals auf Kit. »Ja, Sir, selbstverständlich.«

»Danke, Gem.«

Ein verheißungsvolles Lächeln auf den Lippen, wandte Kit sich wieder Daisy zu, und während ihr das Herz vor Glück überging, nahm er die Kappe ab und nickte ihr zum Abschied höflich zu.

»Bis zum nächsten Mal, Miss Hills. Ich wünsche Ihnen noch einen guten Tag.«

»Auf Wiedersehen, Mr Rivers«, antwortete sie und sah ihm hinterher.

Als er verschwunden war, entfuhr Gem ein leiser Pfiff. »Was wollte der denn hier?«

Gem war alles andere als dumm, und sicher waren ihm die Platzwunde an ihrer Stirn und ihr zerrissenes Kleid längst aufgefallen.

»Ich bin mit Nancys Rad gestürzt, und Mr Rivers war so freundlich, mich nach Hause zu begleiten.«

Seine dunklen Brauen verschwanden praktisch unter seinem dichten Haaransatz. »Sie wissen offensichtlich, wie man auf die Füße fällt, Miss Daisy. Sich von Mr Kit persönlich heimbringen zu lassen … aber hallo!«

»Was soll das denn bitte heißen?«

»Sie wurden von Kit Rivers heimgebracht!«

Noch immer wusste Daisy nicht, was er ihr damit sagen wollte, und sah ihn mit großen Augen an.

»Sie haben wirklich keine Ahnung, wer er ist, nicht wahr?«, erkundigte sich Gem belustigt, und Daisy schüttelte den Kopf.

»Ich weiß nicht, was Sie meinen.«

»Mr Kit ist Colonel Rivers' Sohn und Erbe«, klärte er sie auf und fügte, als sie immer noch nicht zu verstehen schien, hinzu: »Sie wohnen in Rosecraddick Manor. In dem großen Haus, das Sie bewundert haben, als wir auf dem Weg vom Bahnhof dran vorbeigefahren sind. Mr Kit ist der ehrenwerte Christopher Rivers, dem einmal fast alles hier gehören wird. Er wird einmal der Herr über Rosecraddick sein, Miss. Normalerweise sprechen seinesgleichen nicht mit niederem Volk wie uns, nicht wahr? Für sie gilt nur jemand etwas, der reich ist oder einen Titel hat, auch wenn ich sagen muss, dass Mr Kit bei Weitem nicht so übel ist wie die meisten anderen feinen Pinkel. Er ist ein durchaus anständiger Kerl.«

Noch immer starrte Daisy ihn mit großen Augen an. »Wirklich?«

»Wirklich.«

Der sanftmütige junge Mann mit den leuchtend grünen Augen und dem anziehenden Lächeln gehörte zur bedeutendsten Familie in der Gegend und würde eines Tages Lord von Rosecraddick sein.

Daisy konnte es kaum glauben. Doch im Grunde war es vollkommen egal. Was spielte es für eine Rolle, wer Kit war? Sie wusste längst, was sie für ihn empfand. Ihr Herz hatte ihr alles, was sie wissen musste, bereits während ihrer ersten Begegnung in der Bucht verraten.

5

DAISY
Juli 1914

»Der Tag ist wie geschaffen für ein Bad im Meer.«

Daisy hatte in der Sonne vor sich hin gedöst, doch jetzt hob sie den Kopf und sah, dass Kit über den Strand auf sie zuschlenderte. Er schwenkte fröhlich einen Picknickkorb und sah mit seiner schlichten Leinenhose, dem weißen Hemd und den im Sonnenlicht golden glänzenden Haaren strahlend schön aus. Er nahm an ihrer Seite Platz und zog zwei Flaschen Ingwerbier hervor. Sie war den halben Vormittag in dem verhassten, wollenen Kostüm im Meer geschwommen, hatte sich dann in der Sonne trocknen lassen, und da sie vergessen hatte, etwas zu trinken mitzunehmen, hatte sie inzwischen fürchterlichen Durst.

»Was machst du denn hier?«, erkundigte sie sich gespielt erstaunt, schob sich das Haar hinter die Ohren und nahm ihm die Flasche ab.

»Wir müssen wirklich endlich aufhören, uns permanent zufällig über den Weg zu laufen«, stimmte er ihr grinsend zu, öffnete seine Flasche und stieß mit ihr an. »Auf Salzwasserbäder, das reinste Labsal für den Körper und die Seele.«

»Labsal?«, hakte Daisy belustigt nach. »Probierst du den Begriff für eines deiner Gedichte aus? Darauf einen Reim zu finden, wird bestimmt nicht leicht.«

»Du unterschätzt offenbar meine dichterischen Fähigkeiten. Ich bin ein ausnehmend belesener Mann. Mit einem solchen Mangel an Respekt musste sich Shakespeare sicher nicht herumschlagen.«

»Dann setzt du dich also Shakespeare gleich? Ich fühle mich geehrt, dass du als zukünftiger Barde deine Zeit mit mir verbringst!«

Er stellte seine Flasche ab, beugte sich herüber und kitzelte sie, bis sie nach Luft rang und um Gnade bat.

»Ich wüsste niemanden, mit dem ich lieber meine Zeit verbringen würde«, stellte er mit ernster Stimme fest.

»So geht es mir auch«, erwiderte Daisy, und schweigend tranken sie von ihrem Ingwerbier, während die Wellen sich am Ufer brachen und die Möwen über ihren Köpfen schrien.

Daisy hatte niemals vorher einen Freund wie Kit gehabt oder etwas Ähnliches für jemanden empfunden. Seit ihrem ersten zufälligen Treffen hatten sie sich täglich entweder beim Schwimmen in der Bucht oder bei einem Spaziergang auf dem Klippenweg gesehen, und eine Welt ohne ihn war für Daisy nicht mehr vorstellbar. Auch an das Leben im Pfarrhaus hatte sie sich in der Zwischenzeit gewöhnt. Sie kümmerte sich um die Mahlzeiten und ging Mrs Polmartin zur Hand. Nancy und sie räumten nach dem Frühstück das Geschirr vom Tisch, danach putzte sie das Silber oder schnitt Blumen für die Kirche, bevor sie sich aus dem Haus stahl, um Kit zu treffen. Der Reverend war hocherfreut, weil all das Schwimmen und die frische Luft der Gesundheit seines Patenkindes tatsächlich förderlich zu sein schienen. Er ging sogar so weit, ihr gegenüber einzuräumen, dass Salzwasserbäder vielleicht doch nicht unbedingt das Werk des Satans seien – auch wenn Daisy wusste, dass ihre roten Wangen und ihre blitzenden Augen nicht nur der Bewegung und der frischen Luft in Cornwall zuzuschreiben waren. Sie hatte immer Appetit, sprühte regelrecht vor Energie und summte bei der Arbeit vor sich hin. Sich zu verlieben war eine noch bessere Medizin als alles, was ihr von ihrem Vater verschrieben worden war. Sie hatte etwas zugenommen, ihre Nase und ihre Wangen waren mit zimtfarbenen Sommersprossen gesprenkelt, und in ihren braunen Augen lag ein warmer Glanz. Die roten Locken, die ihr auf die Hüfte fielen, wippten auf und ab. Sie war rundum zufrieden, wenn sie in den altersblinden Spiegel blickte, der in ihrer Kammer hing, und bildete sich sogar ein, sie sähe einen leichten Brustansatz. Neulich hatte sie eine halbe Ewigkeit damit verbracht, sich bewundernd vor dem Spiegel hin und her zu drehen, bis sie von Nancy unterbrochen worden war, die ihr Zimmer hatte sauber machen wollen.

»Wer ist es, Miss?«, hatte das Mädchen sie gefragt, die Hände in die Hüften gestemmt, und sie neugierig aus ihren blauen Augen angesehen.

»Ich weiß nicht, was du meinst«, war Daisy ausgewichen, denn obwohl sie beide in der Zwischenzeit so etwas wie Freundinnen geworden waren, hätte sie ihr nie im Leben von Kit erzählt. Er war ihr wundervolles Geheimnis, und sie würde es so lange wie möglich hüten.

»Sie müssen mich für eine Närrin halten, Miss Daisy«, stellte Nancy schnaubend fest. »Dabei ist sonnenklar, dass Sie in irgendeinen Kerl verschossen sind.«

»Das bin ich nicht!«

»Natürlich sind Sie das! Ich hoffe nur, Sie haben sich nicht in meinen Gem verguckt«, warnte das Mädchen sie und reckte mahnend einen Zeigefinger, denn sie und Gem waren inzwischen offiziell ein Paar.

»Red doch keinen Unsinn. Ich habe einfach mein neues Kleid im

Spiegel bewundert«, erklärte Daisy, doch Nancys Augenrollen zeigte ihr, dass sie sich nicht für dumm verkaufen ließ. Und sicher würde Nancy jetzt versuchen, mehr herauszufinden. Sie würde mit den anderen Angestellten tratschen, und falls Gem erwähnte, dass sich Daisy einmal vom jungen Mr Kit hatte nach Hause bringen lassen, käme vielleicht alles heraus. Kit hatte ihr von seinen Eltern bisher kaum etwas erzählt, aber sie wusste, dass es zwischen ihm und seinem Vater Spannungen gab, und ihr war klar, dass sie als Tochter eines Arztes in den Augen des Colonel sicher nicht die richtige Partie für seinen Sohn und Erben war. Sie nahm sich vor, ihr Glück zukünftig nicht mehr so offen zu zeigen, doch es sich nicht anmerken zu lassen, fiel ihr alles andere als leicht.

»Passen Sie auf, Miss«, hatte Gem sie erst am Vormittag gewarnt, als sie nach dem Erbsenschälen fröhlich summend an der Spülküche vorbeigegangen war.

»Warum denn das?«

Gem hatte sie besorgt aus seinen blauen Augen angesehen.

»Sie wissen schon, warum. Sie wissen es genau.«

Beunruhigt hatte sie ihm hinterhergesehen, aber schließlich hatten ihre Sorgen sich im Versprechen eines weiteren goldenen Tages in Gesellschaft ihres Liebsten aufgelöst. Wovor in aller Welt sollte sich Daisy vorsehen? Gem hatte wohl einfach seine schlechte Laune an ihr ausgelassen, weil ihm Nancy permanent mit ihrem Wunsch nach einer Heirat in den Ohren lag. Ihre Beziehung hatte sich, vor allem für Gem, der andauernd versuchen musste, es der anspruchsvollen Nancy recht zu machen, schnell als harte Arbeit rausgestellt.

Kit und Daisy waren hingegen wie die zwei Hälften eines Ganzen, denn sie stritten nie. Sie picknickten, gingen spazieren, lasen sich Gedichte vor und waren immer wieder selbst überrascht davon, wie vertraut sie einander waren. Mitunter trug ihr Kit eins seiner Gedichte vor, und wenn er sie nach ihrer Meinung fragte, hielt er alles, was sie sagte, mit dem Bleistift, den er immer bei sich trug, in seinem Notizbuch fest. Und manchmal saß er einfach da und schrieb, während sie schwamm. Die Poesie war seine Leidenschaft, und seine Verse fingen Augenblicke seines Lebens ein und hielten sie für alle Zeiten fest, als wären sie in Bernstein eingelassene Insekten.

Genauso machte Daisy es in ihrem Tagebuch, auch wenn sie ihre Einträge für sich behielt. Sie wusste, dass Kit besser schrieb als sie. Er hatte eine ganz besondere Gabe, und wenn sie seine Arbeiten las, war sich Daisy sicher, dass er irgendwann nicht weniger berühmt sein würde als die großen Dichter, die er sich zum Vorbild nahm.

Sie wünschte nur, die Tage, die sie mit ihm in der Bucht verbrachte, würden nicht so schnell vergehen. Es graute ihr vor dem Gedanken, dass die Zeit, die sie zusammen hatten, bald vorüber sein würde. Daisy wusste, dass sie aus verschiedenen Welten kamen und Kit sein Leben mit den Bällen und Empfängen und einer Menge gertenschlanker Debütantinnen, die um ihn warben, wiederaufnehmen würde, während sie zurück nach London führe, um aufs Lehrerinnenseminar zu gehen. Und dann würde sie ihn niemals wiedersehen.

Bei dem Gedanken wurde Daisy eng ums Herz. Sie wünschte sich, dieser besondere Sommer möge niemals enden.

Obwohl sie nie über die Unterschiede zwischen sich sprachen – einfach weil sie keine Rolle spielten, wenn sie zusammen waren –, war ihr klar, dass Kit für sie so unerreichbar war wie der Mond und die Sterne. Als Tochter eines Arztes stammte sie aus einer völlig anderen gesellschaftlichen Schicht als Kit, vor allem, da ihr Vater, statt die Leiden angesehener Persönlichkeiten zu kurieren, in seiner Praxis überwiegend Menschen aus den Armenvierteln behandelte. Kits Eltern würden eine Beziehung ebenso missbilligen wie ihr Patenonkel, sollte er jemals etwas davon erfahren.

Trotz allem verstanden sie und Kit sich blind. Sie dachten oft das Gleiche und zogen sich begeistert gegenseitig auf. Er sprach mit ihr in einem völlig anderen Ton als mit dem Stallburschen des Reverend. Natürlich war sie sich der Klassenschranken zwischen ihnen bewusst, doch als sie dieses Thema einmal angesprochen hatte, hatte Kit nur ungeduldig abgewinkt.

»Wir sind alle Menschen, Daisy«, hatte er gesagt und derart sanft die Innenseite ihres Handgelenks mit seinem Zeigefinger nachgezogen, dass in ihrem Innern schmerzliches Verlangen aufgestiegen war. »Im Grunde ist es reiner Zufall, unter welchen Umständen jemand geboren wird.«

»Dann glaubst du also nicht, dass Gott jedem von uns einen bestimmten Platz auf Erden zugewiesen hat und will, dass er dort bleibt?«, hakte sie nach. Ihr Patenonkel jedenfalls war davon überzeugt. Er ließ die Menschen in der Kirche für den König und die Königin und die Familie Rivers beten und erklärte Daisy ein ums andere Mal, dass eine Frau sich anders zu benehmen habe als ein Mann.

Auf ihre Frage breitete Kit verärgert seine Arme aus und sagte: »Ich glaube nicht, dass Gott so ist. Nein, es war ganz einfach Glück, dass ich hier in Rosecraddick Manor und nicht irgendwo in einem Elendsviertel auf die Welt gekommen bin. Das war reiner Zufall, den ich mir bestimmt nicht auf die Fahne schreiben kann. Dass ich mit einem Titel vor dem Namen geboren wurde, macht mich nicht zu einem besseren Menschen.«

Daisy nickte. So etwas sagte auch ihr Vater, doch wie auch ihre Mutter vertrat er häufig Meinungen, die andere schockierten. Sie fragte sich, was der Reverend wohl sagen würde, wenn er wüsste, dass der Sohn des Grundherrn solche Vorstellungen teilte. Sicher träfe ihn der Schlag.

»Dass ich zum Landadel gehöre, während du die Tochter eines Arztes bist, steht unserer Freundschaft also sicher nicht im Weg, falls es das ist, was dir Sorgen macht«, fügte er nachdrücklich hinzu. »Für meine Eltern und ihre Generation ist das vielleicht noch wichtig, doch die Zeiten ändern sich, und meiner Meinung nach kommt irgendwann der Tag, an dem der Intellekt, die Fähigkeiten und vor allem der Charakter eines Menschen wichtiger als seine Herkunft sind.« Er schwieg einen Moment und blickte sorgenvoll aufs Meer hinaus. »Vor allem, wenn ein Krieg kommt, denn im Tod sind alle gleich.«

»Glaubst du, es wird Krieg geben?« Daisy hatte angestrengt versucht, während des Frühstücks die Rückseite der Zeitung ihres Patenonkels mitzulesen.

»Ich hoffe, nicht.« Kit runzelte die Stirn und biss sich mit besorgter Miene auf die Unterlippe. »Mein Vater hält es nicht für ausgeschlossen und scheint sich darüber sogar zu freuen. Er ist einfach ein alter Narr.«

»So solltest du nicht über deinen Vater reden«, hielt ihm Daisy vor, doch Kit lachte verbittert auf.

»Das sagst du nur, weil du ihm bisher nie begegnet bist. Er ist alles andere als ein umgänglicher Mensch, und man kann mit ihm einfach nicht vernünftig reden.«

Daisys und Kits Gespräche flossen so natürlich wie Ebbe und Flut dahin. Kit wusste alles über ihre Krankheit, ihre Trauer über den

Verlust der Mutter und dass sie eine begeisterte Verfechterin des Frauenwahlrechts war. Er konnte ihre Frustration wegen der Einschränkungen, die für Frauen galten, und ihren Wunsch zu schreiben sehr gut nachvollziehen und diskutierte ausführlich mit ihr über die Konflikte, die es zwischen ihm und seinem Vater gab. Er sehnte sich danach, zu dichten und in Oxford zu studieren, aber Colonel Rivers fand, er solle diese Pläne aufgeben und der Familientradition gemäß zum Militär gehen. Ohne dass Kit es erwähnte, spürte Daisy, dass es diesen Konflikt bereits seit Jahren gab, nur hatten ihn die zunehmenden Spannungen in Europa in letzter Zeit noch verschärft.

»Ich nehme an, es ist nicht leicht für ihn, dass er aufgrund seines Alters nicht mehr selber kämpfen kann«, sagte sie leise.

»Vielleicht frustriert ihn das«, räumte Kit widerstrebend ein. »Aber ich möchte nicht, dass dieses Thema uns den wundervollen Nachmittag verdirbt. Lass uns lieber schauen, wer von uns zuerst im Wasser ist!«

Sie waren losgerannt, hatten nach Luft gerungen, als das kalte Wasser ihnen um die Beine schlug, und sich dann ganz auf das Vergnügen konzentriert, durch die Wellen zu gleiten.

Heute aber saßen sie in ihrer Bucht, und erschaudernd dachte Daisy an den schlimmen Traum, der sich bei Tageslicht zwar verdrängen ließ, doch stets im Schatten darauf lauerte, ihr einige der grauenhaften Bilder in Erinnerung zu rufen, die sie nachts sah. Von toten Bäumen. Fürchterlicher Hitze. Einer Feuersbrunst. Würde es vielleicht wirklich Krieg geben?

»Du zitterst ja«, meinte Kit. »Du hast dich doch wohl nicht verkühlt? Hier, Daisy, nimm mein Handtuch.«

Er griff in seinen Flechtkorb, legte ihr behutsam ein gestreiftes

Handtuch um die Schultern und rieb ihr sachte über die Haut. Der neuerliche Schauer, der durch ihren Körper fuhr, rührte weder von der Kälte noch von irgendwelchen bösen Vorahnungen her, und Daisy war sich sicher, dass es Kit nicht anders ging, auch wenn er sich bei all ihren Treffen wie ein wahrer Gentleman benahm. Jetzt aber streckte sie die Hand aus, berührte mit den Fingerspitzen sein Gesicht und zog behutsam die Konturen seiner Wangen nach. Seine Bartstoppeln kratzten an ihren Fingerspitzen, und die bisher ungezwungene Atmosphäre zwischen ihnen verflüchtigte sich wie das Salzwasser auf ihrer Haut. Dann umfasste Kit mit den Händen ihr Gesicht und drückte ihr seine Lippen auf den Mund.

Ihr wurde schwindlig. Er umschmeichelte, liebkoste und erforschte sie mit seiner warmen Zungenspitze, und bevor sie sich versah, erwiderte sie seinen Kuss. Die Finger fest in ihrem Haar, küsste er sie, als wäre das für ihn alles, was zählte. Sie hatte das Gefühl, sich unter der Berührung seiner Lippen aufzulösen, und während sie versuchte, das Verlangen zu benennen, das sich in ihr ausbreitete, machte er sich keuchend wieder von ihr los, umarmte sie und presste ihren Kopf an seine Brust.

Noch immer völlig überwältigt von dem starken Gefühl, das er in ihr wachgerufen hatte, schmiegte sie sich an ihn und spürte durch den Stoff seines Hemdes das wilde Pochen seines Herzens.

»Wie schön du bist«, murmelte er, doch Daisy brachte keinen Ton heraus.

Sie hätte nie gedacht, dass sie derart empfinden könnte, dass es so mächtige, so überwältigende Gefühle zwischen Menschen gab. Sie wollte sich nie wieder von ihm trennen. Wollte immer in seiner Nähe bleiben, seinem Herzschlag lauschen und die Wärme seiner Haut an ihrer Wange spüren. Die Bilder aus dem Traum kamen ihr wieder in den Sinn, und mit vor Trauer schwerem Herzen schmiegte sie sich noch ein wenig enger an ihn an.

»O Kit, ich liebe dich.«

Sie hatte nicht vorgehabt, diese Worte zu sagen, aber das, was sie für ihn empfand, fühlte sich so richtig an.

»Und ich liebe dich, Daisy Alice Hills«, sagte er und gab ihr zwischen jedem dieser Worte einen Kuss. »Ich liebe dich schon seit dem ersten Augenblick, und wenn ich nicht mit dir zusammen bin, zähle ich die Minuten, bis wir uns endlich wiedersehen. Ich freue mich darauf, dir all die Dinge zu erzählen, die mich beschäftigen und mir wichtig sein. Dein Name ist das Erste, was mir morgens, und das Letzte, was mir abends durch den Kopf geht, denn du bist mein Ein und Alles, und das wirst du für alle Zeiten sein.«

Sie nickte gerührt. »Für mich wird es nie einen anderen geben. Nie.«

Da schob sich eine Wolke vor die Sonne, und ein scharfer Wind peitschte die ruhige See auf. Wieder bekam Daisy eine Gänsehaut, und egal, wie sanft Kit mit ihr sprach oder wie fest er sie in seinen Armen hielt, ihr wurde einfach nicht mehr warm. Sie hatte das Gefühl, als hätte sie ihm einen heiligen Eid geschworen und als wäre sie ihr Leben lang an diesen Schwur gebunden.

Es würde niemals einen anderen für sie geben, denn Kit Rivers würde bis zum Ende ihres Lebens ihre große, ihre einzige Liebe sein.

6

DAISY

Juli 1914

»Sie sehen heute sehr hübsch aus, Miss Hills. Sie sollten öfter Grün tragen. Das steht Ihnen sehr gut.«

Überrascht von dieser Vertraulichkeit sah Daisy auf. Sie hatte den gesamten Gottesdienst damit verbracht, sehnsüchtig auf Kits goldenen Schopf in der ersten Reihe zu schauen und sich auf ihr nächstes Wiedersehen in der Bucht zu freuen, weshalb ihr der vierschrötige junge Mann, der neben ihr aus der Kirche ging, bisher gar nicht aufgefallen war.

Doch sie erkannte ihn sofort. Es war Nancys Vetter Dickon, dessen Eltern auf einem Hof westlich des Dorfs lebten und von denen Mrs Polmartin Käse und Milch bezog. Da Dickon ihnen die Lebensmittel brachte, saß er oft bei ihnen in der Küche, ließ sich von der Haushälterin verkösten und kommandierte seine Cousine herum, die kaum jünger war als er. Er war ein durchaus attraktiver, dank der harten, körperlichen Arbeit muskulöser Kerl mit dichtem, weizenblondem Haar und einem entschlossenen Ausdruck auf den sonnengebräunten Zügen, doch sein Lächeln wirkte spöttisch, seine blauen Augen waren kalt, und Daisy ging ihm möglichst aus dem Weg. Er schien jedoch durchaus gern mit ihr zu plaudern, und Gem hatte Daisy mehrmals damit aufgezogen, dass sie offenbar genau sein Typ sei.

»Sie sollten sich vor Dickon hüten, Miss«, hatte er erst gestern Abend gesagt, während er in der Spülküche darauf wartete, dass Nancy mit dem Abwasch fertig war, um sie heimzubegleiten. »Die Mädchen in Rosecraddick halten ihn für einen guten Fang, und das ist ihm bewusst. Er ist ein Schürzenjäger, und ich nehme an, dass Sie die Nächste sein sollen, die er erobern will.«

Doch Daisys Herz war längst von jemand anderem erobert, sie dachte pausenlos an Kit und seine wunderbaren Küsse. Sie nahm kaum noch etwas anderes als ihn wahr. Während ihres Picknicks gestern hatten sie sich über dicke Scheiben knusprigen Brots, große Käsestücke und den kalten Erbsenbrei hergemacht, den ihr Mrs Polmartin mitgegeben hatte, und mit Limonade nachgespült. Schließlich hatte Daisy ihren Kopf in seinen Schoß gelegt, und er hatte im Gras gesessen, zärtlich ihr Gesicht gestreichelt und aus seinen Gedichten rezitiert. Diese gemeinsamen Stunden hatten sich ihr unauslöschlich ins Gedächtnis eingegraben. Er war ihre Welt, der attraktive Kit mit seinem einzigartigen Talent, die Worte miteinander zu verweben, der sie zum Lächeln brachte, wenn er einen Kuss auf ihre Lippen drückte, und ihr Herz mit jeder noch so flüchtigen Berührung sehnsüchtig erschaudern ließ. Er war die Liebe ihres Lebens, ihr Ein und Alles, und die Vorstellung, dass Dickon jemals seinen Platz einnehmen könnte, war absurd. Dieser ungehobelte Klotz konnte jemandem, der so feinsinnig, intelligent und sensibel war wie Kit, nicht das Wasser reichen.

Doch Nancy hatte Gem, während sie laut mit dem Geschirr klapperte, zugestimmt. »Sie sind auf jeden Fall sein Typ, und ich habe gehört, dass er mit Ihnen zum nächsten Dorftanz gehen will.«

Bei dem Gedanken hatte Daisy laut gelacht, doch weder Gem noch Nancy hatten eingestimmt. Stattdessen hatte Gem erst nachdenklich die Stirn gerunzelt und sich dann das dunkle Haar ungeduldig aus der Stirn gewischt, als könnte er dadurch auch seine Bedenken loswerden.

»Seien Sie vorsichtig, Miss Daisy«, hatte er sie abermals gewarnt. »Ich kenne Dickon schon mein ganzes Leben, und ich weiß, wozu er fähig ist, wenn etwas nicht nach seinem Kopf geht. Ich fände es entsetzlich, wenn Sie es sich – oder jemand anderes – mit ihm verscherzen würden, denn diesem Fiesling ist alles zuzutrauen.«

Daisy hätte beinahe das Teegeschirr ihres Patenonkels fallen lassen. Wusste Gem etwa von ihr und Kit? Sie waren immer vorsichtig gewesen, man konnte sie auf keinen Fall zusammen gesehen haben. Gem hatte nur mitbekommen, wie Kit sie nach ihrem Sturz nach Hause begleitet hatte. Natürlich hatte Daisy alles in ihrem Tagebuch notiert, aber das Buch war sorgfältig in ihrer Kammer unter einem losen Dielenbrett versteckt. Dort bewahrte sie auch alle anderen Schätze in einer hübschen Blechdose auf: einen Korken von einem der Picknicks in der Bucht, mehrere hübsche Muscheln, die sie am Strand gesammelt hatten, sowie zwei Gedichte, die Kit ihr gewidmet und die sie bereits so oft gelesen hatte, dass das Papier an den Falten schon etwas rissig war. Wenn sie nicht schlafen konnte und im Bett saß, während ein kalter Wind durchs Fenster wehte und die Flamme ihrer Kerze Schatten an den Wänden tanzen ließ, breitete sie den Inhalt ihrer Dose auf der Decke aus wie einen geheimen Schatz.

Gem konnte unmöglich etwas davon wissen, und Kit hatte bestimmt niemandem auch nur ein Wort erzählt. Sein Vater war so streng, dass er den Sohn sicher mit dem Gürtel oder einer Reitgerte verprügeln würde, wenn er wüsste, dass dieser seine Nachmittage mit der Tochter eines kleinen Arztes verbrachte. Über die Erwartungen seiner Eltern hatte Kit bisher kaum gesprochen, aber Daisy wusste, dass in ihren Zukunftsplänen für ihren Sohn sicherlich kein Platz für seine Romanze mit ihr war. Eine glänzende Karriere als Colonel, wie schon sein Vater, eine junge Ehefrau aus gutem und wohlhabendem Hause und irgendwann ein Erbe, um die Linie der Familie in Rosecraddick Manor fortzusetzen: So sah die Zukunft aus, die die Eltern für ihn vorgesehen hatten. Für Kit jedoch waren die Erwartungen der Eltern eine Last, unter der er schon seit Jahren litt. Statt Offizier wollte er Dichter werden, und er liebte Daisy. Wenn er in seltenen Momenten darüber sprach, huschte ein Schatten über sein Gesicht. Seine Gedichte schrieb er heimlich und zog sich dafür in das alte Turmzimmer zurück, das außer ihm nur selten jemand betrat. Von dort aus konnte er das Pfarrhaus sehen, und verlegen hatte er ihr einmal gestanden, dass er aus Liebe für Daisy ein kleines Gänseblümchen in das Fensterbrett geschnitzt hatte.

Wann immer sie es schaffte, ihrem Patenonkel oder Mrs Polmartin, bevor sie zu irgendwelchen Arbeiten verdonnert werden konnte, zu entkommen, schlich sie sich nach oben in ihr Zimmer und winkte mit einem Taschentuch aus ihrem Fenster, damit Kit, falls er sie sah, wusste, dass sie in Gedanken bei ihm war. Und wenn sie sich auf den Weg in die Bucht machte, band sie eins ihrer roten Haarbänder von außen an den Fensterriegel.

Obwohl er es nicht sagte, wusste Daisy, dass es Kit entsetzlich schmerzte, dass er sich nicht öffentlich zu ihr bekennen konnte. Deshalb erwähnte sie mit keinem Wort, wie sehr sie tatsächlich unter den Heimlichkeiten litt. Sie wusste, dass er sich nicht für sie schämte, doch ihr Herz zog sich zusammen, weil sie die Gefühle, die sie für ihn hegte, keinem Menschen zeigen durfte, auch wenn sie sie am liebsten in die Welt hinausgeschrien hätte.

Als sie einmal im Licht des kalten Mondes über ihrem Tagebuch gesessen hatte, war sie zu dem Schluss gekommen, dass auch sie an Romeos und Julias Stelle bereits nach einem Tag Bruder Lorenzo aufgefordert hätte, sie zu trauen. Ihr Patenonkel würde sie stattdessen in den nächsten Zug Richtung London setzen. Bei dem Gedanken hatte sie seufzend aus dem Fenster in die Nacht hinausgestarrt.

Doch außer über ihre aufgezwungene Heimlichkeit sprachen sie und Kit über so ziemlich alles andere. Je öfter sie sich unterhielten, desto klarer wurde ihnen, dass das Leben, das seine Eltern für ihn vorgesehen hatten, nichts mit dem zu tun hatte, was er wollte. Dabei war Daisy bewusst geworden, wie herrlich und frei ihre Eltern sie und ihren Bruder erzogen hatten. Sie hatten vielleicht nicht dieselben Privilegien genossen wie Kit, aber Daisys Eltern hatten immer nur gewollt, dass ihre Kinder glücklich waren.

Daisy hatte am Abend zuvor kurz überlegt, tiefer in Gem zu dringen, um herauszufinden, ob er etwas über ihre heimliche Romanze wusste, als Nancy plötzlich laut geschnaubt hatte: »Eins steht fest, Gem! Dickon ist gemein und rachsüchtig. Ich habe ihn einmal dabei erwischt, wie er nur zum Spaß einen Wurf junger Kätzchen im Fluss ertränkt hat. Ich habe gebettelt und gebettelt, er solle sie am Leben lassen, aber er meinte nur, sie seien eine Plage, und hat mich ausgelacht. Es kam mir vor, als mache es ihm Spaß, ihnen beim Leiden zuzusehen, und ich hatte lange danach noch Alpträume.«

Daisy lief ein Schauer über den Rücken, denn ihr Eindruck von Dickon und seinen kalten Augen war offenbar richtig. Sie musste Gems und Nancys Warnungen beherzigen und künftig noch vorsichtiger sein. Was nicht gerade einfach war, denn Kit zog sie magisch an und löste, wenn sie zusammen waren, unbändige Energie und grenzenlose Glücksgefühle in ihr aus. Sie war sich sicher, dass die wiederkehrende Kraft in ihrem kranken Bein und ihr gestärkter Körper weniger dem Schwimmen und der frischen Luft als vielmehr seiner Liebe zuzuschreiben waren.

Trotzdem durfte sie beim Kirchbesuch den Blick nicht allzu oft zu ihm schweifen lassen, wo er neben seinen Eltern in der ersten Reihe saß. Er hatte ihr gestanden, dass er in das Brett, auf das er sein Gesangbuch stellte, ein weiteres Gänseblümchen geschnitzt hatte, dessen Konturen er während des Gottesdienstes oft mit seinem Zeigefinger nachzog. Daisy hatte das Gefühl, vor lauter Glück zu platzen. Dass sie je in ihrem Leben so empfinden würde, hätte sie beim besten Willen nicht gedacht.

Trotzdem würde sie nicht mehr so oft am Herrenhaus vorbeifahren, wenn sie Ausflüge mit dem geborgten Fahrrad unternahm. Das war allzu auffällig. Und sie musste alle neuen Gedichte, die Kit für sie schrieb, sofort unter dem losen Dielenbrett verstecken, damit niemand sie fand. Der selbstkritische Kit sah seine Gedichte als bescheidene Kritzeleien an, die es nicht wert waren, aufbewahrt zu werden, aber Daisy würde nie eines davon wegwerfen. Selbst die Entwürfe, die er am Strand in seiner wunderschön geschwungenen Schrift in seinem Büchlein festhielt und in denen er viele Stellen durchstrich und veränderte, band sie mit einem ihrer roten Haarbänder zusammen und hob sie in der Plätzchendose auf. Das letzte Gedicht allerdings, ein herrliches Sonett über das Meer, steckte noch zwischen den Seiten ihres Keats. Kit hatte tagelang daran gefeilt, denn seiner Meinung nach hatte den Bildern die erforderliche Kraft gefehlt. Sie musste das Gedicht zu den anderen in die Dose legen, bevor …

»Er ist eben ein Tyrann«, hatte Gem mit dumpfer Stimme festgestellt und aufmunternd Nancys Arm gedrückt. »Guck nicht so traurig. Ich verspreche dir, nicht alle Männer sind wie Dickon, Nance.«

»Sein Zweig der Familie hält sich für was Besseres«, hatte sie verbittert festgestellt. »Nur weil sie einen eigenen Hof und Ländereien haben, bilden sie sich wer weiß was ein, und Dickon denkt sogar, er wäre gut genug, um die Tochter eines Arztes zu hofieren.«

Sie spülte weiter das Geschirr und hatte Daisy ihren Rücken zugewandt, doch ihr Ton ließ erkennen, wie wütend sie auf ihren Vetter war.

»Er hat sich wirklich vorgenommen, Sie zu erobern, Miss«, stimmte Gem ihr zu. »Das erzählt er überall herum und ist sich seiner Sache sicher, also seien Sie vorsichtig.«

In diesem Augenblick war Mrs Polmartin erschienen, hatte Nancy angewiesen, sich zu beeilen, und Gem dafür gescholten, dass er mit verschmutzten Stiefeln in die Spülküche gekommen war. Daisy hatte sie zurück in den Salon gescheucht, damit sie dort ihrem Patenonkel aus der Bibel vorlas.

Als sie jetzt vor der Kirche dem bulligen Dickon gegenüberstand, fielen ihr die Warnungen der anderen wieder ein, und sofort war sie auf der Hut. Hinter seinem durchaus hübschen Äußeren verbarg sich ein hässlicher Charakter, und Daisy schluckte nervös.

Sie bedankte sich höflich, dann sah sie eilig Richtung Friedhofstor, wo Kit seiner Mutter in die elegante Droschke der Familie half und sie nicht zu bemerken schien. Ihr Patenonkel war noch an der Kirchentür in ein Gespräch vertieft, und Gem und Nancy schlenderten bereits zurück ins Dorf. Selbst hier inmitten all der anderen Gottesdienstbesucher kam es ihr vor, als wären sie und Dickon vollkommen allein.

»Sie brauchen sich nicht zu bedanken, denn es ist die Wahrheit«, sagte er jetzt. »Sie sind ein wirklich hübsches Mädchen, und ich glaube, dass wir sehr viele Gemeinsamkeiten haben.«

Das glaubte Daisy nicht. Nach allem, was sie über Dickon wusste, interessierte er sich eher für Alkohol und Raufereien als für Literatur. Abermals sah sie in Richtung Friedhofstor, aber die Droschke fuhr bereits davon. Daisy saß in der Klemme.

Dickon packte sie am Ellenbogen, führte sie den Weg hinab und nickte im Vorbeigehen irgendwelchen Nachbarn zu. Sie ließ sich mitziehen, obwohl sie es abstoßend fand, dass er ihren Arm berührte. Sie beruhigte sich damit, dass sie den kurzen Weg, bevor sie sich ins Pfarrhaus flüchten konnte, sicher überstehen würde, und hoffte nur, er war nicht auf eine Unterhaltung aus.

Tatsächlich hatte er anscheinend nicht das mindeste Interesse an dem, was sie vielleicht hätte sagen wollen. Stattdessen hielt er ihr einen Monolog über die Zahl der Strohballen, die er heben könne, dass er letztes Jahr das Jagdrennen gewonnen habe, dass er gerne auf die Fuchsjagd gehe und wie groß der Hof des Vaters sei, den er einmal erben würde.

Daisy konnte ihm einfach nicht zuhören, sosehr sie sich bemühte, und ihre Gedanken schweiften wieder zu Kit ab. Sie wollten sich am Nachmittag in ihrer Bucht treffen. Es war die reinste Qual gewesen, Kit beim Gottesdienst zu sehen und sich damit begnügen zu müssen, dass er nur höflich nickte, als er an ihrer Kirchenbank vorüberging. Sie sehnte sich danach, ihn zu berühren, mit den Fingerspitzen sein Schlüsselbein nachzuziehen und ihre Hand unter sein Hemd zu schieben, um dort seine warme Haut zu spüren. Sie konnte es nicht erwarten, ihn in der Bucht wiederzusehen.

»Sie sehen, meine Zukunftsaussichten sind alles andere als

schlecht«, schloss Dickon stolz. »Ich weiß, dass viele Mädchen aus Rosecraddick alles dafür geben würden, mit mir auszugehen, aber ich werde Sie mitnehmen, denn Sie sind die perfekte Frau für mich. Ich hole Sie also am Sonnabend um sechs zum Dorftanz ab.«

Daisy traute ihren Ohren nicht.

»Wie bitte? Sie holen mich wohin ab?«

»Zum Tanz im Gemeinschaftshaus.« Er lächelte, in seinen Augen aber blitzte Ungeduld auf, und wieder dachte Daisy an die armen Kätzchen, die er in den Fluss geworfen hatte. »Dort wird jeden Monat ein Tanz veranstaltet. Und diesmal werden Sie mich begleiten.«

Auf keinen Fall!

»Ich danke Ihnen für die nette Einladung, aber ich fürchte, dass das nicht möglich ist«, gab Daisy höflich zurück.

»Was? Reden Sie doch keinen Unsinn. Es ist eine große Sache, und das ganze Dorf kommt.«

»Ich nicht.«

»Aber natürlich! Das ist immer ein großer Spaß. Sie werden sehen.« Sein Griff um ihren Ellenbogen verstärkte sich, aber entschlossen machte sie sich von ihm los.

»Ich werde nicht mit Ihnen tanzen gehen.«

Er runzelte die Stirn. »Hat Sie schon jemand anderes eingeladen? Kein Problem, ich werde mit ihm reden.«

»Mich hat niemand anderes eingeladen. Danke für das nette Angebot, aber ich werde Sonnabend nicht tanzen gehen. Weder mit Ihnen noch mit sonst jemandem.«

Wenn sie je tanzen ginge, dann mit Kit, fügte sie stumm hinzu. Es wäre sicher wunderbar, in seinem Arm zu liegen und sich Wange an Wange unter einem verschlafenen Vollmond mit ihm im Kreis zu drehen. Es wäre einfach herrlich, könnten sie und Kit ihre Liebe zeigen.

Dickon fuhr zusammen, als hätte sie ihm einen Schlag versetzt. »Aber ich bitte Sie, mit mir dorthin zu gehen. Als meine Tanzpartnerin. Es gibt jede Menge Mädchen, die begeistert wären, wenn sie von mir eingeladen würden.«

»Dann gehen Sie doch mit einem dieser Mädchen hin«, schlug Daisy vor. »Ihre Einladung ist sehr schmeichelhaft, aber ich möchte wie gesagt nicht mit Ihnen tanzen gehen.«

Dickon fiel die Kinnlade herunter, und er starrte sie entgeistert an.

»Aber ich habe bereits überall herumerzählt, dass Sie mich zu dem Tanz begleiten werden.«

»Das war vielleicht etwas voreilig«, gab sie erbost zurück.

Anscheinend hatte ihm bisher noch nie ein Mädchen einen Korb gegeben, denn bei ihren Worten stieg ihm eine zornige Röte ins Gesicht.

»Sie haben einen anderen, nicht wahr?«, hakte er nach und sah sie aus zusammengekniffenen Augen an. »Sie können sich die Mühe sparen, es abzustreiten, denn man braucht Sie ja nur anzuschauen. Also, wer ist es?«

»Niemand«, sagte sie, doch Dickon schüttelte den Kopf und sah so aus, als wollte er sie schütteln, bis der Name seines Konkurrenten über ihre Lippen kam.

»Sie lügen«, stellte er mit dumpfer Stimme fest. »Natürlich gibt es jemand anderen. Also nennen Sie mir seinen Namen, damit ich das mit ihm klären kann. Ich lasse mich von niemandem zum Narren halten.«

»Warum sollte irgendjemand Sie zum Narren halten wollen? Wie es aussieht, kriegen Sie das schließlich auch sehr gut alleine hin«, brach es aus Daisy heraus.

Ihre Mutter hatte stets gesagt, sie sei ein rothaariger Hitzkopf und würde sich irgendwann einmal in fürchterliche Schwierigkeiten bringen, und wie es aussah, hatte sie mit dieser Befürchtung recht gehabt.

Mit blitzenden Augen machte Dickon einen Schritt zurück.

»Das war deutlich, Miss Hills«, zischte er wütend. »Keine Angst, ich werde Sie nicht noch einmal einladen. Bei mir bekommt man keine zweite Chance. Niemals.«

Damit machte er auf dem Absatz kehrt und stapfte vor Zorn bebend davon. Mit seinen geballten Fäusten sah er aus, als müsste er sich zwingen, nicht auf sie loszugehen. Er war gefährlich und durchtrieben, und sie hätte ihn nicht reizen sollen, dachte Daisy, und ihr wurde bang ums Herz.

Wie hatte Gem gesagt? *Diesem Fiesling ist alles zuzutrauen.*

Dickon warf das Friedhofstor mit einem lauten Knall hinter sich zu, und Daisy ahnte, dass sie sich einen gefährlichen Feind gemacht hatte. Von nun an mussten sie und Kit noch vorsichtiger sein als bisher.

7

DAISY
Juli 1914

Die flirrende Julihitze untermalte hervorragend ihre Liebe. Die Tage waren sonnenhell und die Nächte warm genug, dass sie ihr Fenster offen lassen konnte, damit die salzige Brise, die die Vorhänge zum Flattern brachte, den Raum abkühlen konnte. Sie war glücklicher als je zuvor in ihrem Leben, und sie würde wohl nie vergessen, dass der Sommer 1914 rundherum perfekt gewesen war. Inzwischen nutzten sie und Kit jede Gelegenheit, um sich zu sehen, und kaum hatten sie sich nach einem Treffen getrennt, quälte sie schon wieder die Sehnsucht nacheinander. Manchmal trafen sie sich in der Bucht, manchmal oben auf der Klippe und gelegentlich sogar im Wald hinter dem Dorf.

Je öfter sie sich sahen, umso intensiver wurden ihre Gefühle füreinander, und Daisy wusste, dass sie in Kit Rivers ihrem Seelenfreund begegnet war. Aber egal, wie wunderbar die Zeit mit ihm auch war, immer öfter hatte sie das unbehagliche Gefühl, dass eine Gefahr drohte. Wenn sie an seiner Seite auf der Klippe saß und auf die Meeresbrandung oder die ins Wasser eintauchenden Vögel blickte, war es einfach zu vergessen, dass die ihnen vergönnte Zeit nicht endlos war. Sich in Zukunftsträumen zu ergehen – von denen sie in ihrem tiefsten Innern wusste, dass sie alles andere als realistisch waren – reichte nicht aus.

»Was ist?«, erkundigte sich Kit, als er ihre wehmütige Miene sah.

Sie zuckte mit den Achseln, denn sie konnte es ihm nicht erklären. Sie hatte das Gefühl, als laufe ihnen die Zeit davon. Lag es an den bedrohlichen Überschriften in der Zeitung, deren Rückseite sie morgens las, während sie Orangenmarmelade auf ihrem Toast verteilte, oder an dem Unbehagen, weil sie Dickon Trehunnist zurückgewiesen hatte? Sie hatte Bauchschmerzen. Wie die aufgeladene Hitze vor einem Gewitter, so fühlten sich die sonnenhellen Tage wie eine Vorahnung einschneidender Veränderungen in ihrem Leben an. Die Blase vollkommenen Glücks, die dieser Sommer für sie bedeutete, würde früher oder später platzen, und sie hatte keine Ahnung, wo sie bleiben würde, nähme Kit das ihm vorherbestimmte Leben auf. Es würde ihr das Herz brechen.

Kit hatte eine Gänseblümchenkette für sie flechten wollen, jetzt aber legte er die Blüten fort, zog sie an seine Brust und drückte seine Lippen auf ihr sonnenwarmes Haar.

»Du machst dir wegen irgendetwas Sorgen, Daisy. Sag mir, was es ist.«

Sie wusste nicht, wo sie beginnen sollte.

»Das hier?«, fragte sie und breitete die Arme aus.

»Aber gefällt dir das denn nicht?«, erwiderte er, und als ihm eine Haarsträhne ins Gesicht fiel, strich sie sie behutsam fort. Er nahm ihre Hand, drückte einen Kuss auf ihre Handfläche und schloss ihre Finger darum. »Ist das nicht schön?«

»O Kit, es ist so schön, dass es mir Angst macht«, gab sie zu. »Denn etwas derart Schönes kann kaum von Dauer sein.«

Er lachte unbekümmert auf. »Doch, so soll es aber sein. Es steht in den Sternen! Es war Schicksal, dass wir beide uns begegnet sind.«

Bei der Erinnerung an *Romeo und Julia* kam neue Furcht in Daisy auf, denn wenn ihre erste Begegnung in der Bucht Schicksal war, dann war auch die Vorstellung, dass sie selbst ihr Leben kontrollieren konnten, nur eine Illusion. Kits Worte hatten ihre Angst nur noch verstärkt. Was, wenn sie sich das Unbehagen und die Angst, die sie schon aus ihrem Traum kannte, nicht nur einbildete, sondern wenn sie etwas Dunkles ankündigten?

»Ich weiß, dass es nicht einfach ist.« Er lehnte seinen Kopf an ihre Stirn und fuhr fort: »Aber ich finde einen Weg, um die Probleme aus dem Weg zu räumen, das verspreche ich. Ich werde meinen Vater dazu bringen, mich zu verstehen.«

»Und wie willst du das anstellen?«, fragte Daisy, denn sie wagte zu bezweifeln, dass der strenge Colonel je damit einverstanden wäre, dass jemand wie sie seinen Sohn zum Ehemann bekäme.

»Ich werde mit ihm reden und ihm erklären, was ich für dich empfinde«, wiederholte er. »Vertrau mir.«

»Und wenn dir das nicht gelingt?«

Er machte ein entschlossenes Gesicht und stieß zähneknirschend hervor: »Dann sollen meine Eltern machen, was sie wollen. Selbst wenn sie mich enterben, werde ich zu dir stehen. Dann suche ich mir einfach eine Arbeit und verdiene selbst das Geld, das wir zum Leben brauchen. Ich verspreche dir, es wird alles gut, egal wie.«

Er drückte ihre Hände, und sie wusste, dass es ihm ernst war, aber bisher hatte Kit niemals eigenes Geld verdienen müssen, und bei allem Mut und aller Klugheit kannte er sich mit dem Leben außerhalb seiner Welt des Landadels nicht sonderlich gut aus.

»Ich weiß, du hältst mich für privilegiert und völlig ahnungslos«, fuhr er mit ruhiger Stimme fort. »Du brauchst es gar nicht abzustreiten, Daisy, denn ich kann in deinen Augen lesen wie in einem Buch. Aber ich werde es schaffen. Ich kann schreiben, also könnte ich vielleicht als Lehrer mein Geld verdienen. Als Hilfsprediger oder notfalls, auch wenn das eine Ironie des Schicksals wäre, beim Militär. Was ich auch tun muss, ich werde für dich sorgen. Das verspreche ich.«

»Ich weiß, dass du das wirst«, setzte sie an, doch bevor sie weitersprechen konnte, zog Kit sie an seine Brust und küsste sie.

»Genug davon. Das Einzige, was wirklich zählt, ist unsere Liebe«, fuhr er voller Nachdruck fort. »Das Schicksal hat uns füreinander vorgesehen, und nichts kann uns jemals wieder trennen. Ich liebe dich so sehr, dass ich mir nicht mehr vorstellen kann, je wieder ohne dich zu sein.«

Sie nickte. Er musterte sie mit einem Blick, bei dem ihr so schwindlig wurde, als stünde sie zu dicht am Rand einer Klippe.

»Ich liebe dich«, sagte er sanft. »Ich möchte, dass du meine Frau wirst, Daisy Hills. Es tut mir leid, wenn dieser Antrag alles andere als romantisch ist. Ich hätte erst mit deinem Vater sprechen, vor dir auf die Knie fallen und einen Ring besorgen sollen, aber wir sollten keine Zeit verlieren.« Er sah für einen Augenblick aufs Meer hinaus und wandte sich dann wieder Daisy zu. »Zeiten wie diese lassen mich immer häufiger darüber nachdenken, was mir wirklich wichtig ist.«

»Dann gibt es also Krieg, nicht wahr?«, stieß Daisy flüsternd aus. Er nickte. »Ja. Ich denke, es gibt Krieg.«

Daisy dachte an verbrannte Erde und schwarze, skelettartige Bäume, und ihr wurde schlecht. Würde ihr Traum vielleicht Realität werden?

»Wirst du kämpfen?«, fragte sie, obwohl sie die Antwort bereits kannte. Die Rivers waren eine alte Militärfamilie, und natürlich würde man von Kit erwarten, dieses Erbe fortzuführen.

Er seufzte müde. »Ja, natürlich. Und dann will ich wissen, dass ich für etwas kämpfe, was mir wirklich wichtig ist. All das«, er nickte Richtung Klippen und Meer, »und du, Daisy. Vor allem du. Ich liebe dich. Du weißt, dass es so ist.«

Sie nickte, auch wenn sie gedanklich weiter in den düsteren Bildern ihres Traums gefangen war. »Ich liebe dich auch.«

»Dann sagst du also Ja? Du wirst mich heiraten?«

Mit wild klopfendem Herzen schlang sie ihm die Arme um den Hals und bedeckte sein Gesicht mit Küssen. »Ja! Ja! Ja! Natürlich werde ich dich heiraten!«

»Dann brauchen wir jetzt einen Ring.«

Kit griff nach der Gänseblümchenkette, wand sie um den Ringfinger ihrer linken Hand und begutachtete sein Werk.

»Es ist nicht unbedingt ein Diamant, aber fürs Erste muss es reichen.«

»Der Ring ist wunderschön«, stieß Daisy schluchzend aus. »Ich brauche keinen Diamanten, und ich werde diesen ganz besonderen Ring für immer aufbewahren.«

»Vielleicht nehme ich dich beim Wort und spare dadurch ein Vermögen«, stellte er fest, ein breites Grinsen auf den Lippen. »Wobei ich fürchte, dieses Schmuckstück wird höchstens bis zum Abendessen halten.«

»Warte ab! Ich werde die Gänseblümchen pressen und zusammen mit meinen anderen Schätzen aufbewahren. Ich werde sie noch bei mir haben, wenn ich eine alte Dame bin. Du wirst schon sehen!«

Kit warf abwehrend die Hände in die Luft. »Schon gut, schon gut! Ich glaube dir. Vor allem würde es mir nicht im Traum einfallen, meiner reizenden Verlobten je zu widersprechen.«

Bei diesem Satz schlug Daisys Herz vor Freude einen Purzelbaum. Kit hatte sich mit ihr verlobt! Sie wusste nicht, wohin mit all ihrem Glück. In diesem Augenblick waren seine Eltern, ihr Patenonkel und selbst Dickon Trehunnist völlig vergessen, denn Kit drückte ihr sanft die Lippen auf den Mund, und etwas anderes nahm sie nicht mehr wahr. Kit war ihre Welt und alles, wonach sie sich je gesehnt hatte.

Der Nachmittag ging in den frühen Abend über, und nach unzähligen Küssen musste Daisy schließlich doch von Kit Abschied nehmen, um zum Abendessen heimzukehren. Auf ihrem Weg zurück zum Pfarrhaus ließ sie in Gedanken den Nachmittag noch einmal Revue passieren. Die Gänseblümchenkette hatte sie in ihren Keats gelegt, und abgesehen von ihrem Lächeln, den vom Küssen leicht geröteten Lippen und den verheißungsvollen Zukunftsträumen verriet nichts an ihr, dass sie jetzt die Verlobte von Kit Rivers war. Bevor sie aber Pläne schmieden konnten, musste Kit die Nachricht seinen Eltern überbringen, und bis dahin war die Verlobung ihr wunderbares Geheimnis.

Es ging den ganzen Weg bergauf, doch das nahm sie vor lauter Glück kaum wahr. Sie hinkte inzwischen kaum noch, und ihre Muskeln waren durch die beinah tägliche Kletterei hinunter in die Bucht und das Schwimmen im Salzwasser gestärkt. Beim morgendlichen Blick in ihren Spiegel erkannte sie das rotwangige Mädchen mit den Sommersprossen auf der Nase und dem Blitzen in den braunen Augen kaum. Sie hatte keine Ähnlichkeit mehr mit dem dünnen, hohlwangigen Schatten, der vor weniger als einem Vierteljahr in Cornwall angekommen war. Inzwischen war sie ein vollkommen neuer Mensch.

In Gedanken immer noch bei Kit und ihrer heimlichen Verlobung schwebte sie den Weg hinauf und wurde erst durch Mrs Polmartin in die raue Wirklichkeit zurückgeholt. Die Haushälterin stand grimmig auf der Treppe und blickte ihr entgegen.

»Das wurde auch allmählich Zeit, Miss! Der Reverend erwartet Sie in seinem Arbeitszimmer«, sagte sie und nahm ihr Korb und Strohhut ab. »Er sitzt dort schon seit über einer Stunde, und Sie wissen selbst, wie sehr er es hasst, wenn man ihn warten lässt.«

Das wusste Daisy in der Tat, und ihr Glücksgefühl verpuffte. Was wollte er von ihr? Normalerweise ging der Patenonkel ihr tagsüber möglichst aus dem Weg.

»Hat er gesagt, worum es geht?«, erkundigte sie sich und hoffte nur, ihr Haar war nicht allzu sehr zerzaust. Kit hatte zwar versucht, es wieder aufzustecken, doch in solchen Dingen war er ein hoffnungsloser Fall. Und hoffentlich hatte sie keine Grasflecken auf ihrem hellen Rock.

Mrs Polmartin stapfte bereits den Flur hinunter. Ihre zusammengepressten Lippen und die starre Haltung waren kein gutes Zeichen, und beklommen folgte Daisy ihr. Was war passiert? Sie nahm allen Mut zusammen und klopfte.

»Herein!«, bellte ihr Patenonkel, und sie öffnete die Tür des dunklen Raums. Regale voller Bücher standen an den Wänden, und sogar an diesem warmen Sommertag brannte ein Feuer im Kamin.

»Sie wollten mich sehen?«, setzte sie an und war von ihrer ruhigen Stimme selbst überrascht.

Der Reverend thronte hinter seinem Schreibtisch und kniff sich so lange in die Nasenwurzel, bis seine Haut an der Stelle gespenstisch weiß aussah und sein Atem wieder etwas ruhiger ging. Er rang sichtlich um Beherrschung, und Daisy ahnte auch, warum.

Er wusste von ihr und Kit. Anscheinend hatte irgendjemand sie gesehen.

Sie wartete, dass er ihr einen Platz anbot, aber stattdessen starrte er sie bloß böse an.

»Man hat mir etwas zugetragen, von dem ich nur hoffen kann, dass es nicht stimmt«, setzte er schließlich an, brach dann wieder ab. Eins der Scheite im Kamin verrutschte, und die glühenden Holzpartikel stoben auf. Vor Hitze und Anspannung traten Daisy dicke Schweißperlen auf die Stirn.

»Pflegst du Umgang mit Christopher Rivers?«

Diese Frage brachte sie aus dem Gleichgewicht. Es war seltsam, Kits vollen Namen aus seinem Mund zu hören. Sie dachte hektisch über eine Antwort nach und fragte schließlich zurück: »Ob ich Umgang mit ihm pflege? Was in aller Welt soll das bedeuten?«

»Das weißt du sehr wohl«, herrschte sie der Reverend an. Seine Augen quollen ihm fast aus dem Kopf, und die Ader, die vor lauter Zorn an seiner Schläfe pochte, wirkte wie ein fetter blauer Wurm. »Hast du dich unerlaubt mit ihm getroffen und auf diese Weise mein Vertrauen in dich missbraucht?«

Sie starrte ihn entgeistert an. Sein Ton und die Formulierung klangen, als müsste sie sich für die wunderbaren Treffen schämen, weil sie anstößig gewesen waren.

»Dein Schweigen werte ich als Eingeständnis deiner Schuld«, stellte ihr Patenonkel mit gepresster Stimme fest. Inzwischen war er, abgesehen von zwei hektisch roten Flecken auf den Wangen, leichenblass. »Du brauchst es gar nicht abzustreiten, denn man hat euch zwei zusammen gesehen und mich zu Recht darüber informiert. Der junge Mann, der mir von eurem ungebührlichen Benehmen berichtete, war ausnehmend besorgt um deinen Ruf.«

Dickon, dachte Daisy verbittert. Gem hatte recht gehabt. Es war gefährlich, sich mit einem solchen unberechenbaren Menschen anzulegen. Aber wie viel wusste er? Was hatte er gesehen? Was hatte er dem Reverend genau erzählt? Und wussten Kits Eltern vielleicht ebenfalls Bescheid?

Ihr wurde übel. Die Uhr auf dem Kaminsims tickte langsamer und lauter als je zuvor.

»Hast du dazu nichts zu sagen?«

Sie riss sich zusammen. Es gab nichts, wofür sie und Kit sich schämen mussten, denn sie hatten nichts verbrochen, und inzwischen waren sie sogar rechtmäßig verlobt. Sie würden heiraten.

Dieses Wissen verlieh ihr den notwendigen Mut, um stolz das Kinn zu heben und ihrem Patenonkel zu antworten: »Doch. Ich bin mit ihm befreundet. Wir gehen spazieren, wir diskutieren über Poesie und die Gedichte, die er schreibt, und seine Absichten sind nichts als ehrenwert.«

Die wurmähnliche Ader zuckte. »Hast du gar kein Schamgefühl?«

»Ich wüsste nicht, wofür ich mich schämen sollte. Wir haben nichts Anstößiges oder Unrechtes getan.« Sie ballte ihre Fäuste in den Falten ihres Rocks und fuhr mit mühsamer Beherrschung fort. »Kit ist ein wahrer Gentleman. Tatsächlich hat er mich gebeten, seine Frau zu werden, und ich habe Ja gesagt. Wir sind verlobt und werden heiraten.«

Der Reverend rang nach Luft, während ihm gleichzeitig die Kinnlade herunterfiel.

»Verzeihung?«

Daisy hatte nichts von der Verlobung erzählen wollen, denn sie wollte das süße Geheimnis zunächst ihrem Tagebuch anvertrauen und davon träumen, bevor alle Welt es erfuhr. Es war nichts Unanständiges daran, dass sie jetzt Kits Verlobte war, weshalb die harschen Worte ihres Patenonkels kaum auszuhalten waren.

»Wir sind verlobt und werden heiraten«, verkündete sie ein zweites Mal. Die Worte klangen fremd und wunderbar, und wieder sah sie vor sich, wie Kit ihr mit einem Lächeln auf den Lippen die bescheidene Gänseblümchenkette um den Finger wand. »Wir werden heiraten, sobald er mit Papa gesprochen hat.«

»Du dummes Mädchen bist ganz sicher nicht verlobt! Was hast du getan? Was hast du diesem Mann im Gegenzug für seine leeren Versprechungen angeboten? Du hast dich doch wohl nicht kompromittiert?«

»Natürlich nicht!«, stieß Daisy schluchzend aus. »Wir werden heiraten, und Kit würde niemals –«

»Der junge Mann hat sicher nicht die Absicht, dich zu heiraten, egal was er dir auch versprochen haben mag!«, brüllte der Reverend. »Er hat dir etwas vorgemacht, denn einer solchen Heirat würden seine Eltern niemals zustimmen. Eine Heirat zwischen euch ist ausgeschlossen.«

Inzwischen war ihr Patenonkel bleicher als die Seiten seiner Predigt, die auf seinem Schreibtisch lag.

Daisy stieg eine heiße Zornesröte ins Gesicht.

»Ich habe nichts Falsches getan!«, fuhr sie ihn an. »Wir lieben uns und wollen heiraten.«

»Liebe«, stieß der Reverend verächtlich aus. »Liebe! Liebe ist für einen jungen Mann von seinem Stand bestimmt kein Heiratsgrund. Für einen Christopher Rivers zählen zuerst die Pflicht, seine Familie und seine Position in der Gesellschaft – und nichts davon hat irgendetwas damit zu tun, wozu du dich offenbar von ihm hast verführen lassen. Der Colonel und seine Mutter werden eine so unpassende Verbindung niemals gutheißen.«

Das war auch Daisy klar. Als sie den Pfad von der Bucht langsamer als sonst hinaufgestiegen waren, wegen ihrer fest ineinander verschlungenen Hände und weil sie sich immer wieder küssen mussten, hatte Kit leise gesagt: »Ich erwarte nicht, dass du mit mir durchbrennst oder sonst etwas Unangemessenes tust.« Er hatte ihr sanft die Locken aus der Stirn gestrichen und sie abermals geküsst. »Ich werde tun, was möglich ist, damit ich dir eine Zukunft bieten kann. Werde mir eine Arbeit suchen, etwas Geld sparen und dich heiraten, ob meine Eltern uns nun ihren Segen geben oder nicht. Aber das kann ein paar Jahre dauern. Glaubst du, du kannst so lange warten?«

Auf den Zehenspitzen stehend hatte Daisy seinen Kuss erwidert.

»Ich würde ewig auf dich warten«, hatte sie versprochen, und es war die Wahrheit. Es würde niemals einen anderen für sie geben.

Die vor Zorn bebende Stimme ihres Patenonkels riss sie aus ihren Gedanken. »Vergiss am besten diese lächerliche Schwärmerei und fahr zurück nach London, damit dich dein Vater zur Vernunft bringen kann. Höchste Zeit, dass du dir eine Arbeit suchst. Aus meiner Sicht hat dich dein Vater viel zu sehr verwöhnt. Es kommt nichts Gutes dabei raus, den Frauen irgendwelche Flausen in den Kopf zu setzen und sie darin zu bestärken, etwas anzustreben, was sich für sie einfach nicht gehört. Genauso hat er es mit Marie gemacht. Kein Wunder, dass sie derart seltsame Ansichten vertrat.«

Die Erwähnung ihrer Mutter verlieh Daisy neuen Mut. Ihre leidenschaftliche und kluge Mama hätte ganz bestimmt nicht schweigend dagestanden und ein solches Donnerwetter über sich ergehen lassen, ohne sich zu wehren.

»Kit und ich sind uns der Schwierigkeiten wohl bewusst, und wir sind bereit zu warten«, verkündete sie mit ruhiger Stimme. »Die Gefühle, die ich für ihn hege, werden sich nicht ändern, ganz egal, ob ich in Cornwall oder London bin.«

Ihr Patenonkel sah sie forschend an und meinte schließlich: »Wahrscheinlich nicht. Aber deine Gefühle werden sich ändern, wenn dir klar wird, dass der junge Mann dich hinters Licht geführt und keine ehrenwerten Absichten dir gegenüber hat. Ich glaube, dann wirst du die Sache anders sehen.«

Sie runzelte die Stirn. Die Ruhe und Gewissheit in seiner Stimme waren beunruhigender als sein Zorn.

»Was wollen Sie damit sagen?«

Reverend Cutwell nahm die Brille ab und schaute sie aus müden Augen an.

»Dass Christopher Rivers deine Unbedarftheit ausgenutzt hat, du dummes Kind! Er meint es nicht ernst mit dir. Immerhin hat er längst eine Verlobte.«

8

DAISY
JULI 1914

Daisy glaubte Reverend Cutwell nicht. Er wollte sie nur verunsichern, dachte sie, als sie aus seinem Arbeitszimmer floh. Kit würde sie nie hintergehen. Er war ein grundehrlicher, ehrenwerter junger Mann. Wenn er schon eine Verlobte hätte, wäre er niemals auf die Idee gekommen, sie zu bitten, ihn zu heiraten. Was ihr Patenonkel sagte, war einfach lächerlich! Sie würde Kit treffen, ihm davon erzählen, und dann würde er sie in den Arm nehmen und ihr erklären, dass er sie liebe und dass die Worte ihres Patenonkels eine bösartige Lüge seien.

Der Gedanke munterte sie auf. Am besten führe sie sofort zum Herrenhaus, fände eine Möglichkeit, mit Kit zu sprechen, und dann würde alles gut.

In der Küche wurden ihre Hoffnungen jedoch gedämpft. Bevor sie auch nur Luft holen konnte, um zu fragen, ob sie Nancys Fahrrad ausleihen dürfe, sagte diese: »O Miss Daisy! Es tut mir so leid. Ich habe nicht gelauscht, versprochen, aber unsere Sally ist Dienstmädchen im Herrenhaus, und sie hat Ma von Mr Kit und Ihnen erzählt. Das hätte ich niemals gedacht, denn schließlich wissen alle hier, dass Emily Pendennys ihm bereits seit Jahren versprochen ist. Was für ein Schlamassel!«

Daisy hatte das Gefühl, als flösse alles Blut aus ihrem Kopf. Auf dem Herd köchelte das Abendessen, und als sich plötzlich alles um sie drehte, klammerte sie sich Hilfe suchend an den Tisch.

»Das hätte ich niemals von ihm gedacht. Dem jungen Dickon wäre so was durchaus zuzutrauen, aber doch nicht dem netten Mr Kit«, meinte auch Mrs Polmartin und schüttelte unglücklich den Kopf.

»Was hätten Sie niemals von ihm gedacht?«

Daisy hörte jetzt ein lautes Rauschen in den Ohren. Sie konnte es nicht glauben, wie man über ihren Liebsten sprach. Der widerliche Dickon hatte offenbar sein Gift bereits im ganzen Ort versprüht.

Die Haushälterin sah sie verwundert an. »Na, dass er gewissenlos ein junges, unbedarftes Mädchen ausnutzt.«

»Er hat mich niemals ausgenutzt. Er ist ein echter Gentleman!«

»Allerdings, das ist er. Und genau deswegen hätte er Sie niemals derart hinters Licht führen sollen. Die Leute aus der besseren Gesellschaft heiraten nicht unter Stand, egal wie hübsch ein Mädchen ist oder wie viele Bücher es gelesen hat. Sie bleiben immer unter sich. So ist es nun mal«, klärte Mrs Polmartin sie auf.

Am liebsten hätte Daisy ihren Ärger und ihr Unglück laut herausgeschrien.

»Aber er ist ein wirklich attraktiver Bursche«, seufzte Nancy. »Und mit seinen Gedichten und seinen süßen Worten hätte er bestimmt auch jedem anderen Mädchen mühelos den Kopf verdreht. Ich kann mir vorstellen, wie romantisch all diese heimlichen Treffen waren.«

»Ach, red doch keinen Unsinn, und mach dich vor allem wieder an die Arbeit!«, wies die Haushälterin sie ungehalten an, doch Nancy ignorierte sie.

»Und Sie haben mir nie ein Wort verraten, Miss! Sonst hätte ich

Ihnen gesagt, dass Sie die Hände von Mr Kit lassen und dass Sie vor Dickon auf der Hut sein müssen, damit er nichts davon mitbekommt. Dann hätte ich nicht zugelassen, dass er Ihnen beiden einen solchen Ärger macht.«

»Dann ist Kit also auch in Schwierigkeiten?«

Nancy nickte. »In Rosecraddick Manor ist die Hölle los. Unsere Sally sagt, es würde sie nicht überraschen, wenn ihn der Colonel mit der Reitgerte verdrischt. Er ist außer sich vor Zorn.«

»Genug getratscht, Mädchen!«, fiel ihr Mrs Polmartin abermals ins Wort. »Du wäschst jetzt weiter die Kartoffeln, wenn du dir nicht eine neue Stelle suchen willst.«

Daisy war so übel, dass sie ins Badezimmer rannte und sich übergab. Sie hatte keine Ahnung, was für sie der größere Schock war: der Gedanke, dass Kits Vater seinen Sohn verprügeln würde, oder die Vorstellung, dass ihr Liebster längst schon einer anderen versprochen war. Alle außer ihr hatten davon gewusst. Sie kam sich naiv und verraten vor. Hatte sie Kit vielleicht tatsächlich falsch verstanden, und er hatte nur mit ihr gespielt?

O nein, das war unmöglich. Was sie für ihn empfand, war echt und kostbar, und seit man ihr dieses Glück entrissen hatte, fühlte sie sich verloren. Sie vertraute Kit. Es musste einfach eine Erklärung für das alles geben, denn er hatte sie bestimmt nicht einfach ausgenutzt. Er liebte sie. Sie musste einfach mit ihm reden, und dann würde alles gut.

Nur leider gab es keine Möglichkeit, ihn irgendwo zu treffen, denn der Reverend hatte ihr verboten, das Haus zu verlassen. Also flickte sie unter der Aufsicht von Mrs Polmartin ein paar Laken und ließ eine weitere Strafpredigt ihres Patenonkels über sich ergehen. Er war im Herrenhaus gewesen, und nach seiner Rückkehr hatte er ihr deutlich zu verstehen gegeben, dass sie im Pfarrhaus bleiben musste und dass ihr Vater nichts von alldem erfahren werde, wenn sie sich Kit Rivers nicht noch einmal nähern werde. Die junge Emily Pendennys sei die ideale Braut für Kit, und wie es aussah, hätten die Familien sich bereits vor Jahren diesbezüglich arrangiert. Der Colonel habe geschworen, dass Kit nicht mehr auf ein Studium in Oxford hoffen dürfe, falls er sich weiter mit einer jungen Frau unter seinem Stand träfe.

Daisy wusste, wie sehr Kit sich danach sehnte, zu studieren, und die Vorstellung, dass ihm dies genommen werden könnte, zerriss ihr das Herz. Er war sehr talentiert, und sie durfte ihm die großartige Zukunft, die er vor sich hatte, nicht verbauen. Sie konnte unmöglich sein Leben ruinieren. Dafür liebte sie ihn viel zu sehr.

»Habe ich mich verständlich ausgedrückt?«, hakte ihr Patenonkel nach. »Wenn du weiterhin auf dieser lächerlichen, unpassenden Schwärmerei bestehst, wird Christopher von der Familie enterbt und steht dann ohne einen Penny da. Falls dir also tatsächlich etwas an diesem Jungen liegt, musst du versprechen, ihn nicht mehr zu sehen. Dann können wir es dabei belassen, und ich brauche deinen Vater nicht mit dieser Sache zu belästigen.«

Wahrscheinlich war er selbst froh, wenn er ihrem Vater nicht gestehen musste, dass sie unter seiner Obhut heimlich eine Liebelei mit einem jungen Mann begonnen hatte. Auf jeden Fall sah er erleichtert aus, als sie versprach, Kit Rivers nicht noch einmal zu treffen. Nur gut, dass er nicht sehen konnte, wie sie dabei ihre Finger hinter ihrem Rücken kreuzte, denn obwohl sie verwirrt und verletzt war, ließ sie sich nicht zwingen, auf Distanz zu Kit zu gehen. Bevor sie nicht mit ihm gesprochen hatte und wusste, wie er selbst die Sache sah, würde sie nicht aufgeben.

Aber wie sollte es ihr gelingen, ihn zu sehen? Ihr Patenonkel hatte ihr das Baden im Meer verboten und ließ sie auch sonst nicht mehr alleine aus dem Haus. Nancy sollte sie stets begleiten. Ansonsten saß sie stundenlang im Arbeitszimmer, um die Predigten des Reverend zu sortieren, oder half den anderen bei der Hausarbeit.

Am Abend lag sie auf dem Bett, blickte in den sternenübersäten Himmel, und die Tränen, die über ihre Wangen rannen, benetzten ihr Kopfkissen. Falls Kit wirklich schon verlobt war, würde ihr das das Herz brechen. Konnte Kit sie tatsächlich so angelogen haben? Kein Tränenstrom und auch kein Eintrag in ihr Tagebuch kam gegen die Verzweiflung an, die sie überwältigt hatte. Sie fühlte sich ohne Kit wie eine leere Hülle. Er hatte doch nicht wirklich nur mit ihr gespielt?

Aus Angst vor ihrem Traum hielt sie die Augen krampfhaft offen und starrte an die Decke. Plötzlich hörte sie das leise Klicken von Steinchen an der Fensterscheibe und fuhr zusammen. Hatte sie sich das Geräusch vielleicht nur eingebildet? Nein, sie hörte es erneut, und eilig richtete sich Daisy auf. Irgendwer warf kleine Kieselsteine gegen ihre Scheibe und ging, da das Schlafzimmer des Reverend direkt unter ihrem Zimmer lag, ein großes Wagnis damit ein.

Sie schlug die Bettdecke zurück, eilte barfuß durch den Raum und zog den Vorhang auf.

Tatsächlich stand unter der Zeder eine Schattengestalt und holte schon zum nächsten Wurf aus. Obwohl es dunkel war, hätte sie seine Silhouette überall erkannt.

Kit!

Er legte einen Finger an die Lippen und wies mit dem Kopf in Richtung Baum.

Daisy lachte auf und hielt sich erschrocken eine Hand vor den

Mund. Sie schnappte sich ihr Tuch, schob ihre nackten Füße in die Stiefel, schlich durchs Treppenhaus, blieb, als das Schnarchen ihres Patenonkels durch die Tür seines Zimmers drang, mit angehaltenem Atem stehen, lief weiter in die Spülküche und betete, dass die Tür nicht quietschen würde. Endlich war sie draußen und lief quer über den Rasen dorthin, wo Kit im Schutz der Zeder stand.

Im nächsten Augenblick lag sie in seinen Armen und presste ihr Gesicht an seine Brust.

»Ich hatte solche Angst, dass du nicht kommen würdest.« Zärtlich legte er ihr seine Hände an die Wangen und sah sie an, als prägte er sich ihr Gesicht für alle Zeiten ein.

»Und ich hatte fürchterliche Angst, du würdest eine andere heiraten«, stieß Daisy weinend hervor. »Sie haben gesagt, du wärst bereits verlobt.«

»Niemals! Ich liebe dich, Daisy. Ich bin mit keiner anderen verlobt, auch wenn mein Vater das anscheinend glauben will. Unser Anwesen grenzt an die Ländereien der Pendennys, und eine Hochzeit wäre deshalb durchaus vorteilhaft, doch das ist reines Wunschdenken unserer Eltern, weiter nichts. Ich schwöre, Daisy, Emily und ich sind nicht verlobt. Für mich gibt es keine andere als dich. Und zwar seit dem Moment, in dem ich dir zum ersten Mal begegnet bin.«

»Mir geht es ebenso«, schluchzte sie, und zärtlich presste Kit die Lippen auf ihr rotes Haar.

»Ich finde einen Weg, um unseren Lebensunterhalt zu verdienen, warte ab«, versprach er ihr. »Ist mir egal, wenn Vater mich enterbt. Das spielt keine Rolle.«

»Doch, natürlich tut es das. Du willst schließlich nach Oxford gehen.«

»Vor allem will ich mit dir zusammen sein«, erklärte er. »Ich finde einen Weg. Versprochen. Mir ist klar, dass wir mit einer Heirat noch warten müssen. Ich bin nicht naiv und weiß, dass ich den Segen deines Vaters brauche, wenn ich dich zur Frau nehmen will. Also werde ich mir eine Arbeit suchen, und wenn ich genügend Geld zusammenhabe, komme ich dich holen. Ich liebe dich, Daisy, aber es wird wahrscheinlich eine Weile dauern. Wirst du trotzdem auf mich warten?«

»Ja, natürlich. Wenn es sein muss, mein Leben lang.«

In Erwartung seines Kusses schloss sie die Augen, und als sie seinen Mund auf ihren Lippen spürte, wurde ihr vor Erleichterung richtiggehend schwindelig.

So entschlossen hatte Kit sie nie zuvor geküsst, und die Berührung seiner Lippen nahm Daisy jede Sorge. Er liebte sie, und das war alles, was zählte. Sie würden heiraten und ihr Leben miteinander verbringen. Zwar wussten sie noch nicht, wie sie es anstellen sollten, doch sie fänden einen Weg.

»War dein Vater sehr wütend?«, erkundigte sie sich, als er den Mund von ihren Lippen löste, und er seufzte leise.

»Er war jedenfalls alles andere als erfreut. Er hat mir einen stundenlangen Vortrag über den Familiennamen und die Pflichten gehalten, die ich als sein Sohn und Erbe einmal übernehmen muss. Er wäre am liebsten auf mich losgegangen, aber meine Mutter hat ihn angefleht, sich zu beruhigen.«

In Daisys Augen stiegen Tränen auf.

»O Kit. Was sollen wir tun?«

»Unsere eigenen Pläne schmieden und uns daran halten«, stellte er entschieden fest.

»Mein Patenonkel war genauso wütend. Er denkt, ich hätte Schande über mich gebracht.«

»Er hat mit seinen Gefühlen nicht hinter dem Berg gehalten, als er bei uns war. Ich hatte wirklich Angst, mein alter Herr bekäme einen Herzinfarkt. Ich habe ihnen nachdrücklich versichert, dass nichts Ungehöriges zwischen uns vorgefallen ist.«

»Ich hatte solche Angst, dass mich der Reverend zurück nach London schickt«, sagte Daisy und dachte an den Schreck, der ihr bei dem Gedanken durch die Glieder gefahren war. Wie hätte sie Kit dann jemals wiedersehen sollen?

»Am besten halten wir uns in den nächsten Wochen erst einmal bedeckt und überlegen, wie es weitergehen soll. Es muss unser Geheimnis bleiben, dass wir auch weiterhin zusammen sind. Alle anderen müssen denken, dass es aus ist zwischen uns. Wenn wir uns treffen, müssen wir noch vorsichtiger sein als sonst. Ich glaube, meine Eltern haben von einem Jungen aus dem Dorf von uns erfahren, dem es eine Genugtuung war, uns zu verraten.«

»Dickon Trehunnist«, klärte Daisy ihn verbittert auf.

»Den Namen habe ich schon einmal gehört. Aber wir sind ihm einfach einen Schritt voraus. Nach allem, was ich bisher von ihm gehört habe, scheint er nicht eben intelligent zu sein.«

»Aber er ist gewieft und wütend, weil ich nicht mit ihm zum Tanz gegangen bin«, gab Daisy seufzend zu. »Wir müssen also wirklich aufpassen. Vielleicht deckt mich ja Nancy oder Gem, wenn ich mich manchmal aus dem Haus schleiche.«

Kit nickte. »Aber komm nur, wenn es wirklich sicher ist – und wenn du wegkannst, häng ein Taschentuch ins Fenster deiner Dachkammer. Genauso mache ich es in meinem Turmzimmer. Wenn es passt, treffen wir uns in unserer Bucht.«

»In der Mauer bei der Kirche gibt es einen losen Stein, den man herausziehen kann«, erzählte Daisy aufgeregt. Das hatte sie entdeckt, als sie nach dem Gottesdienst von ein paar Leuten ins Gespräch verwickelt worden war. Sie hatte mit den Fingern die Konturen der halb verfallenen Steine nachgezogen und dabei festgestellt, dass einer lose war. Dahinter ließ sich gut etwas verstecken. »Wir können dort im Notfall eine Nachricht für den anderen hinterlassen.«

»Ich lege dir täglich ein Gedicht in das Versteck«, sagte Kit und drückte ihre Hand. »Es wird nicht ewig dauern, Daisy, das verspreche ich. Höchstens ein paar Wochen, länger nicht. Ich finde einen Weg. Mein Onkel ist Notar in London und kann uns womöglich helfen. Er ist ein grundanständiger Kerl, und wenn er hört, worum es geht, stellt er mich ja vielleicht als Schreiber an. Das wäre wenigstens ein Anfang.«

Der Mond, der sich hinter die Wolkenwand zurückgezogen hatte, tauchte langsam wieder auf und hüllte die Umgebung in ein silbrig-weißes Licht.

Kit zog sie abermals an seine Brust und drückte ihr einen Kuss auf die Lippen. »Ich sollte gehen. Wir dürfen jetzt kein Wagnis eingehen. Nicht, solange wir nicht wissen, wie es weitergehen soll.«

Daisy nickte, und obwohl es wehtat, sich von ihm zu lösen, war ihr plötzlich wieder leicht ums Herz. Es würde nicht für immer so sein. Sie würden einen Weg finden.

Sie sah zu, wie er in der Dunkelheit verschwand, und blickte in den tröstlich grenzenlosen Nachthimmel hinauf. Das Schicksal wollte, dass sie zusammen waren, und das würden sie auch sein.

Lächelnd hüllte sie sich in ihr Tuch und schlich zurück ins Pfarrhaus. Als sie sich wieder schlafen legte, fielen ihr sofort die Augen zu – und diesmal waren ihre Träume friedlich, hell und ruhig.

9

DAISY
August 1914

Daisy hatte sich angewöhnt, quer über den Frühstückstisch die Zeitung ihres Patenonkels mitzulesen. Normalerweise gab sie sich alle Mühe, dies vor ihrem Patenonkel zu verbergen, doch die Überschrift am Morgen des fünften August brachte sie aus der Fassung. Wie sollte sie sich darauf konzentrieren, ihr klumpig glibberiges Porridge zu essen, wenn es nun anscheinend wirklich Krieg zwischen den Briten und den Deutschen gab? Und wie in aller Welt stellte der Reverend es an, sich genüsslich einen Happen seines Bücklings in den Mund zu schieben, während ihrer aller Leben plötzlich derart erschüttert wurde?

Sie brachte keinen Bissen mehr herunter. Die halb vergessenen Bilder ihres alten Traums kamen ihr einmal mehr wie eine Warnung vor, und sie schob so energisch ihre Schüssel fort, dass Reverend Cutwell sie überrascht über den Rand der Zeitung hinweg ansah.

»Haben wir jetzt wirklich Krieg?«

Bedächtig legte er die Zeitung fort.

»Ich fürchte, ja. Seit gestern Abend.«

Daisy wurde schlecht. Bei ihren geheimen Treffen hatten sie und Kit natürlich über diese Möglichkeit gesprochen, aber Daisy hatte nur am Rande wahrgenommen, wie sehr die Lage sich auf dem Festland in letzter Zeit zugespitzt hatte.

»Der Krieg ist nicht mehr zu vermeiden«, hatte Kit ein paar Tage zuvor während der kostbaren Minuten, die sie sich gestohlen hatten, festgestellt. »Wenn Deutschland nicht, wie Frankreich es getan hat, der Regierung garantiert, dass es Belgiens Neutralität respektiert, hat Mr Asquith keine andere Wahl.«

Er hätte sicher noch ausführlicher darüber gesprochen, doch Daisy hatte ihn rasch mit einem Kuss unterbrochen, und für ein paar magische Augenblicke hatten sie nicht mehr an Politik gedacht.

Als sie jetzt aber versuchte, quer über den Frühstückstisch die klein gedruckten Wörter auf der Rückseite der Zeitung zu entziffern, wünschte sie, sie hätte Kit noch länger zugehört.

»Ist es, weil die Deutschen Belgiens Neutralität nicht respektieren wollen? Hat Asquith Deutschland deswegen den Krieg erklärt?«

Die buschigen grauen Brauen ihres Patenonkels schossen hoch. »Wärst du vielleicht so nett, mir zu erklären, woher du diese Dinge weißt?«

»Ich habe irgendwo jemanden darüber sprechen hören«, sagte sie ausweichend. »Wahrscheinlich nach der Kirche? Wenn ich mich nicht irre, war es Dr. Parsons, der mit über dieses Thema sprach.«

»Ach ja?« Der Reverend klang nicht überzeugt. »Nun, um deine Frage zu beantworten: Ich nehme an, genau das ist der Grund. Asquith hat den Krieg erklärt, um dem neutralen Belgien beizustehen und die Integrität unserer Nation zu wahren.«

Dann befand sich Großbritannien also tatsächlich im Krieg.

Ihr wurde kalt. Schon bald würden junge Männer aufs Festland ziehen und kämpfen müssen.

Junge Männer wie ihr Kit.

»Guck nicht so traurig. Glaube mir, bis Weihnachten ist es vorbei«, versuchte ihr Patenonkel, sie zu beruhigen, und machte sich wieder über sein Frühstück her.

Kit war anderer Meinung, aber Daisy betete, dass er unrecht hatte.

In den Tagen nach der Kriegserklärung hörte Daisy immer wieder, dass der Krieg bis Weihnachten gewonnen sei, und die Atmosphäre in Rosecraddick war so ausgelassen wie zur Zeit des Karnevals. Gem war furchtbar aufgeregt und geradezu versessen darauf, seinen Beitrag zu leisten, und am Sonntag rief ihr Patenonkel in seiner Predigt die jungen Männer der Gemeinde auf, sich freiwillig zu melden, um für Vaterland und König in den Krieg zu ziehen. Daisy blickte während seiner Worte auf Kits blondes Haar und betete, dass er zu Hause bleiben könne, obwohl sie in ihrem tiefsten Innern wusste, dass das völlig ausgeschlossen war.

Sie hatten sich die ganze Woche nicht sehen können, doch nach dem Gottesdienst schob sie verstohlen eine Nachricht in den Mauerspalt und zog im Gegenzug und zu ihrer großen Freude ein Blatt heraus, das Kit dort für sie hinterlegt hatte. Es war ein weiteres Sonett, das sie schon auf dem Weg zurück zum Pfarrhaus las. Von einem Treffen aber schrieb Kit nichts, und obwohl sie ständig durch das Zimmer ihrer Dachkammer zum Herrenhaus hinüberblickte, gab er ihr auch kein Signal. Das hieß, sie musste warten, bis sich endlich wieder die Gelegenheit zu einem geheimen Treffen ergab. In Anbetracht dessen, was inzwischen rund um sie herum geschah, wirkte ihr Traum, Kit könnte bei seinem Onkel Geld verdienen und zusammen mit ihr in London leben, plötzlich naiv. Kit fehlte ihr entsetzlich, und inzwischen war Daisys Alptraum mit aller Macht zurückgekehrt.

Sie bemühte sich, die Furcht so gut wie möglich zu unterdrücken – und immerhin ein Gutes hatte diese Kriegserklärung: Ihr Patenonkel interessierte sich nicht mehr dafür, was sie trieb. Er war derart damit beschäftigt, mitreißende Predigten zu schreiben und den Aufruf zu verbreiten, jeder gesunde junge Mann solle sich für den Kriegsdienst melden, dass er Daisy wieder in Ruhe ließ. Also hinterließ sie weitere Botschaften für Kit, und endlich schafften sie es, sich in ihrer Bucht zu treffen, fielen einander um den Hals und klammerten sich verzweifelt aneinander.

Kit küsste ihren Mund, ihre Wangen, ihre Fingerspitzen, rang nach Luft und stellte schwer atmend fest: »Mein Schatz, du hast mir so gefehlt. Ich denke die ganze Zeit über an dich.«

»Und ich an dich«, erwiderte Daisy mit erstickter Stimme. Sie hätte ihn am liebsten nie wieder losgelassen, und vor lauter Glück, zumindest für den Augenblick mit ihm vereint zu sein, war sie den Tränen nah.

Kit hob ihr Kinn an und drückte ihr die Lippen auf den Mund. Sein Kuss war sanft, und sie erschauderte.

»Wie wunderschön du bist«, raunte er an ihrem Mund.

Sie lachte, denn sie wusste, dass sie mit den wirren Haaren, den vom schnellen Laufen geröteten Wangen und den Knien, die sie sich bei einem Sturz auf dem steilen Weg aufgeschlagen hatte, alles andere als eine Augenweide war. Und doch gelang es Kit, ihr das Gefühl zu geben, dass sie das mit Abstand reizendste Geschöpf auf Erden war. Wenn er sie in den Armen hielt, breitete sich in ihr eine tiefe und friedliche Ruhe aus.

Sie liefen Hand in Hand am Meeressaum entlang. Die dicken Wolken, die am grauen Himmel hingen, waren regenschwer und wirkten bedrohlich. Daisys dumpfe Furcht wurde immer größer, je mehr sie über die im Land grassierende Kriegsbegeisterung erfuhr. Was wäre, wenn sich Kit zum Militärdienst meldete? Bei seinem ausgeprägten Ehrgefühl und mit einem Colonel als Vater blieb ihm schließlich keine andere Wahl, doch bisher hatte er ihr gegenüber nichts davon erwähnt.

Gem hatte es kaum erwarten können, sich freiwillig zu melden, als der Rekrutierungszug nach Cornwall gekommen war. Ehe sich die aufgeregte Nancy vor Neugier beim Gemüseschneiden in die Finger schnitt, hatte Mrs Polmartin sie und Daisy kurzerhand zum Einkaufen ins Dorf geschickt. Die ausgelassene Stimmung dort war ansteckend, unter dem Beifall und lauten Jubelrufen der Bewohner marschierten die Soldaten durch den Ort. Die Frauen warfen ihnen Blumen zu, über ihren Köpfen flatterten Girlanden, und die Trommler und Bläser der verschiedenen Regimenter gaben den Rhythmus zum Stechschritt vor.

Wie die meisten anderen jungen Mädchen ließen Daisy und Nancy Fotos von sich machen, und am Tisch neben der Schenke, wo die einheimischen Männer sich zum Dienst meldeten, spielte eine Blaskapelle auf. Auch Gem reihte sich in die Schlange ein und winkte Nancy strahlend zu.

»Er ist ganz aufgeregt«, wandte diese sich mit erstickter Stimme an Daisy. »Er sagt, dass er jetzt gutes Geld verdienen und sich nach Kriegsende eine eigene Familie und dazu noch einen kleinen Hof hier in der Gegend leisten kann. Aber vorher müsse er noch die Hunnen daran hindern, hierherzukommen und sich zu nehmen, was ihnen nicht zusteht.«

Daisy wusste nicht, was sie darauf erwidern sollte. Sie hätte sich für ihren fehlenden Patriotismus wohl schämen sollen, doch die grauenhaften Bilder, die inzwischen jede Nacht an ihr vorüberzogen und die sie auch tagsüber kaum noch abschütteln konnte, standen in einem seltsamen Kontrast zu der Musik, dem Sonnenschein und der Begeisterung der anderen.

Obwohl sie weiter Tag für Tag versuchte, in der Zeitung ihres Patenonkels mitzulesen, war ihr immer noch nicht klar, was der Grund für diesen Krieg war, aber dass die Deutschen es auf die bescheidenen kleinen Höfe hier in Cornwall abgesehen hatten, glaubte sie beim besten Willen nicht. Wie gerne hätte sie mit ihrem Vater darüber diskutiert. Er hätte es ihr sicherlich erklären können, aber Fulham und ihre Gespräche fühlten sich inzwischen wie aus einem völlig anderen Leben an. Schlimmes Heimweh hatte sie überrollt, und sie hatte sich vorgenommen, ihm endlich wieder einmal zu schreiben.

»Bevor er in den Krieg zieht, werden wir uns noch verloben.« Nancy wischte sich mit dem Ärmel ihres Kleides über die Augen, und ihre Miene hellte sich bei diesen Worten wieder etwas auf. »Nächste Woche fahren wir nach Truro, kaufen einen Ring, und nach dem Krieg werden wir heiraten. Es wird bestimmt nicht lange dauern. Alle sagen, dass es spätestens an Weihnachten wieder vorbei ist.«

Das hoffte Daisy sehr. Sie wollte Nancy gerade gratulieren, als plötzlich deren Vetter Dickon anstolziert kam. Er blieb bei ihnen stehen, und die hübsche junge Frau an seinem Arm blickte bewundernd zu ihm auf.

»Ich war der Erste aus dem Ort, der sich gemeldet hat.« Sein Feixen sollte Daisy wohl zu verstehen geben, was ihr entgangen war. »Das heißt, ich bin der Erste aus Rosecraddick, der für Vaterland und König in den Krieg ziehen wird. Wie alle wissen, bin ich ein hervorragender Schütze, und der Sergeant hat gesagt, sie bräuchten jetzt Männer wie mich, die den verdammten Hunnen das Fell über die Ohren ziehen.«

Aus Daisys Sicht hatte der Sergeant völlig recht. Dem grausamen und gewissenlosen Dickon fiel das Töten sicher leicht. Er würde tun, was man von ihm verlangte, und sich nicht mit dem Gedanken quälen, dass er in Zukunft auf Menschen statt auf Füchse schießen würde. Wahrscheinlich würde er die Deutschen gar nicht erst als Menschen sehen. Womöglich aber erleichterte ihm und seinesgleichen dieser Wesenszug das, was bevorstand, ja sogar. Sie selber wurde dagegen jede Nacht von ihrem Alptraum gequält, und in Kits Versen ging es in den letzten Wochen nur noch um den Tod.

»Natürlich wird das kein Spaziergang, aber wir müssen die Hunnen stoppen, bevor sie in Frankreich sind«, erklärte Dickon mit stolzgeschwellter Brust. »Wobei sie sicher schon die Beine in die Hand nehmen, wenn sie sehen, dass wir im Anmarsch sind.«

»Hoffen wir, dass es so kommt.« Doch Daisy fror trotz des warmen Sonnenscheins und wusste instinktiv, dass Dickon unrecht hatte, auch wenn er und so viele andere der festen Überzeugung waren, der Sieg sei nur ein paar Monate entfernt.

»Geschafft! Ich bin Soldat.« Jetzt gesellte sich auch Gem zu ihnen, ein breites Grinsen im Gesicht und mit vor Stolz blitzenden Augen. »Stimmt es, Nancy, dass ihr Mädchen uns Soldaten ganz besonders liebt? Wie wäre es deshalb mit einem Kuss als Belohnung dafür, dass ich zum Militär gehe?«

Er packte sie und schwenkte sie so lange im Kreis, bis sie ihn halb kreischend, halb lachend anflehte, sie wieder loszulassen. Dann baute sie sich, die Hände in die Hüften gestemmt, vor ihm auf und sagte: »Was bist du doch für ein Idiot! Du hättest bestimmt nicht zur Armee gehen müssen, nur um einen Kuss von mir zu bekommen.«

»Aber stell dir doch mal vor, wie gut sich meine Uniform auf unseren Hochzeitsfotos machen wird!« Er grinste immer noch. »Und wenn wir alt und grau sind, schauen wir uns die Bilder an und freuen uns darüber, was ich für ein hübscher Bursche war.«

»Ich will eine Weihnachtshochzeit«, verkündete Nancy nicht ohne Stolz, nun am Arm eines Soldaten zu gehen, und aufgemuntert von der Aussicht auf die hübschen Hochzeitsbilder. »Und vor allem will ich einen anständigen Ring. Mit einem Diamanten!«

Daisy hatte ihren Gänseblümchenring in ihrem Tagebuch unter dem Dielenbrett versteckt. Die Blüten waren getrocknet und zerbröselten allmählich, aber trotzdem war das Band für sie kostbarer als ein Juwel. Bei dem Gedanken daran ließ sie das zukünftige Brautpaar weiter Pläne schmieden und den widerlichen Dickon große Töne spucken und machte sich stattdessen in der Hoffnung, dass Kit sie dort sehen und ihr vielleicht folgen würde, auf den Weg vorbei am Herrenhaus. Doch leider entdeckte sie ihn nirgendwo.

Der Zweispänner des Doktors rumpelte an ihr vorbei, als sie auf den Waldweg Richtung Kirche einbog. Außer ihm und einer knopfäugigen Amsel, die laut trällernd vor ihr herflog, begegnete sie niemandem. Also spazierte sie weiter bis hinunter in die Bucht, um zuzuschauen, wie sich die Wellen am Ufer brachen. Sie schluchzte laut auf vor Verzweiflung über etwas, was sie nicht verstand und nicht benennen konnte, und kehrte schließlich vollkommen erschöpft wieder heim.

Als sie nun mit Kit in der Bucht stand, verspürte sie dieselbe überwältigende Hoffnungslosigkeit. Sie hatte das Gefühl, als stünde sie auf einem Klippenvorsprung und verlöre jeden Augenblick das Gleichgewicht.

»Wirst du kämpfen?«, stieß sie hervor, unfähig, die Furcht noch länger zu unterdrücken. Ihr Rocksaum hing ins Wasser, aber das war ihr egal. Das Einzige, was von Bedeutung war, war Kit. »Hast du dich schon rekrutieren lassen? Gehst du mir deshalb aus dem Weg?«

Kit drückte ihre Hand. »Ich würde dir niemals aus dem Weg gehen, und ich würde dir auch nie etwas verschweigen, Daisy. Aber mein Vater ist sehr krank, deshalb kam ich nicht aus dem Haus. Dr. Parsons sagt, man müsse ihm jede Aufregung ersparen.«

»Das tut mir leid.«

Ein wehmütiges Lächeln huschte über sein Gesicht. »Es ist nicht schön, den alten Herrn so schwach zu sehen. Auch wenn er mir selbst in diesem Zustand noch Vorträge über meine Pflichten halten kann, der Familie, meinem Vaterland und unserem König gegenüber.«

Angst umspülte Daisys Seele wie die Wellen ihren Rock.

»Das heißt, dass du dich zur Armee gemeldet hast.«

Das Unglück war ihm deutlich anzusehen.

»Was hätte ich denn anderes machen sollen? Alle gesunden jungen Männer werden aufgefordert, ihre Pflicht zu tun. Wie könnte ich mich da entziehen?«

»Aber du bist kein Soldat!«, hielt sie ihm vor, und die Tränen liefen ihr über die Wangen. »Du bist ein Dichter, und ich liebe dich!«

»Ich liebe dich genauso, Daisy, aber ich kann schwerlich einfach hier zu Hause bleiben, während alle anderen in den Krieg ziehen. Wie könnte ich nicht selbst versuchen, einen Beitrag zu leisten, damit England sicher ist? Ich liebe mein Land, mein Zuhause, Rosecraddick und vor allem dich. Und deshalb muss ich kämpfen, damit alles, was mir lieb ist, auch weiterhin sicher ist. In dieser Sache hat mein Vater recht: Es ist meine Pflicht. Also gehe ich zu seinem Regiment und ziehe in dem Wissen in den Krieg, dass er endlich einmal mit etwas einverstanden ist, was ich tue.«

O Gott. Dann führte also kein Weg mehr daran vorbei.

Am liebsten hätte Daisy Kit festgehalten, um ihn vor jedem Unheil zu bewahren, aber es war unmöglich. Die Angst aus ihrem Traum war plötzlich Wirklichkeit.

»Bitte, Kit«, bat sie ihn mit tränenerstickter Stimme. »Bitte bleib hier. Bitte verlass mich nicht.«

Er starrte verzweifelt auf sie herab. »Was wäre ich denn für ein Mann? Wie könnte ich in dem Bewusstsein leben, mein Land und dich im Stich gelassen zu haben?«

Zumindest würdest du am Leben bleiben, hätte sie ihn gerne angeschrien, schluckte die Worte aber hinunter, weil sie wusste, dass es sinnlos war.

Er hatte sich bereits entschieden. Und er hatte recht. Was hätte er anderes machen sollen? Nur auf den ersten Blick ging er freiwillig zum Militär, in Wahrheit aber blieb ihm keine andere Wahl. Und während sie ihm zuhörte, wurde Daisy klar, dass sein Entschluss nicht mehr zu ändern war.

»Aber sie sagen, dass man erst mit neunzehn kämpfen darf«, wagte sie dennoch einen letzten Versuch.

Kit nickte. »Richtig, aber erst mal werde ich in einem Ausbildungslager hier in England sein und frühestens im Spätherbst, wenn ich neunzehn bin, richtig kämpfen.«

Dann würde er zumindest in den nächsten Wochen sicher sein.

Sie klammerte sich an ihm fest und schmiegte ihr Gesicht an seine Brust.

»Ach, Kit. Ich liebe dich. Ich liebe dich so sehr.«

»Ich liebe dich genauso, Daisy, für alle Zeiten. Wenn dieser Krieg vorbei ist, werden wir für immer zusammen sein. Versprochen«, murmelte er in ihr Haar.

Kit nahm sie in den Arm und küsste sie. Daisy aber wusste, dass es Versprechen gab, die sich nicht halten ließen, auch wenn sie nicht mit Absicht gebrochen wurden.

10

DAISY
AUGUST 1914

Das Kriegsfieber ging in Rosecraddick um. Einer nach dem anderen hatten sich die Männer gemeldet, und in den anfänglichen Freudentaumel mischte sich die Traurigkeit der Frauen, die zurückblieben. Gem und einige seiner Freunde aus dem Dorf waren die Ersten, die zur Ausbildung nach Sussex fuhren. Am Bahnhof gab es einen großen Abschied mit Girlanden, einer Blaskapelle und einer Segnung durch den Reverend. Fähnchen wurden unter lautem Geschrei geschwenkt, und als der Zug sich in Bewegung setzte, winkte Gem, der Cornwall bisher nie verlassen hatte, Nancy so begeistert zu, als zöge er mit den Kumpanen in ein spannendes Abenteuer statt in einen Krieg. Als der widerliche Dickon dicht an ihr vorbeistolzierte, hatte Daisy einen Kloß im Hals. Wie optimistisch und wie aufgeregt all diese jungen Männer waren. Waren sie und Kit die Einzigen, die etwas Schreckliches fürchteten? Daisy war überzeugt davon, dass diese jungen Männer einer furchtbaren Gefahr entgegenfuhren.

Seit ihrer Abreise hatte sich im Dorf eine gedrückte Stimmung ausgebreitet, und ohne das Geschwätz der Gärtner, von denen nur ein alter Mann zurückgeblieben war, und Gems fröhliches Gesicht wirkte das Pfarrhaus düsterer als je zuvor. Selbst Nancy hatte aufgehört, ihren Verlobungsring herumzuzeigen, und ging schweigend ihrer Arbeit nach.

Inzwischen war Kit ebenfalls gemustert worden, sollte eine Position im alten Regiment seines Vaters übernehmen und bald nach Salisbury ins Ausbildungslager aufbrechen. Panik überkam Daisy bei dem Gedanken daran, dass es nicht mehr lange dauern würde, bis er sie verließ, und am liebsten hätte sie sich an ihm festgeklammert und ihn daran gehindert, in den Krieg zu ziehen. Das aber hätte Kit nicht gewollt. Er wollte seinen Beitrag leisten, und für seinen ruhigen Mut, der so ganz anders war als die Prahlerei von Dickon und das Gerede ihres Patenonkels, liebte sie ihn tatsächlich noch mehr.

Der bevorstehende Krieg veränderte vieles. Auch Mrs Polmartins Sohn Bertie hatte sich gemeldet, und da sie seine Abreise vorbereiten musste und der Reverend den ganzen Tag in seinem Arbeitszimmer saß und an seinen Predigten feilte, konnte Daisy bald schon wieder schwimmen und spazieren gehen, ohne dass sich irgendwer dafür zu interessieren schien. Da Colonel Rivers allerdings gesundheitlich noch immer angeschlagen war und Kit ihm bei der Leitung der Güter helfen musste, fand er selten Zeit, sich mit Daisy zu treffen.

Wenn sie es doch schafften, sagte Kit ihr jedes Mal, dass er so schnell wie möglich mit ihrem Vater sprechen und sich offiziell mit ihr verloben wolle, ehe er ins Ausbildungslager fuhr. Daisy aber hatte ihn angefleht, niemandem etwas von ihren Heiratsplänen zu verraten, weil sie den Gedanken nicht ertrug, dass er ihretwegen die Familie im Streit verließ. Er hatte widersprochen und erzählt, die Dinge zwischen ihm und seinem Vater ständen sowieso schon länger nicht zum Besten. Die ganze Welt sollte erfahren, dass sie sein Mädchen war. Am Ende aber hatte sie ihn dazu überreden können, wenigstens bis zu seinem ersten Fronturlaub zu warten.

Daran dachte sie, während sie nachts im Bett lag und ein dichter Strom von Tränen über ihre Wangen rann. Dann hätte er etwas, wofür er kämpfen und vor allem überleben müsste. Darüber, dass er vielleicht nicht wiederkäme, wollte sie gar nicht nachdenken.

Er hatte ihr versprochen, dass er bei seiner Rückkehr mit seinen Eltern und ihrem Vater sprechen wollte, und wenn Dr. Hills den beiden seinen Segen gäbe, würde er sie umgehend zur Frau nehmen. Daisy war sich sicher, dass ihr Vater Kit als Schwiegersohn begrüßen würde, und mit diesem Wissen würde sie versuchen, die Zeit der Trennung zu überstehen.

Da niemand erfahren durfte, dass sie immer noch zusammen waren, würde es für sie am Bahnhof keine Küsse und Versprechen und kein Winken mit dem Taschentuch geben wie bei Nancy und den anderen Freundinnen und Ehefrauen der Soldaten. Stattdessen wollten sie und Kit sich einen Tag vor seiner Abreise noch einmal sehen. Daisy war hin und her gerissen zwischen dem Verlangen, ihn so rasch wie möglich wiederzusehen und in den Arm zu nehmen, und der bitteren Gewissheit, dass mit diesem letzten Treffen auch der Abschied immer näher kam. Sie würde stark sein, sagte sie sich streng. Sie würde dieses letzte Treffen nicht dadurch trüben, dass sie weinte oder traurig war. Sie wollte Kits Erinnerung an sie mit Sonnenschein und Zärtlichkeit und einem breiten Lächeln füllen.

An ihrem letzten Tag erstreckte sich ein strahlend blauer Himmel über der ruhigen, sanften See. Beim Frühstück saß Daisy wie gewohnt ihrem Patenonkel gegenüber, aber heute wandte sie absichtlich den Blick von seiner Zeitung ab. Stattdessen sah sie aus dem Fenster und betrachtete die üppigen pinkfarbenen Rosen, deren Köpfe in der milden Brise nickten, und die weißen Segel eines auf dem Wasser tänzelnden Boots. Es war ein rundherum perfekter Sommertag, um jung und verliebt zu sein, und Daisy war entschlossen, jeden Augenblick, der ihnen noch vergönnt war, zu genießen und im Gedächtnis zu bewahren.

»Ich werde schwimmen gehen«, wandte sie sich nach dem Frühstück an die Haushälterin. »Darf ich mir ein Picknick mitnehmen?«

»In der Speisekammer ist noch kalter Braten, Miss.« Falls es sie überraschte, dass Daisy, die seit Tagen kaum etwas gegessen hatte, plötzlich eine solche Menge kalten Braten, Brot und Käse brauchte, ließ sie es sich nicht anmerken.

Sie schlug ihr sogar vor: »Am besten nehmen Sie auch noch ein paar Äpfel mit«, legte sie ihr in den Korb und packte auch noch eine Flasche selbst gemachter Limonade ein. »Es ist ein wunderschöner Tag. Den sollten Sie genießen. Nancy wird mir in der Küche helfen. Nutzen Sie den Sonnenschein.«

Bei ihren mitfühlenden Worten hatte Daisy plötzlich einen Kloß im Hals. Womöglich ahnte Mrs Polmartin, die selbst in Angst um ihren Jungen war, dass Daisy sich ein letztes Mal mit ihrem Liebsten treffen wollte, denn natürlich wusste ganz Rosecraddick, dass Kit Rivers in das Regiment seines Vaters eingetreten war. Es war nicht leicht, in einem kleinen Dorf wie Rosecraddick ein Geheimnis zu bewahren. Den Korb über dem Arm, machte sich Daisy auf den Weg. Ihre offenen Locken wehten in der Brise, und ihr weißes Baumwollkleid blähte sich wie ein Segel. Den Ginster, der an ihren Kleidern zerrte, und die Steine auf dem Klippenpfad nahm sie kaum wahr. Links und rechts des schmalen Weges wogte Baldrian, das Gras war mit den Gänseblümchen, denen Daisy ihren Namen zu verdanken hatte, übersät, und über ihrem Kopf segelten Schwalben durch die Luft. Die Natur um sie herum strotzte vor Kraft, und nie zuvor in ihrem Leben hatte Daisy sie bewusster wahrgenommen. Sie reckte ihr Gesicht dem Sonnenschein entgegen, und trotz ihrer Traurigkeit riefen die Wärme und die Schönheit der Umgebung ein Gefühl von Zufriedenheit und Zuversicht in ihr wach.

Kit wartete bereits am Strand. Er war heute mit einem kleinen Segelboot gekommen, das auf dem flachen Wasser tanzte, hatte ihr den Rücken zugewandt und die Ärmel seines weißen Hemds bis zu den Ellenbogen hochgerollt. Sie musterte seine muskulösen Unterarme, als er den Rand des Boots umfasste. Im Licht der Sonne hatten seine Haare einen goldenen Glanz, und benommen von seiner Schönheit und der Stärke ihrer Gefühle blieb Daisy stehen und sah ihn einfach nur an. Sie konnte das Wunder, dass sie einander begegnet waren, noch immer kaum fassen. Sie liebte Kit so sehr, dass es beinahe schmerzte.

»Daisy!« Er bemerkte sie und winkte ihr fröhlich lächelnd zu. »Na los! Sobald die Ebbe einsetzt, kommen wir hier nicht mehr weg.«

»Willst du etwa mit mir segeln gehen?«

»Glaub mir, es gibt keine bessere Art, sich Cornwall anzuschauen als vom Meer aus, und heute ist dafür ein rundherum perfekter Tag. Na los, steig ein!«

Verglichen mit dem großen Meer erschien ihr das Boot geradezu erschreckend klein, aber mit Kit wäre sie vermutlich sogar in einer Teetasse in See gestochen, also ging sie auf das Ufer zu. Er nahm ihr den Picknickkorb ab und stellte ihn ins Boot, umfasste ihre Hüften, hob sie vorsichtig hinein, hielt sie einen Moment länger fest als nötig und gab ihr einen Kuss.

»Wie schön du bist«, stellte er bewundernd fest. »Als ich dich das erste Mal gesehen habe, dachte ich, ich hätte eine Meerjungfrau entdeckt. Dein Haar lag wie ein feuerroter Korallenkranz um deinen Kopf, und deine Haut sah weiß wie Alabaster aus. Du wirktest auf mich wie ein Geschöpf aus einer anderen Welt.«

»Allmählich kommt es mir so vor, als würdest du in mir nur eine Muse sehen«, zog sie ihn auf, doch sein Gesicht blieb ernst.

»Ich habe mich im ersten Augenblick in dich verliebt«, versicherte er ihr. »Du bist die Einzige für mich, Daisy. Mein Herz wird dir für alle Zeit gehören.«

Sie wandte lächelnd den Blick ab. Er sollte nicht bemerken, dass ihr Tränen in die Augen stiegen, denn sie wollte das Glück dieses Tages nicht vertreiben.

Das Wasser reichte Kit bis zu den Knien, als er das Boot aufs Wasser hinausschob, und mit der nächsten großen Welle stieg er ein, hisste mühelos das Segel und nahm bei der Ruderpinne Platz. Der Wind fing sich im Segel, das Boot nahm Tempo auf, durchquerte die Bucht, und Daisy spürte, wie der frische Wind ihr durch die offenen Haare fuhr.

Wie herrlich! Sie hatte das Gefühl zu fliegen und sah Kit an. Mit offenem Hemd steuerte er die Jolle.

Die Leichtigkeit, mit der er jeden Handgriff beherrschte, bis das Segel in der Brise summte und der Bug durchs Wasser pflügte, ließ sie innerlich erschaudern, und sie sehnte sich danach, dass er seine Hände ebenso geschickt und sanft über ihren Körper wandern ließ. Das wäre sicher mindestens so aufregend wie dieser Flug über das Meer.

Kit spürte ihren Blick und lächelte sie an.

»Gefällt es dir?«

»Ob es mir gefällt? Ich liebe es! Ich habe mich noch nie zuvor so frei gefühlt.«

Sein Lächeln wurde zu einem breiten Grinsen. »Das stimmt. Hier draußen gibt es nur das Wasser, den Wind und die Freiheit, und nirgendwo sonst fühle ich mich so lebendig.«

Tatsächlich kam es Daisy vor, als lebte sie erst richtig, seit sie Kit begegnet war. Er machte alles heller und schöner, auch wenn ihre Gefühle füreinander gleichzeitig mit großem Schmerz verbunden waren.

Sie rasten durch die Bucht, schossen auf den Schaumkronen dahin, und der Wind peitschte ihr die Haare ins Gesicht. In diesem Moment zählte nur der Bug, der durch das Wasser schnitt, und Daisy bedauerte es fast, als Kit in einem schmalen Meeresarm vor Anker ging und ihre Fahrt vorübergehend unterbrach.

»Zeit fürs Essen«, verkündete er. »Von all der frischen Luft habe ich wirklich Hunger, und vor allem bin ich erschöpft.«

Im Grunde aber wirkte er eher aufgekratzt, und als er den Anker über Bord warf, erkannte Daisy an dem Blitzen seiner Augen, dass es ihm nicht ums Essen ging. Er hatte das Boot in diesen schmalen Meeresarm gelenkt, weil sie hier ganz alleine waren. Der Gedanke rief in Daisy eine ungeahnte Sehnsucht wach, und als sich ihre Blicke trafen, stieg ihr eine heiße Röte ins Gesicht.

Die Wellen plätscherten gegen den Bug, die Meeresvögel schrien, und über ihren Köpfen dehnte sich der leuchtend blaue Himmel aus. Es war ein perfekter Augenblick an einem perfekten Ort. Sie waren gänzlich ungestört, und die Welt um sie herum versank mit einem Mal in völliger Bedeutungslosigkeit. Daisy streckte ihre Hände nach ihm aus.

»Ich will mit dir zusammen sein.«

Kit hob ihre Fingerspitzen an seine Lippen und küsste sie. »Ich möchte auch mit dir zusammen sein, und ich verspreche dir, wir werden heiraten, sobald es möglich ist.«

Die Hitze in ihren Wangen nahm noch zu. »Das meinte ich nicht. Ich will mit dir zusammen sein, als wären wir jetzt schon Mann und Frau.«

Er riss die grünen Augen auf, und Daisy sah ihr Spiegelbild darin.

»O Daisy, ich bin nicht mit dir hierhergekommen, weil ich dachte …« Jetzt errötete auch er. »Ich will nicht, dass du das Gefühl hast, dass das meine Absicht war. Ich würde nie –«

Bevor er seinen Satz beenden konnte, beugte sie sich vor und drückte ihm behutsam ihre Lippen auf den Mund. Mit diesem Kuss gab sie ihm alles zu verstehen, was sie für ihn empfand. Sie liebte ihn und begehrte ihn, wie sie es nicht für möglich gehalten hätte.

»Dies war der schönste Sommer meines Lebens«, fügte sie hinzu, als sie sich wieder von ihm löste. »Egal was die Zukunft bringt, ich werde für immer dankbar sein für jeden Augenblick, den ich mit dir verbringen durfte. Ich werde nie bereuen, dir begegnet zu sein.«

Er nickte gerührt. »Ich dachte früher schon, ich könnte über Liebe schreiben, weil ich wüsste, was es damit auf sich hat. Bei unserem ersten Treffen aber habe ich in einem kurzen Augenblick viel mehr über die Liebe erfahren als durch all die Bücher. Das waren nur Worte auf Papier. Hier drinnen …« Behutsam zog er ihre Hand unter sein Hemd, und Daisy spürte seinem wilden Herzschlag nach. »Hier habe ich es erst verstanden, als ich dir begegnet bin, als ich dich im Wasser treiben sah.«

Sie spürte überdeutlich seine Nähe und die Haut, die unter ihren Fingern brannte, doch sie war ihm immer noch nicht nah genug. Als er sie zärtlich küsste, schloss sie sehnsüchtig die Augen und verlor sich ganz in dem Gefühl, das er auf ihren Lippen hinterließ. Dann küsste er behutsam ihre Lider, ihre Wangen, ihren Hals, und kurzerhand öffnete sie die letzten Knöpfe seines Hemdes, schmiegte sich an ihn und zog mit ihren Handballen die Konturen seines nackten Oberkörpers nach.

Kit stöhnte, und in seinen grünen Augen loderte Verlangen auf. Er wollte sie, erkannte Daisy, und ihr wurde schwindelig.

»Daisy, ich –«

»Pst.« Entschlossen zog sie ihm das Hemd über die Schultern, vergrub ihr Gesicht an seiner Brust und drohte in den herrlichen Gefühlen zu ertrinken. »Ich will, dass du mich liebst, Kit. Bitte.«

Während sanft das Wasser an den Bug des Bootes schlug, lag Daisy eingehüllt in warmen Sonnenschein in seinen Armen und gab sich seinen sanften Berührungen hin. Er küsste sie, als wollte er sich jeden Zentimeter ihres Körpers einprägen, so langsam und verführerisch, bis sie vor Glück fast verging. Dann zog er sie noch enger an seine Brust, und sie hatte das Gefühl, dass nur ein Herz in ihrer beider Körper schlug und ihre Seelen bis in alle Ewigkeit miteinander verwoben waren.

Kit war gleichermaßen zärtlich, liebevoll und stark, und Daisy wusste, dass das Schicksal diesen Augenblick für sie vorgesehen hatte.

Sie hätte nicht einmal im Traum daran gedacht, einem anderen Menschen jemals derart nah zu sein.

»Ich liebe dich so sehr.« Kit küsste zärtlich ihre Lider und die tränenfeuchten Wangen, und erschaudernd schmiegte sie sich an ihn.

»Du bist die Liebe meines Lebens, Daisy Hills.«

Unfähig zu sprechen, schlang sie ihm die Arme um den Hals.

Eingehüllt in eine grobe Decke brachten sie die nächsten beiden Stunden eng umschlungen auf dem Bootsdeck zu. Ausgehungert von der frischen Meeresluft fielen sie erst über das Picknick und dann abermals übereinander her. Dann hielten sie sich wieder in den Armen und dösten, eingelullt von den Bewegungen des Boots, im warmen Sonnenschein. Bis zum Gezeitenwechsel waren ihre Lider schwer geworden, und ihre Münder schmerzten von den Küssen und dem vielen Lächeln.

Wie konnte sich in ihrem Leben alles derart gut und richtig anfühlen, überlegte Daisy, während gleichzeitig die Welt am Rande eines Abgrunds stand? Wie konnte sie ein derartiges Glück gefunden haben, während ihrer aller Zukunft auf der Kippe stand? Sie war überwältigt von den Gefühlen, die er in ihr wachrief, während sie, den Kopf an seiner Schulter, schlummernd auf dem Bootsdeck lag. Kit war ihr Ein und Alles – und dass sie ihn, kurz nachdem sie ihn gefunden hatte, bald schon wieder gehen lassen musste, tat ihr in der Seele weh. Sie wollte sich nie wieder von ihm trennen. Wo der eine endete, begann der andere. Sie waren vom Schicksal füreinander auserkoren.

Genauso hatten Heathcliff und die junge Catherine empfunden und Shakespeares Romeo und Julia, ging es ihr durch den Kopf. Dank ihres eigenen Glücks verstand sie plötzlich auch die Liebe, über die die großen Dichter schrieben, besser als zuvor.

Da sie nicht bis zur Ebbe bleiben konnten, setzten sie schließlich abermals das Segel und kehrten, ohne ihre Ängste vor der drohenden Zukunft anzusprechen, dorthin zurück, wo sie mittags aufgebrochen waren. Das Boot flog viel zu schnell über das Wasser, und je näher sie dem Ufer kamen, desto größer wurde Daisys Angst vor dem Abschied von Kit. Der Augenblick der Trennung kam immer näher, und sie konnte nichts dagegen tun. Am Morgen hatte sie sich kurz eingebildet, dass sie für den schlimmen Augenblick gewappnet sei, aber nichts hatte sie vorbereiten können auf die grenzenlose Angst um ihn, die sie mit einem Mal empfand.

Sie schaute Kit verstohlen von der Seite an und merkte, dass es ihm genauso ging. Er biss die Zähne aufeinander, und in seinen Augen lag ein feuchter Glanz.

Ihr wurde klar, dass sie um seinetwillen Haltung bewahren musste, weil sie sich wahrscheinlich nicht einmal vorstellen konnte, welchem Grauen er entgegenblickte, und sie konnte den Gedanken nicht ertragen, dass er sie mit einem anderen Gefühl verlassen würde als der Liebe, die sie aneinanderband. Furcht und Trauer hatten nicht das Recht, nur einen Augenblick der Zeit, die ihnen blieb, zu stehlen. Sie musste einfach daran glauben, dass ihm nichts geschehen und dass er heimkommen würde, damit sie irgendwann glücklich und zufrieden zusammen in einem kleinen Haus mit Rosen vor der Tür leben und dichten konnten, während sie nach ihren Kindern mit den leuchtend grünen Augen ihres Vaters und den wilden roten Locken ihrer Mutter sah. Sie würden miteinander glücklich sein. Sonst hätte ihr das Schicksal Kit doch sicher gar nicht erst geschickt. An den Gedanken musste sie sich klammern und von Herzen daran glauben. Für sich selbst und auch für Kit.

Das Boot glitt in die Bucht, und Kit sprang über Bord und zog es an den Strand, damit sie trockenen Fußes ans Ufer kam. Dann standen sie einander gegenüber, die Hände fest ineinander verschlungen, und sahen sich an. Sie wussten, dass sie diesen wunderbaren Tag in Erinnerung behalten mussten, um die Zeit bis zu ihrem Wiedersehen zu überstehen.

Er drückte ihre Hände und bedachte sie mit einem wehmütigen Blick.

»Du bedeutest mir die Welt, Daisy. Aber falls ich nicht mehr wiederkomme oder du das Warten nicht mehr aushältst, werde ich es dir nicht verübeln, wenn du dir jemand anderen suchst. Dann werde ich deine Entscheidung respektieren.«

»Denkst du im Ernst, ich könnte jemals einen anderen wollen? Vor allem nach diesem Tag?« Der Kloß in ihrem Hals war so dick, dass sie nur noch mit Mühe Luft bekam, und mit erstickter Stimme fragte sie: »Könntest du nach heute jemals eine andere lieben?«

»Nein! Niemals.«

»Dann sag so etwas nicht. Für mich gibt es keinen anderen, Kit, verstehst du das? Niemals! Ich werde auf dich warten, ganz egal, wie lange dieser Krieg auch dauern mag. Zur Not mein Leben lang. Aber wir werden uns wiedersehen.«

Wellen schwappten ans Ufer, und der Bug des Boots schlug gegen Daisys Knöchel. Ihre Röcke sogen sich voll Wasser, doch das war ihr egal. Sie klammerte sich wie eine Ertrinkende an Kit.

»Aber falls nicht, Daisy …« Er legte eine Hand unter ihr Kinn und wischte ihre Tränen sanft mit seinem Daumen fort. »Falls es zum Schlimmsten kommen sollte, will ich, dass du weißt, dass ich dich liebe und dass es eines Tages vielleicht irgendwo an einem anderen Ort ein Wiedersehen gibt. Vergiss das nie. Und wenn ich weg bin, werde ich dir schreiben. Sämtliche Gedichte, die ich schreibe, widme ich dir.«

»Ich werde dir zurückschreiben«, stieß Daisy heiser hervor. »Das heißt, ich schreibe täglich einen Brief an dich, wo du auch bist.«

Er gab ihr einen letzten sanften, bittersüßen Kuss, entzog ihr vorsichtig seine Hände, bis nur noch ihre Fingerspitzen sich berührten, machte sich dann vollends von ihr los und sprang zurück ins Boot.

Sie spürte nur noch kalte Luft, wo vorher seine warme Haut gewesen war, und wusste nicht, ob sie ihn je wieder berühren, in den Armen halten, küssen oder gar mit ihm verschmelzen würde wie an diesem unvergesslichen Nachmittag. Ihr wurde schwindlig, und sie watete ins Wasser zurück. Sie konnte ihn nicht gehen lassen.

Nein, sie musste ihn festhalten, damit er sicher war. Das war alles, was zählte. Nicht ihre Eltern, nicht der Reverend und noch nicht einmal der Krieg. All das war plötzlich vollkommen egal.

»Kit!«, rief sie ihm tränenblind und panisch hinterher. »Ich liebe dich! Bitte verlass mich nicht, bitte mach kehrt und komm zu mir zurück!«

Der Wind riss ihr die Worte aus dem Mund, und das Segel flatterte so laut, dass Kit sie nicht verstand. Sie konnte nur noch zusehen, wie das kleine Segelboot die Bucht verließ. Kit winkte ihr, und seine Haare schimmerten im Sonnenlicht, doch sein Gesicht war nicht mehr zu erkennen, und dann bog er um die Landzunge und ließ sie endgültig alleine in der Bucht zurück.

Ohne zu bemerken, dass das Meer ihren Körper umspülte, ließ sich Daisy auf die Knie fallen. Sie brauchte allen Mut und alle Kraft, um sich der ungewissen Zukunft zu stellen. Kit war ihr entglitten, und jetzt musste sie für seine Briefe und die Hoffnung leben, dass der Mann, den sie von Herzen liebte, sie eines Tages wieder in den Armen halten würde. Doch bis es so weit war, würde sie der alte Alptraum nicht mehr nur in der Einsamkeit der Nacht quälen, sondern selbst am hellen Tag ihr ständiger Begleiter sein.

11

DAISY
1916

In den vielen Monaten nach ihrem Abschied von Kit wurde Daisy tatsächlich fast jede Nacht von den alten düsteren Bildern heimgesucht. Manchmal träumte sie, dass sie die Gestalt verfolgte und sie kurz am Aufschlag ihrer rauen Uniform erwischte, ehe sie sich losriss, sich entfernte und dann wieder unerreichbar für sie war. Inzwischen wusste sie, dass dieses Bild nicht nur der Alptraum eines Kindes war: Es hatte ihr damals schon gezeigt, was Jahre später eintreten sollte und noch lange nicht vorüber war.

Anders als früher waren die Bilder nicht mehr so verschwommen. Wenn sie jetzt erwachte, mischten sich die Einzelheiten aus Kits Briefen und die grässlichen Tableaus, die er in seinen Gedichten malte, mit den Überresten ihres Traums. Ihr Herz zog sich zusammen, wenn sie Kits schwermütige Zeilen las, die ganz anders klangen als seine früheren sanften Verse. Sie waren so kraftvoll und zerstörerisch, dass ihr die Tränen kamen, wenn sie über seinen Briefen saß. Zwar war es nicht gestattet, in den Briefen in die Heimat militärische Belange zu erwähnen, aber die Gedichte schienen den Zensoren zu entgehen. Sie waren voller Grauen und beschrieben detailliert den Schlamm, in dem die Truppen saßen, den Artilleriebeschuss, der wie höhnisches Gelächter durch die Gräben hallte, und die Bomben, die die Leiber der Kameraden in der Luft zerfetzten.

Da sie Kit nicht küssen konnte, presste sie die Lippen auf die Blätter, die er in der Hand gehalten hatte, bevor sie sie zu den anderen Briefen und ihrem Tagebuch, für das sie sich schon länger nicht mehr interessierte, in die Dose schob. Ihr Traum vom Schreiben und die Stunden, als sie banale Einzelheiten ihres Lebens in dem Büchlein festgehalten hatte, hatten nichts mehr mit dem Menschen zu tun, der sie heute war. Ihr Bein war längst wieder gesund, und von der Polio war nur ein kaum noch wahrnehmbares Hinken geblieben, sie hatte gerötete Wangen von den vielen Stunden, die sie täglich an der frischen Luft verbrachte, und der Kampf gegen die Sommersprossen war verloren. Wenn sie nach einem langen Arbeitstag im Garten schlafen ging, war sie viel zu erschöpft und unglücklich, um noch nach ihrem Stift zu greifen und festzuhalten, was ihr auf der Seele lag, aber nicht zu ändern war.

Manchmal hatte Daisy das Gefühl, als hätte es eine Zeit vor dem Krieg nie gegeben. Der Sommer 1914 kam ihr wie aus einem völlig anderen Leben vor: ein goldenes Zeitalter, in dem im sanften Abendlicht Kricketspiele auf dem Dorfplatz stattgefunden hatten und der leuchtend goldene Weizen auf den Feldern wogte, bis die reiche Ernte eingefahren wurde. Die Pferde, die die Erntewagen zu den Heuschobern gezogen hatten, hatte die Armee bereits konfisziert. Inzwischen arbeiteten Frauen auf den Feldern, und der Rasen auf dem Dorfplatz war schon seit einer Ewigkeit nicht mehr gemäht worden. Die Namen einiger junger Männer wurden nur noch unter Tränen und mit gedämpften Stimmen ausgesprochen, denn sie würden niemals wieder heimkehren.

Auch Gem war unter den Männern aus Rosecraddick, die im Krieg gefallen waren. Der junge Mann, der hoffnungsvoll und mit dem Traum, bald nach seiner Rückkehr seine Braut zu heiraten, in

265

die Schlacht gezogen war, war einer von bisher vier Gefallenen des Dorfs. Die arme Nancy war ohnmächtig geworden, als die Nachricht sie erreicht hatte, und konnte tagelang nicht sprechen. Sie war noch immer ungewöhnlich still. Immer wieder tastete sie nach dem Ring an ihrem Finger.

»Vielleicht ist er gestorben, während ich gerade Teig knetete«, schluchzte sie einmal, als Daisy aus der Spülküche kam. »Mein Gem ist fern der Heimat umgekommen, Daisy, während mir nichts anderes durch den Kopf ging, als dass ich noch den Teig für die Pastete kneten oder das Gemüse schneiden muss. Warum habe ich es nicht gespürt? Ich hätte wissen müssen, dass er stirbt, statt einfach mit meiner Arbeit fortzufahren. Was für eine Verlobte war ich ihm? Wie konnte sich für mich alles ganz normal anfühlen, während er gestorben ist?«

Das wusste Daisy nicht, doch Nancy hatte recht. Ihr Alltag hier in Rosecraddick stand in einem grauenhaften Gegensatz zum Kriegsgeschehen. Als sie das einmal in einem Brief an Kit erwähnte, stimmte er ihr müde zu, dass all das keinen Sinn ergebe, und legte ihr ein düsteres Gedicht mit dem Titel *Heimatfront* dazu.

Bisher war Kit nicht heimgekommen. Den ersten Urlaub hatte er im Lazarett verbracht. Er war durch einen Granatsplitter verwundet worden, und obwohl er ihr versichert hatte, dass es nur ein kleiner »Kratzer« sei, war ihr klar gewesen, dass er ihr zuliebe untertrieb. Sie war außer sich vor Angst gewesen, als sie zufällig im Dorf erfahren hatte, dass der junge Mr Rivers offenbar verwundet war, und erst ein Brief von ihm hatte sie ein wenig beruhigt. Sein nächster Urlaub stand nun kurz bevor, und er hatte ihr versprochen, dass er dieses Mal nach Cornwall kommen würde, weil es schlecht um die Gesundheit seines Vaters stand. Der Colonel hatte sich von seiner

Krankheit niemals vollständig erholt, und als Daisy ihn einmal beim Gottesdienst gesehen hatte, war sie über seine Gebrechlichkeit zutiefst erschrocken. Im Dorf hieß es, er sei schwer erkrankt, und der Reverend besuchte ihn, sooft es ging, im Herrenhaus.

Seit ich zum letzten Mal mit ihm gesprochen habe, ist so viel passiert. Ich bin sicher, dass die Vergangenheit auch ihm nicht mehr so wichtig ist, schrieb ihr Kit. *Mutter sagt, er sei furchtbar schwach. Ich wünschte, er würde uns seinen Segen geben, solange er dazu noch in der Lage ist. Wir waren uns oft nicht einig, und ich hoffe, eine Versöhnung ist möglich. Seit ich hier bin, sehe ich vieles in einem anderen Licht. Wie zum Beispiel hätte er das Wesen dieses Krieges je voraussehen sollen, wenn es sogar für uns, die wir vor Ort sind, unbegreiflich ist? Während meines Urlaubs werde ich mit deinem und mit meinem Vater sprechen. Wenn ich heimkomme, werden wir heiraten.*

Der Brief hatte in Daisy grenzenloses Glück, aber gleichzeitig auch Angst geweckt. Sie wünschte sich nichts mehr, als seine Frau zu werden, doch sie wusste, dass sich ihr Liebster irrte. Die Ansichten des Colonels waren unverändert. Der gesellschaftliche Status der Familie ging ihm über alles, und sogar in diesen schweren Zeiten achtete er weiter streng aufs Protokoll. Das hieß, er würde die Verbindung zwischen seinem Sohn und Daisy weiterhin nicht gutheißen. Und wenn Kit sich deswegen mit seinem Vater überwarf, würde das einen Schatten auf ihr zukünftiges Glück werfen. Der Gedanke, dass sie der Grund für die Entfremdung zwischen Kit und seinen Eltern wäre, war ihr abgrundtief verhasst. Das hatte sie ihm bisher nicht gesagt, aber sie war entschlossen, die Verlobung zwischen ihnen erst bekanntzugeben und zu heiraten, wenn dieser Krieg vorbei und Kit sicher zu Hause war. Sie mussten sich bis

Kriegsende gedulden. Aber die Kämpfe zogen sich bereits ewig hin. Anfangs hatte es geheißen, spätestens bis Weihnachten sei der Krieg vorbei.

In Wahrheit aber war ein Ende der Kämpfe immer noch nicht abzusehen. Inzwischen weinte auch die arme Mrs Polmartin um ihren Sohn, und sie war nicht die Einzige, der ein geliebter Mensch entrissen worden war. Auch Daisy quälte sich mit dem Gedanken an die schreckliche Gefahr, in der sich Kit befand. Er war verwundet worden, als er einen verletzten Kameraden aus einem Granattrichter geborgen hatte, und auch wenn sein Mut und die Beförderung zum Hauptmann, die er deswegen bekommen hatte, sie mit Stolz erfüllten, machten sie ihr gleichzeitig auch Angst.

Inzwischen lebte sie nur noch für seine Briefe und ihr Wiedersehen und war längst nicht mehr das unbeschwerte junge Mädchen, das er hier zurückgelassen hatte. Von all der schweren Gartenarbeit waren ihr Hände rau, ihr Haar war länger und noch wilder gelockt als zuvor, ihre Wangen waren rosig, und sie hatte unzählige Sommersprossen im Gesicht. Sie hatte Muskeln von der schweren körperlichen Arbeit und war lange nicht mehr so zart wie in den ersten Monaten nach ihrer Ankunft auf dem Land.

Daisys Bruder Eddie ging mit seinen fünfzehn Jahren noch zur Schule, doch er wünschte sich nichts sehnlicher, als in den Krieg zu ziehen. In seinen Briefen jammerte er, weil er noch zu jung zum Kämpfen war, und als er in den Ferien nach Rosecraddick kam, erklärte er ihr ein ums andere Mal, er wolle endlich »mitspielen«, bevor der Krieg vorüber sei.

Wie hätte Daisy ihm erklären sollen, dass die Wirklichkeit des Krieges nichts mit den noblen Heldentaten aus Romanen zu tun hatte? Das Grauen, das Kit ausführlich beschrieb, war unaussprechlich, und sie wusste, er und seine Kameraden machten an der Front die Hölle durch.

Das wusste sie nicht nur aus Kits Gedichten und den Zeitungen, sondern vor allem aus den Gesprächen mit ihrem Vater, der inzwischen Chirurg bei einem Sanitätskorps war. Da er Eddie sicher auf dem Internat und Daisy bei ihrem Patenonkel im Pfarrhaus wusste, hatte er das Haus in Fulham verlassen und tat jetzt an der Westfront Dienst in einem Lazarett. Er war bisher nur einmal heimgekommen und hatte diese Woche, da er dringend frische Luft und Ruhe brauchte, in Rosecraddick verbracht. Daisy war schockiert gewesen, ihn so ausgemergelt zu sehen, und in den Nächten hatte sie ihn mehr als einmal schreien hören. Eines Nachmittags waren sie über den Klippenweg spaziert, und er hatte ihr ein wenig davon erzählt, was er an der Front gesehen hatte, und ängstlich hatte sie dabei an Kit gedacht.

Sie spazierten bis zur Landzunge und schauten auf das graue Meer und die weiße Gischt hinaus. Daisy konnte sich nicht vorstellen, dass hinter dieser düsteren Weite Belgien und Frankreich lagen, wo die Männer in den Schlammfluten ertranken oder blind durch Stacheldrähte stolperten. Sie hatte irgendwo gelesen, dass der grässliche Kanonendonner bis nach Kent zu hören war. Wie grässlich musste er dann den Soldaten in den Ohren hallen? Tatsächlich hatte sie gehört, die Männer würden unter diesem grauenhaften Lärm zusammenbrechen oder den Verstand verlieren. »Kriegszitterer« nannte man sie, und wie es aussah, war auch Dickon Trehunnist einer von ihnen und lag im Krankenhaus, unfähig zu sprechen oder zu essen. Daisy mochte ihn nicht, aber der Gedanke, dass ein junger Mann in einem derart jämmerlichen Zustand war, tat ihr in der Seele weh. Ein solches Schicksal hatte auch Dickon nicht verdient.

»Sag mir, wie es wirklich an der Westfront ist, Papa. Ich muss die Wahrheit wissen, denn ich habe Freunde dort«, flehte sie ihren Vater an.

Vor allem kämpft dort auch der Mann, dem meine ganze Liebe gilt.

Ihr Vater neigte seinen Kopf, und Daisy fielen die grauen Strähnen in seinen dunkelroten Locken auf.

»Die Einzelheiten brauchst du nicht zu kennen. Leiste einfach weiter deinen Beitrag, Liebes. Auch das, was du hier tust, ist wichtig für den Sieg.«

»Dann soll ich also einfach weiter Schals und Socken stricken und so tun, als wäre alles gut? Aber ich bin nicht dumm, Papa.«

»Das ist mir klar –«

Doch Daisy wollte keinen weiteren Vortrag hören. »Ich sollte auch dort drüben sein! Ich könnte als Schwesternhelferin in einem Lazarett arbeiten. Es muss ja niemand wissen, dass ich noch nicht alt genug dafür bin.«

Der Gedanke war ihr bereits öfter durch den Kopf gegangen, denn als Tochter eines Arztes und nach all der Zeit im Sanatorium kannte sie sich hinlänglich mit Krankheiten und Verletzungen aus. Sie war nicht zimperlich, konnte zupacken und wusste, dass sie drüben eine größere Hilfe wäre als in Cornwall. Wie viele Socken konnte sie schon stricken, und war es tatsächlich wichtig, Mrs Polmartin, die seit dem Tod ihres Sohnes nur noch ein Schatten ihrer selbst war, bei der Hausarbeit zur Hand zu gehen? Ihr Patenonkel konnte schließlich wie die anderen in der Küche essen und käme auch sonst problemlos ohne ihre Hilfe aus. Daisy musste etwas tun, was wirklich half. Sie musste etwas tun, was wirklich einen Unterschied machte. Auch viele Jungen machten sich älter, damit die

Armee sie nahm. Und wenn ihr Vater ihr nicht half, würde sie dasselbe tun.

»Ich bin achtzehn, ich komme mit der Wahrheit sicher klar.«

»Das glaube ich nicht.«

»Die Wahrheit ist auf alle Fälle besser, als nichts zu wissen«, beharrte sie, und wieder blickte ihr Vater nur stumm aufs Meer hinaus.

»Ich sehe das auch so, Liebes, aber ich will dich nicht belügen«,
setzte er so leise an, dass Daisy sich nach vorne beugen musste, um
ihn über die Brandung hinweg zu verstehen. »Es ist ein furchtbares
Gemetzel. Es gibt dort Verwundungen, die ich mir in meinen
schlimmsten Träumen nicht hätte vorstellen können.«

»Aber stehen der Sieg und das Kriegsende nicht kurz bevor,
Papa?«

Die Zeitungen schrieben ständig von der letzten großen Offensive, die die endgültige Wende bringen würde, aber ihr Vater lachte
bei der Frage nur verbittert auf.

»So einen Krieg kann keine Seite je gewinnen. Sie gehen mit Granaten, Bajonetten und unzähligen anderen Waffen aufeinander los,
die ausschließlich zu dem Zweck entwickelt wurden, zu verstüm-
meln und zu töten. Unzählige Männer haben Arme oder Beine
verloren, sind durch die Granatsplitter erblindet oder haben Gesichter, die kaum noch als solche zu erkennen sind. Manche schreien
nach ihren Müttern oder ihren Ehefrauen, und andere liegen tagelang im Schlamm der Krater, während links und rechts die Leichen
ihrer Kameraden verrotten, und beten zu Gott, dass er sie endlich
sterben lässt.«

Daisy brachte keinen Ton heraus und holte mühsam Luft.

»Die jungen Männer werden lahm, weil ihre Stiefel nutzlos sind
und ihre Füße in den nassen Gräben anfangen zu faulen, oder sie

bekommen Lungenentzündung. Manche Männer stumpfen völlig ab, als wäre ihr Verstand vor all dem Grauen geflohen. Sie schreien und heulen und zerkratzen sich die Gesichter, denn die Bilder haben sich ihnen unauslöschlich eingebrannt. Muss ich noch mehr erzählen?«

Daisy schüttelte nur stumm den Kopf.

Er wandte sich ihr zu, und zu ihrem großen Kummer strömten Tränen über sein Gesicht.

»Ich verzweifle daran. Vor allem daran, wozu wir Menschen fähig sind. Wir haben einen Weg gefunden, uns in einem bisher nie gekannten Ausmaß gegenseitig zu verletzen, und wir nutzen diese Möglichkeit nach Kräften. Glück haben die, die sofort tot oder bereits früh gestorben sind, denn für die anderen ist das Leben dort schlimmer als der Tod. Glaub mir, Daisy, dieser Krieg wird als das blutigste Ereignis in die Menschheitsgeschichte eingehen. Durch diese Kämpfe werden ganze Familien ausgelöscht. Ganze Dörfer müssen miterleben, dass nicht einer ihrer jungen Männer wiederkommt – wobei ich dir schon lange nicht mehr sagen kann, wozu das alles gut sein soll. Ich kann nur mein Bestes geben, um das Leid zu lindern. Mehr kann ich nicht tun.«

In den düsteren Worten ihres Vaters hallten Kits Gedichte nach, weshalb Daisy nun ebenfalls in Tränen ausbrach. An dem Nachmittag weinte sie um Gem und Nancy, um Dickon, Bertie Polmartin und ihren dummen kleinen Bruder, der sich danach sehnte, in den Krieg zu ziehen, sie weinte aus Angst vor dem, was ihrem Liebsten widerfahren könnte, und weil all das so eine furchtbare und sinnlose Vergeudung war.

Als sie nicht mehr weinen konnten, kehrten sie und ihr Vater schweigend in das Haus des Reverend zurück, und als er ihr am nächsten Morgen einen Abschiedskuss gab, dachte sie mit wehmütigem Stolz, was für ein anständiger, kluger, mutiger und engagierter Mann ihr Vater war. Daisy schwor sich, nach Kits Urlaub ungeachtet ihres Alters Dienst als Schwesternhelferin in einem Lazarett zu tun. Sie musste etwas tun. Scheintot hier zu warten, bis der Krieg vorüber war, reichte nicht.

Doch bis es so weit war, half sie Mrs Polmartin, das Haus zu führen, arbeitete im Garten und nahm Nancy einen Großteil ihrer Arbeit ab. Das Sockenstricken für die englischen Soldaten aber gab sie schließlich auf.

»Sie müssen schon genug ertragen, ohne diese Dinger anziehen zu müssen«, neckte Nancy sie und fuchtelte mit einem ihrer kläglichen Versuche, für den Sieg zu stricken, durch die Luft. »Ich an Ihrer Stelle würde eher im Garten helfen.«

Da hatte Nancy durchaus recht, denn Daisy konnte zwar nicht stricken, aber für die Gartenarbeit hatte sie erstaunliches Talent. Manchmal, wenn sie in der Kirche saß und auf den Hinterkopf des Colonels blickte, der zwar nicht mehr jeden Sonntag, doch zumindest hin und wieder in der ersten Reihe Platz nahm, fragte sie sich, was er davon hielte, dass die zukünftige Frau seines Sohnes mit einem Spaten in der Erde grub. Sicherlich wäre er entsetzt.

Inzwischen führte Daisy wieder regelmäßig Tagebuch und hielt darin den Alltag in Rosecraddick fest, vor allem aber schrieb sie ausführlich an Kit. Sie schrieb ihm jeden Tag und hielt ihre Gefühle nicht zurück, verschwieg ihm aber ihre Angst. Sie wollte für ihn tapfer sein und schrieb ihm Neuigkeiten von zu Hause, amüsante kleine Anekdoten, die ihn hoffentlich zum Lächeln brachten, und von ihren Träumen für die Zukunft, wenn der Krieg vorüber war. Solange sie ihm schreiben konnte und ihre Briefe ihn erreichten, kam es ihr vor, als wäre er nicht allzu weit weg. Sie stellte sich oft vor, wie er auf seiner Pritsche lag, ihre Zeilen las und sich von der Gewissheit trösten ließ, dass sie immer an ihn dachte und bei seiner Rückkehr für ihn da sein würde.

In Wirklichkeit erschienen ihr die wunderbaren Sommertage, als sie Hand in Hand im kühlen Wald spazieren gegangen oder in der Bucht geschwommen waren, wie ein fast schon verblasster Traum, und manchmal hatte Daisy Angst, das Bild, das sie von Kit im Gedächtnis hatte, büße allmählich an Schärfe ein. Zwar sah sie ihn vor sich, wenn sie die Augen schloss, doch wenn sie sich auf Einzelheiten konzentrieren wollte, begann er sich wie in ihrem Alptraum aufzulösen. An manchen Abenden lag sie im Bett und sah sein Gesicht mit den feinen Zügen vor sich und seinen warmen, liebevollen Blick in dem Moment, bevor er in das Boot gestiegen und davongesegelt war – in anderen Nächten aber war er nur ein dunkler Schattenriss. Dann sprang sie eilig aus dem Bett, lockerte das Dielenbrett und griff nach der Blechkiste. Sie saß zitternd auf dem blanken Holz und hauchte der Erinnerung an Kit durch die Lektüre seiner liebevollen Worte und alter Tagebucheinträge und durch ihren größten Schatz – eine Strähne seiner blonden Haare – neues Leben ein. Kit hatte diese Strähne neben einem Liebesbrief unter dem losen Stein in der Friedhofsmauer für sie hinterlassen, und als Daisy sie nach seiner Abreise gefunden hatte, hatte sie laut aufgeschluchzt.

Die Bilder ihrer zauberhaften Stunden auf dem Boot waren noch genauso hell und leuchtend wie das klare Licht, das auf die Landschaft Cornwalls fiel.

Wenn sie ihre Arbeiten erledigt hatte und der Reverend, dessen Augen immer schlechter wurden, sie nicht mehr zum Vorlesen brauchte, ging sie oft hinunter in die Bucht und spazierte am Meer entlang. Manchmal ließ sie Kieselsteine auf dem kalten Wasser hüpfen oder suchte Scherben, die das Wasser glatt geschmirgelt hatte und die sie besonders liebte, weil sie genauso leuchtend grün waren wie Kits klarer Blick. In der Einsamkeit der Bucht, in der sie nur die Möwen schreien und die Wellen plätschern hörte, fühlte sie sich ihm am nächsten und hing der Erinnerung an die gemeinsamen Stunden mit ihm nach. Manchmal setzte sie sich auf den Felsen, von dem er bei ihrem ersten Treffen seine Tweedjacke genommen hatte, damit sie sich in ihrer nassen Unterwäsche darin einhüllen konnte. In diesen Augenblicken glaubte sie fast, er würde gleich am Fuß des Klippenpfads erscheinen, um ihr lächelnd zuzuwinken und mit großen Schritten auf sie zuzulaufen.

Eines Dienstags Mitte Mai hatte Daisy einen Nachmittag für sich, was selten vorkam. Sie ging in die Bucht, setzte sich auf den Felsen, schlang die Arme um die Beine und legte ihr Kinn auf ihre Knie. Der Tag war kühl und stürmisch, und das Wasser und der Himmel trafen sich in einer dunklen grauen Linie. Die Sonne verschwand immer wieder hinter einer Wolkenwand. Zwar hatte sie ein Schinkenbrot und ein Buch dabei, aber nach Essen oder Lesen war ihr nicht zumute, und da sich die Unruhe des Wetters auf sie übertrug, hüllte sie sich fester in ihr wollenes Tuch und blickte auf das Meer.

Unvermutet trat die Sonne wieder hinter den Wolken hervor, und es sah so aus, als käme jemand schnellen Schrittes den Klippenpfad herab. Daisy hob den Kopf und starrte in die Richtung. Schon hatte die Gestalt den Strand erreicht und kam direkt auf sie zu.

Sie runzelte die Stirn. Der Mann trug eine Schirmmütze und eine khakifarbene Uniform. Natürlich hatte sie seit Kriegsbeginn schon zahlreiche Soldaten durch das Dorf marschieren sehen, aber hier am Strand? In einer abgelegenen Bucht, die nur mit Mühe zu erreichen war?

Sie blinzelte.

Das konnte doch nicht sein …

Er hätte ihr geschrieben, hätte sie im Vorfeld über seine Ankunft informiert. Und doch …

Sie sprang so eilig auf, dass ihr Buch und das Sandwich auf die Erde fielen. Das Blut rauschte in ihren Ohren, als sie mit wild klopfendem Herzen auf ihn zurannte.

Dann lag sie in seinen Armen, er zog sie an seine Brust, strich ihr mit einer Hand über das Haar, und überglücklich schmiegte sie sich an den groben Stoff seiner Uniform.

Er war wieder da! Oder bildete sie sich das nur ein? Aber wenn er nicht wirklich vor ihr stünde, würde sie doch nicht die harten Knöpfe seiner Uniform an ihrer Wange spüren. Und nicht erschaudern, weil die Stoppeln seines Bartes sich an ihrem Kopf rieben, als er sein Gesicht in ihrem Haar vergrub.

»Du bist zurück!«

Sie konnte einfach nicht glauben, dass sie nach der langen Zeit der Trennung und so vielen angstdurchwachten Nächten tatsächlich in seinen Armen lag.

»Du bist zurück.«

Wortlos nahm er sie noch fester in den Arm, und während Daisy auf das Pochen seines Herzens lauschte, küsste ihr geliebter Kit ihr sanft die Tränen fort.

»Habe ich dir nicht versprochen, dass ich zurückkomme, Daisy Hills?«

12

Kit hatte nur sechs Tage Urlaub, und die Zeit war doppelt kostbar, weil von diesen Tagen einer für die Heimreise und ein zweiter für die Rückkehr zu seiner Einheit vorgesehen waren. Seine Eltern waren überglücklich, und nachdem der Colonel immer noch so krank war, wollte Daisy nicht, dass es zu einer Auseinandersetzung zwischen Kit und ihm kam. Vor allem hatten sie nur ein paar Stunden, in denen sie sich heimlich sehen konnten, und sie wollte keinen Augenblick damit vergeuden, dass sie selbst darüber mit ihm in Streit geriet.

»Ich will nicht, dass du deinen Eltern von uns erzählst«, erklärte sie deshalb, während sie Hand in Hand in ihrer Bucht spazieren gingen. »Dies ist nicht der rechte Augenblick, und ich will nicht, dass du dich mit deinen Eltern während deines Urlaubs überwirfst.«

Er verstärkte seinen Griff um ihre Hand. »Ich will dich heiraten. Ich möchte, dass du meine Frau wirst, Daisy.«

»Und das werde ich, wenn dieser Krieg vorbei ist und du wieder zu Hause bist. Bitte, Kit, lass uns das bisschen Zeit, das wir zusammen haben, nicht mit sinnlosen Diskussionen vergeuden. Ich liebe dich, und du liebst mich. Ist das nicht genug?«

Er schüttelte den Kopf. »Nein. Ich möchte, dass du offiziell meine Verlobte bist. Du bist mein Mädchen, und die ganze Welt soll es wissen.«

»Wir wissen es, und das ist doch das Einzige, was zählt. Um alles andere kümmern wir uns, wenn der Krieg vorüber ist. Du hast nur ein paar Tage Urlaub, und dein Vater ist schwer krank.«

Zwar sah er alles andere als glücklich aus, aber er nickte widerstrebend.

»Du hast ja recht, Daisy. Ich wünschte mir nur, es wäre alles anders. Ich habe manchmal fürchterliche Angst, dass die Zeit, die uns beschieden ist, nicht reicht.«

»Selbst wenn wir tausend Leben hätten, würde sie nicht reichen«, antwortete sie, und vor Liebe schwoll ihr das Herz. »Die Zeit wird niemals reichen, wenn es darum geht, mit dir zusammen zu sein. Also lass uns das Beste aus den Stunden machen, die wir haben.«

Natürlich reichte ihnen die Zeit bei Weitem nicht, erkannte Daisy, denn die vier Tage seines Urlaubs kamen ihr wie vier Minuten vor. Wobei die Zeit seit Kriegsbeginn ansonsten beinah stehenzubleiben schien. Angefüllt mit unzähligen Aufgaben und Pflichten, die nur von den schlimmen Augenblicken unterbrochen wurden, in denen Daisy, den Atem vor Angst angehalten, die Gefallenenlisten durchging, schleppte sie sich seit fast zwei Jahren dahin.

Dagegen waren die letzten Tage wie im Flug vergangen, und am Morgen vor Kits Abfahrt hätte sie am liebsten ihr Gesicht im Kopfkissen vergraben und sich vor dem drohenden Abschied versteckt.

Sie hatten die vergangenen Tage mit der Liebe und mit den Erinnerungen eines ganzen Lebens angefüllt. Neben dem Zusammensein mit seinen Eltern hatte Kit immer wieder Zeit mit Daisy im Wald und auf dem Klippenweg verbracht. Alles war so nass, als wäre die ganze Welt in Tränen ausgebrochen, und einmal hatten sie sich vor dem Regen in der alten Scheune eines kleinen Bauernhofs versteckt. Eng umschlungen hatten sie im Heu gelegen und sich ihre wunderbare Zukunft ausgemalt. Falls Daisys Patenonkel oder Mrs Polmartin überrascht gewesen waren, weil Daisy trotz des Regens mit einem schweren Picknickkorb am Arm spazieren gehen wollte, hatten sie es sich nicht anmerken lassen – wofür sie wirklich dankbar war. Die Zeit war knapp, sie wollte sie nicht mit Erklärungen vergeuden.

»Ich bin es einfach leid, mich zu verstecken«, hatte Kit gesagt, ihr sanft das Haar aus dem Gesicht gestrichen und sie auf den Mund geküsst. »Die ganze Welt soll wissen, dass du meine wunderschöne, wundervolle Daisy bist.«

Schließlich aber musste sie sich eingestehen, dass der letzte Tag seines Urlaubs angebrochen war, und stand auf, um Mrs Polmartin bei der Vorbereitung für das Frühstück und danach beim Abräumen des Geschirrs zur Hand zu gehen.

Bis sie und Nancy mit dem Abwasch fertig waren, hatte sich der Himmel aufgehellt, und die vom Regen reingewaschene Welt breitete sich glitzernd vor ihr aus. Das Meer war leuchtend blau, der Himmel klar, und während Daisy im Salon an ihren Bruder schrieb, hoffte sie, dass das ein gutes Omen war. Womöglich wurde doch noch alles gut.

Ihr Patenonkel war mit seiner kleinen Kutsche unterwegs, also hatte sie den ganzen Tag für sich. In der Hoffnung, dass Kit sich noch einmal mit ihr treffen könnte, schaute sie in Richtung seines Turmfensters und sah dort das weiße Taschentuch wie eine kleine Fahne flattern. Er hatte also vor, sie in der Bucht zu treffen. Weiter wollte sie erst einmal nicht denken. Es graute ihr vor dem bevorstehenden Abschied, aber da er keinen Schatten auf ihren letzten gemeinsamen Tag werfen sollte, konzentrierte sie sich besser auf die Zeit, die ihnen blieb.

Sie suchte gerade Löschpapier, als plötzlich das Geräusch von Rädern auf dem Kies der Einfahrt durch das offene Fenster drang. Sie riss die Augen auf, als sie den eleganten dunkelblauen Rolls-Royce entdeckte, in dem Kit – in seiner Uniform noch schneidiger als sonst – vorgefahren war. Er wagte es, sie hier im Pfarrhaus zu besuchen? Das war wirklich kühn!

Kurz darauf trat Nancy aufgeregt ins Wohnzimmer.

»Hauptmann Rivers, Miss«, meldete sie, und Daisy nahm das amüsierte Zucken ihrer Lippen wahr. »Was in aller Welt kann er hier wollen?«

Daisy hoffte, dass ihr die Aufregung nicht anzusehen war.

»Ich habe keine Ahnung. Aber führe ihn doch herein, Nancy. Es wäre schließlich unhöflich, ihn draußen vor der Tür stehen zu lassen, meinst du nicht?«

Mit der Schirmmütze unter dem Arm kam er hereinmarschiert. Er machte eine förmliche Verbeugung, und als Daisy daran dachte, dass er sich am Tag zuvor von ihr das Heu aus seinen goldenen Haaren hatte zupfen lassen, huschte ein verstohlenes Lächeln über ihr Gesicht.

»Kann ich Ihnen eine Erfrischung anbieten, Hauptmann?«, bot Nancy höflich an.

Kit schüttelte den Kopf. »Ich habe leider nicht viel Zeit. Ich muss zu einem Termin in Truro und habe mich gefragt, ob mich der Reverend vielleicht begleiten und mit mir zu Mittag essen will? Und Sie, Miss Daisy, vielleicht auch.« Bei diesen Worten zwinkerte er Daisy zu, und sofort war ihr klar, dass er mit Absicht, erst nachdem der Reverend das Haus verlassen hatte, vorgefahren war. Vor lauter Aufregung hatte sie Schmetterlinge im Bauch.

»Schade. Sie haben meinen Patenonkel knapp verpasst.«

»Was für ein Jammer«, stimmte er ihr zu. »Aber wenn ich schon mal hier bin, haben Sie ja vielleicht Lust zu einer Fahrt in meinem Automobil, Miss Daisy.«

Sie sah durchs Fenster zu dem offenen Wagen. Sie war noch nie in einem gefahren. Sicher musste es ein herrliches Gefühl sein, mit brummendem Motor dahinzuschießen, während ihr der Fahrtwind um die Nase blies.

In Kits Rücken nahm sie Nancys aufmunterndes Nicken wahr, und lächelnd sagte sie: »Ich habe sogar große Lust.«

»Wunderbar.« Er strahlte sie an. »Aber ich muss Sie warnen. Es könnte etwas kühl werden, am besten ziehen Sie sich also warm an.«

Daisy lief in ihre Dachkammer und zog sich ihre wärmsten Sachen, ihren Wintermantel und dicke Wollhandschuhe an. Wie es aussah, hatte sie nicht übertrieben, denn als sie zu seinem Wagen kamen, zog Kit sich einen langen Ledermantel, einen dicken Schal, Ledermütze, Lederhandschuhe und eine Brille an.

»Bist du je zuvor in einem Automobil gefahren?«

Sie schüttelte den Kopf.

»Du wirst begeistert sein«, versprach er ihr. »Es ist wie Radfahren, nur noch besser. Merk dir meine Worte – eines Tages werden alle in solchen Gefährten durch die Gegend fahren.«

Automobile waren furchtbar teuer, und sie stieß ein ungläubiges Lachen aus.

»Mach dich ruhig über mich lustig«, meinte Kit. »Aber es stimmt. Zieh das hier an«, bat er und hielt ihr eine Brille, einen Schal und eine Lederkappe hin. »Und dann steig ein.«

Sie tat, wie ihr geheißen, und sobald sie saß, hüllte er sie in eine warme Decke und vergewisserte sich, dass die Brille richtig saß.

»Bereit?«, erkundigte er sich und nahm hinter dem Lenkrad Platz.

»Bereit!«

Er hatte recht. Sie liebte jeden Augenblick der Fahrt und genoss den Wind, der ihnen um die Nase blies, die unbändige Kraft des dröhnenden Motors und das Geruckel und Knarzen, wenn Kit die Gänge wechselte. Fast war sie traurig, als sie die Stadt erreichten und Kit in der Hauptstraße von Truro hielt.

»Musstest du tatsächlich in die Stadt?«, erkundigte sie sich.

»Natürlich!«, antwortete er und tat empört. »Du glaubst doch wohl nicht, ich hätte dir was vorgemacht, damit ich dich entführen und verruchte Dinge mit dir treiben kann?«

Wie etwa seine Nase zwischen ihren Brüsten zu vergraben, wie er es am Nachmittag zuvor getan hatte?

»Wir wissen beide, dass du dafür nicht extra den ganzen Weg nach Truro hättest fahren müssen, Kit«, rief sie ihm leise in Erinnerung.

Er errötete und lachte auf. »So gern ich jeden Augenblick mit dir in irgendwelchen abgeschiedenen Buchten oder Heuschobern verbringen würde, habe ich tatsächlich hier in der Stadt zu tun. Kannst du dir vorstellen, worum es geht?«

Sie wickelte sich aus dem Schal, setzte die Brille ab und blickte ihn verwundert an.

»Musst du zu deinem Schneider?«

»Nein. Versuch's noch mal.«

»Willst du mit mir mittagessen gehen?«

Wieder lachte er. »Natürlich will ich mit dir mittagessen gehen, aber das hätten wir auch gut in einem der Lokale auf dem Weg machen können. Ich kann es einfach nicht mehr für mich behalten, Daisy. Wir sind hier in Truro, weil ich einen richtigen Verlobungsring für dich besorgen will.«

»Hatten wir nicht vereinbart, damit bis nach dem Krieg zu warten?«

»Wir haben vereinbart, erst nach dem Krieg zu heiraten und meine Eltern dann erst zu informieren. Und auch das nur, weil du ausdrücklich darauf bestanden hast. Um etwas anderes ging es dabei nicht. Vor allem habe ich schon den perfekten Ring bei einem Juwelier gesehen. Er ist wie für dich gemacht. Also, wirst du jetzt den ganzen Tag im Wagen sitzen bleiben, oder kommst du mit, um ihn dir anzuschauen?«

Mit einem leisen Seufzer stieg Daisy aus. In Wahrheit aber war sie überglücklich, als sie Arm in Arm mit ihm durch Truros schmale Gassen schlenderte und mit zurückgelegtem Kopf zum Turm der Kathedrale aufblickte, als wären sie ein ganz normales Paar an einem ganz normalen Tag. Als wäre ihr böser Traum niemals wahr geworden, als wäre kein Krieg ausgebrochen und als hätten Kit und sie sich offiziell verlobt. Sie genoss in vollen Zügen, sich zum ersten Mal ganz offen mit ihm zeigen zu können, denn auch wenn sie die geheimen Momente in versteckten Buchten und im Heu aufregend fand, war es schön, einmal nicht die heimliche Verlobte zu sein. Wann fand dieser Krieg nur ein Ende, und sie konnten endlich heiraten?

Kit führte sie in einen kleinen Juwelierladen in einer Gasse unterhalb der Kathedrale und wies auf einen schmalen Ring, der dort auf einem königsblauen Samtbett lag. Er hatte nicht zu viel versprochen, denn das Schmuckstück war perfekt. Es war ein goldener Ring mit kleinen Diamanten, die ein Gänseblümchen bildeten, und als er ihn ihr auf den Finger schob, kam es ihr vor, als hätte er dort immer schon gesteckt. Als hätte sich das Rad des Schicksals, das sie nach Rosecraddick und zu Kit geführt hatte, ein drittes Mal gedreht. Als wäre dieser Ring genau wie ihre Liebe vorherbestimmt gewesen.

Danach gingen sie zu einem Fotografen und posierten dort für Einzelaufnahmen und für ein Verlobungsbild. Kit blickte mit ernster Miene in die Kamera, und wieder einmal stellte Daisy fest, wie gut ihm die Uniform stand. Wahrscheinlich wirkte sie in ihrem einfachen geblümten Baumwollkleid nicht annähernd so elegant.

Sie musste Kit versprechen, ihm sofort eins der Bilder zu schicken, wenn der Postbote sie ihr ins Pfarrhaus brächte, und als sie wieder auf die Straße traten und der neue Ring an ihrem Finger im hellen Licht der Sonne funkelte, sagte er: »Ich sehe dich zwar vor mir, sobald ich die Augen schließe, aber trotzdem wäre es noch schöner, ein Foto von dir zu haben. Die anderen werden sicher furchtbar neidisch, wenn sie sehen, wie wunderschön meine Verlobte ist.«

Sie rollte mit den Augen, denn sie hielt sich nicht gerade für eine Schönheit. Rote Locken und Sommersprossen waren schließlich alles andere als modern.

»Mach nicht so ein Gesicht!«, schalt Kit sie. »Natürlich bist du wunderschön! Und zwar auf jede vorstellbare Art. Du hast mich heute zum glücklichsten Mann der Welt gemacht. Und jetzt gehen wir unsere Verlobung feiern, zukünftige Mrs Rivers. Was meinst du?«

Die hübsch verzierte, weiß gestrichene Fassade des Hotels, vor dem sie standen, sah beinah wie eine Hochzeitstorte aus. Ein Page in grüner Livree mit goldenen Tressen öffnete die breite Glastür für sie, und als er sich verbeugte, lachte Daisy leise auf.

»An all das wirst du dich gewöhnen müssen, wenn du Lady Rivers bist«, erklärte Kit ihr grinsend, und sie riss die Augen auf. Sie hatte bisher nicht darüber nachgedacht, was sich durch ihre Heirat alles ändern würde. Für sie war er ganz einfach Kit, aber natürlich war er auch der Erbe eines Titels und ausgedehnter Ländereien. Kein Wunder, dass sein Vater für ihn eine Frau wie Emily Pendennys vorgesehen hatte. Zwar konnte Daisy eine Blutung stillen und verstand einiges von Politik – aber mit der Fuchsjagd, Bällen und Empfängen in der besseren Gesellschaft kannte sie sich nicht einmal ansatzweise aus. Zum ersten Mal seit ihrer Verlobung stiegen Zweifel in ihr auf.

»Du wirst die wunderbarste Lady Rivers werden, die es je gegeben hat«, flüsterte Kit ihr zu und küsste ihr die Hand. »Und mich wird es mit grenzenlosem Stolz erfüllen, dich der Welt als meine Frau vorzustellen.«

Daisy lächelte beruhigt. Im Grunde konnte sie nur hoffen, dass es einmal ihre größte Sorge wäre, welche Gabel sie benutzen sollte oder ob sie einen Hausball ausrichten konnte, ohne sich bis auf die Knochen zu blamieren.

Kit wurde überschwänglich vom Hoteldirektor in Empfang genommen und Daisys abgetragener Mantel mit derselben Sorgfalt aufgehängt wie ein teurer Nerz. Dann wurden sie zum besten Tisch des Restaurants geführt, und Daisy versuchte, sich nicht anmerken zu lassen, wie beeindruckt sie von den Kristalllüstern und der mit einem roten Teppich ausgelegten breiten Treppe war. Im Gegensatz zu ihr war die Familie Rivers eine solche Atmosphäre sicher gewöhnt. Ihr wurde bewusst, welch wohlhabende, einflussreiche Leute Colonel und Lady Rivers waren.

»Wir hätten gern Champagner«, wandte Kit sich dem Ober zu. »Den besten, den Sie haben.«

Wenige Minuten später trat der Mann mit einer Flasche an den Tisch, entkorkte sie und füllte zwei kristallene Champagnerflöten mit dem perlenden Getränk.

»Gibt es etwas zu feiern, Sir?«, fragte er, als er die Flasche in den eisgefüllten Kühler gleiten ließ.

»Allerdings, mein Guter – au!«

Kit jaulte leise auf, als Daisy ihm gegen das Schienbein trat. Aber sie konnte nicht riskieren, dass er zu viel verriet, denn offenbar war die Familie Rivers in diesem Hotel sehr gut bekannt.

»Wir feiern meinen Urlaub«, klärte er den Ober hastig auf.

Der nickte und musterte Daisy mit einem Blick, der sie bis unter die Haarwurzeln erröten ließ. Es war ihr furchtbar peinlich, dass er sie offenbar für Kits Mätresse hielt.

»Um ein Haar hättest du uns verraten«, schimpfte sie, als sie wieder alleine waren.

Als Antwort nahm er ihre Hand, strich mit dem Daumen über ihren neuen Ring, und ein ehrfürchtiges Lächeln huschte über sein Gesicht. »Ich habe einfach keine Lust, meine Gefühle zu verstecken. Es macht mich unglaublich stolz, dass du meine Verlobte bist, Daisy. Am liebsten würde ich es von den Dächern schreien, wie glücklich du mich machst.«

Er hob sein Glas. »Auf unsere Verlobung und das Glück, das du mir bescherst.«

Sie stießen an – aber sosehr sich Daisy auch bemühte, schaffte sie es nicht, das zunehmende Unbehagen zu verdrängen, das in ihr aufgestiegen war. Denn bald schon würden sie wieder Abschied nehmen müssen.

Das Essen war bestimmt vorzüglich, aber sie schmeckte kaum, was sie aß, und statt Champagner hätte sie auch Wasser trinken können. Sie konzentrierte sich ganz auf Kit, und wenn sie einmal nicht in seine Augen blickte, schaute sie auf ihren Ring. Sie würde ihn nicht offen tragen können, sondern in der kleinen Blechdose aufbewahren. Wenn er endgültig nach Hause kam, würde er mit seinen Eltern sprechen, und dann würde sie das wunderbare Schmuckstück niemals wieder abnehmen.

Nach dem Verlobungsessen machten sie sich auf den Heimweg. Kit lenkte nur mit einer Hand und legte seine andere auf Daisys Knie, doch beiden machte die bevorstehende Trennung zu schaffen. Als er den Wagen auf den holprigen Feldweg lenkte, der zu ihrer alten Scheune führte, wusste Daisy nicht, ob sie den Schmerz ertrüge, ihm ein letztes Mal so nah zu sein, um ihn dann wenig später wieder zu verlieren.

Es brach ihr bereits jetzt das Herz.

Inzwischen hatte eine graue Wolkenwand den morgendlichen Sonnenschein verdrängt, und als sie vor der Scheune hielten, prasselten die ersten dicken Regentropfen auf die Haube des Rolls-Royce.

»Lauf!«, rief Kit ihr zu und riss die Tür des Wagens auf. »Ich ziehe noch die Plane über und komme gleich nach!«

Obwohl sie tat, wie ihr geheißen, war sie bei der Ankunft in der Scheune pudelnass. Genauso ging es Kit, der wenige Momente später kam. Lachend schüttelten sie sich die Regentropfen aus den Haaren, erklommen die wackelige Leiter und fielen ins süß duftende Heu.

Stöhnend meinte Kit: »Was ist das nur für ein Mai!«

»Das schlechte Wetter war doch sicher nur ein Vorwand, um mich noch einmal hierherzulocken«, zog ihn Daisy auf.

»Glaubst du im Ernst, dass ich das Wetter mache, nur damit ich dich verführen kann?«

»Natürlich! Du kannst einfach alles. Vor allem darfst du dir meinetwegen ruhig ein bisschen Mühe geben.«

Grinsend zog er sie an seine Brust und drückte seine Lippen auf ihr Haar.

»Ich würde alles für dich tun«, sagte er voller Leidenschaft, und sie spürte seinen warmen Atem auf ihrem Scheitel. »Du bist mir wichtiger als alles andere, Daisy Hills. Ich denke immer nur an dich, und der Gedanke, zu dir heimzukommen, hält mich aufrecht.«

»Mich auch«, wisperte sie.

Inzwischen lachten sie nicht mehr, und wie die Regentropfen von dem Scheunendach perlte auch die Heiterkeit von ihnen ab.

»Ich lebe nur für deine Briefe, Kit. Von dir zu hören und zu wissen, dass du heimkommst, ist das Einzige, was mich an manchen Tagen daran hindert durchzudrehen.«

Er nahm sie noch fester in den Arm. »Ich lerne alle deine Briefe auswendig. Und in meinen Gedichten schreibe ich dir, wie ich mich in Wahrheit fühle und wie dieser Krieg in Wahrheit ist. In meinen Briefen kann ich das nicht schreiben – aber Daisy, trotzdem muss ich dir all diese Dinge offenbaren. Ich weiß, dass meine Verse nicht romantisch und bestimmt nicht leicht zu lesen sind, aber ich muss dir einfach schreiben, wie es wirklich ist, und ich schwöre dir, dass das, was ich für dich empfinde, in den Zeilen enthalten ist.«

Schluchzend verbarg Daisy ihr Gesicht an seiner Brust. Kits Gedichte waren keine romantischen Sonette, doch durch sie konnte sie die Hässlichkeit des Kriegs durch seine Augen sehen und hatte das Gefühl, ihm nah zu sein. Die Ehrlichkeit, mit der er über diese Dinge schrieb, brachten sie einander näher, als es jede noch so blumig-süße

Zeile geschafft hätte. Durch die Gedichte ließ er Daisy Anteil haben an seinem grauenhaften neuen Alltag. Er hatte ihr einmal erzählt, wie wütend und hilflos es manche Männer machte, wenn sie heimkamen und ihre Frauen nicht verstanden, wie es ihnen im Krieg erging.

»Du lässt mich all das sehen«, sagte Daisy. »Du lässt mich dieses Grauen zumindest annähernd verstehen.«

»Der Krieg hat mich geformt, und wenn wir uns danach zusammen ein Leben aufbauen wollen, ist es wichtig, dass du das verstehst.« Er schnupperte an ihrem nassen Haar. »Auch wenn man unmöglich erklären kann, wie es dort wirklich ist. Dass Männer, die in dem einen Augenblick noch leben, schon im nächsten nicht mehr sind. Dass wir einander Dinge antun müssen, deren Grausamkeit man nicht in Worte fassen kann. Ich bin kein Held und würde niemals wollen, dass du von all den Dingen, die ich getan oder gesehen habe, erfährst. Mit meinen Gedichten flehe ich dich an, mich weiterhin zu lieben, zu ertragen und es zu verstehen, falls ich nicht mehr der Kit von 1914 bin.«

»Ich werde dich bis an mein Lebensende lieben, Kit«, stieß sie mit rauer Stimme hervor, und er nahm seinen Kopf zurück und sah ihr direkt ins Gesicht.

»Ich weiß, dass du das ernst meinst, doch der Krieg verändert einen Mann. Wir sind verlobt, aber wenn du es dir noch einmal anders überlegst oder etwas passiert, was mich für alle Zeit verändert, musst du wissen, dass du die Verlobung lösen darfst. Ich möchte, dass du glücklich bist, selbst wenn es nicht mit mir sein kann. Ich liebe dich so sehr, dass mir dein Glück mehr am Herzen liegt als mein eigenes.«

Jetzt war das Grün seiner Augen dunkler und der Ausdruck darin gequält, als hätte er Dinge sehen müssen, die sich Daisy nicht einmal vorstellen konnte. Sie dachte an zwei dunkle Höhlen auf dem Meeresgrund, in denen all die Ungeheuer lauerten, denen er in diesem grauenhaften Krieg begegnet war.

»Ich werde dich für alle Zeiten lieben, egal was auch passiert«, versprach sie ihm. »Ich werde niemals damit aufhören und dich nie verlassen. Nie.«

»Und wenn ich einen Arm oder ein Bein verliere? Wenn ich erblinde oder zum Kriegszitterer werde?«

Trotzig reckte sie ihr Kinn. »›Lieb‹ ist nicht Liebe, die Trennung oder Wandel könnte mindern, die nicht unwandelbar im Wandel bliebe.‹«

»›O nein, sie ist ein ewig festes Ziel‹«, ergänzte Kit das Zitat aus Shakespeares Sonett, lehnte den Kopf an ihre Stirn und stieß einen müden Seufzer aus. »Vielleicht komme ich nicht zurück, Daisy. Oder womöglich werde ich nie wieder der Alte sein. Das musst du verstehen und darauf vorbereitet sein.«

Daisy wurde kalt, und abermals durchlebte sie die aussichtslose Suche aus ihrem Traum und das entsetzliche Gefühl, dass er ihr nah und doch unerreichbar war.

»Sag das nicht. So darfst du nicht reden, hörst du? Du wirst zurückkommen. Natürlich wirst du das.«

Unglücklich wandte er den Blick ab. »Ich wünsche mir nichts sehnlicher, als heimzukommen, dich zu heiraten und eine Familie mit dir zu gründen. Eine ganze Horde kleiner Kits und Daisys mit dir aufzuziehen, die am Strand herumtollen und denen ich das Segeln und das Schwimmen beibringen kann. Ich will mir eine Zukunft mit dir aufbauen, aber trotzdem würde ich dir keinen Vorwurf machen, wenn du einen anderen Mann fändest, mit dem du glücklich wirst. Falls mir etwas passiert.«

»Ich werde niemand anderen heiraten als dich, Kit«, schwor Daisy ihm. »Ich bin deine Verlobte, ich habe dir ein Versprechen gegeben. Vergiss das nie.« Sie hielt die linke Hand mit ihrem Gänseblümchenring vor sein Gesicht. »Das ist das Einzige, was zählt.« Sie begann zu weinen.

»Aber vielleicht komme ich ja nicht zurück, Daisy. Vielleicht ster-«

Bevor er seinen Satz beenden und ein Unglück heraufbeschwören konnte, drückte sie ihm eilig ihre Lippen auf den Mund, und die Begierde, die der Kuss in ihnen weckte, überrollte sie. Kit zu küssen, war für Daisy so natürlich, wie Luft zu holen.

Zitternd vor Verlangen erwiderte er ihren Kuss. Er küsste, küsste, küsste sie, als ob er nie genug von ihr bekommen könnte. Auch sie ersehnte sich nichts mehr, als ihn zu berühren und zu erforschen. Es zählte nichts anderes mehr für sie, als ganz in seiner Liebe aufzugehen und sich mit jeder Faser ihres Körpers an seine Nähe zu klammern.

Er war ihre Bestimmung, dachte sie und streckte sich ihm sehnsüchtig entgegen, als sein Mund erneut ihre Lippen berührte und er sich auf sie schob. Das Schicksal hatte sie zu Kit und Kit zu ihr geführt. Wie sollte sie in ihrem Leben jemals einen zweiten Menschen treffen, dessen Seele derart im Einklang mit ihrer Seele war? Verlobungsringe, Hochzeiten und Urkunden bedeuteten ihr nichts.

Andere Schwüre als Kits Liebe und seine Berührungen brauchte Daisy nicht. Er war alles für sie, ihre einzige und wahre Liebe, und sie würde ewig warten, um wieder mit ihm vereint zu sein.

13

DAISY

Die Nachricht erreichte sie an einem Tag wie jeder andere. Weder war der Himmel grau noch hinter einer dichten Wolkenwand versteckt, weder stürmte es, noch brachen Blitz und Donner los. Es war ein heller Sommertag, und durch das offene Küchenfenster drangen die frische salzige Meeresluft und das fröhliche Gezwitscher der Vögel, die im Garten heimisch waren.

Daisy saß am Küchentisch und pulte Erbsen für das Abendessen, während Mrs Polmartin sich laut über die schlechte Qualität des Hammelfleischs beschwerte und ihr Patenonkel wie so oft in seinem Arbeitszimmer saß. Er war wie in der letzten Zeit fast jeden Tag im Herrenhaus gewesen und wirkte bei seiner Rückkehr inzwischen immer so besorgt, dass Daisy fürchtete, der gesundheitliche Zustand von Kits Vater habe sich noch mal verschlechtert. Im Garten jätete der alte Clarence derart langsam Unkraut, dass das Unkraut an der Stelle, wo er angefangen hatte, sicher längst wieder nachgewachsen war, ehe er fertig war. Es war ein ganz normaler, ruhiger Nachmittag.

Der große Garten war einfach zu viel für Clarence, überlegte Daisy, während sie die Erbsen in die Schüssel fallen ließ. Doch eine andere Hilfe würden sie nicht finden, denn die jungen Männer waren alle an der Front. Sie mussten sich überlegen, wie es weitergehen sollte, weil sie auf selbst angebaute Nahrungsmittel angewiesen waren. Vielleicht musste der Blumengarten ebenfalls dem Krieg zum Opfer fallen, weil nun Kartoffeln und Gemüse wichtiger waren als hübsche Sträuße für die Kirche. Und auch den Rasen könnten sie umgraben, um Kohl zu pflanzen, mit dem man notfalls durch den Winter kam. Kit hatte recht gehabt, im Krieg blieb nichts, wie es gewesen war.

Abgesehen von ihren Gefühlen für ihn, überlegte Daisy. Sie dachte pausenlos an ihn und fühlte sich seit ihrem letzten Abschied nur noch wie ein halber Mensch. Manchmal drohten seine Züge in ihrer Erinnerung zu verschwimmen, und in dem schmerzlichen Verlangen, kein Detail zu vergessen, eilte sie in ihre Kammer, lockerte das Dielenbrett und zog die Blechdose hervor, in der inzwischen auch die Fotos lagen, die an ihrem heimlichen Verlobungstag in Truro aufgenommen worden waren. Sie musste immer weinen, sobald sie Kit so ernst in seiner Hauptmannsuniform sah, zugleich aber waren ihr die Aufnahmen ein großer Trost. Das Bild von sich hatte sie ihm geschickt, und sie hoffte inständig, es hatte ihn erreicht. Ob er wohl mit dem Zeigefinger ihre Züge nachzog so wie sie die seinen? Ob er wohl auch ihr Foto küsste und an seine Brust drückte? Sie hoffte, dies würde ihm helfen, die endlosen Wochen in der Hölle an der Front zu überstehen.

Auch ihr Verlobungsring lag versteckt in der Dose, aber abends schob sie ihn sich häufig auf den Finger und bewunderte ihn.

In Kits letztem Brief waren alle Sätze, die der britischen Armee gefährlich werden konnten, falls sein Schreiben in die falschen Hände fiel, geschwärzt gewesen, doch zwei Gedichte hatten die Zensur passiert. Anscheinend hatten die Zensoren mit Poesie nicht viel am Hut, sonst hätten Daisy *Eine Handvoll Männer* und *Wir müssen Ihnen leider mitteilen* sicher nicht erreicht. Die Verse handelten von einem jungen Offizier und seinen Männern, die in einem Granattrichter gefangen waren und beschossen wurden, während rund um sie herum das Kampfgeschehen weiterging. Sie starben einer nach dem anderen. Am Ende kämpften sich die letzten beiden Männer durch den Schlamm zurück ins Lager, und der Offizier – Kit – musste an die Familien der Gefallenen schreiben, um sie über den Verlust des Sohnes, Bruders, Ehemanns zu informieren.

Unter Tränen hatte Daisy die Gedichte in die Blechdose gelegt. Sie hatte sie mit einem ihrer Haarbänder zusammengebunden. Sie musste sie um jeden Preis aufbewahren, denn sie wusste inzwischen, dass sie etwas ganz Besonderes waren. Die Welt musste hören, was Kit Rivers über diesen Krieg zu sagen hatte. Davon war sie überzeugt, und es war ihre Aufgabe, sein Werk zu hüten, bis er wiederkam. Was dann damit passieren sollte, würde er selbst entscheiden.

»Einen Penny für Ihre Gedanken«, unterbrach Mrs Polmartin ihre Überlegungen.

Daisy sah verwirrt auf, als würde sie von einem weit entfernten Ort in die Küche des Pfarrhauses zurückkehren. Noch immer saß sie hier und pulte Erbsen. Sie lachte freudlos auf.

»Was ich denke, ist wahrscheinlich nicht mal einen Viertelpenny wert.«

Die Haushälterin zog skeptisch eine Braue hoch. »Sie sahen aus, als wären Sie in Gedanken meilenweit entfernt. Bei einem jungen Mann, stimmt's?«

Doch Daisy schluckte diesen Köder nicht.

»Ich habe gerade überlegt, dass man den Rasen umgraben und dort Kartoffeln oder Kohl anpflanzen könnte. Und auch die Blumenbeete brauchen wir nicht wirklich«, wich sie aus. Immerhin war das nicht ganz gelogen. »Und vielleicht könnten wir die Trehunnists fragen, ob sie uns nicht ein paar Hühner oder vielleicht sogar eine Kuh verkaufen wollen.«

»Eine Kuh? Was sollen wir denn mit einer Kuh?«

»Sie melken? Und dann Käse machen?«, schlug Daisy vor. Auf alle Fälle würde sie demnächst den Hof besuchen, freundlich fragen, wie es Dickon ging, den man immer noch nicht aus dem Lazarett entlassen hatte, und seiner Mutter kondolieren, weil ihre beiden anderen Söhne an der Somme gefallen waren. Da auch ihr Mann in Frankreich war, wäre sie vielleicht froh, durch den Verkauf einiger Tiere ein wenig Geld zu verdienen.

»Käse und Milch. Und was fällt Ihnen als Nächstes ein?«, fragte die Haushälterin und ließ sich über die Probleme aus, die der Krieg auch hier in Cornwall mit sich brachte.

Während sie sprach, ließ Daisy weiter Erbsen in die Schüssel fallen und hing wieder ihren Gedanken und Zukunftsplänen nach. Sie wollte immer noch als Schwesternhelferin nach Frankreich gehen, doch sie fühlte sich dem Reverend verpflichtet, dem außer Mrs Polmartin, Nancy und dem alten Clarence niemand mehr geblieben war. Sie hatte ihn inzwischen sogar recht gern, denn auch wenn er altmodisch und kauzig war, so war es sehr großzügig von ihm, sie und ihren Bruder während dessen Ferien bei sich aufzunehmen und darüber hinwegzusehen, dass sie sich weiter heimlich mit Kit Rivers traf. Der Krieg hatte die Ordnung aus dem Gleichgewicht gebracht, und was vorher gegolten hatte, schien an Bedeutung verloren zu haben. Stattdessen hatte ihr Patenonkel ihr nach und nach die Führung seines Haushalts überlassen, brachte selbst die meiste Zeit in seinem Arbeitszimmer zu und ließ ihr jede Menge freie Zeit zum Schreiben, Schwimmen und Spazierengehen. Inzwischen sah er furchtbar alt und müde aus, und Daisy fragte sich, ob er –

»Miss Daisy! O Miss Daisy! Ich bin hergekommen, so schnell es ging. Es tut mir furchtbar leid, aber bis eben wusste ich noch nichts davon.«

Mit hochrotem Gesicht kam Nancy durch die Küchentür gestürzt und blieb laut schluchzend neben Daisy stehen.

»Es tut mir furchtbar leid. Mir ist klar, dass niemand etwas davon mitbekommen soll, aber mein Gem und ich wussten von Anfang an Bescheid. Es tut mir schrecklich leid. Dieser verdammte Krieg!«

»In einem Pfarrhaus flucht man nicht!«, schimpfte die Haushälterin, doch Nancy ignorierte sie.

»Aber es ist doch wahr! Ich hasse diesen Krieg. Erst mein Gem und dann Ihr Bertie und die Jungs von Tante Anne und jetzt sogar der ehrenwerte Mr Kit. Wann wird das je ein Ende nehmen?«

Daisy starrte sie mit großen Augen an. »Was sagst du da?«

Nancy wurde kreidebleich. »Sie wissen es noch nicht? Haben Sie es etwa noch nicht mitbekommen? Mr Kit. Er wird vermisst.«

Seit zwei Jahren hatte Daisy sich vor diesem Augenblick gefürchtet. Hatte Stunden voller Angst verbracht und die Gefallenenlisten in den Zeitungen studiert und für Kits nächsten Brief gelebt. Sie hatte stets gewusst, dass sie kein Telegramm bekommen und nur aus zweiter Hand erfahren würde, falls ihm etwas geschehen war. Sie hatte immer angenommen, wenn so eine Nachricht käme, würde sie in Ohnmacht fallen oder schreien. Doch jetzt, nachdem das Schlimmste eingetreten war, breitete sich ein Gefühl eisiger Ruhe in ihr aus.

Es musste ein grauenhafter Irrtum sein. Sie wüsste, wenn Kit nicht mehr am Leben wäre, dann hätte sie im Moment seines Todes gespürt, wie auch etwas in ihrem Inneren erlosch. Er war ihr Seelenfreund und konnte unmöglich sterben, ohne dass sie etwas davon mitbekam. Niemals.

»Kit ist nicht tot. Du redest Unsinn«, antwortete sie.

»Ich wünschte mir, es wäre so, aber Miss, das ganze Dorf spricht schon davon. Colonel und Lady Rivers haben ein Telegramm bekommen, und die Vorhänge im Herrenhaus sind zugezogen. Es tut mir furchtbar leid.«

In Daisys Ohren fing es an zu rauschen, und sie hatte das Gefühl, als löste sich der Tisch auf, auf den sie ihre Hände stützte.

»Es ist nicht wahr«, drang ihre eigene Stimme wie aus weiter Ferne an ihr Ohr. »Kit ist nicht tot. Ich wüsste es, wenn er gefallen wäre. Er ist nicht tot. Er ist nicht tot.«

»Das ist der Schock«, wandte sich Nancy an die Haushälterin. »Sie wissen doch auch, dass sie ihn liebt, oder? Haben Sie was, was ich ihr geben kann?«

»Ich hole einen Brandy. Und einen süßen Tee.« Mrs Polmartin sah sie niedergeschlagen an.

Die Küche begann sich zu drehen, und obwohl Daisy ihre Stimmen hörte, fühlte sie sich tausend Meilen von den beiden anderen Frauen entfernt. Die grauenhafte Angst aus ihrem alten Traum, in dem sie Kit zwar sehen, aber nicht erreichen konnte, war in diesem Augenblick Realität geworden. Aber zugleich hatte der Traum ihr doch auch etwas anderes sagen wollen. Dass sie die Hoffnung nicht aufgeben durfte, dass sie ihn finden würde, wenn sie nur gründlich genug nach ihm suchte, weil er noch am Leben war.

»Kit wird nicht vermisst. In der Gefallenenliste taucht sein Name nirgends auf«, beharrte sie.

»O meine Liebe«, stellte Mrs Polmartin mit mitfühlender Stimme fest. »Wahrscheinlich haben Sie ihn übersehen.«

Das glaubte Daisy nicht. Sie ging die Liste täglich durch.

»Das hast du falsch verstanden«, wies sie Nancy scharf zurecht.

Das Küchenmädchen, das gerade den Wasserkessel füllte, schüttelte den Kopf.

»Es tut mir leid.«

»Bist du dir sicher, dass du dich nicht irrst?« Mrs Polmartin stemmte die Hände in die Hüften und bedachte Nancy mit einem strengen Blick.

»Unsere Sally hat es mir erzählt, als ich eben durchs Dorf gegangen bin. Der Colonel und Lady Rivers haben heute Morgen alle Angestellten informiert.« In Nancys Augen stiegen Tränen auf. »Sal hat gesagt, sie hätten alle ins Foyer gerufen und ihnen die Nachricht überbracht. Der Colonel sagte, Mr Kit werde bereits seit Längerem vermisst, angeblich seit Beginn der Offensive an der Somme. Es war ein fürchterlicher Schock für ihn und seine Frau.«

Mit dem Zipfel ihrer Schürze wischte sich Mrs Polmartin die Tränen fort.

»Das ist es für uns alle«, stellte sie mit dumpfer Stimme fest. »Die Rivers sind ein Teil unserer Gemeinde, und es fühlt sich an, als hätten wir mit Mr Kit jemanden aus der Familie verloren.«

»Wir haben ihn aber nicht verloren. Er wird vermisst, aber er ist nicht tot«, fuhr Daisy sie mit zornbebender Stimme an. Es kam ihr vor, als schlösse eine kalte Hand sich um ihr Herz, doch sie verdrängte das Gefühl. »Was ist denn nur mit Ihnen allen los? Er ist nicht tot.«

Kit konnte nicht gefallen sein. Er würde heimkommen und sie heiraten. Das hatte er versprochen, und er war kein Mann, der ein Versprechen brach.

Am liebsten hätte Daisy laut geschrien, als sie den Blick bemerkte, den die beiden anderen Frauen tauschten. Bei Gem und Bertie hatte eindeutig festgestanden, dass sie gefallen und in einem fremden Land begraben worden waren. Kit aber wurde vermisst. Und das war etwas anderes, als tot zu sein. Er wartete einfach irgendwo darauf, dass sie ihn fand.

Mit einem Mal nahm sie die beiden anderen Frauen nur noch verschwommen wahr. Sie trank mechanisch den heißen, süßen Tee, den sie ihr brachten, und danach noch einen Brandy, der ihr furchtbar in der Kehle brannte, dafür aber ihren Schmerz ein wenig zu betäuben schien. Mrs Polmartin und Nancy sprachen mit gedämpften Stimmen, und Daisy verstand kaum ein Wort ihres Gesprächs. Es war ihr völlig egal, dass ihr Geheimnis nun gelüftet war. Was spielte das jetzt noch für eine Rolle, während sie nicht wusste, was mit Kit geschehen war?

Sie musste mit seinen Eltern sprechen. Wenn sie in Erfahrung bringen konnte, wo man ihn zum letzten Mal gesehen hatte, hatte sie zumindest eine erste Spur. Vielleicht war er verletzt. Oder in Kriegsgefangenschaft. Es gab sicher einen Weg, um das herauszufinden.

Während sie an ihrem Brandy nippte, gingen ihr unzählige Fragen durch den Kopf. Vielleicht hatte ja die Armee etwas verwechselt? Das kam immer wieder vor. Oder vielleicht litt er unter Amnesie? Es gab eine Unzahl möglicher Erklärungen für sein Verschwinden. Aber tot? Das würde Daisy niemals akzeptieren. Kit war am Leben, und sie würde ihn suchen.

Entschlossen stellte sie das Glas auf den Tisch und stand so plötzlich auf, dass ihr Stuhl nach hinten kippte.

Das laute Poltern riss die beiden Frauen aus ihrem Gespräch, und als Daisy sich zum Gehen wandte, fragte Nancy sie noch: »Wo wollen Sie denn hin?«

»Ich werde herausfinden, was mit Kit geschehen ist.«

Sie würde ihn heim nach Cornwall bringen. Da sie für die Suche aber mehr Informationen brauchte, stand ihr jetzt ein äußerst schwieriges Gespräch bevor.

Sie würde nach Rosecraddick Manor fahren und Kits Eltern den Besuch abstatten, der bereits seit Langem überfällig war.

14

DAISY

<small>AUGUST 1916</small>

Obwohl Daisy bereits unzählige Male an dem imposanten Herrenhaus vorbeigekommen war, hatte sie bisher niemals die Gelegenheit
gehabt, sich das Gebäude aus der Nähe anzusehen. Vor dem beein-
druckenden, von Steinsäulen flankierten Tor blieb sie stehen und
blickte über die gekieste Einfahrt Richtung Haus. Es hob sich prachtvoll vom leuchtend blauen Sommerhimmel ab, sah aber gleichzeitig
irgendwie bedrohlich aus. Der größte Teil des Hauses stammte aus
elisabethanischer Zeit, aber einige Zinnen und Schießscharten wirkten erheblich älter. Die unzähligen, von Glyzinien umrankten Sprossenfenster, die im Licht der Sonne glitzerten, sahen wie Augen unter
schweren Lidern aus. An anderen Stellen zog sich Efeu an der stei-
nernen Fassade des Gebäudes hoch, während das Dach von einer
silbrig grauen Schicht aus samtig weichen Flechten überzogen war.
Mit seinen von dicken Steinmauern umgebenen Gärten, der ausgedehnten grünen Rasenfläche und dem Wald im Hintergrund erschien Rosecraddick Manor Daisy wie ein Märchenschloss.

Daisy lehnte Nancys Fahrrad an die Mauer und wartete, bis ihr
Atem sich beruhigte, bevor sie weiterging. Sie war so schnell bergauf gefahren, dass sie Seitenstechen hatte. Vielleicht hatte Nancy
recht mit ihrer Warnung, dass Kits Eltern sie bestimmt nicht würden sprechen wollen, aber Daisy hatte keine andere Wahl. Damit

sie wusste, wo sie mit ihrer Suche anfangen sollte, mussten sie ihr sagen, wo Kit als vermisst gemeldet worden war.

Daisy strich sich ihre Röcke und die Haare glatt. Sie trug den hübschen Gänseblümchenring und hatte Kits Briefe mitgebracht, um seinen Eltern zu beweisen, dass sie wirklich die Verlobte ihres Sohnes war. Seine Gedichte hatte sie nach kurzem Überlegen wieder in die Blechdose zurückgelegt. Auf ihre Art waren sie noch persönlicher als seine Briefe, denn in ihnen hatte er ihr seine tiefsten Gedanken und Gefühle offenbart und sie durch seine Augen auf die Welt und diesen Krieg schauen lassen. Noch war sie die Einzige, die sie gelesen hatte, und bis Kit nach Hause kam, würde niemand anderes sie sehen. Vor allem hatte sie Sorge, dass die Gedichte seine Eltern zusätzlich belasten könnten.

»Ich bin Kits Verlobte«, sagte sie mit lauter Stimme zu sich selbst, schluckte ihre Aufregung herunter und richtete sich auf. »Ich habe jedes Recht, den Colonel und Lady Rivers zu besuchen, und jedes Recht, die Wahrheit zu erfahren, oder etwa nicht?«

Einzig das Gurren einer Taube drang aus dem Tal zu ihr herauf. Selbst die Möwen und die Krähen gaben keinen Laut von sich. Mit stolz gerecktem Kinn machte sich Daisy auf den Weg.

Mit jedem Schritt konnte sie sich weniger vorstellen, dass ein so sanfter, mitfühlender Mensch wie Kit in dieser Welt des Wohlstands und der Privilegien aufgewachsen war. Wenn sie zusammen waren, spielte es keine Rolle, aber jetzt, als Daisy allen Mut zusammennahm, um seinen Eltern gegenüberzutreten, standen ihr erstmals die gesellschaftlichen Unterschiede zwischen ihnen klar vor Augen.

In Wirklichkeit war Kit mehr als nur der Dichter, der ihr zärtliche Verse vorlas, während sie am Strand den Kopf an seine Schulter lehnte und er sanft mit seinen Fingern durch ihre roten Locken fuhr. Er war mehr als nur der Mann, der sie in seinen Armen wiegte und ihr seine Liebe schwor. Er war der Erbe all dessen, was sie vor sich sah. Eines Tages würde dieses wunderschöne Herrenhaus mit seinen unzähligen Hektar Land und seinen Sammlungen unbezahlbarer Skulpturen und Gemälde ihm gehören.

Wahrscheinlich würden die Leute anfangs über ihre Heirat tuscheln, doch ein handfester Skandal wäre sie nicht. Auch wenn die Dinge sich in Cornwall deutlich langsamer veränderten als andernorts, hatte der Krieg auch hier sehr viel auf den Kopf gestellt. Die Menschen hatten sich daran gewöhnt, dass nichts mehr war wie früher, sie wurden allesamt moderner. Daisys Mutter hatte schon vor Jahren prophezeit, in naher Zukunft würden sich sämtliche Bereiche des gesellschaftlichen Lebens grundlegend ändern, und das bestärkte Daisy nun. Sie war Kits Verlobte.

Hätte sie ihm doch nur nicht eingeredet, mit der Hochzeit bis nach Kriegsende zu warten! Dann könnte ihr jetzt niemand etwas vorenthalten, denn man hätte sie als seine Frau als Erste informiert. In ihren Augen stiegen Zornestränen auf, aber sie blinzelte sie fort, denn wenn sie anfing zu weinen, würde sie wahrscheinlich niemals wieder damit aufhören.

Als sie das Haus erreichte, wurde ihr klar, dass auch Rosecraddick Manor nicht vom Krieg verschont geblieben war. Zwischen dem Kies der Einfahrt wucherte Unkraut, das seit Langem nicht gemähte Gras wiegte sich im Wind, und die Rosenbüsche rund um die Veranda waren verwildert. Die welken Blüten, die am Blumendraht an der Fassade hingen, ließen Daisy an die aufgeblähten Leichname aus Kits Gedichten denken, die in den Granattrichtern verrotteten oder im Stacheldraht hingen. Erschaudernd wandte sie sich ab. Inzwischen sah sie allerorten Bilder der Verwesung und des Todes, als trauerte auch die Natur um die Vergeudung Abertausender von Leben.

Sie würde Kit in ihrem nächsten Brief davon erzählen, nahm sich Daisy vor. Dann rang sie schmerzerfüllt nach Luft. Es fand erst einmal kein Briefwechsel mehr zwischen ihnen statt. Sie musste warten, bis sie ihn gefunden hatte.

Daisy atmete tief ein und langsam wieder aus, wie ihr Vater es bei Aufregung empfahl, erklomm die Stufen vor dem Haus und betätigte den Klingelzug. Von innen drang ein dunkles Läuten an ihr Ohr, doch erst nach einer halben Ewigkeit kam Nancys Schwester an die Tür.

»Miss Daisy!« Sallys weit aufgerissene blaue Augen machten deutlich, dass sie nicht erwartet wurde. »Es tut mir furchtbar leid, dass ich Sie habe warten lassen, Miss, aber inzwischen fehlt es überall an Personal. Wir haben keine Diener mehr, und ich weiß nicht, was ich zuerst tun soll. Nur Mr Emmet ist noch da. Zum Glück ist er zu alt, um in den Krieg zu ziehen, aber er kümmert sich vor allem um den gnädigen Herrn.«

Im Dorf war allgemein bekannt, dass Butler Emmet der Familie Rivers treu ergeben, aber vollkommen humorlos war. Mit seinen bleichen Wangen, seiner Adlernase und dem grimmigen Gesicht erschien er Daisy immer wie einem schaurigen Roman entstiegen.

»Als Kind hat er mir immer eine Heidenangst gemacht«, hatte ihr Kit einmal erzählt. »Er läuft permanent mit einer Leichenbittermiene durch die Gegend, und ich hatte häufig Alpträume seinetwegen.«

Daisy war froh, dass er gerade beschäftigt war. Er hatte sich bereits des Öfteren beim sonntäglichen Gottesdienst mit missbilligender Miene nach ihr umgeschaut und einmal mitbekommen, wie Kit ihr zugelächelt hatte. Er weiß es, hatte sie gedacht, und seither war ihr immer unbehaglich zumute gewesen, wenn sie Mr Emmet traf.

»Ich möchte mit dem Colonel sprechen«, sagte sie zu Sally. Die Eingangshalle lag im Dunkeln, weil als Zeichen der Trauer alle Vorhänge geschlossen waren.

»Ich bitte um Verzeihung, Miss, aber das wird nicht gehen. Der Colonel liegt im Bett, und nur Mr Emmet darf noch zu ihm rauf. Um die Gesundheit des gnädigen Herrn ist es schon seit Wochen schlecht bestellt, und seit dem Tod von Mr Kit geht es ihm noch schlechter als zuvor.«

»Er ist nicht tot. Er wird vermisst«, fuhr Daisy sie an. »Das ist etwas völlig anderes. Und wenn der Colonel zu krank ist, werde ich mit Lady Rivers sprechen«, verlangte sie und fügte, als das Mädchen protestieren wollte, nachdrücklich hinzu: »Es geht um Mr Kit, und es ist wirklich wichtig. Deshalb werde ich erst wieder gehen, wenn Lady Rivers mich empfangen hat.«

Sally zögerte noch einen Moment und ging dann voran in Richtung Salon. Daisy war so nervös, dass sie die Schönheit des Foyers, die weich schimmernden Holzpaneele an den Wänden, die erhabenen Familienporträts und selbst die traurig dreinblickenden Hirschköpfe und Iltisse in ihren gläsernen Vitrinen gar nicht wahrnahm.

Das Mädchen öffnete eine schwere Tür, und eine barsche Stimme war dahinter zu hören.

»Ich hatte angenommen, ich hätte Ihnen deutlich zu verstehen gegeben, dass ich keine Störung wünsche.«

»Ich bitte um Verzeihung, Ma'am, aber Miss Hills ist da und sagt, dass sie Sie dringend sprechen muss.«

»Ich habe ausdrücklich darum gebeten, dass mich niemand stört!

Haben Sie keinerlei Respekt? Und keine Scham? Ich trauere um meinen Sohn!«

Entschlossen tauchte Daisy unter Sallys Arm hindurch und trat in einen großen eleganten, mit Eichenholz getäfelten Raum. Die Familienporträts an den Wänden sahen auf sie herab, als wären sie empört, dass sie es wagte, einzutreten, ohne dazu aufgefordert worden zu sein. In einer Ecke tickte eine Standuhr, und obwohl es draußen warm war, prasselte ein Feuer im Kamin. Trotz der Hitze war die Atmosphäre geradezu erschreckend kühl. Daisy erschauderte und wünschte sich, sie hätte außer an den Ring und an Kits Briefe auch an ihr wollenes Schultertuch gedacht.

Lady Rivers saß an einem Schreibtisch, legte aber jetzt den Federhalter fort, faltete die Hände und sah Daisy an, als wäre sie ein unappetitliches Insekt, das man besser zerquetschen sollte. Zwar trug sie Schwarz, doch ihre Augen waren nicht verweint. Für eine Frau, die gerade erst erfahren hatte, dass ihr Sohn vermisst wurde, wirkte sie bemerkenswert gefasst.

»Ich hatte mich bereits gefragt, wie lange es wohl dauern würde, bis Sie uns mit Ihrem Besuch beehren.« Sie öffnete die Schublade des Schreibtischs und zog eine schmale Lederbrieftasche hervor. »In Ordnung. Nennen Sie mir Ihren Preis.«

Noch immer ganz verdattert, weil sie Lady Rivers erstmals aus der Nähe sah, starrte Daisy sie mit großen Augen an. Natürlich hatte sie Kits Mutter beinah jeden Sonntag in der Kirche sitzen sehen, war ihr aber niemals nah genug gekommen, um festzustellen, ob Kit ihr ähnlich sah. Ihr aschblondes, zu einem eleganten Knoten aufgestecktes Haar war sicher ebenfalls einmal weizenblond gewesen, und auch seine hohen Wangenknochen hatte Kit von ihr – im Gegensatz zu seinem offenen, freundlichen Gesicht war das seiner Mutter jedoch abweisend und kalt, und den herabgezogenen Mundwinkeln nach war sie offenbar von ihrem Leben abgrundtief enttäuscht worden. Wie das Gemälde über dem Kamin bewies, war sie in jungen Jahren eine schöne Frau gewesen, aber heute waren ihre Lippen zwei korallenrote dünne Striche, ihr gepudertes Gesicht war faltig, und die grünen Augen waren kalt wie Glas.

»Nun?«, sagte sie und hob fragend eine schmale Braue. »Wie viel wird es mich kosten, dass Sie uns und die Erinnerung an unseren Sohn in Ruhe lassen?«

Daisy hatte das Gefühl, als hätte sie sie geschlagen.

»Es geht mir nicht um Geld! Ich habe mich sofort, als ich hörte, dass er vermisst wird, auf den Weg hierher gemacht, weil ich mit Ihnen sprechen muss. Er ist nicht tot! Kit ist nicht tot, er lebt!«

Kits Mutter wurde blass und griff sich zitternd an den Hals.

»Und woher wollen Sie das wissen?«, stieß sie flüsternd aus, und selbst die rot geschminkten Lippen wurden bleich. »Das können Sie nicht wissen. Niemand kann das.«

»Aber ich weiß es!«, wiederholte Daisy weinend und griff sich an die Brust. »Ich wüsste es, wenn Kit nicht mehr leben würde, Lady Rivers. Ich würde es tief in meinem Herzen spüren.« Sie fuhr mit eindringlicher Stimme fort: »Denn wir lieben uns, und wir –«

Kits Mutter lachte schrill auf und sah mit einem Mal seltsam erleichtert aus.

»Was tischen Sie mir da für einen Unsinn auf? Ihr Herz? Gefühle? Liebe?« Sie verzog verächtlich das Gesicht. »Sind Sie hergekommen, um mich zu verhöhnen? Denken Sie nicht, ich wüsste es selbst am besten, wenn mein Junge noch am Leben wäre?«

»Ich sage Ihnen einfach, was mein Herz mir sagt. Ich weiß, dass Kit noch lebt«, setzte Daisy sich zur Wehr.

»Was bilden Sie sich ein, einfach hier hereinzuplatzen und in dieser Weise über meinen Sohn zu sprechen?«

Daisy atmete tief durch. Jetzt musste es heraus.

»Ich habe mir nur deshalb angemaßt, Sie aufzusuchen, Lady Rivers, weil ich Kits Verlobte bin. Wir werden heiraten.«

Erbost sprang Lady Rivers auf und funkelte sie zornig an.

»Wie bitte? Sie wollen Kits Verlobte sein? Ganz sicher nicht. Und jetzt kommen Sie ausgerechnet an dem Tag, an dem ich unseren Sohn offiziell für tot erklären muss, und behaupten, er hätte Sie zur Frau nehmen wollen? Das hätten wir ihm nie gestattet. Er hatte einen Ruf zu wahren, und ein so flatterhaftes Wesen wie Sie hätte er niemals geheiratet. Niemals!«

Daisy rang erstickt nach Luft.

»Ich weiß alles über Sie, Miss Hills. Und auch über die Treffen und die Schäferstündchen zwischen Ihnen und meinem Jungen. Ihr beide dachtet, dass ihr uns zum Narren halten könnt, nicht wahr? Aber ich kenne Frauen wie Sie. Wir ließen Sie beobachten und uns dann alles ganz genau berichten, denn wir hätten niemals zugelassen, dass jemand wie Sie sich unseren Sohn krallt.«

Daisy starrte sie entgeistert an.

»Sie wirken überrascht.« Kits Mutter kam mit laut raschelnden Röcken auf sie zu und baute sich entschlossen vor ihr auf. Sie überragte Daisy mindestens um einen halben Kopf, und als sie plötzlich wenig sanft mit Daumen und Zeigefinger Daisys Kinn anhob, schrie diese vor Schmerzen auf.

»Sie sind nicht hässlich, und ich kann verstehen, dass Christopher für Ihren Charme durchaus empfänglich war, aber Sie bilden sich doch wohl nicht ernsthaft ein, er hätte sich nicht auch mit anderen Mädchen aus dem Dorf vergnügt? Sind Sie tatsächlich so naiv? Er hatte einfach seinen Spaß, wie viele junge Männer, die frei und un-gebunden sind. Christopher hätte Ihnen alles Mögliche erzählt, damit Sie Ihre Röcke für ihn heben – und ich sehe Ihrer Miene an, dass er damit erfolgreich war. Sie dummes, dummes Mädchen! Er hat es nie ernst gemeint. Er hat sich lediglich die Hörner abgesto-ßen, wie es bei jungen Burschen üblich ist.«

Daisy war schockiert. Am liebsten hätte sie sich die Ohren zuge-halten, um sich dieses hässliche Gerede nicht mehr anhören zu müssen. Nichts von dem, was Lady Rivers ihr entgegenschleuderte, war wahr. Um das zu wissen, brauchte sie sich nur an all die magi-schen Momente während seines letzten Urlaubs zu erinnern: an das Schwimmen in der Bucht, das friedliche Dösen in der Sonne, die Spaziergänge im Wald und ihre Fahrt nach Truro, wo sie den Ver-lobungsring von Kit bekommen hatte und danach mit ihm in dem Fotoatelier gewesen war. Und dann waren da noch seine Briefe und vor allem die Gedichte, in denen Kit ihr seine tiefsten Gedanken und Gefühle offenbarte, weil er wollte, dass sie ihn verstand.

Kit liebte sie, daran hatte Daisy keinen Zweifel.

»Kit ist – er war – der Erbe der Familie. Ihm war bewusst, dass er sich ohne unser Einverständnis nicht verloben kann, und der Verbindung zwischen Ihnen beiden hätten wir niemals zugestimmt. Es hätte keine andere Möglichkeit gegeben, dieses Anwesen in sei-ner bisherigen Form zu bewahren – und ohne Sie hätte er seine Pflicht getan und der geplanten Hochzeit mit der Tochter unserer Nachbarn zugestimmt.«

Jetzt wurde Daisy klar, worum es ging. Wahrscheinlich war das Anwesen wie viele andere große Güter hoffnungslos verschuldet, und der gute Name und der edle Stammbaum der Familie Rivers waren das Einzige, was Rosecraddick Manor bisher vor dem Untergang gerettet hatte. Kit hatte oft erwähnt, wie viele reiche Erbinnen aus Amerika die Millionen ihrer Väter gegen einen Adelstitel tauschten. Dann aber hatte er sie sanft geküsst und ihr versprochen, dass ihre Liebe mehr wert sei als alle Reichtümer der Welt. Anscheinend aber hatten seine Eltern alle Hoffnungen in eine vorteilhafte Heirat ihres Stammhalters gesetzt, erkannte Daisy jetzt. Kits zukünftige Heirat war Bestandteil eines umfassenden Plans.

Daisy ballte ihre Fäuste und grub die Nägel in die Handballen, um nicht laut zu schreien. Ihre Mutter hätte sich niemals von einem anderen Menschen so herablassend behandeln lassen, und das würde Daisy auch nicht. Sie würde würdevoll und höflich bleiben, aber einschüchtern ließ sie sich nicht.

»Dass Sie so empfinden, tut mir leid«, gab sie in ruhigem Ton zurück. »Aber Sie irren sich, wenn Sie glauben, Ihr Sohn hätte mir gegenüber keine ehrenwerten Absichten. Wir sind verlobt und werden heiraten.«

Lady Rivers bedachte sie mit einem ungläubigen Blick. »Niemals!«

Daisy zog Kits Briefe aus der Tasche und hielt sie ihr hin. Es war ein dickes Bündel, und bei dem Gedanken an die liebevollen Worte und Versprechen, die darin enthalten waren, klopfte ihr Herz schneller. Ein bloßer Blick in diese Briefe würde reichen, damit seine Mutter akzeptierte, dass sie die Wahrheit sagte. Und dann konnte Daisy fragen, wo Kit als vermisst gemeldet worden war, und dieser Frau den Rücken kehren. Mit etwas Glück musste sie dieses Haus und Lady Rivers danach niemals wiedersehen.

Lady Rivers überflog die Briefe und sah Daisy fragend an.

»Und was ist mit dem Ring? Gibt es den auch?«

Daisy hob die Hand, und wortlos griff Lady Rivers danach und

hielt sie sich vor das Gesicht, um sich den Ring genauer anzuschauen. Ihr Stirnrunzeln verriet, dass sie erkannte, dass ihr Sohn
es tatsächlich ernst gemeint hatte. Kit Rivers hatte Daisy Hills heiraten wollen.

»Zumindest hatte mein Sohn, was Schmuck betrifft, einen aus-
gezeichneten Geschmack«, stellte sie schließlich fest.

»Wir sind verlobt«, rief Daisy ihr mit leisem Nachdruck in Erinnerung. »Ich liebe Kit, und er liebt mich. Wir werden heiraten, sobald es möglich ist.«

»Unsinn! Selbst wenn Sie mit ihm verlobt waren … er ist tot!«

»Kit ist nicht tot!«, stieß Daisy schluchzend aus. »Auch wenn das
vielleicht keinen Sinn ergibt, vertraue ich auf mein Gefühl. Bitte sagen Sie mir nur, wo er vermisst gemeldet worden ist. Dann kann ich
dorthin reisen und mich nach ihm umhören. Mein Vater ist Chirurg
beim Sanitätskorps und wird mir sagen können, wie ich bei der Suche vorgehen muss. Ich werde Kit finden. Das verspreche ich.«

Ein seltsamer Ausdruck zeichnete sich auf Lady Rivers' Zügen ab.
Es wirkte fast, als hätte sie Angst.

»Sie werden ihn nicht finden. Christopher ist tot und wird nie
wiederkommen. Akzeptieren Sie das.«

Was war nur los mit dieser Frau? Sie war Kits Mutter und sollte
selbst darum kämpfen, dass man ihren Jungen fand.

»Das kann und werde ich nicht akzeptieren. Niemals. Ich liebe
ihn. Sie halten den Beweis dafür in Ihren Händen.«

Lady Rivers blickte auf die Briefe und machte ein finsteres Gesicht.

»Nicht mehr lange«, sagte sie leise, und ehe Daisy es verhindern
konnte, holte sie entschlossen aus und schleuderte Kits Briefe in das
Kaminfeuer.

»Nein! O nein!« Entgeistert stürzte Daisy zum Kamin, doch der kostbare Beweis für ihre Liebe ging bereits in Flammen auf. Mit einem verzweifelten Schrei ließ sie sich auf die Knie fallen und verbrannte sich die Finger, als sie die verkohlten Überreste von Kits Briefen vor dem Feuer retten wollte, aber sie zerfielen bereits zu Asche.

Vor Entsetzen brachte Daisy keinen Ton heraus. Die Flammen knisterten, und die Standuhr tickte müde vor sich hin, ansonsten aber war es totenstill im Raum.

Kits Worte, seine Gedanken, seine Liebesschwüre waren nur noch ein Häuflein Asche, und der Schmerz darüber gab ihr das Gefühl, als hätte sie ihn zum zweiten Mal verloren.

Zum Glück hatte sie nicht auch die Gedichte mitgebracht. Sie waren noch kostbarer als seine Briefe, und sie musste sie an einem sicheren Ort verwahren.

Dann wandte Lady Rivers sich ihr wieder zu. »Gibt es sonst noch irgendetwas, was Sie mir sagen wollen, oder darf ich davon ausgehen, dass das Gespräch beendet ist?«

»Kits Briefe«, stieß Daisy heiser hervor. »Sie haben sie verbrannt.«

»Ja. Ein Unglück, dass sie mir einfach aus der Hand gefallen sind. Denn jetzt ist es, als hätten diese Briefe – und Sie selbst – nie existiert.«

Mit laut raschelnden Röcken wandte sich Kits Mutter wieder ihrem Schreibtisch zu und zog die Kappe ihres Federhalters ab. »Sie finden sicher selbst hinaus, Miss Hills. Ich muss noch einiges organisieren und Briefe schreiben, und ich würde es schätzen, wenn Sie unserer Familie in der Zeit der Trauer Respekt erweisen und es uns überlassen, in gebührender Form das Andenken an unseren Sohn zu wahren.«

Als Daisy das Herrenhaus verließ, konnte sie nicht mehr aufhören zu zittern. Das Treffen mit Kits Mutter hatte sie völlig aus dem Gleichgewicht gebracht. Sie war bis ins Mark erschüttert, und der Anblick von Kits Briefen, die in Flammen aufgegangen waren, hatte ihr das Herz gebrochen. Doch an ihrem Gefühl hatte sich nichts geändert. Kit war am Leben, und sie würde nach ihm suchen. Daisy würde nicht ruhen, ehe sie wusste, wo er war.

15

DAISY
AUGUST 1916

Sie durfte keine Zeit verlieren. Auch wenn Kits Eltern sich mit Kits Tod abfanden, würde Daisy das niemals akzeptieren. Zutiefst verletzt von Lady Rivers' Reaktion und dem Verlust der Briefe machte sie sich auf den Weg zurück zum Pfarrhaus. Sie wischte sich mit dem Ärmel ihre Tränen fort und ermahnte sich mit strenger Stimme, stark zu sein.

Sie würde sich so bald wie möglich auf die Suche machen, auch ohne Lady Rivers' Hilfe. Es musste doch sicher eine Spur von ihm geben. Am besten fragte sie zunächst bei seinem Regiment nach, wo er zuletzt gesehen worden war. Womöglich konnte ihr Vater ihr helfen und sich in den Krankenhäusern und Lazaretten umhören. Und wenn sie selbst als Schwesternhelferin nach Frankreich ginge, würde sie dort vielleicht auch etwas herausfinden.

Dies war noch nicht das Ende, schwor sich Daisy, während sie auf Nancys Rad den Berg hinunterrollte. Ihr Haar flatterte im Wind. Sie würde Kit niemals aufgeben.

Bei ihrer Ankunft im Pfarrhaus war alles still. Sie schob das Rad hinter das Haus und öffnete die Tür der Spülküche. Mrs Polmartin und Nancy waren nirgendwo zu sehen, und da das kleine Pferdefuhrwerk nicht im Hof stand, war ihr Patenonkel offenbar in der Gemeinde unterwegs.

Sie klopfte leise an die Tür seines Arbeitszimmers, und als sie nichts hörte, atmete sie erleichtert auf und trat ein. Entschlossen nahm sie ein paar Briefbogen und Umschläge aus einer Schublade des Schreibtischs, trug sie in ihr Zimmer und verfasste einen langen Brief an Kit, in dem sie ihre Pläne schilderte und ihm versprach, dass sie ihn finden werde. Auch wenn der Brief ihn nie erreichen würde, musste sie ihm einfach noch einmal ihr Herz ausschütten, und als sie die vollgeschriebenen Seiten in der Blechdose versteckte, neigte sich der Tag bereits dem Ende zu. Erst jetzt wurde Daisy bewusst, wie grauenhaft die Nachrichten und die heutigen Geschehnisse waren, und sie brach in hemmungsloses Schluchzen aus. Die Tränen strömten über ihre Wangen. Sie weinte um Kit und um sich selbst und alle anderen, deren Leben dieser Krieg zerstört hatte. Sie biss in ihre Bettdecke, damit ihr Schluchzen nicht im ganzen Haus zu hören war, und voller Angst dachte sie an Kit, an Gems unbeschwertes Lachen, an Nancys einst so fröhliches Gesicht und selbst an Dickon, wie er stolz über den Bahnsteig lief. Dies alles waren Bilder einer längst verlorenen Zeit, in der niemand verstanden hatte, wie glücklich sie sich schätzen konnten. Wäre ihnen das doch nur klar gewesen! Daisy würde alles dafür geben, noch einmal diese sorgenfreien Tage zu erleben. Bei diesem Gedanken schluchzte sie noch verzweifelter, bis sie kaum noch Luft bekam und irgendwann vor Erschöpfung einschlief.

Wie schon so häufig schreckte Daisy in den frühen Morgenstunden aus dem altbekannten Alptraum auf. Doch diesmal empfand sie es seltsamerweise als tröstlich, dass der Mann, nach dem sie im Traum suchte, zwar nicht zu erreichen, aber ganz in ihrer Nähe war. Er wartete darauf, dass sie ihn einholte und festhielt, damit er sicher war.

Genau das würde Daisy tun, aber vorher musste sie die Gedichte an einem Ort verstecken, wo nur sie oder Kit sie finden konnte. Das Tagebuch und ihre anderen Schätze würde sie im Versteck im Pfarrhaus lassen. Es tat ihr weh, die Sachen hier zurückzulassen, doch nachdem sie schon Kits Briefe verloren hatte, konnte sie es nicht riskieren, dass dasselbe auch mit den Gedichten geschah. Wenn sie nach Frankreich ging, um Verwundete zu pflegen, war es das Beste, nur die notwendigsten Dinge mitzunehmen.

Sie würde ihrem Vater telegraphieren, dass sie nach Frankreich käme, weil sie nichts mehr hier in Cornwall hielt.

»Haben Sie Lust, mit mir zu der Séance zu gehen, die heute Nachmittag bei meiner Tante abgehalten wird? Bevor Sie nach Frankreich verschwinden?«, schlug Nancy ihr zwei Wochen später vor.

Das Telegramm an ihren Vater hatte seine Wirkung nicht verfehlt. Er hatte zugestimmt, dass Daisy zu ihm nach Frankreich kommen könnte. Obwohl sie offiziell zu jung dafür war, würde er ihr vielleicht dabei helfen können, Schwesternhelferin zu werden. Und wenn er es nicht schaffte, würde Daisy eben selbst einen Weg finden.

Sie konnte es noch kaum glauben, dass sie schon in ein paar Tagen nach Frankreich reisen würde und mit jeder Meile ihrem Liebsten näher käme. Sie weigerte sich, um Kit zu trauern oder ihre Hoffnung aufzugeben, denn sie brauchte all ihre Kraft, um ihn zu finden und dafür zu sorgen, dass er sicher war.

»Sie sollten auf alle Fälle mitkommen«, drängte Nancy sie. »Dann werden Sie erfahren, ob er noch am Leben ist, nicht wahr? Und Sie wissen dann, ob Sie wirklich auf die Suche gehen sollen.«

Daisy starrte sie mit großen Augen an. »Was redest du da?«

»Ich spreche immer noch von der Séance. Sie wissen doch, was das ist? Man kann dabei durch ein Medium mit den Toten sprechen.«

»Ich weiß«, fuhr Daisy sie ungehalten an. Seit Kriegsbeginn stand Spiritismus hoch im Kurs, und Daisy wusste, dass für viele Menschen der Gedanke tröstlich war, die Toten könnten Nachrichten an ihre Hinterbliebenen schicken. Ihr Vater sagte, diese sogenannten Medien seien Scharlatane, die versuchten, an der Trauer anderer zu verdienen, und Daisy glaubte das ebenfalls. Die Vorstellung, dass man nach seinem Tod in einer nebligen Zwischenwelt gefangen war, aus der man dann vielleicht – mit Glück – über ein Medium in Kontakt zu seinen Lieben treten konnte, war ihr einfach unheimlich.

»Aber das ist vollkommener Unsinn«, klärte sie Nancy auf. »Die Toten können uns nicht kontaktieren.«

»Und woher wollen Sie das wissen?«

Daisy schüttelte den Kopf. Sie konnte es natürlich nicht beweisen, aber trotzdem war sie sich sicher, dass Séancen Humbug waren.

»Dann haben Sie ja auch nichts zu verlieren, wenn Sie es mal ausprobieren. Unsere Sally war mal bei einem Medium, nachdem ihr Sid in Ypern gefallen ist. Sie sagt, sie hat auf jeden Fall mit ihm gesprochen, denn was er ihr erzählt hat, hätte niemand anderes wissen können.«

»In einem Pfarrhaus sollte man nicht über solche Dinge reden!«, schalt Mrs Polmartin sie und vergewisserte sich eilig, dass der Reverend nicht in der Nähe war, bevor sie leise fragte: »Und wann ist diese Séance?«

»Am späten Nachmittag. Ich gehe hin, denn vielleicht will mein Gem mir ja etwas mitteilen.«

Der Gedanke, dass ein Medium den lebensfrohen, jungen Mann mit dem ansteckenden Lachen, dem schalkhaften Blitzen in den Augen und dem dunklen Haar, das ihm ständig ins Gesicht gefallen war, im Jenseits kontaktierte, rief in Daisy Unbehagen wach.

»Glaubst du, dass dieses Medium auch mit meinem Bertie sprechen kann?«, fragte Mrs Polmartin hastig weiter, und Daisy nahm ein hoffnungsvolles Glänzen in den sonst so trüben Augen wahr.

»Sally sagt, die Frau könne Kontakt zu allen möglichen Personen aufnehmen.«

»Du glaubst doch nicht im Ernst an diesen Mumpitz?«, mischte sich Daisy wieder ein.

»Einen Versuch ist es wert. Sie wären überrascht, wie viele Leute daran glauben.«

»Davon bin ich überzeugt.«

»Es wäre einfach wunderbar, wenn ich noch mal mit meinem Bertie sprechen könnte«, sagte Mrs Polmartin seufzend und rührte so ungestüm in ihrem Tee, dass sich ein Strudel in der Tasse bildete. Sie blickte aus dem Fenster, und das Beben ihrer Lippen zeigte, dass sie mit den Tränen kämpfte. »Weißt du was, Nancy? Ich komme mit. Es kann auf jeden Fall nicht schaden, oder? Und wenn das alles wirklich stimmt, wird die Frau wissen, dass ich Bertie immer Bobo nannte. Damit könnten wir sie auf die Probe stellen.«

Nancy trank einen Schluck von ihrem Tee.

»Und Sie, Miss Daisy? Wollen Sie sich das auch mal ansehen?«

Obwohl sie skeptisch blieb, erklärte Daisy sich bereit, die beiden zu begleiten, und so machten sie sich am Nachmittag gemeinsam auf den Weg.

Während im hohen Gras die letzten Schmetterlinge des Sommers tanzten und über ihren Köpfen laut die Lerchen sangen, dachte

Daisy darüber nach, dass Rosecraddick immer einen besonderen Platz in ihrem Herzen haben würde, weil sie hier zu sich selbst gefunden hatte. Vor allem gehörte Kit an diesen Ort, weshalb für sie mit Cornwall bis ans Ende ihres Lebens wunderschöne, wenn auch schmerzliche Erinnerungen verbunden wären.

Das Gehöft der Trehunnists lag etwas außerhalb des Orts. Bei Daisys Ankunft in Rosecraddick hatte das Getreide auf den Feldern hoch gestanden, alle Zäune waren ordentlich gestrichen und die Hecken um die Weiden frisch gestutzt gewesen und die Einfahrt ordentlich gekiest. Zwar gaben sich die Frauen aus dem Ort und die paar Männer, die hiergeblieben waren, die größte Mühe, alles in Schuss zu halten, aber auf den Feldern, die sie nicht beackern konnten, wuchsen nun statt Getreide hohes Gras und stachelige Disteln, und der Weg zum Haus hatte tiefe Furchen.

Auch das Gebäude selber wirkte alles andere als gepflegt. Die Vorhänge hinter den Fenstern waren zugezogen, in den Beeten links und rechts der Haustür wucherte das Unkraut, und während des letzten Sturms waren einige Tonziegel vom Dach gerissen worden. Der leere Stall, in dem vor Kriegsbeginn die starken Ackergäule untergebracht waren, war von Efeu überwuchert, in den Wildblumen summten nektartrunkene Bienen, und irgendwo im Dickicht schnarrte ein Fasan. Die Söhne der Trehunnists waren so begeistert in den Krieg gezogen, dass sie keinen Gedanken darauf verschwendet hatten, wie es mit dem Hof weitergehen sollte und ob es ihn überhaupt noch geben würde, wenn sie eines Tages wieder in der Lage wären, ihn zu führen.

All das ergab für Daisy keinen Sinn. Für sie war dieser Krieg wie ein böser Traum, der einfach nicht enden wollte.

»Die arme Anne«, bemerkte Mrs Polmartin, als wüsste sie, was

Daisy durch den Kopf gegangen war. »Zwei Söhne und der Mann gefallen. Das ist bestimmt nicht leicht für sie.«

»Wenigstens ist Dickon ihr geblieben«, sagte Daisy. Niemand hatte ihn gesehen, seit er als Invalide ausgemustert worden war.

Mrs Polmartin seufzte noch einmal. »Der junge Dickon ist nicht mehr er selbst, und vielleicht wird er auch nie mehr der Alte werden. Es gibt Leute, die der Meinung sind, er wäre besser gefallen.«

»Wie kann man so etwas Gemeines sagen!« Daisy war schockiert, aber Mrs Polmartin schüttelte den Kopf.

»Manches ist tatsächlich schlimmer als der Tod.«

Daisy wollte fragen, was sie damit meinte, aber die verschlossene Miene der Haushälterin hielt sie davon ab. Obwohl die Sonne schien, begann Daisy zu frösteln und hüllte sich fester in ihr Tuch. Sie hatte das Gefühl, als würde sie von jemandem beobachtet. Aber vielleicht lag es einfach daran, dass das ganze Haus verdunkelt war.

Sie fuhr zusammen, als Anne Trehunnist an die Tür kam. Dickons Mutter war kaum wiederzuerkennen. Bei Daisys Ankunft in Rosecraddick war sie drall und rotwangig gewesen und ihr in der Kirche wegen ihrer dicken blonden Locken und ihrer wunderschönen Kleider aufgefallen. Unvorstellbar, dass die hübsche Frau von damals ihr nur knapp zwei Jahre später ausgemergelt und gramgebeugt gegenüberstand, die schütteren grauen Haare nachlässig zu einem Knoten zusammengesteckt. Trauer wirkte wie Gift, dachte Daisy. Tiefe Falten hatten sich um Mrs Trehunnists Mundwinkel in die Haut gegraben, und die einst leuchtend blauen Augen waren trüb geworden, als hätten all die Tränen der letzten Monate einen Teil ihrer Farbe fortgespült.

Sie führte Daisy und Mrs Polmartin ins Esszimmer, in dem Lampen angezündet und die schweren Vorhänge vor die Fenster gezogen waren. An den Wänden tanzten Schatten von den Flammen des Kaminfeuers, und Nancy, die vorausgelaufen war, saß schon mit ein paar anderen Frauen aus Rosecraddick um den Tisch. Die einzige Person, die Daisy nie zuvor gesehen hatte, war eine große Frau am Kopfende. Sie trug ein violettes Kleid und das dunkle Haar aus der hohen Stirn zurückgebunden. Daisy fand, sie sah aus wie eine strenge Lehrerin. Besonders mystisch kam sie ihr nicht vor. Ob sie tatsächlich ein Medium war?

Bei dem Gedanken hätte sie am liebsten laut gelacht. Also wirklich. Was in aller Welt hatte sie denn erwartet? Einen roten Umhang? Einen Besen und schwarze Katzen? Wenn sie Kit davon erzählte, würde er sie bis ans Lebensende damit aufziehen.

Die Frau sah sie eine nach der anderen an, und Stille senkte sich über den Raum.

Dann forderte sie sie mit dunkler Stimme auf: »Legen Sie Ihre Hände auf den Tisch und bilden Sie damit einen Kreis, so dass sich die Fingerspitzen berühren.«

Widerstrebend kam auch Daisy dieser Bitte nach. Es war nicht so, als ob sie an den Unsinn glaubte, aber dieser Raum war so voller Verzweiflung, dass sie sich wünschte, niemals hergekommen zu sein. Egal ob lebend oder tot, würde Kit sich nie an einen solchen Ort begeben. Daisy sehnte sich nach frischer Luft und Sonnenschein und wäre gern aufgestanden und gegangen, doch die Frau hatte offenbar bereits mit der Séance angefangen, saß mit geschlossenen Augen da und atmete geräuschvoll durch die Nase ein und aus.

»Mit wem möchten wir heute sprechen?«, fragte sie die Frauen.

»Mit meinem Sohn!«, brach es mit einem Schluchzen aus Mrs Polmartin hervor, und sie schob der Frau ein Foto ihres Sohnes hin.

Das Medium schlug die Augen wieder auf. Sie wirkten seltsam, fand Daisy, leer, als nähmen sie die nähere Umgebung gar nicht wahr.

Nach langem Schweigen setzte die Frau mit leiser, zögerlicher Stimme an: »B … das ist der erste Buchstabe seines Namens. Und dieser B sucht den Kontakt zu einer M.«

»Das ist er!«, rief Mrs Polmartin. »Mein Sohn heißt Bertie, und ich heiße Maude. Oh, er ist es! Ganz bestimmt!«

»Bertie möchte, dass ich Maude etwas von ihm ausrichte. Er will, dass ich ihr sage, dass die Socken wichtig für ihn sind. Mir ist so kalt, Ma.«

»Bertie?«, flüsterte Mrs Polmartin. »Bist du da? Bist du es wirklich, Schatz?«

»So kalt und nass. Ich friere, Ma. Dein Bobo friert!«

Mrs Polmartin rang nach Luft, und Daisy lief ein Schauer über den Rücken. Das konnte doch nicht wahr sein!

Sie wandte sich an Nancy, die ihren Blick mit hochgezogenen Augenbrauen erwiderte, als wollte sie ihr mitteilen: Habe ich es nicht gesagt?

Trotz des Kaminfeuers war es eiskalt im Raum. Das Gesicht der Frau sah irgendwie verändert aus – verzerrt und gequält. Inzwischen wiegte sie sich wie in Trance vor und zurück und stieß mit dunkler Stimme hervor: »Mir ist so kalt, Ma, und es ist so furchtbar nass.«

»Es tut mir leid. Ich habe ein Sockenpaar nach dem anderen für dich gestrickt und dir geschickt«, stieß Berties Mutter mit einem Schluchzen hervor. »Wir alle haben unser Möglichstes getan, damit ihr an der Front nicht frieren müsst.«

Daisy traute ihren Ohren nicht. Wie viele Stunden hatten sie damit verbracht, Socken für die Männer an der Front zu stricken? Sie hatten Tag um Tag die Nadeln klappern lassen, und da Daisy Handarbeiten hasste, hätte sie bei dem Geräusch irgendwann am liebsten laut geschrien. Doch woher wusste dieses Medium davon? Hatte es nur geraten?

Die Stimme der Frau wurde laut und schrill. »So kalt! Der Schlamm … Wo bist du, Ma? Ich kann mich nicht bewegen! Wo bist du?«

»Ich bin hier, mein Schatz«, weinte Mrs Polmartin. »Ich bin hier.«

Daisys Nackenhaare stellten sich auf. Die Kälte im Raum drang bis unter ihre Haut, und sie hatte genug von dem makabren Schauspiel, das sich ihr hier bot. Sie wollte kein Wort mehr hören, und als die Frau erschauderte und schlaff in sich zusammensackte, stand sie abrupt auf.

»Kit Rivers«, rief in diesem Augenblick Nancy. »Gibt es eine Nachricht von Kit Rivers?«

Sofort richtete das Medium sich wieder auf. »Ich werde fragen.«

Daisy blitzte Nancy zornig an. Sie wollte nicht, dass Kit in diese Sache hineingezogen wurde. Das fühlte sich nicht richtig an.

»Bitte nicht«, setzte sie an, aber die Frau hörte ihr nicht zu.

Mit flatternden Lidern und rauer Stimme raunte sie: »Ich möchte mit Kit Rivers sprechen.«

Mit schmerzhaft angehaltenem Atem flehte Daisy stumm: *Bleib, wo du bist, Kit. Bitte sei nicht da. Ich will nicht mit dir sprechen, denn du bist noch am Leben!*

Ein Scheit verrutschte im Kamin, Harz tropfte zischend ins Feuer. Eine der Frauen schrie leise auf.

Das Medium aber blieb vollkommen ruhig und sagte dann: »Ich habe keine Nachricht, denn auf der anderen Seite gibt es keinen Mann mit diesem Namen. Er ist dort noch nicht angekommen.«

»Und was soll das heißen?«, wollte Nancy wissen, doch die Frau ignorierte sie und wandte sich stattdessen Daisy zu.

In den bernsteinfarbenen Augen dieser Frau erkannte sie absolute Gewissheit, und ihr Blick sagte alles, was Daisy wissen musste. Kit lebte.

TEIL 3

1

CHLOE

Wo ist der Rest?

Hastig blättere ich durch den Rest des Tagebuchs. Statt der mir inzwischen so vertrauten Handschrift aber sehe ich nur leere Seiten. Die Aufzeichnungen enden völlig abrupt. Ich blättere die Seiten noch einmal durch, diesmal langsamer, denn vielleicht habe ich ja etwas übersehen. Vergeblich. Warum könnten die Einträge genau an dieser Stelle aufgehört haben?

Daisys Zeit im Pfarrhaus war vorbei. Sie hatte ein Kapitel ihres Lebens abgeschlossen und schlug jetzt ein neues auf. Egal wie oft ich in den Seiten blättere oder in dem Versteck unter den Dielen suche, es gibt nichts mehr, was mir Daisys Geschichte weitererzählen könnte.

Ein schmerzliches Verlustgefühl breitet sich in mir aus. Nach all den Stunden, in denen ich Daisy Hills' Gedanken folgen und in ihr Leben eintauchen durfte, tut mir das abrupte Ende der Geschichte in der Seele weh.

Ich weiß nicht, wo ich Antworten auf meine vielen Fragen finden soll. Ich will wissen, wie es für Daisy weiterging. War sie tatsächlich in Frankreich? Konnte sie herausfinden, was mit Kit geschehen ist? Was hat sie nach dem Krieg gemacht, und warum ist sie nicht noch einmal ins Pfarrhaus zurückgekommen, um ihre Schätze zu holen?

Was ist aus ihr geworden? Warum sind die meisten von Kits kostbaren Gedichten nie wieder aufgetaucht?

Ich kämpfe gegen die Tränen an, denn es fühlt sich an, als hätte mir eine gute Freundin mit einem Mal den Rücken zugekehrt. Seit ich die erste Seite ihres Tagebuchs gelesen habe, hat mir Daisy ihre tiefsten Gedanken mitgeteilt und mich in die Vergangenheit entführt. Für mich wirkt sie so real, als wäre ich ihr hier in Cornwall tatsächlich begegnet.

Ich weiß von Daisys Alptraum und was sie am liebsten aß, ich kenne ihre Ansichten zur Politik, ihren frechen kleinen Bruder, ihren Traum zu schreiben, und vor allem weiß ich, dass Kit die Liebe ihres Lebens war. Die goldenen Tage vor dem Krieg hat sie eindrücklich in ihrem Tagebuch festgehalten, und ich weiß, dass ihr das Herz vor Freude übergegangen ist, sobald sie Kit erblickte, und dass sie vor lauter Glück am liebsten laut gejuchzt hätte, wenn sie in seinen Armen lag. Für eine kurze Zeit war Daisys Leben wunderbar. Rosecraddick ist nicht nur der Ort, an dem sie unter der strengen Aufsicht des verschrobenen Reverend genesen sollte, sondern der Ort, an dem sie Kit begegnet ist. Dank ihrer Worte ist er jetzt nicht mehr nur ein blasser Heiliger in einem Buntglasfenster. Er ist ein junger Mann, der lachte und Scherze machte, der liebte und sich nichts mehr wünschte, als aller Welt seine Gefühle für Daisy zu offenbaren.

Ich wische mir mit dem Ärmel über die Augen. Ach, hätte Daisy ihm doch nur erlaubt, offiziell zu ihr zu stehen. Wenn sie bereit gewesen wäre, schon vor Kriegsende seine Frau zu werden, hätte die Geschichte der beiden vielleicht eine Wendung genommen und wäre nicht in einer Blechdose verstaubt.

Ich habe oft das Gefühl, als wäre unsere Welt voller Möglichkeiten, die wie Sand durch unsere Finger rinnen, unaufhaltsam. Hätte man bei Neil den Krebs doch früher diagnostiziert, hätte doch die Chemotherapie bei ihm angeschlagen. Wie anders sähen dann wohl unsere Geschichten aus? Jetzt sind nur noch Fragmente davon übrig, die Erinnerungen verwehen wie Laub im Herbst, und Antworten sind zwar zum Greifen nahe, weichen einem aber, sobald man ihnen näher kommt, immer wieder aus. Es gibt kaum etwas Traurigeres auf der Welt als Chancen, die man nicht ergriffen hat.

Meine und Neils Geschichte endete mit seinem Tod. Ich kenne alle Einzelheiten der Erzählung, es gibt keine offenen Fragen und keine Lücken, die es noch zu füllen gilt. Die Geschichte von Kit und Daisy dagegen wurde bisher nie erzählt. Sie ist ein Rätsel, das ich vielleicht lösen kann. Das Fenster in der Kirche. Die ins Holz geritzten Gänseblümchen. Die versteckten Gedichte. Es gibt noch viele Geheimnisse, die nur darauf warten, dass man sie enthüllt.

Vor lauter Aufregung bekomme ich eine Gänsehaut. Daisys und Kits Geschichte muss erzählt werden.

Ich habe stundenlang gelesen und war so in Daisys Welt gefangen, dass ich jetzt erst merke, wie es draußen langsam wieder hell wird und wie kalt es hier oben auf dem Speicher ist. Ich kauere durchgefroren in meinem Sessel, sehe auf und bin verwundert, weil ich in dem alten Kamin kein Feuer brennen sehe und auf dem Bett nicht Daisys hübsche Patchworkdecke. Bestimmt gehörte auch der blinde Spiegel ihr. Es ist ein seltsamer Gedanke, dass vor diesem Spiegel mal ein junges rothaariges Mädchen mit braunen Augen stand, um sich die Haare aufzustecken und durch einen Kniff in ihre Wangen frische Röte ins Gesicht zu zaubern, um dann über die gefährlich schmale, steile Treppe hinabzusteigen, aus dem Haus zu laufen und sich heimlich mit dem jungen Mann zu treffen, der die Liebe ihres

Lebens war. Ich habe einen Blick hinter den Zeitvorhang geworfen und kann plötzlich Dinge sehen, die mir bisher verborgen waren.

Ich blicke aus dem Fenster in den düsteren Dezembertag und stelle mir vor, wie Daisy mit einem Picknickkorb am Arm zum Tor und weiter Richtung Klippe läuft. Ich sehe ein junges Paar im Schatten der Zeder stehen und sich mit leisen Stimmen ewige Liebe schwören. Die Zeder und Rosecraddick Manor sehe ich seit meinem Einzug in das alte Pfarrhaus jeden Tag, jetzt aber sehe ich sie mit Daisys Augen und nehme sie mit all dem Wissen um ihre Vergangenheit anders wahr.

Nachdenklich lege ich das Tagebuch zur Seite. Auf dem Boden liegen die Muscheln, der Korken und Kits weiche, blonde Haarsträhne. Die längst verwelkte Gänseblümchenkette befindet sich noch in der Dose, weil ich fürchte, dass sie bei der kleinsten Berührung zu Staub zerfällt. Obwohl sich Holzsplitter der abgenutzten Dielen durch meine Jeans bohren, knie ich mich auf den Boden und lege die Fundstücke behutsam in die Blechdose zurück. Sachte klappe ich den Deckel zu, und mir kommt der Gedanke, dass der letzte Mensch, der die Blechdose vor mir verschlossen hat, Daisy war.

War ihr bewusst, dass sie nie wiederkommen würde, um die Sachen abzuholen? Ich bin mir ganz sicher, dass ich weiterforschen muss. Daisy und mich trennen hundert Jahre, aber auch ich habe Liebe und Verlust erlebt. Daisy Hills, die in ihrer Unterwäsche schwimmen ging und ihre Liebe gegen alle Konventionen niemals aufgab, hätte sicher nicht gewollt, dass die Geschichte dieser Liebe in Vergessenheit gerät.

Der neue Tag ist angebrochen, und als ob ich sie zum ersten Mal sehe, blicke ich hinunter in die Bucht, in der Daisy und Kit in seinem Segelboot über das Meer glitten. Ich werfe einen Blick auf meine Uhr und überlege, ob es noch zu früh ist, um bei Matt anzurufen. Wahrscheinlich ist er bereits wach, aber Samstag ist bei ihm Familientag, da will ich ihn nicht stören. Vor allem muss ich, ehe ich ihn anrufe, noch etwas anderes erledigen. Es ist vielleicht eine verrückte Idee, und vielleicht irre ich mich auch, aber ich darf es nicht unversucht lassen.

Ich klettere vom Speicher hinunter, und während ich durchs Pfarrhaus gehe, kommt es mir so vor, als würden zwei Welten miteinander verschmelzen. Der Flur, der zu den Schlafzimmern und zum großen Badezimmer führt, fängt an zu flirren, und ich möchte mich am liebsten auf Zehenspitzen bewegen, damit der Reverend nicht bemerkt, dass ich mich aus dem Haus schleiche.

Die alte Treppe knarzt, als ob sie mich verraten wollte, und halb in der Erwartung, dass die alte Haushälterin im Flur erscheint und über meinen fehlenden Ordnungssinn die Nase rümpft, schnappe ich mir meine Jacke, die über dem Treppenpfosten hängt. Es fühlt sich an, als wären die Menschen, die hier einst wohnten, nie wirklich fortgegangen, und als ich an der Esszimmertür vorbeigehe, denke ich an all die Mahlzeiten, bei denen Daisy ihrem Patenonkel unbehaglich schweigend gegenübersaß. Der Reverend sitzt vielleicht im Arbeitszimmer über seiner Predigt, und wenn ich den Flur hinunter in die Küche gehe, treffe ich dort Nancy, die gut gelaunt Gemüse schneidet, während Gem sie aufzieht und ihr schöne Augen macht.

Ich kann all diese Menschen so deutlich vor mir sehen, dass ich mich regelrecht einsam fühle, weil niemand von ihnen wirklich hier ist. Wie können mir Menschen fehlen, die ich nie getroffen habe und die längst schon nicht mehr leben? Matt würde mich verstehen.

Ich wünschte mir, ich könnte mit ihm reden. Am besten rufe ich ihn doch noch heute an, weil er sofort begreifen wird, wie wichtig Daisy Hills' Geschichte ist. Immerhin hat sie Kit Rivers zu seinen besten Werken inspiriert.

Das Feuer in dem großen Ofen wird noch ein paar Stunden brennen, bis ich es mit frischen Scheiten füttern muss. Ich will hinaus und herausfinden, ob meine kühne Vermutung stimmt. Vor lauter Aufregung wird mir fast schwindelig.

Wie zu Daisys Zeit zeigt die Standuhr am Fuß der Treppe auch heute noch mit lautem Ticken, wie die Zeit vergeht, und draußen auf dem Friedhof schauen dieselben alten Grabsteine über die Bucht wie damals.

Nichts und gleichzeitig alles hat sich hier verändert, seit Daisy Hills das Tagebuch und ihren letzten Brief an Kit in einer alten Keksdose unter das lose Dielenbrett geschoben hat.

Ich ziehe meine Jacke an, öffne die Haustür und trete in den feuchten Vormittag hinaus. Ein leichter Sprühregen empfängt mich, und die beiden Möwen auf dem Dach des Hauses sehen ziemlich unbeeindruckt aus. Ich laufe zum Gartentor, durch das man auf den Friedhof gelangt. Um diese frühe Zeit ist nicht einmal Sue Perry in der Kirche.

Der Pfad führt links hinter der Kirche weiter auf den Weg. Hier wurde die Familie Rivers nach dem sonntäglichen Gottesdienst von ihrem Kutscher abgeholt, und hier preschte ein junges glückliches Paar in einem schimmernden Rolls-Royce davon. Aber deshalb bin ich nicht hier. Mir geht es um etwas anderes, was Daisy in ihrem Tagebuch erwähnte.

Entschlossen öffne ich das Friedhofstor. Regentropfen zittern auf dem glänzenden Metall, und meine Hände werden nass und kalt.

Ich reiße den Efeu und die Winden von der alten Friedhofsmauer und gleite mit meinen Fingern über die Steine, um diese eine besondere Stelle in der Mauer zu finden.

Jetzt spüre ich es auch. Ein loser Stein …

In meiner Eile, ihn herauszuziehen, schramme ich mir meine Knöchel auf, doch es kümmert mich nicht. Vor Spannung schlägt mir das Herz bis zum Hals, und noch bevor der Stein zu Boden fällt und ich die Finger in die Öffnung schiebe, weiß ich, was dort liegt. Ein Käfer krabbelt über meine Hand. Ich ziehe vorsichtig eine kleine Blechdose mit einem eingestanzten Frauenprofil und dem Aufdruck *Weihnacht 1914* aus dem Loch.

Kaum zu glauben, dass nicht schon längst jemand anderes sie gefunden hat. Es scheint, als wäre das Versteck auch heute noch so sicher wie zu Kits und Daisys Zeit. Hätte ich nicht zufällig das Tagebuch gefunden, wäre diese Dose sicher auch in hundert Jahren noch hier gewesen.

Behutsam klappe ich den Deckel auf, und obwohl ich es schon halb erwartet habe, rauscht das Blut in meinen Ohren, als mein Blick auf die vergilbten, eng beschriebenen Seiten aus einem Notizbuch fällt, die ordentlich mit einem Band aus ausgefranstem Samt zusammengebunden sind. Ich erkenne sofort, dass das, was ich hier gefunden habe, eine Sensation ist.

Zum ersten Mal seit mehr als hundert Jahren hält jemand Kits verlorene Gedichte in den Händen.

2

CHLOE

»Nicht zu fassen! Ich kann immer noch nicht glauben, was Sie da gefunden haben.« Matt kann nicht aufhören, seinen Kopf zu schütteln. »Und all die Zeit waren Kits Gedichte hier versteckt. Wenn wir das gewusst hätten …«

Inzwischen ist es früher Abend, und wir sitzen in der Pfarrhausküche an dem alten Holztisch, auf dem Daisys Tagebuch, die Schätze aus der Blechdose und Kits Gedichte ausgebreitet sind. Während ich am Morgen voller Ungeduld darauf gewartet habe, bis ich endlich Matt anrufen konnte, ohne ihn und seine Kinder aus dem Schlaf zu reißen, habe ich die Gedichte immer wieder durchgelesen. Kits Verse sind brutal und roh, und sogar ich erkenne, dass Stil und Ton ganz anders sind als in seinen frühen Werken. Seine Gedichte von der Front sind wechselweise zornig oder resigniert, doch eines mit dem Titel *Meerjungfrau* ist so bewegend, dass ich nach der letzten Zeile mit den Tränen kämpfte. Es geht darin um eine junge Frau mit langem rotem Haar, in die er sich verliebt hatte, bevor er in den Krieg gezogen war.

Um neun rief ich endlich Matt an und erzählte ihm von meinem Fund. Er wurde so still, dass ich schon dachte, die Leitung wäre unterbrochen worden, aber er war vor lauter Überraschung einfach sprachlos. Dann feuerte er derart viele Fragen auf mich ab, dass ich ihn schließlich bat, herzukommen und sich die Sachen selbst anzusehen.

»Ich habe alles hier im Pfarrhaus. Warum kommen Sie nicht vorbei?«, schlug ich ihm vor. »Die Sachen liegen schon seit über hundert Jahren hier, da kommt es auf ein paar Stunden sicher nicht mehr an.«

»Für mich schon. Wenn ich diese Gedichte nicht bald sehe, platze ich vor Neugier«, stöhnte Matt. »Ich kann's einfach nicht glauben, Chloe, wirklich nicht. Ich fahre heute Vormittag mit meiner Tochter ins Krankenhaus und bin am Nachmittag zurück. Schauen Sie bis dahin, was Sie vielleicht sonst noch finden, ja? Und wenn Sie schon dabei sind, halten Sie am besten auch gleich Ausschau nach Excalibur, dem Heiligen Gral oder dem Ungeheuer von Loch Ness.«

Ich legte lachend auf, wandte mich abermals dem Tagebuch und den Gedichten zu und lernte Daisys Geschichte praktisch auswendig. Bis Matt am Nachmittag im Pfarrhaus eintraf, hatte ich mich außerdem noch mal im ganzen Pfarrhaus umgesehen und mir das Haus so vorgestellt, wie es zu Daisys Zeit war. Ich kann inzwischen nicht mehr in der Küche sitzen, ohne Mrs Polmartin am Herd oder Nancy zu sehen, die Gemüse putzt. Auf dem Speicher habe ich noch mal alles Gerümpel nach weiteren Hinweisen durchsucht, jedoch ergebnislos.

Seit Matt sich zu mir an den Tisch setzte, hat er nicht mehr zu lesen aufgehört. Als er die Gedichte zum ersten Mal in die Hand nahm, hielt er ehrfürchtig den Atem an.

Neben seinem Ellenbogen steht bereits der zweite Becher kalt gewordenen Tees, und auch die Plätzchen auf dem Teller hat er noch nicht angerührt. Ich knabbere an einem Keks, bin aber selbst viel zu aufgeregt zum Essen.

Matts Hände, die die Blätter halten, zittern, und obwohl er längst noch nicht das ganze Tagebuch gelesen hat, kämpft er schon jetzt gegen Tränen an. Er wird mir noch sympathischer als ohnehin schon, weil er mindestens so aufgeregt ist wie ich.

Was würde Neil von all dem halten? Ich stelle mir vor, wie er am Herd lehnt, die Arme vor der Brust verschränkt, und zu uns herüberschaut. In meiner Vorstellung lächelt er amüsiert. *Meinen Segen hast du, Chloe, und bis Weihnachten besorgst du dir am besten noch einen Mistelzweig.*

Das Bild von ihm flackert, verschwimmt vor meinen Augen, und im fahlen Winterlicht, das durch das Küchenfenster fällt, kann ich ihn nicht so deutlich vor mir sehen wie sonst. Aber zu meiner Überraschung macht mir das keine so große Angst wie früher. Noch vor ein paar Wochen wäre ich bei dem Gedanken, er könnte mir entschwinden, in meiner Erinnerung verblassen, in Panik ausgebrochen. Jetzt aber spüre ich ein Gefühl von Frieden in mir.

Ich blicke auf die Ringe, die ich immer noch am Finger trage. Natürlich hat unsere Zeit nicht einmal annähernd gereicht, aber für die Jahre, die wir zusammen hatten, werde ich bis an mein Lebensende dankbar sein. Daisy und Kit hatten dieses Glück nicht. Verglichen mit ihnen bin ich gesegnet, das wird mir plötzlich klar.

»Chloe?«, holt mich Matts Stimme in die Gegenwart zurück.

Das Tagebuch ist zugeklappt und liegt auf den Gedichten, damit sich die Seiten nicht zusammenrollen.

»Tut mir leid. Ich war gedanklich gerade meilenweit entfernt.«

Statt wie die meisten anderen Menschen nachzuhaken, was mir gerade durch den Kopf gegangen sei, umfasst er meine Handgelenke, fühlt sanft meinen Puls, und ich erschaudere.

»Sie sind einfach unglaublich, Chloe.«

»Quatsch. Ich habe lediglich den Speicher aufgeräumt. Das hätte jeder hingekriegt.«

»Das glauben Sie also?«, hakt er nach und schüttelt ungläubig den Kopf. »Sie haben wirklich keine Ahnung, was Sie da gefunden haben, nicht wahr? Das ist eine Riesensache, Chloe! Das ist das verloren geglaubte Werk eines der talentiertesten Dichter, die es im vergangenen Jahrhundert in England gab. Manche von uns träumen ihr Leben lang von einem solchen Fund. Ich weiß, dass Kits Gedichte bisher nicht die Anerkennung fanden, die man ihnen hätte zollen sollen, aber jetzt … tja, nun, ich bin mir sicher, dass man ihn nach diesem Fund in einem völlig neuen Licht sehen wird.«

»*Heimatfront. Wir müssen Ihnen leider mitteilen. Der Wahnsinn. In der Ebene von Salisbury.* Die Gedichte sind erschreckend roh und düster, aber wunderschön.«

»Kit wollte Daisy damit alles sagen, was ihm auf der Seele lag.«

»Mitunter trifft man einen Menschen, dem man alles anvertrauen will, nicht wahr? Man weiß genau, dass der andere die Gedanken, die einem durch den Kopf gehen, nachvollziehen kann. Womöglich ist es sogar Schicksal, wenn man einem solchen Menschen begegnet.«

Während er dies sagt, streicht er mit seinen Fingern gedankenverloren weiter über meine Handgelenke. Mir stockt der Atem, und nervös entziehe ich ihm meine Hände, hole Kits Gedichte unter Daisys Tagebuch hervor und hoffe, dass mir meine Unruhe nicht anzusehen ist.

Ich streiche die Blätter sachte mit den Fingerspitzen glatt, und es kommt mir so vor, als hätte Kit die Zeilen, die jahrzehntelang in diesem Mauerspalt verborgen waren, gestern erst verfasst.

»Es geht nicht nur um Kits Geschichte, sondern auch um Daisys«, sage ich mit rauer Stimme. »Ohne sie hätte er sicher nicht so offen schreiben können. Sie sagten, die anderen Gedichte hätten überlebt, weil sie zusammen mit Kits persönlichen Gegenständen seinen Eltern überlassen worden sind. Aber ich gehe jede Wette ein, dass Kit auch diese Verse nicht seinen Eltern, sondern Daisy hätte schicken wollen.«

»Da haben Sie sicher recht. Aber weshalb hätte Kit das Mädchen, das er liebt, mit all diesen grausamen Kriegsbildern belasten sollen?«

»Gerade weil er sie geliebt hat, wollte er alles mit Daisy teilen, was ihm etwas bedeutete. Das schreibt sie in ihrem Tagebuch. Sie hatten vereinbart, dass sie zueinander immer völlig ehrlich sein wollten.«

Bei diesen Worten huscht ein Schatten über Matts Gesicht.

»Ja. Eine Liebe ohne Ehrlichkeit hat schließlich keinen Sinn.«

Mir fällt ein, dass Matt von seiner Frau betrogen wurde, und ich ärgere mich darüber, dass ich ihn nun daran erinnert habe.

»Ich wollte damit nicht –«

Bevor ich meinen Satz beenden kann, wirft Matt abwehrend die Hände in die Luft. »Schon gut. Ich komme damit klar. Zumindest ist es inzwischen lange her. Wie dem auch sei, ich wünschte, dass wir auch Kits Briefe hätten. Können Sie sich vorstellen, was da alles drinstand?«

»Ja, aber denken Sie nicht auch, dass manche Dinge so privat sind, dass sie niemand anderem etwas angehen?«

Er nickt nachdenklich. »Das stimmt. Aber ich kann einfach nicht glauben, dass Kits Mutter diese Briefe absichtlich verbrannt hat. Wie kann ein Mensch nur so gemein sein?«

Ich sehe Daisy vor mir, wie sie auf die Knie fällt und ungeachtet der Gefahr, sich zu verbrennen, in das Feuer greift, um die Briefe, die ihr so am Herzen liegen, zu retten.

»In ihrem Tagebuch schreibt Daisy, Lady Rivers habe dabei ängstlich ausgesehen«, sage ich. »Wahrscheinlich dachte sie, sie könnte Daisy so daran hindern, noch einmal ins Herrenhaus zu kommen.«

»Aber wovor hätte sie sich denn fürchten sollen? Das Schlimmste war doch bereits eingetreten. Ihr Sohn war tot. Von Daisy ging doch keinerlei Gefahr mehr für sie aus.«

»Ich weiß. Für mich ergibt das alles auch keinen Sinn. Ich gebe einfach wieder, was für einen Eindruck Daisy hatte, als sie in Rosecraddick Manor war. Sie hat ausführlich über den Besuch im Herrenhaus berichtet, und wenn Sie das Tagebuch in aller Ruhe lesen, werden Sie sehen, wie seltsam Lady Rivers sich aus Daisys Sicht verhalten hat.«

»Ich lese es gleich heute Nacht«, verspricht mir Matt. »Ich werde mich damit ans Bett meiner Tochter setzen und erst aufhören zu lesen, wenn das Tagebuch endet. Der Fund stellt alles, was wir bisher über Kit zu wissen glaubten, auf den Kopf, Chloe! Bisher habe ich mir beispielsweise Lady Rivers immer als trauernde Mutter vorgestellt, die ihren Sohn vergöttert und die letzten Jahre ihres Lebens hauptsächlich damit verbracht hat, die Erinnerung an ihn aufrechtzuerhalten. Und jetzt stellt Daisy sie in ihrem Tagebuch ganz anders dar.«

Ich denke an das Buntglasfenster in der Kirche, in dem Kit als blonder Engel Richtung Himmel schwebt. Die Version von Kit unterscheidet sich komplett von dem jungen Mann, der seinen Eltern bereitwillig getrotzt hätte, um sich mit einem Mädchen aus bescheidenen Verhältnissen eine Zukunft aufzubauen. Ohne das verräterische Gänseblümchen in dem Fenster hätte niemals jemand etwas von *diesem* Kit erfahren.

»Lady Rivers ließ ihren Sohn in dem Fenster so darstellen, wie man sich an ihn erinnern sollte«, bemerke ich aufgeregt. »Aber irgendwer hat nachträglich dieses kleine Gänseblümchen eingefügt. Das heißt, dass außer uns noch jemand die Wahrheit kannte und verhindern wollte, dass die Liebe der beiden in Vergessenheit gerät. Aber wer könnte das gewesen sein? Kit war tot, und Daisy ist danach nie wieder hier aufgetaucht.«

»Vielleicht hat sie ja ihrem Vater von Kit erzählt. Oder sie hat ihren Bruder eingeweiht.«

»Möglich.«

»Und was ist mit ihrem Patenonkel? Vielleicht hat ja auch der Reverend ihr nachträglich ein Denkmal setzen wollen.« Matt fährt sich mit den Händen durch die Haare, und inzwischen weiß ich, dass das bei ihm ein Zeichen dafür ist, dass er angestrengt nachdenkt.

»Ich glaube nicht. Er war mit der Beziehung zwischen ihr und Kit nicht einverstanden, und ich kann mir kaum vorstellen, dass er seine Meinung geändert haben soll. Vor allem hätte er die beiden doch wohl kaum so lange überlebt.«

»Bei meiner Arbeit habe ich gelernt, dass Dinge, die wir erst einmal für völlig unwahrscheinlich halten, bei genauerer Betrachtung oft gar nicht mehr so unwahrscheinlich sind.« Matt schiebt eine Hand in seine große Lederaktentasche und zieht einen Block und einen Stift hervor. »Sue zufolge gibt es keine Aufzeichnungen über irgendwelche nachträglichen Änderungen an dem Fenster, und bisher haben auch meine Nachforschungen diesbezüglich nichts erbracht. Am besten fangen wir also noch mal ganz von vorn an und erstellen eine Liste von allen, die als Auftraggeber für das Blümchen im Fenster infrage kommen.«

»Wir?«

Matt lächelt, und ich spüre ein leises Ziehen in meiner Brust.

»Natürlich wir. Schließlich sind Sie inzwischen auch ein Teil von Kits Geschichte.«

»Ach ja?«

»Na klar! Ohne Sie wären Kits Gedichte und Daisys Tagebuch nicht wieder aufgetaucht. Sie haben die erstaunliche Geschichte der beiden erst ans Licht gebracht. Die Menschen werden Kits Gedichte kennenlernen und von der Geschichte, die dahintersteckt, begeistert sein.«

Plötzlich weiß ich nicht mehr, ob ich überhaupt möchte, dass die ganze Welt etwas von Daisy und ihrem Tagebuch erfährt. Sie hätte gern mit Schreiben ihren Lebensunterhalt verdient und wählte ihre Worte mit Bedacht, aber ein Tagebuch ist etwas so Persönliches, das niemand anderes lesen sollte.

»Aber die Geschichte gehört den beiden, Matt. Sollten wir das nicht respektieren?«

»Das werden wir«, beruhigt er mich. »Doch gleichzeitig machen Daisys Aufzeichnungen Kit zu einem echten Menschen, falls Sie verstehen, was ich meine. Er war ein Mensch aus Fleisch und Blut, er hat geliebt, gelacht, er ist zu schnell gefahren und hat auch sonst alles getan, was junge Männer tun. Er war kein Heiliger und auch nicht tugendhafter als der Rest von uns. Sie haben Kit durch Ihren Fund Leben eingehaucht, Chloe. Er ist nicht länger nur das Sepiabild von einem ernsten jungen Mann in Uniform oder die milde lächelnde Figur im Fenster, sondern ein echter Mensch.«

So habe ich es bisher nicht gesehen. Bei der Vorstellung, dass auch ich ein Teil von Kits und Daisys Geschichte bin, schwirrt mir der Kopf. Es ist, als hielte uns alle schon die ganze Zeit ein unsichtbares Band zusammen. Auch Neil gehört dazu, weil ich ohne seine Liebe und selbst seinen Tod nicht hierhergekommen wäre. Inzwischen fühlt es sich immer mehr so an, als habe mich das Schicksal hierhergeführt.

Ich schließe die Augen und sehe Neil am Türrahmen lehnen, auch wenn ich ihn nur unklar erkennen kann.

Natürlich hat es das. Hast du das je bezweifelt? Nichts passiert aus reinem Zufall, Liebling. Alles folgt einem ganz bestimmten Plan, man muss es nur zulassen.

Ich sitze am selben Tisch, an dem auch schon Daisy saß und beim Erbsenpulen von Kit träumte, und plötzlich erkenne ich, dass unser Leben nicht nur eine Abfolge willkürlicher Ereignisse ist. Alles, was bisher geschah, jede Gabelung, an der ich mich für eine Richtung entscheiden musste, hat mich hierhergeführt. Einiges war schmerzlich, anderes wunderbar. Manches ist mir im Alltag nicht weiter aufgefallen, alles zusammen aber hat mich an diesen Küchentisch geführt, zu Daisys Tagebuch und Kits Gedichten und zu einem Mann, der mir gegenübersitzt und mir einfach nicht mehr aus dem Kopf gehen will.

Das Schicksal wollte, dass ich nach Rosecraddick komme, denn es ist der Ort, an dem auch meine eigene Geschichte weitergehen wird.

3

CHLOE

Matt hat Daisys Schätze mit nach Exeter genommen, um zu klären, wer die Rechte an den neu entdeckten Werken hat. Vor seiner Abfahrt verbrachte er deshalb bereits eine halbe Ewigkeit am Telefon. Der Fundort der Gedichte liegt auf einem Kirchengrundstück, aber nachdem Kits letzte lebende Verwandte Eunice Rivers-Elliott sein gesamtes Werk der Gesellschaft hinterlassen hat, die sich um die Wahrung seines Andenkens bemüht, ist davon auszugehen, dass auch die neu entdeckten Verse dem Verein gehören. Dennoch möchte Matt das rechtlich klären. Genauso ist noch offen, wem das Tagebuch, die Blechdose und Daisys letzter Brief an Kit gehören. Mir? Oder Verwandten, die Daisy vielleicht irgendwo hat?

Als es dunkel wird, mache ich Licht, ziehe die Vorhänge vor meinen Fenstern zu und frage mich, was ich jetzt machen soll. Ein Teil von mir will Daisy suchen, doch ein anderer hat Angst davor, was diese Suche unter Umständen ergibt. Bisher ist sie für mich noch immer achtzehn Jahre alt, mit wild gelocktem rotem Haar, fröhlichen Sommersprossen im Gesicht und einer stählernen, bewundernswerten Entschlossenheit, das Schicksal ihres Liebsten aufzuklären. Ich wünsche mir, dass sie für alle Zeiten dieses Mädchen bleiben könnte.

Bisher wissen nur Matt und ich etwas von ihrem Tagebuch und Kits Gedichten, und ich würde das Geheimnis gern noch eine Zeit lang wahren. Es reicht, wenn die Literaturszene die Texte später auseinanderpflückt.

»Was werden Sie jetzt tun?«, fragte ich Matt, als er unsere Fundstücke vorsichtig in seine Aktentasche schob und sich, die Blechdose unter dem Arm, erhob.

»Ich fahre erst einmal zurück nach Exeter ins Krankenhaus«, erklärte er mir. »Und wenn Lowenna schläft, lese ich Daisys Tagebuch.«

Dann hat er vergeblich versucht, sich den Wollschal mit nur einer Hand um den Hals zu wickeln, und nach kurzem Zögern habe ich kurzerhand die Schalenden gepackt und sie ihm um den Hals gelegt. Von seinem betörenden Duft nach Basilikum und Limette wurde mir ein wenig schwindelig, und am liebsten wäre ich mit meinen Fingerspitzen über seine dunklen Bartstoppeln gefahren. Beunruhigt wandte ich mich ab, als ich auch in seinen Augen etwas wie Verlangen aufflackern sah. Was auch immer zwischen Matt und mir ist, ich bin dafür noch nicht bereit. Und werde es vielleicht nie sein.

»Und was wollen Sie weiter unternehmen?«, versuchte ich abzulenken und versteckte verlegen meine zitternden Hände in den Ärmeln meines Wollpullis.

Lächelnd sah Matt auf mich herab, und die Fältchen um seine sanften grauen Augen vertieften sich.

»In welcher Hinsicht?«

»Na, mit den Gedichten!«, sagte ich und kämpfte gegen mein wildes Herzklopfen an.

»Natürlich, die Gedichte. Was auch sonst?«, stellte er trocken fest. »Nun, als Erstes werde ich mit einem Anwalt sprechen, um herauszufinden, wem sie gehören, und dann rufe ich einen meiner Kollegen in Oxford an, einen Experten für die Dichter aus der Zeit des

Ersten Weltkriegs. Er wird wissen, wie man diese Arbeiten auf ihre Echtheit überprüfen kann.«

»Aber sie sind auf alle Fälle echt.«

»Natürlich, uns beiden ist das klar. Trotzdem muss das jemand offiziell bestätigen, und meiner Meinung nach ist er dafür genau der Richtige. Und danach werden sicher irgendwelche Anwälte und der Verein zur Wahrung von Kits Andenken entscheiden, wie es mit den Gedichten weitergehen soll. Ich nehme an, dass sie schnellstmöglich veröffentlicht werden sollen und sich danach die ganze Welt für Kits Leben und seine Gedichte interessieren wird. Eine gute Werbung für diesen Verein und unsere Stiftung.«

»Und Daisy? Werden Sie ihr Tagebuch auch Ihrem Kollegen geben?«

Mit angehaltenem Atem wartete ich auf seine Antwort. Es hätte mich enttäuscht, wenn er Daisys Aufzeichnungen so schnell aus der Hand geben und damit Fremden ihre Gedanken und Träume offenbaren würde. Ich habe das seltsame Gefühl, als gehörte Daisy erst einmal uns und dass wir herausfinden müssen, was aus ihr geworden ist.

»Für Daisy sind Sie zuständig«, sagte er sanft. »Sie haben ihr Tagebuch und diese Blechdose gefunden, nicht ich. Am besten finden Sie heraus, was Mr Sargent als Eigentümer dieses Hauses damit machen will. Wenn er Ihnen die Sachen überlässt, helfe ich Ihnen gerne, mehr herauszufinden und die Puzzleteile zusammenzusetzen. Ich würde die Liebesgeschichte zwischen Daisy und Kit gern zur Grundlage der Ausstellung in Rosecraddick Manor machen – aber bis dahin ist es noch ein weiter Weg. Auf alle Fälle müssen wir versuchen, herauszufinden, was aus Daisy wurde, und dafür brauchen wir Zeit. Und falls es noch Verwandte gibt, wollen sie vielleicht mitbestimmen, wie es weitergehen soll. Was hältst du davon, wenn wir erst einmal versuchen, Daisys Fährte aufzunehmen, während die Literaturwelt sich auf die Gedichte stürzt und die Juristen überlegen, wem sie jetzt gehören?«

Ich nickte, ein guter Vorschlag. Matt neigte den Kopf und gab mir einen sanften Kuss auf die Wange. Dann ging er ohne weitere Worte durch die Abenddämmerung zu seinem Wagen.

Ich sah ihm hinterher, bis das Licht der Scheinwerfer verschwand, kehrte wieder auf den Dachboden zurück, nahm im Sessel Platz und starrte Richtung Herrenhaus, bis seine Umrisse im abendlichen Dunkel nicht mehr zu erkennen waren. Ich hätte noch stundenlang eingekuschelt dort sitzen können, wenn mich nicht ein wildes Hämmern an der Haustür aufgeschreckt hätte.

Ich springe auf, stürze ins Erdgeschoss und reiße die Haustür auf. Statt eines Menschen sehe ich aber nur eine Tanne vor mir, und mein Herz klopft schneller.

»Überraschung! Sagen Sie jetzt nicht, Sie wollen keinen Baum, denn zu Weihnachten gehört einfach ein Tannenbaum.«

Sue tritt hinter der Tanne hervor, und ich mache überrascht einen Schritt zurück.

»Sue? Was machen Sie denn da? Ich brauche wirklich keinen Baum!«

»Den braucht doch im Grunde niemand, oder? Aber es ist Weihnachten, und wenn ich als Vikarin tatenlos mit ansehen würde, wie Sie ohne Baum zu Hause sitzen, müsste ich mich schämen. Das wäre furchtbar nachlässig von mir.«

Ich versuche, zu protestieren, aber sie lässt mich nicht zu Wort kommen.

»Und bevor Sie mir erklären, dass Sie keinen Schmuck und keine

Lichterkette haben, keine Angst. Auch dafür ist gesorgt. Tim und Cas sind unterwegs und werden uns beim Schmücken helfen. Wir haben nämlich haufenweise Dekokram zu Hause. Wir sorgen schon dafür, dass es auch bei Ihnen festlich wird. Das ist das Mindeste, womit wir Ihnen eine Freude machen können, nachdem Sie schon nicht zu uns zum Weihnachtsessen kommen wollen.«

Ich hätte kein Problem damit, wenn alles hier im Pfarrhaus so bliebe, wie es ist. Inzwischen ist es mir gelungen, meine Mutter davon abzuhalten, herzukommen und mich heimzuholen, und ich freue mich auf ruhige Weihnachtstage ganz für mich. Ich habe vor, den ganzen Tag zu malen, Toast zu essen und dann zeitig, ganz ohne Baum und Weihnachtsschmuck und Weihnachtsmann, ins Bett zu gehen. Nur kenne ich Sue Perry inzwischen gut genug, um nachzugeben, denn wenn sie sich etwas in den Kopf gesetzt hat, zieht sie das auf alle Fälle durch.

»Wo haben Sie überhaupt gesteckt? Ich musste eine halbe Ewigkeit klopfen«, beschwert sie sich jetzt und schiebt sich mit der Tanne an mir vorbei ins Haus.

»Oben auf dem Dachboden. Ich richte mir ein Atelier zum Malen ein.«

»Oh! Wie schön. Das Licht dort oben und die Aussicht sind bestimmt unglaublich«, stimmt sie mir begeistert zu. »Ich stelle erst mal die Tanne ab und gucke mir dann an, wie weit Sie schon gekommen sind.«

Ohne mich zu fragen, wo ich die verflixte Tanne gerne hätte, öffnet sie die Tür des Wohnzimmers und lässt das Bäumchen einfach fallen. Es nadelt jetzt schon wie verrückt, und sicher werde ich noch im Juni irgendwo Tannennadeln finden.

»Puh! Das Ding ist wirklich schwer. Auch in der Kirche habe ich schon eine Tanne aufgestellt. Wenn ich so weitermache, wird das noch ein richtiges Workout«, erklärt sie lachend, wischt sich Nadeln vom Pullover und schüttelt ihre verkrampften Finger aus. »Zum Glück habe ich Plätzchen zur Stärkung mitgebracht, sonst würde ich wahrscheinlich gleich in Ohnmacht fallen. Warum kochen wir uns nicht einen Tee und warten auf Tim?«

Ich setze Wasser auf. Dann gehen wir mit unseren Bechern auf den Speicher hinauf, und ich zeige Sue mein unfertiges Atelier. Entschuldigend erkläre ich ihr, dass der Fund von Kits Gedichten mich vorübergehend von der Arbeit abgehalten hat. Ich erzähle ihr von Daisys Tagebuch, und als ich zum Ende der Geschichte komme, haben wir die Dose mit den Schokoladenplätzchen bereits halb geleert.

»Das war's mit der Diät«, sagt Sue mit einem Seufzer. »Aber zumindest haben wir schwesterlich geteilt.«

Ich muss ein Lächeln unterdrücken, denn ich habe gerade einmal einen Keks gegessen, während alle anderen in ihrem Mund verschwunden sind.

»Egal«, fährt Sue mit einem gleichmütigen Achselzucken fort und setzt begeistert hinzu: »Was für eine unglaubliche Geschichte! Und vor allem ist es toll, dass es noch mehr Gedichte gibt. Die Leute vom Verein werden vor Aufregung wahrscheinlich platzen, wenn sie davon erfahren.«

»Wahrscheinlich nicht nur sie. Die Gedichte sind erstaunlich, Sue. Sie haben mich erschaudern lassen, ich konnte alles, was darin beschrieben wird, deutlich vor mir sehen.«

»Es ist eine wunderbare Nachricht für Rosecraddick und das Herrenhaus, wenn der Schleier, der bisher über Kit Rivers' Leben lag, nach all den Jahren noch gelüftet werden kann. Kaum vorstellbar, dass wir diese Hinweise die ganze Zeit direkt vor unseren Nasen hatten! Daisy Hills war also seine große Liebe. Eigentlich offensichtlich, meinen Sie nicht? Am Ende geht es doch immer um die Liebe.«

»Was sind Sie doch für eine unverbesserliche Romantikerin.«

»Das bin ich in der Tat«, stimmt sie errötend zu. »Ich wünsche immer allen ein Happy End. Sie nicht?«

O doch. Mein eigenes Happy End wurde mir leider verwehrt, aber ich durfte trotzdem länger glücklich sein als Nancy, Daisy und Millionen anderer junger Frauen im Krieg. Ich habe jede Menge tröstlicher Erinnerungen an die Jahre mit Neil.

»Glauben Sie, dass jetzt die Kirche Kits Gedichte für sich reklamieren wird?«

Nach kurzem Überlegen schüttelt Sue den Kopf. »Das halte ich für ziemlich unwahrscheinlich, denn sie gehörten der Kirche ja nie. Kit Rivers' letzte lebende Verwandte hat sein Werk dem hiesigen Verein hinterlassen. Matt dürfte diesbezüglich also kein Problem haben – außer Daisy hat ein paar Kerzenleuchter oder Kelche aus der Kirche mitgehen lassen und dann irgendwo versteckt.«

»Nicht, dass ich wüsste«, sage ich lächelnd.

»Haben Sie vielleicht ein Bild von Daisy gefunden?«, fragt mich Sue. »Wir alle kennen Kit, aber ich wüsste wirklich gerne, wie sie aussah.«

Ich schüttele den Kopf. »In ihrem Tagebuch steht etwas von einem Verlobungsfoto, aber da es nicht bei ihren Sachen lag, nehme ich an, dass sie es mitgenommen hat.«

»Wissen Sie, wo sie hingegangen ist?«

»Ich habe keine Ahnung, aber sie erwähnte, dass sie als Schwesternhelferin zu ihrem Vater wollte. Matt und ich werden versuchen, herauszufinden, was mit ihr geschehen ist. Er hat schon ein paar Ideen, wo wir mit der Suche anfangen können. Da ihr Vater Arzt beim Sanitätskorps war, finden wir vielleicht über ihn etwas heraus. Ich nehme an, Sie haben nie zuvor etwas von Daisy Hills gehört? Oder den Namen schon einmal irgendwo in einem Kirchenbuch gelesen?«

»Nicht, dass ich wüsste, aber schließlich war sie auch nicht lange hier, wurde weder hier geboren noch beerdigt. Aber von Reverend Cutwell habe ich gehört. Der Dorflegende nach war er ein furchtbarer Choleriker, in dessen Predigten es immer nur um Feuer, Schwefel und die ewige Verdammnis ging. Ich glaube also nicht, dass das Zusammenleben mit ihm einfach oder lustig war.«

»Griesgram Cutwell hat ihn Kit genannt«, erkläre ich und stelle mir Daisy vor, wie sie versucht, seine Zeitung mitzulesen, während sie mit diesem Mann beim Frühstück sitzt. »Sie glauben also nicht, dass er das Gänseblümchen in dem Fenster hat anbringen lassen?«

»Nach allem, was wir von ihm wissen, kommt mir das eher unwahrscheinlich vor. Vor allem bin ich mir fast sicher, dass das Fenster erst nach seinem Tod in unserer Kirche eingesetzt wurde. Ich glaube, dass er hier begraben ist.«

Wer war es dann?

»Und es gibt keine Aufzeichnungen oder Unterlagen dieses Mannes mehr?«

»Wahrscheinlich nicht. Die Kirche hat das alte Pfarrhaus in den achtziger Jahren verkauft, und alles, was es zu der Zeit noch von ihm gab, dürfte vernichtet worden sein, wenn es nicht irgendwo in einer Kiste hier auf diesem Speicher liegt. Am besten gehen Sie erst einmal die Kirchenbücher durch und suchen dort nach Leuten, die zu Daisys Zeiten hier gelebt haben. Oder Sie fangen in Fulham an, denn dort kam sie schließlich her. Heutzutage gibt es zahlreiche Archive, die man auch online einsehen kann. Allerdings ist der Name Hills recht häufig, weshalb Ihre Suche sicher etwas dauern wird.«

»Ihr Vater Charles war Arzt, und ihre Mutter hat studiert, was damals ziemlich ungewöhnlich war.«

»Ich nehme an, dass das die Suche etwas erleichtern wird. Und vielleicht hat Daisy wirklich Dienst als Schwesternhelferin in einem Lazarett getan. Dann weiß eventuell das Rote Kreuz etwas.«

Da hat sie recht. Es gibt so viele Möglichkeiten, dass ich gar nicht weiß, wo ich beginnen soll.

»Matt weiß sicher, wie man bei einer solchen Suche vorgehen sollte.«

Sue sieht mich forschend von der Seite an. »Sie scheinen Matt inzwischen ziemlich gut zu kennen. Gibt es vielleicht irgendwas, was Sie mir beichten wollen?«

Ich weiß, dass sie mich aufzieht, aber trotzdem wird mir heiß, obwohl es hier auf dem Speicher kühl ist.

Zum Glück erspart das Klingeln an der Haustür mir jedes weitere Verhör. Tim und Caspar sind mit Tüten voller bunter Christbaumkugeln und kitschig glänzendem Lametta angekommen. Außerdem hat Tim noch was zu essen mitgebracht.

Während ich mit Familie Perry zusammen den Baum schmücke, Lichterketten in die Fenster hänge und wir unser chinesisches Essen genießen, vergesse ich darüber beinahe Kit und Daisy.

Als die drei später wieder gehen, sieht das Haus zwar etwas kitschig, aber gleichzeitig auch festlich und ungewöhnlich fröhlich aus. Ich lasse mich erschöpft ins Bett fallen. Wahrscheinlich hätte der Reverend das abendliche Treiben hier in seinem Haus nicht gebilligt, dafür wären aber Daisy und Nancy ausgelassen mit uns durch das gemütliche Wohnzimmer gewirbelt.

Am nächsten Morgen fahre ich schon früh nach Rosecraddick Manor. Während ich zur Haustür laufe, sehe ich das Anwesen mit Daisys Augen als Symbol für all das, was der Liebe zwischen ihr und Kit im Wege stand, und ich bewundere ihren Mut. Rosecraddick Manor ist auch heute noch ein imposantes Bauwerk, und für sie war es damals bestimmt nicht leicht, einfach herzukommen und auf einer Unterredung mit der Hausherrin zu bestehen.

Jemand hat eine kleine Weihnachtstanne in der Eingangshalle aufgestellt. Tapfer blinkt die Lichterkette an den dünnen Zweigen, doch um echte Weihnachtsstimmung zu erzeugen, bräuchte es in einem derart großen und hohen Raum einen riesigen Baum mit Hunderten von Lichtern und genauso vielen roten Schleifen und Kugeln.

Ich mache mir einen Kaffee, begrüße Jill und ein paar andere freiwillige Helfer, verkünde, dass ich hier bin, um zu malen, und schlendere den Flur hinab. Ich will tatsächlich etwas zeichnen, und es juckt mir bereits in den Fingern, nach meinem Bleistift zu greifen. Aber vorher muss ich mir ein paar der Räume anschauen und mir vorstellen, wie Daisy hier aus Angst um Kit bei den Rivers vorstellig geworden ist.

Der Salon, in dem die Unterredung stattgefunden hat, ist leicht zu finden. Durch den langen Flur kommt man zu einer schweren Bogentür und dann in einen Raum mit einer dunklen Holzvertäfelung. Die Atmosphäre ist bedrückend, weil inzwischen kaum noch Licht durch die von Glyzinien umrankten Fenster fällt und es so kalt ist, dass ich meinen eigenen Atem sehen kann. Natürlich brennt kein Feuer mehr im Kamin, aber in meiner Phantasie lodern die Flammen, und mit einem Aufschrei des Entsetzens versucht Daisy, Kits Briefe zu retten, während Lady Rivers völlig reglos abseits steht. Ich habe eine Gänsehaut und kehre eilig in den Flur zurück. Ist es verrückt, zu glauben, dass man die Gehässigkeit dieser Frau noch hundert Jahre später spüren kann?

Ich streife weiter durch das Haus, schaue noch in ein paar andere leere Räume, stelle mir das Personal und die Familie bei der täglichen Arbeit vor und gehe schließlich in den alten Teil des Hauses und weiter in Kits Turm. Ich ziehe die Konturen des Gänseblümchens im Fensterbrett nach und wische sorgfältig die Scheibe sauber, damit ich bis zum Pfarrhaus sehen kann. Dort glitzert das Dachfenster im Sonnenschein, und lächelnd denke ich an Kit, wie er das Taschentuch am Riegel seines Fensters festgebunden hat, und an Daisy, die auf das Signal hin mit klopfendem Herzen das Haus verlassen und sich auf den Weg gemacht hat, um ihn zu treffen.

»Was ist aus dir geworden, Daisy?«, frage ich leise, doch statt einer Antwort dringen nur krächzende Möwenschreie und das Knarzen der uralten Dielenbretter unter meinen Füßen an mein Ohr.

Als mein Handy klingelt, werde ich aus meinen Gedanken gerissen und zucke zusammen.

»Morgen«, sagt Matt. »Ich störe doch wohl nicht bei einer weiteren literarischen Entdeckung?«

»Nein. Ich bin in Rosecraddick Manor und sehe mir alle Räume an, die Daisy in dem Tagebuch erwähnt. Es ist wirklich faszinierend, so als sähe ich sie jetzt zum ersten Mal richtig.«

»Das glaube ich. Hören Sie, ich kann nicht lange reden, ich bin im Krankenhaus und will gleich wieder zu Lowenna, aber trotzdem wollte ich Sie wissen lassen, dass ich mit meinem Bekannten gesprochen habe, von dem ich erzählte, dem Experten für Kit Rivers. Er ist furchtbar aufgeregt und will diese Gedichte unbedingt so schnell wie möglich sehen. Ich wollte mich nur vergewissern, dass Sie damit einverstanden sind.«

»Und wissen Sie auch schon, wem die Gedichte jetzt gehören?«

»Ich habe einen Anwalt kontaktiert, und es besteht kein Zweifel, dass sie dem Verein gehören. Für uns ist es in Ordnung, wenn ein Fachmann sich die Gedichte ansehen will. Trotzdem wollte ich noch einmal sichergehen, dass Sie derselben Meinung sind, bevor die Öffentlichkeit von dem Fund erfährt.«

Ich fühle mich geehrt, weil er mich erst fragt, statt einfach loszustürmen. Er ist wirklich ein rücksichtsvoller Mensch.

»Ich bin natürlich einverstanden. Diese Gedichte haben es verdient, gelesen zu werden.«

»Ich wusste, dass Sie es so sehen würden«, stellt er glücklich fest. »Dann werde ich mich bald mit meinem Kollegen treffen und sie ihm persönlich übergeben. Aber seien Sie gewappnet, dass das eine Riesensache wird. Und wegen der romantischen Beziehung zwischen Kit und Daisy werden sich die Leute noch viel mehr für die Gedichte interessieren.«

»Davon gehe ich aus, und wenn wir das Ende ihrer Geschichte kennen, können wir auch von den beiden erzählen«, verspreche ich.

»Bis dahin sollten wir erst mal herauszufinden versuchen, was es mit dem Gänseblümchen in dem Kirchenfenster auf sich hat«, schlägt Matt mir vor. »Aber jetzt muss ich Schluss machen. Ich habe Lowenna versprochen, ihr aus *Harry Potter* vorzulesen. Sie behauptet, dass niemand auch nur annähernd so gut vorliest wie ihr Dad.«

Mir schmilzt das Herz, weil ich den grenzenlosen Stolz in seiner Stimme höre. Wir vereinbaren ein Treffen, sobald er wieder in Rosecraddick ist, dann schiebe ich das Handy zurück in die Jackentasche. Matt ist nicht nur ein toller Vater, sondern auch ein wundervoller Mensch, geht mir durch den Kopf. Ich mag ihn wirklich sehr. Wenn er meine Hand in seine nimmt und von uns als einem Team spricht. Und wenn er mir in die Augen sieht, steigt ein warmes Gefühl in mir auf, und ich …

Moment! Ist Matt inzwischen mehr als nur ein Freund für mich? Ich warte auf die vertrauten Schuldgefühle, und ich bin überrascht, dass sie diesmal ausbleiben.

4

CHLOE

»Bisher sind wir nicht sehr weit gekommen«, stellt Matt mit einem Seufzer fest.

Er wirkt erschöpft. Seit einer Woche fährt er jeden Tag nach Exeter ins Krankenhaus, und ich merke ihm an, dass ihm auch die langen Nächte zugesetzt haben, in denen er verschiedene Genealogieseiten im Internet und diverse andere Unterlagen durchgegangen ist. »Ich habe einen Dr. Charles Hills und eine Mrs Marie Hills gefunden, was bei seinem Beruf ziemlich einfach war. Marie ist 1911 und Dr. Hills 1937 in Oxford gestorben. Daisys Bruder Edward Hills kam dort auf die Welt und starb in hohem Alter in derselben Gegend. Daisy selbst jedoch wird nirgendwo erwähnt, wir müssen also davon ausgehen, dass sie nicht noch einmal dorthin zurückgezogen ist.«

Es ist ein trüber Samstag kurz vor Weihnachten, und Matt und ich sitzen im Pub, trinken Kaffee und tauen allmählich auf. Wir haben uns hier getroffen, weil man in Rosecraddick Manor, wenn dort niemand Feuer macht, auf Dauer zu erfrieren droht. Vor uns auf einem Tisch am Fenster steht eine doppelte Portion Pommes frites. Drum herum hat Matt alle Puzzleteile ausgebreitet, die er bisher finden konnte. Besonders leicht jedoch macht Daisy es uns nicht. Es ist, als hätte sie nie existiert, und das tut mir in der Seele weh. Nicht nur Kit, auch Daisy hat verdient, dass sich die Welt an sie erinnert. Und ich weiß, dass außer mir noch jemand dieser Meinung ist und nachträglich ein Gänseblümchen in Kits Fenster in der Kirche anbringen ließ. Aber wer mag das nur gewesen sein?

Ich habe ewig damit verbracht, im Internet eine Antwort darauf zu finden. Nach einigen Stunden vor dem Bildschirm brannten mir die Augen, doch meine Suche war ergebnislos. Inzwischen hat mir Sue das Grab des Reverend gezeigt. Es ist mit einem schlichten, dunklen Kreuz geschmückt, das meiner Meinung nach gut zu dem strengen Wesen dieses Mannes passt. Und ich habe immerhin herausgefunden, dass Nancy, die vor Trauer um Gem damals fast verging, später noch einen Ehemann gefunden hat. Sie hat vier Kinder auf die Welt gebracht, deren Nachfahren noch immer in Rosecraddick leben. Vielleicht könnte ich ja sie fragen, ob sie irgendetwas wissen, was mich weiterbringt. Auch wenn ich mir nicht vorstellen kann, dass Nancy die Blume im Kirchenfenster angebracht hat.

Mrs Polmartin starb nach dem Waffenstillstand 1918 wie so viele an der Spanischen Grippe. Ich hoffe inständig, dass sie am Ende ihren Frieden fand.

Die beiden Frauen sind nur ein paar Meter neben meinem Haus begraben, und als ich nach der Recherche nach Hause kam, habe ich das Unkraut von ihren Gräbern entfernt. Auch wenn sie nicht mehr leben, sind sie nicht vergessen.

Matt hat mir eine Kopie des Tagebuchs gegeben, und ich ertappe mich dabei, wie ich es ein ums andere Mal wieder lese und inzwischen fast auswendig kann. Mein eigenes Leben kommt mir nicht einmal ansatzweise so spannend vor wie das, worüber Daisy Hills so detailliert berichtet.

In all den Unterlagen, die Matt besorgt hat, findet sich kein Hinweis darauf, dass sie jemals nach Rosecraddick zurückgekommen ist. Sie ist wie vom Erdboden verschluckt.

»Hatte ihr Bruder Kinder?«, wende ich mich jetzt an Matt. Ich kann mir Eddie nach Daisys Schilderung kaum als erwachsenen Mann vorstellen.

Matt zieht einen Papierstapel zu sich heran und blättert stirnrunzelnd darin, bis er auf die gesuchte Seite stößt.

»Er hat 1939 geheiratet und eine Tochter bekommen, Mary, die in Fulham geboren wurde. Ich konnte aber noch nicht herausfinden, was aus ihr geworden ist. Wahrscheinlich ist sie weggezogen, hat geheiratet und den Namen ihres Mannes angenommen. Es gab auch einen Sohn, der ebenfalls Edward hieß und 1939 geboren wurde. Aber auch ihn habe ich noch nicht gefunden. So was braucht eben Zeit.«

Ich trinke einen Schluck Kaffee. »Es ist wie die berühmte Suche nach der Nadel im Heuhaufen.«

Matt zieht eine Grimasse und meint: »Ich wünschte mir, dass es so einfach wäre, aber leider suchen wir wohl eher nach einem bestimmten Sandkorn an einem riesigen Strand. Ich bin mir sicher, dass wir irgendwo auf einen Hinweis stoßen werden, der uns bei der Lösung dieses Rätsels hilft, aber bis dahin türmt sich noch ein Berg von Arbeit vor uns auf.«

Er klingt so entmutigt, dass ich, ohne nachzudenken, meine Hand über den Tisch schiebe und sie auf seine lege. Obwohl ich ihn damit nur trösten will, sind wir von dieser Geste beide überrascht. Zum Glück aber scheint Matt sich nicht daran zu stören und erwidert meinen Händedruck.

Wir sind einander durch die Suche inzwischen immer vertrauter geworden. Noch während ich mit aufmunternder Stimme sage:

»Aber du hast doch schon jede Menge herausgefunden«, ziehe ich verstohlen meine Hand wieder zurück. »Du hast Daisys Spur bis in das Lazarett verfolgt, in dem ihr Vater tätig war, das heißt, wir wissen, dass sie wirklich an der Westfront war. Dort haben damals Tausende von Frauen gearbeitet, deswegen ist das doch schon ein großer Erfolg.«

»Die Verbindung war relativ einfach herzustellen, nachdem ich herausgefunden hatte, wo ihr Vater damals war. Wir wissen also, dass sie bis Kriegsende freiwillig als Schwesternhelferin in Frankreich gearbeitet hat.« Er blättert seine Aufzeichnungen durch. »Und wir wissen, dass sie in den zwanziger Jahren verschiedene Suchanfragen nach Kit an das Rote Kreuz und die Kriegsgräberfürsorge gerichtet hat. Wahrscheinlich war sie da längst wieder zu Hause, aber sie hat die Suche niemals eingestellt.«

»Natürlich nicht! Wie hätte sie auch, nachdem es keinerlei Beweise dafür gab, dass Kit nicht mehr am Leben war?«, rufe ich, und als ein paar andere Gäste überrascht von ihren Fleischpasteten aufsehen, fahre ich mit leiser Stimme fort: »Es gab kein Grab und keinen Beweis für seinen Tod. Da ist es ja wohl klar, dass sie nie aufgegeben hat.«

»Er wurde als vermisst gemeldet«, ruft mir Matt mit sanfter Stimme in Erinnerung.

»Aber deshalb muss er doch nicht gefallen sein. Du hast mir selbst erzählt, die Unterlagen damals seien oft fehlerhaft gewesen. Die Papiere waren nicht immer vollständig, Karteikarten klebten aneinander, Truppenbewegungen wurden verwechselt –«

Matt hebt beschwichtigend die Hände. »Okay. Ich gebe zu, dass den Behörden damals ein Fehler unterlaufen sein könnte. Aber genau das ist ja das Problem, denn schließlich gibt es bisher auch keinerlei Beleg dafür, dass Daisy Kit jemals gefunden hat. Denn wenn sie ihn gefunden hätte, wäre er doch sicher irgendwann hierher zurückgekehrt. Das ist das Tragische an dieser ganzen Geschichte. Daisy hat so viel Zeit und Energie investiert, weil sie hoffte, dass sie ihn noch finden würde, obwohl er da vielleicht schon längst nicht mehr am Leben war.«

»Aber man gibt nicht einfach auf. Wenn man jemanden liebt, dann liebt man ihn für immer«, protestiere ich.

»So geht es dir mit Neil, nicht wahr?«

Wir haben bisher noch nie über ihn gesprochen. Er ist zwar immer da – und manchmal sehe ich ihn sogar vor mir, als wäre er hier bei mir in Cornwall –, aber ich spreche nie von ihm, und bisher hat mich Matt auch nicht nach ihm gefragt.

»Ich habe Neil geliebt und liebe ihn noch immer, Matt«, sage ich leise. »Ich werde ihn bis an mein Lebensende lieben. Wie Kit für Daisy bedeutete Neil für mich die Welt. Aber im Gegensatz zu ihr besteht für mich kein Zweifel daran, dass der Mann, den ich liebe, nie wiederkommen wird. Ich habe hart um ihn gekämpft, aber am Ende hat es nicht gereicht. Ich konnte ihn nicht retten.«

Es schmerzt mich immer noch. Am Ende hat alles nichts genützt.

Eine einzelne Träne kullert über meine Wange und tropft ungehindert auf den Tisch, und schon bald rinnt mir ein ganzer Strom von Tränen über das Gesicht.

»Du hättest ihn nicht retten können, Chloe«, ruft mir Matt in Erinnerung, schiebt unsere Pommes fort und reicht mir eine Papierserviette. »Trotzdem hast du nichts unversucht gelassen, denn du bist die mutigste und hartnäckigste Frau, die mir jemals begegnet ist.«

»Mutig?«, frage ich halb lachend und halb schluchzend. »Das wohl kaum.«

»O doch«, versichert er mir. »Du bist an einen Ort gezogen, wo du keine Menschenseele kanntest, hast dich hier in einem Mausoleum einquartiert, dich mit den Widrigkeiten dieses alten Hauses arrangiert, Freundschaften geschlossen und vor allem die Dämonen in die Flucht geschlagen, die dich über Monate daran gehindert haben, wieder zu malen. Du hast dich sogar gegen Jill behauptet, und wenn das nicht zählt, weiß ich beim besten Willen nicht, was mutig ist.«

Ich habe mich bisher noch nie als allzu mutig eingeschätzt. Im Gegensatz zu Daisy, die den Kampf gegen die Polio gewann und sich den damaligen Konventionen widersetzte, nur um schließlich als Schwesternhelferin verwundete Soldaten an der Front zu pflegen. Verglichen mit ihr bin ich ja wohl der reinste Hasenfuß.

»Es tut mir leid. Ich wollte dich nicht traurig machen«, fügt Matt hinzu.

Ich tupfe mir die Augen mit dem Zipfel der Serviette ab. »Das hast du nicht.«

»Und warum weinst du dann?«

»Nicht du bringst mich zum Weinen, sondern dass der Krebs mir Neil genommen hat. Du …«

Ich breche ab, weil ich nicht sicher bin, welche Gefühle Matt in mir weckt. Ich weiß nur, dass er mir einen Teil meiner Traurigkeit nimmt. Ich freue mich auf jedes unserer Treffen und genieße die Gespräche mit ihm, aber gleichzeitig bin ich hoffnungslos verwirrt, denn wenn ich Neil noch liebe, sollte ich nicht die ganze Zeit an Matt denken.

Schließlich sage ich: »Du gibst mir wieder das Gefühl, ich selbst zu sein.« Das klingt vielleicht ein bisschen schwach, ist aber wahr. Ich fühle mich wieder wie ich, wenn ich mit Matt zusammen bin.

Dann kann ich wieder malen und reden und klar denken, denn auch wenn ich meine Trauer bis ans Lebensende in mir tragen werde, halte ich sie seit einer Weile besser aus. Was daran liegt, dass Matt auf eine Weise, die ich nicht erklären kann, einen Teil meiner Last auf seine Schultern nimmt.

»So geht es mir auch«, gesteht er mir so rau, dass sich mein Herz zusammenzieht. »Ich hatte bisher nie etwas Vergleichbares wie das, was dir mit Neil oder Daisy mit Kit vergönnt war. Ich dachte, ich hätte diese Art von Liebe gefunden, aber es war nur ein Abklatsch dessen, wie es zwischen Menschen, die sich wirklich lieben, sein sollte. Das war mir bereits nach kurzer Zeit bewusst, aber ich wollte es nicht zugeben und habe mich deshalb, so gut es ging, bemüht. Ich habe es weiß Gott versucht, aber ich konnte nie ich selber sein, und richtige Gespräche gab es zwischen Gina und mir nie. Aber auch sie konnte nichts dafür. Im Grunde hat es zwischen uns eben einfach nicht gepasst.«

Neil und ich haben immer über alles Mögliche gequatscht. Auch als wir schon seit einer halben Ewigkeit zusammen waren, gingen uns die Themen niemals aus. Manchmal lagen wir im Bett, hielten Händchen in der Dunkelheit und redeten, bis der Morgen anbrach. Ich weiß, dass es bei Kit und Daisy so war, und lasse den Gedanken zu, dass es mir mit Matt auch so gehen könnte.

»Deshalb bist du an dem ersten Abend plötzlich abgehauen, nicht wahr? Weil du Neil noch immer liebst und Schuldgefühle hattest, mit einem anderen essen zu gehen.«

Bei Matts Worten steigt mir eine heiße Röte ins Gesicht, und das Blut rauscht in meinen Ohren.

Forschend sieht er mich aus seinen grauen Augen an, und ich zwinge mich, den Blick nicht abzuwenden.

Er will die Wahrheit wissen.

Und er hat verdient, dass ich ihm gegenüber ehrlich bin.

»Ja«, gebe ich leise zu. »Ich hatte das Gefühl, ihn zu betrügen.«

Matt seufzt. »Es tut mir leid, wenn ich dir das Gefühl gegeben habe. Das war nicht gerade einfühlsam von mir. Ich wollte nicht, dass du dich unbehaglich fühlst.«

»Ich weiß. Aber es war nicht deine Schuld. Es tut mir leid, dass ich dich einfach habe sitzen lassen. Das ist unverzeihlich.«

»Das stimmt nicht«, sagt er nachdrücklich. »Vor allem gibt es nichts, was ich dir nicht verzeihen würde, Chloe.«

»Weil ich die Entdeckerin von Kits verschollenen Gedichten bin?«, versuche ich, ihn aufzuziehen, aber zwischen uns herrscht plötzlich eine seltsam angespannte Stimmung, und das leise Schmunzeln, das ich auf den Lippen habe, ist wie weggewischt.

»Weil du einfach du bist«, sagt Matt mit leiser Stimme.

Stille senkt sich über unseren Tisch, dann aber grinst er plötzlich, und die Spannung löst sich auf wie das Grau des Himmels über Cornwall, wenn der frische Wind die Wolken fortschiebt.

»Das heißt, wahrscheinlich würde ich dir nicht alles verzeihen. Wenn du mir zum Beispiel alle Pommes wegisst, überlege ich es mir vielleicht noch mal.«

Die Stimmung ist wieder gelöst, und wir unterhalten uns entspannt weiter. Er kippt Ketchup auf den Rand des Tellers und schiebt sich das nächste Pommes in den Mund.

Ich beobachte ihn unauffällig, während er den Blick durch den Pub schweifen lässt. Etwas hat sich zwischen uns verändert. Ich wage kaum, es auch nur zu denken, aber es fühlt sich an, als hätte ich mich unter Umständen verliebt.

5

CHLOE

Kurz vor dem Weihnachtsfest herrscht im beschaulichen Rosecraddick ähnlich viel Betrieb wie zur Hochsaison. Die seit September weitgehend leer stehenden Ferienhäuser sind gelüftet und bereit für die Touristen aus der Stadt, im Pub nehmen die Tagesausflügler nach ausgedehnten Wanderungen auf den Klippen ihr verdientes Mittag- oder Abendessen ein, und einige besonders hartgesottene Zeitgenossen gehen, eingehüllt in Wollmützen, Schals und Winterstiefeln, sogar an den Strand. Entlang der Hauptstraße wurden bis hinab zur Uferpromenade bunte Lichterketten aufgehängt. Die Fenster der alten Cottages und die Haustür von Rosecraddick Manor sind geschmückt. Seit Sue das alte Pfarrhaus in ein Weihnachtswunderland verwandelt hat, kann ich nicht einmal mehr zu Hause dem Trubel entgehen.

Neil war ein ausgemachter Weihnachtsfan. Er hat Stunden damit zugebracht, Lametta in der ganzen Wohnung zu verteilen und uns über Lautsprecher mit Weihnachtsliedern zu beschallen. Wenn ich nicht eingeschritten wäre, hätte er wahrscheinlich gleich nach Halloween den Weihnachtsbaum geschmückt und mehr Lichterketten als in der Oxford Street aufgehängt. In einem alten Kochtopf, den wir aus den Tiefen eines Küchenschranks in meinem Elternhaus gerettet hatten, bereitete er literweise Glühwein zu, und er schleppte tütenweise Leckereien von Marks & Spencer an, mit denen wir es uns bei Kerzenschein auf dem Sofa gemütlich machten, während im Fernsehen *Der kleine Lord* oder Charles Dickens' *Weihnachtsgeschichte* lief. Für mich bedeutete Weihnachten immer das Ende der anstrengendsten Zeit im Schuljahr, voller Elternabende und Heimfahrten bei Dunkelheit. Wenn dann endlich Ferien waren, war ich so erledigt, dass ich Neil die ganze Vorbereitung für die Feiertage überließ. Auch Weihnachten ist nach seinem Tod nicht mehr dasselbe für mich.

In diesem Jahr will ich für mich sein. Meine Eltern bleiben nun doch in London. Ich werde also meine Ruhe haben und versuchen, mich in meinem Atelier in meiner Arbeit zu verlieren und die Feiertage bestmöglich zu ignorieren.

Seit ich die Gedichte und das Tagebuch gefunden habe, hat sich irgendetwas in meinem Inneren gelöst, und manchmal male ich nicht nur einen ganzen Tag lang, sondern auch noch die halbe Nacht hindurch. Neben meinen Auftragsbildern zeichne ich die Szenen, die Daisy in ihrem Tagebuch beschreibt, und fertige Bleistiftskizzen von den Orten an. Inzwischen sehe ich die Bucht, die Kirche und das Herrenhaus mit ihren Augen und male selbst das Pfarrhaus so, wie es vor hundert Jahren ausgesehen haben könnte. Vielleicht verstecke ich mich durch die Flucht in die Vergangenheit aber auch nur vor meiner eigenen Wirklichkeit und ziehe mich lieber in die aufregende Welt eines anderen zurück.

Allerdings bin ich in Rosecraddick nicht allein. Ich unterhalte mich oft mit den anderen freiwilligen Helfern in Rosecraddick Manor, ich sehe Sue beinahe täglich (obwohl sie jetzt vor Weihnachten ziemlich beschäftigt ist), und wenn er nicht gerade in Exeter bei seinen Töchtern ist, gibt es auch noch Matt. Ich habe ihn seit unserem Pub-Besuch nur ein-, zweimal gesehen, weil er vor lauter Arbeit fast untergeht. Zumindest hoffe ich, dass das der Grund ist und er mich nicht meidet, weil ihm unser letztes Gespräch unbehaglich war. An dem Abend hat sich irgendetwas zwischen uns verändert, egal wie viele Pommes wir noch gegessen und wie sehr wir uns bemüht haben, das Gespräch zurück auf Daisy und Kit zu bringen.

Auch heute habe ich den ganzen Tag lang gemalt. Die Zeit ist auf wundersame Art verflogen, wie immer, wenn ich in meiner Malerei versunken bin. Es kommt mir vor, als hielte ich den Pinsel erst seit wenigen Minuten in der Hand, dabei stehe ich schon seit Stunden an der Staffelei. Und wie immer, wenn ich in ihrem alten Zimmer bin, denke ich dabei an Daisy, und es kommt mir vor, als würde ich ein Teil des Puzzles übersehen. Es freut mich, dass ich Daisys Besitztümer behalten darf, weil Mr Sargent keinerlei Interesse daran hat, aber egal wie oft ich diese Sachen durchsehe, sie haben mich bei der Suche bisher nicht vorangebracht. Daisy ist und bleibt verschwunden.

Also bleibt Matt und mir nichts anderes übrig, als weiterhin alte Dokumente und Online-Datenbanken zu durchforsten, und vielleicht haben wir ja Glück und finden doch noch irgendetwas.

Ich trete einen Schritt zurück und betrachte das inzwischen dritte Bild der Auftragsserie. Dann ziehe ich die Tür des Speichers hinter mir zu und gehe die steile Treppe hinunter. Die Perrys haben überall im Flur großzügig Lametta verteilt und auch die Küche nicht verschont. Ich mache mir ein Brot, während die von Tim über dem großen Fenster aufgehängte Lichterkette einen warmen Glanz verströmt. Es sieht auf alle Fälle festlich aus, und dank der Wärme aus dem Herd und der roten Tischdecke, die Sue mir geschenkt hat, wirkt der Raum richtig gemütlich. Alles in allem fühlt sich das alte Pfarrhaus inzwischen immer mehr wie mein Zuhause an.

Nach all den Stunden auf dem Dachboden will ich mir erst einmal die Beine vertreten und raus an die frische Luft. Es ist ein perfekter Nachmittag für einen Spaziergang auf den Klippen, und als ich denselben Weg nehme wie damals Daisy, fällt mir abermals die düstere Schönheit der Gegend auf. Brodelnd wie ein Hexenkessel wirft das Meer sich gegen die uralten Felsen, und es fällt mir schwer, daran zu glauben, dass es irgendwann auch wieder lange Sommertage geben wird und man dort unten schwimmen oder segeln kann. Das Wetter ist zu rau, um hinunter in die Bucht zu gehen, also folge ich dem Klippenpfad zum Kriegerdenkmal. Dort steht ein junges Paar mit Wanderschuhen und dicken Pudelmützen.

Sie sehen sich die eingravierten Namen und das Alter der Gefallenen an, und traurig höre ich das Mädchen sagen: »Wie viele damals umgekommen sind und wie jung die meisten waren.«

Der Mann nickt. »Siehst du die hier, Mel? Gem Pencarrow, Peter Tuckey, Samuel Trehunnist und George Samson. Die waren ja noch Teenager.«

Ich erinnere mich an Daisys Tagebucheintrag. Für diese jungen Männer war es das Abenteuer ihres Lebens – und es ist ein Segen, dass sie damals noch keine Ahnung hatten, welchen Preis sie dafür bezahlen mussten.

»Ganze Familien wurden ausgelöscht.« Das Mädchen verrenkt sich fast den Hals, als es die Namen zu entziffern versucht. »Michael, Samuel und William Trehunnist. Bestimmt waren das ein Vater und zwei Söhne.«

Der junge Mann sieht auf seine Uhr. Er ist gedanklich bereits ganz woanders. »Wir sollten langsam weitergehen, wenn wir im Pub noch was zum Mittagessen kriegen wollen. Es ist arschkalt, und ich brauche dringend einen Glühwein, um halbwegs aufzutauen.«

Er greift nach ihrer Hand, und sie gehen zurück in Richtung Dorf. Ich trete vor das Denkmal, um es mir noch einmal genauer anzuschauen. Ich habe es schon oft gesehen, aber etwas, was die junge Frau gesagt hat, hat mich stutzig gemacht.

Die Namen zweier Söhne und des Ehemanns von Nancys Tante sind in den Granit gemeißelt. Sammy, Mick und Will. Daisy hat geschrieben, dass die arme Anne Trehunnist nur noch ein Schatten ihrer selbst gewesen sei. Aber was ist aus dem dritten Sohn geworden? Dickon? Sein Name ist nicht in diesen Stein gehauen.

Ich trete einen Schritt zurück, schirme die Augen mit der Hand gegen das grelle Licht der Sonne ab und lese mir die Namen noch einmal durch, aber Dickons Name taucht nicht auf. Das kann nur eins bedeuten: Dickon hat überlebt.

Nachdenklich setze ich mich auf die Bank und blicke auf das Meer. Ich habe das Gefühl, als wäre dies das Teil des Puzzles, das uns noch gefehlt hat, auch wenn ich den Grund noch nicht erkennen kann.

»Denk nach, Chloe«, murmle ich, während über mir die Möwen kreischen. Ich muss noch einmal alle Fakten durchgehen. Dickon wurde schwer verwundet und lag irgendwo im Krankenhaus. Zwar könnte Dickon dort auch gestorben sein, aber dann hätte man doch seinen Namen ebenfalls in dieses Denkmal eingraviert.

Falls Dickon also überlebt hat, könnte er das fehlende Bindeglied sein. Hat er etwas mit dem Gänseblümchen zu tun? Vielleicht war er der Letzte, der von den beiden wusste, und hat ihr Geheimnis über all die Zeit gewahrt.

Aber das Blümchen im Fenster ergibt dennoch keinen Sinn. Dickon war eifersüchtig auf Kit und hat die beiden verraten. Warum sollte er ihnen ein Denkmal setzen wollen?

Ich bekomme die Wahrheit immer noch nicht zu fassen, aber ich spüre, dass sie zum Greifen nah ist.

Ich wünschte mir, ich könnte Matt anrufen und ihn um Rat fragen, aber er ist wieder einmal in Exeter. Ich will ihm keine Zeit mit seinen Töchtern stehlen. Vor allem ist es gerade etwas angespannt zwischen uns, und ich brauche noch etwas Zeit, um meinen Gefühlen auf den Grund zu gehen. Sosehr ich Matt mag – denn mir ist klar, dass er mir mehr als nur sympathisch ist –, ist er nicht Neil, und das, was ich für ihn empfinde, wird durch Schuldgefühle und Traurigkeit getrübt.

Wahrscheinlich würde Matt versuchen, erst einmal alles über Dickon herauszufinden. Ich ärgere mich darüber, dass mir die Verbindung nicht schon viel früher eingefallen ist. Vielleicht finde ich sogar etwas über Dickon Trehunnist im Internet. Vor lauter Neugier mache ich mich direkt auf den Rückweg Richtung Pfarrhaus. Für eine ausgedehnte Wanderung bei Sonnenschein und frischer Luft ist schließlich morgen auch noch Zeit.

In Höhe von St. Nonna fällt mir plötzlich etwas ein. Sue sagte, die Gedenkfenster für die Gefallenen des Orts seien erst ein paar Jahre nach Kriegsende angefertigt worden, und von Matt weiß ich, dass man die Namen derer, die erst später an den Folgen ihrer Kriegsverletzungen gestorben sind, nachträglich eingefügt habe. Falls Dickon also an den Folgen seines Kriegseinsatzes gestorben ist, müsste sein Name in dem Fenster stehen, und ich würde mir eine stundenlange Recherche sparen.

Die hübsche kleine Kirche ist bereits für Weihnachten herausgeputzt. Tannengirlanden schmücken Bänke und Fenstersimse, dicke Kerzen brennen auf dem Altar, und mit Nelken gespickte Orangen verbreiten einen würzig-süßen Duft. Natürlich gibt es auch einen Weihnachtsbaum und eine Krippe, und am Ende jeder Bankreihe hat Sue eine leuchtend rote Schleife angebracht. Morgen Abend wird die Christmette hier in St. Nonna zelebriert. Sue hat mich eingeladen, und zu unser beider Überraschung habe ich tatsächlich zugesagt. Ich freue mich sogar schon darauf, in feierlicher Stimmung mit den anderen Einwohnern von Rosecraddick die alten Weihnachtslieder zu singen.

Mit einem Mal wird mir bewusst, dass die Verbitterung, die ich seit Monaten mit mir herumgetragen habe, schwächer geworden ist. Natürlich fehlt mir Neil noch immer schmerzlich, und dieses Gefühl wird sich bis zum Ende meines Lebens niemals völlig legen, aber mein Zorn auf die Welt und über die Ungerechtigkeit des Schicksals ist verebbt. Der Umzug nach Rosecraddick hat mein Herz besänftigt – und ich weiß, dass Neil sich darüber freuen würde.

Die Wintersonne taucht das Buntglasfenster in helles Licht. Ich sehe es mir an und denke wieder mal an die Männer aus Rosecraddick, die 1914 in der Überzeugung in den Krieg zogen, er wäre spätestens an Weihnachten vorbei.

»Was machst du denn für ein trauriges Gesicht?«, fragt Sue plötzlich und tritt neben mich. »Ich dachte, das tun in der Weihnachtszeit nur gestresste Eltern und wir Vikare.«

Sie hält die Liederzettel für den nächsten Gottesdienst in der Hand, die sie gleich in den Reihen auslegen wird, und mir fallen die tiefen Ringe unter ihren Augen auf. Sie hat als Vikarin in der Weihnachtszeit wirklich alle Hände voll zu tun, muss nebenher noch einen Berg Geschenke für ihren Sohn besorgen und das Weihnachtsessen für die Dorfgemeinde organisieren. Statt in Soutane sollte sie als Wonder Woman vor mir stehen.

»Ich musste gerade an die Männer denken, die an Weihnachten nicht heimgekommen sind«, erkläre ich.

Sue drückt mir aufmunternd den Arm. »Für jene, die um einen geliebten Menschen trauern, ist es in der Weihnachtszeit besonders schwer.«

Ich nicke wortlos. Mehr gibt es dazu nicht zu sagen, also wende ich mich abermals dem Fenster zu und lasse meinen Blick über die Namen wandern, bis ich zum Buchstaben T gelange. Michael, Samuel und William Trehunnist finde ich darunter, aber keinen Dickon.

Es besteht also entweder die Chance, dass er den Krieg überlebt hat, oder sein Name wird aus irgendeinem anderen Grund nicht aufgeführt.

»Du hast schon wieder diesen Blick«, reißt Sue mich aus meinen Überlegungen.

»Was für einen Blick?«

»Na, diesen hier.« Sie schiebt die Zungenspitze aus dem Mundwinkel und runzelt angestrengt die Stirn.

»So gucke ich ganz sicher nicht!«

»O doch. Und haargenau denselben Blick hat Matt, wenn es um Kit und Daisy geht.«

Tatsächlich kommt es mir so vor, als hätte auch ich Matt schon gelegentlich mit diesem Blick gesehen.

»Okay, vielleicht hast du recht«, räume ich widerstrebend ein. »Ich habe allerdings an jemanden gedacht, der Kit und Daisy kannte und vielleicht hinter dem Gänseblümchen in dem Fenster steckt.«

»Erzähl mir mehr, Miss Marple«, bittet Sue mich neugierig. »Ich will unbedingt wissen, wie die Geschichte weitergeht.«

»Ich suche Dickon Trehunnist, der sich damals als Erster aus Rosecraddick zur Armee gemeldet hat.«

Ich erzähle ihr nicht, dass er ein wenig angenehmer Zeitgenosse war, denn er war damals noch jung und furchtbar eifersüchtig, und durch meine Arbeit an der Schule weiß ich, dass Jugendliche sich manchmal geradezu erschreckend dämlich verhalten. Und wer behauptet schon, ein Mensch könne sich nicht ändern? Ich gehe jede Wette ein, dass nach dem Krieg im Grunde kaum einer der Männer noch derselbe war.

»Trehunnist, sagst du?«

»Genau. Ich glaube, die Familie hatte damals einen Hof. Dickons Brüder und sein Vater sind im Krieg gefallen und werden hier und auf dem Denkmal auf der Klippe aufgeführt – aber von Dickon steht hier nichts. Ich muss herausfinden, was aus ihm geworden ist.«

»Ich nehme an, dass dieser Dickon leicht zu finden ist«, meint Sue. »Der Nachname Trehunnist ist hier im Südwesten relativ bekannt. Du hast doch bestimmt schon eine der Filialen im Vorbeifahren gesehen. *Trehunnist Pkw und Lkw*? Der Autohändler, dem man blind vertrauen kann?« Sie stimmt den Werbesong der Firma an, bricht aber abrupt ab, als sie erkennt, dass ich keine Ahnung habe, worauf sie anspielt. »Du weißt nicht, wovon ich rede, stimmt's? Trehunnist ist der größte Autohändler, den es hier in der Gegend gibt.«

»Aber ich dachte, sie wären Bauern.«

»Eher nicht. Es sei denn, sie pflanzen nun Autos an. Trehunnist ist ein gut gehendes Familienunternehmen. Der Chef ist ein gewisser Mick Trehunnist, er ist bestimmt verwandt mit dem Trehunnist, den du suchst. Warum rufst du ihn nicht einfach an?«

Kurz entschlossen setze ich mich in die Sakristei, wärme meine Füße an dem kleinen Heizlüfter, klemme mein Handy zwischen Ohr und Schulter und ziehe vorsichtig einen Stift und ein Blatt Papier unter dem Berg an Zeug hervor, der auf Sues Schreibtisch liegt. Dann rufe ich die Hauptgeschäftsstelle des Autohändlers an, und schon beim zweiten Läuten hebt jemand ab.

»Guten Tag, Trehunnist Pkw und Lkw, der Autohändler, dem man blind vertrauen kann. Was kann ich für Sie tun?«

Die Männerstimme klingt gut gelaunt.

»Hallo.« Ich bin mir plötzlich nicht mehr sicher, wie ich anfangen soll. Die Chance ist groß, dass er versuchen wird, mich abzuwimmeln oder in eine Warteschleife zu schicken, wo man mich dann mit quälend blecherner Musik beschallt, bis ich freiwillig wieder aus der Leitung gehe, um nicht durchzudrehen. »Ich frage mich, ob Sie mir vielleicht helfen können. Mein Name ist Chloe Pencarrow, und ich stelle historische Nachforschungen an. Gibt es bei Ihnen vielleicht jemanden, der mir Auskünfte zu einem Dickon Trehunnist geben könnte? Er war Soldat im Ersten Weltkrieg.«

Ich warte darauf, dass der junge Mann mich höflich abserviert, aber zu meiner Überraschung antwortet er: »Dickon? Sicher meinen Sie Richard, oder?«

Ja, natürlich. Dickon ist ein typischer Spitzname für Richard, darauf hätte ich auch alleine kommen können. Aber auch ein Richard Trehunnist wird auf keiner der Listen genannt.

»Genau. Es wäre mir tatsächlich eine große Hilfe, wenn mir jemand etwas über ihn erzählen könnte. Auch wenn die Chance gering ist, dass sich jemand nach so langer Zeit noch an ihn erinnert.«

»Im Gegenteil, Ma'am. Wir werden sogar ziemlich oft nach ihm gefragt. Ist schließlich eine faszinierende Geschichte, wenn es jemand von ganz unten bis nach oben schafft. Kaum zu glauben, was der Mann alles geleistet hat.«

Ach ja? Ich richte mich abrupt auf und stoße dabei aus Versehen einen Stapel von Papieren auf den Boden. Doch darum kümmere ich mich später.

»Dann können Sie mir also etwas über ihn erzählen?«

»Sie haben Glück, heute Nachmittag gibt es eine kleine Weihnachtsfeier in der Firma, zu der sämtliche Familienmitglieder eingeladen sind. Wenn Sie kurz warten, Ma'am, hole ich Mrs Roe. Sie kann Ihnen bestimmt am besten weiterhelfen.«

Er legt den Hörer auf den Schreibtisch, und ich höre undeutliche Stimmen und das fröhliche Gelächter der Feiernden im Hintergrund, bis ein paar Minuten später eine angenehm klingende Frauenstimme fragt: »Mrs Pencarrow? Ich bin Kathy Roe. Sie wollen über meinen Onkel Dickon sprechen?«

6

CHLOE

Bereits am nächsten Morgen fahre ich zu Kathys Haus. Es ist mir etwas unangenehm, dass ich sie am Heiligabend störe, doch sie hat darauf bestanden, mir bei Kaffee und Weihnachtsplätzchen von ihrem Onkel zu erzählen.

»Er war ein außergewöhnlicher Mann, und wenn ich Ihnen am Telefon von ihm erzähle und dann auch noch über den Lärm der Weihnachtsfeier hinweg, würde ich ihm nicht gerecht«, sagte sie. »Außerdem kann ich noch ein paar Fotos und Informationen heraussuchen, die Ihnen vielleicht nützlich sind. Es klingt so, als ob Sie Teile seiner Geschichte kennen, die mir selbst noch nicht bekannt sind.«

Ich fürchte, dass das, was ich über die Vergangenheit ihres Onkels weiß, ihr nicht gefallen wird, aber da ich hören möchte, was mir Kathy über ihn erzählen kann, habe ich dem Besuch bei ihr zu Hause zugestimmt.

Sie wohnt in Bodmin Moor, und da ich nicht zu spät kommen möchte, habe ich mich zeitig auf den Weg gemacht. Die Route habe ich ins Navi meines Handys eingegeben und sie mir zusätzlich vorher angesehen. Ich habe das Gefühl, dass dieses Treffen von Bedeutung ist, und ich will es nicht vermasseln, indem ich mich verfahre und nicht pünktlich bin.

Links und rechts der schmalen Straßen ragen hohe Hecken und

uralte Bäume in den Himmel, die sich über meinem Autodach zu einem Bogen treffen. Es fühlt sich an, als würde ich durch einen lichten Tunnel fahren. Ich lege die Hand auf Daisys Tagebuch, das eingehüllt in weichem Stoff auf dem Beifahrersitz des Wagens liegt. Ich hoffe, ich bekomme endlich die gewünschten Antworten. Als ich bei unserem Telefongespräch von Daisy sprach, klang Mrs Roe nicht im Geringsten überrascht. Stattdessen atmete sie langsam aus, als hätte sie bereits seit langer Zeit darauf gewartet, etwas über diese junge Frau zu hören.

»Daisy Hills«, wiederholte sie leise. »Ich hätte nicht gedacht, dass sich nach all der Zeit noch jemand an sie erinnert. Am besten kommen Sie zu mir und erzählen mir alles.«

Inzwischen bin ich bei der Adresse, die sie mir genannt hat, angekommen und biege in die Einfahrt ihres Grundstücks ein. Der unbefestigte Weg weist tiefe Furchen auf, und tapfer kämpft mein winziger Peugeot gegen die grasbewachsene Erhöhung in der Mitte an. In Matts Land Rover käme ich wahrscheinlich deutlich leichter voran. Er ist noch bis heute Nachmittag bei seinen Kindern. Es fehlt mir, dass ich ihn nicht einfach anrufen und mit ihm plaudern kann. Auch die Arbeiten im Herrenhaus ruhen bis nach den Feiertagen, und erst jetzt wird mir bewusst, wie oft ich, zum Zeichnen oder um mit Matt zu sprechen, in Rosecraddick Manor war.

Matt fehlt mir, und ich frage mich, ob das in Ordnung ist.

Ich denke an Neil. Was würde er zu meinem Gefühlschaos sagen, wenn er mit mir sprechen könnte? Wahrscheinlich, dass ich mehr Zeit mit Matt verbringen sollte, um herauszufinden, was da gerade in mir vorgeht. Und dass ich mit dem Peugeot nicht über diese Straße fahren sollte. Ich schmunzle, denn Neil war nie ein großer Fan meines Fahrstils.

Es macht mich sehr glücklich, dass ich Neil, auch wenn er in letzter Zeit nicht mehr all meine Gedanken beherrscht, immer noch so nah bei mir spüren kann. Er ist ein Teil von mir, und ich werde ihn für alle Zeit in meinem Herzen tragen. Egal, in welche Richtung sich mein Leben entwickelt, ein Teil von Neil Pencarrow wird mich auch auf diesem Weg begleiten.

Ich steige aus, schirme die Augen mit der Hand gegen die helle Wintersonne ab und blicke auf ein imposantes vierstöckiges Haus im georgianischen Stil. Die Fenster sind symmetrisch angeordnet, und die breite Treppe führt zu einer salbeigrünen, von Lorbeerbäumen in grauen Metallkübeln flankierten Eingangstür. Der barocke Garten ist in dieser Jahreszeit zwar ziemlich kahl, aber gepflegt, und als ich Richtung Haustür laufe, knirscht der sorgsam geharkte Kies unter meinen Schuhen.

Innerhalb nur zweier Generationen haben Dickon und seine Familie es erstaunlich weit gebracht. Bevor ich klopfen kann, wird die Tür auch schon geöffnet. Eine schlanke, grauhaarige Frau in einer cremefarbenen Hose, einem weichen beigen Pulli und mit diversen Silberreifen an den schmalen Handgelenken nimmt mich lächelnd in Empfang.

»Mrs Pencarrow! Was für eine Freude, dass Sie meiner Einladung gefolgt sind. Bitte treten Sie doch ein. Ich bin Kathy Roe.«

Ich schüttele ihre Hand. Ihr Griff ist fest, und die von Lachfältchen umgebenen Augen leuchten blau wie die einer jungen Frau. Obwohl sie schon Anfang siebzig ist, strahlt sie einen unbeschwerten Humor und Lebensfreude aus und ist mir sofort sympathisch.

»Bitte nennen Sie mich einfach Chloe. Mrs Pencarrow klingt irgendwie zu sehr nach meiner Schwiegermutter.«

Kathy lacht. »Wenn das so ist, dann nennen Sie mich bitte Kathy, denn meine Schweigermutter war ein fürchterlicher Drache. Und jetzt kommen Sie erst einmal ins Warme, meine Liebe. Ich hoffe, Sie haben problemlos hergefunden, obwohl unser Haus ein wenig abseits liegt?«

»Mein Navi hat mich gut geführt«, sagte ich. »Sie wohnen hier wirklich wunderschön.«

»Nicht wahr? Obwohl ich Sie für unsere holperige Einfahrt um Verzeihung bitten muss. Sie wird im Frühjahr repariert. Als Eigenbrötler, der er war, hat mein verstorbener Mann den Weg mit Absicht so gelassen, weil er keine ungebetenen Besucher haben wollte, aber ich bin es leid, mir ein ums andere Mal den Auspuff abzureißen, und ich fürchte, dass das Unternehmen, wenn ich ständig neue Autos brauche, irgendwann Konkurs anmelden muss«, erzählt sie mir lachend. »Und jetzt, nachdem der alte Knurrhahn nicht mehr da ist, lasse ich die Einfahrt teeren, damit ich endlich einen schicken kleinen Flitzer fahren kann. Falls Sie gleich ein Grollen hören, ist das mein Mann, der sich in seinem Grab umdreht.«

Ich folge Kathy Roe ins Haus. Die Eingangshalle ist schwarz-weiß gefliest, und rechts von uns führt eine elegant geschwungene Treppe in den ersten Stock. In einer Ecke steht ein riesengroßer Weihnachtsbaum, seine Kugeln glänzen hell im Sonnenlicht, das durch das gewölbte Oberlicht auf uns herabfällt. Es riecht nach Kaminfeuer, Nelken und Orangen und nach Möbelpolitur. Als ich Kathy folge, nehme ich den verführerischen Duft von frisch gebackenen Plätzchen wahr.

»Ich hoffe, Sie haben nichts dagegen, wenn wir in der Küche sitzen.«

Wir betreten einen Raum mit einem cremefarbenen Herd und einer riesengroßen Anrichte voll hübscher Zierteller und Silberrahmen mit Fotos, auf denen Menschen auf Pferden oder teuren Segelyachten zu sehen sind. Lächelnd folgt Kathy meinem Blick.

»Das ist meine Familie. Wir sind ein ziemlich großer Haufen, und am ersten Weihnachtstag fallen sie alle bei mir ein. Das ist inzwischen Tradition.«

»Das sieht wirklich nach einer Großfamilie aus.« Ich höre selbst, dass ich ein wenig neidisch klinge, aber schließlich habe ich mir immer eine warmherzige Großmutter in einem Häuschen auf dem Land gewünscht und mir ausgemalt, wie eine Katze in einem Korb neben dem Ofen schläft, während meine Großmutter lächelnd in den Töpfen rührt. Ich hätte am liebsten eine ganze Horde an Geschwistern und Cousinen und Cousins gehabt.

»Setzen Sie sich doch, dann mache ich uns erst mal einen Tee, und ab dem vierundzwanzigsten Dezember sind ein paar Plätzchen sicher ebenfalls erlaubt. Von heute bis Silvester zählen Kalorien schließlich nicht.«

Ich setze mich an den Küchentisch, über den eine rote Decke mit weißen Tupfen gebreitet ist, auf der ein Weihnachtsstern steht.

»Sie haben es hier wunderschön und gemütlich, Kathy.«

»Danke. Dieses Haus gehörte meinem Onkel Dickon, und der hat es mir vererbt.« Sie stellt zwei Tassen, eine Kanne und die bis zum Rand gefüllte Plätzchendose auf den Tisch, nimmt Platz und schenkt uns beiden ein. »Durch meine Heirat bin ich jetzt zwar eine Roe, aber mit Mädchennamen heiße ich Trehunnist, und ich kannte Dickon gut, weil er der Bruder meines Vaters war. Zucker?«

»Danke, nein.«

Sie schiebt mir meine Tasse rüber und bietet mir ein Plätzchen an. Der goldene Teig mit buntem Zuckerguss duftet verführerisch nach Zimt und Gewürzen, und als ich hineinbeiße, schließe ich unweigerlich die Augen, weil das Plätzchen so köstlich ist.

»Ich dachte, Dickons Brüder wären im Krieg gefallen?«, frage ich schließlich mit vollem Mund.

»Mein Vater Robert war das Nesthäkchen und noch viel zu jung, um in den Krieg zu ziehen. Ich werde Sie jetzt nicht mit dem Familienstammbaum langweilen, aber Onkel Dickon blieb zeit seines Lebens Junggeselle, und da er keine eigenen Kinder hatte, hat er mir bei seinem Tod das Haus vererbt. Das lag vielleicht zum Teil daran, dass ich sein Liebling war, aber ich hatte es mir auch verdient, denn schließlich habe ich mich mein Leben lang in seinem Unternehmen engagiert. Zusammen mit meinem Mann, der Dickons Partner war.«

Ich höre ihr aufmerksam zu und versuche, mir ein Bild der Familie zu machen.

»Dann endete diese Linie der Familie also nicht mit Dickons Tod?«

»Nein. Ich habe auch noch eine Schwester und zwei Brüder, und dazu leben in der Gegend von Rosecraddick noch ein paar entferntere Cousinen und Cousins, die zwar andere Namen haben, aber trotzdem mit uns Trehunnists verwandt sind. Wie gesagt, wir sind eine sehr große Familie, meine Liebe.«

Sie stellt ihre Tasse auf die Untertasse, legt die Fingerspitzen aneinander und sieht mich durchdringend an. »Aber Sie haben sicher nicht den weiten Weg hierher gemacht, um sich mein Geplauder anzuhören. Sie wollen etwas ganz Bestimmtes wissen, nicht wahr?«

Beinahe widerstrebend ziehe ich das Tagebuch hervor und überlege, wie ich dieser warmherzigen, gastfreundlichen Frau, die ihren Onkel offenbar geliebt und von ihm dieses Haus geerbt hat, erklären soll, dass Dickon mit Daisys Worten als hinterhältiger und herzloser Tyrann beschrieben wird. Es fällt mir schwerer als erwartet, weil Dickon offenbar nicht für alle Zeit der arrogante junge Mann geblieben ist. Er scheint nach dem Krieg ein völlig anderer Mensch geworden zu sein.

»Das hier habe ich in einem Versteck auf dem Dachboden im alten Pfarrhaus von Rosecraddick gefunden«, beginne ich und schlage vorsichtig die erste Seite auf. »Es ist das Tagebuch von –«

»Daisy Hills!« Vor lauter Überraschung schlägt sich Kathy eine Hand vor den Mund und reißt die Augen auf.

»Mein Gott! Ist das ihr Tagebuch? Ist das tatsächlich Daisys Tagebuch?«

»Dann haben Sie den Namen also schon einmal gehört?«, frage ich nach.

Sie streichlt fast ehrfurchtig über den Buchumschlag. »O ja.«

Ich warte darauf, dass sie weiterspricht, dann aber huscht ein Schatten über ihr Gesicht, und ruckartig zieht sie die Hand zurück.

»Ich nehme an, was sie über Dickon geschrieben hat, ist nicht allzu schmeichelhaft. Chloe, manchmal ist es vielleicht besser, wenn man nicht die ganze Wahrheit erfährt. Falls Sie die Hoffnung hatten, ich würde diese Aufzeichnungen lesen, muss ich Sie leider enttäuschen. Ich weiß, mein Onkel hat Daisy schlimmes Unrecht zugefügt, aber er hat versucht, es wiedergutzumachen, und ich kann Ihnen versichern, er hat sich die allergrößte Mühe gegeben.«

Sie weiß etwas, was sie mir noch nicht sagen will, das sehe ich ihr an.

»Mrs Roe – Kathy – ich bin nicht hergekommen, um Sie zu verärgern, und natürlich müssen Sie das Tagebuch nicht lesen«, sage ich eilig. »Ich hatte lediglich gehofft, dass Sie mir helfen könnten, ein paar Zusammenhänge zu verstehen, damit ich ein Rätsel lösen kann, das mich sehr beschäftigt.«

Sie gibt mir keine Antwort und wirkt immer noch erschüttert.

»Sie haben von Daisy Hills gehört«, fahre ich fort. »Und Sie sagten, Ihr Onkel habe versucht, etwas wiedergutzumachen. Was meinen Sie damit?«

Ich will sie nicht bedrängen, doch ich muss wissen, was sie mir verschweigt.

Kathy nimmt ein Plätzchen aus der Dose und zerkrümelt gedankenverloren es zwischen den Fingern, bevor sie die Reste seufzend auf den Teller legt.

»Meine Liebe, Onkel Dickon lebte während seiner letzten Jahre sehr zurückgezogen und hat kaum etwas über seine Vergangenheit erzählt. Ich kenne die Geschichte nur aus zweiter Hand. Der Großteil ist eine Art Familienlegende, wenn Sie so wollen, aber Sie sollen alles erfahren, was ich weiß. Ich nehme an, das hätte er gewollt.«

»Danke.«

»Wie mein Vater muss auch Onkel Dickon früher ein attraktiver Mann gewesen sein. Dazu war er anscheinend auch sehr mutig, denn er hat sich damals als Erster aus Rosecraddick an die Front gemeldet. Aber von diesem Mann war nach dem Krieg kaum noch etwas übrig. Er verbrachte lange Zeit als sogenannter Kriegszitterer im Krankenhaus, und noch Jahre später hat er häufig unkontrolliert gezittert oder etwas Unverständliches vor sich hin gemurmelt und manchmal laut im Schlaf geschrien. Mit seinen Stimmungsschwankungen hat er uns allen Angst gemacht. Mein Vater sagte immer, Onkel Dickon sei zwar körperlich zu uns zurückgekommen, aber der Mann, der er einmal war, sei im Krieg geblieben.

Heute würden wir so was eine posttraumatische Belastungsstörung nennen, oder? Ich wage mir gar nicht vorzustellen, wie er gelitten haben muss.«

Die Katze springt ihr auf den Schoß, und sie bricht ab.

Ich würde gerne Fragen stellen, aber Kathy braucht Zeit, um die Geschichte zu erzählen, und ich halte mich zurück. Gedankenverloren streichelt sie das Tier und sieht versonnen durch das Fenster in den winterlichen Sonnenschein hinaus.

»Wie gesagt, er hatte fürchterliche Stimmungsschwankungen, und manchmal hat er tagelang geschwiegen und nur vor sich hin gestarrt.«

Ich weiß, mit diesen Kriegsfolgen war er nicht alleine. Ich habe während meiner Nachforschungen mehr über das Grauen des Ersten Weltkriegs und über die Leben, die er dauerhaft zerstörte, erfahren, als ich jemals hätte wissen wollen.

»Trotzdem hat er nach seiner Rückkehr hart gearbeitet, um sich ein neues Leben aufzubauen. Entweder aus Weitsicht oder weil er die körperliche Arbeit nicht mehr leisten konnte, hat er den familieneigenen Hof verkauft und in Automobile investiert. Kurz gesagt – er hat es wirklich clever angestellt und mit dem Autohandel ein Vermögen gemacht.«

»Dann war Ihr Onkel also ein erfolgreicher Geschäftsmann und hat jede Menge Geld verdient«, fasse ich zusammen. »Das ist natürlich wunderbar, aber Sie sagten vorhin, er habe Daisy Hills großes Unrecht zugefügt. Was meinten Sie damit?«

»Alle in der Familie kennen Daisy Hills. Sie war die Liebe seines Lebens, und das ist nun mal der Stoff, aus dem Familienlegenden sind. Was er ihr angetan hat, weiß ich nicht …« Bevor ich irgendetwas sagen kann, hebt sie die Hände. »… und ich glaube nicht, dass ich es wissen will. Das alles ist inzwischen ewig her und war alleine seine Angelegenheit, aber die Schuldgefühle ist er sein Leben lang nicht losgeworden. Er sagte oft, er hätte damals kein so schlechter Mensch sein sollen. Er sagte, er habe Daisys Leben ruiniert. Er hat sich damit ein Leben lang gequält.«

Der Gedanke, dass ein Fehler, den ein junger Mann aus verletztem Stolz machte, ihn bis an sein Lebensende nicht mehr loslässt, tut mir in der Seele weh.

»Ich glaube nicht, dass es so war«, werfe ich leise ein. »Ihr Onkel war verletzt, weil Daisy Hills in einen anderen verliebt war, und hat ihr deswegen einen bösen Streich gespielt. Aber wenn irgendetwas ihr Leben ruiniert hat, dann war es der Krieg.«

»Er wollte die Vergangenheit jedenfalls wiedergutmachen, indem er jede Menge Geld für wohltätige Zwecke spendete. Außerdem hat er ein riesiges Gedenkfenster zu Ehren der Gefallenen von Rosecraddick für die Kirche anfertigen lassen. Falls Sie schon einmal in St. Nonna waren, haben Sie es bestimmt gesehen. Es ist das Fenster direkt neben dem des jungen Dichters, für das die Touristen sich hauptsächlich interessieren.«

Bei diesen Worten richte ich mich kerzengerade auf. »Ihr Onkel Dickon hat das Gedenkfenster anbringen lassen?«

»Ja. Er hat sogar extra einen Glaskünstler aus London dafür engagiert. Ich glaube, er war eng mit dem damaligen Vikar befreundet, denn er verbrachte viel Zeit in St. Nonna und besuchte über Jahre jeden Sonntag dort den Gottesdienst. Mein Onkel war ein frommer Mann.«

Das klingt so gar nicht nach dem Dickon, der Daisy und Kit damals in die Quere kam.

»Mein Onkel sagte oft, nur in der Kirche von Rosecraddick sei er mit sich im Reinen«, fährt Kathy Roe mit nachdenklicher Stimme fort. »Sühne und Erlösung waren eine große Sache für ihn.«

»Mein Gott«, entfährt es mir.

»Sie klingen überrascht.«

»Das bin ich auch. Ich meine, ich weiß aus dem Tagebuch, dass Dickon damals so wie alle anderen regelmäßig in der Kirche war, aber bisher kam er mir nicht …«

Ich breche ab, weil ich der Nichte nicht zu nahe treten will, indem ich ihr Daisys Version von Dickon schildere.

»Nach allem, was ich über ihn gelesen habe, wirkte er nicht besonders religiös auf mich«, beende ich den Satz so diplomatisch wie möglich.

Mit einem nachsichtigen Lachen tätschelt Kathy mir die Hand.

»Natürlich nicht. Das war er damals bestimmt noch nicht. Der Krieg hat ihn verändert und vielleicht auch das Alter. Jedenfalls war er der festen Überzeugung, dass das Zittern seine Strafe für die Sünden seiner Jugend war. Ich dachte immer, die Besessenheit von Daisy Hills wäre ein Teil seiner Krankheit, aber jetzt bin ich mir da nicht mehr so sicher. Was hat er dieser armen jungen Frau nur angetan. Er hat sie doch wohl nicht …«

Ich kann nicht zulassen, dass Kathy sich noch schlimmere Dinge ausmalt, als tatsächlich geschehen sind.

»O nein! Das war es nicht. Es ist bei Weitem nicht so schlimm, wie Sie wahrscheinlich denken. Ich bin Lehrerin und kann Ihnen versichern, dass es einfach die unüberlegte Dummheit eines Jungen war. Er war eifersüchtig und hat Daisy und Kit Rivers bei dessen Eltern angeschwärzt. Daraufhin haben sie Kit verboten, sich mit Daisy zu treffen, und dann kam der Krieg, und es gab keine Gelegenheit mehr, die Sache wieder geradezubiegen. Ich glaube, das ist es, was Dickon meinte. Wahrscheinlich war er tatsächlich sehr auf Daisy fixiert und gab sich deshalb die Schuld an etwas, wofür er im Grunde nichts konnte.«

Aber Kathy scheint an etwas anderes zu denken und sieht erschüttert aus.

»Daisy war mit Kit zusammen? Dem jungen Kriegsdichter?«

Ich nicke. »Sie waren verlobt, doch seine Eltern waren damit nicht einverstanden. Sie wollten eine Frau vom selben Stand für ihn. Dickon wollte sie und Kit auseinanderbringen und hat ihnen dadurch jede Menge Scherereien gemacht. Und dann ist Kit im Krieg gefallen, und diese Nachricht brach Daisy das Herz. Es ist eine wirklich traurige Liebesgeschichte.«

»Wer hätte das gedacht?«, stellt Kathy fest. »Ich fand es immer seltsam, dass Onkel Dickon Kit Rivers' Fenster ebenfalls am Herzen lag. Er hat mir mal erzählt, dass er es reparieren und eine Änderung vornehmen ließ. Ich hatte keine Ahnung, was er damit meinte, habe aber auch nicht nachgefragt.«

Es rauscht in meinen Ohren. Dann hat also tatsächlich Dickon das Gänseblümchen in Kits Fenster anbringen lassen, weil ihm der Verrat an Kit und Daisy auch noch viele Jahre später auf der Seele lag und er die Geschichte dieses jungen Paares bewahren wollte. Ich hoffe, dass der Anblick des kleinen Blümchens ihm ein Trost war. Sie waren damals alle noch so jung und konnten nicht in die Zukunft blicken und wissen, dass ihr Verhalten Auswirkungen auf ihr gesamtes weiteres Leben haben würde.

»Er dachte wohl, sie hätten sich wegen seiner Einmischung getrennt«, sage ich. »Aber in Wirklichkeit waren Daisy und Kit verlobt, und wenn er aus dem Krieg zurückgekommen wäre, hätten sie geheiratet.«

»Das ist mir völlig neu. Sind Sie denn sicher? Davon hat mein Onkel nie etwas gesagt.«

Ich weise mit dem Kopf in Richtung Tagebuch. »Das konnte er nicht wissen, denn nachdem er sie verraten hatte, hielten Kit und Daisy ihre Beziehung streng geheim. Kits Eltern haben die Romanze nicht gebilligt und ihm weitere Treffen strengstens untersagt. Daisy hat zahlreiche von Kits Gedichten, die er aus dem Krieg an sie schickte, aufbewahrt und versteckt. Sie waren über hundert Jahre lang verschwunden und sind jetzt erst wieder aufgetaucht.«

Die arme Kathy Roe kommt aus dem Kopfschütteln nicht mehr heraus. »Mein Gott. Wie aufregend! Das klingt, als gäbe es noch jede Menge zu entdecken.«

»Und deshalb bin ich hier. Ich suche nach dem fehlenden Puzzleteil in diesem Rätsel.«

»Onkel Dickon war in Daisy verliebt. Daran besteht für mich kein Zweifel, auch wenn diese Liebe eindeutig von Schuldgefühlen überschattet war. Vielleicht finden sich ja hier noch ein paar Hinweise.« Sie schiebt die Katze sanft von ihrem Schoß, steht auf, nimmt einen großen Umschlag von der Anrichte und legt ihn vor mir auf den Tisch.

»Die habe ich für Sie herausgesucht, Chloe. Onkel Dickon hat sie mir hinterlassen, und ich wusste nichts damit anzufangen. Aber vielleicht helfen Sie Ihnen ja bei Ihrer Suche.«

Ich öffne den Umschlag und ziehe einen kleinen Stapel alter Fotos hervor, die den Sepiatönen zufolge in Dickons Jugend aufgenommen wurden. Auf einem der Bilder sieht ein forscher junger Mann in Uniform den Fotografen mit selbstbewusstem Blick an, auf einem anderen steht derselbe junge Mann offenbar mit seiner

Familie vor einem gepflegten Bauernhaus. Ein weiteres Bild zeigt ihn und ein paar andere Soldaten irgendwo in einem aufgeweichten Graben. Auf dem nächsten Foto lächeln zwei junge Frauen in die Kamera. Eine von ihnen ist blond, trägt einen Strohhut und ein hübsches Kleid. Nancy, Dickons Cousine. Die junge Frau neben ihr hat ein offenes Gesicht und wilde Locken, die ihr Gesicht umrahmen und fast bis auf die Hüften fallen.

Daisy Hills!

Ich habe einen Kloß im Hals und das seltsame Gefühl, als würde ich endlich eine liebe Freundin wiedersehen.

»Ich glaube, dieses Foto entstand an dem Tag, an dem mein Onkel sich zum Militär gemeldet hat«, sagt Kathy Roe. »Nach allem, was er mir davon erzählt hat, ging es dort wie auf dem Jahrmarkt zu, und alle haben sich prächtig amüsiert. Die blonde junge Frau heißt Nancy und ist irgendwie mit mir verwandt. Vielleicht eine Tante zweiten Grades oder so? Und die andere junge Frau ist Daisy Hills. Mein Onkel hat das Bild bis an sein Lebensende aufbewahrt. Ich glaube manchmal, es war ihm noch wichtiger als dieses Haus oder sein Unternehmen.«

Das Bild ist abgegriffen und weist neben Eselsohren einen Wasserfleck – vielleicht von einer Träne? – und einen Fingerabdruck in der Ecke auf. Mir schnürt sich beim Anblick der Aufnahme die Kehle zu. Auf dem Foto werden die beiden Mädchen für immer sechzehn Jahre alt sein.

Wie furchtbar jung sie alle damals waren. Und wie chancenlos angesichts des heraufziehenden Krieges.

Ich lege das Bild vorsichtig zur Seite und ziehe einen Umschlag hervor. Er ist verschlossen und an Daisy Hills in Oxford adressiert. Die Marke wurde 1975 abgestempelt, aber die Adresse ist durchgestrichen und wurde mit einem Vermerk in blasser blauer Tinte versehen: *Zurück an Absender – Empfängerin verzogen.*

»Dickon hat sie gefunden?«

»Ich nehme an, er hat es versucht. Aber kurz nachdem der Brief zurückkam, starb er. An gebrochenem Herzen, sagen wir insgeheim oft, was fürchterlich romantisch klingt, nicht wahr?«

Nachdem ich selbst lange Zeit der Überzeugung war, ich würde tatsächlich an meinem gebrochenen Herzen sterben, finde ich das nicht romantisch. Es stimmt mich vielmehr traurig, dass Dickon seinen Kummer mit ins Grab genommen hat.

»Damals war es noch erheblich schwerer, Menschen ausfindig zu machen«, sage ich, und Kathy seufzt.

»Sie haben recht, es ist ein Jammer. Er hätte sich wahrscheinlich sehr gefreut, wenn er die Möglichkeit bekommen hätte, sich persönlich bei Daisy zu entschuldigen. Wenn Sie denken, dass die Fotos und der Brief Ihnen weiterhelfen, dürfen Sie sie gern behalten«, bietet Kathy mir großzügig an.

Ich bin einen großen Schritt weitergekommen. Immerhin habe ich nun eine Adresse, wo Daisy sich zumindest eine Zeit lang aufgehalten hat. Es ist, als wäre sie nach Jahrzehnten plötzlich wiederaufgetaucht. Auch wenn in ihrem Lebenslauf große Lücken klaffen, hat Dickon sie in den siebziger Jahren aufgespürt, sie muss also noch gelebt haben, und ich bin mir sicher, dass ich sie mit Matts Unterstützung finden werde. Ich kann es kaum erwarten, ihm zu erzählen, was ich heute herausgefunden habe.

»Danke.« Mit vor Aufregung zitternden Händen schiebe ich die Fotos und das Schreiben wieder in den Briefumschlag zurück. Wir haben eine mögliche Adresse, und wir wissen mit Bestimmtheit, dass das Gänseblümchen in dem Fenster Daisy Hills gewidmet ist.

Wir sind ihr auf den Fersen, und wenn wir nicht lockerlassen, finden wir sie ganz bestimmt.

Ein schöneres Geschenk könnte ich Matt zu Weihnachten nicht machen. Statt weiter meinen Tee zu trinken und auf Kathys Drängen abermals eins der köstlichen Plätzchen in mich hineinzustopfen, wäre ich am liebsten aufgesprungen, um so schnell wie möglich nach Rosecraddick zurückzufahren.

Ich hoffe, dass Matt bald nach Hause kommt.

Ich freue mich darauf, sein Gesicht zu sehen, wenn ich ihm erzähle, was ich von Kathy Roe erfahren habe.

7

CHLOE

Ich versuche, mich während der Rückfahrt nach Rosecraddick auf die schmalen Straßen zu konzentrieren, und kann es kaum erwarten, Matt anzurufen und ihm zu erzählen, was ich herausgefunden habe. Ich muss mich aber noch etwas gedulden, denn ich will ihm nicht die letzten Stunden vor Weihnachten zusammen mit seinen Töchtern rauben.

Meine Gedanken überschlagen sich. Ich muss mich erst daran gewöhnen, dass aus Dickon ein einsamer und unglücklicher Mann geworden ist, der sich, erfüllt von Reue, alle Mühe gab, Daisy und Kit zumindest in dem Buntglasfenster in der Kirche wieder zu vereinen. Ich stelle ihn mir vor, wie er als gebrochener Mann alleine in der Kirche sitzt, Gott um Vergebung bittet und sich wünscht, er könnte Daisy finden und sie um Verzeihung bitten. Wie traurig, dass er sich sein Leben lang von seinen Schuldgefühlen beherrschen ließ.

Noch immer in Gedanken, parke ich den Wagen vor Rosecraddick Manor und gehe zu Fuß ins Dorf, um ein paar letzte Kleinigkeiten zu besorgen, die mich über die bevorstehenden Feiertage retten sollen. Das Dorf wirkt friedlich und gemütlich auf mich, mit all den bunten Lichterketten und den weihnachtlich geschmückten Schaufenstern. Den Bewohnern, denen ich begegne, ist die Vorfreude auf das Fest deutlich anzusehen. Eltern halten ihre kleinen Kinder an den Händen, die mit großen Augen auf die Spielzeugeisenbahn im Schaufenster des Postamts sehen; zwei junge Frauen mit Nikolausmützen und glitzerndem Lametta um den Hals stolpern fröhlich kichernd an mir vorbei, und eine Frau stürzt laut kreischend vor Lachen aus dem Pub, dicht gefolgt von einem jungen Mann, der einen Mistelzweig schwenkt. Als er sie einholt und küsst, schlingt sie lächelnd die Arme um ihn und erwidert seinen Kuss. Ich lächele über ihre Verliebtheit und erwarte gleichzeitig den Stich, den mir der Anblick derartiger Zärtlichkeiten seit Neils Tod versetzt. Zu meiner Überraschung aber bleibt er aus. Seltsam. Vielleicht färbt die festliche Atmosphäre ja ein wenig auf mich ab? Oder liegt es daran, dass ich nicht so einsam und verbittert enden will wie der arme Dickon?

Ich öffne die Tür des Dorfladens und sehe völlig unerwartet Matt vor mir.

»Chloe! Das ist aber eine nette Überraschung«, ruft er fröhlich aus.

Mein Puls fängt an zu rasen. Er trägt eine abgewetzte Lederjacke, einen weichen blauen Schal und ausgewaschene Jeans. Sein dunkles Haar fällt sanft gewellt auf seine Schultern. Von der Wärme im Laden sind seine Wangen gerötet. Er sieht phantastisch aus.

»Was machst du hier?«, frage ich einfallslos.

»Äh … einkaufen?« Er hält mir seine Tüte hin, in der ich ein Päckchen Kekse, Milch und eine Fertigmahlzeit sehen kann. »Ist das erlaubt?«

Ich spüre, dass mir eine heiße Röte in die Wangen steigt.

»Ich … ich dachte nur, du wärst noch in Exeter«, erkläre ich eilig.

»Das war ich auch bis vor zwei Stunden, aber Gina hat mir deutlich zu verstehen gegeben, dass ich dort überflüssig bin, nachdem ihr neuer Macker auf der Bildfläche erschienen ist. Deshalb bin ich schon früher nach Rosecraddick zurückgekommen.«

Sein Lächeln täuscht mich nicht. Ich weiß, wie unglücklich er ist, weil er seine Töchter an Weihnachten nicht sehen kann, und sicher schmerzt es ihn, dass ihn ein anderer Mann in dieser ganz besonderen Zeit ersetzt.

»Es ist schon in Ordnung. Ehrlich, Chloe, guck nicht so besorgt. Er scheint ein durchaus netter Kerl zu sein – Gott steh ihm in Bezug auf Gina bei –, und die Kinder freuen sich derart auf den Weihnachtsmann, dass ihnen mein Verschwinden gar nicht weiter aufgefallen ist. Ich werde es mir also ganz entspannt mit einem Essen aus der Mikrowelle und irgendwelchen Filmen gemütlich machen.«

»Das klingt nach dem perfekten Weihnachtsabend«, stelle ich sarkastisch fest und nehme einen Einkaufskorb. »Genau das habe auch ich vor. Ich bin nur schnell noch hier vorbeigekommen, um unter all den leckeren Fertigmahlzeiten mein Weihnachtsessen auszuwählen.«

»Lass mich dir dabei helfen«, sagt Matt. »Vor allem mit Pommes und Chicken Nuggets aus dem Ofen kenne ich mich super aus.«

Entschlossen nimmt er meinen Korb, und als er dabei meinen Arm streift, ringe ich nach Luft, weil plötzlich schmerzliches Verlangen von meinem Unterarm aus durch meinen Körper schießt. Zum Glück scheint Matt nicht aufzufallen, dass ich zusammenzucke. Er beugt sich bereits über die Tiefkühltruhe.

»Am besten nimmst du Pizza oder Chicken Wings. Ich darf mit Stolz behaupten, dass ich die Zubereitung nahezu perfekt beherrsche. Tatsächlich würde ich sogar so weit gehen zu sagen, dass meine Ernährung inzwischen kaum noch aus etwas anderem besteht.«

»Ein Wunder, dass du keinen Skorbut hast«, schimpfe ich. »Was ist aus deinem Plan geworden, mehr Gemüse und Salat zu essen?«

»Vielleicht ist das Problem dabei, dass ich kein Grünzeug mag? Oder dass es keinen Spaß macht, für mich alleine zu kochen?«

Wir sehen uns gemeinsam die traurige Auswahl in der kurz vor Ladenschluss fast leeren Truhe an.

»Chicken Tikka Masala oder Madras – oder doch lieber Lasagne? Was meinst du?«, frage ich.

»Na dann auf jeden Fall das Chicken. Was kann man sich am Weihnachtsabend mehr wünschen als ein prasselndes Feuer im Kamin, irgendeinen alten Film und dazu eine Schüssel mit fein gewürztem Reis und Curry?«

Dich, denke ich unwillkürlich und stelle mir vor, wie ich es mir mit angezogenen Beinen auf der Couch neben dem Kamin gemütlich mache, während er den Arm um meine Schultern legt. Das Bild bringt mich aus dem Gleichgewicht, und ich nehme entschlossen gleich mehrere der Currys aus der Truhe.

Matt späht über meine Schulter. »Madras, wow. Dann magst du es also scharf? Ich muss gestehen, dass ich da eher ein Weichei bin.«

Ich nehme sehr deutlich wahr, wie nah er mir in diesem Augenblick ist. Er duftet aus irgendwelchen Gründen nach Mandarinen, Limetten und Basilikum, und mein verräterisches Herz schlägt einen Salto.

Plötzlich kommt mir Kathy wieder in den Sinn. Richtig! Ich muss doch unbedingt mit Matt sprechen.

»Oh! Ich wollte eigentlich sowieso mit dir sprechen. Stell dir vor: Ich habe herausgefunden, wer das Gänseblümchen im Kirchenfenster anbringen ließ und wo Daisy in den siebziger Jahren gemeldet war.«

»Was?«

Er starrt mich fassungslos an. Ich erzähle ihm in Kurzfassung alles, was ich heute von Kathy erfahren habe.

»Trehunnist Pkws und Lkws, na klar!« Matt schlägt sich an die Stirn. »Ich kann nicht glauben, dass ich da nicht von alleine draufgekommen bin. Wahrscheinlich bin ich einfach davon ausgegangen, dass Dickon damals gestorben ist. Dabei sollte man als Historiker niemals Vermutungen anstellen, ohne Belege zu haben. Das habe ich in Oxford immer schon den Erstsemestern eingeschärft.«

Seine Miene ist ernst geworden. Er sieht mich nachdenklich aus seinen grauen Augen an. »Und eine Anschrift hast du auch? Da bin ich einen Tag nicht da, und schon findest du alles Mögliche heraus. Am besten tauschen wir die Jobs. Obwohl du bestimmt nicht willst, dass ich irgendwelche Bilder male. Mehr, als Fensterrahmen und Türen zu streichen, kriege ich nicht hin.«

Er greift in meinen Korb und legt die Currys wieder in die Kühltruhe zurück.

»Das ist mein Abendessen!«, protestiere ich.

»Ich koche dir was anderes. Abgesehen davon, dass man am Weihnachtsabend nicht alleine über einem Tiefkühlcurry sitzen sollte, haben wir noch jede Menge zu bereden.« Er greift nach meinem Korb, geht zielstrebig durch den Laden und wirft eine bunte Auswahl Zutaten aus den beinah leeren Regalreihen hinein.

»Krabben. Currypaste. Reis. Fladenbrot. Spinat. Kartoffeln. Wein.« Er runzelt nachdenklich die Stirn. »Was habe ich vergessen?«

»Was willst du damit denn kochen?«

Er grinst mich verschmitzt an. »Ich werde ein unglaubliches Curry für dich kochen, und im Gegenzug dafür wirst du mir erzählen, was du über Dickon sonst noch herausgefunden hast. Ich will alle Details wissen.«

»Das würde ich dir sowieso erzählen, auch wenn du nicht für mich kochst. Vor allem dachte ich, du kriegst nur Chicken Nuggets hin?«

»Das habe ich nie behauptet!«, entgegnet er gespielt empört. »Wie kannst du es wagen, meine Kochkünste zu hinterfragen, ohne je etwas gekostet zu haben? Die Chicken Nuggets mache ich für meine Kinder, wenn es schnell gehen muss. Also mach dich auf ein Festessen gefasst.«

Später am Weihnachtsabend sitze ich am Küchentisch im alten Pfarrhaus und beobachte beeindruckt, wie Matt schnippelt, hackt und schwenkt. Während er kocht, berichte ich von dem Gespräch mit Kathy Roe, und wir überlegen, wie wir weiter vorgehen sollen. Bei dem Duft, der vom Herd zu mir herüberzieht, läuft mir das Wasser im Mund zusammen.

»Unglaublich! Das sieht wirklich lecker aus. Nicht schlecht«, sage ich, als er serviert.

Mit einer Handvoll Zutaten hat Matt ein Essen wie in einem Drei-Sterne-Restaurant kreiert.

»Du hättest nicht an meinen Fähigkeiten zweifeln sollen«, sagt er lachend. »Mit meiner Kochkunst habe ich bisher noch beinah jede Frau herumgekriegt.« Er stellt mir einen voll beladenen Teller hin und nimmt mir gegenüber Platz. »Ich hoffe, es ist nicht zu mild für dich. Ich habe extra etwas mehr gewürzt als sonst, aber für echte Schärfe fehlt mir einfach der Mumm.«

Sosehr ich auch versuche, unsere Beziehung wieder auf neutrales Terrain zurückzuführen, bekomme ich es irgendwie nicht hin. Es ist, als hätte eine Strömung uns ergriffen, die uns – gegen unseren Willen – in eine ganz bestimmte Richtung zieht.

Aber will ich überhaupt dagegen anschwimmen?

Nein, denke ich, als Matt mir lächelnd Wein einschenkt und mir zuprostet. »Auf weitere gemeinsame Entdeckungen.«

Ich bin mir beinah sicher, dass er damit nicht nur unsere Nachforschungen meint. Wir stoßen miteinander an, und ich nippe vorsichtig an meinem Glas. Der schwere Rotwein wärmt mich von innen. Dann konzentrieren wir uns aufs Essen, und Matts Curry schmeckt einfach köstlich.

»Dann hatte Dickon also sein Leben lang schlimme Schuldgefühle«, kommt Matt wieder auf die neuen Erkenntnisse zu sprechen. »Der arme Kerl.«

»Ein bisschen übertrieben war das aber schon, findest du nicht?« Ich habe mir inzwischen viele Gedanken zu Dickons Verhalten gemacht.

»Vielleicht hat er die Dinge nach dem Krieg aus einem anderen Blickwinkel gesehen?«, vermutet Matt. »Die Gräuel, die er an der Front erlebt hat, haben ihn verändert. Aus meiner Sicht ergibt es durchaus einen Sinn. Ich glaube, dass wir niemals auch nur annähernd verstehen werden oder unterschätzen sollten, was die Männer in den Gräben durchgemacht haben.«

»Ich glaube, dass das Gänseblümchen im Kirchenfenster eine Botschaft sein sollte«, bemerke ich.

»Für Daisy? Oder die Nachwelt?«

»Sowohl als auch – und gleichzeitig auch für sich selbst, um sich vielleicht an das Leben vor dem Krieg zu erinnern. Armer Dickon«, sage ich.

»Manchmal sind wir Menschen geradezu erschreckend kompliziert«, seufzt Matt, und mir kommt es so vor, als ob es ihm dabei, obwohl wir über Dickon, Kit und Daisy sprechen, um etwas ganz anderes geht. Nachdenklich reißt er ein Stück vom Fladenbrot ab und taucht es in sein Curry. »Es ist ein trauriger Gedanke, dass ihn die Vergangenheit nie losgelassen hat. Das Leben ist zum Leben da, meinst du nicht auch?«

»Auf jeden Fall.«

Unsere Blicke treffen sich, und Matt sieht mich an, als wollte er noch etwas sagen, ehe er sich eines Besseren besinnt, sich räuspert und mich fragt: »Wie sieht es mit einem Nachschlag aus?«

Ich bin seltsam enttäuscht. »Ein bisschen«, sage ich. »Weil es wirklich lecker ist.«

»Das klingt jetzt sicher etwas eingebildet«, setzt er augenzwinkernd an, »aber ich habe es dir gleich gesagt.«

Er holt die Pfanne, lädt uns beiden weiteres Curry auf die Teller, und die Unterhaltung wendet sich von den emotionalen Stolperfallen ab und wieder Daisy zu.

Matt ist optimistisch, dass uns die Adresse weiterbringen wird.

»Ich kenne mich recht gut in Oxford aus, aber ich frage mich, wohin sie dann gezogen ist.«

»Ihr Vater und auch ihre Mutter haben dort studiert«, erinnere ich mich. »Vielleicht wollte sie dort ihre Wurzeln finden?«

»Könnte sein. Vielleicht leben ja irgendwelche Nachkommen von ihr noch heute dort? Auf jeden Fall hast du dafür gesorgt, dass wir ihr ein großes Stückchen nähergekommen sind. Ganz zu schweigen von den wiedergefundenen Gedichten, die das schönste Weihnachtsgeschenk für einen Kit-Rivers-Fan wie mich sind.« Er greift über den Tisch nach meiner Hand. »Du bist eine erstaunliche Frau, Chloe Pencarrow.«

Ich erwarte einen Scherz oder einen witzigen Kommentar, doch seine ernste Miene zeigt, dass er jetzt nicht mehr spielt.

»Einfach erstaunlich«, wiederholt er sanft. »Und zwar auf jede vorstellbare Art.«

Er beugt sich vor, als würde er mich küssen wollen, dann drückt er mir zärtlich die Lippen auf die Stirn. Es ist ein Kuss, der zwar von tiefem Respekt zeugt, sich aber gleichzeitig eher freundschaftlich anfühlt, und ich … bin grenzenlos enttäuscht. Und völlig durcheinander.

Ich überlege für den Bruchteil einer Sekunde, einfach den Kopf in meinen Nacken zu legen, um ihn zu küssen, aber irgendetwas hält mich davon ab. Vielleicht ist es die Gewissheit, dass sich etwas zwischen uns für immer verändern würde.

Also lächele ich ihn einfach an und sage leise: »Vielen Dank.«

Er erwidert mein Lächeln, und ich muss mir auf die Zunge beißen, um nicht einfach mit meinem Gefühlschaos herauszuplatzen.

Matt steht auf, um den Wasserkessel aufzusetzen, und erzählt mir gut gelaunt von seinen Plänen für den nächsten Tag. Nachdenklich starre ich auf den Tisch.

8

CHLOE

Für mich ist Oxford eine der schönsten Städte, die es gibt. Nicht
einmal die poetischen Beschreibungen als »Stadt der träumenden
Türme« werden ihr gerecht. An diesem frostigen Dezembermorgen
glitzern die Turmspitzen in der Sonne, als wären sie gemalt. Während
Matt fährt, verrenke ich mir den Hals und sehe mir die ehrwürdigen,
mit silbrig grauen Flechten überzogenen Gebäude aus blassem Cots-
wolds-Kalkstein an. Die grauen Dächer heben sich vom strahlend
blauen Winterhimmel ab, die blank geputzten Sprossenfenster scheinen mir zuzuzwinkern, und an den Geländern vor den Häusern sind
mehr Fahrräder angekettet, als ich zählen kann. Um diese frühe
Uhrzeit herrscht eine ganz besondere Atmosphäre in der Stadt, und
ich kann gut verstehen, dass Daisy hierhergezogen ist. Sie hat davon
geträumt zu schreiben, und ich stelle mir vor, wie sie in der Bibliothek über den Büchern sitzt oder auf einem Fahrrad durch die ma-
lerischen Straßen fährt.

»Eine wirklich schöne Stadt, nicht wahr?«, fragt Matt. Er hat mich
überall herumgeführt und mir die Wahrzeichen und das Institut
gezeigt, an dem er eine Zeit lang unterrichtet hat. Seine Augen fingen dabei an zu leuchten, und ich kann mir gut vorstellen, dass er
auch im Hörsaal die Studenten und Studentinnen in seinen Bann
gezogen hat.

»Das Leben hier in Oxford muss dir doch entsetzlich fehlen«, bemerke ich.

»Am Anfang tat es das tatsächlich, aber rückblickend hatte Gina vielleicht recht. Meine Arbeit wurde damals immer mehr zu meinem Lebensinhalt, deshalb war es höchste Zeit, etwas zu ändern, und vor allem hat Cornwall durchaus auch seine Vorzüge.«

Er lächelt, und mein Puls beschleunigt sich, denn seit dem Weihnachtsabend schwanke ich in Matts Nähe ständig zwischen schmerzlichem Verlangen und großer Verwirrung über meine Gefühle. Ich denke, wenn wir nicht zusammen sind, fast pausenlos an ihn, schlimmer als ein liebeskranker Teenager, denn bisher ist abgesehen von diesem scheuen Kuss auf meine Stirn nicht das Geringste zwischen uns passiert.

Die Weihnachtsstunden mit Matt in meiner Küche waren warm und behaglich und voller herrlicher Momente. Ich denke immer wieder darüber nach, ob es vielleicht sogar zu mehr hätte kommen können und Matt womöglich sogar die Nacht bei mir verbracht hätte. Stattdessen haben wir geredet und geredet, bis wir heiser waren und die Autoscheinwerfer auf der Straße und die lauten Stimmen vor St. Nonna uns daran erinnerten, dass es Zeit für die Weihnachtsmesse war.

Also gingen wir zusammen in die Kirche und sangen im Licht der Kerzen die vertrauten Weihnachtslieder. Es war so feierlich und eine so besondere Atmosphäre, dass es mich nicht gewundert hätte, in der ersten Reihe Kit und weiter hinten Daisy sitzen zu sehen, während er mit seinen Fingern unauffällig die Konturen des Gänseblümchens nachzieht.

Wie so oft an Weihnachten verschmolz die Gegenwart mit der Vergangenheit, und selbst für Neil und mich war irgendwo ein Platz dort in der Kirche. Allmählich habe ich das Gefühl, dass alles einem ganz bestimmten Muster folgt, in das jeder von uns eingewoben ist.

Wie seltsam, dachte ich, als sich der Gottesdienst dem Ende zuneigte, dass ich meinen Frieden, nachdem ich seit Jahren mit der Religion gehadert hatte, ausgerechnet hier in einer Kirche fand.

Du warst schon immer voller Gegensätze, hätte Neil dazu wohl gesagt. Natürlich wird Neil mir weiterhin fehlen, mein Leben lang, aber mir ist inzwischen klar, dass ich mein Glück in Zukunft ohne ihn finden muss – und er würde mir von allen Menschen am meisten wünschen, dass es mir gelingt.

Als wir aus der Kirche kamen, schimmerte die Bucht im hellen Silberlicht des Vollmondes, und der samtig weiche Himmel war mit Sternen übersät. Matt unterhielt sich kurz mit Jill, und ich stand entspannt in der Kirchentür und sah versonnen meinen weißen Atemwölkchen hinterher.

»Wie ich sehe, verbringst du ja wirklich ein frohes Weihnachtsfest«, stellte in dem Moment Sue fest. Sie hatte ihren Schäfchen frohe Weihnachten gewünscht, war neben mich getreten und lächelte mich nun strahlend an. »Ach, tu doch nicht so, Chloe! Mit romantischen Gefühlen kenne ich mich aus. Und so, wie du und Matt euch anschaut, ist mir alles klar. Und dass ihr in der Bank extra diesen Riesenabstand zueinander gehalten habt, hat doch erst recht verraten, dass zwischen euch was läuft. Natürlich geht mich das nichts an, aber meinen Segen habt ihr. Ihr seid eindeutig wie geschaffen füreinander.« Sie zwinkerte mir zu. »Du weißt, wo wir sind, falls dir morgen doch der Sinn nach einem Weihnachtsessen in Gesellschaft steht. Tim hat den halben Tesco leer gekauft, und wenn ich es nicht schaffe, noch mehr Gäste an den Tisch zu locken, passe ich nie wieder in mein schwarzes Cocktailkleid.«

Ich war ihr sehr dankbar für die herzliche Einladung, aber am Ende habe ich den ganzen ersten Weihnachtstag gemalt. Matt war unterwegs nach Exeter, um seine Töchter zumindest kurz zu sehen. Am Morgen hatte Gina bei ihm angerufen und ihn gebeten, nun doch zum Kaffee- und Teetrinken vorbeizukommen, denn die Mädchen hätten darum gebettelt, ihn zu sehen.

Es überraschte mich, wie sehr ich Matt vermisste. Bei dem Gedanken musste ich wieder an Neil denken, aber diesmal spürte ich ganz deutlich, wie sehr er sich für mich freuen würde, dass ich Matt begegnet bin.

Am zweiten Weihnachtstag trafen wir uns in Rosecraddick Manor. Matt ging verschiedene Unterlagen durch, und wir suchten im Internet nach Personen in Oxford mit dem Namen Hills. Am nächsten Tag führte er von meiner Küche aus diverse Telefongespräche, während ich zum Malen in mein Atelier auf dem Speicher ging. Inzwischen waren drei Gemälde meiner Auftragsserie fertig, und ich freute mich, weil sie wirklich gut waren. Seit ich wieder male, hätte ich am liebsten nicht mehr damit aufgehört. Ich hatte das Gefühl, als hätte ich den Pinsel erst vor wenigen Minuten in die Hand genommen, als Matt die Tür des Ateliers aufriss.

»Wie wäre es mit einem Trip nach Oxford?«

»Jetzt?« Ich war derart in meine Malerei vertieft gewesen, dass ich mich erst einmal orientieren musste. Ich trug meinen bunt bekleckerten Kittel und hatte mir das Haare zu einem wirren Knoten hochgesteckt.

Er lachte auf. »Vielleicht nicht jetzt sofort, aber wie wäre es mit morgen früh? Ich habe Daisys Großneffen gefunden, und obwohl mein Anruf ihn ein bisschen überrascht hat, würde er gerne mit uns reden. Nur fährt er morgen Nachmittag schon in den Skiurlaub. Und ich bin wirklich neugierig zu hören, was er uns erzählen kann.«

»Ich auch«, pflichtete ich ihm bei. »Was hat er denn am Telefon gesagt?«

»Nicht gerade viel. Er sagt, Daisy sei seine Großtante gewesen, und obwohl er sie nie getroffen hat, habe ihm sein Vater ab und zu von ihr erzählt. Außerdem gibt es wohl irgendwo noch ein paar alte Unterlagen, die er suchen könnte, falls wir sie uns ansehen wollen. Er meint sich zu erinnern, dass seine Eltern sogar ein paar Briefe von ihr aufbewahrt hätten. Es wäre unglaublich, wenn es noch irgendwelche Briefe gäbe, die Kit ihr geschrieben hat.«

»Das halte ich für ziemlich unwahrscheinlich, denn er galt schließlich schon als vermisst, als sie aus Cornwall wegzog«, rief ich ihm leise in Erinnerung.

Er seufzte tief. »Ich weiß. Immer mehr deutet darauf hin, dass er doch im Krieg gefallen ist.«

Ich hasse diese Vorstellung, und es fällt mir schwer, zu akzeptieren, dass Daisys Überzeugung, Kit sei noch am Leben gewesen, falsch gewesen sein könnte.

»Hoffentlich finden wir morgen mehr heraus«, sagte ich nur, und Matt nickte zustimmend.

»Das hoffe ich auch. Daisys Großneffe heißt Dave Hills. Es war das reinste Kinderspiel, ihn zu finden, und langsam kommt es mir so vor, als würde irgendjemand wollen, dass wir herausfinden, was aus Daisy geworden ist.«

Wir sind bereits vor Tagesanbruch losgefahren und haben Oxford deshalb schon um neun erreicht. Jetzt sind es nur noch ein paar

Straßen bis zur Adresse von Daisys Großneffen, und plötzlich werde ich nervös. Ich frage mich, was er uns zu erzählen hat.

Ich schiebe meine Hand in meine Tasche und berühre Daisys in ein Stofftuch gehülltes Tagebuch, als wäre es ein Talisman. *Ich werde dafür sorgen, dass deine Geschichte noch erzählt wird*, sage ich in Gedanken zu ihr. *Ich werde dich und Kit nach all der Zeit wieder zusammenführen.*

Dave Hills, der Enkel von Daisys kleinem Bruder Eddie, lebt in einem eleganten Mehrfamilienhaus nur ein paar Gehminuten von der Innenstadt entfernt. Als er uns die Tür öffnet, steigen wir über einen Berg Prospekte im Eingangsbereich und streifen einen einsamen Gummibaum, der in der Eingangshalle Wache hält. Daves Wohnung liegt im Dachgeschoss, und schon bald bin ich ziemlich außer Atem.

»Tut mir leid, dass Sie die vielen Treppen gehen mussten. Die sind wirklich ätzend, und am schlimmsten ist es, wenn man Einkaufstüten schleppen muss«, begrüßt uns ein Mann Mitte dreißig und späht über das Holzgeländer zu uns herunter. Als wir endlich oben ankommen, reicht er uns die Hand.

»Hallo, ich bin Dave. Sie müssen Matt und Chloe sein. Kommen Sie rein. Sie haben mich mit Ihrem Anruf ganz schön neugierig gemacht.«

Er hat ein breites Lächeln im Gesicht, sympathische Grübchen, Sommersprossen, warme braune Augen sowie einen wilden Schopf aus feuerrotem Haar. Er sieht dem jungen Mädchen auf dem Foto, das mir Kathy überlassen hat, verblüffend ähnlich.

»Sie sehen wie Daisy aus!«

»Wir haben ein Foto«, erklärt Matt. »Die Ähnlichkeit ist wirklich nicht zu übersehen. Ich glaube, Ihre Großtante hatte genauso rotes Haar wie Sie.«

»Die roten Haare ziehen sich wirklich durch unsere Familie«, stellt er augenrollend fest. »Meine Schwester und ich haben sie von unserem Dad, der sie wiederum von seinem Vater hat. Von Daisy habe ich nie ein Bild gesehen. Aber wie dem auch sei, kommen Sie erst mal rein. Ich koche uns einen Kaffee, und Sie können es sich schon mal gemütlich machen«, schlägt er vor und schiebt die Wohnungstür mit einem Fuß auf.

Er führt uns in eine kleine sonnenhelle Küche, von der aus man die kahlen Platanen, die die Straße säumen, sieht. Wir setzen uns an einen Tisch, während Dave in einer Kaffeemühle Bohnen mahlt und köstlich duftenden Kaffee kocht. Als ich mich umsehe, bemerke ich, dass der Karton für die Kaffeemühle noch in der Ecke steht.

»Weihnachtsgeschenk?«, erkundige ich mich.

»Von meiner Mum«, erwidert Dave und stellt bis zum Rand gefüllte Kaffeebecher vor uns auf den Tisch. »Ich dachte, ich probiere sie mal aus. Es macht Ihnen hoffentlich nichts aus, dass Sie jetzt die Versuchskaninchen sind.«

»Wohnen Ihre Eltern in der Nähe?«, fragt ihn Matt.

»In Chipping Norton, also nicht besonders weit entfernt. Sie wollten eigentlich heute kommen, aber stattdessen sind sie jetzt bei meiner Schwester in Reading. Sie hat gerade einen kleinen Sohn bekommen, und meine Eltern sind ganz verrückt nach ihm.« Er gönnt sich einen ersten Schluck Kaffee. »Wissen Sie, dass meine Großtante kurz vor ihrem Tod ebenfalls in Chippy wohnte?«

»Ehrlich gesagt wissen wir nicht genau, was aus ihr geworden ist, nachdem sie Cornwall verlassen hat«, gesteht Matt. »Deswegen sind wir hier.«

»Ich bin mir nicht ganz sicher, ob ich Ihnen da weiterhelfen kann. Ich wusste nicht einmal, dass Tante Daisy überhaupt jemals in

Cornwall gelebt hat, nur, dass sie Krankenschwester in Frankreich, Belgien und London war.«

»Vielleicht kann ich ja ein paar Lücken füllen«, bietet Matt ihm an. »Ich habe Ihnen bereits am Telefon erklärt, dass die Stiftung Cornwallscher Kulturbesitz das Herrenhaus von Rosecraddick restauriert, das Elternhaus des Kriegsdichters Kit Rivers. Ich bin Dr. Enys und arbeite bei dieser Stiftung.«

Dave nickt. »Ich habe Sie gegoogelt. Sie waren mal Dozent am College hier, nicht wahr? Moderne Geschichte, Schwerpunkt Erster Weltkrieg. Sehr beeindruckend.«

Matt errötet. »Klingt wahrscheinlich spannender, als es ist.«

»Sie sind zu bescheiden«, stellt Dave mit einem Lächeln fest. »Aber wie dem auch sei, ich kenne mich kaum mit diesen Dingen aus und wüsste nicht, was meine Großtante damit zu tun hat.«

Ich ziehe Daisys Tagebuch aus meiner Tasche, wickele es aus, lege es in seinem eleganten Ledereinband auf den Tisch und schiebe es zu ihm rüber.

»Das ist das Tagebuch Ihrer Großtante. Während des Ersten Weltkriegs lebte sie in Cornwall und traf dort Kit. Er war die Liebe ihres Lebens, und sie haben sich verlobt, dann aber wurde er im Ersten Weltkrieg in Frankreich als vermisst gemeldet, und bisher konnte uns niemand sagen, was mit Daisy geschehen ist«, erklärt Matt.

Vorsichtig schlägt Dave die erste Seite auf.

»Daisy Alice Hills 1914«, liest er mit lauter Stimme vor und schüttelt ungläubig den Kopf. »Das Tagebuch gehörte ihr? Und sie war tatsächlich mit Kit Rivers verlobt? Sind Sie sich ganz sicher? Davon habe ich bisher noch nie etwas gehört.«

Matt nickt. »Wir sind uns völlig sicher. Die Geschichte ist einfach unglaublich, und ich hoffe sehr, dass Sie uns helfen können, sie bis zum Ende aufzuklären.«

Dave blättert in dem Tagebuch, und über ziemlich bitterem Kaffee – er braucht wohl wirklich noch etwas Übung mit der neuen Kaffeemühle – erzählen wir ihm alles, was wir bisher herausgefunden haben. Als wir zum Ende kommen, sitzen wir schon seit einer guten Stunde am Tisch, und Dave sieht etwas mitgenommen aus.

»Das ist einfach unglaublich«, stellt er fest. »Und sie hat Gedichte von ihm versteckt?«

»Genau«, meint Matt. »Es ist Ihrer Großtante gelungen, einige der wichtigsten Gedichte des zwanzigsten Jahrhunderts zu bewahren.«

»Wenig überraschend, dass sie sie versteckt hat, nachdem diese bösartige Frau Kits Briefe in den Kamin geworfen hat.« Als er wütend seine Stirn in Falten legt und den Unterkiefer vorschiebt, habe ich ein Bild vor Augen, wie Daisy als junges Mädchen ausgesehen haben mag, wenn sie zornig war. »Unglaublich, dass sie nie davon gesprochen hat. Ich frage mich, warum sie Kits Gedichte nicht einfach selbst herausgegeben hat.«

Darüber habe ich auch schon nachgedacht. Anscheinend hatte Daisy das Gefühl, die Gedichte gehörten Kit und nicht ihr. Vielleicht hat sie ja auch bis zum Schluss darauf gewartet, dass er doch noch heimkommt.

»Das werden wir wohl nie erfahren.«

Dave seufzt. »Auch meine Eltern wissen nichts von alledem, und ich kann mir nicht vorstellen, dass sie meinem Großvater etwas davon verraten hat. Anscheinend hatte sie zahlreiche Geheimnisse.«

Matt schwenkt nachdenklich den Kaffeerest in seinem Becher hin und her. »Auf jeden Fall hat die Geschichte noch viele Lücken.«

»Ich hoffe, dass ich einige davon füllen kann. Meine Mutter interessiert sich sehr für unsere Familiengeschichte und weiß ein paar Dinge über Tante Daisy, obwohl sie sich bei den Nachforschungen eher auf meinen Urgroßvater konzentriert hat, der als Feldchirurg im Ersten Weltkrieg war. Wir sind sehr stolz auf ihn.«

»Er war Daisys Vater«, mische ich mich wieder ein.

»Das stimmt. Und auch mein Opa, Edward Hills, und mein Vater waren Ärzte, und seit seiner Pensionierung wird die Tradition von meiner Schwester fortgeführt. Ich selbst habe mit Medizin nicht viel am Hut. Ich kann kein Blut sehen und bin eher ein Computerfreak.«

Die Vorstellung, dass Daisys frecher kleiner Bruder einmal einer derart seriösen Arbeit nachgegangen ist, amüsiert mich etwas.

»Dann passt es ja in Ihre Familiengeschichte, dass Ihre Großtante während des Kriegs beim Freiwilligendienst gewesen ist«, meint Matt.

Auf Daves verständnislosen Blick hin erkläre ich: »Sie war als Schwesternhelferin in einem Lazarett. Offiziell war sie dafür zwar noch zu jung, aber wir gehen davon aus, dass sie ein falsches Alter angegeben hat.«

»Oder dass vielleicht ihr Vater ihr mit seinen Beziehungen geholfen hat«, ergänzt Matt. »Wie dem auch sei, nach dem Krieg verliert sich jedenfalls ihre Spur. Und Sie sind der Erste, der uns vielleicht weiterhelfen kann.«

»Das hoffe ich.« Dave lehnt sich nachdenklich auf seinem Stuhl zurück und zwirbelt eine seiner roten Locken auf dem Zeigefinger auf. »Das meiste, was ich weiß, habe ich nur aus zweiter Hand und aus dem zusammengesetzt, was man mir im Lauf der Jahre erzählt hat. In der Familienlegende heißt es, dass der armen Tante Daisy schon in jungen Jahren das Herz gebrochen wurde und sie nie darüber weggekommen ist. Anscheinend hat sie ihr gesamtes Leben mit der Suche nach ihrem Verlobten zugebracht, der seit dem Ersten Weltkrieg als vermisst galt.«

»Kit Rivers«, sage ich, und er nickt.

»Wahrscheinlich, auch wenn wir seinen Namen nie kannten. Jetzt wünschte ich, ich hätte meinen Großvater vor seinem Tod nach alldem gefragt, aber für mich war Daisy einfach eine alte Dame, der ich nie begegnet bin. Sie war für mich nicht wirklich interessant.«

Ich spüre sofort den Drang, sie zu verteidigen und ins rechte Licht zu rücken. »Daisy war unglaublich mutig, witzig und dazu noch hochintelligent.«

»Das glaube ich«, versichert Dave mir. »Ich wollte keinesfalls abfällig klingen. Ich war einfach noch zu klein, als Grandpa über sie gesprochen hat. Sie war damals in meinen Augen einfach nur eine ältere alleinstehende Frau.«

Mein Herz zieht sich zusammen. »Dann hat sie also nie geheiratet?«

»Nein. Mein Vater sagt, sie habe ihre Trauer wie einen Rucksack mit sich rumgeschleppt, nachdem ihr Verlobter nicht mehr aus dem Krieg zurückgekommen war. Aber ich hatte keine Ahnung, dass er jemand Besonderes war. Es ist natürlich eine tragische Geschichte, aber solche Dinge waren damals schließlich an der Tagesordnung, und ich wäre nie auf die Idee gekommen, nachzuhaken, ob vielleicht noch mehr dahintersteckt. So viele Männer sind nicht mehr zu ihren Frauen zurückgekehrt, nicht wahr?«

»Das stimmt, und viele Frauen haben wegen des Krieges nie geheiratet«, fügt Matt hinzu. »Zahlreiche Familienleben wurden nie gelebt, weil damals eine ganze Generation verloren gegangen ist. Es geht mir immer wieder nah, wie viele ganz private Tragödien es damals gab.«

»Für Daisy auf jeden Fall«, stimmt Dave ihm zu. »Mum sagt, sie sei auf der Suche nach ihrem Verlobten viel gereist. Sie dachte, vielleicht liege er ohne Gedächtnis irgendwo in einem Krankenhaus. Sie hat die Hoffnung nie aufgegeben. Nach allem, was man mir erzählt hat, hat sie geschworen, zur Not ihr Leben lang auf ihn zu warten. Und genau das hat sie getan.«

Ich werde ihn so lange lieben, bis ich selber eines Tages nicht mehr bin.

Ich höre Daisys Schwur aus ihrem Tagebuch, als säße sie hier neben mir. Das hat sie also nicht nur so dahingesagt. Daisy hat ihr Leben lang nach ihm gesucht.

»Traurig, finden Sie nicht auch? Sie hatte keine Kinder und keine Familie«, fährt Dave fort. »Ich glaube, dass sie damals nur nach Oxford kam, um sich um Dad zu kümmern, als er noch ein kleiner Junge war. Er war für sie so etwas wie ein Sohn. Sie hatte sich hier ein kleines Haus von dem Geld gekauft, das ihr ihr Patenonkel hinterlassen hat, und –«

»Ihr Patenonkel hat ihr etwas hinterlassen?«, frage ich und richte mich vor Überraschung kerzengerade auf. So eine großzügige Geste hätte ich dem griesgrämigen Reverend Cutwell gar nicht zugetraut.

»Meinem Dad zufolge hat er ihr sogar eine ordentliche Geldsumme vererbt, und sie hat sich davon ein kleines Haus hier in der Stadt und eines in Chipping Norton zugelegt. Nach ihrem Tod Mitte der siebziger Jahre hat Grandpa die Häuser verkauft. Mein Vater wünscht sich heute noch, er hätte sie behalten, denn inzwischen wären sie ein Vermögen wert.«

»Können Sie mir sagen, wo Ihre Großtante beerdigt ist?«

Ich möchte Daisy unbedingt besuchen.

»Sie wurde nicht begraben. Ihre Leiche wurde eingeäschert und die Asche dann im Meer verstreut. Das war ihr ausdrücklicher Wunsch, und ich glaube, Grandpa hat das organisiert. Ich könnte meinen Vater fragen, wenn Sie wollen. Vielleicht weiß er Genaueres. Ich wette, sie wollte ihre letzte Ruhe dort finden, wo sie Kit zum ersten Mal begegnet ist. Was meinen Sie?«

Ich wende mich an Matt und weiß, er denkt dasselbe wie ich. Sie hat die Asche in der Bucht verstreuen lassen und ist so am Ende doch noch einmal zurückgekehrt. Das heißt, dass sie die ganze Zeit doch irgendwie in unserer Nähe war.

»Ich denke auch, dass es so war«, stimmt Matt ihm zu.

Dave sieht auf seine Uhr und seufzt. »Ich würde gerne länger über all das reden, und auch meine Eltern würden sich sehr dafür interessieren, aber ich muss langsam los, wenn ich es rechtzeitig nach Heathrow schaffen will. Ich habe noch ein paar Sachen zusammengesucht, die Ihnen sicher weiterhelfen werden. Nehmen Sie sie mit, und wenn Sie rausfinden, wie die Geschichte weitergeht, würde ich gern noch mal von Ihnen hören.«

Er nimmt eine Tüte von der Arbeitsplatte und hält sie uns hin.

»Das sind vor allem Briefe, ein paar Fotos und dazu ein bisschen Schmuck, den Daisy meiner Mutter hinterlassen hat. Den dürfen Sie sich gerne ansehen, aber …« Dave stockt.

»Kein Problem«, beruhigt ihn Matt. »Ich würde nie erwarten, dass Sie Fremden die Wertsachen Ihrer Familie anvertrauen.«

Dave sieht erleichtert aus. »Es ist nicht so, als ob ich Ihnen nicht vertrauen oder glauben würde, aber unter diesen Sachen ist ein Ring, der meiner Mutter sehr am Herzen liegt.«

Bei diesen Worten beuge ich mich vor. »Ein Ring? Dürfte ich den mal sehen?«

In der Tüte sind wohl über fünfzig zugeklebte Umschläge, auf denen nur die Initialen *K. R.* und je ein Datum stehen.

»Ich habe keine Ahnung, was für Umschläge das sind«, gesteht uns Dave. »Mein Vater hat gesagt, die habe Tante Daisy in der Hand gehalten, als sie starb. Aber wir haben sie nie geöffnet. Das kam uns irgendwie nicht richtig vor. Glauben Sie, dass Daisy sie an Kit geschrieben hat?«

»So sieht es aus.« Matt geht die Umschläge kurz durch. »Anscheinend hat sie jedes Jahr am selben Tag einen Brief an ihn geschrieben. Über fünfzig Jahre lang.«

Ihr Großneffe schüttelt den Kopf. »Arme Tante Daisy. Mir vorzustellen, dass sie diesen Mann ihr Leben lang vermisst hat … Das ist wirklich tragisch. Sie hat es einfach nicht geschafft, wieder nach vorn zu sehen.«

»Sie wusste niemals sicher, was aus Kit geworden ist, und konnte deshalb die Hoffnung nicht aufgeben«, sage ich.

Zumindest weiß ich sicher, was aus Neil geworden ist. Ich war dabei und habe es gesehen. Ich habe die Beerdigung organisiert und der grauen Aschewolke, die vom Wind über den See getragen wurde, Lebewohl gesagt. All dies hatte Daisy nicht. Es ist verständlich, dass sie niemals aufgegeben hat.

»Es fällt mir irgendwie nicht leicht, mir Tante Daisy als verliebtes junges Mädchen vorzustellen«, räumt Dave mit leiser Stimme ein. »Ich habe meine Großtante niemals getroffen, aber trotzdem würde ich jetzt gerne alles über sie erfahren.«

»Von Rechts wegen gehören ihr Tagebuch und ihre übrigen Besitztümer Ihrer Familie. Wenn Sie möchten, lassen wir die Sachen hier«, meint Matt, doch Dave winkt ab.

»O nein. Wenn Sie die Sachen nicht gefunden hätten, hätten wir von der Geschichte nie etwas erfahren. Mir reicht eine Kopie, die ich meiner Familie geben kann. Meiner Meinung nach gehören das Tagebuch und all die anderen Sachen in das Haus, von dem Sie mir erzählt haben, weil Daisy schließlich Teil von Kits Geschichte ist.«

»Sie *ist* seine Geschichte. Sie hat sein Werk nicht nur bewahrt, sondern ihn dazu inspiriert«, erklärt ihm Matt. »Ich werde alles tun, damit ihre Geschichte nicht vergessen wird.«

Dave sucht ein Foto aus der Tüte heraus. »Hier ist sie als junge Frau zu sehen. Sie war die reinste Schönheit, und auch Kit war wirklich attraktiv. Die beiden sehen wie Filmstars aus.«

Ich beuge mich ein wenig vor und sehe mir das Foto an. Ein junges Paar aus einer längst vergangenen Zeit schaut mir entgegen, er in Uniform und sie mit offenem Blick, wilden Locken und einem hübschen, beinah modernen Kleid. In der rechten unteren Ecke steht der Name eines Fotoateliers in Truro, und am Datum erkenne ich, was für eine Aufnahme es ist.

»Mai 1916. Das ist das Verlobungsfoto, von dem sie in ihrem Tagebuch schreibt.«

Ich denke an den Tag, an dem das junge Pärchen Arm in Arm durch Truro läuft und im Grand Hotel seine Verlobung feiert.

Dann überreicht mir Dave den Gänseblümchenring, und es verschlägt mir regelrecht den Atem. Er funkelt noch genauso wie vor hundert Jahren, und es ist ein unglaubliches Gefühl, ihn jetzt selbst in der Hand zu halten. Er ist das greifbare Symbol einer großen

Liebe und eines Versprechens, das weder der Tod noch die Zeit auslöschen konnten.

Ich streiche mit der Fingerspitze vorsichtig über den Ring, den Kit Rivers Daisys Hills geschenkt hat.

9

CHLOE

Mein geliebter Kit,

Du fehlst mir so! Du fehlst mir in den frühen Morgenstunden, in denen wir uns damals noch halb verschlafen in der Bucht getroffen haben und in denen ich bis zum Sonnenaufgang warm und sicher in Deinen Armen lag. Du fehlst mir, wenn ich Reverend Cutwell vor dem Frühstück seine Zeitung reiche – die ich vorher selbst gelesen habe. Und Du fehlst mir, wenn ich mal wieder an der Welt verzweifele und ich mich danach sehne, dass Du mich zum Lächeln bringst und mir versprichst, dass alles gut wird.

Du fehlst mir, wenn ich in der Kirche bin und auf Deinen leeren Platz in der ersten Reihe starre. Du fehlst mir, wenn ich auf dem Weg ins Dorf an Rosecraddick Manor vorbeikomme, weil ich immer wusste, dass Du mir durchs Fenster hinterhergesehen hast, bis ich aus Deinem Blickfeld verschwunden war. Wenn ich jetzt aber vorübergehe, sage ich mir: »Schau nicht hin – er ist nicht da.« Und trotzdem drehe ich mich um, und wenn ich sehe, dass kein Taschentuch vor Deinem Fenster flattert, bricht mir abermals das Herz.

Ich denke jeden Tag tausendmal an Dich und hebe diese kleinen Schätze auf, damit ich sie in meinen Briefen mit Dir teilen kann. Dann fällt mir wieder ein, dass ich nicht weiß, wohin ich sie schicken soll, dass Du mich nicht in unserer Bucht erwartest und auch kein

Gedicht für mich in unserer Mauer hinterlässt. Ich habe keine Ahnung, Geliebter, wo Du bist und wie ich Dich je finden soll.

Jedes Mal, wenn ich den schmalen Klippenpfad hinab ans Wasser gehe, spüre ich das alte, aufgeregte Flattern in der Magengrube, weil ich hoffe, Dich zu sehen. Manchmal denke ich, dass Du vielleicht dort auf mich wartest und mit hochgerollten Jackenärmeln in der Sonne sitzt. Sie blendet mich ein wenig, und für einen kurzen Augenblick schwillt mir das Herz vor Freude an, weil ich mir einbilde, dass Du es wirklich bist. Aber, mein Geliebter, Du bist niemals da, und dann stolpere ich mit tränenblinden Augen hinunter an den Strand.

Mir fehlt Dein leises, immer etwas schiefes Pfeifen, während Du an Deinen Gedichten feilst. Du konntest niemals richtig pfeifen, aber wie das Meeresrauschen hat mich auch Dein Pfeifen beruhigt, wenn ich an Deiner Seite dösend in der Sonne lag. Manchmal höre ich das Flattern eines Vogels und denke: »Da ist Kit!«

Du bist mir immer nah und trotzdem unerreichbar.

Es fehlt mir, Hand in Hand mit Dir auf einem der Felsen in der Bucht zu sitzen. Ich verspreche Dir, Dich niemals wieder loszulassen, wenn Du zurückkommst. Ich werde Deine Hand halten und sie bis zum Ende meines Lebens nicht mehr loslassen.

Gestern war ich wieder im kalten Wasser schwimmen und habe dann, wie wir es oft getan haben, ein Nickerchen am Strand gemacht. Als ich die Augen aufschlug, habe ich mich nach Dir umgedreht, damit Du mich wie immer in die Arme nimmst, aber Du warst nicht da.

Tage und Nächte sind vergangen, seit es hieß, Du seist nicht mehr am Leben, Geliebter, doch ich kann es noch immer einfach nicht glauben. Wie hätte ich nicht spüren können, dass Du mich verlässt? Ich weiß nicht, wie ich mich weiterhin durch diese unglücklichen Tage schleppen soll.

Du kannst nicht tot sein, Kit. Du kannst mich nicht verlassen haben, denn das wüsste ich. Eines Tages werde ich Dich, wo auch immer, wiedersehen.

Deine Daisy

Geliebter Kit,

Du sagtest: »Ich werde Dich bis an mein Lebensende lieben«, und auch ich werde Dich bis ans Ende meines Lebens lieben. Damals, heute und in Ewigkeit.

In Liebe, Deine D.

Geliebter Kit,

mir fehlt Dein einzigartiger Humor und dass Du mich mit irgendwelchen Dummheiten zum Lachen bringst. Du hattest das Talent, aus allem eine lustige Geschichte zu machen, mein Geliebter, und ich hoffe, dass diese Fähigkeit Dich durch die dunkle Zeit getragen hat.

Du wolltest nie etwas für Dich, und ich hatte immer das Gefühl, ich hätte Dich im Grunde nicht verdient. Ich konnte einfach nicht begreifen, was Du in mir sahst. Dennoch hast Du mir das Gefühl gegeben, dass ich kostbar bin. Unsere gemeinsame Zeit war viel zu kurz, aber für jeden noch so flüchtigen Augenblick mit Dir nehme ich die nicht enden wollende Suche und die Einsamkeit, die vor mir liegt, bereitwillig in Kauf. Ich werde niemals aufhören, Dich zu suchen. Nie.

Mein liebster Kit,
ich bin so furchtbar einsam ohne Dich, und ich schäme mich zuzugeben, dass es Tage gibt, an denen ich meine Suche nach Dir am liebsten einstellen will.

Doch ich verspreche Dir, Deine Gedichte sind sicher. Sie sind so lebendig, dass man sie für alle Zeit bewahren muss.

Ich erschaudere bei dem Gedanken daran, wie Du im Schlamm lagst, die Angst vor dem Kreischen der Granaten dringt durch jede Zeile deiner Verse, und die Bilder all der verlorenen Männer verfolgen mich bis in meine Träume.

Wo steckst Du nur, mein Schatz? Es gibt Männer, die über dem, was sie an der Front erleben mussten, den Verstand verloren und mitunter nicht einmal mehr wissen, wie sie heißen. Bist Du einer dieser Männer, Kit, und wartest darauf, dass ich Dich finde und nach Hause bringe? Aber wie kann ich Dich erreichen?

Ich werde niemals aufhören, nach Dir zu suchen.
Deine D.

Geliebter Kit,
ich bin völlig verloren ohne Dich. Mir fehlen Deine Briefe, Deine Berührungen und Deine -

»Bitte hör auf, Chloe. Ich finde, du hast erst einmal genug gelesen.«

Matt legt eine Hand auf meinen Handrücken und nimmt mir mit der anderen sanft die Briefe ab. Obwohl wir längst wieder in seinem Wagen sitzen, sind wir immer noch nicht losgefahren, denn ich habe in der Hoffnung, ein paar Antworten auf unsere Fragen zu finden, sofort einige der Briefumschläge aufgemacht. Ich hätte unmöglich warten können, bis wir zurück in Cornwall sind.

Die bisher gelesenen Briefe habe ich willkürlich aus dem Stapel gezogen. Sie stammen aus verschiedenen Jahrzehnten und beweisen, dass Daisy Kit ihr Leben lang vermisst hat.

Und sie hat die Gedichte in der Überzeugung in dem Mauerspalt versteckt, dass er eines Tages wiederkommen würde, um sie zu holen …

Matt hat recht. Ich brauche nicht noch mehr zu lesen, um zu wissen, wie es Daisy ging. Ich sehe auf und stelle fest, dass ich in Tränen ausgebrochen bin. Sie sind auf das Papier getropft und haben einen Teil der alten Tinte verwischt. Es tut weh, zu sehen, wie die mädchenhaft runde Schrift aus Daisys Tagebuch in den späteren Briefen deutlich zittriger wurde.

Der Gedanke ist mir unerträglich, dass die lebenslustige, vergnügte Daisy aus dem Tagebuch, die auf einem Rad den Berg hinabsauste und eine glühende Verfechterin des Frauenwahlrechts war, Kit bis an ihr Lebensende nachgetrauert hat. Die Briefe berühren mich so, dass ich kaum noch weiß, ob ich um Kit und Daisy weine oder auch um Neil und mich. Aber vielleicht ist das ja auch egal.

»Sie hat ihr Versprechen tatsächlich gehalten«, schluchze ich, und seufzend fährt sich Matt mit seiner freien Hand durch das Gesicht.

»Geschichte zu studieren ist das eine, aber das hier ist das wahre Leben und geht einem wirklich nah.«

Ich nicke. Die Trauer und der Schmerz in Daisys Briefen sind dieselben, die ich empfunden habe, wenn ich stundenlang im Dunkeln saß oder schluchzend im Bett lag, bis ich vor Erschöpfung eingeschlafen bin. Wenn auch nur die geringste Hoffnung bestünde, dass Neil noch am Leben ist und ich ihn nur finden müsste, würde ich ihn dann jemals aufgeben?

»Ihr ganzes Leben lang war sie einsam ohne ihn. Was für eine schreckliche Vergeudung.«

Wortlos beugt sich Matt zu mir herüber, nimmt mich in den Arm, und ich vergrabe schluchzend mein Gesicht in seinem Pullover und atme den tröstlichen Geruch der Wolle ein, bis mein Herzschlag sich verlangsamt und mein Weinen verebbt. Matt wischt mir sanft die Tränen mit dem Daumen fort und küsst mich zärtlich auf den Kopf.

»Es tut weh, dass diese Liebe und ihre Möglichkeiten derart vergeudet wurden«, sagt er schließlich. »Aber dass Daisy bis an ihr Lebensende um ihn trauert, hätte Kit doch sicher nicht gewollt.«

Ich stimme Matt zu. Der junge Mann, der Daisy einst im Arm hielt, hätte sich gewünscht, dass Daisy glücklich wird.

»Das Problem ist, dass Daisy niemals mit Bestimmtheit wusste, dass er nicht mehr lebt. Es gab keinen Beweis.«

Matt seufzt. »Ich denke doch, Chloe. Zahlreiche gefallene Soldaten wurden niemals identifiziert.«

»Aber Daisy war der festen Überzeugung, dass er noch gelebt hat, oder nicht? Und ich kann mir einfach nicht vorstellen, dass sie sich geirrt haben soll.« Ich schüttele den Kopf. »Ich weiß, das klingt verrückt, aber sie wusste einfach, dass er noch am Leben war.«

»Vielleicht wollte sie es einfach nicht wahrhaben.«

»Es war mehr als das. Sie wusste tief in ihrem Innern, dass Kit noch am Leben war. Deshalb hat sie ihre Suche niemals aufgegeben. Sie war intelligent, und ich halte sie durchaus für eine Realistin. Aber er war eben ihr Seelenverwandter.«

»Wart ihr, du und Neil, auch seelenverwandt?«

Ich reiße überrascht die Augen auf.

»Es tut mir leid. Das geht mich nichts an und war alles andere als einfühlsam. Ich wollte nicht …«

Er bricht verlegen ab und sieht an mir vorbei.

Matt ist mein Freund und mein Vertrauter, der auf irgendeine Art meinen Schutzschild überwunden und mein Herz erobert hat. Wenn ich es nicht schaffe, über meine Vergangenheit zu sprechen, ende ich vielleicht genau wie Daisy und suche bis ans Lebensende nach etwas, was sich mir für alle Zeit entzogen hat. Neil wird nicht mehr zurückkommen. Vor allem ist das Leben geradezu erschreckend kurz. Ich sollte also endlich aufhören, mich vor der Vorstellung einer glücklichen Zukunft, auch ohne Neil, zu fürchten.

»Schon gut«, erwidere ich sanft. »Ich spreche gerne über Neil und möchte dir von ihm erzählen.«

Ich nehme seine Hand, weil die Berührung tröstlich für mich ist. Matt erwidert den Händedruck. Während wir mit verschränkten Fingern in seinem Auto sitzen, spüre ich das unsichtbare Band, das uns immer enger miteinander verbindet. Es geschieht langsam, aber unaufhaltsam, und ich vertraue dem Gefühl, weil es in weit mehr als körperlichem Verlangen begründet ist. Liebe zeigt sich in vielen Formen, und mir wird schlagartig klar, dass das, was ich für Matt empfinde, Liebe ist. Sanft und zart, aber es ist Liebe.

»Neil war mein bester Freund«, setze ich an. »Wir sind praktisch miteinander aufgewachsen und waren schon als Teenager zusammen. Niemand kannte mich so gut wie er, und er war mir ebenso vertraut. Aber seelenverwandt?« Ich runzele die Stirn und denke kurz darüber nach. »Ich bin mir nicht ganz sicher, ob es das trifft. Wir haben uns oft gestritten, und in vielen Dingen war er das genaue Gegenteil von mir. Ich hätte ihn manchmal erwürgen können, und wahrscheinlich ging es ihm mit mir genauso, aber trotzdem habe ich ihn abgöttisch geliebt und weiß, dass es ihm genauso ging. Ich konnte mir nicht vorstellen, jemals ohne ihn zu sein. Niemand wird nach seinem Tod unsere gemeinsamen Erinnerungen mit mir teilen oder wissen, was wir zusammen erlebt haben. Bei seinem Tod kam es mir vor, als würde ich auch einen Teil von mir verlieren.«

Matt drückt mir mitfühlend die Hand. »Das klingt für mich durchaus nach Seelenverwandtschaft«, stellt er fest.

»Wenn Neil das hören würde, würde er dir sicher einen Vogel zeigen und dich fragen, ob du vielleicht auch bei rührseligen Filmen weinst. Er war eher bodenständig und fand es schon romantisch, mir zuliebe nicht im Stehen zu pinkeln.«

Matt lacht. »Ihr Frauen werdet nie verstehen, was das für ein Opfer ist. Diese Geste war sogar höchst romantisch. Aber im Ernst, ich habe schon immer an Liebe und an Seelenverwandtschaft geglaubt. Erzähl das aber bitte nicht den Fischern im Pub, ja?«

»Das bleibt unser Geheimnis, Romeo«, ziehe ich ihn auf. »Wobei ich jede Wette eingehe, dass die Männer im Pub zu Hause nicht weniger romantisch sind als du. Neil hat sich immer Mühe gegeben, aber rote Rosen und schwülstige Worte waren einfach nicht sein Ding. Seelenverwandtschaft und so was wie Schicksal kamen in seiner Welt nicht vor.«

Ich schweige einen Moment und denke darüber nach, dass Neil kurz vor seinem Tod sogar Kleider und Schuhe für mich vorsortiert und mir detaillierte Anweisungen zu Rechnungen und Fonds hinterlassen hat. Neil hat mir in seinen letzten Tagen immer wieder gesagt, dass ein ganzes Leben vor mir liege und er von mir erwarte – nein, verlange –, es in vollen Zügen zu genießen, statt zurückzuschauen und vor Trauer zu vergehen.

»Ich will, dass du noch einmal heiratest und Kinder kriegst und dein Leben genießt«, sagte Neil, noch kurz bevor er mir für immer entglitt. Seine Wangen waren eingefallen, aber die Entschlossenheit in seinem Blick war noch genauso groß wie damals, als er mich zu unserem ersten Date überredet hat. »Das ist mein Ernst, Chloe. Ich will nicht, dass du endlos Zeit damit vergeudest, etwas nachzutrauern, was nun einmal nicht mehr ist. Ich schwöre dir, falls du das tust, komme ich doch noch mal zurück und trete dir so lange in den Hintern, bis du dich bewegst. Ich muss wissen, dass du wieder glücklich sein wirst. Das ist mir wichtig, Chloe. Los, versprich es mir. Sonst wäre das, was wir zusammen hatten, überhaupt nichts wert gewesen. Mir ist klar, dass unsere Gefühle füreinander keine Grenzen kennen und nicht einfach so begraben werden können. Aber was hätte unsere Liebe für einen Sinn, wenn du danach nicht weitermachst? Du wirst wieder jemanden finden, den du lieben kannst. Lass es zu, wenn es geschieht. Darauf muss ich vertrauen. Kannst du verstehen, warum mir das so wichtig ist?«

Das konnte ich im Moment meiner größten Angst und Trauer um Neil natürlich nicht. Wie hätte ich auch, solange er mir derart fehlte, dass ich es morgens nicht mal schaffte, ohne ihn aufzustehen? Ich hätte ihn am liebsten dafür ausgelacht, was er Unmögliches von mir verlangte.

Erst jetzt in diesem alten Land Rover, mit Daisys Briefen auf dem Schoß und meiner Hand in der von Matt, erkenne ich, dass Neil mir all dies nur deshalb sagen konnte, weil er mich aufrichtig liebte und nicht wollte, dass ich aufhöre zu leben, wenn er stirbt. Er hat mir gezeigt, dass Liebe etwas Wunderbares und die Grundlage für alles andere ist. Er hat mir schon damals die Hoffnung geben, dass ich mein Glück wiederfinden kann, doch ich habe es bis jetzt nicht verstanden.

Statt mich zu drängen, weiterzusprechen, wartet Matt einfach ab. Er streicht mit seinem Zeigefinger über meine Hand, hebt sie an seinen Mund, drückt seine Lippen sanft auf meine Handfläche und schließt meine Finger darum, als wollte er, dass ich den Kuss aufbewahre. Er sieht mir ins Gesicht, und unter seinem zärtlichen, verständnisvollen Blick schwillt mir das Herz an.

»All das heißt nicht, dass Neil mich nicht geliebt hat«, fahre ich mit leiser Stimme fort. »Ich glaube, man kann in seinem Leben mehr als einmal und auf unterschiedliche Weise lieben. Vielleicht hätte Daisy auch so empfunden, wenn sie den Beweis für Kits Tod bekommen hätte.«

»Die vielen Leben, die damals vergeudet wurden, tun mir in der Seele weh«, sagt Matt. »Gem, Kit, Daisy, Dickon und so viele andere haben einen fürchterlichen Preis für diesen Krieg bezahlt.«

Ich blicke auf die Tüte, in der immer noch der größte Teil von Daisys Briefen steckt.

»Man weiß im Leben oft nicht, welchen Weg man nehmen soll«, stelle ich fest. »Es gibt so viele Möglichkeiten, dass man sich leicht verlaufen kann.«

Als Antwort umfasst Matt mein Gesicht mit seinen Händen und beugt sich zu mir vor, bis seine Lippen nur noch einen Kuss von meinen entfernt sind.

»Und wenn ich dir sagen würde, dass ich mich in dich verliebt habe?«, fragt er mit rauer Stimme. »Wenn ich dir sagen würde, dass ich ständig an dich denke, wenn wir nicht zusammen sind? Was würdest du dann tun?«

Die Frage legt sich wie eine warme Decke über uns. Mir stockt der Atem, und plötzlich steht meine Antwort fest. Ich streichele zärtlich sein Gesicht.

»Ich würde das hier tun«, erkläre ich und lege sanft meine Lippen auf seinen Mund. »Und dann würde ich dir sagen, dass auch ich dich liebe, Matt.«

Lächelnd legt er seine Stirn an meine.

»Das klingt perfekt«, murmelt er, und dann gibt er mir endlich einen richtigen Kuss, der mich alles um mich herum vergessen lässt. Ich verliere mich darin und schlinge ihm die Arme um den Hals. Worte sind jetzt nicht mehr nötig, denn ich weiß, egal wohin uns dieser neue Weg auch führen wird, wir werden ihn gemeinsam gehen.

10

CHLOE

Die Zeit ist schon etwas Seltsames. Nachdem ich Neil verloren hatte, hing sie an mir wie ein schwerer, nasser Wollpullover. Ich lag auf meinem Bett und fragte mich, wie ich den Tag überstehen sollte. Weiter als bis zum nächsten Morgen wagte ich in dieser Phase gar nicht erst zu denken, weil die leere Zukunft, die sich vor mir auftat, unerträglich war. Doch aus den Tagen wurden Wochen und dann Monate, und eines Morgens schlug ich meine Augen auf und stellte fest, dass ich seit mittlerweile fast drei Jahren alleine war.

Rosecraddick ist ein besonderer Ort. Die ruhelosen Wellen brechen sich noch immer an demselben Strand, an dem Daisy sich einst mit Kit traf, und dieselben Glocken in demselben alten Kirchturm laden uns auch heute noch zum Gottesdienst ein. Die Jahreszeiten gehen nahtlos ineinander über, und die Fischer und die Bauern verrichten im uralten Rhythmus, den das Wasser und das Land vorgeben, ihre Arbeit.

Manches aber ändert sich unerwartet schnell. Das Weihnachtsfest war kaum vorbei, da schoben sich bereits die ersten Schneeglöckchen aus dem gefrorenen Boden, und die ersten Primeln tauchten links und rechts der Straßen auf. Inzwischen sind die Böschungen mit Gänseblümchen übersät, die in der milden Frühlingsbrise mit den Köpfen nicken und genauso hübsch sind wie das junge Mädchen, das einmal hier lebte und ihren Namen trug.

An Ostern ist die winterliche Kälte im Pfarrhaus nur noch eine unschöne Erinnerung. Ich reiße alle Fenster auf, und während die Gardinen in der frischen Meeresbrise flattern, atmet das Gebäude durch. Ich trage einen Krug mit leuchtend gelben Osterglocken in mein Atelier, um sie zu malen. Inzwischen kuscheln Matt und ich fast jede Nacht zusammen unter meiner Decke, und es gibt für mich nichts Schöneres, als in seinem Arm zu liegen und mit ihm zusammen darauf zu lauschen, wie sich eine Welle nach der anderen an den Klippen bricht.

Inzwischen ist also das Frühjahr angebrochen, und das Leben kehrt im wörtlichen und übertragenen Sinn zurück.

Als Matt und ich mit Daisys Briefen und den alten Aufnahmen aus Oxford kamen, habe ich beschlossen, dass es Zeit für einen Neuanfang war. Ich musste mich entscheiden, ob ich Daisys Beispiel folgen und mich weiter nur auf die Vergangenheit konzentrieren oder endlich wieder richtig leben wollte.

Ich habe Matt die Hand aufs Knie gelegt, und als er vor dem alten Pfarrhaus anhielt, wo die Zeder dunkel in den Abendhimmel ragte und mit ihren Ästen violette Schatten auf den Rasen malte, habe ich entschlossen seine Hand genommen und ihn in mein Schlafzimmer geführt.

»Bist du dir sicher?«, fragte er mich leise vor der Tür. »Ist es wirklich das, was du willst?«

Zur Antwort habe ich ihm meine Arme um den Hals gelegt und ihn auf eine Art geküsst, die ihm zeigte, wie sehr ich mir wünschte, dass er blieb. Später haben wir uns im Arm gehalten, bis ein neuer

Tag anbrach – und vielleicht auch gleichzeitig mein neues Leben. Ich schmiegte mich an Matt, lauschte seinen regelmäßigen Atemzügen, und mir wurde klar, dass ich in einem sicheren und ruhigen Hafen angelandet war.

Wir gehen es trotzdem langsam an. Auch jetzt steigt manchmal noch die alte Trauer um Neil in mir auf. Dann brauche ich ein wenig Zeit für mich, um den Erinnerungen nachzuhängen und darüber nachzudenken, wie sehr sich mein Leben in den letzten Monaten verändert hat. Ich gehe dann in mein Atelier und male, bis es nur noch meine Pinselstriche und die Farbe auf der Leinwand gibt. Moira kann beruhigt sein, denn die Auftragsbilder malen sich beinah wie von selbst. Bei meiner Arbeit kehre ich gedanklich in die Zeit von Daisy und Kit zurück und sehe das Herrenhaus mit ihren Augen. Selten habe ich so gut gemalt und weiß, Neil wäre ebenfalls begeistert, wäre er noch hier. Er wird mir bis ans Ende meines Lebens fehlen, aber wenn ich heute an ihn denke, bin ich vor allem dankbar für die gemeinsamen Jahre und die vielen glücklichen Erinnerungen, die mir geblieben sind. Das war Daisy nicht vergönnt. Es ist eigenartig, aber erst durch ihre Geschichte kann ich meine eigene besser verstehen.

Matt arbeitet sehr viel im Herrenhaus und will daneben möglichst häufig seine Töchter sehen. Sie besuchen ihn regelmäßig in der kleinen umgebauten Scheune, die er außerhalb des Dorfs gemietet hat, und inzwischen verbringe auch ich manchmal etwas Zeit mit ihnen. Natürlich waren die Mädchen ziemlich neugierig auf mich, und um sie nicht zu überfordern, gingen wir anfangs nur am Strand spazieren oder aßen eine Kleinigkeit im Pub. Nach ein paar Wochen aber waren sie an mich gewöhnt und finden es inzwischen ganz normal, dass wir zusammen Filme schauen und in Matts Küche kochen, bis es für mich an der Zeit ist heimzufahren. Vielleicht mag es seltsam klingen, dass ich nicht bei ihnen übernachte, aber schließlich haben wir alle Zeit der Welt. Inzwischen weiß ich, dass das Leben seinem eigenen Rhythmus folgt. Und wenn sich eines der Mädchen an mich kuschelt, wenn wir auf dem Sofa sitzen, schwillt mein Herz vor Freude an, und ich weiß, dass ich ebenso verliebt in die beiden bin wie in ihren Vater. Zusammen mit Matt und den Kindern machen selbst alltägliche Dinge wie der Lebensmitteleinkauf und Kuchenbacken Spaß, und jeden Morgen schlage ich die Augen auf voller Vorfreude darauf, was der Tag bringen wird.

Auch mein Leben im alten Pfarrhaus hat sich verändert. Matt und ich kochen jetzt regelmäßig auf dem alten Herd, an dem auch Mrs Polmartin schon stand. Er bereitet am liebsten würzige Currys zu, während ich mit frischen Zutaten vom Bauernmarkt verschiedene Gerichte ausprobiere oder uns Lasagne mache, die so heiß ist, dass man sich die Zunge an der Béchamelsoße verbrennt. Dazu haben wir meine durchgelegene Couch durch eine wesentlich gemütlichere ersetzt, sie ins Wohnzimmer gestellt, und abends kuscheln wir oft vor dem Kamin. Wir reden stundenlang miteinander, und niemals gehen uns die Themen aus. Matt erzählt vom Ende seiner Ehe und von seiner Trauer, weil er seine Töchter nicht öfter sehen kann, und ich erzähle von Neils Krankheit oder irgendwelche lustigen Geschichten aus der Zeit, als wir noch in der Schule waren. Es tut mir nicht mehr weh, daran zu denken, und inzwischen breche auch ich dabei in lautes Lachen aus. Mitunter habe ich sogar das Gefühl, dass Neil uns von irgendwo zuhört und die Anekdoten von seinen Streichen entweder mit einem Grinsen oder einem leicht verlegenen Kopfschütteln quittiert.

Natürlich ist das Haus noch immer viel zu groß für mich, und noch immer hallen die Echos der Vergangenheit in allen Räumen nach, aber wenn ich mir vorstelle, dass Daisy in der Küche arbeitet oder Gem Nancy in der Spülküche verstohlen auf den Mund küsst, fühle ich mich weniger allein.

Noch immer lese ich manchmal in Daisys Tagebuch, aber der Gedanke, dass das lebensfrohe Mädchen, das mir in den Seiten begegnet, ihr Leben mit der vergeblichen Suche nach Kit verbrachte, tut mir in der Seele weh. Ab und zu besuche ich die Kirche, sehe mir das Fenster mit dem Blümchen an und frage mich vergeblich nach dem Sinn, der hinter alldem steckt. Ich bin mir sicher, dass das letzte Teil des Puzzles fehlt und dass es noch immer etwas gibt, was ich nicht weiß. Die Liebe dieser beiden Menschen hat nicht einfach so aufgehört. Und womöglich hatte Daisy ja recht damit, dass Kit noch lebte.

Ich wünschte mir, ich wüsste, was aus Kit geworden ist.

»Das werden wir wahrscheinlich nie erfahren«, meinte Sue, als sie mich einmal vor dem Fenster stehen sah. »Aber vielleicht ist das auch besser so. Was, wenn Daisy Kit gefunden hätte, und er wäre so traumatisiert gewesen, dass er sie nicht mehr erkannte? Manchmal kann es auch ein Segen sein, nicht die ganze Wahrheit zu kennen.«

»Sie hätte ihn auf alle Fälle trotzdem finden wollen«, beharrte ich. Daisy hätte Kit auch geliebt, wenn er ein gebrochener Mann gewesen wäre. Das hätte an ihren Gefühlen nichts geändert.

Während ich mich auf das Malen konzentriere, setzt Matt seine Arbeit in Rosecraddick Manor fort und hilft seinen Kollegen bei der gründlichen Erforschung von Kits Werk. Die verlorenen Gedichte haben bei den Fachleuten für große Aufregung gesorgt. Und wie Matt gehofft hatte, nimmt auch das Interesse an Rosecraddick Manor deutlich zu. In verschiedenen landesweiten Zeitungen gab es Artikel über Kit, und die BBC will sogar einen Film über ihn drehen. Matt hat mir erzählt, dass täglich Leute fragen, ob sie ins Herrenhaus kommen dürfen, um sich umzusehen.

»Die Romanze zwischen Kit und Daisy regt die Phantasie der Menschen an, und unser Projekt bekommt dadurch eine ganz neue Dimension. Ich hoffe, dass Besucherscharen nach Rosecraddick Manor kommen werden und das Haus sich dann auf Dauer selber trägt«, meint er. »Dann wäre unsere Stiftung eine Riesensorge los.«

Bei diesen Worten hellt sich seine angespannte Miene auf. Die Sorgen um die Finanzierung und die Zukunft von Rosecraddick Manor haben ihm stärker zugesetzt, als mir bewusst war. Natürlich hat er recht. Daisys und Kits Geschichte zieht die Menschen magisch an. Ich wünschte nur, sie hätte nicht so abrupt geendet, und ich werde das Gefühl einfach nicht los, dass das, was wir bisher herausgefunden haben, noch nicht alles ist.

Wenn ich nicht male, helfe ich auch weiterhin in Rosecraddick Manor, obwohl Jill mir gegenüber derart frostig ist, dass ich ihr aus dem Weg gehe. Sie hat uns einmal dabei erwischt, wie Matt mir zur Begrüßung einen Kuss gegeben hat, und dabei so missbilligend ihr hageres Gesicht verzogen, dass ich schon Angst hatte, sie könnte mich zur Strafe zum Nachsitzen verdonnern. Die gute Sue und Tim sind hingegen vor Freude über unser junges Glück ganz aus dem Häuschen, und inzwischen laden sie uns regelmäßig zu Pizza zu sich nach Hause ein.

Ich schlage langsam Wurzeln in Rosecraddick, und es fühlt sich richtig an. Ich liebe Neil nicht weniger, seit ich mit Matt zusammen bin. Was ich für ihn empfinde, hat meine Gefühle für Neil sogar noch verstärkt. Neil hat mir gezeigt, dass es sich lohnt, die Liebe festzuhalten, wenn sie einem begegnet. Je mehr man gibt, desto mehr bekommt man zurück.

Während die Tage heller und länger werden und die Touristen ins Dorf zurückkehren, kommen die Arbeiten im Herrenhaus hervorragend voran. Die Räume sind inzwischen alle leer und sauber, doch bevor sie wieder hergerichtet werden können, stehen noch ein paar letzte Restaurierungen an. Höhepunkt der Führung durch das Haus wird Kits altes Turmzimmer sein, in dem es eine Ausstellung zu seinen Werken und zum Ersten Weltkrieg geben wird. Auch Daisy soll auf Dauer einen eigenen Raum bekommen. Die Stiftung Cornwallscher Kulturbesitz ist deshalb in Gesprächen mit den Hills, und Matt ist furchtbar aufgeregt.

Auf Kathy Rocs Betreiben hin finanziert Trehunnists Autohandel eine Multimedia-Show, die die Besucher in das Cornwall zur Zeit des Ersten Weltkriegs versetzen wird.

Da Matt der Überzeugung ist, dass Kits Familie ihre Schlafzimmer über dem Wintergarten hatte, lässt er in der Hoffnung, dass ein paar Originalwände erhalten sind, den Putz entfernen, um den ursprünglichen Zustand wiederherzustellen.

Die Remise und die alten Stallungen wurden in einen Teesalon verwandelt, in dem Jill Cream-Tea oder kleine Snacks servieren soll. Matt ist optimistisch, dass das Herrenhaus sich dank des großen Interesses an den neu gefundenen Gedichten, dem Dokumentarfilm und der tragischen Romanze zwischen Kit und Daisy vor Besuchern nicht mehr retten können wird.

Am Osterwochenende soll Rosecraddick Manor erstmals seine Pforten öffnen, und das ganze Dorf ist schon gespannt darauf, sich in den Räumlichkeiten umzusehen. Es macht mich etwas traurig, dass ich Kit und Daisy dann mit allen teilen muss, doch dieses egoistische Gefühl behalte ich für mich. Natürlich würde Daisy wollen, dass Kits Gedichte endlich die verdiente Anerkennung finden. Wie aber steht es um den Anteil, den sie selbst an der Geschichte hat? Ich muss einfach hoffen, dass wir ihre Wünsche nicht missachten. In ihrem Tagebuch hat sie die Geschehnisse ausführlich beschrieben, also denke ich, sie würde sich freuen, wenn sie wüsste, dass sie nicht vergessen ist. Ihre Briefe, die sie niemals abgeschickt hat, haben wir den Hills zurückgegeben, aber netterweise haben sie der Stiftung den Verlobungsring als Dauerleihgabe überlassen und darauf bestanden, dass ihr Tagebuch zusammen mit ihren anderen Schätzen in Rosecraddick Manor bleibt.

Inzwischen ist das Wetter herrlich mild. Die Osterglocken wiegen sich schläfrig in der leichten Brise, und die für die Jahreszeit ungewöhnlich starke Sonne lockt Feriengäste an den Strand. Da meine Auftragsbilder fertig sind, habe ich jetzt erst mal frei. Statt eine neue Arbeit zu beginnen, laufe ich zu Fuß zum Herrenhaus, um kurz mit Matt zu plaudern und danach den freiwilligen Helfern bei den Gartenarbeiten zur Hand zu gehen. Zwar habe ich nicht gerade einen grünen Daumen, aber mein Talent im Unkrautzupfen dürfte dort durchaus willkommen sein. Vor allem freue ich mich nach all den Wochen, die ich beinahe ohne Pause vor der Staffelei gestanden habe, auf ein wenig frische Luft.

»Hallo Fremde.« Lächelnd schaut Matt von seinem Laptop auf, und als ich ihn so im Sonnenlicht, das durchs Fenster hereinfällt, an seinem Schreibtisch sitzen sehe, schwillt mein Herz vor Freude an. »Ich nehme an, die Bilder sind verpackt und warten darauf, dass es nach London geht.«

»Unglaublich, aber wahr. Ich habe es geschafft. Dabei hätte ich gedacht, ich nehme nie im Leben wieder einen Pinsel in die Hand.«

»Ich habe nie daran gezweifelt, dass du diese Bilder hinbekommen wirst. Schließlich gibt es im Südwesten keine Frau, die auch nur annähernd so talentiert, entschlossen und sexy ist wie du.«

Ich stemme meine Hände in die Hüften und bedenke ihn mit einem strengen Blick. »Nur im Südwesten?«

»Äh … ich meine, auf der ganzen Welt? Reicht dir das?«

»Okay.«

Er steht auf, zieht mich an seine Brust und gibt mir einen Kuss. Beglückt von dem Gefühl, in seinem Arm zu liegen, küsse ich ihn sanft zurück und spüre, wie Verlangen in meinem Innern aufsteigt, kaum berühren Matts Lippen die meinen.

Dann löst er sich von mir und sagt mit rauer Stimme: »Es gibt im ganzen *Universum* keine Frau, die auch nur annähernd so talentiert, entschlossen und vor allem sexy ist wie du.«

Bevor ich die Gelegenheit bekomme, etwas zu erwidern, dringt ein lautes Räuspern an mein Ohr. Ich drehe meinen Kopf und sehe Vorarbeiter Dale, der aussieht, als würde er am liebsten im Erdboden versinken.

»Ich störe Sie nur ungern, Matt, aber Sie müssen bitte mitkommen und sich etwas ansehen.«

»Ich hoffe nur, Sie haben keinen Hausschwamm oder Holzwürmer entdeckt«, stöhnt Matt.

»O nein, das ist es nicht. Es ist etwas mit dem Gebäude selbst.«

»Hat das vielleicht bis morgen Zeit? Der Bauleiter hat bereits Schluss gemacht, und ich befürchte, dass ich selber dazu kaum etwas sagen kann.«

»Dann rufen Sie ihn vielleicht besser an«, schlägt Dale ihm vor.

»Die Sache ist die: Callum ist etwas übereifrig mit dem Vorschlaghammer auf die Gipswand los und …«

»Irgendwie kommt es mir vor, als würde mir der nächste Teil des Satzes nicht gefallen«, meint Matt und runzelt die Stirn. »Sie wollen mir doch wohl nicht erzählen, er hat ein Loch in die Vertäfelung unter dem Gips gehauen? In die Vertäfelung, die wir um jeden Preis erhalten wollen?«

»Ich fürchte doch. Wir wollten unbedingt die Arbeit bis zum Wochenende fertig kriegen, und ich fürchte, der Junge hat es in seinem Eifer etwas übertrieben. Aber das ist noch nicht alles.«

»Was denn noch?«

»Sie brauchen gar nicht so besorgt zu gucken, denn sonst haben wir nichts kaputt gemacht. Wir haben vielmehr etwas Seltsames gefunden, was wir uns nicht erklären können. Kommen Sie mit.«

Neugierig folgen wir dem Vorarbeiter in die obere Etage und bis ins letzte Zimmer direkt über dem Salon, in dem Kits Mutter seine Briefe verbrannte. Inzwischen haben die Arbeiter den Putz entfernt und einen Kamin sowie die Originalvertäfelung der Wände freigelegt. Tatsächlich prangt rechts vom Kamin ein großes Loch im Holz, und Matt fährt zusammen.

»Hier, sehen Sie.« Dale leuchtet mit der Taschenlampe seines Handys in das Loch, das Callum in die Wand geschlagen hat. »Wir müssten eigentlich durch das Loch ins Nebenzimmer blicken, aber das tun wir nicht. Hier, sehen Sie? Es fällt kein Licht aus dem anderen Raum in dieses Loch. Das heißt, es muss einen kleinen Hohlraum hinter dem Kamin geben. Seltsam, finden Sie nicht auch?«

»Im Gegenteil. Das ist phantastisch!«

»Phantastisch? Kann ich das schriftlich haben, bevor die Stiftung uns wegen des Lochs in einer unbezahlbaren Vertäfelung verklagt?«

»Ich glaube kaum, dass man Sie deswegen verklagen wird. Sie haben etwas wirklich Spannendes entdeckt. Ein sogenanntes Priesterloch«, klärt Matt ihn grinsend auf. »Nach allem, was wir über die Familie wissen, die zur Zeit Elizabeths hier lebte, dachte ich mir schon, dass es so etwas irgendwo hier geben muss. Das Turmzimmer wäre viel zu auffällig gewesen, um darin jemanden zu verstecken, also haben sie anscheinend diese kleine Kammer hier genutzt. Was für ein unglaublicher Fund!« Er wendet sich an mich. »Sieh nur, Chloe!«

Ich trete neben ihn und spähe in das Loch, aus dem mir der Geruch von altem Staub entgegenweht. Als meine Augen sich an das Halbdunkel gewöhnen, sehe ich, dass es tatsächlich eine kleine Kammer ist, in der man allerdings nicht aufrecht stehen kann – und auf dem Boden erkenne ich etwas, das aussieht wie ein Buch.

»Dahinten in der Ecke liegt was.«

Matt lugt über meine Schulter. »Du hast recht. Was kann das sein? Hey, Dale! Bekommen Sie es hin, den Rest des Putzes abzuklopfen, ohne etwas zu zerstören?«

»Muss sich nicht vielleicht noch irgendwer die Sache ansehen, bevor wir weitermachen?«, hakt der Vorarbeiter nach. »Denn wie gesagt, ich will nicht, dass uns irgendwer verklagt.«

»Die Stiftung will den Putz auf jeden Fall entfernen lassen, und Sie haben es sowieso schon fast geschafft«, gibt Matt zurück. »Aber wenn Sie wollen, spreche ich noch kurz mit Ihrem Boss.«

Jetzt zieht er seinerseits das Handy aus der Tasche, und nach einem kurzen Telefongespräch reckt er den Daumen in die Luft. »Alles geklärt. Machen Sie vorsichtig, und lassen Sie uns gucken, was es noch zu sehen gibt.«

Dale nickt. »Okay. Wird höchstens zehn Minuten dauern.«

Die Männer machen sich ans Werk, und vor Aufregung zitternd tastet Matt nach meiner Hand.

»Das ist einfach unglaublich«, stellt er fest. »Ich frage mich, was da auf dem Boden liegt.«

Was verbirgt sich wohl noch alles in dem dunklen Loch? Das Skelett eines toten Priesters, der hier in seinem Versteck verhungert ist? Ein Teil von mir wäre am liebsten in den hellen Sonnenschein hinausgestürzt, aber ich bin zu neugierig darauf, welches Geheimnis das Haus hier preisgibt.

Schließlich löst sich das letzte Putzstück von der Holzvertäfelung, und Matt tritt neben den Kamin und fährt behutsam mit der Hand über das Holz.

»Die Priesterlöcher waren immer gut versteckt, es müsste also irgendwo hier einen Hebel geben, mit dem es sich öffnen lässt.«

Er drückt mit seiner Hand gegen die Vertäfelung und zieht sie mit den Fingern nach, bis urplötzlich ein leises Klicken ertönt. Im selben Augenblick schwingt eins der Paneele auf.

Ich sehe nichts als Spinnweben und Dunkelheit, und angewidert von dem muffigen Geruch, der mir entgegenschlägt, weiche ich einen Schritt zurück. Matt jedoch quetscht sich durch den schmalen Spalt, dreht seinen Körper seitwärts, bis er durch die enge Öffnung passt, und kommt wenig später wieder heraus, ein altes Buch an die Brust gedrückt. Der Ledereinband ist verstaubt und rissig, doch die eingeprägten Initialen verraten, wem das Buch einst gehörte.

C. R.

Ich sehe Matt mit großen Augen an. Wir wissen beide, was das zu bedeuten hat.

C. R. Christopher Rivers. Kit.

Meine Gedanken überschlagen sich. Wenn Kit das Buch an einem so geheimen Ort versteckt hat, wollte er verhindern, dass es jemand fand. Seine Mutter? Die Bediensteten des Hauses? Oder hatte er gehofft, dass eines Tages jemand dieses Buch hier entdecken würde? Enthält es weitere Gedichte? Oder ist es sein Tagebuch?

Ich wünschte, Daisy könnte das Ende dieser Geschichte miterleben.

»Schlag es auf«, flüstere ich mit rauer Stimme.

Nachdem er vor über hundert Jahren verstummte, bekommt Kit endlich die Chance, uns zu erzählen, was damals geschah.

11

CHLOE

Seltsam, dass Kit einst die Fähigkeit besessen hatte, klar genug zu denken, um die grauenhaften Bilder von der Front in wenigen pointierten Worten festzuhalten, seine glühende Empörung hinter düsteren Metaphern zu kaschieren. Doch jetzt, da er so dringend schreiben musste, ließen ihn die Worte im Stich. Es gab einfach keine Sprache, um zu beschreiben, was ihm widerfahren war und welch groteske Fratze ihm aus dem Fensterglas entgegensah.

Ein nie enden wollender Sturm wirbelte Fragmente von Ideen durch seinen Kopf. Er trieb, der Verstand vom Laudanum getrübt, zwischen Schlaf und Wachsein hin und her, während der Wind den Regen an die Fensterscheiben peitschte, Holzdielen unter Schritten knarzten und gedämpfte, sorgenvolle Stimmen über etwas sprachen, was er nicht verstand. Diese Geräusche begleiteten ihn, bis er zu dem Ort in seinem tiefsten Inneren vordrang, an dem ihn zarte Arme hielten und ein warmer Mund auf seinen Lippen lag. Er versuchte, sie mit ihrem Namen zu rufen und sie anzuflehen zu bleiben, brachte aber nur ein gurgelndes Geräusch heraus. Durch die Explosion hatte er neben seinen Gliedern auch die Fähigkeit zu sprechen eingebüßt.

Daisy.

Dieser Name war sein Talisman gewesen und lag ihm in den schlimmsten Schlachten auf den Lippen. Als seine Männer angesichts des Grauens, das sie auf den Schlachtfeldern umgab, in Tränen ausbrachen oder den Verstand verloren, bewahrte einzig Daisy ihn davor, selbst in die Knie zu gehen. Er hätte alles dafür gegeben, um nur das verblichene, an den Rändern abgegriffene Foto seiner Liebsten zu behalten.

Es war sein größter Schatz, und ohne die Hoffnung, dass er sie noch einmal in den Armen halten würde, hätte er all das nicht überlebt. Schon ihr klarer Blick und das entschlossen vorgereckte Kinn, mit dem sie ihm von ihrem Bild entgegensah, verliehen ihm den erforderlichen Mut.

Inmitten all des Irrsinns und der Hölle aus Verwirrung, Stacheldraht und Schlamm hatte er nur dafür gekämpft, wieder zu ihr zurückkehren zu können. Die Politik war längst bedeutungslos geworden, der Feind nicht weniger verängstigt und verwirrt als er. Ihre elenden Gefangenen erinnerten ihn an seine eigenen Männer, auch wenn ihre Sprache eine andere war. Der heldenhafte Traum, dass er für England kämpfte, war schon lange ausgeträumt. Am Ende hatte Kit nur noch darum gekämpft, zu überleben und zu Daisy zurückzukehren. Weil sie sein Ein und Alles war.

In seinen kurzen freien Augenblicken hatte er geschrieben. Schmerzliche Gedichte, die von Herzen kamen und die alleine ihr gewidmet waren. Dank der Gedichte würde Daisy das Geschehen mit seinen Augen sehen und das Grauen des Krieges nachvollziehen können.

Er hatte sich häufig vorgestellt, wie sie den Klippenpfad hinunterlief. Dann hatte ihr der Wind den Hut vom Kopf gerissen und die Röcke ihres Kleids wie Segel aufgebläht. Sie war in seiner Phantasie in ihre Bucht hinabgestiegen, um dort seinen letzten Brief zu öffnen und zu sehen, was er ihr schrieb. Er konnte sie so deutlich vor sich sehen, wie sie, auf der Unterlippe kauend, über seine Verse grübelte und ungeduldig ihre feuerroten Locken aus der Stirn strich, dass er fast nicht glauben konnte, dass er in einem schmalen Schützengraben saß und nicht mit ihr in der Bucht.

Ihretwegen hatte er überlebt. Für ihre Briefe aus einer Welt, die ihm einmal vertraut gewesen war. Sie brachte ihn zum Lächeln, wenn sie ihm beschrieb, wie Mrs Polmartin versuchte, ein Huhn zu fangen, oder wenn sie ihn durch die Schilderung der Bucht an eine unbeschwerte Zeit erinnerte, die unwiederbringlich verloren, aber unvergessen war. Er lebte in einer Welt aus Tod, Geschützdonner und dauerhafter Müdigkeit, und einzig Daisy zeigte ihm, dass es noch ein anderes Leben gab. Ihre Briefe und ihre Liebe würden ihn zurückholen.

Er hatte sich geschworen, nach Rosecraddick zurückzukehren. Er würde nicht auf fremdem Boden sterben, sondern eines Tages in Cornwall begraben werden. Er würde alles tun, um lebend von hier fortzukommen. Er würde heimkehren.

Die Götter hatten ihn erhört und seinen Wunsch erfüllt, sich aber einen bösen Scherz mit ihm erlaubt.

Er konnte sich nur undeutlich an seine letzten Stunden an der Front erinnern. Wie an allen anderen Tagen hatten sie erst endlos in der Kälte und im Regen ausgeharrt, bis die Befehle gekommen und sie in Hektik aufgebrochen waren. Mit tauben Beinen vom stundenlangen Kauern war er wie schon unzählige Male vorher aus dem Außengraben in den Hauptgraben gewankt, als plötzlich die Granate explodiert und er durch die Luft geschleudert worden war. Er musste ohnmächtig geworden sein und hatte nur überlebt, weil irgendwelche Männer unter Einsatz ihres Lebens seinen zerfetzten Leib dorthin zurückgezogen hatten, wo er sicher war. Danach jedoch war alles schwarz geworden.

Als er im Lazarett die Augen aufschlug, wäre er am liebsten sofort wieder im Nichts versunken. Alles war besser als das halbe Leben, das ihm noch geblieben war. Bei diesem Gedanken schwebte plötzlich eine halb vergessene Gedichtzeile durch seinen Kopf.

Oh glücklich ist der Mann, der Kraft zum Sterben hat.

Am Ende hatten sie ihn nach Cornwall zurückgebracht. Das hatte er am salzigen Geruch und an den Möwenschreien erkannt, die sich mit seinen Träumen vermischten. Bilder von sanft wogenden Wellen, goldenen Weizenfeldern, baumbestandenen Hügeln und warmen braunen Augen hatten die alptraumhaften Szenen halb verwester Leichen durchsetzt. Und dann hatte er entsetzt begriffen, dass alles, was er einmal gewesen war, und alles, was er sich erhofft hatte, mit seinem Körper in der Luft zerrissen worden war.

Mitunter tauchten Dr. Parsons oder Butler Emmet bei ihm auf. Verlegenheit und Scham waren schnell überwunden, und obwohl sie nie darüber sprachen, spürte Kit das Mitleid beider Männer, das ihn schlimmer schmerzte als die grässlichen Verwundungen, mit denen er zurückgekommen war. Auch Reverend Cutwell kam gelegentlich und betete für ihn, doch Kit wandte sich immer ab, wie Gott sich von ihm und den Männern in den Schützengräben abgewandt hatte. Gebete waren sinnlos, denn es gab keinen Gott.

Kits Gesicht war bandagiert und seine Augen unter dem Verband waren geschlossen, doch inzwischen schaffte er es, jeden seiner wenigen Besucher daran zu erkennen, wie er den Raum betrat: Sein Vater räusperte sich verlegen und stieß seine Stockspitze auf die Dielen; seine Mutter erkannte er an ihrem nach Veilchen duftenden

Parfüm. Er spürte, dass sie an seiner Seite saß, und wenn sie leise schluchzte, brach er unter den Verbänden ebenfalls in Tränen aus. Alles hatte sich verändert. Alles war zu Staub zerfallen.

Während er auf einer Opiumwoge trieb, lauschte er manchmal gedämpften Gesprächen, die er niemals hätte hören sollen. Die Stimme seines Vaters – knurrig und enttäuscht –, der wünschte, der Sohn wäre ruhmreich im Kampf gefallen, statt als leere Hülle heimzukehren. Die besorgte Stimme Dr. Parsons', der ihn schnellstmöglich nach London schicken wollte, wo es Spezialisten gab. Die seiner Mutter, die dem Doktor nachdrücklich erklärte, dass das nicht infrage komme. Nur Emmet sagte nichts, doch seine sanften Berührungen machten deutlich, dass nur er das Ausmaß der Verzweiflung verstand, die Kit befallen hatte.

In seinen Alpträumen rief Kit nach Daisy, aber wenn er wach war, graute ihm bei dem Gedanken, sie könnte je erfahren, dass er nicht einmal mehr ein Schatten seiner selbst war und dass aus seiner Kehle statt normaler Worte nur noch ein ersticktes Gurgeln drang. Es würde ihr Leben zerstören, ihn so zu sehen.

Der Raum über dem Wintergarten, möglichst weit von den anderen Zimmern der Familie entfernt, war seine neue Welt. Es war ein gut gehütetes Geheimnis, dass er heimgekommen war. Sein Vater schämte sich für seine gurgelnden Geräusche und die lauten Schluchzer, die er im Traum ausstieß, und ertrug es nicht, sich die verstümmelte Gestalt seines Sohnes anzusehen. Das war eindeutig nicht der Stoff, aus dem sich Heldengeschichten spinnen ließen. Richtige Soldaten fuhren nicht schreiend oder zitternd aus dem Schlaf. Sie kehrten entweder in Särgen heim oder auf Krücken und mit Orden an der Brust. Sie waren Helden, die für ihren Mut gefeiert wurden, und sie machten ihre Väter stolz.

Die jämmerlichen Überreste Kits, die in Rosecraddick Manor abgeladen worden waren, ließen sich nicht mehr zu einem Bild zusammensetzen, das sein Vater wiedererkannte. Dem Colonel blieb nichts anderes übrig, als seinen Sohn zu verstecken, damit niemand etwas von der Schande mitbekam. Das konnte Kit ihm nicht verdenken und wünschte selbst, er hätte jenen grauenhaften Tag nicht überlebt.

Manchmal, ganz alleine in der Stille seines Zimmers, kam es ihm vor, als wäre er womöglich doch gestorben. Die Worte hatten ihn verlassen, und in seinen Gedanken wogten Fetzen seiner alten Verse auf und ab. Aus Tagen wurden Wochen und dann Monate, in denen ihn Emmet jeden Morgen frisch verband und ihm behutsam Haferschleim und Suppe einflößte, die er hustend wieder auszuspeien versuchte. Dr. Parsons hoffte, dass er eines Tages vielleicht wieder würde gehen können und dass auch sein Augenlicht nicht unrettbar verloren war. Aber auch wenn man lernen konnte, mit nur einem Arm zu leben, würde Kits Gesicht für immer eine Fratze bleiben, deren Anblick nur mit Mühe zu ertragen war. In seinem Zimmer gab es keine Spiegel, doch Kit wusste auch so, dass das, was er darin sähe, verstörend sein musste. Wenn Menschen dachten, man könne sie nicht hören, wurden sie mitunter geradezu verblüffend direkt.

Er war zu einer Kreatur geworden, die dazu verdammt war, nie wieder das Tageslicht zu sehen. Er könnte niemals davon ausgehen, dass ihn Daisy auch in diesem Zustand liebte, und das würde er auch nicht wollen. Sein wunderschönes Mädchen hatte etwas Besseres verdient, und Kit würde niemals erwarten, dass sie das Versprechen, seine Frau zu werden, jetzt noch hielt. Daisy sollte denken, er sei gefallen, und die Chance haben, ihr Glück mit einem anderen Mann zu finden. Obwohl ihn der Gedanke unerträglich schmerzte, so hatte er immer das Gefühl gehabt, als wäre Daisy wie geschaffen für die Liebe und ein leidenschaftliches Leben, und sie hatte mehr verdient, als bis ans Ende ihrer Tage seine Pflegerin zu sein. Er wollte mehr als alles andere, dass Daisy glücklich war.

Die Zukunft, der er entgegenblickte, war ein großes schwarzes Loch. Eine grenzenlose Leere, die erschreckender war als selbst die grausigen Verwundungen, die er davongetragen hatte. Er lernte mit der Zeit, nicht allzu oft an Daisy zu denken, weil er hoffte, dass sich die Erinnerungen besser kontrollieren ließen, wenn er sie so tief wie möglich in seinem Inneren vergrub. Gäbe er ihnen nach, würde er an einem dunklen Ort versinken, aus dem es kein Zurück mehr gab. Er hatte Daisy sein Herz geschenkt, und es jetzt von ihr loszureißen, während er sich gleichzeitig so schmerzlich nach ihr sehnte, war schlimmer als der Tod.

In seinem Krankenzimmer, weit entfernt vom Leben in Rosecraddick Manor, konnte er nicht sagen, wie viel Zeit vergangen war. Er schätzte, ein paar Monate, war sich aber nicht sicher. Manche Tage nahm er wegen seiner Schmerzen nur verschwommen wahr, andere zogen sich so endlos wie aneinandergereihte kleine Tode hin.

Ab und zu saß seine Mutter neben seinem Bett, nahm seine Hand und gestand unter Tränen des Zorns und der Verzweiflung, sie habe seine Briefe an Daisy im Kamin verbrannt. Wahrscheinlich war sie in Rosecraddick Manor aufgetaucht, um ihn zu suchen, aber seine Mutter hatte sie, statt ihr die Wahrheit zu erzählen, fortgescheucht. Wie mutig seine Daisy doch gewesen war. Es war bestimmt nicht leicht gewesen, in dem Wissen hierherzukommen, dass sie in den Augen seiner Eltern seiner nicht würdig war.

»Ich hatte einfach Angst«, hatte seine Mutter ihm erklärt. »Sie war derart entschlossen und der festen Überzeugung, dass du noch am Leben bist. Gott vergib mir, doch ich habe es mit meiner Grausamkeit nur gut gemeint. Ich wollte nur, dass sie von hier verschwindet und uns in Frieden lässt. Ich denke, dass das für alle das Beste ist.«

Natürlich hatte seine Mutter recht, aber in jener Nacht weinte sich Kit bei dem Gedanken, dass Daisy versucht hatte, die Briefe aus dem Feuer zu retten, in den Schlaf.

Der Reverend hatte einmal erwähnt, Daisy sei fortgegangen, doch mehr hatte Kit nicht hören wollen. Die Zukunft mit Daisy erschien ihm wie ein fremdes Land, das er nie kennenlernen würde, also war es das Beste, nicht mehr darüber nachzudenken.

Allmählich begann er, vorsichtig im Zimmer auf und ab zu gehen, und wenn ihn einmal kein Kopfschmerz plagte, las er oder blickte durch das Fenster in den Garten. Trotzdem achtete er sorgfältig darauf, dass niemand ihn dort stehen sah, und hielt sich meist im Schatten auf. Als seine Kräfte reichten, um alleine eine größere Distanz zu laufen, schlich er nachts durchs Haus.

Vielleicht war es der Literat in ihm oder sein Ego, das danach verlangte, dass die Welt ihn nicht vergaß. Er wusste nicht, warum oder für wen, aber er versuchte, seine leeren Tage schriftlich festzuhalten. Womöglich tat er es ja für sich selbst, weil es tröstlich war.

Auf seinen Streifzügen durchs Haus sammelte Kit die Dinge, die er brauchte, und bewahrte sie in seinem Zimmer auf. Er war jedes Mal für Tage erschöpft nach solchen Aktionen, doch wenn er alles, was ihm wichtig war, zusammenhätte, könnte er den Rest seines Lebens hier in diesem Zimmer verbringen.

Tinte, Federhalter und Papier. Die Ledermappe aus der Schule.

Das Laudanum aus dem Destillierraum seiner Mutter. Er wusste schon, wo er das alles verstecken würde. Hinter der Vertäfelung rechts neben dem Kamin befand sich ein längst vergessenes Priesterloch. Er hatte es als kleiner Junge zufällig entdeckt und sich dort stundenlang vor seiner Kinderfrau versteckt. Der Raum war staubig und muffig. Für seine Zwecke aber war das Loch ideal. Kit hatte mit der linken, ansatzweise unversehrten Hand den Öffnungsmechanismus für die Tür gesucht und erleichtert festgestellt, dass sie sich noch genauso einfach öffnen ließ wie zehn Jahre zuvor.

Dort versteckte er die Gegenstände. Er wusste, was er damit machen würde, auch wenn seine rechte Hand zum Schreiben nicht mehr zu gebrauchen war. Die ersten unbeholfenen Versuche mit der Linken waren so zittrig und so kindisch, dass er das Papier frustriert ins Feuer warf. Dann fesselte ihn eine Bronchitis ans Bett und ließ ihn abwechselnd vor Kälte zittern und vor Fieber glühen, er wurde abermals von Alpträumen geplagt, und bis er das Schreiben erneut versuchen konnte, neigte sich das Jahr bereits dem Ende zu.

Er durfte sich nicht treiben lassen, sondern musste sich auf seine Arbeit konzentrieren. Mit jedem Tag, an dem er das Gesicht abwandte, wenn ihn Emmet füttern wollte, schwanden seine Kräfte weiter. Inzwischen flüsterten die anderen von Schläuchen und von Zwangsernährung, und der Arzt und Reverend Cutwell tauchten beinah täglich bei ihm auf. Kit musste sich beeilen.

An einem düsteren Dezemberabend wusste er, er war bereit. Der Regen trommelte gegen die Fenster, und der Wind blies seinen kalten Atem durch den Spalt unter der Tür.

Kit holte leise seine Sachen aus dem Priesterloch, trug sie zum Tisch und strich das erste Blatt Papier sorgfältig glatt. Dann atmete er langsam aus und ließ die Erinnerung an Daisy zu.

An diesem Abend würde er die Bilder nicht verdrängen, denn wenn er zum letzten Mal die Augen schloss, würde er Daisy sowieso in aller Klarheit vor sich sehen, wie sie lachend auf ihn zugelaufen kam. Sie wirkte so lebendig, als wäre sie plötzlich wirklich bei ihm, und er stellte sich vor, er könnte sie wie damals an seine Brust ziehen, um die honigsüße Wärme ihrer Haut und ihre sanft geschwungenen Lippen durch den Stoff seines Hemdes hindurch zu spüren. Er kniff die Augen zu, doch die Vision verflog genauso schnell, wie sie gekommen war. Dann tauchten andere Bilder auf: von einer schlanken Wade, die in das leuchtend blaue Wasser trat, von rot schimmernden Locken, von verschränkten Händen und von einem Boot, das gut versteckt in einer abgelegenen Bucht vor Anker lag …

Tränen tropften auf das Papier, doch eilig wischte Kit sie fort und nahm den Federhalter in die Hand, um aufzuschreiben, was ihm auf der Seele lag. Er hatte nicht an Daisy schreiben wollen, weil sie diesen Brief niemals zu sehen bekommen und auch nie erfahren würde, dass er heimgekommen war – wie er es versprochen hatte. Aber in diesen letzten dunklen Stunden gab es niemanden sonst, an den er sich hätte wenden wollen. Sie war das Einzige, was jetzt noch von Bedeutung war.

Meine geliebte Daisy …

Seine Schrift war unbeholfen, und die Finger seiner Linken waren längst nicht so schnell wie die sich überstürzenden Gedanken, doch das war ihm egal. Der Mond ging auf, als er den Brief begann, und als er fertig war, drang der Gesang der ersten Lerchen an sein Ohr.

Die Zeit lief ihm davon.

Merkwürdig erleichtert faltete Kit das Papier zusammen und

presste es an seine Lippen. Ein Gefühl von unerwarteter Ruhe erfasste ihn.

Er schob das Schreiben in die Ledermappe und trug sie zurück zum Priesterloch. Der Brief musste vor neugierigen Blicken geschützt sein. Dann drückte er die Tür ins Schloss. Wie lange würde sein Brief dort in der Dunkelheit verborgen sein? Für ein paar Jahre oder vielleicht für alle Zeit? Das spielte keine Rolle mehr. Dass er diesen letzten Liebesbrief geschrieben hatte, war alles, was zählte.

Was würde Daisy wohl mit seinen Gedichten machen, sie für sich behalten oder mit anderen teilen? Wie sein Herz vertraute er ihr seine tiefsten Gedanken, ohne zu zögern, an. Sie würde stets das Richtige tun.

Inzwischen ging die Sonne auf, und Kit betrachtete den Himmel in seinem verheißungsvollen, warmen Pfirsichton. Für den Rest der Welt brach ein neuer Morgen an, doch ihm stand eine niemals endende Dunkelheit bevor. Mit einem Gefühl völliger Ruhe dachte Kit dran, dass er dann endlich Frieden finden würde. Er war das Kranksein und die Schmerzen leid. Er war es leid, sich nicht einmal erleichtern zu können, ohne dass ihm Emmet dabei half. Er war es leid, spiegelnden Oberflächen und Fenstern aus dem Weg zu gehen. Er war die Träume leid, aus denen er schluchzend erwachte. Vor allem aber war er es leid, sich nach der Frau zu sehnen, die er gehen lassen musste, damit sie eine Chance auf ein glückliches Leben hätte.

Er griff nach der Laudanum-Flasche, und ein Lächeln huschte über sein Gesicht.

»Auf dich, geliebte Daisy.«

Die Worte kamen geradewegs von seinem Herzen und waren klar und deutlich zu verstehen.

»Bitte finde dein Glück, mein Schatz.«

Und während er mit großen Schlucken trank, bis er den Raum nur noch verschwommen sah, war all sein Denken erfüllt von ihren feuerroten Locken, warmen braunen Augen und von ihren zärtlichen Küssen.

Als er kurz darauf gefunden wurde, hatte er ein Lächeln im Gesicht.

12

CHLOE

Matt und ich stehen am Fenster, der Brief liegt vor uns auf dem wurmstichigen Fensterbrett. Ich habe Mühe, alles zu verstehen, weil es zu viel auf einmal ist.

Kit Rivers ist tatsächlich nicht gefallen, sondern hoffnungslos verstümmelt heimgekehrt. Das Leben, das er kannte, war durch die verheerenden Verletzungen vorbei, und die Reaktionen seines Umfelds bestärkten ihn in seiner Überzeugung, er wäre ein Ungeheuer und Daisy nicht länger zuzumuten.

Ich starre auf den Brief. Die krakelige Schrift verschwimmt vor meinen Augen, und wenn ich mich nicht zusammenreiße, breche ich inmitten all des Staubs in Tränen aus.

Kit Rivers ist seit hundert Jahren tot, doch die Gefühle, die sich mir in dieser verblassten Tinte offenbaren, sind genauso unverfälscht wie in jener Nacht, als Kit seine letzten Worte niederschrieb.

Nichts ist mehr, wie es war. Kits Selbstmord bricht mir das Herz.

Er war verzweifelt, als er diesen Brief schrieb, und wollte ihn um jeden Preis beenden, bevor der nächste Tag anbrach und er vor lauter Erschöpfung nicht mehr konnte. Die Schrift ist manchmal zittrig, und an manchen Stellen hat der Federhalter tränenartig Tinte aufs Papier gespritzt. Kit schreibt von seiner grenzenlosen Liebe, schmerzlichem Bedauern und seiner unstillbaren Sehnsucht nach

Daisy. Die Seiten zeugen von demselben Mut, schonungslos die Wahrheit zu enthüllen, der auch in seinen Gedichten zu erkennen ist. Es ist die Art von Ehrlichkeit, die sich sogar dem größten Grauen stellt.

Ein schrecklicher Gedanke, dass er nie erfahren würde, ob der Brief jemals gefunden und gelesen würde. Doch er war fest entschlossen, Daisy freizugeben, und er wusste keinen anderen Weg, um das zu tun. In dem Bewusstsein, dass vor mir als Letzter Kit das Blatt berührt hat, streiche ich mit meinen Fingerspitzen über das Papier.

»Du hättest dich nicht umbringen sollen, Kit«, flüstere ich. »Sie wollte nicht freigegeben werden. Sie wollte immer nur mit dir zusammen sein und hätte über deine Verletzungen hinweggesehen, weil du die Liebe ihres Lebens warst.«

Dann hat Daisys treues Herz sie also nicht getrogen, denn Kit Rivers kam wirklich aus dem Krieg zurück. Er hat überlebt, und während sie ihn überall gesucht hat, war er die ganze Zeit hier. Wie tragisch. Und was am schlimmsten ist: Auch nach Kits Selbstmord war sie niemals frei, solange sie nicht wusste, was aus ihm geworden war.

»Mein Gott«, stöhnt Matt. »Der arme Mann. Wie furchtbar …«
Das Entsetzen ist ihm deutlich anzuhören.

»Es ist einfach unerträglich, Matt«, flüstere ich.

»Wahrscheinlich haben sie ihn heimlich nach Hause gebracht und so getan, als wäre er gefallen«, gibt er zurück. »Colonel Rivers hatte offenbar in seinem alten Regiment noch ziemlich großen Einfluss, und da bei den Kämpfen oft ein fürchterliches Durcheinander herrschte, könnte es tatsächlich so gewesen sein. In Rosecraddick Manor gab es damals nur noch wenig Personal, kaum jemand wird etwas mitbekommen haben.«

»Ich kann es trotzdem nicht verstehen. Kit war verwundet, aber noch am Leben. Weshalb hatten seine Eltern das Gefühl, sie müssten ihn verstecken? Er war doch immer noch ihr Sohn!«

Matt breitet hilflos seine Arme aus. »Es war ganz einfach eine andere Zeit, und damals kannte man sich längst noch nicht so gut mit solchen Verletzungen aus. In keinem Krieg zuvor wurde jemals auf diese Art gekämpft, und solch schreckliche Verwundungen hatte man nie zuvor gesehen. Es gibt unzählige Berichte über junge Männer, die derart entstellt aus dem Krieg zurückkamen, dass ihre Frauen sie zurückgewiesen haben – viele verfielen daraufhin dem Alkohol oder brachten sich um. Sie haben sich geschämt für das, was der Krieg aus ihnen gemacht hat.«

»Aber das ist doch schrecklich!«

»Allerdings. Für einige Männer war die Rückkehr ins alltägliche Leben fast unmöglich. Sie waren so übel zugerichtet, dass sie sich selber als Aussätzige sahen. Dank der Fortschritte der Medizin und der Bemühungen von Männern wie Charles Hills haben sie die Schrapnellwunden und andere Verletzungen zwar überlebt, aber ihre zerstörten Leben wiederaufzubauen, fiel ihnen schwer.«

Mir bricht das Herz bei dem Gedanken, dass es auch aus Sicht des jungen Kit nur diese eine Lösung gab.

»Darüber wurde damals selten gesprochen, weil es kaum jemand verstanden hat. Die plastische Chirurgie steckte noch in den Kinderschuhen, obwohl es durchaus schon Spezialkliniken gab. Manche Männer trugen Masken, um die fehlenden Kiefer, Nasen, Münder zu verstecken, manche haben nie wieder gesprochen, und viele brauchten bis an ihr Lebensende besondere Pflege und jemanden, der sie fütterte.«

»So wie Mr Emmet Kit?«

Matt nickt. »Genau. Er war zusammen mit Kits Vater bei der Armee, und ich nehme an, dass ihn der Anblick von Kits Verletzungen nicht allzu sehr erschüttert hat. Dazu war er den Rivers treu ergeben und hätte nie verraten, was geschehen war.«

»Was für ein schrecklicher Gedanke, dass Kit im selben Haus war wie Daisy, aber trotzdem unerreichbar für sie. Ich bin mir absolut sicher, es wäre ihr egal gewesen, wie er aussah, solange er am Leben war.«

»Aber verstehst du nicht? Es ging nicht nur um Liebe – oder wenigstens nicht in dem Sinn, wie wir heute darüber denken. Es ging auch nicht in erster Linie um die Verwundungen. Kit war bewusst, dass seine Eltern nicht mit Daisy einverstanden waren und eine Hochzeit niemals zugelassen hätten. Er hätte eine Arbeit finden müssen, um den Lebensunterhalt für sich und Daisy und die Kinder, die sie haben wollten, zu bestreiten. Genau das war seine Vision von der gemeinsamen Zukunft. Aber seine Kriegsverletzungen haben diesen Plan durchkreuzt. Wie hätte er eine Arbeit finden sollen? Als Kriegsversehrter war er für alle Zeit von seinen Eltern abhängig.«

»Dann hätte sich eben Daisy einen Job gesucht!« Vor lauter Frust breche ich fast in Tränen aus. »Warum hat Kit ihr diese Chance genommen? Warum war er ein solcher Egoist?«

»Denkst du tatsächlich, dass er egoistisch war? Er war ein stolzer junger Mann, Chloe, und es waren andere Zeiten als heute, mit anderen Werten. Er hätte Daisy nicht zur Last fallen und nicht auf ihre Kosten leben wollen. Er fand, sie hatte etwas Besseres verdient, und wollte sie freigeben. Und du darfst nicht vergessen, dass er krank war und schwer traumatisiert. Er war allein in einem Zimmer eingesperrt und hatte niemanden zum Reden. Es ist meiner Meinung nach kein Wunder, dass er verzweifelt war und keinen anderen Ausweg sah.«

Ich schweige, denn natürlich hat er recht. Ich mache es mir allzu leicht, wenn ich Kit Rivers aus der heutigen Sicht betrachte. Eine Träne kullert über meine Wange und tropft auf den Boden, während sich mein Herz zusammenzieht. Kit wollte Daisy nicht belasten, und in dem Wissen, dass auch seine Eltern Mühe haben würden, ihn noch jahrelang zu pflegen, wählte er den einzigen Weg, der ihm seiner Meinung nach blieb.

Aber er irrte sich. Das Weiterleben hätte sich gelohnt. Sein Tod war eine furchtbare Vergeudung von Talent, von Liebe, von Leben. Und auch für Daisy gab es keine Zukunft ohne ihn.

»Haben nicht die Dichter der Romantik Laudanum geschluckt?«

»Das kann man heute nicht mehr nachvollziehen, aber im neunzehnten Jahrhundert war Laudanum ausnehmend beliebt und wurde sowohl bei Regelschmerzen als auch als Schlafmittel für Babys eingesetzt. Anfang des zwanzigsten Jahrhunderts ging man bereits deutlich vorsichtiger damit um, aber ich nehme an, dass Lady Rivers über Jahre einen Vorrat angelegt hatte. Ich kann mir gut vorstellen, dass sie damals literweise von dem Zeug im Herrenhaus hatten.«

Plötzlich fällt mir etwas ein.

»Außer dem Hausarzt wusste auch der Reverend, dass Kit am Leben war! Bestimmt hat er deshalb Daisy alles hinterlassen. Er hatte Schuldgefühle, weil er sie die ganze Zeit belogen hat.«

»Das ist gut möglich«, stimmt Matt mir grimmig zu. »Wobei er nicht als Einziger das schreckliche Geheimnis mit ins Grab genommen hat. Da war auch noch der treue Emmet, der niemals auch nur ein Wort über die Sache verlor. Der Arzt war an die ärztliche Schweigepflicht gebunden. Und nach dem Tod des Colonels blieb nur noch Lady Rivers, die natürlich ebenfalls niemals etwas verraten hat. Kein Wunder, dass die arme Frau vor Trauer beinah den Verstand verloren hat. Sie hat sich sicher schlimme Vorwürfe gemacht, weil sie mit Daisy Hills die einzige Person vertrieben hat, die Kit noch hätte Hoffnung und Lebensfreude zurückgeben können.«

Selbst Daisy schrieb in ihr Tagebuch, Kits Mutter habe an dem Tag ihrer Begegnung ängstlich ausgesehen.

»Sie wollte Kit beschützen, aber damit hat sie das genaue Gegenteil erreicht, nicht wahr? Denn Daisy hätte Kit auch weiterhin geliebt, und dadurch hätte er etwas gehabt, für das es sich zu leben lohnte.«

»Kein Wunder, dass sie ein Vermögen für das Fenster ausgegeben hat und all seine Gedichte verlegen ließ. Wahrscheinlich dachte sie, sie hätte viel wiedergutzumachen.« Matt verzieht nachdenklich das Gesicht. »Ich frage mich, wo Kit begraben wurde.«

»Auf dem Friedhof?«

»Könnte sein. Wobei wir das wahrscheinlich nie erfahren werden, nachdem Reverend Cutwell es uns nicht mehr sagen kann.«

Den Bauarbeitern ist egal, was sie gefunden haben, und während sie weiter den jahrzehntealten Putz von den Wänden schlagen, sehen Matt und ich durchs Fenster auf den kleinen Garten voller Rosmarin, in den sich Lady Rivers oft zurückzog. Wahrscheinlich hat sie dort um ihren Sohn getrauert und sich Tag für Tag mit dem Leid ihres Sohnes gequält. Ein Garten der Erinnerung.

Der Garten!

Entschlossen nehme ich Matts Hand. »Ich denke, ich weiß, wo Kit begraben ist.«

Wortlos folgt er mir durchs Haus und auf den Hof. Die Vögel singen, und die Sonne wärmt mir das Gesicht, und ohne stehen zu bleiben, überquere ich den Rasen bis zur Mauer, die den Garten umgibt. Wir treten durch das Tor, streifen den Rosmarin, der links und rechts des schmalen Pfades wächst, und sein schwerer Duft schlägt mir entgegen.

Wir gehen bis zu der Bank. Ich bin den Weg schon hundertmal gegangen, ohne je darüber nachzudenken, was im Grunde offensichtlich ist. Weshalb ist uns das nicht viel früher aufgefallen? Kit Rivers war die ganze Zeit an einem Ort, wo er eigentlich unmöglich übersehen werden kann.

Hauptmann Christopher »Kit« Rivers
Unser geliebter Sohn
1896–1916
»Ihr Name bleibt ewig.«

»Dies ist nicht nur ein Denkmal, Matt. Dies ist Kits Grab.«

Obwohl Matts Finger zittern, drückt er fest meine Hand.

»Du hast recht. Er war die ganze Zeit hier in Rosecraddick Manor, nie weit von uns und von Daisy entfernt.«

Als wir, gewärmt von der warmen Frühlingssonne, in dem Garten stehen, denke ich voll Mitgefühl an Daisy, die bis zum Ende ihres Lebens überall nach ihm gesucht hat, nur nicht hier.

Manchmal ist das, wonach wir uns am meisten sehnen, genau dort, wo wir es am wenigsten vermuten. Ganz in unserer Nähe, aber gut genug versteckt, so dass man es nicht sofort erkennt. Als mich Matt an seine Brust zieht und sein Kinn auf meinen Kopf legt, schließe ich die Augen und spüre, wie sich die friedliche Stimmung dieses Gartens auf mich überträgt. Es geht nicht mehr nur um Kit, denn auch mir kommt es so vor, als käme ich nach Jahren endlich nach Hause.

»Wir haben ihn für dich gefunden, Daisy«, sage ich mit leiser Stimme. »Ich hoffe, dass du das sehen kannst, egal wo du jetzt bist.«

Und als die milde Brise raschelnd durch die Büsche streift, bin ich mir sicher, dass auch Daisy ganz in der Nähe ist und alles weiß.

EPILOG

CHLOE

Frost glitzert auf dem Pfad, und Raureif schimmert auf den Büschen, deren Duft mir selbst im Winter in die Nase steigt. Zwischen dem Rosmarin liegt jetzt ein Kranz aus Mohnblumen und hebt sich leuchtend rot vom blassen Marmor der Gedenkplatte im Boden ab. Es ist ein bitterkalter Tag, und als ich durch den Garten gehe, drücke ich durch meinen dicken Wollhandschuh hindurch Matts Hand. Der Himmel wölbt sich über uns wie eine leuchtend blaue Kuppel. Möwen segeln dort wie weiße Tupfen und vermitteln ein Gefühl von Freiheit.

Unvorstellbar, dass der Erste Weltkrieg heute vor hundert Jahren endete. Um elf Uhr am elften Tag des elften Monats haben sich die Einwohner von Rosecraddick auf der Landzunge versammelt und mit den am Fuß des Kriegerdenkmals abgelegten Kränzen den gefallenen Männern aus dem Dorf ihren Respekt gezollt. Auch wenn wir ihre Gesichter nicht mehr kennen, leben ihre Namen weiter, und wir werden dafür Sorge tragen, dass man sie nie vergisst.

Nach der Gedenkminute hat Matt Kits Gedicht *Und Gott verhüllte sein Gesicht* vorgelesen, und die Kraft seiner Worte hat an unser Innerstes gerührt. Kit Rivers führt dem Leser seiner Verse deutlich vor Augen, wie hoch der Preis ist, wenn wir keine Lehren aus der Vergangenheit ziehen.

Während wir dort standen, um der Toten zu gedenken, sah ich auf die Wellen, die sich auch in den versteckten Buchten brachen, wo der junge Kit vor über hundert Jahren mit Daisy geschwommen ist und wo er ihr seine Liebe gestanden hat. Mitunter bilde ich mir ein, dass ich sie aus den Augenwinkeln sehe oder Daisys Lachen oder ihre Röcke rascheln höre, denn auch wenn ich keinen von den beiden je werde erreichen können, sind sie niemals weit von mir entfernt. Dann wende ich mich plötzlich um, aber ich bin niemals schnell genug, um sie zu erhaschen.

Inzwischen hat man die Gedenkplatte im Garten angehoben und die darunter liegenden Überreste eines jungen Mannes der Forensik überlassen, aber Matt und ich haben keinen Zweifel, dass niemand anderes als Kit Rivers dort begraben war.

Ich habe mich absichtlich ferngehalten, als das Zelt errichtet wurde und die Gestalten in den weißen Schutzanzügen ihre Arbeit aufnahmen, aber Matt war dort und sah die Strähnen einstmals goldener Haare und die schimmernden Medaillen an den Stoffresten einer khakifarbenen Uniform. Dem forensischen Bericht nach waren der Schädel und der rechte Arm des Toten schwer beschädigt, aber das wussten wir bereits aus seinem Brief.

Inzwischen haben auch die nationalen und internationalen Medien die Geschichte aufgegriffen, was natürlich das Interesse einerseits an Kits Gedichten und andererseits an der Romanze zwischen ihm und Daisy erheblich geschürt hat. Sein Tod hat Mitgefühl geweckt und Fragen über die Behandlung Kriegsversehrter aufgeworfen, die auch heute noch so aktuell wie damals sind. Es hätte Kit bestimmt mit Stolz erfüllt, dass er mit seiner tragischen Geschichte heute so viel bewirkt.

Zur Eröffnung von Rosecraddick Manor kamen zahlreiche Besucher, unzählige Menschen haben sich den BBC-Film im Fernsehen angeschaut, und ein Verlag hat eine hohe Summe für die Rechte an Kits verlorenen Gedichten geboten. Mit einem Mal hat der Verein zur Wahrung von Kits Andenken mehr Geld als jemals gedacht, und die finanziellen Mittel für die Restaurierung von Rosecraddick Manor wurden ebenfalls noch einmal deutlich aufgestockt. Entsprechend sind ein größerer Teesalon und eine umfangreiche Ausstellung über den Ersten Weltkrieg geplant, und ein bekannter Regisseur aus Hollywood will einen Film über die Liebe zwischen Kit und Daisy drehen. Die Romanze scheint die Phantasie der Menschen zu beflügeln, und inzwischen zweifelt niemand mehr daran, dass Daisy Hills Kit Rivers' Muse und die Liebe seines Lebens war. Nach all den Jahren ist sie endlich aus den Tiefen der Geschichte aufgetaucht, und ihre Suche nach Kit Rivers hat ein Ende.

Auch Kits verlorene Gedichte werden hoch gelobt. Womöglich wird er irgendwann einmal in einem Atemzug mit Owen, Sassoon und Brooke genannt, für mich aber ist er viel mehr – für mich ist er nicht weniger real als Matt oder ich selbst. Er ist nicht nur ein talentierter Dichter oder Visionär. Er ist der junge Mann, der schnelle Autos und das Segeln liebte, der Kummer hatte, weil sein Vater immer unzufrieden mit ihm war. Er ist der Junge, der gern Wanderungen unternahm und sich Hals über Kopf in eine rothaarige Meerjungfrau verliebte, die sich in ihrer Unterwäsche auf den Wellen treiben ließ. Und dieser Kit, der echte Kit, muss seine letzte Ruhe dort finden, wo er zu Hause war.

Man wollte seine Überreste in die Dichterecke der Westminster Abbey überführen, doch voller Leidenschaft hat Matt sich dafür eingesetzt, dass Kit in Rosecraddick Manor bleiben muss, weil er dem Ort, an dem er geboren wurde und durch eigene Hand gestorben ist, sein Leben lang verbunden war. Er war ein junger Mann aus Cornwall und gehört auch nach seinem Tod hierher.

Schließlich wurde Kit Rivers eines Abends im August, nachdem die Tore von Rosecraddick Manor hinter den Besuchern geschlossen worden waren, im Garten seines Elternhauses beigesetzt. Es waren nicht viele Menschen anwesend: Matt und ich, Daisys Verwandte, Kathy Roe, ein paar hochrangige Vertreter der Kit-Rivers-Gesellschaft und Sue, die einen schlichten Gottesdienst abhielt.

Während sie die vertrauten Worte sprach, nahm ich Matts Hand und dachte statt an Gräber und den Tod an ein paar Szenen aus Daisys Tagebuch: an sonnenhelle Tage in der Bucht, an gestohlene Stunden in versteckten Heuschobern, während der Regen auf das Blechdach schlug, an leidenschaftliche Versprechen, Küsse, die so sanft waren wie die Flügelschläge eines Schmetterlings, und an das goldene Glück, das über einem längst vergessenen Sommer lag.

Ich dachte an die Liebe zwischen Kit und Daisy, die den Krieg, die Zeit und selbst ihren Tod überdauerte. Zwar haben Matt und ich unsere Reise gerade erst begonnen, doch ich bin mir sicher, dass wir nicht weniger verbunden sind als dieses junge Paar, und hoffe, dass die Jahre freundlich zu uns sind und uns erlauben, eines Tages unsere eigene Geschichte zu erzählen.

Als Sue zum Ende kam, trat ich ans Grab und ließ die Strähne goldenen Haars aus Daisys Blechdose auf die kleine Eichenkiste mit Kits Überresten fallen. Dann übergaben wir auch den Gänseblümchenring der Dunkelheit.

»Wir halten das für richtig«, sagte Daves Vater später etwas verlegen. »Ich weiß, dass viele Leute uns für irre halten, weil wir einen derart teuren Ring begraben, aber meine Tante hätte das bestimmt gewollt. Sie war ein bisschen schrullig und stur und konnte sehr entschlossen sein, aber sie hat diesen jungen Mann ihr Leben lang geliebt, und ihr Verlobungsring gehört den beiden. Auf diese Weise wird ein Teil von ihr für alle Zeit mit ihm verbunden sein. Das hätte ihr bestimmt gefallen.«

Matt nickte zustimmend. »Auf jeden Fall.«

Und jetzt, am elften Tag des elften Monats, hundert Jahre nach dem Ende eines Kriegs, stehen Matt und ich noch einmal an Kits Grab und denken an die vielen Leben, die dieser Krieg raubte. Es gab so viele verlorene Geschichten, so viele gebrochene Herzen und zerstörte Leben, dass man sie unmöglich zählen kann.

Damit ist die Geschichte eines jungen Paars aus jener Zeit erzählt. Nach ihrem Tod verstreute Daisys Bruder ihre Asche in der Bucht, in der sie Kit zum ersten Mal begegnet war. Jetzt sind Kit und Daisy vereint und endlich frei.

Und ich weiß, dass auch mein geliebter Neil, den ich mein Leben lang vermissen werde, seinen Frieden mit dem Tod geschlossen hat und dass es Matt und mir vorherbestimmt war, uns zu begegnen. Weil Liebe weder Grenzen kennt noch an die Zeit gebunden ist. Vor allem jedoch ist sie der Grund, weshalb wir alle heute hier sind und das Leben immer weitergeht.

Als Matt und ich jetzt in dem kleinen Garten stehen und unser Atem in der Kälte kleine weiße Wölkchen bildet, denke ich daran, dass Kit und Daisy in der kurzen Zeit, die ihnen vergönnt war, eine lebenslange Liebe und Verbindung eingegangen sind, die auch nach hundert Jahren noch Einfluss auf das Leben anderer hat.

An meiner Seite atmet Matt geräuschvoll ein.

»Chloe! Schau mal, ist das echt?«

Ich folge seinem Blick und ringe nach Luft, denn auf der Marmorplatte liegt ein Gänseblümchen, das so frisch aussieht, als hätte es jemand von einer Sommerwiese mitgebracht. Ein paar Sonnenstrahlen schleichen sich verstohlen durch den Garten, streifen den Rosmarin und tauchen die kleine weiße Blüte in ein helles Licht.

Ich drehe mich zu Matt um und weiß, das Lächeln seiner Augen spiegelt sich in meinen wider, weil ich endlich begriffen habe, was ich finden wollte, als ich nach Rosecraddick kam.

Die Erkenntnis, dass Liebe niemals endet und dass nichts und niemand je vergessen ist.

Entschlossen nehme ich Matts Hand.

»Natürlich ist es echt«, sage ich sanft. »Es ist ein Symbol für die Liebe, und die ist das Beständigste auf Erden.«

Liebe Leserin, lieber Leser,

ich hoffe, dass Ihnen diese Geschichte gefallen hat. Mir liegt sie besonders am Herzen, weil sie – auch wenn Handlung und Personen frei erfunden sind – die tragische Liebesgeschichte meiner Großtante Ella aufgreift. Ihr Verlobter, Arthur Sidney Bacon, kämpfte im Ersten Weltkrieg und galt seit 1917 als vermisst. Doch Ella hat nie aufgehört, nach ihm zu suchen. Ihr schmerzlicher Verlust, damals leider alles andere als ein Einzelschicksal, hat mich zu Daisys und Kits Geschichte inspiriert. Ich widme dieses Buch Ella und Arthur, weil es mir sehr viel bedeutet, sie nach über hundert Jahren der Trennung wenigstens in dieser Form wieder vereint zu sehen.

Ich habe mich eingehend mit dem Leben junger Menschen während des Ersten Weltkriegs befasst und blicke voller Demut auf die Opfer, die sie brachten, und auf ihren grenzenlosen Mut. Es gibt zahllose Geschichten über junge Männer, die unter Bedingungen kämpften, deren Grauen sich nicht in Worte fassen lässt, und über junge Frauen, die die Soldaten an der Front pflegten oder das Leben an der Heimatfront am Laufen hielten. Es sind Erzählungen von Menschen, die alles opferten, um denen, die nach ihnen kamen, ein Leben in Frieden zu ermöglichen. Wilfred Owens *Hymne für die verdammte Jugend,* die ich dieser Geschichte vorangestellt habe, steht für das Grauen dieses Krieges. Ich danke der Wilfred-Owen-Gesellschaft für die freundliche Genehmigung, meinem Roman dieses Gedicht voranzustellen.

Alles Liebe, Ruth

EIN INTERVIEW MIT RUTH SABERTON

Was hat Sie zu dieser Geschichte inspiriert?

Im Grunde hatte ich gar nicht vorgehabt, diesen Roman zu schreiben, aber Bücher führen nun mal ein Eigenleben.

Meine Eltern entrümpelten eines Tages ihr Haus, und dabei stieß meine Mutter zufällig auf eine Blechdose mit ein paar Fotos, darunter die Aufnahmen meiner Großtante und ihres Verlobten. Mir fiel auf, wie jung die beiden waren und wie modern sie aussahen. Als ich ein kleines Mädchen war, wirkte Ella Hills immer eher furchteinflößend und streng auf mich. Sie lebte allein und war nicht verheiratet. Meine Oma erzählte mir einmal, die arme Ella habe bis zu ihrem Tod gehofft, dass ihr Verlobter, Arthur Sidney Bacon, doch noch aus dem Krieg zurückkomme. Arthur wurde während des Ersten Weltkriegs als vermisst gemeldet. Wie so viele andere hat man auch seine Leiche nie gefunden, deshalb wurde er nie beerdigt. Ella hatte niemals einen Beweis dafür, dass ihr Verlobter tatsächlich gefallen war. Zum letzten Mal wurde er im Kampf Mann gegen Mann in der Schlacht von Cambrai am 30. November 1917 gesehen. Ella hoffte, dass er vielleicht mit Amnesie oder einem Kriegstrauma irgendwo im Lazarett lag. Sie suchte ihn jahrelang in Frankreich und in Belgien und hoffte stets, sie würde ihn in einem Krankenhaus oder in einem Sanatorium finden. Dazu schrieb sie unzählige Briefe an das Rote Kreuz und gab die Hoffnung niemals auf.

Wie die Leben vieler Frauen ihrer Generation endete das Leben, das sie hatte führen wollen, auf einem Schlachtfeld. Ihr unerschütterlicher Glaube, dass Arthur noch lebte, hat mich sehr bewegt. Die ihr gestohlene Zukunft gehört zu den Tragödien dieses Kriegs.

Die tapfere Ella Hills inspirierte mich zu Daisy. Auch sie schrieb gern, obwohl leider nur noch eine Handvoll Briefe existieren. Eine Prinzessin-Mary-Blechdose von 1914, einige Medaillen und ein paar verblichene Fotos von ihm in Uniform waren alles, was von ihm geblieben war.

Da Ella ihre Geschichte nie erzählte, musste ich es tun, bevor sie endgültig verloren geht. Ella hinterließ uns keine Hinweise oder Tagebücher, und das meiste, was ich weiß, stammt aus Erzählungen meiner Mutter und Großmutter. Daisy Hills und meine Ella teilen sich außer ihrem Nachnamen auch viele Eigenschaften, denn genau wie Daisy war auch meine Großtante eine gebildete, entschlossene, unabhängige Frau.

Über Arthur Sidney Bacon konnte ich nicht viel herausfinden. Er ist der Geschichte wie so viele andere entglitten, aber wenn er bis zu Ellas Lebensende einen Platz in ihrem Herzen hatte, muss er ein besonderer Mensch gewesen sein. Um ihn zum Leben zu erwecken, blieben mir nur das verblasste Foto eines attraktiven jungen Mannes in Uniform und meine Phantasie. Er hat im zehnten Bataillon des Königlichen Schützenregiments gedient und ist mit gerade einmal fünfundzwanzig Jahren bei Cambrai gefallen. Obwohl seine Leiche nie gefunden wurde, ist sein Name in einen Gedenkstein für die in Cambrai Gefallenen auf dem Soldatenfriedhof Louverval in Frankreich eingraviert.

Warum haben Sie Ihren Roman »Der Liebesbrief« genannt?

Erst nach dem Schreiben wurde mir bewusst, dass der im Priesterloch versteckte Liebesbrief der Schlüssel zu der Geschichte ist. Er zeigt, dass Daisy recht hatte und Kit tatsächlich noch am Leben und noch dazu ganz in ihrer Nähe war. Wir hören seine Stimme nur in diesem Brief, der obendrein das letzte Teil des Rätsels ist und dieses junge Liebespaar nach all der Zeit wieder vereint.

Warum können wir im Roman nicht Kits Gedichte lesen?

Bei den Recherchen für das Buch habe ich mich eingehend mit den Gedichten und Memoiren von Siegfried Sassoon, den Versen Rupert Brookes und natürlich auch mit Wilfred Owens Werk befasst. Ich kannte Owen schon von meinem Studium und aus meinem Englischunterricht als Lehrerin, aber erst jetzt wurde mir klar, wie kraftvoll und direkt die Sprache seiner Verse ist. Ich überlasse es der Leserschaft, sich seine Verse vorzustellen, und weise gleichzeitig auf die Gedichte anderer Dichter aus dem Ersten Weltkrieg hin, in denen es um ähnliche Gefühle und dieselben Themen geht.

Warum kommt Daisy im letzten Teil der Geschichte nicht noch einmal zu Wort?

Daisy entgleitet unserem Blick. Ihr Leben steht symbolisch für die Leben vieler Frauen der verlorenen Generation, die – anders als die Männer – nicht im Krieg gefallen sind, doch im Verlauf der Jahre immer blasser wurden, bis man sich fast nicht mehr an sie und ihr Schicksal erinnert hat. Natürlich hatte Daisy noch ein langes Leben, von dem wir so gut wie nichts erfahren, aber am Ende lässt sie ihre Asche an dem Ort verstreuen, an dem sie Kit zum ersten Mal begegnet ist.

Warum holte Daisy das Tagebuch und die Gedichte nicht aus Rosecraddick ab?

Daisy ist pragmatisch. Sie weiß, dass die Gedichte, die Kit ihr geschickt hat, sicher sind, und hat sein Bild, ihren Verlobungsring und die Erinnerungen, die ihr Kraft verleihen. Als sie nach Kriegsende nach England zurückgeht, ist der Reverend verstorben, und die Gemeinde wird von einem anderen Vikar geleitet. Und vor allem hat sie keinen Grund, dorthin zurückzukehren. Sie hat nicht vor, seine Gedichte zu veröffentlichen, weil sie nur die Hüterin seiner Werke ist und ihrer Meinung nach kein Recht hat zu entscheiden, was aus ihnen werden soll.

Warum umrahmt in Ihrem Roman die Gegenwart die Vergangenheit?

Ich wollte keinen klassischen historischen Roman verfassen. Es geht vielmehr darum, dass meine Heldin Chloe sich auf ihrer Reise in die Vergangenheit mit der Gegenwart versöhnt. Durch das Verweben beider Zeiten wollte ich verdeutlichen, dass die Vergangenheit der Gegenwart viel näher ist, als man manchmal glaubt. So gibt es viele Ähnlichkeiten zwischen Neil Pencarrow und dem jungen Gem.

Als ich mit Daisys Teil des Buches fertig war, war ich von einem schmerzlichen Verlustgefühl erfüllt und teilte Chloes Zorn darüber, dass sie als fast vergessene alte Frau endete. Erst seit ich dieses Buch geschrieben habe, sehe ich auch in meiner Großtante die lebensfrohe, leidenschaftliche, entschlossene Frau, die sie einmal war und die ich in höchstem Maß bewundere.

Chloe wird klar, dass Vergangenheit und Gegenwart niemals linear verlaufen, sondern eng miteinander verbunden sind.

Können Sie uns etwas zu der Gegend erzählen, in der die Geschichte spielt?

Ich habe das besondere Glück, im wunderschönen Cornwall zu leben und von dieser wundervollen Landschaft umgeben zu sein. Steil abfallende Klippen, abgelegene Buchten, sanft wogende Hügel – alles ist hier um mich herum. Dazu fühlt sich der Schleier zwischen Vergangenheit und Gegenwart in dieser Gegend dünner an als anderswo. Da ich unweit des River Fowey lebe, stelle ich mir oft vor, dass Daphne du Maurier wahrscheinlich oft an meinem Haus vorbeigegangen ist. Es ist ein zeitloser, verwunschener Ort.

Rosecraddick erinnert mich an Talland Bay und zugleich an das kleine Küstenstädtchen Fowey mit seinen zahlreichen Stränden und versteckten Buchten, ideale Treffpunkte für junge Liebespaare. Die Kirche oberhalb der Bucht von Talland hat mich zu St. Nonna und das Mahnmal auf dem Klippenweg von Talland Richtung Polperro zu dem Kriegerdenkmal inspiriert. Wenn man dort steht und lauscht, wie sich die Wellen an den Felsen brechen, spürt man tiefe Ruhe und Frieden. Die in das Kreuz gehauenen Namen sind dieselben, die die Einheimischen und viele meiner Freunde tragen. Es ist ernüchternd, wenn man sieht, dass damals kaum eine Familie verschont blieb.

Welche Bedeutung hat der Krieg in Ihrem Roman?

Ich hatte nie die Absicht, eine Kriegsgeschichte zu erzählen. In meinem Buch geht es um Liebe und Verlust, um Beharrlichkeit und Willenskraft, selbst wenn die Lage hoffnungslos erscheint. Statt um Ereignisse an der Front geht es mir um die kriegsbedingte Trennung von Daisy und Kit. Ich stelle in »Der Liebesbrief« die alltäglichen

Tragödien dar, die durch den Krieg auf so viele Familien hereinge-
brochen sind. Ich möchte meine Leserschaft nicht an die Front versetzen, sondern mich auf die privaten Kämpfe konzentrieren, die
die Menschen in der Heimat auszufechten hatten, und lasse deshalb
absichtlich Details über die Kampfhandlungen aus.

Ellas Verlobter Arthur Sidney Bacon

Meine Großtante Ella Isabella Hills

Kristin Hannah
Liebe und Verderben
Roman
Aus dem Englischen von Gabriele Weber-Jarić
591 Seiten. Broschur
ISBN 978-3-7466-3576-7
Auch als E-Book und Hörbuch erhältlich

Romeo und Julia in Alaska

Als Lenora Allbright im Jahr 1974 mit ihren Eltern nach Alaska zieht, ist sie voller Hoffnung, das Trauma des Krieges, das ihr Vater in Vietnam davongetragen hat, hinter sich zu lassen. In Matthew, dem Sohn der Nachbarn, findet Leni einen engen Freund, und bald verlieben die beiden sich. Doch auf die Schönheit des Sommers folgt die Finsternis des Winters, und je länger diese andauert, desto weniger vermag Lenis Vater, seine inneren Dämonen zu bändigen. Schon bald müssen Leni und Matthew um ihre Liebe kämpfen – bis sie eines Tages auszubrechen versuchen.

Ein herzzerreißender Roman voller Tragik und Liebe – von der Autorin des Weltbestsellers »Die Nachtigall«.

»Kristin Hannah treibt ihre Leser atemlos durch zwölf Jahre Familiengeschichte. Die Energie, die in dem Buch steckt, hat den Roman zu Recht in die amerikanische Bestsellerliste katapultiert.« BRIGITTE WOMAN

Regelmäßige Informationen erhalten Sie über unseren Newsletter. Jetzt anmelden unter: www.aufbau-verlag.de/newsletter

 aufbau taschenbuch